****

In das Chaos

Buch Vier der Serie *Aufstieg der Republik*

von
James Rosone und T.C. Manning

****

Ins Deutsche übertragen von
Ingrid Könemann-Yarnell
ingridsbooktranslations.com
©2021

****

Lektorat
Frank Dietz
www.frankdietz.com

****

Illustration © Tom Edwards
Tom EdwardsDesign.com

ISBN: 978-1-957634-36-4
Sun City Center, Florida, USA
Library of Congress Control Number: 2022909297

Inhaltsverzeichnis

Kapitel Eins
Völkermord

1. Orbitale Rangerdivision
Sumara
Qatana-System

»Es ist soweit. Unser erster Kampfeinsatz als Ranger. Alle Mann, volle Konzentration und Ruhe bewahren. Wir haben keine Ahnung, was uns mit der Landung erwartet«, warnte Lieutenant Travis Atkins, kurz bevor sie ihre orbitalen Angriffsschiffe bestiegen.

»Das muss der älteste, schärfste Lieutenant sein, den ich je gesehen habe«, kommentierte einer der neuen Soldaten ihres Zugs.

»Er war ein Master Sergeant, bevor er Offizier wurde«, erklärte Sergeant Paul ‚Pauli' Sanders leise. »Sie tun gut daran, auf ihn zu hören, Soldat. Er hat unser aller Leben mehr als einmal gerettet.«

»Die einzigen Informationen, die wir über diesen Planeten haben, stammen von einer speziellen Erkundungseinheit«, fuhr Lieutenant Atkins fort. »Den Gerüchten nach hat eine Zodark-Streitkraft in diesem System ein Massaker unter den Sumarern angerichtet. Unbekannt ist, ob einige der Zodark auf dem Planeten zurückblieben. Falls ja, gehören sie uns. Und jetzt in die Schiffe und los!«

Die Ranger stießen einen motivierenden Schrei aus und rannten auf die sich öffnenden Türen ihrer Transporter zu.

Pauli zog seine Sicherheitsgurte fest an. Egal wie oft er auf diese Weise abgesetzt wurde, er würde sich nie daran gewöhnen. Der Angriff auf einen fremden Planeten in einem durch die Atmosphäre stürzenden Angriffsschiff, in dem er angeschnallt verharren musste, war ihm äußerst unbehaglich. Er fühlte sich unglaublich nackt und bloßgestellt in einem Schiff, das in die Atmosphäre eines Planeten vordrang, wobei man hoffte, nicht durch einen zufällig gut gezielten Laserstrahl oder eine Rakete getroffen zu werden. So hilflos hatte sich Pauli in anderen Situationen noch nie gefühlt.

Sobald die Türen geschlossen waren, erreichte sie Atkins' Stimme durch ihre Helme. »Unsere Aufgabe ist es, den Weltraumflughafen und die umliegenden Gebäude und Lagerhäuser zu sichern. Und das mitten in der Hauptstadt, also bleiben Sie wachsam.

Falls es auf diesem Planeten noch Zodark gibt, dann dürfte das einer der Orte sein, an dem wir sie antreffen.«

Während er sprach, begann sie der mechanische Arm, an dem ihr Transporter hing, über die Seite des Mutterschiffs hinauszuheben. Mit einigen knirschenden Geräuschen behielt er das Angriffsschiff im Griff.

»Trupp Eins, was ist Ihre Aufgabe?«, rief ihnen Atkins fragend zu.

»Die Sicherung des Weltraumhafens und der Landezonen, die Suche nach versteckten Sprengsätzen und die Klärung der Einrichtung für nachfolgende Kräfte.«

»Trupp Zwei, was ist Ihre Aufgabe?«

»Die Klärung und Sicherung der umliegenden Lagerhäuser und Gebäude.«

»Trupp Drei und Vier, was ist Ihre Aufgabe?«

Pauli hob das Kinn und antwortete für sich und Yogi. »Die Räumung und Sicherung des Regierungsgebäudes zwei Straßen vom Weltraumhafen entfernt.«

Ihr Transporter bewegte sich nicht länger. Ihre Freigabe vom Schiff stand kurz bevor.

»Hervorragend! Alle Mann, Vorbereitung auf den Anflug. Erinnern Sie sich an Ihr Training, bleiben Sie zusammen und wir schaffen es, lebend zurückzukommen!«

»Hooah!«, ertönte die vielstimmige Antwort.

Das Angriffsschiff löste sich vom Arm und schwebte einen Augenblick lang im Raum, bevor die Piloten die Antriebe starten konnten und auf den Planeten zuhielten.

****

»Alle Mann festhalten! Aktivierung einer Verteidigungswaffe in der Nähe des Weltraumflughafens«, ließ sie der Pilot über ihr Kom-Netzwerk wissen. »Wir fliegen die alternative Landezone an.«

Ihr Schiff flog wilde Ausweichmanöver. Pauli schaltete den Blick durch die Außenkameras hinzu, in der Hoffnung, einen Eindruck davon zu bekommen, was sich da draußen abspielte. Sein Magen verkrampfte sich und er bedauerte umgehend, neugierig gewesen zu sein.

Der Himmel über dem Weltraumflughafen wurde von hellen Lichtblitzen durchzogen. Glücklicherweise blieb es in der Stadt selbst und in den umliegenden Bereichen ruhig, außer an einigen Schlüsselgebäuden um die Hauptstadt herum. Die Kräfte, die sich am Boden befanden, schienen entweder nicht sonderlich stark oder nicht sehr gut organisiert zu sein.

Zwei Raketen hielten vom Boden her auf eines der Angriffsschiffe zu. Glücklicherweise konnten beide von zwei Reaper-Bodenangriffsflugzeugen abgefangen und zerstört werden. Sie tauchten plötzlich aus den Wolken auf und nahmen mehrere der feindlichen Positionen mit ihren Lenkraketen unter Beschuss. Mehr Reaper und sogar einige P-97-Orion gesellten sich zu ihnen. Je näher die orbitalen Angriffsschiffe dem Boden kamen, desto mehr Verteidigungspositionen wurden vernichtet.

»Sobald wir am Boden sind, wird jeder Trupp die ihm ursprünglich übertragene Mission erledigen«, wies sie Lieutenant Atkins über ihre Koms an. »Das Einzige, was sich geändert hat, ist die nun etwas weitere Entfernung zu den geplanten Zielorten, weiter nichts. Sollte Ihr Trupp auf Widerstand stoßen, kümmern Sie sich darum. Falls Sie es allein nicht schaffen, versuchen wir, zusätzliche Hilfe zu finden. Reaper und Orions stehen bereit. Zudem stehen uns bald weitere Cougar zur Unterstützung am Boden zur Verfügung.«

Pauli war sich nicht sicher, wie der LT das schaffte, aber seine Stimme klang beim Sprechen beinahe jedes Mal wie ein raues Knurren.

»Bereithalten«, warnte der Pilot. Kurz darauf hob ihr Transporter die Nase ein wenig an, während er über der Planetenoberfläche praktisch zum Stillstand kam. Der Pilot landete, worauf sich die hintere Ladeluke öffnete und den Soldaten das Aussteigen erlaubte.

»Mir nach, Trupp Drei!«, schrie Pauli seinen Soldaten zu, während er ihnen aus dem Schiff hinaus vorausrannte.

Mit einsatzbereitem Sturmgewehr führte er seinen Trupp an. Ohne eine unmittelbare Bedrohung zu entdecken, drang Pauli bis an das äußere Ende des Parks vor. Er deutete einem Anführer seiner Feuerteams an, sein Team auf der linken Seite in Stellung zu bringen, während sein anderer Teamleiter das Gleiche auf der rechten Seite tat.

»Setzen wir unsere Aufklärungsdrohnen ein«, befahl Pauli. »Ich will unsere Augen und Ohren über uns haben.«

Im peripheren Blickwinkel konnte Pauli erkennen, dass ihr Transporter bereits wieder auf dem Weg in die Umlaufbahn abhob, um die nächste Welle von Soldaten einzufliegen.

Vor ihm lag eine vierspurige Stadtstraße. Entlang der Straße standen Fahrzeuge, die Autos und Lieferwagen ähnelten; andere mussten öffentliche Transportmittel gewesen sein. Alle waren geparkt. Pauli blickte auf eine Geisterstadt.

Bevor die Zodark kamen, war dies ein geschäftiger Ort, dachte Pauli traurig.

Einige der Gebäude in der Nähe des Parks waren zwischen fünf und zehn Stockwerken hoch. Näher am Weltraumflughafen und dem, was sie für das Regierungsgebäude hielten, waren die Bauwerke um ein Mehrfaches größer – zwischen 20 bis zu 100 Stockwerken hoch.

Viele der Gebäude vor ihnen wiesen Kampfschäden auf. Brandspuren, die Feuer oder intensiven Laserbeschuss vermuten ließen, zeichneten Hochhäuser und Immobilien in der gesamten Stadt aus. Die Fenster der umliegenden Erdgeschosse waren durchweg zerstört.

Und dann waren da die Leichen. Einige Straßen und Bürgersteige waren übersät mit ihnen. In anderen Bereichen hingegen lagen die leblosen Körper ordentlich aufgereiht oder sogar gestapelt da, so als ob sie auf ihre Entfernung oder Entsorgung warten würden.

»Ich weiß, dass wir Schreckliches vor uns sehen …«, ermahnte Lieutenant Kranston die Männer über das Netzwerk des Zugs, »… aber das müssen wir im Moment verdrängen. Später haben wir Zeit, es zu verarbeiten. Heute müssen wir eine Aufgabe erfüllen. Unsere Priorität muss sein, den Weltraumflughafen für die nachfolgenden Kräfte und das Eintreffen unserer schweren Ausrüstung zu sichern.«

Sein Eindringen in ihre Gedanken unterbrach ihr gebanntes Starren. Selbst Pauli ertappte sich dabei, wie hypnotisiert zu verharren. »Ok, Rangers, Sie haben den Mann gehört. Setzen wir uns in Bewegung«, befahl er endlich.

Mit schussbereiter aber gesenkter Waffe folgte Pauli der vierspurigen Straße. Bislang war ihnen niemand über den Weg gelaufen, und derzeit war Schnelligkeit wichtiger als ungesehen zu bleiben.

»Pauli, warum übernimmt deine Truppe nicht die rechte Seite der Straße, um ein Auge auf die Häuser links zu haben, während mein Trupp die andere Seite übernimmt«, schlug Yogi, Paulis bester Freund, vor.

»Klingt gut. Gehen wir's an.«

Die Trupps teilten sich auf die gegenüberliegenden Bürgersteige auf. Die jeweiligen Soldaten in Führung richteten ihre schussbereiten Waffen nach vorn, während die hinter ihnen ihre Waffen hoch auf die Fenster der Gebäude auf der anderen Straßenseite richteten.

Pauli erwischte sich dabei, wie er durch die zerstörten Fenster an denen sie vorbei kamen, in die Geschäfte hineinsah. In einigen von ihnen lagen die aufgeblähten und verwesenden Leichen toter Sumarer, andere waren leer. Einige der Gebäude ließen Plünderungen vermuten, was er zunächst merkwürdig fand. Aber dann wurde ihm klar, dass die Überlebenden – sollte es sie tatsächlich geben – alles Nützliche an sich genommen haben mussten.

Gott sei Dank tragen wir unsere Helme, dachte Pauli. *Der Gestank in dieser Stadt muss grauenvoll sein. All diese verfaulenden, zersetzten Körper ...*

Mit der Annäherung an den Weltraumflughafen entdeckte Pauli in der Ferne mehrere schwarze, aufsteigende Rauchfahnen. Eine Handvoll Transportfahrzeuge, auf denen Lasertürme montiert waren, waren nur noch ausgebrannte Wracks. Sie sahen zwei tote Zodark, aber auch einige Sumarer, die offenbar an der Seite der Zodark gekämpft hatten. Das war neu für Pauli. In all den Kämpfen gegen die Zodark, die er gesehen hatte, hatte er nicht ein einziges Mal menschliche Wesen auf Seiten der Zodark gesehen.

»An alle, verteilen Sie sich«, forderte Pauli seinen Trupp auf. »Alpha-Team, linke Flanke. Bravo, rechte Flanke. Marsch auf den Weltraumflughafen und das Regierungsgebäude.«

Yogis Trupp änderte seine Formation entsprechend, während er in gut 50 Metern Abstand folgte.

Trupps Eins und Zwei betraten den Weltraumflughafen, um ihn und die umliegenden Lagerhäuser zu sichern. Nachdem jeder Bereich geräumt war, schickten sie eine Nachricht an die Schiffe in der Umlaufbahn, die größeren Truppentransporter und weitere Ausrüstung herunterzuschicken.

Nach der Sicherung des Weltraumflughafens verlief das Vordringen zum Regierungsgebäude, das zwei Straßen weiter stand, ereignislos. Nichts Außergewöhnliches geschah, zumindest bis sie die Stufen des Baus erreicht hatten.

Falls Pauli einen Vergleich dieses Bauwerk mit einem auf der Erde anstellen wollte, hätte er es wohl mit dem Staatskapitol von Texas oder dem jedes anderen Bundesstaates verglichen. Es war ein Gebäude mit einer großangelegten mittleren Struktur, die von zwei kleineren Flügeln flankiert wurde.

Sobald sie die Straße überqueren wollten, brach die Hölle los.

Schwirr, schwirr, zisch!

Laserblitze hielten direkt auf sie zu. Paulis Trupp war gezwungen, schleunigst in Deckung zu gehen.

Pauli duckte sich hinter einen langen Erdwall, der zu den ersten Betonstufen des Gebäudes hinführte. Er gab einige schnelle Schüsse auf ihre Feinde ab. Ihren Zielerfassungscomputern und Spähdrohnen nach wurden sie von ungefähr 40 feindlichen Einheiten aus Fenstern und Türen des Regierungsgebäudes beschossen – von den Zodark, wie erwartet; allerdings schienen ein Großteil von ihnen auch Sumarer zu sein, die sich auf die Seite der tückischen blauen Außerirdischen gestellt hatten.

Unter fortdauerndem Schusswechsel gelang es Paulis Männern, ihre Angreifer zu dezimieren. Bevor sie sich den Sumarern widmen konnten, konzentrierten sie sich zunächst auf die Zodark. Da sie bei weitem die gefürchteteren Gegner waren, mussten sie in aller Eile aus dem Weg geräumt werden.

Nachdem etwa die Hälfte der feindlichen Schützen ausgeschaltet war, übernahm Yogis Trupp die Führung. Seine beiden Feuerteams würden die Hälfte des Wegs zu Paulis Gruppe und dem Regierungsgebäude aufschließen und dort erneut in Deckung gehen. Danach würden sie Paulis Teams Deckungsfeuer gewähren, das sich bis an die Außenwand des Gebäudes vorarbeiten würde. Nach und nach schalteten die beiden Rangergruppen die wenigen Zodark-Kämpfer aus, bevor sie ihre schlechter ausgebildeten und ausgerüsteten sumarischen Partner problemlos überwältigten.

Mit dem Betreten des Gebäudes ließ Pauli ihre Drohnen ein Angebot der Kapitulation in sumarischer Sprache ausstrahlen. Er hatte die Hoffnung, dass die Sumarer diese Chance zum Aufgeben akzeptieren würden. Ihr fruchtloser Verteidigungsversuch hatte 30 ihrer Leute das Leben gekostet. Unter Paulis und Yogis Soldaten gab es zwei Verletzte, aber keine Toten.

Pauli und seine Soldaten verharrten einige Minuten in ihrer Position, während die Drohnen das Kapitulationsangebot verbreiteten. Sie blieben wachsam und warteten ab. Gerade wollte Pauli seine Teams tiefer in das Gebäude vordringen lassen, als eine einsame Figur auf sie zukam. Zuerst war es nur eine Person; dann waren es zwei. Dann näherte sich ihnen eine Gruppe von 12 oder mehr Personen.

Pauli trat mit schussbereiter Waffe aus seiner geschützten Position hervor. Er zielte nicht auf die Soldaten, die weiter auf sie zukamen, war aber darauf vorbereitet, aktiv zu werden und sie auszuschalten, falls es nötig werden sollte. Mithilfe des Universalübersetzers und der Lautsprecherfunktion in ihren Helmen rief er ihnen zu: »Bitte kommen Sie weiter mit hoch erhobenen Armen auf uns zu.«

Pauli zählte 17 Sumarer. Sie trugen graue Khakiuniformen mit etwas, das wie ein Namensschild über der Brusttasche aussah, unter dem sich ein farbiger Aufnäher befand. Sobald Pauli vortrat, hielten sie vorübergehend in ihrem gleichmäßigen Marsch inne. Erst nachdem sie den ersten Schock überwunden hatten, auf eine humanoide, ihre Muttersprache sprechende Figur zu stoßen, setzten sie sich wieder in Bewegung.

»Ich möchte, dass jeder von Ihnen diesen Raum betritt und sich dort vor die Wand stellt. Meine Soldaten werden sich Ihnen nähern und Sie auf möglichen Sprengstoff oder Waffen abtasten, die Sie oder meine Männer verletzen könnten. Nachdem Sie durchsucht wurden, werden wir Sie auffordern, sich entlang der Wand hinzusetzen, während wir das Gebäude weiter untersuchen und von feindlichen Kräften befreien. Haben Sie verstanden?«

Pauli hoffte, dass der Universalübersetzer die Nachricht klar genug weitergegeben hatte. In angespannten Situationen wie dieser konnte jedes falsche Wort eine katastrophale Reaktion auslösen.

Einer der Sumarer meldete sich zu Wort. »Sie sprechen unsere Sprache. Wer sind Sie?«

»Mein Name ist Sergeant Sanders«, erwiderte Pauli. Er gab seinen Nachnamen, der für dieses formelle Treffen geeigneter erschien. »Ich bin Soldat in der republikanischen Armee. Wir kamen auf Sumara, um Ihren Planeten von den Zodark zu befreien. Und nun stellen Sie sich bitte gegen die Wand, damit meine Soldaten Sie durchsuchen können.«

Die Mehrheit der Sumarer schien von Paulis Aussage verwirrt zu sein, folgte aber seinen Anweisungen. Eines der Feuerteams behielt die Sumarer im Visier ihrer Waffen, während das zweite Team die Gefangenen durchsuchte. Danach wurden die Festgenommenen mit vor den Körpern gefesselten Händen zum Sitzen auf dem Boden aufgefordert.

»Pauli, mein Trupp hat gerade die Durchsuchung des Erdgeschosses beendet«, informierte Yogi ihn. »Wir sind auf dem Weg ins nächste Stockwerk. Wie viele Gefangene habt ihr gemacht?«

»Bislang 17. Sucht weiter. Vielleicht könnt ihr mehr von ihnen zur Aufgabe überreden. Kein Grund, eine verlorene Schlacht weiterzuführen. Eine Viertel Million RAS steht kurz vor der Landung auf diesem Planeten.«

Yogi nickte und steuerte seinen Trupp aus dem Raum.

Pauli wandte seine Aufmerksamkeit wieder den Gefangenen zu. Er zeigte auf den Mann, der ihm vorhin die Frage gestellt hatte und forderte ihn auf, aufzustehen und ihm zu folgen. Er wollte mit dem Mann getrennt von den anderen reden, um möglicherweise herauszufinden, wie viele Zodark sich noch in der Stadt aufhielten und aus welchem Grund die Sumarer an ihrer Seite kämpften.

»Bitte setzen Sie sich«, wies Pauli ihn an. Dann nahm er gegenüber dem Mann Platz. Seine Schusswaffe legte er sich über die Knie, bevor er seinen Helm abnahm und dem Gefangenen sein Gesicht zeigte. Der sah aus, als konnte er das, was er sah, nicht glauben.

Der Gefangene stammelte etwas. Pauli setzte sich seinen Helm wieder auf, um von seinem Universalübersetzer Gebrauch zu machen. »Sie sind … Sie sind … ein Mensch … so wie wir«, stellte der Mann fest.

Lächelnd erwiderte Pauli: »Das bin ich. Genau wie meine Soldaten. Sie und ich haben viel zu besprechen, zum Beispiel wieso Sie auf der Seite der Zodark kämpfen und wer die Menschen in der Stadt getötet hat? Wir kamen als Befreier auf diesen Planeten, um Sie von den Zodark zu retten. Und jetzt entdecken wir, dass ein Großteil der Bevölkerung tot ist, und dass diejenigen, die noch am Leben sind, Seite an Seite mit den Zodark kämpfen. Wenn Sie mir das bitte so gut wie möglich erklären? Was zum Teufel geht hier vor?«

Kapitel Zwei
Ein Wunder

Außerhalb der Hauptstadt
Sumara
Qatana-System

»Ist es das, Hadad?«, fragte Captain Brian Royce mit hoffnungsvollem Ausdruck in der Stimme und mit Besorgnis im Gesicht.

Hadad starrte auf das Gebäude, das beinahe 20 Jahre lang sein Zuhause gewesen war – ein Heim, in dem er vor seiner Verhaftung und Verbannung in die Minen vier Kinder großgezogen hatte.

Hadad drehte sich zu Royce um. Eine Träne rollte ihm die Wange hinunter. »Ja, das ist es. Geben Sie mir bitte einen Augenblick? Ich möchte zuerst alleine hineingehen.«

Er trat an das Gartentor heran, öffnete es und folgte dem Fußweg bis an die Veranda. Eine Welle der Erinnerungen und Gefühle überflutete ihn: das Bild seiner Frau, die vor dem Eingang Blumen pflanzte, seine älteste Tochter, die auf einem Stuhl saß und ihr Buch las, sein Sohn, der neben seiner Mutter auf dem Gras spielte. Er vermisste sie so sehr, dass der Schmerz beinahe körperlich war.

Der Blumengarten war mittlerweile total verwildert; vernachlässigt, wer weiß wie lange schon … Ein weiterer Hinweis darauf, dass sich auf seiner Heimatwelt etwas Schreckliches zugetragen hatte.

Als Hadad nach dem Türknopf griff, dachte er, er hätte etwas gehört. Dann konnte er hinter einem der Fenster eine flüchtige Bewegung erkennen. Vorsichtig zog er seine Hand zurück und wandte sich um. »Brian, ich denke, ich habe jemandem im Haus gesehen.«

Die Soldaten, die sie begleiteten, reagierten ohne zu zögern. Mit angelegten schussbereiten Waffen rannten sie auf die Eingangstür zu. Hadad blieb kaum die Zeit, aus dem Weg zu springen.

Sie mussten über ihre Neurolinks kommunizieren, da er keinen Laut vernahm, obwohl ihr Vordringen eindeutig koordiniert war. Nach dem Eintreten der Tür sprang Sergeant Peterson als Erster ins Haus, unmittelbar gefolgt von Corporal Iris Wells und Lieutenant Hosni. Royce wartete draußen neben Hadad, um sicherzugehen, dass er außer Gefahr war, während seine Kollegen die Räumung des Hauses übernahmen.

Ein lauter Schrei ertönte, sobald die Soldaten das Haus stürmten. Dann hörten sie andere Stimmen, die in panischer Angst vor dem urplötzlichen Auftauchen des Militärs hysterisch kreischten, während Lieutenant Hosni und Corporal Wells ihr Bestes gaben, die Anwesenden auf Sumarisch zu beruhigen.

Hadad konzentrierte sich intensiver auf die Stimmen, die er einzuordnen versuchte. Sein Herz schlug schneller, als er eine davon als die Stimme seiner Frau Arram erkannte. Unsanft schob er Captain Royce aus dem Weg und rannte durch die Tür seines Hauses in das Wohnzimmer hinein. Wells war dabei, eine Frau zu beruhigen, die aus Furcht schluchzte, während sich zwei andere Personen in schützender Haltung vor ihr aufgebaut hatten.

Hadad war es unmöglich, seine Gefühle zu beschreiben, als er seine Frau lebendig vor sich sah. Da er zwischenzeitlich seinen Helm abgenommen hatte, war sein Gesicht für alle erkennbar. Mit tränenüberströmten Gesicht rief er seiner Frau und seinen Kindern zu, die er seit beinahe 15 Jahren nicht mehr gesehen hatte. »Arram, ich bin es, Hadad.« Dann wandte er sich an die Kinder. »Diyana, Ashur … ich bin es, Daddy. Ich bin Hadad, euer Vater.«

Einen Augenblick starrten die beiden verängstigten und aufgebrachten jungen Erwachsenen und die hysterische Frau den Mann, der ihre Namen kannte, an, ohne ein Wort von sich zu geben. Dann stürzte das Mädchen Diyana mit weit offenen Armen vor und sprang förmlich in Hadads wartende Armen. Der Junge tat es ihr nach, ebenso die Frau.

Nach der ersten stürmischen Umarmung forschte Hadad: »Was ist mit euren Brüdern? Was geschah mit ihnen?« Arram und Hadad hatten noch zwei jüngere Söhne – Zwillinge, die zwei Jahre alt waren, als Hadad von den Zodark abtransportiert wurde.

Eine beklommene Pause trat ein. »Nachdem du festgenommen wurdest, wurden die beiden als Tribut überstellt«, ließ Arram ihn endlich wissen. »Sie nahmen die Stelle von zwei anderen Kindern ein, deren Eltern ihr Volk nicht verraten hatten.«

Hadad verkrampfte seine Fäuste so hart, dass die Knöchel weiß hervortraten. Er schien das Verlangen zurückzuhalten, laut aufzuschreien oder etwas zu zerschlagen.

Das Leiden, das die Zodark diesem Mann zugefügt haben,
scheint kein Ende zu nehmen, dachte Royce, der mittlerweile das Haus betreten hatte, mit einem übelerregenden Gefühl im Magen.

Er legte einen tröstenden Arm auf Hadads Schulter. »Eines Tages finden wir heraus, was mit ihnen geschehen ist, Hadad. Jetzt sollten wir die Tatsache feiern, dass Ihre Frau und Ihre beiden Ältesten noch am Leben sind.«

Hadad sah Royce an und nickte still. Seine Fäuste lockerten sich. Obwohl er stark litt, wusste er, dass sein Freund Recht hatte.
****

Nachdem Hadad an ihm vorbeigeeilt war, hatte Captain Royce einen Augenblick gezögert – etwas, was er so gut wie nie tat. Freiwillig hätte er es nie zugegeben, aber die Freude, die er in diesem Moment für seinen Freund empfand, war einfach überwältigend. Mit dem Betreten des Hauses war er nun Zeuge der tränenreichen Wiedervereinigung der Familie geworden.

Corporal Wells beugte sich vor und flüsterte Royce zu: »Ist das die Möglichkeit, dass wir die Familie tatsächlich lebend gefunden haben? Wie gut standen ihre Chancen, zu überleben und dazu noch von uns gefunden zu werden?«

Royce nahm seinen Helm ab. Er wischte sich einige Tränen aus den Augen und arbeitete hart daran, die Kontrolle über seine Gefühle zurückzugewinnen. Obwohl er selbst keine eigene Familie hatte, war die Wiedervereinigung von Hadad mit seiner Frau und seinen Kindern nach so langer Zeit bewegend.

Royce gönnte sich eine Minute der Besinnung und trat erneut auf die Veranda hinaus. Mit den Händen auf den Hüften warf er einen prüfenden Blick auf die umliegenden Grundstücke und die Nachbarschaft. Die Häuser in dieser Gegend lagen ein wenig voneinander entfernt, weiter, als es in unmittelbarer Stadtnähe üblich war. Hadads Nachbarschaft erinnerte ihn an die weit ausgedehnten Vororte, die jede irdische Stadt umgaben.

Plötzlich drang ein zischendes Geräusch gefolgt von einem lauten Knallen zu ihm vor. Royce sah nach oben, ob er ein Flugzeug erkennen konnte, das gerade die Schallmauer durchbrochen hatte. Der Himmel war mit Lichtstrahlen durchzogen.

»Sieht aus, als sei die Kavallerie eingetroffen«, kommentierte Sergeant Peterson, die neben Royce die Szene am Himmel beobachtete.

»Ganz recht«, stimmte Royce zu. »Da wir das Glück hatten, Hadads Familie zu finden, möchte ich wetten, dass wir mit einer systematischen Suche eine ganze Anzahl Überlebender entdecken werden. Vielleicht finden wir durch ihre Befragung heraus, was sich hier zugetragen hat.«

Peterson nickte und schwieg. Die beiden warteten nun weiter vor dem Haus, um Hadad und seiner Familie Zeit zu gewähren, während sich der Himmel über ihnen weiter mit eintreffenden Flügen erhellte. Die Mannschaftstransporter und Shuttles landeten in kürzesten Abständen überall auf dem Planeten, um ihre jeweiligen Zielobjekte zu sichern.

Eine Weile danach lud Hadad Royce und sein Team ein, ins Haus zurückzukehren. Seine Frau und seine Kinder waren bereit, mit ihnen zu reden.

Mit dem Betreten des Wohnzimmers sah Royce, dass Hadads Kinder aufgeräumt hatte. Es sah beinahe wieder so aus, als sei es tatsächlich bewohnt. Hadads Frau Arram war in der Küche und versuchte, ihnen etwas Essbares zuzubereiten.

Nachdem Royce und sein Team Platz genommen hatten, erklärte sein Sohn Ashur: »Wir müssen alle Räume, in die jemand einsehen kann, so aussehen lassen, als ob sie verlassen sind oder zumindest schon lange nicht mehr benutzt wurden.«

»Suchen die Zodark oder ihre Kollaborateure nach euch?«, forschte Sergeant Peterson mit besorgtem Gesichtsausdruck.

»Kleinere Gruppen von Zodark halten sich noch auf dem Planeten auf. Wo genau kann ich nicht sagen. Aber die sind nicht das Problem. Die Mukhabarat sind es, vor denen wir uns alle fürchten. Man stößt auf eine Gruppe Überlebender, mit der man sich zusammentut und Ressourcen teilt, um wieder Fuß zu fassen und weiterzuleben, nur um am nächsten Morgen aufzuwachen und feststellen zu müssen, dass einer der Überlebenden ein Mitglied der Mukhabarat war, der die Gruppe an die Zodark verraten hat.«

Wells und Hosni fluchten leise und schüttelten angewidert den Kopf.

»Was geschieht mit den Leuten, sobald sie den Zodark übergeben werden?«

Der junge Mann sah unter sich, bevor er zögernd erwiderte: »Meist werden sie auf äußerst brutale Weise getötet, bevor ihre Leichen für alle sichtbar zurückgelassen werden.«

»Aber wieso? Wozu soll das gut sein?«, erkundigte sich Peterson zornig.

»Weil es Tiere sind! Sie spielen mit uns. Sie wollen uns terrorisieren, uns für unsere Rebellion bestrafen«, rief Ashur um vieles aufgebrachter als Peterson zurück.

Wells lehnte sich vor. »Aus welche, Grund arbeiten einige der sumarischen Bürger mit ihnen zusammen? Wieso kooperieren sie mit solchen Monstern?«

Ashur seufzte, während er sich in seinen Stuhl zurückfallen ließ. »Bereits vor der Säuberung – so nennen wir es mittlerweile – waren die Mukhabarat eine gefürchtete Organisation. Sie führten ein privilegiertes Leben in unserer Mitte. Ein falsches Wort an ihre Zodark-Betreuer und Sumarer samt ihrer Familie verschwanden überraschend. Die Mukhabarat waren niemandem gegenüber verantwortlich und standen unangreifbar über dem Gesetz. Dann änderte sich plötzlich alles. Als die Garnisonen der Zodark vom Weltraum her angegriffen wurden und sich die Nachricht verbreitete, dass sie eine wichtige Schlacht in diesem System verloren hatten, jubelten die Menschenmengen in den Straßen – bevor sie sich den Mukhabarat widmeten.

»Jahrzehnte angestauter Frustration und Missstände kochten über. Nachdem die Vergeltungsmorde begonnen hatten, verbreiteten sie sich mit enormer Geschwindigkeit. Tatsächlich waren es die Mukhabarat, die unseren Vater nach Clovis geschickt haben. Er war Forscher und hatte sich nicht das Geringste zu Schulden kommen lassen. Eines Morgens tauchten sie beim Frühstück auf und nahmen ihn mit. Sie entführten ihn und wir sahen ihn nie wieder ... nicht bis heute.«

Ashur wischte sich eine Träne aus dem Gesicht und drückte die Hand seines Vaters fest. Seine Schwester Diyana weinte ebenfalls.

»Ashur, es tut mir wirklich leid, was deiner Familie und dem sumarischem Volk zugestoßen ist«, erklärte Royce. »Es gibt nichts, was wir sagen oder tun könnten, das daran etwas ändern oder es besser machen würde. Aber eines sollst du wissen. Hätten die Mukhabarat deinen Vater nicht gewaltsam entführt, wäre er nie auf Clovis gewesen, als wir diesen Planeten befreiten. Das bedeutet, dass wir ihn nie getroffen hätten. Euer Vater war ausschlaggebend daran beteiligt, meinem Volk die Fähigkeit zu geben, die Zodark zu besiegen. Als Wissenschaftler und Forscher verfügte euer Vater über technische Informationen, die nicht nur den Antrieb unserer Schiffe transformierte, sondern auch die Art, wie wir unsere Feinde bekämpfen. Ohne euren Vater bin ich mir nicht sicher, ob die Republik die Zodark so hätte angreifen und besiegen können, wie wir es getan haben. Euer Vater ist ein nationaler Held, Ashur. Sein Mut und sein Wissen brachten ihm als Vertreter seines Volks und seines Planeten hohe Anerkennung ein.«

Hadads Augen füllten sich mit Tränen, während Royce sprach. Arram, die aus der Küche gekommen war, hatte seine Ansprache ebenfalls gehört. Hadads Familie sah ihn mit ungeheurem Stolz, Erstaunen und voll echter Liebe an.

»Arram, Diyana, Ashur, ohne Hadads Hilfe wären wir sicher heute nicht hier. Ich möchte, dass Sie das wissen«, fuhr Royce fort. »Ich bin mir sicher, dass das Leben während seiner Abwesenheit schwer war, aber es sollte Sie trösten, zu erfahren, dass er es war, der den Weg zur Befreiung Ihres Volkes aus der Sklaverei und von der Tyrannei der Zodark und der Mukhabarat geebnet hat.«

Royce hielt einen Moment inne, um seine Fassung wiederzuerlangen. »Und jetzt muss all das warten. Ich bin Soldat, ein Offizier des Militärs. Ich muss wissen, ob sich mehr Zodark oder Mukhabarat in diesem Gebiet aufhalten. Meine Männer und ich planen, einige von ihnen gefangen zu nehmen, um sie zu verhören. Wissen Sie, wo sie sich aufhalten könnten?«

Diyana und Ashur tauschten einen nervösen Blick aus, bevor Hadads Tochter erwiderte: »Ähm … ich glaube, ich weiß, wo einer der Mukhabarat zu finden ist.«

Arram sah sie scharf an, mischte sich aber nicht ein. Royce hatte den Eindruck, dass sie, wer immer die Person auch war, deren Preisgabe nicht zustimmte.

»In unserer Nachbarschaft gibt es eine Familie, die eine kleine Dandle-Farm betrieb.«

Royce warf Hadad einen fragenden Blick zu.

Hadad hob die Hand. »Entschuldige, Diyana … Brian, ein Dandle entspricht in etwa einem irdischen Huhn. Ein nicht flugfähiger Vogel, reich an Protein, dessen Weibchen Eier im Übermaß legt, sobald sich ein zeugungsfähiger männlicher Vogel im Gehege aufhält. Einige Familie halten sich einen kleinen Bestand, um eigene Eier und Geflügel zu erzeugen.«

Royce lächelte und nickte Diyana aufmunternd zu.

»Tut mir leid. Also, vor der Säuberung kauften wir unsere Eier bei ihnen. Als die Zodark diesen Bereich überrannten, verschwanden unsere Nachbarn. Wir konnten uns verstecken, ohne während der Durchsuchung von Haus zu Haus entdeckt zu werden … was nervenaufreibend und furchterregend war. Das möchte ich hinzufügen. Die Zodark drangen in die Häuser vor und zerstörten auf der Suche nach uns alles, was ihnen ihm Weg war. Nachdem sich die Lage nach zwei Tagen endlich beruhigt hatte, verließen wir unser Versteck und begannen nach anderen Überlebenden zu suchen«, berichtete Diyana weiter.

»Es war wohl am vierten Tag nach der Säuberung, als wir das Haus auf der Suche nach anderen erneut verließen. Wir waren vielleicht eine Stunde unterwegs, als ein starker Schusswechsel ausbrach. In der Entfernung hörten wir kreisende Zodark-Shuttles und Transportflugzeuge …«

»Ich bestand darauf, dass wir in unser Versteck zurückkehrten und uns noch einige Tage ruhig verhielten«, unterbrach Ashur sie. »Ich war mir nicht sicher, ob es erneut Patrouillen in unserer Nachbarschaft geben würde.«

»Ihr habt euch in dem Versteck aufgehalten, das ich für uns gebaut habe, richtig?«, erkundigte sich Hadad.

»Genau, Dad«, versicherte ihm Ashur. »Ich erinnere mich daran, dass wir uns immer fragten, aus welchem Grund du es gebaut hast. Wir hielten es für albern. Aber wir waren mehr als dankbar für dieses Versteck, als die Zodark und die Mukhabarat auf der Suche nach uns in unser Haus einbrachen. Wir drei schafften es in letzter Minute. Zwei Mal durchsuchten sie das Haus, ohne den Raum oder uns zu finden. Du hattest Recht, ihn zu bauen. Er hat uns das Leben gerettet.«

Royce brachte die Unterhaltung wieder auf den Punkt. »Ashur, Diyana, nachdem die Zodark sich zurückgezogen hatten, wie oft waren ihre Patrouillen unterwegs oder wie oft habt ihr sie bemerkt? Habt ihr jemals gesehen oder vermutet, wo sich ihr Hauptquartier befand?«

Ashur und seine Schwester schüttelten den Kopf. »Tut mir leid, dass wissen wir nicht«, antwortete Ashur. »Gewöhnlich sahen wir sie beim Einflug mit ihren Shuttles oder wenn sie mit ihren Flugwagen unterwegs waren. Entweder kamen sie aus der Hauptstadt oder aus einem der anderen Vororte. Ich weiß nur, dass sie nach der ersten großen Säuberung gewöhnlich nur dann auftauchten, wenn sie einen Tipp von jemandem erhalten hatten – von einem Überlebenden, der aller Wahrscheinlichkeit andere gegen Nahrungsmittel und eine Chance zu überleben verriet.«

Sergeant Peterson meldete sich zu Wort. »Ashur, du hast erwähnt, dass du weißt, wo einer dieser sogenannten Kollaborateure zu finden ist. Kannst du uns zu ihm führen – jetzt sofort? Wir müssen versuchen, einige von ihnen aufzustöbern, um herauszufinden, was hier vorgefallen ist und wie viele von ihnen sich noch auf dem Planeten aufhalten. Wir benötigen Insider-Informationen, bevor unsere Soldaten in großer Zahl hier eintreffen.«

Diyana und Ashur sahen sich an und nickten sich zu.

Diyana erklärte: »Einer unserer Nachbarn … Ihr Sohn Sadat ist seit Jahren in mich verliebt. Auf der Highschool waren wir zusammen. Danach besuchte ich die Universität um Ingenieurwesen zu studieren. Sadat machte entweder eine Ausbildung oder ein Training oder verschwand einfach nur für ein paar Jahre. Nachdem er dann zurück war, liefen wir uns zufällig über den Weg. Ich war immer noch ledig, also bat er mich um ein Date. Wir waren ungefähr fünf Monate zusammen, als der Aufstand begann.

»Am Tag bevor die Zodark in unser System zurückkehrten und die Säuberung begann, machten wir eine Wanderung. Als wir zu Mittag anhielten, verriet er mir, dass er zu den Mukhabarat gehörte und dass seine Mutter tatsächlich ein hochrangiges Mitglied dieser Organisation sei. Das machte mir Angst, aber er versicherte mir, dass es dazu keinen Grund gab, weil er mich liebte und mich sicher sehen wollte. Er kündigte an, dass die Zodark in Kürze zurückkehren und dann ihre Rache an uns ausüben würden. Er sagte mir, ich sollte meine Familie warnen – allerdings nur meine Familie – und dass wir uns danach zwei Wochen lang verstecken sollten.«

Sie unterbrach ihre Erzählung, um eine Träne wegzuwischen. »Ich hatte Angst. Ich wusste nicht, was ich sagen oder tun sollte. Er gab mir ein kleines Kommunikationsgerät und wies mich an, nach dem

Beginn der Säuberung zwei Wochen zu warten und danach Kontakt zu ihm aufzunehmen. Sobald sich die Dinge auf dem Planeten beruhigt hatten, würden die Zodark denjenigen, die die Säuberung überstanden hatten, einen Neubeginn erlauben.«

Peterson und Royce tauschten einen Blick aus und nickten sich erfreut zu. Sie hatten ihren Weg gefunden, einen Gefangenen zu machen.

»Diyana, wir möchten, dass du Kontakt zu deinem Freund aufnimmst«, bat Royce. »Sag ihm, dass du dich mit ihm treffen willst; sag ihm, es ist dringend. Er soll dich am Hühnerstall treffen. Das ist neutraler Boden. Bitte tu das sofort. Wir müssen ihn stellen. Falls es uns gelingt, mit dem Anführer der Mukhabarat in Kontakt zu kommen, gelingt es uns vielleicht, sie hier auf Sumara davon abzuhalten, mit den Zodark zusammenzuarbeiten und uns zu bekämpfen.«

Diyana nickte. Sie zog das kleine Gerät hervor und schickte Sadat eine Nachricht.

Kapitel Drei
Die Stille vor dem Sturm

RNS *George Washington*
Sirius-System
832 Millionen Kilometer von Alfheim entfernt

Rear Admiral Fran McKee, vor kurzem befördert, brütete allein in ihrer Kabine.

»Ich hätte die Task Force zur Eroberung von Sumara leiten sollen«, grollte sie leise vor sich hin.

Aber nein, Admiral Halsey will diesen Ruhm ganz für sich allein, dachte sie. Und was noch schlimmer war, Halsey hatte ihr einen Stellvertreter zugeteilt, der seiner Aufgabe nicht gewachsen war. *Sie will nur, dass ich ein Auge auf ihn habe.*

Sobald die Mission, die sumarische Heimatwelt zu befreien, offiziell geworden war, hatte die Flotte eine Reorganisation durchgemacht. Bis zu diesem Zeitpunkt war ein einziges Kommando für den Schutz der Erde, Neu-Eden und Alpha Centauri zuständig gewesen – die Gemeinsame Task Force Eins, auch die Heimatflotte genannt. JTF-1 war für das Gebiet verantwortlich, das dieser Tage als die terranischen Heimatwelten angesehen wurde. JTF-2 war der offensive Arm der menschlichen oder terranischen Streitkräfte, wie die Altairianer sie mittlerweile bezeichneten. Mit dem Übergang der Sumara-Mission von der Diskussions- in die Planungsphase war JTF-3 ins Leben gerufen worden.

Admiral Halsey hatte sich entschieden, das Kommando über die neu gegründete JTF-3 zu übernehmen, die in ihrer Größe und im Umfang ihrer Aufgaben ständig weiter wuchs. Diese Task Force würde die führende menschliche Streitmacht sein, die Sumara und den Rest des Qatana- Systems befreien und ihren Anspruch auf die gesamte Kette der Sternensysteme geltend machen würde, die mit diesem System verbunden waren. McKee war sich sicher, dass Halsey nicht ihr größter Fan war, da sie Fran anlässlich ihrer Beförderung mit dem Kommando über die JTF-2 ‚belohnt‘ hatte. Die JFT-2 schien permanent an die Primord verliehen zu sein, um ihnen bei der Befreiung der letzten ehemaligen Primord-Systeme zu assistieren, die bislang noch unter der Herrschaft der Zodark litten.

McKee hätte ihre schnelle, kometenartige Beförderung zum Admiral eigentlich als Geschenk des Himmels annehmen sollen. Halsey war es allerdings effektiv gelungen, Fran sicher aus dem Rampenlicht zu entfernen und ihr die Teilnahme am Abenteuer der Menschheit, neues, unbekanntes Land einzunehmen, zu verwehren. Dazu kam noch die Demütigung, dass sie Frans Flotte fünfundsiebzig Prozent ihrer Kampfkraft mit der Begründung genommen hatte, dass der JTF-2 eine reine Unterstützungsfunktion zugunsten der Primord zukam.

Außerdem würde Admiral McKee im Vergleich zu den Kommandeuren der ihr angeschlossenen Bodentruppen nur ein nachrangiger Flaggoffizier sein. Das bedeutete, dass sich die Autorität ihres Kommandos nur auf die Transite zwischen den verschiedenen Operationen und den Orten erstreckte, an denen die Weltraumkämpfe stattfanden. McKee hielt es für einen hinterhältigen Trick von Halsey, ihr den Stern eines Admirals anzustecken und gleichzeitig zu garantieren, dass sie ihren neuen Rang nur im kleinsten Rahmen ausüben konnte.

Halsey hatte so gut wie zugegeben, dass es nicht ihre Idee gewesen war, Fran McKee zum Admiral zu befördern. Das klang überzeugend – McKees Ruf und ihr Ansehen war am Steigen; gut möglich, dass er Halseys eigenen Ruf irgendwann einmal übersteigen würde. Wenn Halsey eines Tages Admiral Baileys Position als Leiterin des Weltraumkommandos übernehmen wollte, musste sie vorher ihren Namen zwischen den Sternen verewigen.

Ein Klingelton unterbrach McKees wiederholten Gedankengang der letzten 13 Monate. Jemand stand vor ihrem Quartier, gerade als sie duschen wollte.

Wer will mich um diese Zeit belästigen?, fragte sie sich. Sie mochte ihre Morgenroutine. Sie wachte regelmäßig vier Stunden vor dem Beginn ihrer Schicht auf. Eine Stunde davon investierte sie in ihre körperliche Fitness, 20 Minuten Mediation, 10 Minuten Frühstück, 30 Minuten E-Mails und SMS, eine Stunde persönliche Lektüre und eine Stunde, um die neuesten Nachrichten und Geheimdienstberichte von der Erde zu studieren. Auf diese Weise blieb sie informiert und war auf dem neuesten Stand, was ihren Geist und ihren Körper rundum auf einen erfolgreichen Tag vorbereitete.

»Herein«, sagte sie endlich laut genug, damit der Computer ihre Aufforderung registrieren und ihren Gast einlassen konnte.

Captain Reginald Birtwistle, ihr Stellvertreter, und der kommandierende General des Zweiten Expeditionskorps der Armee, Major General Veer Bakshi, traten ein. Der Vier-Sterne-General war der Befehlshaber der gesamten JTF-2. Sein Büro befand sich unten auf dem Planeten Intus, zusammen mit der Hälfte seiner Armee.

»Ich hoffe, es stört Sie nicht, dass wir so unerwartet hereinplatzen, Admiral«, tönte Captain Birtwistle. »Veer hat einige gute Punkte hinsichtlich der bevorstehenden Operation ins Gespräch gebracht. Ich dachte, die sollten sie hören.« Selbstbewusst betrat er ihr Quartier und ging schnurstracks auf die Bar im Sitzbereich ihres Wohnraums zu. Birtwistle benahm sich immer so, als ob er einen jedem Offizier zugänglichen Gemeinschaftsraum betrat, anstatt die Privaträume eines Admirals.

»Hmmh … sicher. Treten Sie ein«, erwiderte McKee, die versuchte, ihren Missmut über dieses Eindringen zu verbergen. »Meine Schicht beginnt erst in wenigen Stunden. Wir können reden.« Diesen leichten Sarkasmus konnte sie sich nicht verkneifen, während sie die Tür, die in ihr Schlafzimmer führte, schloss. Die *George Washington* war mit sehr eleganten Wohnquartieren für die Mannschaft ausgestattet, insbesondere für die höheren Ränge. Die Unterkünfte des Admirals und des Kapitäns auf diesem Schiff waren tatsächlich schon ein wenig zu opulent, selbst nach dem Standard der Navy.

Birtwistle goss sich einen Kognak ein. »Sie auch?«, bot er General Bakshi an.

»Meine Schicht hat bereits begonnen. Nein, danke«, entgegnete Bakshi mit einem missbilligenden Blick auf seinen Landsmann. Nicht dass er Alkohol verpönte, aber Birtwistles generelle Anspruchshaltung war einfach unerträglich. Bakshi bediente sich mit einem Glas Wasser.

»Dagegen ist nichts einzuwenden«, gab ihm Birtwistle recht und streckte sich auf einem der Polstersessel aus. »Meine Schicht ging gerade zu Ende. Ich entspanne mich, während wir reden.«

Einfach alles an Birtwistle brachte McKee auf. Vielleicht war es seine Mitgliedschaft unter den Oberen Zehntausend Großbritanniens oder der Eindruck den er vermittelte, dass er sich für besser als alle anderen hielt. McKees Busenfreund war er sicher nicht.

Sie nahm Platz. »Ok, was ist Ihnen beiden so wichtig, dass Sie mich in meinen Privaträumen aufsuchen, um direkt mit mir zu reden?«

»Ich … Es tut mir leid, dass wir Sie so überrumpeln«, stammelte General Bakshi. »Reggie …«

»Reginald, General«, fuhr Birtwistle ihn an. »Wenn ich Ihnen erlaube, mich Reggie zu nennen, dann rufen mich bald alle so. Ich bevorzuge Reginald.«

Ist ihm nicht bewusst, dass Veer Bakshi zwei Besoldungsgruppen über ihm steht?, wunderte sich McKee. Es waren nicht unbedingt die Worte, die er von sich gab, als die Art und Weise, wie er sie von sich gab, die so haarsträubend war.

Major General Bakshi, gewöhnlich die Ruhe selbst war, verriet sein eigenes Empfinden von Frustration. Er war kein niederrangiger Offizier. Vor der planetenweiten Reorganisation, die die Altairianer ihnen aufgezwungen hatten, war Bakshi einer der Divisionskommandeure der Asiatischen Allianz gewesen. Jetzt war er nach Fridolf Neumann der stellvertretende Kommandeur, dessen permanenter Kommandostandort sich auf Intus befand.

»Kommen Sie auf den Punkt. Sagen Sie mir doch bitte, was so wichtig ist, dass wir es sofort besprechen müssen«, drängte McKee. Sie hasste es, wenn Birtwistle glaubte, er könnte bestimmen, was ihr oder jedem anderen um ihn herum wichtig oder nicht wichtig war.

»Admiral, als ich mich heute mit meinem primordischen Kollegen traf, unterbreitete er mir neue geheimdienstliche Informationen über Alfheim«, erklärte Bakshi. »Alfheim ist tatsächlich ein einzigartiger Planet. Wie Sie wissen, besteht er überwiegend aus Eis. Einzig entlang seines Äquators finden sich jahreszeitliche Veränderungen. Dort lebt auch die Mehrzahl seiner Bevölkerung.«

McKee hatte sich Alfheim vor dem Auslaufen zu dieser Expedition näher angesehen. Er war sicher nicht der typische Planet, der eine menschliche Bevölkerung anziehen würde. Sein Klima glich eher dem des Nordpols anstatt dem des sonnigen Südens.

»Admiral, meine größte Sorge ist, dass wir angesichts den unseren Erkenntnissen nach zahlenmäßig starken Zodarkkräften auf dem Planeten über eine unzureichende Anzahl DN-12 Cougar oder Osprey verfügen, um unsere Mission erfolgreich zu erfüllen«, trug Bakshi vor. »Auf Intus konnten Infanteriepatrouillen die Basen der Zodark überwachen oder die Dörfer bis hin zu den größeren Städten übersehen, da der Planet über ein gemäßigtes Klima verfügt. Unsere Soldaten konnten und waren oft genug gezwungen, an ihr Ziel zu marschieren, wenn es uns an Fortbewegungsmitteln für sie fehlte. Auf Alfheim ist das unmöglich. Im Gegensatz zu den Deltas oder den neuen Bataillonen der Ranger mangelt es unseren regulären Soldaten, sobald sie in die Schlacht ziehen an einem wetterunabhängigen, geschlossenem System ...«

Fran unterbrach ihn. »Entschuldigen Sie, General, aber wieso ist das so? Wir bekämpfen die Zodark nun bereits seit 15 Jahren. Man sollte denken, dass sich die Ausrüstung unserer Soldaten seither verbessert hat.«

Bakshi zuckte mit den Achseln. »Sie stellen eine Frage, die meine Zuständigkeit weit überschreitet. Meine Männer und ich führen die uns übergebenen Pläne und Strategien mit der Ausrüstung und der Technologie aus, die uns zur jeweiligen Zeit zur Verfügung stehen. Ein altes Sprichwort sagt: ‚Du ziehst in den Kampf mit der Armee, die du hast, nicht mit der, die du willst‘. Ich fürchte, dass wir unseren Heimathafen mit zu wenigen Fahrzeugen verließen, um die Soldaten von Schlacht zu Schlacht zu transportieren oder um tägliche Routinepatrouillen durchzuführen. Das extreme Klima wird es uns schwer machen, Langzeitoperationen durchzuführen oder in weiter Entfernung von der Basis eingesetzt zu werden.«

»Okay, ich verstehe Ihre Bedenken und schließe mich Ihrer Meinung an, aber was erwarten Sie von mir?«, fragte McKee. »Wir sind bereits auf dem Weg.«

»Das weiß ich, Admiral. Von Ihnen würde ich gerne wissen, ob Sie an der nächsten Zwischenstation einem JUON zustimmen, in der ein Prim-Transporter die nötige Ausstattung auf Intus abholt und sie nach Alfheim bringt«, forschte Bakshi. »Wenn die Prim einen ihrer Transporter nutzen, werden sie etwa einen Monat nach unserer Ankunft eintreffen.«

JUON stand für eine Anfrage aufgrund ‚gemeinsamer dringender operativer Bedürfnisse‘. Es war die Art Anfrage, die sowohl vom Boden- als auch vom Flottenkommandanten unterstützt werden musste. Einer JUON kam höchste Priorität zu und wurde selten abgelehnt oder blieb unbeantwortet, selbst wenn die Zuständigen auf die Ausrüstung anderer Einheiten zurückgreifen mussten, um dieser Bitte zu entsprechen.

Admiral Fran McKee atmete tief durch. Jetzt verstand sie, weshalb sie vor dem Beginn ihrer Schicht behelligt worden war. Ihr nächster Anlaufpunkt lag nur noch 30 Minuten entfernt. Die Männer mussten rechtzeitig ihre Zustimmung einholen, um das zu formulieren und sofort absenden zu können.

»Einverstanden. Lassen Sie mir den JUON in zehn Minuten zukommen. Nachdem ich aus der Dusche bin, lese und genehmige ich ihn. Versuchen Sie bitte nicht, eine Reihe unsinniger Gegenstände einzubeziehen. Wenn wir sonst noch etwas brauchen, kann ich es über die regelmäßig eintreffenden Versorgungskonvois beziehen. Ich habe nicht vor, für jede Kleinigkeit einen JUON rauszuschicken. Verstehen wir uns?« Dabei sah Fran Birtwistle bedeutungsvoll an.

Der hob die Arme zum Zeichen der Aufgabe an. »Ich bin nur der Überbringer der Nachricht, Fran.«

»Ok, die Herren, Ihre Bitte ist gestellt und ihr wurde zugestimmt. Ich gehe jetzt unter die Dusche. Schicken Sie die Anfrage an meine Station. Wir sehen uns in Kürze.«

Die Mission ist kaum einen Monat alt und wird von der Infanterie noch bevor wir den Planeten erreichen, ernsthaft in Gefahr gebracht, dachte sie. Sie fragte sich, wer wohl die Ausrüstungsbedürfnisse für den Einsatz einer viertel Million Soldaten auf einem Eisplaneten überprüft hat.

Wie konnten sie die Anforderungen an den Marsch auf einer gefrorenen Tundra übersehen? Als nächstes würden sie ihr erzählen, dass sie auch ihre Winterjacken vergessen hatten.

****

1. Zug, Kompanie Apollo, 1-331. Infanterieregiment
RNS *Valkyrie*
Sirius-System
Transit nach Alfheim

Der Gefreite David Roberts spürte erneut den Druck in seiner Brust. Fest kniff er die Augen zu und ballte die Fäuste noch ein wenig stärker. *An einen Sprung in ein System oder aus einem System heraus würde er sich wohl nie gewöhnen.*

Zuerst hatte er das Heim seiner Kindheit in Atascadero, Kalifornien, verlassen. Als Nächstes musste er während der letzten

Phase seiner Grundausbildung die Erde verlassen, um sein Training in niedriger Schwerkraft zu absolvieren. Jetzt befand er sich auf einem republikanischen Schiff in einem fremden Sternensystem, ohne irgendeine Idee, ob er die Erde – ganz zu schweigen Atascadero – jemals wiedersehen würde.

Vor zweieinhalb Jahren war das Leben noch einfach gewesen. Damals erschien David das als Problem. Die Monotonie aufzuwachen, Tag für Tag zur Arbeit zu gehen, respektlos behandelt zu werden, zu Bett zu gehen – nur um am nächsten Tag und am Tag danach der gleichen Routine zu folgen, hatte ihn deprimiert. Jetzt suchte er jemanden, der ihm den Tag schwer machen wollte.

Er kicherte vor sich hin. »Manchmal gibt die Armee dir Grund, so zu denken«, murmelte er leise.

»Was?« Aleksei Dmitrievs Kopf erschien außerhalb seiner Kabine.

David sah den mächtigen Russen an. »Was ist?«

»Du hast gesagt, dass die Armee dich manchmal so denken lässt«, wiederholte Dmitriev.

»Ach so. Tut mir leid. Ich habe mit mir selbst gesprochen.«

»Und wie fühlst *du* dich manchmal in der Armee, du Grünschnabel?«, forschte der Russe augenzwinkernd.

David rollte nur mit den Augen. Er schwang die Beine aus seiner Schlafkabine und sah auf die Reihe der Kabinen hinüber, die seiner gegenüber lag. Der Rest seines Trupps schlief entweder, las, oder sah sich Videos an. Auch sie würden jetzt ihre Pods verlassen und an ihre Arbeitsplätze zurückkehren, nachdem die *Valk* soeben ihren Sprung beendet hatte und in das angesteuerte System vorgedrungen war.

David konnte immer noch die durchdringenden Augen des Russen auf seinem Schädel spüren. Unbewusst strich er sich über den Hinterkopf. »Die Armee erweckt in mir den Wunsch, lieber den Rest meines Lebens von Kunden angespuckt oder behelligt zu werden, als mich mit ihrem Unsinn abzugeben.«

Aleksei blinzelte langsam. Mit dem Handtuch in der Hand sprang er aus seiner Kabine und ging in Richtung der Dusche davon. »Du hast seltsame Vorstellungen, Roberts.«

Das war noch etwas, woran David sich noch nicht gewöhnt hatte. Alle riefen sich beim Nachnamen. Das Training im Umkehren der Reihenfolge, das ihm seine Drillsergeanten hatten zukommen lassen, weil er ständig vergaß, die Leute bei ihrem Nachnamen zu rufen, hätte ihm das zur Gewohnheit machen sollen. Dem war nicht so. Davids Einstellung hatte nichts mit Nonkonformismus oder mit einer Herausforderung an das System zu tun – es fühlte sich einfach unpersönlich an, so unbeteiligt.

Davids Ausbilder hatten alle entweder auf Neu-Eden oder auf Intus gedient. Sie verfügten über direkte Erfahrungen im Kampf gegen die Zodark. David vermutete, dass es ihnen mit der Zeit zur Gewohnheit geworden war, sich von anderen abzuschotten, da niemand wissen konnte, wann sein bester Freund sterben würde. Als David herausgefunden hatte, dass er ein Raumschiff betrat, um die Männer und Frauen zu ersetzen, die an der Front gefallen waren, hatte ihm diese Tatsache schwer zugesetzt.

Um diese negativen Gedanken zu verdrängen, zog David ein persönliches Tablet aus der Tasche, um sich ein Foto von daheim anzusehen. Er saß neben seiner Mutter und seiner Schwester auf dem Sofa – nur einen Tag, bevor er die Bohnenstange hoch zur John Glenn aufgestiegen war. Danach hatten sie ihn zur Orbitalstation Mars geflogen, wo er sich seiner neuen Einheit angeschlossen hatte.

David sah nach, ob er eine neue Nachricht erhalten hatte. Leider nicht. »Du weißt nicht, was du hast, bevor es verloren ist«, murmelte er wieder.

»Hast du etwas gesagt?«, erkundigte sich eine weibliche Stimme zu seiner Linken.

Er drehte sich um und sah Yeva Petrosian, die in ihrem Handtuch dastand. David sprang auf den Boden und stopfte sich das Gerät in die Tasche.

Yeva war wunderschön, auf eine ‚Ich bitte dich besser nie, mit mir auszugehen, aus Angst, du bringst mich um‘-Art. Gleich zu Beginn ihrer Reise waren die beiden aneinandergeraten, als David von der fatalen Annahme ausgegangen war, dass sowohl sie als auch Aleksei Russen waren. Offensichtlich hatte Yeva ein Problem mit Russen. Sie hatte ihm umgehend und in aller Deutlichkeit klar gemacht, dass Russland und Armenien unterschiedliche Länder waren. Zu Davids Erleichterung hatte sich ihre Einstellung ihm gegenüber nach dem Start ihrer Reise etwas verbessert. ‚Kein Kampf unter Freunden im Schützenloch‘, oder wie immer der Spruch auch lautete.

»Der *Choknutiy* spricht mit sich selbst«, rief Aleksei ihr hilfreich von der Dusche her zu. »Er sprach gerade davon, wie sehr die Armee ihn misshandelt.«

»Ich sagte, die Armee gibt dir das Gefühl, lieber den ganzen Tag angespuckt zu werden, als diesen Mist mitzumachen«, konterte David frustriert. »Das nennt man eine Metapher. Will sagen, dass ich mir manchmal wünsche, mich mit meiner langweiligen Existenz in Kali begnügt zu haben, statt mich hierfür zu melden.« Er zeigte in Richtung Duschraum. »Und als was hat mich Aleksei gerade beschimpft?«

»Er hat dich für verrückt erklärt.« Yeva lächelte, während sie sich abtrocknete.

»Auf die netteste Art und Weise, Jungfuchs. In Russland ist das ein Kompliment«, versicherte Aleksei ihm überzeugend aus der Dusche.

Yeva schüttelte nur amüsiert den Kopf.

»Du hast den Weltraumblues, mein Junge«, informierte ihn ihr schottisches Teammitglied Duncan Campbell. Der Riese war gut zwanzig Jahre älter als alle. Eigentlich hätte er zwischenzeitlich den Rang eines Master Sergeant tragen sollen. Stattdessen fand er immer wieder den Weg zum Gefreiten zurück. Er behauptete, weil er den aktiven Kampf vermisste; sein Trupp war davon überzeugt, dass er sich gern in Schwierigkeiten brachte.

David, der es nicht besser wusste, hatte Duncan beim Wort genommen und ihm tatsächlich abgekauft, dass er die Aufregung eines Kampfs vermisste. Der Schotte hatte auf Neu-Eden gekämpft und so gut wie in jeder Auseinandersetzung, die die Menschen je mit den Zodark gehabt hatten. Seine Erfahrung war es, die David durch den Trainingssimulator half. Duncan hatte ihm beigebracht, wie er seine Waffe am effektivsten zu laden hatte, und was zu tun war, falls sein Helm auf einem Planeten, auf dem er nicht atmen konnte, einen Riss zeigte.

»Welchen Blues?«, fragte David.

»Den Weltraumblues, Gefreiter.« Die Antwort ertönte hinter ihm. Am Ende des Raums in der ersten Schlafkabine sah David Sergeant Angeline Moreau. Die grünen Augen seiner Teamleiterin starrten ihn an, als wollte sie seine Seele erforschen.

Sergeant Moreau erhob sich von ihrem Bett und erklärte: »Der Weltraumblues – den macht jeder nach seiner ersten Trennung von zuhause durch. Der legt sich wieder; man muss nur einen Grund finden, es hier zu mögen. Aleksei hat den Fitnessraum, Yeva hat das Aussichtsdeck. Für Duncan bedeutet seine Anwesenheit auf diesem Schiff, dass er Zodark töten darf. Mir hilft es zu wissen, dass das, was ich tue, für die Menschen daheim einen Unterschied macht.«

David vermied es, erneut mit den Augen zu rollen. Alles klang so einfach, wenn Moreau es vortrug. Aber das war es nicht. Seine Teammitglieder kannten sich, sie hatten zusammen trainiert und zusammen gekämpft. Er sah, wie sie sich gegenseitig ansahen und sich vertrauten – was sein Gefühl der Einsamkeit nur verstärkte.

David schüttelte den Kopf als müsse er Spinnweben daraus entfernen. Trupp Eins war in Ordnung. Er hasste niemanden. Sicher, Aleksei ging ihm gelegentlich auf die Nerven, aber insgesamt war der Trupp ok. Er fühlte sich auf dem Schiff einfach nicht wohl; es war kein Zuhause.

Nachdem David seine Grundausbildung beendet hatte, war sein Trainingszug über sämtliche Stationen der Galaxie verteilt worden. Nicht eine Person seines Jahrgangs war mit ihm stationiert. In der Grundausbildung hatte er familiäre Bindungen und Beziehungen zu Menschen aus verschiedenen Kulturen und verschiedenen Klassen aus aller Welt aufgebaut. Jetzt waren sie nicht länger mit ihm zusammen und man erwartete von ihm, dass er sich mit Leuten anfreundete, die er erst vor wenigen Tagen kurz vor dem Verlassen des Sol-Systems kennengelernt hatte. Das würde früher oder später sicher geschehen, aber wie lange würde es dauern, bis einer oder mehrere seiner neuen Freunde von den Zodark ermordet wurden?

»Juhu, *Monsieur*. Ich rede mit Ihnen.« Moreau schnalzte mit der Zunge. Das war das französische Ding, das sie tat.

»Ich habe dich gehört, Angeline. Ich komme schon wieder zu mir.« David seufzte schwer, bevor ihm aufging, dass er seine Vorgesetzte gerade mit ihrem Vornamen angesprochen hatte.

Moreau trat näher an ihn heran. »Falls Sie reden müssen, können wir reden. An erster Stelle bin ich aber ein Ihnen vorgesetzter Unteroffizier. Und obwohl ich weiß, dass Sie die Leute gern bei ihrem Vornamen rufen, werden Sie mich als Sergeant oder Sergeant Moreau ansprechen. Ist das klar?«

»Jawohl, Sergeant.« David nickte mit hochrotem Gesicht.

Moreau zog den Reißverschluss ihrer Uniformjacke hoch und ging zur Tür. »Ich frühstücke in der Kantine und danach sehe ich, was für heute auf dem Plan steht.« Die Tür fiel hinter ihr ins Schloss.

David betrat ihren Aufenthaltsraum und setzte sich an einen Tisch. Duncan rutschte neben ihn auf die Bank, während Aleksei und Yeva ihnen gegenüber Platz nahmen.

»Was denkt ihr, wie der Planet aussehen wird?«, unterbrach Yeva das Schweigen.

»Ich erinnere mich daran, als ich Neu-Eden zum ersten Mal betrat«, dachte Duncan zurück »Es war unglaublich. Die Farben waren so leuchtend, so kräftig, und die Tiere waren wild. Das hat mich abgelenkt. Mein Rat: Lasst euch nicht ablenken.«

»Hey, ich wollte keine weisen Ratschläge, alter Mann. Ich frage mich, wie es wohl sein wird«, entgegnete Yeva. »Gleichen ihre Gebäude den unseren? Ähneln ihre Straßen denen auf der Erde? Stellt ihr euch nicht die gleichen Fragen? Es ist eine Sache, alles in meiner Fantasie zu sehen. Eine andere ist es, es wirklich vor mir zu sehen.«

»Es wird sich zeigen, ob du diese Einstellung beibehältst, wenn die Zodark mit ihren Lasern oder Kurzschwertern deine Freunde zerstückeln, Mädchen.« Duncan zwinkerte ihr zu.

»Ihr seid wahre Frohnaturen«, beschwerte sich Aleksei. »Ich war ein einziges Mal unglücklich. Aber jetzt? Jetzt könnte es mir gar nicht besser gehen. Yeva, deine Aura ist rein … Duncan, du bist immer noch ein trauriger Sack. Weiser als deine Jahre es vermuten lassen, aber trotzdem ein trauriges Bild.« Aleksei stand auf und verließ den Tisch, bevor sich diese Unterhaltung weiter hinziehen konnte.

David erhob sich und folgte ihm.

»Aleksei, wie hast du den Weltraumblues überwunden?«

»Der ist mir unbekannt, David. Ich hatte ihn nie und habe auch noch nie von ihm gehört.« Er sah hinter sich und drehte sich dann wieder zu David um. »Aber wenn du durchhängst, dann komm heute Abend mit mir. Ich zeige dir, wie du dich unterhalten kannst. Es macht einen Mordsspaß – und du wirst die Erde darüber vergessen.«

David zögerte zunächst, aber nur kurz. »Gern. Das klingt großartig.«

Die Tür, die aus den Truppenquartieren hinausführte, öffnete sich automatisch und sie betraten den Korridor. Die hell erleuchteten

Flure zwangen David, die Augen zusammenzukneifen, um ihnen Gelegenheit zur Anpassung zu geben.

Da die *Valk* nun das Sternentor hinter sich gelassen hatte, herrschte auf den Fluren erneut ein geschäftiger Betrieb. Das Personal bewegte sich zwischen seinen Stationen hin und her. Das Schiff fühlte sich gleich weit lebendiger an. Das sagte David zu.

Das Schiff war riesig; das größte, auf dem er je gewesen war. Er stellte sich vor, dass er selbst nach vier Jahren Dienst auf der *Valkyrie* immer noch nicht jeden Winkel erforscht haben würde. Da die Armee allerdings nur Zugang zu bestimmten Decks hatte, war diese Enttäuschung nicht allzu schwer zu überwinden.

Dank des übersprungenen Frühstücks hielt Aleksei nun auf einen anderen Speisesaal zu und David folgte ihm. »Auf diesem Schiff kannst du viel erleben, Grünschnabel … Dinge, die du nicht für möglich gehalten hättest, es sei denn, du hältst deine Augen und Ohren offen.« Aleksei lachte und zwinkerte ihm zu. »Stoppelhopser wie wir werden monatelang in diese Sardinenbüchsen gezwängt. Mit der Zeit findest du Wege, dich zu amüsieren.«

Gerade als sie die Kantine betreten wollten, änderte Aleksei erneut seine Meinung und umrundete die nächste Ecke. »Zwei Jungs von Trupp Drei betreiben ein Spielerparadies. Boxkämpfe, Kartenspiele, selbst ein Buchmacher, der Sportwetten annimmt. Er ist immer der Erste, der die Ergebnisse aller Spiele daheim kennt.«

Aleksei hielt vor den Quartieren von Trupp Drei inne. »Was ich dir hier zu erklären versuche, David, ist, dass wir mit dem Einsteigen in dieses Schiff, die, die wir lieben und sogar die, die wir hassen, weit hinter uns zurücklassen. Und trotzdem können wir einen Weg finden, einen kleinen Teil von daheim mit uns zu bringen. Dann fühlt es sich nicht so an, als ob die beste Alternative hierzu ist, angespuckt zu werden. *Da?* Und jetzt verschwinde von hier. Ich muss mich um etwas kümmern, Jungchen.« Aleksei grinste David an und betrat den Flur, in dem Trupp Drei untergebracht war.

Auf dem Weg zurück in die Kantine lächelte David. Das musste er Aleksei lassen – egal ob Beleidigung oder Kompliment, wenn er etwas sagte, meinte er es auch. Dieser Spaßvogel hatte ihn irgendwie angesprochen. Und obwohl das Schiff sich noch nicht wie eine Familie anfühlte, fühlte er sich nun doch schon ein wenig heimischer.

****

Corporal Eva Jorgensen duckte sich tief in den Schützengraben, in dem sie sich nach einer Runde von Explosionen, die den Boden mit Druckwellen erschütterten, wiederfand. Die Zodark waren furchterregende Vorboten des Todes. Der Schaden, den die Waffen der Zodark einem menschlichen Körper zufügten, war katastrophal. In vielen Fällen waren sogar die medizinischen Naniten kaum in der Lage, eine Person am Leben zu erhalten, bevor sie in ein qualifizierteres Traumazentrum evakuiert werden konnte.

Rechts von Jorgensen ertönte ein Schrei. Mehrere Explosionen rissen die Äste der umstehenden Bäume ab und verwandelten sie in hölzerne Splitter, die sich mit dem Schrapnell aus den Gefechtsköpfen mischten. Sie kroch aus ihrem Schützengraben zu dem verletzten Soldaten hinüber, der ihr nicht bekannt war. Der junge Mann war von feindlichem Beschuss in den Bauch getroffen worden.

Jorgensen ließ ihren Erste-Hilfe-Koffer fallen und schnappte sich die Gegenstände, die zur Stabilisierung des Soldaten nötig waren. Die Zodark-Waffe hatte eine weit klaffende Wunde zurückgelassen, aus der seine Eingeweide hinaushingen.

Hinter ihr erklang ein zweiter Schrei. Dieses Mal klang er allerdings nicht wie der eines verwundeten Soldaten. Er war mehr guttural, bösartig und animalisch. Ein Schatten fiel über sie und beim Umdrehen erkannte sie schreckensstarr, dass einer der Zodark-Soldaten aus dem Dschungel auf sie zugesprungen kam. Die nach unten gerichteten Hiebe der Schwerter in seinen Händen zielte auf ihr Gesicht und ihren Oberkörper.

Jorgensen sprang in ihrem Simulationsstuhl hoch … nicht etwas aus Angst, sondern aus Zorn. »Wie oft wollen wir das wiederholen, Moore?« Sie starrte den Sanitäter des Zuges an. Als sie keine Antwort erhielt, sah sie sich um und bemerkte, dass die anderen Sanitäter noch mit ihrer Simulation beschäftigt waren.

An dessen Stelle erwiderte ihr Master Sergeant Rahul Chawla, der sein Augenmerk weiter auf die Bildschirme gerichtet hielt, ganz ruhig: »Bis Sie lernen, ordnungsgemäß auf einen Notfall zu reagieren, Jorgensen. Eine echte Kampfsituation unterscheidet sich gravierend von einer Simulation. Egal wie echt es Ihnen auch vorkommt, das routinemäßige Training bleibt weit hinter dem Ernstfall zurück. Wir reden hier nicht von einem konventionellen Konflikt zwischen den Menschen, in dem Ethik und die Regeln der Kriegsführung Anwendung finden. Die Zodark kennen keine Gnade. Ihnen ist vollkommen gleichgültig, ob Sie ein rotes Kreuz auf Ihrer schusssicheren Weste tragen oder nicht.

»Sobald ein herbeigerufener Sanitäter eine verletzte Person findet, muss diese als Erstes in Sicherheit gebracht werden. Sie dienen keinem Infanteristen, wenn Sie versuchen, einen verwundeten Soldaten in aller Öffentlichkeit zusammenzuflicken. Was, wenn Sie getroffen werden, Corporal. Was dann? Dann ist Ihr Trupp verraten und verkauft. So sieht es aus, Corporal.«

Chawla sah sie kurz mit einem weniger strengen Gesichtsausdruck an. »Hören Sie, Jorgensen, tot helfen Sie niemandem mehr. Und genau solch ein dummer Fehler wird mich dazu zwingen, einen Brief an Ihre Familie zu schreiben. Also, noch einmal. Was tun Sie als Erstes, sobald Sie auf einen Verletzten stoßen?«

Jorgensen richtete sich in ihrem Simulator auf. »Als Erstes ziehe ich den Verletzten in Deckung, bevor ich Erste Hilfe leiste, Sergeant.« Er hatte Recht. Nun war sie über sich selbst aufgebracht, einen solchen Fehler begangen zu haben. Sie hätte es besser wissen müssen.

Jorgensen hatte sich noch nie in einer Kampfsituation befunden. Während der Invasion auf Intus hatte sie zwei Jahre auf einem Lazarettschiff gedient, gefolgt von einer Tour in einem Feldlazarett und an einem Verletztensammelpunkt während der Rass-Invasion. Vor kurzem war sie als Sanitäterin in eine Infanterieeinheit versetzt worden. Der Gedanke, irgendwann womöglich einem echten Zodark gegenüberzustehen, erschreckte sie zu Tode.

Im Verlauf des letzten Jahres hatte sie viele der Männer und Frauen ihres Zuges kennengelernt, hatte sich sogar mit einigen angefreundet. Die Worte des Zugsanitäters waren eine ernüchternde Erinnerung daran, dass ihr in wenigen Tagen auf dem Planeten die Aufgabe zufallen würde, ihre Freunde am Leben zu erhalten. Sie wusste aber auch, dass es Momente geben würde, in denen Menschen starben, egal was sie auch tat.

Mit neugewonnener Motivation wandte sich Eva an Sergeant Chawla. »Noch einmal von vorne, Sergeant.«
****

Alles, was Eva Jorgensen nach drei anstrengenden Stunden im Simulator wollte, war eine lange, heiße Dusche. Sie spürte, wie das Wasser, das über ihren Körper lief, den angestauten Stress des Tages mit sich nahm. Und obwohl es ein absolut frustrierender Trainingstag gewesen war, dachte sie dennoch, dass sie – im Hinblick auf ihr weiteres Training, bis sie auf dem Planeten eintreffen würden – mental einige große Fortschritte gemacht hatte. Auf eine Weise fühlte sie sich tatsächlich mehr auf das vorbereitet, was ihr bevorstand, als sie es bei ihren vorhergehenden Einsätzen gewesen war.

Das Einzige was sie wirklich an den Simulatoren hasste, war die Kälte, die sie nach ihrem Training in ihren Knochen spürte. Sie hätte geschworen, dass die Zimmertemperatur im Simulatorraum um den Gefrierpunkt lag. Sergeant Chawla behauptete allerdings, dass dies ein Nebeneffekt ihres geistigen Zustands war, in den die Simulation sie versetzte. Wie dem auch sei, hinterher fühlte sie sich, als ob sie ein Eisbad genommen hätte. Ein wenig erinnerte sie das aber auch an ihre Kindheit, als sie zusammen mit ihren Eltern und Geschwistern in Norwegen im Fjord vor ihrem Haus gebadet hatte.

Jorgensen lächelte bei dieser glücklichen Erinnerung an etwas, das bereits eine Ewigkeit zurückzuliegen schien. Nachdem sie sich abgetrocknet hatte, ging sie in den gemeinsamen Wohnraum der Sanitäter hinüber. Jeder Trupp der Infanterie hatte seinen eigenen Sanitäter. Auf dem Schiff hingegen waren alle Sanitäter in einem Bereich untergebracht. Dies sollte eine Art Verbundenheit zwischen all den medizinischen Einheiten erzeugen, die der Infanterie zugeteilt waren.

»Na, Eva, wie fühlt es sich an im Sim zu sterben … zum wiederholten Mal?« fragte der Sanitäter von Trupp Drei, Corporal Kieran McDowell, abschätzend. »Das muss ich mir irgendwann auch mal antun.«

Die Frage überraschte Jorgensen, die übersehen hatte, dass sich McDowell im Aufenthaltsraum gegenüber ihrem Schlafquartier aufhielt. Er beobachtete sie intensiv.

»Der Tod würde dir sicher nicht gut stehen, Mac«, erwiderte Jorgensen knapp. Sie wandte sich ab, um ihr Handtuch zu entfernen und etwas Bequemeres anzuziehen. »Deine Augen sollten nach innen gerichtet sein, Mac.«

»Jawohl, Ma'am. Ich sehe weg«, versicherte er ihr lässig und sah auf sein persönliches Kommunikationsgerät hinunter. Dann fragte er: »Denkst du, PNN hat Recht?« PNN, das Private News Network berichtete über das, was alle auf dem Schiff das Gerücht nannten.

»Dass wir innerhalb der nächsten drei Tage den Angriff starten?« Sie schüttelte den Kopf. »Das bezweifle ich. Sonst hätte uns der Captain bereits unterrichtet und eine Vorhut ausgeschickt, bevor gravierende Entscheidungen getroffen werden.«

»Siehst du, das nennt man seinen Verstand zu gebrauchen«, kommentierte die Sanitäterin von Trupp Eins, Corporal Sade Abba. »Ist das nicht verboten?«

»Die Armee hat keine Verwendung für jemanden, der sein Gehirn benutzt, Eva«, gab eine andere Stimme aus ihrer Kabine ihre Meinung kund.

Die drei sahen zum Sanitäter von Trupp Vier, Corporal Kim Jai, hinüber. »Wozu seht ihr mich an? Ich bin Macs Meinung. Ich glaube, dass es in drei Tagen los geht.«

»Ganz ruhig, Kim«, erwiderte McDowell. »Ich sage nicht, dass wir in drei Tagen loslegen. Ich habe nur gefragt, ob Eva es für wahrscheinlich hält. Ich habe gewettet, dass wir noch über 10 ½ Tage haben, bevor es soweit ist.«

Jorgensen warf ihm einen missbilligenden Blick zu. »Du hast einen halben Tag gewettet?«

»Ja, für den Fall, dass wir nachts einfallen.« Mac zuckte mit den Achseln.

»Ein Nachteinsatz bei einer Invasion ist sicher die intelligentere Lösung«, mischte sich Chawla ins Gespräch ein, während er sich eine warme Tasse Tee sicherte. »Aber das ist die Standardprozedur für die Erde. Wir fallen auf einem Planeten ein, um ihn von den Zodark zu befreien, und ich weiß nicht, was ihr davon haltet, aber in der Dunkelheit auf einem fremden Planeten zu landen steht nicht unbedingt ganz oben auf meiner Wunschliste.«

»Damit könnten Sie Recht haben, Sergeant«, gab Mac zu. »Die Zodark werden uns schon genug Ärger bereiten, ohne dass uns unsere eigenen Leute versehentlich mit einem Granatwerfer treffen.«

Kim pflichtete ihm bei. »Oder dass einer dieser Mechs einfach über dich drüber läuft.«

Macs Augen weiteten sich. »Mann, wie brutal, Kollege. Wäre das nicht grauenhaft?« Er sah zu Jorgensen hinüber. »Ich hätte den halben Tag wohl besser nicht nehmen sollen, was?«

»Eher nicht, Mac. Du solltest Aleksei finden, bevor der Buchmacher für heute Feierabend macht.«

Mac winkte mit der rechten Hand ab. »Schon in Ordnung. Heute Abend veranstalten sie einen Kampf. Das gibt mir ausreichend Zeit, meine Wette zu ändern, bevor das Fenster sich schließt.«

»Wer kämpft?«, erkundigte sich Sade.

»Sergeant Kodiak.«

»Und …?«, bohrte Jorgensen. McDowell grinste sie breit an. »Mac, du wirst doch nicht …«

»Er wird dich umbringen«, lachte Kim laut auf.

»Niemand hat dich gefragt, Sensei«, reagierte Mac aufgebracht. Kim lachte nur noch lauter.

»Sergeant Kodiak ist Boxer, Mac. Er wird Ihnen den Hintern versohlen.« Chawla wusch seine Tasse am Spülbecken aus. »Wie stehen die Wettquoten?«

»Plus 2.500 für mich«, gab McDowell Auskunft.

Jetzt lachte auch Sergeant Chawla. »Bei diesen Chancen sollte ich einige Hunderter wetten, um zu sehen, ob sie mein Leben verändern könnten. Sie haben keine Chance, Mac.«

»Und genau da liegen Sie falsch, Sergeant. Ich bin in den Straßen von Waterford in Irland aufgewachsen, mein Freund. Ein echter Schläger. Mit einem gefährlichen rechten Haken. Kodiak veranstaltet den Tanz, mit dem er seinen Gegner in 12 Runden müde machen will. Ich habe vor, es in der ersten Runde zu beenden.«

»An Selbstvertrauen fehlt es Ihnen jedenfalls nicht, Mac. Das muss man Ihnen lassen.« Chawla kam auf dem Weg ins Bad an ihm vorbei und lächelte ihm zu. »Aber Sie sind erledigt.«

»Ich komme mit, Mac«, grinste Jorgensen.

»Wie schön, Eva. Ein Kuss für den Champion, um ihm viel Glück zu wünschen?«

»Eher, um deine gebrochenen Knochen nach Hause zu schleppen«, feuerte sie zurück. »Außerdem wirst du, nachdem Kodiak mit dir fertig ist, einen Sanitäter brauchen. Der Mann ist gebaut wie ein Zodark.«

»Jeder hat einen wunden Punkt, Eva«, deutete Mac geheimnisvoll an.

»Einen was?«, fragte sie, während sie aus ihrem Schlafbereich kam, um sich in der Lounge einen Platz zu suchen.

»Einen wunden Punkt«, wiederholte Kim. »Wenn ich dir zum Beispiel sagen würde, dass du dir heute im Sim in die Hosen gemacht hast.«

»Hey!«, rief Jorgensen wütend aus.

»Das wäre dein wunder Punkt«, grinste Kim verschmitzt.

»Nicht diese Art von Punkt, Kim«, korrigierte ihn McDowell. »Ich rede von dem empfindlichen Punkt am Kinn oder am Kopf einer Person. Ein Schlag darauf und die Lichter sind aus.«

»Und wo befindet sich Sergeant Kodiaks Punkt?«, beugte sich Kim interessiert vor.

»Das muss ich noch herausfinden.«

»Wie bereits erwähnt, Mac, Sie werden alt aussehen«, betonte Chawla, bevor er wieder lachte.

»Warum tust du das, Mac?«, wollte Jorgensen wissen. »Du könntest ernsthaft verletzt werden und das direkt vor einem Einsatz. Besonders klug ist das nicht.« Sie machte sich Sorgen – ein wenig um Mac – in der Hauptsache aber darüber, dass seine Gruppe kurz vor der Invasion ohne Sanitäter dastehen würde, falls er auf der Krankenstation landete. Die medizinische Technologie hatte in den letzten Jahrhunderten ungeheure Fortschritte gemacht, mehr so mit der Hilfe der Altairianer, trotzdem blieb wenig Spielraum, falls der Patient nicht stabilisiert oder in ein besser ausgestattetes Traumazentrum transportiert werden konnte. Sanitäter gewannen den Soldaten die Zeit, die sie brauchten, um das Traumazentrum zu erreichen.

Chawlas persönliches Kommunikationsgerät klingelte. Die Anwesenden verstummten, da alle wussten, dass auf dem Schiff persönliche Anrufe nur zwischen Gesprächspartnern möglich waren, die sich ebenfalls auf dem Schiff befanden. Alle versuchten aufzuschnappen, was ihrem Teamleiter mitgeteilt wurde.

»Sofort, Sir«, bestätigte Chawla, bevor er das Gespräch beendete. »Captain Fenti und Lieutenant Singletary wollen sich mit uns in Fahrzeugbucht 14 treffen.«

»Sagten sie, worum es geht?«, fragte Kim, während er in seine Uniform wechselte.

»Nein. Wir werden es noch früh genug herausfinden«, erwiderte Chawla, der ebenfalls in seinen Kampfanzug schlüpfte.

Nicht lange danach marschierten alle Sanitäter des Zugs zum Aufzug, der nach unten in den Hangar und in die darunterliegenden Decks führte. Seit dem Verlassen ihrer Schlafräume bis zur Sekunde, indem sie die Aufzugstür vor ihnen in die weit offene Flughalle entließ, diskutierten sie Glaubwürdigkeit der wildesten Gerüchte.

Elektrowagen durchquerten geschäftig den großen Bereich zwischen den unterschiedlichen Maschinen, die in sorgfältig arrangierten Reihen angeordnet waren. DN-12 Cougar-Schützenpanzer, Mechs und Ospreys füllten die Fahrzeug- und die daran angeschlossene Flughalle. Manche standen unbeachtet herum und warteten auf ihren Einsatz in der Schlacht, andere wurden vor der bevorstehenden Invasion generalüberholt. Die Szene, die sich ihnen bot, war ein kontrolliertes Chaos.

Corporal Eva Jorgensen betrat zusammen mit dem Rest ihrer Kollegen diesen Bereich und fragte sich, wieso sie sich gerade hier hatten einfinden sollen. Dann entdeckte sie ihren Kompanie- und den Zugführer, die neben ihrem medizinischen Transportfahrzeug standen – einem Cougar, auf den ein rotes Kreuz aufgemalt worden war.

Chawla salutierte. »Erster Sanitätszug meldet sich wie befohlen zur Stelle, Sir.«

Captain Fenti erwiderte den Salut. »Vielen Dank, dass Sie gekommen sind, Sergeant Chawla. Bevor wir Sol verließen, traf eine spezielle Lieferung für Sie ein. Bevor wir sie ihnen zeigen konnten, musste sie allerdings erst überprüft und anhand der entsprechenden Protokolle getestet werden.«

Jorgensen nahm auf der gesenkten Rampe des medizinischen Fahrzeugs eine schattenhafte Bewegung wahr. Ein uniformierter Soldat trat neben die beiden Offiziere und stand danach unbeweglich in Habachtstellung da. Jorgensen identifizierte ihn sofort als Synth und sah zu Sergeant Chawla hinüber, um seine Reaktion abzuschätzen.

Chawlas Gesicht verriet keine Regung, während er wortlos dastand und auf eine Erklärung wartete. Jorgensen tat es ihm nach. Sie konnte ihre Aufregung in den Fingerspitzen fühlen, während sich die Gedanken in ihrem Kopf überschlugen. Sie wusste, dass die Republik Synth eingesetzt hatte – sogar in der Schlacht, wenn man den Gerüchten glauben durfte – aber sie war sich nicht sicher, ob dies

Dichtung oder Tatsache war. Und jetzt stand einer von ihnen in nur drei Metern Entfernung vor ihr.

Sie musste zugeben, dass er recht eindrucksvoll aussah. Sicher, der leere Blick des Synth war ein wenig beunruhigend, aber Maschinen hatten nun einmal keine Emotionen. Trotzdem fühlte sie sich etwas unwohl.

»Das ist der medizinische T-200«, begann Captain Fenti. »Wir nennen ihn Sam. Er wurde uns vor unserem Abflug aus dem Sol-System überbracht. Da der Tag der Invasion näher kommt, wollen wir ihn in ein Sanitätsteam integrieren.« Fenti wandte sich an Lieutenant Singletary.

»Gleich zu Anfang möchte ich erwähnen, dass dies weder eine Bestrafung noch ein Zeichen dafür ist, dass wir glauben, Sie benötigen einen Synthetiker, um Ihre Arbeit zu erledigen«, übernahm Singletary. »Sam wurde Ihrem Zug zugeteilt, da wir Sie für eine der talentierteren Gruppen im Regiment halten. Und Sam an Ihrer Seite wird Ihnen erlauben, weiter zu lernen … einige der eher ‚unorthodoxen‘ Methoden, die im Schlachtgetümmel Leben retten können.«

»Lieutenant Singletary hat Recht«, bestätigte Fenti. »Der Krieg von heute unterscheidet sich von dem vor zehn Jahren. Wir müssen unsere Methoden und Taktiken beständig weiterentwickeln, falls wir den Zodark weiter voraus sein wollen. Einer dieser Schritte ist die Integration von Synth in unsere medizinischen Nothilfeteams. Ich erwarte von Ihnen, dass Sam würdevoll und mit dem gleichen Respekt behandelt wird, der einem Soldaten des republikanischen Militärs zusteht. Trainieren Sie mit Sam, lernen Sie mit Sam, und hoffentlich retten wir damit mehr Leben, sobald uns die Kugeln um die Ohren fliegen.«

Captain Fenti trat auf Sergeant Chawla zu und schüttelte ihm die Hand. »Falls Probleme auftreten sollten, unterrichten Sie bitte umgehend Lieutenant Singletary, der dies an die geeigneten Stellen weiterleiten wird.« Er sah zu Jorgensen und ihrem Team hinüber. »Ich erwarte große Dinge von Ihnen allen.«

Fenti und Singletary erwiderten Chawlas Salut und verließen die Fahrzeughalle, während Sam wie eine steinerne Statue vor Jorgensen und den übrigen Sanitätern verharrte. Alle standen eine Weile stumm da und studierten diese neue Anomalie. Sam starrte weiter geradeaus.

Chawla war der Erste, der sich ihm näherte. Überraschend schwenkte Sam den Kopf herum, um sich auf den sich ihm nähernden Sergeanten zu konzentrieren. Chawla und sein Team zuckten zusammen. Kein menschliches Wesen hätte seinen Kopf so blitzartig bewegen können. Schließlich brachen alle in nervöses Gelächter aus.

»Erfreut, Sie kennenzulernen, Sergeant Chawla. Ich bin Sam und bin dem medizinischen Team des Ersten Zugs, Kompanie Apollo, 1. Bataillon, 331. Infanterieregiment zugeteilt.« Sam musterte den Rest des Teams. »Ich habe Ihre Akten studiert und bin, sobald Sie soweit sind, bereit, mit dem gemeinsamen Training zu beginnen.«

Jorgensens Schultern entspannten sich ein wenig und sie hielt ihm ihre Hand entgegen. »Freut mich, dich kennenzulernen, Sam. Ich bin …«

»Corporal Eva Jorgensen«, fiel ihr Sam ins Wort. »Ja, ich kenne Ihre Akte.« Der Synth sah auf ihre Hand hinunter, so als ob ihn etwas verwirrte. Dann legte er seine Hand in die ihre und schüttelte sie. »Erfreut, Sie kennenzulernen, Corporal. Ich sah mir einige Ihrer letzten Trainingssimulationen an. Dabei fiel mir auf, dass sie es unterließen, die Verletzten an einen sicheren Ort zu transportieren, bevor sie ihnen Hilfe zukommen ließen. Gab es dafür einen Grund?«

Jorgensen lief Rot an. »Nein, Sam. Es gab keinen Grund. Es war ein Fehler, den ich mit Sergeant Chawla diskutiert habe. Er ist behoben.«

»Die Menschen haben den Vorteil, Gefühle zu empfinden. Gleichzeitig sind sie aber auch damit belastet, dass die Gefühle ihnen ihre Vorgehensweise diktieren«, führte Sam mit dem gleichen leeren Gesichtsausdruck aus.

»Bist du programmiert, Gefühle zu empfinden und über sie nachzudenken, Sam?«, fragte Sade.

»Nein, Corporal Abba. Das war eine Aussage meines Ingenieurs, an die ich mich erinnere. T-200 haben keine Gefühle. Was Sie als Denken interpretieren, ist mein Prozessor, der alles um mich herum aufnimmt. Falls ein Fehler gemacht wird, kann ich ihn korrigieren. Wir fühlen nichts, Corporal Abba. Wir existieren nur.«

Mit dieser Aussage spürte Jorgensen eine leichte Traurigkeit in sich aufsteigen. Sie konnte sich ein Leben ohne jegliche Gefühle nicht vorstellen. Erinnerungen überkamen sie: Das freudige Gefühl, den ersten Schnee des Winters an ihrem Elternhaus zu sehen; der

Schmerz, als Sebastian ihr das Herz auf dem Schulball gebrochen hatte, und der Stolz, den sie beim erfolgreichen Abschluss ihrer Grundausbildung empfunden hatte. Diese Gefühle – die positiven als auch die negativen – hatten sie zu der starken Frau gemacht, die sie heute war. Ein solch unbeteiligtes Leben zu leben war Jorgensen unvorstellbar. Auf der anderen Seite lebte Sam ja nicht wirklich. Wie er es schon gesagt hatte: er existierte einfach nur.

»Worin bist du ausgebildet?«, forschte Chawla.

»Ich bin in allen Arten lebensrettender Maßnahmen unter Kriegsbedingungen trainiert, inklusive chirurgischer Eingriffe. Ich wurde im Einsatz getestet und wies eine einhundertprozentige Erfolgsquote auf.«

»Welche Art von chirurgischen Eingriffen kannst du durchführen, Sam?«, wollte Kim wissen.

Sam zählte mehrere operative Eingriffe auf, die er jederzeit in seinem Kernspeicher abrufen konnte, bevor er schließlich von Sergeant Chawla gestoppt wurde. Jorgensen fiel es schwer, all das in sich aufzunehmen. Es machte sie nervös. Kim und Abba schienen interessiert und sich auf die Zusammenarbeit mit Sam zu freuen. Chawla folgte seinen Anweisungen, aber Jorgensen konnte seine persönlichen Gefühle dem Synth gegenüber immer noch nicht deuten. Max stellte die Ausnahme dar. Der Ire hatte seit dem Betreten der Fahrzeughalle nicht ein Wort von sich gegeben. Stattdessen starrte er Sam weiter unverhohlen an, dem das entweder nicht auffiel oder es sich zumindest nicht anmerken ließ.

»In Ordnung, Sam. Wir begrüßen die Zeit mit dir«, versicherte ihm Chawla. »Morgen früh gegen 10 Uhr arbeiten wir wieder mit dem Simulator. Wenn du uns bitte dort triffst, wäre das großartig.«

»Ich werde Sie und den Rest des Teams morgen früh um 10 Uhr treffen, Sergeant«, erwiderte Sam. Der Synth stand kerzengerade da und schien eher durch das Team hindurch als es direkt anzusehen.

»Team wegtreten«, schloss Chawla dieses Kennenlernen. Er wandte sich an Mac und zog ihn zur Seite. »Seien Sie vorsichtig heute Abend, Mac«, beschwor er ihn leise, aber dennoch laut genug, um von Jorgensen aufgeschnappt zu werden. »Ich möchte nicht an einer Invasion beteiligt sein, bei der mir ein Sanitäter fehlt und ich mit einem Synth arbeiten muss, den ich noch nie in Aktion gesehen habe.«

Mac setzte sich in Begleitung von Chawla und Jorgensen in Bewegung. »Ich passe auf, Chawla und lasse Sie sicher nicht mit dieser Zündkerze allein zurück.«

»Das will ich hoffen«, erwiderte Chawla trocken.

****

Staff Sergeant Otto Krauss sah der Gruppe der Sanitäter hinterher, die die Fahrzeughalle durchquerten, bevor er den Blick erneut auf den Synth richtete, mit dem sie gerade gesprochen hatten. »Das macht mich mehr als nervös.«

»Ja, Sanitäter versetzen mich auch immer in Angst und Schrecken«, erwiderte Sergeant Tahlia Jones lächelnd in ihrem starken australischen Akzent. »Furchteinflößendes Pack.«

Krauss rollte mit den Augen. »Sie wissen genau was ich meine, Jones … der Synth.« Er zeigte auf den T-200, der sich soeben umdrehte und in sein Fahrzeug zurückkehrte. »Sie waren es, die die Menschheit beinahe zerstört hätten, und jetzt beziehen sie sie wieder ein?«

»Er ist nicht für den Kampf gebaut, Krauss«, beschwichtigte ihn Sergeant Mei Fujii.

Krauss verwarf Fujiis Einwand als naiv. Sein Großvater hatte während des letzten Großen Kriegs gedient, in dem Mann gegen Maschine kämpfen musste. Krauss hatte in Deutschland die Ruinen der Stadt Stuttgart gesehen – vier Straßenzüge, die die Stadt absichtlich in Schutt und Asche zurückgelassen hatte – als Erinnerung daran, wie zerstörerisch dieser Krieg gewesen war und welche Auswirkungen er gehabt hatte.

Das Trauma von Krauss' Großvater hatte ihn dazu veranlasst, hart zu seinem Sohn zu sein, was bedeutete, dass sein Vater hart zu Krauss gewesen war. Seine ganze Jugendzeit hatte Krauss zusehen müssen, wie der Mann, der der Patriarch ihrer Familie sein sollte, stetig verfiel und schließlich an den Verletzungen und den psychologischen Schäden, die er im Krieg erlitten hatte, verstarb. Wäre er noch am Leben, wäre er über das, was die Republik gegenwärtig tat, außer sich gewesen.

Krauss war überzeugt, dass die Aufnahme der Synth als integraler Bestandteil der republikanischen Streitkräfte ein Zeichen der Schwäche war; dass sich das Militär weit mehr vor der von den Zodark ausgehenden Gefahr fürchtete, als es zugeben wollte. Sicher, noch waren es allein die in der Medizin und im Ingenieurwesen ausgebildeten Synth. Was aber, falls sie damit beginnen würden, Kampf-Synth zu integrieren – was dann?

Dann können wir ihnen genauso gut gleich die Schlüssel zum Königreich übergeben, dachte er.

Noch zwei Umdrehungen des Schraubenschlüssels und die letzte Mutter war angezogen. Danach brachte Krauss das Werkzeug in seiner Kiste unter. Er trat einen Schritt zurück und bewunderte seine Arbeit. Dieses Biest einer Maschine hatte ihn während vieler Begegnungen mit den Zodark sicher behütet. Zu diesem Zeitpunkt schien sie beinahe eine körperliche Fortsetzung seines eigenen Körpers zu sein.

Rechts von ihm entdeckte Krauss das neueste Mitglied seines Trupps, einen äthiopischen Corporal namens Moti Abede. Krauss hatte Glück gehabt. Abede war nicht einfach nur ein willkürlicher Ersatz aus dem Pool junger Männer, die darauf warteten, als Kanonenfutter eingesetzt zu werden. Vielmehr war er ein Soldat mit Erfahrung mit Mechs, dessen letztes Team während der Rass-Kampagne eliminiert worden war. Krauss wusste nur zu gut, wie es sich anfühlte, ein Teammitglied zu verlieren – das war unglücklicherweise der Grund, wieso Abede seiner Mannschaft zugewiesen worden war. Aber ein ganzer Trupp – das war noch schwerer zu verkraften.

Krauss' Blick überflog den Rest seines Teams und dessen Mechs: reflektierende Camouflage zur Anpassung an das Umfeld des Planeten; zwei Waffen an jedem Arm, die Magrailprojektile wie eine Maschinenkanone abfeuerten; vier kleine präzisionsgesteuerte Raketen, die in Rohren auf ihren Schultern ruhten; und das autonome Führerabteil. Die Mechs waren furchterregende Maschinen, die nach ihrem neuesten Upgrade jetzt noch tödlicher waren.

Krauss' Mannschaft hatte die zweite Generation mechanisierter Maschinen kurz vor ihrem Abflug von Sol erhalten. Im Verlauf der Reise hatten sie sich mit der Beschleunigung ihrer Geschwindigkeit vertraut gemacht, mit ihrer verbesserten Waffenausrüstung, und mit dem Umfang des Schadens, den diese Maschinen unbeeindruckt hinnehmen konnten. Selbst nach den vielen Stunden, die Krauss und sein Team investiert hatten, war ihnen bewusst, dass die Mechs noch einige Geheimnisse in sich trugen, die es zu enthüllen galt.

Der Blick zurück auf seinen eigenen Mech ließ Krauss am lasergravierten Design neben seinem Namen innehalten. Es war ein rot-schwarzes Eisernes Kreuz vergangener Zeiten. Jedes Mannschaftsmitglied hatte einen Spitznamen oder ein Rufzeichen, mit dem sie sich untereinander ansprachen – etwas, das ihren Teamgeist festigte. Er war der ‚Baron‘, aufgrund seines deutschen Hintergrunds und weil er als Experte im Umgang mit mechanisierten Maschinen galt. Sein ehemaliger Zugsergeant hatte ihm vor Jahren diesen Namen gegeben, bevor der Schädel des Mannes durch ein Zodarkschwert zertrümmert worden war. Krauss hatte es nicht über sich gebracht, ihm zu verraten, dass der echte Rote Baron aus dem heutigen Polen und nicht aus Deutschland stammte. Er akzeptierte den Spitznamen mehr als Stolz als aus anderen Gründen. Viele Mech-Techniker gaben sich ihre eigenen Spitznamen, nicht so seine Crew. Krauss hielt es mit der Tradition seines letzten Zugs – die Rufnamen wurden von den Teamkollegen vergeben.

Sergeant Fujii hatte einen roten Kreis neben ihrem Namen, weil sie aus Japan stammte. Da sie im Kampf ein nicht zu stoppendes Biest war, hatte Krauss ihr den Namen ‚Kamikaze‘ gegeben. Sergeant Jones, die Australierin, hatte gerade eine Lasergravur mit einem Handschellen-Design neben ihrem Spitznamen ‚Strafgefangene‘ hinzugefügt. Bevor sie in die Republikanische Armee eingetreten war, hatte sie dazu geneigt, teure Designerkleidung anzuprobieren und ‚versehentlich‘ das Geschäft mit diesen neuen Kleidungsstücken am Leib zu verlassen. Vor dem Sprung aus dem Sol-System hatte Corporal Abede den Spitznamen ‚Krieger‘ übernommen, dem ihm seine letzte Einheit verliehen hatte, und ein entsprechendes Bild neben seinem Namen eingraviert. Krauss war auf sein Team von Mech-Soldaten stolz. Sie liebten ihre Maschinen wie ihre Haustiere.

»Ich denke, das ist alles, was ich tun kann, Krauss«, rief ihm Jones von ihrem Mech aus zu, während sie die Leiter hinunterkletterte und einen mit Schmierfett durchtränkten Lappen in eine Ecke warf.

Krauss sah zu ihr hinüber, während sie einige Strähnen blonden Haars, die ihr über die Augen fielen, zurück unter ihre Kappe schob. »Ja, ich denke, dass wir an diesen Babys für heute genug herumgebastelt haben. Ich reiche den Arbeitsauftrag ein, sie morgen früh zu bewaffnen. In der Zwischenzeit sind Sie alle freigestellt. Denken Sie an die Kämpfe heute Abend. Es könnte das letzte Mal sein, dass wir uns noch einmal so richtig amüsieren und Spaß haben. Also machen Sie das Beste daraus. Ich habe es jedenfalls vor.«

Krauss' Augen leuchteten bei dem Gedanken auf, sich später am Abend einer Flasche Schnaps anzunehmen. Die *Valkyrie* war ein erstaunliches Schiff; das Beste, auf dem er je gedient hatte. Sie verfügte über bessere Waffen und eine bessere Panzerung, und dazu noch über eine bessere Crew als die Hälfte der Schiffe, die die Republik am Fließband produzierte und ausspuckte. Trotzdem waren im Endeffekt alle republikanischen Schiffe gleich. Gemeinsam waren ihnen die Männer und Frauen, die ihre Flure und Quartiere bevölkerten.

Während Krauss in den Gängen an ihnen vorbeiging, konnte er oft genug nicht umhin, über ihre Geschichten zu sinnieren. Was hatte sie dazu veranlasst, in die Republikanische Armee einzutreten? Dafür kam fast alles in Frage. Vielleicht war es die naive Aussicht auf überwältigende Siege auf dem Schlachtfeld, die sie angezogen hatte. Vielleicht war es aber auch der gleiche Grund aus dem er sich verpflichtet hatte: Kein Ziel, außer die Fahrt zur Hölle.

Um ehrlich zu sein, war Otto Krauss aus Protest gegen seine Mutter dem Militär beigetreten. In den letzten Jahren, die sein Vater am Leben war, hatte sie sich zu einer Einsiedlerin entwickelt, die sich nicht einmal mehr die Mühe machte, auszuhelfen. Im Alter von 15 Jahren war Krauss der alleinige Betreuer seines sterbenden Vaters gewesen – von dem Mann, den er von ganzem Herzen liebte und auf den er sehr stolz war. Ihm war klar, dass die Orden seines Vaters und seine Kriegsmemorabilia von Fotos und Uniformen, von denen er ständig umgeben war, ein gutes Stück zu seiner ungesunden Besessenheit mit der Armee beigetragen hatten. Letztlich war aber die Weigerung seiner Mutter, auch nur einen Finger zur Pflege seines Vaters in seinen letzten Tagen beizutragen, der ausschlaggebende Faktor gewesen.

Natürlich hatte seine Mutter geweint, als sich Krauss verpflichtet hatte. Er führte das mehr auf ihre Erkenntnis zurück, dass sie sich nun mehr um sich selbst kümmern musste als auf irgendeinen anderen Grund. Innerlich war er sich trotzdem ziemlich sicher, dass sie ihn vermissen würde. Kurz nach dem Abschluss seiner Grundausbildung starb sie dann ebenfalls. Krauss hielt das insgesamt wohl für das Beste für alle. Es hatte ihm geholfen, den Weltraumblues, wie er von den meisten genannt wurde, zu vermeiden.

Krauss' persönliches Kommunikationsgerät vibrierte. Er öffnete es und sah Jones' Gesicht vor sich. Er akzeptierte den Anruf. »Ja, Tahlia?«

»Du gehst zu den Kämpfen, richtig? Ich weiß, du hast uns an sie erinnert, aber kommst du auch mit uns?«

Krauss seufzte. Er hatte vorgehabt, sich in der Abwesenheit der anderen alleine zu betrinken. »Vielleicht das nächste Mal.«

»Deinen Worten nach sollen wir den heutigen Abend nicht verpassen, da es vielleicht kein nächstes Mal geben wird, Otto«, konterte Jones trocken. »Es würde dem Team viel bedeuten, wenn du mitkämst.«

»Ich denke darüber nach.«

»Denk besser nicht zu lange darüber nach, sonst könnte ein Mädchen denken, dass du sie doch nicht so sehr magst, wie du immer behauptest«, riet sie ihm kokett.

»Tahlia!«, entfuhr es Krauss. Seine Stimme wurde mehr aus Sorge als aus Zorn lauter. »Wo bist du?«

»Reg dich ab, Otto. Niemand ist hier. Ich kenne die Bedingungen.«

»Na schön«, murmelte Krauss. »Wir sehen uns später.«

»Otto Krauss, ich schwöre dir bei allen Heiligen, an die du glaubst, dass ich, falls du heute Abend nicht dein attraktives Gesicht zeigst, einen Wutanfall haben werde, der deine Vorstellungskraft bei weitem übersteigt.«

»Das würdest du nie tun«, lächelte er ins Telefon.

»Riskiere es besser nicht!« Die Verbindung wurde abrupt unterbrochen.

Einen Augenblick starrte er auf das Gerät, bevor er laut seufzte. Tahlia Jones war eine Plage, aber sie war seine Plage, allerdings nicht auf die Weise, die sie gerne sehen würde. Bislang hatte er ihre Schulmädchenfixierung auf ihn so gut wie möglich abgewimmelt. Sie war eine fantastisch aussehende Frau, aber sie war auch Teil seines Teams – was alles, das über ein harmloses Flirten hinausging, unangemessen machte.

Ihre Spielerei war sowieso schon recht riskant. Aber er genoss es zu sehr. Sie war jung, er war zehn Jahre älter als sie – nicht, als ob das dieser Tage jemanden aufgeregt hätte. Die Beziehung einer 20-jährigen zu einem 30-jährigen war absolut kein Tabu mehr. Trotzdem fühlte er sich unwohl. Einerseits wollte er Tahlia. Mit genug Alkohol im Blut ertappte er sich sogar dabei, davon zu träumen, wie ein Leben mit ihr aussehen könnte. Falls sein Kommandant allerdings von ihren Gefühlen füreinander erfahren sollte, konnte er ihre Versetzung in einen anderen mechanisierten Zug bewirken.

Am Abend einer großangelegten Invasion würde das den Erfolg seiner endlich wie ein perfektes Uhrwerk laufenden Organisation in Gefahr bringen. Seine Crew waren die Zahnräder, und Tahlia – nun, sie war das eine Rädchen, das an seiner Achse ein wenig unsicher rotierte. Eine falsche Bewegung würde sie stoppen, und das jagte ihm Angst ein.

****

Die Lichter und die Musik waren verwirrend. David konnte kaum glauben, dass die beiden Soldaten in dem behelfsmäßigen Ring sehen konnte, wen sie zu treffen versuchten. In einem musste er Aleksei allerdings Recht geben. Er amüsierte sich hervorragend. Eingeschmuggelter Alkohol wurde an jeden ausgegeben, der eine Flasche haben wollte. Selbst David hielt ein Bier in der Hand.

David sah sich um. Seine Gruppe hatte an einem der hinteren Tische einen Platz gefunden. Er ging zu ihnen hinüber.

Yeva, Aleksei and Duncan in solch guter Stimmung zu sehen, ließ ihn lächeln. Wenn das ihr Weg war, ihn aus seiner Depression zu reißen, dann hatten sie gut gewählt.

»Na, hast du Spaß, Jungfuchs?«, fragte Aleksei nach einem Schluck aus einer Flasche, in der David Wodka vermutete.

»Musst du ihn wirklich weiter so rufen, Aleksei?«, herrschte ihn Yeva scherzhaft an.

Aleksei beugte sich nach vorn und zog David leicht am Ohr. »Er ist noch grün hinter den Ohren, Yeva. Für mich ist er weiter ein Fuchs, bis er nicht länger einer ist.«

David sah ihn über sein Bier hinweg an. Der Raum drehte sich ein wenig. »Ich bin kein Fuchs mehr, Aleksei.« Er hatte seit langem keinen Alkohol mehr zu sich genommen. Der machte sich langsam bemerkbar.

Der ganze Tisch lachte, und nicht zu wenig. Duncan fiel vor lauter Lachen beinahe vom Stuhl. Er hielt sich die Seiten und keuchte mit der Anstrengung. Offensichtlich hatte Aleksei einen Scherz auf seine Rechnung gemacht. Aber ob es der Alkohol oder etwas anderes war, David störte das nicht. Es fühlte sich nicht so an, als ob sie auf seine Kosten lachten, vielmehr als ob sie ihn aufforderten, zusammen mit ihnen über diesen Witz zu lachen. Zum ersten Mal seit er auf dem Schiff war, hatte er das Gefühl, zu ihnen zu gehören. Er konnte sich an mehrere Versuche erinnern, ihn in ihre Aktivitäten einzuschließen. Dieses Bemühen begrüßte er nun. Wenn er darüber nachdachte, musste er sich selbst die Schuld geben, dem Aufenthalt auf diesem Schiff keine Chance gegeben zu haben. Es war gut, loszulassen – und ein schönes Gefühl, dazuzugehören.

»Füchse sind diejenigen, die noch unerprobt im Kampf sind. Sie müssen sich noch beweisen«, saget Sergeant Moreau.

»Es wird nicht mehr lange dauern, Kamerad«, lächelte Aleksei.

»Und wir werden dabei sein, wenn es geschieht«, zwinkerte Yeva ihm zu.

»Hör zu, mein Junge …«, begann Duncan. »… halte dich an uns und hör auf Sergeant Moreau, und alles wird gut gehen. Es ist nicht unser erster Tanz mit den Zodark. Sieh einfach zu und tu das, was wir tun.«

»Duncan, lass mich um Himmels willen in Ruhe und Frieden trinken«, scherzte Yeva und verschüttete dabei etwas von ihrem Bier. Sie alle spürten mittlerweile den Alkohol.

David hob sein Glas. »Vielen Dank, dass ihr das heute Abend für mich getan habt. Ich weiß, dass ihr sowieso gekommen wärt, aber ihr wolltet mich einschließen. Dafür bedanke ich mich. Wirklich. Prost!«

Das Team stieß mit seinen Gläsern an, wobei ihr jeweiliges Getränk der Wahl großzügig in die Gläser der anderen überschwappte. »Schön, Sie bei uns zu haben, Jungfuchs«, nickte Sergeant Moreau lächelnd.

Um den vorläufigen Boxring herum brüllte die Menge laut auf und erregte damit Davids Aufmerksamkeit. Er wandte sich um und sah, wie ein dünner Rothaariger von einem breitschultrigen Riesen in die Seile geschleudert wurde. Diese Art Kampf kannte er vom Fernsehen zu Hause – um genauer zu sein, die professionelle Form dieser Kämpfe. Und obwohl dies nicht eines dieser Millionen-Dollar-Ereignisse auf der Erde war, machte die Energie, die um den Ring herum spürbar war, diesen Boxkampf ebenso aufregend. David stand vom Tisch auf und trat an den Ring heran, um besser sehen zu können.

Er bemerkte, dass der Rothaarige einer der Sanitäter seines Zuges war. Blut tropfte aus seinem Mund. Trotzdem stand der Mann immer wieder auf und lächelte weiter. Ein bemerkenswerter Anblick. Dies waren die Männer und die Frauen, mit denen er bald in die Schlacht ziehen würde. Wenn sie sich schon untereinander so hart bekämpften, konnte er sich vorstellen, wie sie sich der Zodark-Bedrohung stellen würden.

Schon bald befand sich David inmitten der laut jubelnden Gruppe der Fans, als sich der Ire mit unglaublicher Geschwindigkeit bei seinem Gegner revanchierte. Der Schwergewichtler, gegen den er kämpfte, wurde langsamer – ermüdet von den schweren Faustschlägen, die er abgab.

»Gib ihm Saures, Mac!«, kreischte eine dunkelhaarige Frau rechts von ihm.

Der Ire stützte sich mit einem Fuß am Käfig ab und stürzte sich mit einem blitzschnellen Haken nach vorn.
****

Eva Jorgensen sah, wie Macs Faust mit einem hässlichen Geräusch Kodiaks Kopf traf. Die Knie des Sergeanten gaben nach und er fiel wie eine Strohpuppe in sich zusammen.

Ein Aufschrei ging durch den Raum. Mac hob seine Arme zum Zeichen des Sieges an und spuckte mit kriegerischem Geheul sein Mundstück aus. Kodiak lag immer noch auf dem Boden. Die Sanitäter von Jorgensens Zug stürmten den Ring, um mit dem Iren zu feiern. Er hatte etwas erreicht, das niemand – nicht einmal Jorgensen – für möglich gehalten hatte.

Jorgensen brauchte etwas länger, um in den Ring zu klettern und an den Festivitäten teilzunehmen. Mit jedem Schritt spürte sie, wie der Whisky in ihrem Magen schwappte. Der Blick nach unten zeigte ihr, dass Harrison Kodiak sich rührte. Sie kniete sich neben ihn und half ihm auf die Beine, bevor sie ihm freundschaftlich auf die Schulter klopfte. »Mehr Glück beim nächsten Mal, Bär, ok?« Sie lächelte ihm zu. Kodiak brummte nur und stolperte aus dem Ring.

Jorgensen musste lachen, als sie Mac auf den Schultern von Abba and Kim weiter seinen Sieg auskosten sah. »Nicht schlecht, Mac.«

Er sah zu ihr hinunter und sprang den beiden Sanitäter von den Schultern. »Nicht schlecht, das stimmt wohl, Eva. Ich habe gerade knapp 10.000 RD eingesteckt! Ich bin stinkreich!« Er schlang seine starken Arme um sie, hob sie an und wirbelte sie im Kreis herum.

Sie konnte sich das Lachen nicht verkneifen, als sich der Raum mit ihr drehte. Mac roch wie ein nasser Hund. Der Schweiß tropfte ihm in Strömen vom Körper, was sie nicht im Geringsten störte. Ganz im Gegenteil, sie mochte die Wärme, die von seinem Körper ausging. Ohne Zweifel war es der Alkohol, der ihr Denken beherrschte, und obwohl ihr das klar war, machte sie keinerlei Anstalten, ihre Gefühle zu unterdrücken.

Plötzlich schaltete sich die Deckenbeleuchtung des Raumes ein, was die Menge stöhnen und fluchen ließ.

»Achtung, stillgestanden!«, schrie jemand an der soeben geöffneten Tür.

Sofort nahmen alle mit der Tür zugewandtem Gesicht die Habachtstellung ein. Im Türrahmen standen Captain Fenti und Zugführer Adam Singletary. Der Kompanieführer trat nach vorne ins Licht. »Alle Truppführer melden sich umgehend in meinem Büro. Alle anderen, wegtreten!«

Wenn Blicke töten könnten, hätte die Republik bereits vor dem Beginn der Invasion einen kompletten Zug verloren. Jorgensens Herz pochte in ihrer Brust. Sie war sich akut bewusst, dass der Geruch von Alkohol den gesamten Raum durchzog. Die blutverschmierte Matte und der provisorische Ring ließen keinen Zweifel darüber zu, was sich an diesem Abend hier abgespielt hatte. Das Bild, das sich hier bot, sah nicht gut aus. Die Anwesenden verharrten kerzengerade und stockstill, so als ob sie auf dünnem Eis stünden, das jeden Augenblick nachgeben könnte.

Auf Jorgensens Weg zurück zu ihrem Quartier gingen ihr die verschiedenen Möglichkeiten durch den Kopf. Sie hatte hart daran gearbeitet, sich nach oben in die Position zu bringen, die sie nun innehatte. Sie fürchtete sich vor den Auswirkungen, die dieser Abend nach sich ziehen könnte. Sie hielten sich bereits in dem System auf, das sie angreifen würden. Jetzt wieder umzukehren war unmöglich. Es würde sie wirklich überraschen, falls auch nur einer der niederrangigsten Soldaten vor einer solch bedeutenden Invasion vor ein Militärgericht gestellt werden würde.

Wie viele Streifen konnten sie von den Uniformen der Kompanie entfernen?, fragte sie sich. *Wie viele Köpfe würden rollen, nur weil die Mannschaft sich noch einmal amüsieren wollte, bevor sie starb?* Dieser Gedanke machte Jorgensen irrational zornig, und sie wusste es. Dennoch, die Chancen standen gut, dass über die Hälfte der Mannschaft nächsten Monat um diese Zeit bereits tot sein würde.

Warum zum Teufel sollte ihnen also nicht ein wenig Spaß zugestanden werden?

Beim Betreten ihrer Unterkunft riss sie sich die Kleider vom Leib, um sich den Gestank des Abends abzuwaschen. Auf dem Weg zur Dusche spürte sie, dass sie ein Augenpaar verfolgte. Sie ignorierte das Gefühl, stellte das Wasser an und hing ihr Handtuch an den Haken. Der Wasserdampf in der Duschkabine umfing sie, während sie sich schließlich zu den Augen umdrehte, von denen sie wusste, wem sie gehörten. Mac stand mit nackter Brust gegen die Wand gelehnt da. Die offene Wunde über seinem Auge blutete weiter.

Warum eigentlich nicht?, fragte sie sich. Sie hatten schon genug Ärger. Was konnten sie ihnen schon tun? Wer wusste schon, wo sie in einem Monat sein würden? Jorgensen würde diesen letzten Abend des Vergnügens zu einem würdigen Abschluss bringen.

Kapitel Vier
Die Schlacht um Sirius

RNS *George Washington*
Im Sirius-System
Unweit von Alfheim

»Vorbereitung auf Kontakt«, warnte Commander Wolfgang Bonhauf.

»Alle Stationen feuerbereit!«, befahl Admiral Fran McKee. »Gefechtsabteilung, konzentrieren Sie als Erstes alles, was Sie haben, auf die Zodark-Kreuzer. Die Schlachtschiffe nehmen wir uns vor, nachdem wir die Anzahl der Kreuzer reduziert haben. C-FO, Ihre Piloten werden uns die Zodark-Raumjäger vom Leib halten. Ihre Bomber nehmen die Fregatten und Korvetten unter Beschuss.«

Unmittelbar nach diesen Anweisungen kam die *George Washington* und der Rest der Task Force aus dem Warp, wo sie sich am Rand des Schlachtfelds wiederfanden. Die Primord-Flotte war bereits in schwere Kämpfe gegen die feindliche Flotte verwickelt.

»Steuermann, Höchstgeschwindigkeit. Bringen Sie uns in einem Bogen entlang dieses Vektors näher an das Kampfgeschehen heran«, verfügte McKee und sandte ihm einen Screenshot ihres Bildschirms, der zeigte, wie ihr Schiff und ihre Flottenformation sich den Zodark nähern sollten.

»Admiral, wäre es nicht besser, uns am Rand des Kampfgebiets aufzuhalten und unsere Waffen aus dem Hinterhalt einzusetzen?«, trug Captain Reginald Birtwistle seine Bedenken leicht besorgt vor.

Fran ignorierte ihn und wandte sich stattdessen an den Leiter der Flugoperationen, ihren C-FO, Captain Anatoly Kornukov. »Kornukov, Sie können Ihre Einheiten jederzeit einsetzen.«

»Aye, Admiral. Wird gemacht«, erwiderte Kornukov mit deutlich russischem Akzent.

Dann sprach McKee ihren XO an. »Da die Primord-Schiffe bereits intensiv in den Kampf verwickelt sind, sind wir zu diesem Zeitpunkt zu weit entfernt, um die feindlichen Schiffe aus dem Hinterhalt anzugreifen. Falls wir diesen Bereich von hier aus unter Beschuss nehmen würden, würden wir damit aller Wahrscheinlichkeit nach auch unsere Alliierten treffen. Wir werden uns dem Kampfgebiet aus einem Winkel nähern, der es den Projektilen, die wirkungslos an den Zodark vorbeiziehen, erlauben wird, das Schlachtfeld zu verlassen, ohne unseren Alliierten Schaden zuzufügen.«

Reginald sah aus, als ob er etwas sagen wollte, überlegte es sich dann aber anders. McKee kehrte zu ihren Pflichten auf der Brücke zurück.

Die terranische Flotte brauchte weitere 20 Minuten, um dem Schlachtfeld näher zu kommen. Primord- und Zodark-Schiffe setzten sich gegenseitig schwer mit ihren Lasern und Plasmatorpedos zu. Die Zodark hatten zwei ihrer größten Träger im Einsatz, während die Primord nur über einen verfügten. Aberhunderte kleinerer Raumschiffe boten sich einen wirren Kampf. Gelegentlich gelang es einer kleinen Gruppe von Primord- oder Zodark-Jägern sich aus dem Knäuel zu befreien und einem feindlichen Schiff nahe genug zu kommen, um eine Handvoll Plasmatorpedos abzusetzen, die allen möglichen Schaden anrichteten. Insgesamt erstreckte sich die Schlacht über einen riesigen Raum. Es war schwer, ihrer Entwicklung zu folgen.

»Waffenabteilung, Havocs gegen Zodark-Kreuzer und Fregatten einsetzen. Es ist Zeit, uns einzumischen«, befahl McKee.

»Aye, Admiral«, bestätigte Lieutenant Cory LaFine. »Fünf Raketen für jedes gegnerische Schiff sollten reichen.«

»Sollten wir nicht mehr als fünf Raketen rausschicken?«, drängte Birtwistle leise. »Diese Schiffe fangen so wenige sicher ohne Problem ab.«

Fran versuchte, die in ihr aufsteigende Frustration zu unterdrücken. Ihr fehlte es an der Zeit, auf Birtwistles unablässige Fragen, Bedenken und Zweifel einzugehen. Sie drehte sich zu ihm um. »Reginald, dies ist ihre erste Weltraumschlacht«, begann sie diplomatisch. »Meine Mannschaft und ich haben über 20 Auseinandersetzungen mit den Zodark hinter uns. Sie nicht eine einzige! Wir wissen, was wir tun. Ihnen kommt allein die Aufgabe zu, hier zu sitzen und alles zu beobachten. Verfolgen Sie einfach nur, wie die Schlacht verläuft und wie wir in ihr kämpfen, und das, ohne jede unserer Entscheidungen zu hinterfragen. Nachdem wir den Kampf gewonnen haben, stehen wir Ihnen gerne Rede und Antwort auf Ihre Fragen, warum wir bestimmte Dinge auf bestimmte Weise angegangen sind, aber jetzt – mitten in der Schlacht – fehlt uns die Zeit dazu.«

Bevor er protestieren konnte, trat sie an LaFines Station heran.

»Admiral, wir entdeckten eine zweite Gruppe von Kriegsschiffen, die durch Sternentor ‚Sirius-3' in das System vorgedrungen sind«, warnte Commander Bonhauf. Das Sirius-System verfügte über insgesamt vier Sternentore, die dieses System mit vier anderen Systemen in unterschiedlichen Bereichen des Weltraums verband. Das machte Sirius zu einem wichtigen Angelpunkt, der eingenommen und kontrolliert werden musste.

»Raketen abgefeuert«, sagte LaFine an. Entlang der Unterseite ihres Schiffs verließen Havoc-Raketen ihre Rohre und rasten auf ihre Ziele zu. Die Boostertriebwerke steuerte die Raketen in die gewünschte Richtung und schickte sie auf ihre Hochgeschwindigkeitsreise. Je näher die Raketen ihren Zielen kamen, desto mehr beschleunigten drei zusätzliche Stufen deren Geschwindigkeit und nahmen letzte Kurskorrekturen vor, bevor die Gefechtsköpfe endlich in die angestrebten Ziele einschlugen.

»Alle Jäger und Bombendrohnen wurden erfolgreich gestartet. Dreiundsechzig Minuten, bevor sie den Aktionsradius des Gegners erreichen«, informierte der für die Flugleitung zuständige Offizier die Brücke. Die C-FO-Abteilung setzte sich aus mehreren Mitgliedern zusammen. Jeder der für eine bestimmte Operation verantwortlichen taktischen Offiziere würde die Geschwader- oder Staffelkommandeure auf dem Laufenden halten, was sich um sie herum abspielte und wie sich der generelle Verlauf der Schlacht darstellte. Die Integration der Jäger- und Bomber-Drohnengeschwader in die Flotte war immer noch relativ neu. Die *GW* hatte erst während der Rass-Invasion vor drei Jahren mit der vollständigen Integration von Jägern begonnen. Das Gesamtkonzept, das sowohl Jäger als auch Bomber umfasste, hatte sich noch nicht über die Phase der RPS, über die via Fernbedienung gesteuerte Drohnen, hinaus entwickelt. Es gingen jedoch die Gerüchte um, dass ein bemanntes Schiff kurz vor der Einführung stand.

»Danke für die Information, Kornukov. Wünschen Sie Ihren Piloten doch bitte eine gute Jagd und viel Glück von mir«, gab Fran mit einem echten Lächeln zurück. Sie beneidete sie ein wenig. Das Fliegen eines Jägers im Weltall war einfach aufregend. Die Kabinen, in denen die Drohnenpiloten saßen, vermittelten ein überaus realistisches Bild. Es fühlte sich an, als säße man tatsächlich im Cockpit und nicht länger auf dem Schiff. Mit dem Unterschied, dass sie – sollte ihr Jäger oder

Bomber zerstört werden – einfach auf ein anderes Programm wechselten und umgehend in den Kampf zurückkehrten.

Während sich Frans Brückenmannschaft auf ihre individuellen Arbeitsbereiche konzentrierte, kam die bereits angekündigte Streitmacht der Zodark weniger als eine Million Kilometer entfernt aus dem Warp – was in der Welt des Raumkampfs gefährlich nahe war.

»Verdammt!«, fluchte Commander John Arnold, der taktische Offizier. »Feindliche Flotte an Steuerbord. Sieht aus, als hätten wir es mit einem Schlachtschiff, acht Kreuzern, acht Fregatten und zwölf Korvetten zu tun!«

»Commander Robinson, sofortige Störung aller elektronischen Systeme dieser Schiffe«, reagierte McKee. »Waffenabteilung, Geschütztürme an Steuerbord online bringen und Beschuss dieser Ziele. C-FO, weisen Sie Ihre Piloten an, die Drohnen, die sich dem Hauptkampfbereich nähern, weiter auf Autopilot zu fliegen. Ich will sofort zusätzliche Jäger- und Bomberdrohnen zur Bekämpfung der neuen Bedrohung sehen.« Fran erteilte ihre Befehle mit ruhiger, befehlsgewohnter Stimme.

Admiral McKee sah zu ihrem XO hinüber; Birtwistle schien vor Angst gelähmt zu sein. Es war mehr als deutlich, dass er seine Karriere nicht mit der Flotte zwischen den Sternen und im Kampf gegen die Zodark verbracht hatte. Er wusste nicht was er tun oder wie er reagieren sollte – was für einen Captain, einen höherrangigen Flaggoffizier, kein gutes Zeichen war.

Sekunden nach dem Erhalt der Anweisungen erwachten die Waffensysteme der *GW* zum Leben. Die Hauptkanonen des Schiffs, die 60-Zoll-Magrailtürme, feuerten ihre ersten Salven auf die feindlichen Schiffe ab. Die kleineren Gefechtstürme mit den 24-Zoll-Kanonen fügten ihre Feuerkraft hinzu. Dazu kamen noch mehrere hundert Havoc-Raketen, die ihre eigene Sprengkraft beisteuerten. Ungeheure Mengen an Munition schlugen auf die Mitte der gegnerischen Schiffe ein.

Die Kreuzer und das Schlachtschiff der Zodark richteten ihr Augenmerk auf die terranische Flotte. Noch waren ihre Waffensysteme unbrauchbar, da es ihnen derzeit unmöglich war, die elektronische Blockade zu überwinden. Demgegenüber waren die Fregatten und Korvetten der Zodark ihrer Hauptflotte weit voraus. Ihnen oblag es, in aller Eile den Abstand zur terranischen Flotte zu verringern. Die

Zodark hatten unglücklicherweise gelernt, dass die einzige Art, die massive elektronische Störung seitens der menschlichen Schiffe zu meistern, die umgehende Reduzierung des Abstands zu ihnen war. Nur so konnten die Zielfindungssignale der Zodark die elektronische Blockade überwinden.

»Die Korvetten scheinen sich zu einem Torpedobeschuss aufzureihen«, warnte einer der Offiziere.

In Laufe der letzten Jahre hatte die Republik es mit zwei neuen Arten von Zodark-Schiffen aufnehmen müssen – Schiffe, die offenbar in direkter Antwort auf die menschlichen Einheiten entworfen worden waren, die ihre eigenen Schiffe so vernichtend in Stücke rissen. Das erste war eine Korvette, ein kleineres Schiff von ungefähr 200 Metern Länge, das mit vier Plasmatorpedotürmen ausgestattet war. Jeder Turm, der auf ein individuelles Ziel gerichtet werden konnte, war in der Lage, sechs Plasmatorpedos zur gleichen Zeit abzufeuern. Für ihre Größe war die Stärke der Bewaffnung dieser Schiffe und der Schaden, den sie anrichten konnten, beachtlich.

Das zweite neue Zodark-Schiff war eine Fregatte. Diese Raumschiffe waren ungefähr 425 Meter lang. Zusätzlich zu den beiden Lasertürmen waren sie mit vier Plasmatorpedotürmen ausgestattet. Und mit einer offensichtlichen Hommage an die Effektivität der Magrailtürme der Erdenbewohner, verfügten diese Zodark-Schiffe auch über vier doppelläufige 16-Zoll-Magrailttürme. Diese beiden neuen Schiffsklassen stellten eine weit größere Gefahr für die menschlichen Schiffe dar, als es die großen Kreuzer und Schlachtschiffe, mit denen sie es typischerweise zu tun hatten, jemals waren.

»Sekundäre Waffentürme auf die Korvetten ausrichten und zerstören!«, befahl Commander Arnold. »Sie dürfen uns nicht zu nahe kommen!« Als Frans taktischer Offizier trug er die Hauptverantwortung für die Verteidigung des Schiffes. Er musste sicherstellen, dass Lieutenant LaFines Crew sich auf die dringendsten Ziele konzentrierte und nicht von ihnen abließ, bevor sie vernichtet waren.

Die Salve der Projektile, die die *GW* abfeuerte, war enorm. Die Hauptkanonen hielten die Kreuzer und das einzelne Schlachtschiff unter fortwährendem Beschuss, während die Sekundärwaffen ihren Schwerpunkt auf die Korvetten und Fregatten verlegten. Die Kriegsschiffe der Zodark begannen mit Ausweichmanövern, um den

Flug gegen die solide Wand der ihnen entgegenkommenden Munition zu vermeiden. Einigen Schiffen gelang es, sie komplett zu umgehen, während andere von mehreren Dutzend Projektilen in Stücke gerissen wurden.

»LaFine, Plasmakanone auf das Schlachtschiff der Zodark richten«, befahl McKee. »Konzentrieren Sie ihr Feuer ausschließlich auf dieses Schiff. Ich will es vernichtet sehen, bevor es unsere elektronische Blockade durchbricht!«

»Die Korvette eröffnet den Beschuss!«, rief einer der Offiziere mit durchdringender Stimme.

Eine der Korvetten war nach einer spektakulären Explosion von einer Reihe Magrailprojektilen pulverisiert worden. Der nächsten Korvette war es gelungen, diese Trümmerwolke problemlos zu durchfliegen und aus allernächster Nähe eine Welle von 16 Plasmatorpedos abzufeuern. Diese Torpedos waren auf dem besten Weg, in den gesamten oberen Bereich der *GW* einzuschlagen.

»Feuern der Hauptkanone.«

Die große Plasmakanone, die nahe dem Zentrum des republikanischen Schiffs verankert war, hatte endlich ihre volle Leistungskraft erreicht. Ihr Abschuss brachte ein so hell aufflammendes Licht mit sich, dass es kurzzeitig ihre externen Kameras blendete. Nachdem die Monitore wieder einsehbar waren, konnten sie den dünnen Kondensstreifen erkennen, der dem Weg des riesigen Plasmaprojektils folgte, das in Bruchteilen von Sekunden die Distanz zwischen den beiden Schiffen überbrückt hatte. Das 60 Zoll große Projektil schlug auf die Vorderseite des Zodark-Schlachtschiffes auf und öffnete einen gut 50 Meter breiten Pfad tief in das Innere des Schiffs hinein. Hätten sie das Schiff an der Seite getroffen, wäre das Loch wohl durch und durch gegangen. Dennoch musste sich die *GW* keine Sorgen machen. Die Beleuchtung im Zodark-Schiff flackerte noch einige Male kurz auf, bis sie komplett ausfiel. Das Schiff war antriebslos und würde solange hilflos im Raum schweben, bis es die Mannschaft stabilisieren und seinen Antrieb wiederherstellen konnte. Die Chancen standen gut, dass sie das Schiff verlassen mussten.

Gerade wollte die Brückencrew ihren Sieg feiern, als die *GW* hart durchgeschüttelt wurde. Schrille Alarmsignale ertönten und gelbe und rote Warnlichter illuminierten das Computerdisplay, das die beschädigten Abteilungen aufzeigte.

Die Korvette hatte sie gerade mit 16 Plasmatorpedos getroffen und wollte sich nun in aller Eile wieder zurückziehen. Drei Havoc-Raketen rissen das Zodark-Schiff in Stücke. Die Gefechtsköpfe dieser Raketen waren mehr als ausreichend, um ein kleineres Schiff komplett zu zerstören.

»Sofortige Vernichtung sämtlicher Korvetten!«, rief Fran ihrer Waffenabteilung mit Dringlichkeit in der Stimme zu.

Die nächste Gruppe der zum Angriff aufgereihten Schiffe wurde mit einem Beschuss durch die sekundären Waffen der *GW* empfangen. Das erste Raumschiff, das diesem Angriff nicht ausweichen konnte, explodierte spektakulär. Die Atmosphäre innerhalb des Schiffs entzündete sich, Flammen sprühten, und das Schiff brach auseinander. Ein leuchtendes Feuerwerk an Farben vor dem schwarzen Hintergrund des Weltalls erlosch schnell, nachdem die Luft, die Feuer gefangen hatte, entweder verbraucht oder komplett in das Vakuum des Raums entwichen war. Helle Blitze und Funken tanzten entlang einigen Trümmern des Schiffs, da elektrische Kabel weiterhin versuchten, Energie an Schiffsabteilungen weiterzugeben, die es nicht länger gab.

Das Schlachtschiff der Zodark war weiterhin betriebsunfähig. Es blieb dunkel und steuerlos, während seine Mannschaft sicher frenetisch daran arbeitete, das System zu reparieren. Im Moment konnte McKee sich leisten, dieses Schiff zu ignorieren.

Die Sekundärwaffen, die mittlerweile allein die Korvetten und Fregatten der Zodark anvisierten, taten ihre Arbeit und machten kurzen Prozess mit den gegnerischen Schiffen. Aus diesem Grund wandte Admiral Fran McKee ihre Aufmerksamkeit nun den Kreuzern zu, die sich ihnen weiter näherten.

Sie trat an die Station des Waffenoffiziers heran, der die Hauptwaffe der *GW*, ihre Plasmakanone, kontrollierte und wies ihn an: »Sobald die Kanone soweit ist, suchen Sie sich einen der Kreuzer aus und nehmen ihn unter Beschuss. Ein Schuss in die Mitte des Schiffs sollte es auseinanderreißen. Und das tun sie solange mit einem Kreuzer nach dem anderen, bis die gesamte Bedrohung aus dem Weg geräumt ist. Verstanden?«

Der Offizier sah sie an und nickte.

Als nächstes suchte McKee ihren Schadenskontrolloffizier auf, um Genaueres über den Umfang des Schadens zu erfahren, den ihr Schiff erlitten hatte. Sie hatten Glück gehabt. Die Plasmatorpedos hatten nur an wenigen Stellen ihren Weg durch die Außenhaut des Schiffs gefunden. Der Bereich, in dem die *GW* am anfälligsten war, war um ihre Gefechtstürme herum. Verglichen mit der Panzerung des Schiffsrumpfs war der Schutzpanzer der Gefechtstürme weit weniger stark. Falls es den Zodark je gelingen sollte, die Gefechtstürme zu treffen, war es unter Umständen möglich, dass ihre Waffen ins Innere des Schiffs vordringen oder es zumindest dem Vakuum des Weltraums aussetzen konnten, was potenziell vielen Mannschaftsmitgliedern das Leben kosten könnte.

»Evakuieren Sie die beschädigten Türme und sperren Sie diese Bereiche ab. Beauftragen Sie ein Synth-Team mit den Reparaturen. Sobald dem Team die luftundurchlässige Abdichtung gelungen ist, schicken Sie zusätzliche Reparaturteams vor. Verstanden?«

»Jawohl, Ma'am«, versicherte ihr der Schadenskontrolloffizier.

Danach kehrte McKee zur Station des taktischen Offiziers zurück. Suchend sah sie sich nach Birtwistle um. »XO, kommen Sie her.«

Birtwistle schien überrascht über diese Aufforderung zu sein. Leicht beschämt über ihre letzte Maßregelung trat er an sie heran.

»Commander Arnold, Statusbericht der Flotte?«

McKee beugte sich zu Birtwistle hinüber und flüsterte: »Passen Sie auf, was er mir zu sagen hat und hören Sie zu, welche Instruktionen ich ihm danach erteile. Wir unterhalten uns später privat darüber.«

Arnold hatte sowohl das taktische Display der terranischen Schiffe auf dem Monitor als auch ihren Schadenskontrollstatus und einen Überblick über die Schlacht, die weiter tobte. »Gegenwärtig sind alle Schiffe in vollem Einsatz. Das Schlachtschiff der Zodark ist weiterhin außer Betrieb und wird von unseren Fregatten kontinuierlich mit Raketen und Plasmatorpedos bombardiert, die sich langsam durch die Panzerung des Schiffsrumpfs vorarbeiten. Unsere eigenen Kreuzer und Schlachtschiffe bekämpfen die Kreuzer, Fregatten und Korvetten der Zodark. Ein Viertel unserer Schiffe hat moderaten Schaden erlitten, aber jedes unserer Schiffe hat ein Mindestmaß an Schaden zu verzeichnen.«

Während Commander Arnold diese Information mit McKee teilte, hatte sich die Plasmakanone der *GW* wieder aufgeladen und war bereit, einen weiteren Schuss abzufeuern. Dieses Mal traf der einzelne Schuss eines der Zodark-Schiffe so präzise, dass sich durch den mittleren Bereich des feindlichen Schiffs ein Loch von einer Seite zur anderen öffnete. Die anschließende Explosion entfernte ein weiteres Raumschiff der Zodark vom Spielbrett.

Am äußeren Rand des Kampfgebiets mussten sie demgegenüber zusehen, wie drei Zodark-Korvetten dem Ansturm der republikanischen Projektile durch geschicktes Manövrieren entgehen konnten und nun der RNS *Dubai* – einem der neueren Schlachtschiffe – nah genug kamen, um einen Hagel von Torpedos auf sie loszulassen. Die drei Schiffe feuerten ihre gesamte Munition ab – jeweils 16 Torpedos. Der Einschlag von insgesamt 48 Torpedos entlang der Backbordseite der *Dubai* riss das Schiff in Stücke.

»Schadensbericht der *Dubai*«, forderte McKee. Die Feuer, die sich durch das Raumschiff fortsetzten, ließen Schlimmes vermuten. Das Schiff hatte mehrere Rumpfeinbrüche erlitten und verbrannte seine Atmosphäre mit alarmierender Geschwindigkeit.

Je weiter Admiral McKee sich in den Bericht vertiefte, desto mehr bestätigte er ihr ihr ungutes Gefühl. Das Schiff war dem Untergang geweiht; es hatte bereits ein Drittel seiner Atmosphäre verloren. Die sich ausbreitenden Feuer würden die restliche Luft an Bord konsumieren – lange, bevor sie die Einschlagsöffnungen zur Stabilisierung des Schiffs versiegeln konnten.

Fran wusste, dass sie eine Entscheidung treffen musste. Sie war sich nicht sicher, ob der Kapitän noch lebte und ob er einsatzfähig war. »Schicken Sie eine Flash-Mitteilung an die *Dubai* und den Schiffscomputer, die sofortige Evakuierung anzukündigen. An erster Stelle müssen wir so viele Mannschaftsmitglieder wie möglich retten. Nachdem die Feuer sich durch die Atmosphäre gefressen haben, können wir gegebenenfalls später immer noch den Versuch unternehmen, das Schiff zu bergen – falls uns etwas zum Bergen bleibt.«

»Jawohl, Ma'am. Ich schicke den Befehl sofort durch.«

»Commander, informieren Sie den Rest der Flotte, dass wir ab sofort unser Feuer auf ein einziges Schiff konzentrieren werden. Ihre

Zielcomputer sollen sich unseren Waffensystemen unterordnen, um die feindliche Flotte schleunigst Schiff für Schiff zu eliminieren.«

Vor mehreren Jahren hatte die terranische Weltraumflotte eine neue Zielerfassungssoftware installiert. Sobald eine Gruppe von Kriegsschiffen zusammenarbeitete oder in unmittelbarer Nähe zueinander im Einsatz war, konnte die künstliche Intelligenz des führenden Schiffs nun die Kontrolle über die Waffensysteme der beteiligten Schiffe übernehmen. Das erlaubte der künstlichen Intelligenz eines Kriegsschiffs, Dutzende anderer Kriegsschiffe und ihre Waffensysteme zu befehligen und damit die Feuerkraft der gesamten Flotte auf ein einziges Objekt zu vereinigen. Die Folge davon war, dass der Angriff auf und die Konsequenz für das betroffene Schiff so gravierend war, dass es in der Regel mit seiner sofortigen Zerstörung endete.

»Die Waffen der Flotte gehorchen uns jetzt. Ich nehme die Kreuzer ins Visier.«

McKee wechselte in den Arbeitsbereich der Flugoperationen hinüber. Birtwistle folgte ihr, ohne ein Wort von sich zu geben.

»Captain Kornukov, wie lange noch, bevor die erste Gruppe unserer Jäger die Hauptflotte der Zodark erreicht?«

»Beinahe in Reichweite, Admiral.«

»Gut. Geben Sie die Flugkontrolle über die Jäger, die die Flotte unterstützen, an die künstliche Intelligenz der *GW* ab. Ihre Drohnenpiloten sollen erneut die Kontrolle über die ursprüngliche Angriffsstaffel übernehmen. Unseren eigenen Kampf haben wir mittlerweile unter Kontrolle. Es ist Zeit, uns auf die Hilfe für die Prims zu konzentrieren.«

Kornukov lächelte bei diesem Befehl und informierte seine Piloten umgehend über ihre neuen Anweisungen.

Die Abteilung für Flugoperationen war eine relativ neue Einrichtung innerhalb der terranischen Flotte. Sie war mit vielen Entwicklungsschwierigkeiten behaftet, während die Flotte herauszufinden versuchte, wie sie am effektivsten arbeiten und die Jäger- und Bombergeschwader am wirkungsvollsten einsetzen sollte.

Im Weltraum gab es kein Land, auf das man abstürzen konnte. Ein Pilot musste eine vollkommen neue Art des Fliegens und des Kämpfens erlernen. Ein Jäger musste nicht länger ständig in Bewegung oder von einem Punkt zum anderen unterwegs sein. Gefragt war eher ein Talent für geschicktes Wenden, um diesen Jäger zum erfolgreichen Angriff auf die gegnerischen Kräfte in die vorteilhafteste Position zu bringen.

Im weiteren Verlauf der kriegerischen Handlungen traten die Zodark vor der terranischen Flotte den Rückzug an und entflohen durch Sirius-3 – durch das Sternentor, durch das sie in das System vorgedrungen waren. Admiral McKee ließ eines ihrer Schlachtschiffe und eine Fregatte im Kampfbereich zurück, um bei der Bergung der Mannschaft der *Dubai* zu helfen, während der Rest ihrer angeschlagenen und beschädigten Flotte sich nach Alfheim auf den Weg machte, um die Prim zu unterstützen. Zu diesem Zeitpunkt war beinahe ein Drittel der Prim-Flotte den Zodark zum Opfer gefallen.

»Admiral, wir erhalten eine Nachricht von Admiral Bvork Stavanger«, kündigte Lieutenant Commander Molly Branson an.

»Sehr gut. Schicken Sie sie an mein Terminal.«

Fran mochte Bvork. Die beiden hatten sich während der letzten Jahre angefreundet. Er war sicher der Hauptgrund, weshalb sie zum Admiral befördert worden war – außer der Tatsache, dass Halsey sie abgeschottet von der Presse der Erde in die hintere Provinz des Krieges hatte abschieben wollte.

Bvork Stavanger war einer der rangältesten Primord-Admirale. Bis zur Befreiung aller Prim-Welten und -Kolonien, die die Zodark noch besetzt hielten, gehörte die JTF-2 auf Gedeih und Verderb seiner Streitmacht an. Nach der Erreichung dieses ursprünglichen Ziels war vorgesehen, von diesem Sektor der Galaxie aus die Invasion in neuen, bislang von den Zodark kontrollierten Raum, voranzutreiben.

»Admiral McKee, das war ausgezeichnete Arbeit«, lobte Bvork. »Ihre Flotte hat die zweite Zodark-Flotte völlig zerschlagen. Nun möchte ich Sie bitten, dass Ihre Flotte Posten über dem Planeten bezieht, um ihn zu sichern. Neben unseren Invasions- und Bodentruppen wird auch unsere Reserveflotte in Kürze hier eintreffen. Meine Flotte wird das 3. Tor anfliegen und – im Fall, dass sich dort noch Zodark-Schiffe aufhalten – sie entweder zerstören oder endgültig aus dem System vertreiben. Ist Ihre Flotte in der Lage, unsere Invasionstruppen zu unterstützen und sie auf den Weg zu bringen? Wäre Ihnen das möglich?«, erkundigte er sich.

Fran erwiderte lächelnd: »Jawohl, Sir. Absolut kein Problem. Sind Sie sicher, dass Ihnen die *George Washington* bei der Zerstörung der verbliebenen Zodark-Schiffe nicht zur Seite stehen kann? Meine Mannschaft steht jederzeit bereit.«

Admiral Bvork Stavanger lachte. »Ach Fran, ich kann euch Menschen doch nicht *alle* Siege überlassen. Das Volk daheim wird sich fragen, wieso es einen solch alten Esel wie mich weiter unterhält, wenn Sie in allem besser sind als wir. Nein, ich möchte, dass Sie sich auf die Ausschaltung der planetarische Verteidigungssysteme konzentrieren und die Zodark dort unten vom Weltraum aus unter Beschuss halten.

»Das Wetter auf dem Planeten ist eine absolute Katastrophe. Wir gehen davon aus, dass sich die Zodark wie Zecken in einen Rodian – diese reptilienähnlichen Humanoiden – vergraben haben. Es ist entscheidend, dass unsere Kräfte die hydroelektrischen Dämme einnehmen und die Kontrolle über die Kraftwerke und die Wasserressourcen erhalten. Lassen Sie mich bitte wissen, ob Sie zusätzliche Hilfe brauchen. Falls es die verbliebenen Zodark durch das Tor schaffen, habe ich vor, sie zu verfolgen. Ich will sicherstellen, dass sich dieses System vollkommen in unserer Hand befindet.«

»Seien Sie unbesorgt, Admiral Stavanger«, versicherte ihm McKee. »Und bevor ich es vergesse … Wir mussten eines meiner Kriegsschiffe während der Schlacht zurücklassen. Wäre es möglich, eines Ihrer Reparaturschiffe dorthin abzustellen? Damit könnten wir es wohl noch retten.«

Stavanger wandte seinen Blick einen Augenblick vom Bildschirm ab, um etwas nachzusehen. Dann nickte er. »In Ordnung. Ich schicke so bald wie möglich ein Reparaturschiff vorbei. Und jetzt muss ich los, Fran. Ich lasse alles in Ihren fähigen Händen zurück. Besten Dank noch einmal an die Erde für ihre Hilfe bei dieser Operation. Stavanger, Ende.«

Nach dem Ende des Gesprächs fragte Captain Birtwistle leise: »Ist er in jeder Schlacht so ruhig?«

Lächelnd klärte ihn McKee auf: »Sie werden feststellen, dass die Prim in den *meisten* Situation ausgesprochen ruhig bleiben. Sie müssen bedenken, dass Admiral Bvork Stavanger die Zodark seit über 300 Jahren bekämpft – 190 davon als Admiral. Er ist ein extrem erfahrener Militärkommandeur.«

Birtwistle schüttelte erstaunt den Kopf. Es fiel ihm immer noch schwer zu verstehen oder zu akzeptieren, dass dieser galaktische Krieg gegen die Zodark seit Hunderten von Jahren tobte. Und einige

Rassen innerhalb ihrer Allianz bekämpften sie bereits beträchtlich länger.

»Nachdem die Hauptkämpfe nun vorbei sind, möchte ich, dass Sie sich einige Stunden Zeit nehmen, den Ablauf der Schlacht zu durchdenken. Suchen Sie nicht nach Alternativen, wie wir es hätten besser machen können oder wie Sie gekämpft hätten. Richten Sie Ihr Augenmerk darauf, wie der Kampf dieses Mal geführt wurde und welche Resultate uns jede Entscheidung, die wir trafen, jede Handlung, die wir durchführten, einbrachten. Nachdem die Bodentruppen mit der Invasion des Planeten begonnen haben, möchte ich, dass wir beide uns privat über Ihre Erkenntnisse unterhalten. Was halten Sie davon?«

McKee sah Birtwistles Zögern, bevor er endlich zustimmend nickte. »Das wäre sicher sehr hilfreich, Admiral. Vielen Dank. Ich werde mich in mein Quartier zurückziehen und sofort mit der Arbeit beginnen, es sei denn, Sie brauchen mich weiter auf der Brücke.«

»Ich lasse Sie rufen, wenn wir Sie brauchen. Die Lage sollte eine Weile ruhig bleiben.«

Birtwistle verließ die Brücke, während Fran sich fragte, was sie wohl mit diesem Mann machen sollte? Er war eindeutig nicht qualifiziert, ihr Stellvertreter zu sein, und dennoch hatte Halsey ihn ihr aufgebürdet. Wohl um ein Auge auf sie zu haben. *Ist er zumindest lernwillig?,* überlegte sie dann. Sie hatte ihre Zweifel, ob es ihr gelingen konnte, ihn in einen fähigen Offizier zu verwandeln, der im Bedarfsfall ihr Kommando übernehmen sollte. *Warten wir es ab.*

McKee entdeckte Hans Hansen, den einzigen Zivilisten auf der Brücke, und winkte ihn zu sich heran. »Konnten Sie während der Schlacht einige gute Bilder von mir und der Mannschaft auf der Brücke machen?«

Hans Hansen, der von seinen Freunden oft H2 gerufen wurde, nickte lächelnd. »Oh ja. Ich will mir ausreichend Zeit nehmen, sie zusammenzuschneiden. Ich denke, dass ich sie Ihnen übermorgen vorlegen und unser Interview durchführen kann. Vorher möchte ich noch Fotos von den Drohnen und den anderen Schiffen hinzuziehen, um einen soliden Überblick über den Verlauf der Schlacht geben zu können. Vielleicht möchten Sie uns im Anschluss daran beschreiben, was und wie sich alles abgespielt hat.«

Hans hatte sich über die Jahre einen hervorragenden Ruf als Kriegsberichterstatter und Fotograf erarbeitet. Dann hatte er allerdings mit einem Artikel, den er während der Intus-Kampagne über Admiral Halsey und den Verlust mehrerer Schiffe veröffentlicht hatte, Halseys Missfallen erregt. Danach war ihm die Genehmigung zum Reisen mit der Flotte entzogen worden. Nachdem Admiral Fran McKee das Kommando über die JTF-2 übernommen hatte, wurde ihm erneut der ungehinderte Zugang gewährt – unter der Bedingung, dass er Mini-Biografien von McKee und mehreren Mannschaftsmitgliedern in ihrem Kampf gegen die Prim veröffentlichte. McKee wollte sichergehen, dass die Menschen daheim erfuhren, dass ihr in den äußersten Bereichen des Weltraums ihre eigene Flotte unterstellt war. Selbstverständlich erwartete sie von Hansen, dass ihr Kommando im positivsten Licht dargestellt wurde.

McKee beugte sich zu ihm vor und flüsterte ihm zu: »Hans, ich verlasse mich auf Sie, dass Sie diese Videos und Biografien in etwas verwandeln, dass die Menschen auf der Erde wirklich inspiriert. Legen Sie besonderes Gewicht auf die Geschichten dieser tapferen Männer und Frauen. Und es versteht sich natürlich von selbst, dass ich das letzte Wort darüber habe, was Sie zur Veröffentlichung nach Hause senden.«

H2 lächelte – seine Art der Bestätigung des Kuhhandels, den er mit McKee geschlossen hatte. Indem er den Massen daheim diese Lobhudelei über sie und ihre Flotte unterbreitete, würde auch sein persönlicher Wert und sein Ansehen erneut steigen. Hans hatte McKee zu Beginn ihrer Verhandlungen verraten, dass er weit größere Vorstellungen von seiner Zukunft hatte, als ein einfacher Kriegsberichterstatter zu sein. Die Verwirklichung dieser Vision setzte allerdings das Vorhandensein von umfangreichen finanziellen Mitteln und Ressourcen voraus – etwas, was ihm das Anbiedern an einen Admiral einbringen würde.

»Sie haben mein Wort, Admiral. Wir werden Sie und Ihre Leute wie Helden an den Grenzposten des Weltraums aussehen lassen.«

McKee lächelte erfreut und entließ ihn zur Rückkehr an seine Arbeit.
****

RNS *Valkyrie*

Sergeant Moreau stand seit einer Stunde in Habachtstellung. So fühlte es sich zumindest an. Ehrlich gesagt war sie sich nicht sicher, wie lange sie hier schon zusammen mit den anderen Truppenführern stand und ihr Schicksal erwartete. Captain Fenti unterstrich seine Missbilligung in jedem Fall mit Nachdruck, indem er einen nach dem anderen der Sünder vor ihm durchdringend anstarrte.

Schließlich unterbrach ihr Zugführer Adam Singletary die Stille mit einem beinahe manischen Lachen. Moreau wusste nicht, ob sie einstimmen oder den Kopf einziehen sollte.

»Also gut, Fenti. Vielleicht sollten wir zum Thema kommen«, erklärte Lieutenant Singletary endlich.

Captain Fenti stoppte seinen tödlichen Blick und grinste sie ganz unerwartet an.

Werden sie uns jetzt mit der Folter bestrafen oder einfach gehen lassen?, fragte sich Moreau.

»Aufgepasst, Truppenführer. Unter normalen Umständen würden Sie in weit größeren Schwierigkeiten stecken«, setzte Fenti an. »Aber Ihnen allen steht ein riskanter Invasionseinsatz bevor. Wenn Sie das, was ich Ihnen sage, auch nur einem Ihrer Leute gegenüber wiederholen, knüpfe ich Sie auf – das verspreche ich Ihnen – aber ich kann verstehen, dass Sie alle etwas Dampf ablassen mussten, bevor Sie Ihr Leben riskieren.«

Sergeant Moreau stieß einen leisen Seufzer aus.

»Wir gehen folgendermaßen vor. Ich werde jedem Gruppenführer eine schriftliche Verwarnung in die Personalakte legen. Solange Sie in den nächsten sechs Monaten keinen Mist bauen, verschwindet sie wieder. Außerdem stelle ich sicher, dass diese Verwarnungen keinen Einfluss auf den möglichen Erwerb von Auszeichnungen in der Alfheim-Kampagne haben.

»Treten Sie überzeugend vor Ihren Soldaten auf. Lehren Sie sie das Fürchten und vergessen Sie es danach. Ich brauche von jedem absolut das Beste, was er mir während der bevorstehenden Invasion bieten kann.«

Captain Fenti stoppte seine Wanderung und baute sich vor seinen Untergebenen auf. »Wegtreten.«

Kapitel Fünf
Das Chaos der Kriegshandlungen

1. Zug, Apollo-Kompanie, 1-331. Infanterieregiment
RNS *Valkyrie*
In der Umlaufbahn über Alfheim
Am Tag der Invasion

David wusste, dass er hyperventilierte. Er versuchte die in ihm aufsteigende Panik durch das Schließen seiner Augen und durch langsames, tiefes Ein- und Ausatmen zu kontrollieren. Sobald er sich wieder ein wenig in der Gewalt hatte, öffnete er die Augen.

Der Rest des Ersten Zugs saß fest angegurtet in den Sitzen des Transportfahrzeugs, das sie auf dem Planeten absetzen würde. Der neue Osprey AT-70D, in dem sie sich wiederfanden, war eine Variante des alten Modells – ohne dessen Waffen an der Außenseite des Schiffsrumpfs. Er war einfach nur dazu gedacht, Einheiten von der Größe eines Zugs schnellstens anzuliefern.

Aufgabe des Ersten Zugs war es, im Außenbereich einer Prim-Stadt auf dem nördlichsten Kontinent des Eisplaneten Alfheim zu landen. David hatte während der Einsatzbesprechung am Vortag einen ersten Eindruck von diesem Planeten bekommen. Alfheim war kleiner als die Erde, mit drei großen Kontinenten, die alle mit Eis und Schnee bedeckt waren. Um den Äquator herum schien es zwei Jahreszeiten zu geben: Winter und ein kalter Frühling. Die wogende Masse von Weiß und Blau sah vom Weltraum her fantastisch aus.

David blickte nach rechts. Seine M1 stand fest verankert in der für sie vorgesehenen Halterung neben ihm. Insgeheim fürchtete er, dass sich seine Waffe in dem Moment, in dem sie in die Atmosphäre eintraten, lösen würde. Er wusste, dass dies lächerlich war. Die magnetischen Streifen hielten die Waffe fest vor Ort, egal, welchen Turbulenzen sie ausgesetzt waren. Er sah zu Duncan hinüber, der neben ihm saß.

»Du bist so gut wie es geht vorbereitet, Roberts. Halte dich an mich, sobald wir aufsetzen. Wir arbeiten zusammen. Erinnerst du dich an die Zielvorgabe?«

David berührte das Visier seines Helms, das daraufhin transparent wurde. »Den Ingenieuren Zugang zum Damm zu gewähren, damit sie die Stromzufuhr zur Militärbasis der Zodark unterbrechen können.«

»Sehr gut.« Duncan nickte.

Das 1. Bataillon würde die Basis der Zodark angreifen. Dabei würde es sich auf die Apollo-Kompanie verlassen, ihm den Angriff durch die Unterbrechung der Stromzufuhr leichter zu machen. Der Damm war nicht nur für die Energieproduktion des Stützpunkts zuständig, vielmehr speiste er die gesamte östliche Region dieses Kontinents. Es war von entscheidender Bedeutung, dass die Ingenieure in das Innere des Damms eindringen und die Stromversorgung abschalten konnten.

Eine Stimme kündigte über das interne Kommunikationssystem an: »Apollo-Kompanie, Erster Zug, Vorbereitung zum Start.«

Instinktiv drückte sich David in seinen Sitz, während die Warnsignale außerhalb des Ospreys laut aufheulten. Im Geist sah er mehrere Deckarbeiter vor sich, die die Abflughalle räumten, bevor die an Druck verlor und die Tore der Bucht sich automatisch öffneten. Dann wurde es wieder still.

Das Verklingen des Alarms schlug David nur noch mehr auf den Magen. Er sah sich um. Alle waren so fest in ihren Sitzen angegurtet, dass er kein unmittelbares Zeichen der Schwerelosigkeit entdecken konnte, bis er die Arme einiger Soldaten sah, die vor ihm durch die Luft schwebten.

Die Vibration und das regelmäßige Brummen der Motoren des Ospreys verstärkten sich. David spürte, wie ihr Transporter Abstand zwischen sich und das Mutterschiff brachte, das sie gerade verlassen hatten. Der Übergang vom festen Halt an die *Valkyrie* bis zu ihrer Freisetzung in die Leere des Weltraums hinaus, verlief reibungslos und problemfrei. Ohne ein Fenster, aus dem der nach draußen sehen konnte, schloss David erneut die Augen und stellte sich die große Anzahl der anderen Ospreys vor, die nun gemeinsam mit ihnen in Richtung Alfheim unterwegs waren. Abertausende von Reaper, Orion und Raider hielten in Formation auf ihre jeweiligen Zielobjekte zu – und diese Aufzählung beinhaltete nicht die Hauptgruppe der terranischen Schlachtschiffe, wozu auch die RNS *Valkyrie* zählte.

Er fragte sich, was sich sonst außerhalb ihres Transporters abspielte. Kamen die Zodark der einfallenden Armada zur Begrüßung entgegen? Fand außerhalb seines Osprey bereits eine Weltraumschlacht statt? In diesem Augenblick dachte der Gefreite David Roberts zum ersten Mal an seinen möglichen Tod. Er hoffte, falls es denn so sein sollte, dass er ihn zumindest kommen sah. Die Aussicht, unvorbereitet in ein schwarzes Nichts zu fallen, war ein schrecklicher Gedanke.

Dann wanderten seine Gedanken weiter. *Was, wenn eine Zodark-Rakete unseren Osprey trifft? Wäre das ein schneller Tod?* Dem wäre sicher so. Die Idee, zu sterben, ohne den Planeten zumindest betreten zu haben, brachte ihn mehr auf als der eigentliche Gedanke an seinen möglichen Tod.

»Eintritt in die Atmosphäre von Alfheim«, informierte ihn eine anonyme Stimme in seinem Helm.

Das Eindringen in die Atmosphäre schüttelte den Transporter, als unvermittelt die Schwerkraft auf ihn einzuwirken begann. Davids spürte, wie sich seine Brust verengte. Es war lange her, dass er das Gefühl natürlicher Schwerkraft empfunden hatte. Seiner Meinung nach hatte er damit den letzten Schritt des Beginns der Invasion überstanden. Jetzt konnte er nur hoffen, dass sie in allerletzter Minute nicht noch eine gut gezielte Luftabwehrrakete vom Himmel holen würde.

»Trupp Eins, wir befinden uns im Landanflug. Schnallen Sie sich ab, Waffen und Ausrüstung zur Hand und Vorbereitung auf den Angriff«, schrie Staff Sergeant Bakker ihnen über das Kommunikationsnetz des Trupps zu, während er sich persönlich darauf vorbereitete, den Angriff aus dem Osprey zu leiten.

David drückte auf die Schnelllösevorrichtung seiner Sicherheitsgurte, die hinter ihm im Sitz verschwanden. Er griff nach seinem Sturmgewehr. Ein einfaches Klicken befreite es aus dem soliden Halt der magnetischen Streifen. Er stand auf und bewegte sich mit den anderen auf die hintere Rampe zu – bereit, den Osprey im schnellen Lauf zu verlassen. Dabei hoffte er verzweifelt, dass er nicht in den ersten Augenblicken des Betretens dieses neuen und andersartigen Planeten sein Ende finden würde.

Der Blick auf die Soldaten um ihn herum, ließ Davids Panik erneut aufflackern. Vor ihm lag die Realität, nicht die nächste Simulation. Er stand kurz davor, auf einem fremden Planeten zu landen und sich in einem tödlichen Kampf gegen einen bekannten Feind, die Zodark, und gegen einen unbekannten Feind, die Umwelt von Alfheim, zu messen. Wenn er in wenigen Minuten sein Leben verlieren würde,

würde es kein Zurück geben. Alles, was ihm hier bevorstand, würde so wahr und erschreckend sein, wie alles, was er sich vorstellen konnte.

Dann bebte der Osprey ein wenig und David suchte nach einem Halt. Seine Beine passten sich dem Schwanken jeder turbulenten Bewegung etwas mehr an. Mit eisernem Griff klammerte er sich an seiner Waffe fest und spielte die verschiedenen Szenarien in seiner Vorstellung durch. Er versuchte mit geschlossenen Augen, seine Atmung zu regulieren. Er musste unter allen Umständen eine Panikattacke vermeiden, während sich die Rampe vor ihnen öffnete. Das würde ihn zu einem einladenden Ziel machen. Noch dazu wäre er absolut wertlos für sein Team, falls er der Angst erlauben würde, die Überhand zu gewinnen.

Er schüttelte den Kopf. Aleksei drehte sich zu ihm um. Seine Helmsichtscheibe war durchsichtig und David sah, dass er ihm zuzwinkerte. »Bist du soweit, Jungfuchs?«

»So gut es irgend geht«, erwiderte David, ohne jedoch das Mikrofon in seinem Helm zu aktivieren. Er hatte zu sich selbst gesprochen.

Der Osprey landete sanft – weit besser, als David es erwartet hatte. Die Rampe senkte sich und erlaubte der Helligkeit des Tages in den Truppenbereich einzudringen. Sein Visier stellte sich automatisch auf das organische Licht ein, während sein Kampfanzug umgehend die interne Temperatur erhöhte, um es ihm auf der Oberfläche dieses gefrorenen Planeten angenehm zu machen.

Davids Stiefel trugen ihn die Rampe in den leichten Schneefall hinunter. Er nahm die Welt um sich herum in sich auf. Der gesamte Zug war dabei, seine Transporter zu verlassen und Deckung hinter den nächstgelegenen Bäumen und Gesteinsbrocken zu finden.

Und dann, ohne Vorwarnung, brach die gesamte Welt um David herum zusammen. Seine Sinne wurden von dem abrupten Lärm von Explosionen, den panischen Schreien der Soldaten und dem Zischen von Laserfeuer gepaart mit dem Überschallknall republikanischer Railguns überwältigt. All das wurde jedoch noch von einem weiteren Geräusch übertönt. Es waren die furchterregendsten Laute, die David je gehört hatte. Der gutturale Schrei der Zodark-Krieger jagten ihm kalte Schauer über den Rücken.

In diesem Augenblick konnte David sich einzig auf die Formation von drei Felsbrocken 30 Meter vor ihm konzentrieren. So schnell er konnte, rannte er auf diese Deckung in der verzweifelten Hoffnung zu, dass ihn die Zodark-Soldaten nicht entdecken würden.

Geschützt vom Gestein hob er sein Sturmgewehr an und zielte Richtung Norden, ohne direkt ein Ziel zu sichten, auf das er schießen konnte. Der Rest von Davids Team fand ebenfalls Deckung hinter diesen Steinen, die glücklicherweise eher als riesige Findlinge einzustufen waren.

Beim Niederknien strich David mit der Hand über die glatte, schwarze Oberfläche des Gesteins. Er erinnerte ihn an einen Onyx auf der Erde.

»Augen nach vorn, Roberts!«, herrschte ihn die raue Stimme seiner Teamleiterin Sergeant Moreau an. »Die Zeit zum Bestaunen der Sehenswürdigkeiten ist später.«

David hob seine Waffe erneut auf der Suche nach einem Zodark an, auf den er schießen konnte. Links von ihm musste er zusehen, wie fünf Soldaten seines Zugs beim Verlassen der Rampe getroffen wurden. Die Laser der Zodark hatten sie unmittelbar nach ihrer Landung erreicht und ihrem Leben ein Ende bereitet, bevor sie Gelegenheit hatten, Deckung zu finden.

Der Osprey, der sie abgesetzt hatte, hob ab und beschleunigte seinen Flug, um in aller Eile an Höhe zu gewinnen. Eine Art Rakete folgte ihm, deren Gefechtskopf in das linke Triebwerk einschlug und es zerstörte. Entlang des hinteren Truppenabteils öffnete sich ein riesiges Loch. Ohne Erfolg versuchte der Pilot, die Herrschaft über seinen angeschlagenen Transporter zu behalten. Der Osprey trudelte außer Kontrolle und stürzte nach einer spektakulären Explosion ab.

Verdammt! Wie ist das möglich?, dachte David. *So hätte es mir ergehen können.*

Er zwang sich, seine Aufmerksamkeit wieder ihrer Situation zuzuwenden. Vor sich konnte er die Konturen ihres Zielobjekts erkennen, darüber hinaus aber auch massige blaue Figuren, die sich unter Ausnutzung jeglicher sich bietender Deckung ihrem Zug näherten. Es waren Zodark. Daran bestanden keine Zweifel.

»Kontakt vor uns, 300 Meter!«, schrie David und schoss eine Salve nach der anderen in Richtung der ihnen entgegenkommenden Feinde ab.

Sein Team feuerte flächendeckend auf die angreifenden Zodark, im Verein mit der tödlichen und akkuraten Feuerkraft, die der

Rest des Zugs seinen Gegnern entgegenwarf. Ein Soldat, der ebenfalls zwischen den Findlingen Deckung suchte, lenkte David einen Moment lang ab. Es war der Führer seines Trupps, Staff Sergeant Bakker.

»Moreau, wir müssen weiter vordringen, wenn wir eine gute defensive Position um unseren Bereich des Dams einnehmen wollen. Verlegen Sie Ihr Team hinter die Baumgruppe rechts von hier. Versuchen Sie, diese Flanke für die anderen Trupps zu sichern, um ihnen von dort aus den Angriff zu ermöglichen«, befahl Bakker. Unablässig flogen Laserblitze über seinen Kopf hinweg und umschwirrten alle, die hier Deckung suchten.

Moreau nickte ernst und wollte ihrem Team gerade seine Verlegung signalisieren, als neben ihren Köpfen ein lautes Knacken hörbar war. David stieg der Geruch von verbranntem Sauerstoff in die Nase, bevor er entsetzt sah, wie Bakkers Helm in einem unnatürlichen Winkel nach hinten abknickte. Der Körper des Staff Sergeanten fiel in den Schnee, als wäre er eine Marionette, deren Fäden soeben durchtrennt worden waren. Die Vorderseite seines Helms war eingedrückt. Blut und Knochenfragmente besudelten den reinweißen Schnee.

Geduckt bewegte sich David zu Bakker hinüber, um zu sehen, ob er noch am Leben war. Sergeant Moreau war schneller als er. Sie sah sich die Leiche kurz an und betätigte dann ihr Mikrofon. »Hier spricht Sergeant Moreau. Staff Sergeant Bakker ist im Kampf gefallen. Ich übernehme das Kommando des Ersten Trupps.«
****

Corporal Eva Jorgensen musste zugeben, dass die Simulatoren das Chaos einer Schlacht äußerst treffend vermittelten. Das Einzige was ihnen nicht gelang, war die Darstellung des Todes. Die Programmierer konnten die unterschiedlichen Aspekte ihres Jobs simulieren, wie etwa die Stabilisierung eines Patienten oder die Behandlung der Art von Wunden, die die Zodark gewöhnlich verursachten. Was sie nicht ausreichend tun konnten, war die Vorbereitung darauf, wie sie sich umgeben von Laserblitzen und unaufhaltsamem Beschuss fühlen würde, oder beim Anblick von Toten oder Verwundeten, deren Körper sich zu stapeln schienen.

Jorgensen wusste, dass sie nach ihrem ‚Tod‘ im Simulator sofort wieder auferstehen und in ihren Körper zurückkehren würde.

Aber sie war nicht länger im Simulator. Nach einem Sterben hier gab es kein Zurück mehr.

Als Jorgensen gemeinsam mit dem Trupp, dem sie zugewiesen war, die Rampe hinunterlief, brach der Mann vor ihr plötzlich zusammen. Sie ließ sich neben dem Soldaten fallen und drehte ihn um. Auf seiner Brust entdeckte sie eine hässliche Wunde. Langsam sickerte Blut aus dem Loch seines Schutzanzugs. Das sagte ihr, dass der Mann ernstliche interne Verletzungen erlitten hatte.

Bevor sie Hilfe leisten konnte, schnappte sie jemand am Rücken ihres Anzugs und brachte sie auf die Füße.

»Was zum Teufel …?«, rief sie aufgebracht.

Staff Sergeant Lillian Murphy starrte sie an. »Finden Sie Deckung und leisten Sie dort Erste Hilfe. Eine tote Sanitäterin nützt meinem Trupp nichts, Jorgensen!«

Nach einem weiteren Schubs folgte sie Murphy an mehreren am Boden liegenden Körpern vorbei. Manche lebten noch, andere waren tot. Sie hielten auf einen Wald zu, der außerhalb des Schlachtfelds lag, auf dem sie offensichtlich gelandet waren. Jorgensen bemerkte, dass der Wald eine natürliche Barriere zwischen dem offenen Feld, auf dem der Erste Zug gelandet war, und ihrem Zielobjekt darstellte. Offensichtlich war es dem Ersten Zug gelungen, ihnen den Weg in eine sichere Stellung unter dem Schutz des Waldes zu ebnen. Jorgensen sah kurz zu den Zweigen der Bäume hoch, die sich im regelmäßigen Abstand von etwa einem Meter nach oben streckten. Sie waren voller dunkelgrüner Blätter. Nur beim genaueren Hinsehen entdeckte man, dass jedes Blatt mit etwas umsponnen war, das wie feine, weiße Seide aussah.

»Sanitäter!«, rief eine Stimme, die von rechts kam und Jorgensen aus ihrer Trance riss.

Ein Soldat winkte ihr zu, während ein anderer Soldat sich vor ihm vor Schmerzen am Boden wand. Sie sprintete an die Seite des verwundeten Soldaten und ließ sich gerade neben ihm fallen, als drei Laserblitze über ihre Köpfe hinwegflogen. Der linke Arm des Soldaten war unterhalb seines Ellbogens abgetrennt. Die ihn umgebende Blutlache schmolz den Schnee, auf dem er lag.

Auf der Brustplatte des Mannes suchte sie nach seinem Nachnamen. »Ich hole Sie hier raus, Hughes. Ok? Sie müssen sich nur still verhalten. Nicht bewegen, während ich an ihnen arbeite.«

Hughes versuchte, sich ruhig zu verhalten. »Danke, Doc«, sagte er mit zusammengebissenen Zähnen.

»Bedanken Sie sich nicht zu früh«, antwortete Jorgensen, bevor sie eine kauterisierende Flüssigkeit auf den blutigen Stumpf goss.

Seine Schreie wurden nur durch das enorme Feuergefecht gedämpft, das weiterhin um sie herum tobte. Sobald die Haut des Verwundeten verkohlte und sich schwarz verfärbte, wusste Jorgensen, dass ihr Mittel seine Pflicht tat. Sie legte dem Mann einen Feldverband an und stellte sicher, dass er nicht verrutschte. Danach verband sie ihr medizinisches Tablet über einen Stecker mit Hughes' Uniform. Seine Ergebnisse zeigten, dass die Blutung sich verlangsamte und dass er keine zusätzliche Verwundung erlitten hatte. Seine Messwerte waren erhöht, aber das beruhte zweifellos auf den schrecklichen Schmerzen, unter denen er litt.

Mittels ihres Pads öffnete sie die Chemikaliensteuerung an Hughes' Kampfanzug, stellte die korrekte Dosierung ein, und drückte nach der Eingabe des Sicherheitscodes auf den Knopf für die Schmerzmittel. Das Signal wurde von ihrem Pad an den Computer des Kampfanzugs weitergegeben, der Hughes mit der von Jorgensen vorgegebenen Dosis Schmerzmittel injizierte. Das war ein effektiver Weg, dem Patienten während eines Kampfs die nötigen Flüssigkeiten zukommen zu lassen, wenn keine Zeit blieb, die schützende Panzerung zu entfernen. Das Innere des Anzugs enthielt mehrere Fläschchen Schmerzmittel und Adrenalin, sowie eine kleine Dosis medizinischer Naniten, um die Verwundeten vor ihrem Transport zu stabilisieren. Diese Medikamente durften nur von Sanitätern verabreicht werden – ein Schutz gegen den Missbrauch frei verfügbarer Drogen.

»Er sollte jetzt stabil genug sein, um ihn zu transportieren«, erklärte Jorgensen dem Soldaten, der sie herbeigerufen hatte. Sie öffnete den Kommunikationskanal der Sanitäter in ihrem Helm und betätigte das Mikrofon. »Engel Leitung, Engel Zwei hier.«

Staff Sergeant Chawla, der Sanitäter des Zugs, erwiderte: »Engel Leitung hier, sprechen Sie, Engel Zwei.«

»Engel Leitung, ich habe einen Verwundeten an meiner Position. Er muss dringend evakuiert werden.«

»Engel Zwei, etwa 100 Meter hinter Ihnen befindet sich der CCP, unsere Sammelstelle für die Verwundeten. Koordinaten über Ihren Helm.«

Ein richtungsweisendes Symbol erschien auf ihrer Blickfeldanzeige und deutete auf den Sammelpunkt, den Chawla organisiert hatte. Sie wandte sich an Hughes. »Sind Sie in der Lage aufzustehen und mit mir zu kommen?«

Der zweite Soldat hielt Jorgensen am Arm fest. »Wir ziehen weiter. Sie kümmern sich um ihn?«

Jorgensen nickte und hielt Hughes die Hand entgegen, die er akzeptierte und mit deren Hilfe er es schaffte, sich auf die Beine zu stellen. Er bückte sich und hob seinen abgetrennten Arm auf. Jorgensen seufzte, ließ ihn aber tun, was er tun musste. Sie zog ihn an seiner Uniform, worauf sie sich in Bewegung setzten. Der CCP enthielt bereits mehrere verwundete, sterbende oder bereits verstorbene Soldaten, um die sich Sam, ihr medizinischer Synth, kümmerte.

»Hier habe ich noch einen, Sam!«, rief sie ihm zu, bevor sie Hughes aufforderte, sich auf eine der Liegen unter dem errichteten Tarnnetz zu legen.

Sam trat an sie heran und kniete neben Hughes nieder. Er stöpselte ein Informationskabel, das er aus einem seiner Finger gezogen hatte, in den Port der Uniform ein. »Er ist stabil, muss aber mit dem ersten Schiff, das landet, evakuiert werden.«

Sam erhob sich, trennte die Verbindung und wandte sich ohne Zeit zu verschwenden dem nächsten Soldaten zu, der hereingebracht wurde. Jorgensen sah, wie Mac einen hinkenden Soldaten begleitete, den er an Sam weiterreichte. Die linke Seite von Macs gepanzerter Uniform war angeschlagen und rußgeschwärzt. Das versetzte ihrem Herz einen kleinen Stich, obwohl er insgesamt in Ordnung zu sein schien.

»Bist du ok?«, erkundigte sie sich.

»Es ist nichts, Eva«, erwiderte Mac lässig. »Eine Zodark-Granate explodierte in unserer Nähe. Ich bin in Ordnung, aber mein Kumpel hier musste einiges an Schrapnell einstecken.«

»Ich bin froh, dass es nicht so schlimm ist.« Eine Explosion in einiger Entfernung ließ sie innehalten. »Wie ist die Lage?«

Chawla trat auf sie zu. »Dem Ersten Zug ist es gelungen, sich bis zur Waldgrenze vorzuarbeiten und von dort aus den Damm anzugreifen. Sie werden an vorderster Front gebraucht. Sind Sie bereit?«

Sowohl Jorgensen als auch McDowell nickten, bevor sie sich umdrehten und auf den Lärm des Schusswechsels zurannten. Sobald sie den Wald betraten, verringerte sich dieser Lärm unter dem seidigen Baumkronendach um einiges. Tote Zodark oder republikanische Soldaten pflasterten ihren Weg. Ihnen konnten sie nicht länger helfen.

Die Explosionen kamen näher. Nach der Durchquerung des Waldes entdeckten sie die Mitglieder des Ersten Zuges, die gerade mit dem Vordringen über die Baumlinie hinaus begonnen hatten.

Der Damm war ein massiver Komplex aus Metall, der sich über eine große Schlucht hinweg erstreckte. Der Wind strich durch das Tal, in das sie nun hineinrannten, und ließ das glasklare Wasser leise gegen die Seiten der Konstruktion schwappen. Leuchtende Blitze aus den Blastern der Zodark empfingen sie, während der Boden unter ihnen von neuen Explosionen geschüttelt wurde.

»Versuche, deinen Trupp zu erreichen, Eva«, ermunterte Mac sie. »Wir sehen uns, nachdem alles vorbei ist.«

»Sei vorsichtig!«, rief sie ihm nach, bevor sie den richtungsweisenden Markierungen in der Anzeige ihres Helms zum Standort des Zweiten Trupps folgte.

Macs Antwort kam nicht mehr zu ihr durch. Jorgensen rannte auf einen kleinen Metallschuppen am Ende einer nahgelegenen Straße zu. Abgesehen von dem merkwürdigen seidenähnlichen Baumkronendach konnte man diesen Ort beinahe mit dem Winter in Norwegen vergleichen. Die grauen Felsvorsprünge, die sich zu beiden Seiten des Damms in die Höhe streckten, erinnerten sie an die Berge, die zu Hause ihren Fjord umgaben.

Ein Soldat, der aus dem metallenen Gebäude trat, winkte ihr frenetisch zu. Jorgensen stoppte gerade noch rechtzeitig, um zu sehen, wie ein blauer Lichtblitz knapp an ihr vorbei im Boden vor ihr einschlug. Die ohrenbetäubende Erschütterung hob ihren Körper an und warf ihn zur Seite.

Jorgensen schlug auf dem harten Untergrund auf, wo sie benommen ihre Lebenszeichen auf dem HUD ihres Helms überprüfte. Alles war normal. Sie hatte Glück gehabt. So schnell sie konnte, raffte sie sich auf und begann erneut zu rennen.

Sofort nachdem sie das Gebäude erreicht hatte, sprang sie durch die offene Tür. Sie erkannte Connelly, der ihr gerade das Leben gerettet hatte. »Danke, Sarge.«

»Kein Problem, Doc.« Connelly unterrichtete sein Team. »Team Bravo, östlich von uns befindet sich ein weiteres Gebäude, das diese Seite des Damms überblickt. Lieutenant Singletary will, dass wir es sichern. Schmidt und McNamara, Sie sind vorne. Smart und Hardt, Sie decken uns von hinten.«

An Jorgensen gewandt, sagte er: »Und Sie, Doc, hängen an mir wie eine Klette, verstanden?«

»Verstanden«, bestätigte sie mit einem Nicken.

Obwohl sie sich in der Gesellschaft von Soldaten befand, deren Hauptaufgabe die Vernichtung der Zodark war, war Jorgensen dennoch mehr als nervös. Als Sanitäterin war sie nur mit einer kompakteren Version des M1-Sturmgewehrs bewaffnet, das allein über einen Laser verfügte. Keine Magrail-Projektile und keine 20 mm-Granaten. Vergleichen mit den andern Infanteristen kam sie sich unbewaffnet vor. Sie musste sich ständig daran erinnern, dass sie keine Infanteristin sondern Sanitäterin war. Es war nicht ihr Job, für ihr Land zu töten. Ihr fiel die Aufgabe zu, Leben zu retten. Die M1 der Sanitäter waren eher als Selbstverteidigungswaffe denn als Kriegswaffe gedacht.

Sergeant Connelly führte sein Team über die Anhöhe näher an das Objekt heran. Jorgensen drehte sich zu dem Chaos um, das sich unter ihnen entfaltete. *Was, wenn mich jemand anders braucht?* Sie war gefährlich weit vom Rest der Gruppe entfernt, für die sie zuständig war.

Ein animalischer Schrei drang von den Felsen, die vor ihnen lagen, zu ihnen vor. Das Brüllen war identisch zu dem, das sie bereits vom Simulator her kannte. Dennoch veranlasste es Jorgensen dieses Mal dazu, einhalten zu wollen. Jorgensen sah zu dem Gebäude hoch, aus dem die Zodark jetzt das Feuer auf sie eröffneten – mit unzähligen Einschlägen im Schnee und in den Bäumen überall um sie herum. Verzweifelt sah sie sich nach einer Deckung um, hinter die sie flüchten konnte. Aber da war nichts. Ihr blieb nur, geduckt und so nahe wie möglich am Boden Schritt mit dem Team zu halten.

Connellys Gruppe erwiderte den Beschuss in einstudierter Choreografie. Ohne ersichtliche Anstrengung bewegten sie sich voran, schossen und hielten den Kontakt untereinander aufrecht. Einer der Soldaten ließ sich auf ein Knie fallen und feuerte seine präzisionsgelenkte 20-mm-Granate auf das Gebäude ab. Die Granate schlug mit einem grässlichen Geräusch an einer Seitenwand des Hauses auf, bevor sie explodierte. Jorgensen fühlte sich, als hätte jemand eine riesige Stimmgabel neben ihrem Ohr in Schwingung gebracht.

Nachdem der Rauch und die Flammen sich endlich gelegt hatten, stand das Gebäude da, als ob nichts geschehen wäre. Erstaunt blinzelte sie.

»Durch die Wand kommen wir nicht durch!«, schrie Connelly. »Team Alpha, vorrücken zum Gebäude und Granaten direkt nach drinnen werfen. Warten Sie einige Sekunden ab, bevor Sie es stürmen.«

Jorgensen drückte ihren Rücken gegen die Mauer, die das einzunehmende Gelände umgab. Sie bestand aus dem gleichen Material wie das Gebäude selbst. Durch ihren Kampfanzug hindurch spürte sie die Vibration, die von einem offenbar konstanten Summen in der Wand auszugehen schien

Aus sicherer Entfernung gelang es dem A-Team schließlich, zwei Granaten in den offenen Eingang und durch ein Fenster in die Konstruktion zu werfen. Ihre Explosion brachte Feuer, Rauch und die gutturalen Schreie der Zodark mit sich, die von diesem Angriff überrascht worden waren. Es war wie die Szene aus einem Halloween-Horrorhaus.

Ein einziger Zodark stolperte ihnen aus der Tür entgegen. Er hatte zwei seiner Arme verloren und sein Körper war von tiefen Schrapnellwunden überzogen. Der Blick auf den Feind – einen monströsen Zodark so nahe vor sich zu sehen, der eindeutig unter großen Schmerzen litt – brachte Jorgensen aus dem Gleichgewicht. Sie wusste nicht, wie sie reagieren sollte.

Demgegenüber zögerten Sergeant Connelly und zwei seiner Soldaten nicht einen Augenblick. Die drei setzten ihre Blaster solange gegen den Zodark ein, bis der gigantische Außerirdische wenige Meter vor ihnen endgültig zusammenbrach.

»Los, los, los! Objekt räumen!«, befahl Connelly seinen Soldaten, die bereits in das Gebäude vordrangen.

Jorgensen fiel es schwer, das pure Chaos, das sie umgab, zu verarbeiten – die Schreie, der Rauch, der Schusswechsel, und natürlich das Kriegsgeheul der Zodark-Verteidiger und die lauten Ausrufe der menschlichen Soldaten. Der reine Wahnsinn!

»Na los doch, Eva! Zusammen mit dem Trupp!«, forderte Connelly sie laut auf, bevor er seinen Soldaten neue Befehle erteilte.

Connelly und der Rest seines Teams betraten nun ebenfalls das Gelände. Jorgensen bemühte sich, mit ihnen Schritt zu halten. Ein Blick auf die Körper dreier Zodark, die sich am Boden in dem wanden, was die Granaten zurückgelassen hatten, setzte ihr unglaublich zu.

Einer der Soldaten in Connellys Team gab mehrere Schüsse auf die noch lebenden Zodark ab. »Schweinehunde«, hisste er, bevor er unberührt weiter eilte.

Das gesamte Team drang jetzt tiefer in das Gebäude vor. Überraschend stürmte ein laut kreischender Zodark mit erhobener Klinge aus dem Schatten eines nahegelegenen Raums auf die Eroberer zu. Der Rage des blauen Außerirdischen konnte auch der Beschuss durch das Team keinen Einhalt gebieten. Er stürzte voran, als ob ihm nicht länger am Leben lag. Er erreichte die Soldaten, bevor sie Gelegenheit hatten, ihm auszuweichen.

Die Gefreite Smart hob ihr Sturmgewehr, um die Klinge zu blockieren. Das Schwert durchschnitt ihre Waffe wie Butter und setzte seinen Weg durch ihren Körper fort. Jorgensen sah, wie Smarts Körper beinahe in zwei Hälften zerteilt wurde, bevor der Gefreite Hardt seine Waffe vom Blaster auf regulären Beschuss umstellte und auf den tobenden Angreifer schoss. Die soliden Projektile, die den Körper des Zodark durchlöcherten, warfen ihn nach hinten. Er fiel zu Boden. Das Biest war endlich tot.

Aus dem Inneren dieses offenbar weitreichenden Bunkerkomplexes drang neues Heulen und Gebrüll zu ihnen vor. Der Feind war dabei, einen Gegenangriff zu mobilisieren.

»Staff Sergeant, ich denke, wir sollten uns zurückziehen und entweder Luftunterstützung oder einen orbitalen Angriff anfordern«, schlug einer von Connellys Männern vor.

Das Gekreische, das langsam lauter wurde, jagte allen Angstschauer über den Rücken. Falls sie nichts unternahmen, würde das, was immer da auf sie zukam, sie in Kürze überrollen.

»Ok, alle Mann raus hier!«, befahl Connelly endlich. »Wir formieren uns draußen neu.«

Jorgensen stieß einen Seufzer der Erleichterung auf, dass sie nicht tiefer in das Gebäude vordringen würden, um dort auf wer weiß wie viele Zodark zu stoßen. Nach dem, was der Gefreiten Smart zugestoßen war, graute es ihr maßlos vor diesen schrecklichen Biestern.

Beim Verlassen der Einrichtung wurde der Trupp von feindlichem Feuer empfangen. Connelly erwischte es als Ersten. Zwei der Soldaten gelang es, Deckung zu finden und das Feuer zu erwidern.

Umgeben von den Laserblitzen der Zodark – von denen einige gefährlich nahe vor ihren Füßen einschlugen und andere das Gebäude trafen, das sie gerade verlassen hatte – rannte Jorgensen zu Connelly hinüber. Sobald sie Connelly erreicht hatte, zog sie ihn an dem dafür bestimmten Griff am oberen hinteren Ende seines Kampfanzugs aus dem offenen Gelände heraus.

Nachdem sie in Deckung waren und bevor sie mit ihrer Untersuchung begann, fragte sie: »Wie schlimm ist es?«

»Im Unterbauch. Ich verblute, das spüre ich. Ich fordere einen Luftangriff für diesen Standort an. Schmidt …«, wandte er sich an einen seiner Soldaten, »… Sie führen alle zurück zum Damm.«

Jorgensen rollte Connelly auf den Rücken. »Sie beantragen keine Luftunterstützung, bis ich die Blutung gestoppt und wir Sie von hier wegtransportiert haben. Sie werden nicht als Held sterben – Sie werden uns zum Sieg führen. Haben Sie mich verstanden, Connelly?« Sie forderte einen der Soldaten auf, zu ihr zu kommen, ihm ihr zu assistieren.

Ihre Finger tanzten über das medizinische Tablet, um Connellys Nanitenspritze zu aktivieren. Die kleinen Kerlchen würden die Wunde versiegeln und ihn vorm Verbluten retten, während sie mit der Reparatur des beschädigten Gewebes, der Knochen und der Organe um den Wundbereich herum begannen.

»Lassen Sie mich zurück. Retten Sie sich selbst und verschwinden Sie von hier«, verlangte Connelly mit zusammengebissenen Zähnen.

Corporal Schmidt kniete sich neben Jorgensen. Der Laserbeschuss um sie herum nahm kein Ende.

»Er ist stabilisiert«, erklärte Jorgensen. »Tragen Sie ihn auf Ihrer Schulter und verschwinden wir, bevor die Reaper auftauchen und uns ebenfalls erwischen.«

Schmidt warf sich den vor Schmerzen schreienden Connelly über die Schulter. So schnell sie konnten rannten sie den Hang hinunter, um Abstand zwischen sich und dem bevorstehenden Luftangriff zu bringen.

Am Fuß der Anhöhe verschärfte sich der Zodark-Beschuss hinter ihnen ein weiteres Mal. Jorgensen war die Erste, die hinter einem schützenden Baum Deckung fand. Schmidt, Hardt und McNamara waren noch 20 Meter hinter ihr, als die Zodark erneut das Feuer eröffneten. Hardt wurde in den Hinterkopf getroffen und stürzte mit dem Gesicht zuerst in den Schnee. McNamara erlitt einen Treffer am Bein, als sie sich kurz umwandte, um zu sehen, ob sie Hardt helfen konnte. Ihr unnatürlich abgewinkeltes Bein ließ sie schreiend vor Schmerz wo sie stand zu Boden fallen.

Ohne an ihre eigene Sicherheit zu denken, verließ Jorgensen ihre eigene Deckung und sprintete so schnell sie konnte zu McNamara hinüber. Ihre Freundin wand sich vor Schmerzen, brauchte medizinische Hilfe und ihre Aufgabe war es, sie zu retten. Die Blaster der Zodark hielten ihren unablässigen Beschuss solange aufrecht, bis die Silhouette eines B-99 Raider über den Baumkronen erkennbar wurde. Jorgensen verfolgte kurz, dass der Raider zwei Gegenstände abwarf, die auf den Gebäudekomplex zusteuerten, von dem aus sie gerade die Flucht ergriffen hatten. Die Schockwelle der Explosion traf sie mit einer Kraft, die sie nicht für möglich gehalten hätte, zog ihr die Beine unter dem Körper weg und warf sie flach auf ihren Rücken. Jorgensen landete im Schnee und rollte ein Stück bergab, wo sie für kurze Zeit liegenblieb.

Was zum Teufel ist passiert?, wunderte sie sich benommen. Sie musste bewusstlos gewesen sein. Ihre Welt war weiter dunkel. Sie fühlte, wie ihr Gehirn versuchte, ihren Körper zu reaktivieren. Im Geist führte sie eine Bestandaufnahme all ihrer Systeme durch. *Ich spüre meine Zehen und kann sie bewegen – ok. Ich spüre meine Finger und kann sie bewegen – ok. Und jetzt auch die Augen öffnen ... ok.*

Es schneite noch. Die Bäume sahen merkwürdig aus, so als ob jemand den Schnee von ihnen abgeschüttelt hätte. Dann kehrte Jorgensens Hörvermögen zurück, und dann erinnerte sie sich an McNamara.

Behutsam rollte sich Jorgensen auf die Seite, zwang sich auf die Beine und sah sich suchend nach ihrer Freundin um. Das ganze Gebiet war ein rauchendes Trümmerfeld. Je näher ihr Blick dem Gebäudekomplex kam, desto mehr Zerstörung nahm sie wahr.

Einige der nahgelegenen Bäume hatten Feuer gefangen. Durch den schwarzen Rauch hindurch suchte Jorgensen solange, bis sie

McNamara endlich gefunden hatte. Hardts und McNamaras Leichen lagen in einem Meer von Blut. Tränen des Zorns und der Frustration liefen Jorgensen das Gesicht hinunter, als ihr klar wurde, dass sie ihre Freundin nicht hatte retten können.

Schließlich drehte sie sich in die Richtung um, wo sie Schmidt das letzte Mal gesehen hatte. Sie schickte ein Stoßgebet zum Himmel, dass er wie ein Wunder überlebt und sie hier draußen nicht allein zurückgelassen hatte.

Eine leichte Brise wehte durch den Wald. Schmidt lag mit dem Gesicht nach unten im Schnee. Glühende Ascheteilchen regneten weiter auf ihn herab. Und dann sah sie das große Stück Metall, das aus seinem Rücken herausragte.

Mit ihrem medizinischen Tablet in der Hand trat Jorgensen an jedes Teammitglied heran und überprüfte ihre Lebenszeichen, in der Hoffnung, dass wenigstens einer von ihnen noch am Leben war. Schließlich musste sie sich der Erkenntnis stellen, dass sie alleine war. Alle waren tot. Das gesamte Team, dessen Fürsorge ihr aufgetragen worden war, war aufgerieben.

Vorsichtig sah sich Jorgensen nach verdächtigen Bewegungen um. Sie griff nach einem der Sturmgewehre, nur für den Fall, dass sie es brauchen würde. Innerlich stählte sie ihre Nerven, bevor sie die Leichen ihrer Kameraden hinter sich ließ und den Abhang hinunter auf den Damm zulief, wo sie wusste, dass sie auf Soldaten ihres Zuges treffen würde.

****

Die Beine von Otto Krauss' Mech stapften durch die Schneewehen am Rand des Waldes. Sein Team hatte geholfen, die Zodark an den Damm zurückzudrängen und fungierte nun als patrouillierende Barriere zu den Bodentruppen.

Die Stoppelhopser haben echt Glück, dachte Krauss beinahe belustigt. Die Mechs waren praktisch ein Magnet für jedweden Beschuss durch die Zodark. Glücklicherweise war es ungemein schwierig, einen Mech aus dem Verkehr zu ziehen. Im Schatten des Waldes half die reflektierende Camouflage ihrer Mechs seinem Team sehr: der geringe Lichteinfall erlaubte den Mechs die perfekte Angleichung in ihr Umfeld. Unten beim Damm, im offenen Gelände, würde ihnen ihre Tarnung nicht im Geringsten helfen.

Krauss sah nach links. »Fujii, Jones, aufschließen! Die Stoppelhopser stellen sich hinter uns auf.« Die beiden Mechs zu seiner Linken beschleunigten ihre Schritte, bis sie auf gleicher Höhe mit Krauss und Abede waren.

»Die Infanterie formiert sich hinter uns«, ließ Abede sie über ihren Kommunikationskanal wissen, bevor er sein Schild aktivierte.

Krauss, Fujii und Jones taten es ihm nach, woraufhin unter dem linken Arm ihrer Mechs ein Schild ausfuhr – ein ausgesprochen nützliches Werkzeug für einen Mechfahrer, um Soldaten am Boden zu schützen. Allerdings brachte es auch Nachteile mit sich. Solange das Schild ausgefahren war, konnte allein der rechte Arm des Mechs seine 20-mm-Maschinenkanone einsetzen. Aber selbst mit dem Einsatz von nur einer Waffe, war diese Kanone immer noch effektiv. Jedes dritte Projektil war Leuchtspurmunition und jedes fünfte war eine explosive Variante ihrer regulären Munition.

Die Zodark mussten geahnt haben, was die Mechs und die Bodentruppen hinter ihnen vorhatten, da sich soeben zusätzliche Kämpfer vor dem Damm aufbauten, um die menschliche Offensive zu stoppen.

»Wir müssen sie zurückdrängen, um Zugang zum Damm zu erhalten!«, rief Krauss dem Team zu. »Feuerkonzentration auf die neue Gruppe der Zodark, bevor die zu mutig werden und auf dumme Gedanken kommen. Los geht's! Vorwärts Marsch!« Er hob sein Schild mit dem linken Arm etwas weiter an, während er mit der Rechten die Zodark mit 20-mm-Projektilen besprühte. Sein Mech bewegte sich mit stetem Schritt auf den Schwarm gegnerischer Zodark zu, die ihn nun ihrerseits mit einem Munitionshagel begrüßten.

Krauss arbeitete sich in methodischer Weise vor. Er stellte sicher, dass die Kontinuität ihrer Schildlinie aufrechterhalten blieb. Gleichzeitig hielt sein Team die feindliche Position mit ihren Maschinenkanonen unter ständigem Beschuss. Die Zodark wurden in Stücke gerissen.

Während die Mechs die Verteidiger des Damms eliminierten, bahnte sich in dem bewaldeten Gebiet zu beiden Seiten des Damms eine neue Gefahr entlang der Anhöhe an. Krauss wandte seine Aufmerksamkeit einen Augenblick vom Damm ab, um diese neue Bedrohung einzuschätzen. Er musste in jedem Fall vermeiden, dass seine Mechs oder die ihnen folgende Infanterie in ein hässliches Kreuzfeuer aus drei Richtungen gerieten.

Nachdem er die Handvoll Zodark sah, die die Anhöhe hinunterstürmten, entschied Krauss, sie dem Zielfindungscomputer zu überlassen. Mit dem Druck auf den Auslöseknopf schickte er dem Feind die rote Leuchtspurmunition seiner Tötungsmaschine entgegen. Im Vergleich zum manuellen Abschuss erlaubte ihm die computerunterstützte Zielfindung eine weit größere Treffsicherheit, während der Beschuss mit ihren Projektilen auch Bäume, Mauern, das Gestein und die Gebäude um den Bereich des Damms herum zerstörte.

Aus dem Augenwinkel entdeckte Krauss plötzlich einen blauen Lichtstreifen, der auf ihre Position zuhielt.

»Rakete!«, schrie er und manövrierte gleichzeitig seinen Mech durch schnelles Ducken aus dem Gefahrenbereich heraus.

Die blaue Rakete flog nur wenige Zentimeter über ihn hinweg und explodierte harmlos im Wasser hinter ihm. Krauss richtete seinen Mech wieder zu seiner vollen Höhe auf und begutachtete die Gegend, aus der die Rakete gekommen war.

Auf der anderen Seite des Damms führten Serpentinen den Berg hinauf. Ein Großteil eingehenden Beschusses schien von dort zu kommen. Krauss, der davon ausging, dass die Raketen der Zodark und deren Heckenschützen dort ihren Standort hatten, aktivierte mit dem Umlegen eines Schalters seine eigenen Raketen. Sobald sie einsatzbereit waren, feuerte er drei der hochexplosiven lasergesteuerten Raketen aus einem am Rücken seines Mechs angebrachten Behälter ab. Sie flogen hoch in die Luft, nur um gleich darauf genau auf die Position zuzustürzen, in der er die Zodark vermutete.

Krauss nahm sich einen kurzen Moment Zeit, den Status seiner eigenen Leute und den der Infanteristen hinter ihnen zu überprüfen. Sein Mech-Team war bereits an den Zodark vorbei, die einen der Eingänge zum Damm kontrolliert hatten. Es sah aus, als machten sie gute Fortschritte. Die Stoppelhopser hinter Fujiis und Jones' Mechs waren bereits im Damm. Hinter Abedes Schild standen noch einige wenige Trupps zum Einzug bereit.

Primäres Ziel beinahe gesichert, dachte Krauss erfreut über diese positive Entwicklung.

»Fujii, Jones, Ihre Leute sind im Damm. Bringen Sie sich dort drüben in Position!«, forderte er sie auf.

Er sah zu, wie die beiden Mechs mit schweren Schritten auf der Straße, die über den Damm führte, auf ihre neue Position zuhielten. Die Schilde an den Armen der Mechs hielten einem Trommelfeuer der Zodark mit Bravour stand. Sobald Fujii und Jones ihren neuen Standort etwa einhundert Meter entfernt von ihm erreicht hatten, drehten sie ihre Schilde zur Seite und rammten sie in den Boden. Kleine, feuerwerksähnliche Explosionen am unteren Ende der Schilde verankerten sie in der Straße und ließen eine Schildmauer entstehen. Nach der Installation der Schilde hatten die Mech-Betreiber nun die Freiheit, die in beiden Armen eingebauten Waffen zu nutzen. Dazu bot dieser vorläufige Schutzwall den Infanteristen, die außerhalb des Damms den gewonnen Bereich verteidigen sollten, weiterhin den perfekten Schutz.

Krauss registrierte, dass nun alle republikanischen Soldaten in die Tiefen des Damms vorgedrungen waren, und winkte Abede zu, ihm zu der von Fujii und Jones gezogenen Linie zu folgen. Dort platzierten sie ihre Schilde so, dass sie hinter dem Schutz einer eineinhalb Meter hohen Mauer erneut auf die Zodark schießen konnten.

Ein genaueres Mustern der Bergwand ließ Krauss mehrere höhlenartige Öffnungen im Gestein entdecken. »Konzentrieren Sie Ihr Feuer auf diese Höhleneingänge«, befahl er. Krauss markierte die gesichteten Öffnungen im HUD seines Mechs, was wiederum an die anderen HUDs weitergeleitet wurde. »Freies Feuer auf alles, was versucht, aus den Höhlen zu kommen.«

»Was, wenn es Prims sind?«, fragte Jones besorgt.

»Am Damm sollten sich keine Prim-Zivilisten aufhalten«, entgegnete Abede. »Den geheimen Informationen unseres Militärs nach halten sie sich weiter südlich auf, in der Nähe der Städte.«

»Sehr lustig«, kicherte Fujii. »Als ob der Nachrichtendienst je zuverlässig wäre.«

»Ok, bis uns anderweitige Beweise vorliegen, halten wir uns an diese Information«, entschied Krauss, ohne ein Auge von der Felswand zu lassen.

Der gegnerische Beschuss hatte nachgelassen. Außer sporadischen Schüssen von oben hatte sich der Kampf beruhigt. Krauss war sich nicht sicher, ob dies eine gute Sache war. Sein Bauchgefühl sagte ihm, dass sich der Feind neu organisieren und früher oder später einen Gegenangriff starten würde.

Auf der Suche nach Bewegung behielt er die Bergwand weiter im Blick. Der Damm war nicht nur für die Prim auf diesem Planeten, sondern auch für die hier lebenden Zodark von Bedeutung. In diesem Landstrich des Kontinents produzierte er die Energie für alles. Die Prim würden unter dem Verlust des Damms leiden, die Zodark aber weit mehr. Ihre Gegner würden die Verteidigung des Damms nicht so einfach einstellen.

»Augen auf, Team. Diese Hunde haben das Feld noch nicht geräumt.«

****

Am Fuß der Stufen, die in den Damm hinunter führten, betrat David den nächstgelegenen Raum. Die Sichtscheibe seines Helms passte sich automatisch dem schwachen Licht der Flure an, die sich wie Spinnweben in alle Richtungen fortsetzten. Die unterschiedlichen Gruppen machten sich durch die Gänge zur Erfüllung ihrer eigenen Aufgaben auf den Weg. Davids Trupp sollte ihnen die Herrschaft über den Kontrollraum sicherstellen.

Sergeant Moreau betrat den Raum. »Doc, wie sieht es aus?«

Corporal Mamani, ihr Sanitäter, trat vor. »Vier Tote und sieben Verwundete, Sergeant – einschließlich Staff Sergeant Bakker. Alle anderen sind präsent und unverletzt.«

»Haben wir ein komplettes Team?«. Fragend sah sich die Teamleiterin um.

Die Obergefreite Yeva Petrosian meldete sich zu Wort. »Team Alpha steht bereit.«

Nachdem Bakker nur wenige Minuten nach dem Beginn der Invasion durch einen Kopfschuss gefallen war, hatte Sergeant Moreau die Führung des Ersten Trupps übernommen. Demzufolge war es der Obergefreiten Yeva trotz ihres niedrigen Rangs zugefallen, nach dem Motto ‚Wer ist als Nächster dran?‘, in die Rolle des Truppenführers von Team Alpha zu schlüpfen.

Moreau zog ihr Tablet hervor, um ein holografisches Bild vom Tunnelnetzwerk des Damms aufzurufen. »Sie führen Team Alpha diesen Hauptgang entlang. Da er wenig Zufluchtsmöglichkeiten bietet, ist das kurzfristig eine sehr gefährliche Situation. Wer ist am wenigsten einsatzbereit?«

Sergeant Rodriguez, Bravos Teamleiter, trat vor. »Morgan ist verwundet, aber der Rest meines Teams ist hier. Charlie hat es am schlimmsten getroffen.«

»Sie folgen Alpha.« Moreau wandte sich an Sergeant Bankole. »Wie steht es um Team Charlie?«

Sergeant Bankoles Helmscheibe hatte einen Sprung. »Tanaka und ich sind übrig«, berichtete sie. »Die anderen sind tot.«

Moreau seufzte, sah den Flur hinunter und klopfte Bankole im Versuch sie ein wenig zu trösten auf die Schulter. »Sie und Tanaka gehen nach oben und halten die Verteidigungslinie hinter den Mechs.«

»Verstanden. Tanaka mit mir.« Bankole nickte und die beiden Soldaten rannten die Treppen ins Tageslicht hinauf. Sie waren deutlich erleichtert, nicht unter der Erde weiterkämpfen zu müssen, an einem Ort, der ihr Team aufgerieben hatte.

Moreau sprach Yeva an. »Setzen Sie sich in Bewegung, Petrosian. Ich sichere uns den Rücken.«

Trupp Eins oder das, was von ihm übrig war, folgte dem schlecht beleuchteten Gang mit schussbereiten Waffen. Team Alpha entlang der rechten, Team Bravo entlang der linken Wand. Der Flur war kaum breit genug, um zwei Soldaten im Kampfanzug nebeneinander Platz zu gewähren. Als David und sein Team die erste Abzweigung erreicht hatten, schob sich Moreau mit erhobener Faust an die Spitze der Gruppe vor.

»Roberts, herkommen«, flüsterte sie, ohne den Kopf zu bewegen.

David trat nach vorn, während sie aus anderen Fluren in einigem Abstand die Echos von Schüssen erreichten. Vorsichtig brachte er sein Sturmgewehr um die Ecke und studierte das anschließende Videofeed auf dem HUD seines Helms. Drei Zodark kamen ihnen eilends aus dieser Richtung entgegen. David zog sich schleunigst zurück und hielt drei Finger für Moreau hoch. Dieses Zeichen gab sie an die anderen Mitglieder ihrer Gruppe weiter und zog eine Granate aus einem Beutel.

Aleksei und David folgten ihrem Beispiel. Nachdem alle drei gleichzeitig den Stift aus ihren Granaten gezogen hatte, schleuderten sie sie den Gang hinunter. Drei Explosionen ereigneten sich in schneller Folge.

Der Trupp ließ die zerfetzten Körper der Zodark hinter sich
zurück, nachdem sie ihnen zusätzlich noch einen Kopfschuss versetzt
hatten. Zwanzig Meter weiter erreichten sie die erste Tür an der rechten
Seite. Davids Team reihte sich an der Wand neben der Tür auf.

Moreau befestigte ein mitgeführtes Sprengpaket am Türgriff.
»Volle Deckung!«

Die Explosion riss die Tür aus den Angeln und schleuderte sie
in den Raum hinein, als ob sie aus Plastik wäre. David sprang als Erster
in den Raum und duckte sich nach rechts, wo sich ein Zodark gerade
bemühte, wieder auf die Beine zu kommen. Davids Schuss riss dem
Biest die Brust auf und brachte ihn seitwärts zu Fall. Die nächste Kugel
riss ihm den Kopf ab, noch bevor er aufheulen konnte.

»Alles klar!«, verkündete David.

Team Bravo hatte den Raum bereits wieder verlassen, um auf
dem Weg zum Kontrollraum in den nächsten Flur einzubiegen, als
unvermutet eine Zodark-Klinge aus dem Schatten auftauchte. Die
Klinge fuhr einem Mitglied von Team Bravo durch den Nacken und
dann in die dahinterliegende Wand.

»Chen!«, schrie einer seiner Teamkollegen und begann, um
die Ecke herum zu feuern.

Es war schwer, in diesen engen Gängen voranzukommen.
Hindernisse, wie etwa die Leichen, über die sie stolperten, machte es so
gut wie unmöglich, schnell voranzukommen. David verlor mehrere
Male beinahe den Halt, als er versehentlich auf Leichen oder
Leichenteile trat.

David kniete sich im Gang nieder, bereit, das Feuer zu
eröffnen. Wie aus dem Nichts umrundete ein Zodark begleitet von drei
weiteren die Ecke vor ihnen und stürzte sich unmittelbar auf seine
Feinde. Moreau griff nach Yeva und warf sie gegen die
gegenüberliegende Wand, während ein Zodark Moreau mit vier Armen
umklammerte und sie anhob. Aleksei gelang ein Kopfschuss, der
sowohl die Leiche des Zodark als auch Moreau zu Boden fallen ließ.
David zog Moreau an ihrer Panzerweste in den Raum zurück, den sie
gerade verlassen hatten.

»Alles ok?«

»Ich bin in Ordnung. Los!«, schrie sie ihm zu und kämpfte
sich auf die Beine.

Beim Verlassen des Raums sah David, wie ein menschlicher Körper wie eine Strohpuppe den Flur hinunter geschleudert wurde. Während er noch versuchte, zu erkennen, um wen es sich handelte, flog er plötzlich selbst gegen die Wand. Atemnot machte es ihm schwer, sich aufzurichten und die weiter existierende Bedrohung zu bekämpfen. Seine Beine wollten ihm nicht gehorchen. Er machte einen zweiten Versuch, bevor ihn seine Energie verließ. Aus der Ferne hörte David, wie jemand seinen Namen rief, dann wurde es stiller um ihn herum. Seine Sicht verschleierte sich. Er hustete. Blut spritzte gegen seine Helmscheibe.

»Mein Gott, ich wurde angeschossen!« David wollte um Hilfe rufen, aber seine Stimme brachte nur undeutliche Worte hervor.

Er konnte es nicht fassen, tatsächlich verwundet worden zu sein. Da er als Soldat an einer Kampfhandlung teilnahm, zeigte das seine Naivität. Trotz aller Überlegungen über das Sterben und den Tod in den Augenblicken vor dem Beginn der Invasion, hatte er nie ernsthaft daran geglaubt, dass dies für ihn zur Realität werden könnte. Er hatte theoretisch sinniert, dass sein Tod, wenn es denn so weit war, schnell und schmerzlos und vor allen Dingen mit festem Boden unter den Füßen kommen sollte.

Und jetzt kämpfte er um jeden Atemzug. Er wollte nicht sterben. Wenn er nicht so müde wäre, würde er in jedem Fall den Versuch unternehmen, aufzustehen und weiterzukämpfen. Ihm war bewusst, dass sich die Schießerei um ihn herum ungehindert fortsetzte, aber aus irgendeinem Grund schien sie in großer Entfernung stattzufinden.

Ich muss einen Moment ruhen. Danach finde ich heraus, was mir zugestoßen ist, sagte er sich selbst. Das Licht um ihn herum würde schwächer und schwächer, bis die Dunkelheit ihn endlich ganz schluckte.

****

Auf dem Weg zum Damm registrierte Corporal Eva Jorgensen, dass der Schusswechsel mehr oder weniger eingeschlafen war. Republikanische Soldaten drangen in das Innere des Damms vor, während andere die Straße um den Damm herum sicherten. Sie sah eine Ansammlung von Soldaten und steuerte auf sie zu.

Diese Soldaten kümmerten sich hinter der großen Schildwand, die die Mechs für sie errichtet hatten, um die Verwundeten und bereiteten sich gleichzeitig auf etwas vor. Jorgensen sah an dem Mech hoch, an dessen Seite das Wort ‚Baron' stand. Sie gab dem Betreiber das ‚Daumen hoch'-Zeichen, das der erwiderte.

Zumindest die Mech-Führer sind ok, dachte sie erleichtert.

Laut fragte sie: »Hat jemand Trupp Zwei gesehen?«

»Hier drüben, Doc.«

Jorgensen seufzte voller Erleichterung als sie die Stimme ihrer Truppenführerin hörte. »Gott sei Dank.«

»Wir hatten Sie schon aufgegeben, Doc. Wo zum Teufel haben Sie gesteckt?«, herrschte Murphy sie an, aber ihre Augen verrieten mehr Besorgnis als Zorn.

»Ich war mit Sergeant Connelly und Team Bravo oben auf dem Berg, wo sie eine feindliche Position zerschlagen wollten.« Jorgensen deutete auf den dichten, schwarzen Rauch über den Bäumen, wo sich das Massaker zugetragen hatte.

»Wo ist Connelly?«

»Team Bravo … ist tot, Sergeant.«

»Alle?«, fragte Murphy bestürzt.

»Jawohl, Sergeant.«

»Verdammt.« Murphy seufzte tief und Jorgensen sah, wie sich ihre Schultern unter der Last ein wenig rundeten. »Team Alpha und Team Charlie sind weiter einsatzbereit und richten sich hier ein. Reden Sie mit ihnen und sehen Sie, ob jemand Hilfe braucht, Eva.«

»Verstanden, Sergeant.« Jorgensen nickte und machte sich auf der Brücke an die Arbeit.

****

»Da sind sie«, knurrte Krauss, sobald er Bewegung in den Höhlen auf der anderen Seite des Damms entdeckte.

Er hob beide Mech-Arme in Richtung des vorprogrammierten Zielbereichs an. Seine Worte wurden rasch weitergegeben. Soldaten knieten sich hinter die Schutzwand der Schilde und nahmen mit erhobenen Waffen die Höhlen ins Visier.

Krauss schaltete den externen Empfang seines Audios an und hörte, wie sich die Infanteristen die Richtungen zuriefen, aus denen Gefahr drohte. Dann hörte er das ihm allzu bekannte Kriegsgeschrei der

Zodark – das furchterregende gutturale Geheul, das sie alle ausstießen, um ihre Kämpfer zu motivieren.

Gleich darauf stürzten Hunderte von Zodark aus den Höhlenöffnungen hervor – wie blaue Ameisen, die ihren zerstörten Hügel verließen.

»Feuer frei!«, schrie Krauss und ließ alles, was ihm zur Verfügung stand, auf den Feind los.

Feurige Streifen folgten den Raketen, die aus den Behältern am Rücken seines Mech-Teams auf bereits vorprogrammierte Positionen zuflogen, während deren automatische Waffen sich durch die vorderen Linien des Zodark-Angriffs fraßen. Die Explosionen der präzisionsgesteuerten Raketen, die auf alle Höhleneingänge entlang der Bergwand aufschlugen, versetzten Krauss in Staunen. Feuer, Rauch und Gesteinstrümmer auf der anderen Seite der Brücke holten Hunderte der auf die Soldaten zustürzenden Zodark ein. Zum Glück konnten die republikanischen Soldaten ihre Visiere problemlos auf Infrarot umstellen, um durch den Rauch und die Flammen, die den Ort eingehüllt hatten, hindurchzusehen.

Nach dem Erlöschen des Feuers und der Verflüchtigung des Rauchs war klar, dass diese Horde der Zodark nicht länger eine Bedrohung darstellte. Das Blutbad im Bereich der Höhlen oben am Berg bis hinunter zum anderen Ende des Damms vor dem Standort der republikanischen Streitkräfte war unbeschreiblich. Es hatte den rückhaltlosen Einsatz aller Mechs und die Nahunterstützung der Reaper gefordert, aber sie hatten den letzten verzweifelten Versuch der Zodark, die menschlichen Angreifer zu überrennen, mit überwältigender Kraft abgewehrt. Falls einige der Zodark überlebt haben sollten, würden sie in die Höhlen zurückkriechen, aus denen sie gekommen waren.

Jubelgeschrei erklang aus den Reihen der republikanischen Soldaten, als ihr Adrenalinausstoß durch eine Flut von Endorphinen ersetzt wurde. Sie hatten die Zodark besiegt!

Der Damm war eingenommen und gegenwärtig sah es so aus, als ob er in ihrem Besitz bleiben würde. Mit dem endgültigen Ziel im Auge, den gesamten Planeten aus den Händen der Zodark zu befreien, oblag es jetzt den Erdenbewohnern, den Damm zu halten und ihren Einflussbereich auszuweiten.

Kapitel Sechs
Ein grandioser Auftritt

RNS *Freedom*
Im Transit nach Altus

Statthalter Miles Hunt saß in seinem Büro und versuchte auf die Schnelle, einige technische Daten des Schiffs in sich aufzunehmen, das er nun kommandierte. Es war einfach überwältigend. Der Umfang der Technologie, über die dieses Raumschiff verfügte – er hatte keine Idee, wo er anfangen sollte.

Schließlich kehrte er zu der Lernmethode zurück, die er über die Jahre entwickelt hatte. Im Rahmen eines flüchtigen Überfliegens des schwer zu verstehenden Dokuments markierte er die Begriffe, Sätze oder Worte, die ihm fremd waren. Danach kehrte er an diese hervorgehobenen Stellen zurück und studierte das ihm Unbekannte solange, bis er dessen Bedeutung umfassend verstand. Nachdem er sich alles ihm Neue erarbeitet hatte, las er das fragliche Dokument ein weiteres Mal durch, mit dem Ergebnis, dass er das, was er las, tatsächlich auch verstand.

Die mehrmalige Wiederholung dieses Prozesses ermöglichte ihm, jedes schwierige Thema, das ihm über den Weg lief zu meistern. Obwohl sich diese Methode in der Vergangenheit stets bewährt hatte, musste Miles zugeben, dass der wissenschaftliche Entwicklungsstand der der Gallentiner sein Wissen so weit überstieg, dass er sich nicht sicher sein konnte, ob seine Technik dieses Mal das gewünschte Ergebnis erzielen würde.

Es klingelte an der Tür. Miles' Neurolink sagte ihm, dass Captain Wiyrkomi ihn sehen wollte. Miles erhob sich und lächelte seinem Gast entgegen. »Hallo, mein Freund. Wie geht es Ihnen heute?«

Die Gallentiner waren keine Rasse, die ihre Gefühle offen zum Ausdruck brachten. Dem Funkeln seiner Augen und einem angedeuteten Lächeln nach, schien Wiyrkomi bester Stimmung zu sein. »Mir geht es gut, Statthalter. Ich sehe, Sie lesen sich in einige der Betriebsanleitungen Ihres Schiffes ein. Sind Sie Ihnen verständlich?«

»Ehrlich gesagt, nein. Eine Menge dieser Ausdrücke bereiten mir Schwierigkeiten, da es sie in unserer Sprache nicht gibt.«

»Mit dem Upgrades Ihres Neurolinks könnten wir Ihnen
Zugang zu unserer Sprache und unseren Informationen geben. Dachten
Sie noch einmal darüber nach? Das würde es Ihnen um Vieles einfacher
machen, Ihr Schiff und das gallentinische Volk besser zu verstehen.«

Kurz bevor Miles, Ethan und Nina die gallentinische
Heimatwelt verlassen hatten, wurde ihnen das Angebot unterbreitet,
ihre Neurolink-Implantate zu aktualisieren. Dieser Upgrade hätte es
ihnen möglich gemacht, so gut wie alles, was sie lesen oder wissen
wollten, in ihre Neurolinks hochzuladen und damit unmittelbar über
dieses Wissen zu verfügen – angefangen von der Sprache der
Gallentiner bis hin zum Wissen, wie sie einen ihrer Jäger fliegen
konnten und wie ihre Antriebe und Wurmlocherzeuger funktionierten.
Zu der Zeit hatten die Drei es vorgezogen, keine Veränderung an ihren
Implantaten vorzunehmen. Nach drei Wochen harter Arbeit, alles über
sein neues Kommando, das Schiff und alles schriftlich Festgehaltene
über das Gallentinische Reich in sich aufzunehmen, war es Miles Hunt
mittlerweile klar, dass er seinen Stolz und seine Angst überwinden und
den Upgrade erlauben musste.

Seufzend nickte er. »Ich habe mein Bestes gegeben, alles ohne
einen Neurolink-Upgrade zu verstehen, aber Sie haben Recht. Ich gehe
zur Krankenstation und lasse den Upgrade durchführen. Das Gleiche
werde ich Ethan und Nina empfehlen.«

Captain Wiyrkomi nickte. »Ich dachte mir, dass Sie früher
oder später zu dieser Überzeugung kommen werden. Gut, dass Sie sich
vor dem Erreichen des altairianischen Raumbezirks dazu entschieden
haben. Es gibt so viel mehr, was Sie wissen müssen, und die Zeit wird
knapp. Wir sollten unseren Zielort in zwei Tagen erreichen. Kommen
Sie, ich lasse die Krankenabteilung wissen, dass wir auf dem Weg sind,
und begleite Sie dorthin.«

Der Weg durch die Korridore des Schiffs veranlasste Miles
erneut, die Fähigkeiten der gallentinischen Ingenieure zu bewundern.
Das Schiff war einfach unbeschreiblich. Viel großzügiger angelegt als
das, woran er gewöhnt war. Die Flure waren breiter; breit genug, um
vier Personen nebeneinander Platz zu bieten, falls es ihnen danach
verlangte. Die Decken des Schiffs waren etwas über drei Meter hoch,
was sicher etwas damit zu tun hatte, dass die Gallentiner selbst ein
gutes Stück über zwei Meter groß waren. Miles mit seinen ein Meter

fünfundneunzig war ein großer Mann, aber selbst er war mindestens 20 Zentimeter kleiner als der durchschnittliche Gallentiner.

Bevor sie den Hafen verließen, hatten sich Miles, sein Sohn Ethan und Botschafterin Nina Chapman die Mannschaftsquartiere angesehen, in denen die menschliche Besatzung unterkommen würde. Sie hatten sich die Zeit genommen, die Schlafkabinen und die Wasch- und Toiletteneinrichtungen zu testen, sowie alle weiteren Funktionen, die der Mannschaft zur Verfügung stehen mussten. Daraufhin war alles den menschlichen Bedürfnissen und Standards angepasst worden. Nach seiner Rückkehr zur Erde sollte das Schiff bereit sein, seine menschliche Crew ohne weitere Modifikationen aufzunehmen.

Beim Eintritt in die Krankenabteilung wurde Miles vom Chefarzt Dr. Sturlungar empfangen, dem gallentinischen medizinischen Abgesandten zur Erde. Ihm unterstanden zehn weitere Ärzte, die damit beauftragt waren, den menschlichen Körper zu studieren, von den Menschen zu lernen und ihnen im Gegenzug so viel Wissen wie möglich beizubringen – insbesondere im Hinblick auf die gallentinischen medizinischen Methoden und Versorgungsmittel.

»Guten Morgen, Statthalter. Wiyrkomi sagte mir, dass Sie sich mit dem Upgrade Ihres Neurolinks einverstanden erklärten?«

Miles nickte langsam. Der Gedanke daran machte ihn immer noch ein wenig nervös. Vor gut 20 Jahren hatte ihm bereits die Idee seines ersten Neurolinkimplantats nicht zugesagt. Es hatte Jahre gedauert, bevor er sich an dieses Ding gewöhnt und gelernt hatte, es effektiv zu nutzen. Er musste zugeben, dass der Link sich mit der Zeit zu einem äußerst hilfreichen Werkzeug entwickelt hatte, was nicht bedeutete, dass er mittlerweile ein überzeugter Anhänger war. Der Gedanke an eine mikroskopisch kleine Apparatur in seinem Gehirn ließ ihn immer noch schaudern.

Miles richtete sich zu seiner vollen Größe auf und erwiderte: »Ihr Gebieter machte mich zum Statthalter. Dieser Position muss ich nun gerecht werden – nicht nur für mein eigenes Volk, sondern für die gesamte Milchstraßengalaxie. Aus diesem Grund ist es trotz meiner Bedenken und meines Unbehagens erforderlich, das zu tun, was im besten Interesse des Ganzen liegt, nicht unbedingt in meinem eigenen.«

Wiyrkomi nickte Miles anerkennend zu. »Der Gebieter hat eine weise Entscheidung mit seiner Wahl getroffen, nicht wahr?«, sagte er zu Dr. Sturlungar.

»Der Gebieter macht nur selten Fehler.«

»Freut mich, dass Sie einer Meinung sind«, lächelte Miles. »Also, Doc, wie läuft es ab? Was werden Sie mit mir tun?«

»Darf ich Sie Miles nennen?«, erkundigte sich der Arzt.

»Selbstverständlich, gerne.«

»Ok, Miles. Wir werden Ihren alten Neurolink gegen dieses Teil austauschen.« Der Doktor deutete auf dem Bildschirm auf ein kleines Gerät, das halb so groß wie ein Senfkorn war. Es war winzig. »Dieses Implantat kann alles, was Ihr jetziges Gerät kann. Darüber hinaus verarbeitet es das Zehntausendfache an Informationen. Das Einpflanzen dieser Vorrichtung fördert das Zusammenspiel Ihrer gesamten Hirntätigkeit. Von jetzt auf gleich werden Sie die Daten und komplexen Probleme, mit denen Sie konfrontiert werden, so viel besser verstehen – Informationen, die Sie in Ihrer Position als Statthalter detailliert nachvollziehen und begreifen müssen, um die besten Entscheidungen zu treffen.«

»Ich verstehe. Es wird mich zum intelligentesten Menschen machen, der je gelebt hat. Aber welche Art von Sicherheitsvorrichtungen hat dieses Ding? Kann ein Unbefugter Zugriff darauf nehmen, um mich aus dem Verkehr zu ziehen oder mich gegen meinen Willen zu etwas zwingen? Kann es gehackt werden?«

Sturlungar schüttelte den Kopf. »Auf keinen Fall. Es kann Sie weder kontrollieren noch Ihr Gehirn abschalten. So funktioniert es nicht. Es optimiert einfach nur die Synchronisation und Integration sämtlicher Hirnfunktionen. Ihre Fähigkeit, Informationen in sich aufzunehmen und zu verstehen, wird in einem Umfang zunehmen, den Sie sich nicht vorstellen können. Sie sind der Statthalter, Miles. Wenn ich etwas tun würde, was Sie oder Ihrem Volk schaden würde, würde der Gebieter nicht nur mich töten, sondern aller Wahrscheinlichkeit nach auch meine Familie und potenziell meinen ganzen Clan. Ich lebe, um dem Gebieter zu dienen, und der hat Sie zum Statthalter ernannt. Das bedeutet, dass ich nun Ihnen diene.«

Miles war um eine Antwort verlegen. Er war sich nicht sicher, ob ihm diese Art von Loyalität und Hingabe an einen Führer zusagte oder ob er sie für richtig hielt – oder solch eine brutale Bestrafung für einen Fehler. Darüber musste er sich mit dem guten Doktor später einmal privat unterhalten.

»Na schön, Doc. Gehen wir's an. Ich werde sehen, wie ich mich danach fühle und Ethan und Nina dementsprechend informieren, falls sie die Prozedur ebenfalls in Erwägung ziehen wollen.«

Nachdem er es sich auf einer Liege bequem gemacht hatte, umkreiste Sturlungar mit einer Art Scanner mehrere Male Miles' Kopf. Sekunden später fühlte sich Miles unbeschreiblich müde. Er schloss die Augen und verfiel in einen traumlosen Schlafzustand. Beim Aufwachen war er sich sicher, die Augen nur für einen Moment geschlossen zu haben. Der Blick auf die Uhr der Krankenabteilung zeigte ihm, dass zwei Minuten vergangen waren.

»Wie fühlen Sie sich?«, forschte Dr. Sturlungar.

»Schon fertig? Es hat Sie kaum Zeit gekostet.«

»Richtig. Aber wir sind fertig. Ich entfernte die alte Vorrichtung und fügte die neue ein. Die kommenden Minuten wird der neue, leistungsfähigere Neurolink damit verbringen, sich mit dem Rest Ihres Gehirns zu verbinden. Den Effekt werden Sie in Kürze spüren; in der Hauptsache das Verstehen unserer Sprache und die Fähigkeit, sie zu sprechen. Zudem werden Sie alles über dieses Schiff wissen. Die gesamte Geschichte dieses Kriegs bis zum heutigen Tag ist ebenfalls im Implantat gespeichert. Einiges, von dem, was sich in Ihrer Galaxie abgespielt hat, wird fehlen. Wie Sie wissen, waren wir Gallentiner in Ihrer Galaxie nicht sehr aktiv. Das überließen wir den Altairianern. Ansonsten dürfte die Geschichte komplett sein.«

Miles hätte den Doktor beinahe ausgelacht. Er konnte sich nicht vorstellen, dass all diese Daten auf diesem winzigen Träger enthalten sein sollten, den er vor wenigen Minuten gesehen hatte. Andererseits – sobald er an die Andromeda-Galaxie dachte, wusste er plötzlich genau, wie viele Systeme sie enthielt. Die Zahl war so groß, dass er sich nicht sicher war, ob er richtig lag. Dann dachte er an die Milchstraße und registrierte, dass sich selbst seine Heimatgalaxie weiter erstreckte, als es ihm je bewusst gewesen war. Das plötzliche Wissen allgemein geläufiger Informationen, über die er hätte verfügen sollen, es aber nicht tat, ließ ihn am Grad der Kooperation zweifeln, die die Altairianer den Menschen zugestanden hatten.

»Ihrem Gesichtsausdruck nach sehe ich, dass Sie bereits einige der gespeicherten Informationen aufrufen. Habe ich Recht?«, erkundigte sich Sturlungar. »Sie fühlen sich gut, oder?«

Miles nickte. »Ja, mir geht es gut, und ja, der Test-Gedanke an die Andromeda-Galaxie brachte eine Flut von Informationen mit sich. Dann dachte ich an meine eigene Galaxie, und das Gleiche geschah.«

»Und dann fanden Sie etwas Neues – etwas, von dem Sie dachten, Sie wüssten es bereits – bevor sie entdeckten, dass es faktisch nicht ganz korrekt war?«, postulierte Sturlungar. »Als ob Sie jemand angelogen oder irregeführt hätte?«

Miles neigte den Kopf zur Seite und sah ihn misstrauisch an: »Ich dachte, es wäre Ihnen unmöglich, meine Gedanken zu lesen, Doktor?«

Beruhigend legte Sturlungar eine Hand auf Miles' Schulter. »Ihre Gedanken kann ich nicht lesen. Aber ich kann einen Gesichtsausdruck interpretieren. Und basierend auf der Veränderung Ihres Gesichtsausdrucks zog ich eine Schlussfolgerung.«

»Ja, Sie haben Recht. Ich erkannte, dass einige der Informationen, die die Altairianer mit meinem Volk geteilt haben, nicht die ganze Wahrheit waren. Nun frage ich mich natürlich, was sie uns sonst noch vorenthalten haben. Wir sollten Verbündete sein, die zusammen arbeiten. Mittlerweile habe ich das Gefühl, dass wir nur Schachfiguren in einem von ihnen arrangierten gigantischen Spiel sind.«

Bevor Miles zu tief in diese Überlegungen versinken konnte, mischte sich Captain Wiyrkomi ein. »Miles, beachten Sie dabei bitte, dass Ihre Rasse diese Information vielleicht noch nicht verarbeiten konnte. Es gibt noch so viel, das sowohl Sie als auch Ihre Rasse lernen müssen. Das wird eine Weile dauern. Von daher sollten Sie momentan noch keine endgültigen Schlussfolgerungen ziehen.«

»Ein guter Punkt, Wiyrkomi«, nickte Miles. »Wir reden später weiter. Jetzt müssen Sie und ich das Schiff auf unsere Ankunft im altairianischen Hoheitsbereich vorbereiten. Wenn wir dieser Allianz zum Sieg verhelfen und die Zodark und Orbot besiegen wollen, ist eine komplette Reorganisation von Militär und industriellen Bemühungen innerhalb des gesamten Bundes nötig.«

»Ganz Ihrer Meinung. Gehen wir und reden. Nachdem Sie nun ein besseres Verständnis von den Funktionen dieses Schiffes haben, und sicher auch ein besseres Verständnis für die militärischen Fähigkeiten der Mitglieder der Allianz, wird es Ihnen nach unserer Ankunft möglich sein, einen effektiven Plan zu entwerfen.«

Vor dem Verlassen der Krankenabteilung bedankte sich Miles bei seinem Arzt und den Personal. Zudem schickte er eine Nachricht an Nina und Ethan, dass er gerade einen Upgrade seines Neurolinks erhalten hatte und dass er ihnen empfahl, es ihm nachzutun.
****

»Statthalter, die Entfernung zwischen den Sternentoren und die Kontrolle über sie stellen die größten Herausforderungen an die Allianz dar«, sagte einer der gallentinischen Offiziere. »Sie identifizierten das Tueblets-System als das vielleicht wichtigste System, das wir einnehmen müssen, um den Kampf gegen die Zodark zu gewinnen. Das ist korrekt. Dieses System ist ein Transitknotenpunkt, das demjenigen, der es kontrolliert, den Zugang zu den angeschlossenen Systemen gewährt. Dennoch sollten Sie Ihr Hauptaugenmerk gegenwärtig nicht auf diesen Bereich richten.«

Das Bild eines Sternensystems und eines Planeten an der Grenze zwischen den Reichen der Primord und der Zodark erschien vor ihnen. Es lag gut 30 Sternentorsprünge vom nahegelegensten System entfernt, das nach Tueblets führte.

»Während Ihrer Abwesenheit, Statthalter, begannen die Primord mit Unterstützung Ihres Volkes mit der Invasion eines Planeten namens Alfheim im Sirius-System«, unterrichtete ihn der Offizier. »Vor gut 300 Jahren war Alfheim eine Minenkolonie der Primord. Je weiter die Zodark in das Reich der Primord vordrangen, desto weiter fiel das System hinter die feindlichen Linien zurück. Die Zodark zeigten solange wenig Interesse an diesem Planeten, bis die Orbot entdeckten, dass Alfheim über einen Vorrat an einem seltenen Material verfügt, das sie beim Bau ihrer Großkampfschiffe verwenden. Basierend auf der Auswertung von Wrackteilen nach vorangegangenen Schlachten ist den Zodark der Wert dieses seltenen Metalls unbekannt. Dennoch etablierten sie eine Minenkolonie auf Alfheim, um die veredelten Mineralien an ihre Orbot-Verbündeten zu verkaufen …«

Miles unterbrach ihn. »Lassen Sie mich raten. Diesem Material spielt auch bei der Konstruktion der altairianischen und gallentinischen Kriegsschiffe eine entscheidende Rolle?«

»So ist es. Da Ihr Volk nun seine eigenen Ringstationen und gallentinischen Kriegsschiffe bauen wird, wird es auch eine unabdingbare Ressource für Sie werden, die geschützt werden muss.

Eine Ihrer ersten Prioritäten sollte daher die Einnahme des gesamten Systems sein, gefolgt von einer massiven Steigerung des Minenbetriebs, um an dieses Material zu kommen.«

»Woraus besteht dieses Material und wozu wird es gebraucht?«, forschte Miles. »Und wenn es in den altairianischen Schiffen genutzt wird, benutzen wir es nicht bereits in den altairianischen Schiffen, die wir gerade bauen?«

Der Offizier lud ein Bild von einem metallisch glänzenden Stein hoch. »Das ist Bronkis-5 oder einfach nur Bronkis. Der Stein wird geschmolzen und vermischt mit anderen Metalllegierungen dazu genutzt, die altairianischen Sternenträger und Großlinienschiffe zu bauen. Außerdem findet es im Bau der Ringstationen Anwendung, da es ein unglaublich starkes Material ist. Leider ist es auch extrem selten. Glücklicherweise müssen wir zu den Metalllegierungen nur sehr wenig Bronkis hinzufügen, um die außergewöhnliche Stärke zu erreichen, für die diese Schiffe bekannt sind.«

Erstaunt nahm Miles diese Informationen in sich auf. Jetzt machte es Sinn, wieso die Außenwände der altairianischen Sternenträger so viel dünner waren als die in den Designs der Kriegsschiffe, die die Altairianer den Menschen zum Bau in ihren eigenen Werften überlassen hatten.

»Sie fragen sich jetzt sicher, Miles …«, fuhr Captain Wiyrkomi fort. »Die Schiffe, die Ihr Volk nach dem Design der Altairianer bauen, sind solide, fähige Schiffe, und in vielem dem überlegen, was Ihre Kriegsflotte derzeit im Einsatz hat. Dennoch, ihr Rumpf ist dichter und ihre Panzerung ist nicht so widerstandsfähig wie die der altairianischen Schiffe, da die Altairianer dieses extrem seltene Material nicht mit Ihnen geteilt haben.

»Bevor Sie zornig werden, erinnern Sie sich doch bitte daran, dass selbst die Zodark keine Ahnung vom Wert dieses Materials oder von seiner Verarbeitung in den Orbot-Schiffen haben. Das ist der Grund, weshalb die Projektile Ihrer Gefechtstürme Schwierigkeiten haben, in die Orbot-Schiffe einzudringen, während sie die Zodark-Schiffe von einem zum anderen Ende durchlöchern.«

Miles beugte sich in seinem Stuhl nach vorn. »Wenn es meinem Volk also gelingen sollte, die Kontrolle über diesen Planeten zu erhalten und jedes Gramm dieses Materials abzubauen, würde das unsere künftigen Kriegsschiffe unglaublich stark machen. Ist es das, was Sie mir sagen wollen?«

»Ganz recht. Allerdings wird die Eroberung und dann die Kontrolle über diesen Planeten nicht so einfach sein, wie Sie es sich vielleicht vorstellen. Gegenwärtig wissen weder die Primord noch die Zodark, wozu das Material fähig ist. Aber die Orbot wissen es. Und Sie können sich darauf verlassen, dass sie die Zodark dazu zwingen werden, hart um diesen Planeten zu kämpfen. Möglich, dass sie sogar ihre eigenen Kräfte schicken. Ideal wäre es, eine andere Quelle zu finden, die nicht im Einflussbereich einer anderen Rasse unter deren Kontrolle steht. Das setzt allerdings das Aussenden von Forschungssonden und Expeditionsschiffen voraus, um jedes System dieser Galaxie zu überprüfen. Der Aufwand ist es wert, ohne allerdings darauf hoffen zu können, innerhalb kurzer Zeit Erfolg zu verzeichnen.«

Miles schnaubte bei diesem Gedanken. *Ja, wie die Suche nach der kleinsten Nadel in einem Heuhaufen. Möglich, aber äußerst unwahrscheinlich.*

»Stellen Sie sich vor, wir könnten unsere Projektile mit diesem Metall ummanteln.«

»Dann wären Ihre Schiffe wahrhaft nicht zu stoppen, Miles. Leider ist das Material viel zu selten, um es in dem Umfang und in den Quantitäten zu verwenden, den eine Schlacht verlangt.«

»Warum erzeugen wir es nicht künstlich, wenn es so wertvoll und unabdingbar ist?«

Wiyrkomi antwortete nicht sofort. Seine Antwort überraschte Miles. »Das können wir und das haben wir. Aber das synthetische Produkt, das wir Bronkis-1 nennen, ist lange nicht so effektiv. Außerdem ist zu Beginn des Prozesses immer etwas Bronkis-5 nötig. Bronkis-5 ist in der Lage, unser stärkstes Material einhundert Mal stärker zu machen. Im Vergleich dazu erreichen wir mit dem synthetischen Bronkis-1 nur die zehnfache Stärke. Wir Gallentiner verwenden das Bronkis-1 in der Konstruktion unserer höchsten Gebäude und in einigen wenigen Raumschiffen, würden es aber niemals in unseren Kriegsschiffen an vorderster Front einsetzen. Nicht, wenn wir regelmäßig Zugriff auf das echte Material haben.«

»Ja, aber uns fehlt der Zugriff auf das echte Zeug; ganz sicher in dem Ausmaß, in dem Sie darüber verfügen, nehme ich an«, konterte Miles. »Solange wir in der Lage wären, etwas Bronkis-5 abzubauen, um mehr Bronkis-1 zu produzieren, könnten wir es in unsere Kriegsschiffe integrieren, und was noch wichtiger ist, unsere Magrail-Projektile ummanteln – bis wir Alfheim für uns selbst, oder besser, für das gallentinische Reich sichern können.«

»Ich verstehe, wieso der Gebieter Sie auserwählt hat. Sie haben ein scharfes Auge nicht nur im Hinblick auf die Zukunft, sondern auch darauf, das meiste aus den Ihnen gegebenen Ressourcen herauszuholen. Als wir das erste Mal davon hörten, dass die Menschen der Erde es endlich in den Weltraum geschafft hatten, gingen wir davon aus, dass Sie innerhalb kürzester Zeit eine weitere Zodark-Kolonie sein würden. Sie haben mehr geschafft, Miles, als das was sogar ich Ihrem Volk zugetraut habe, Miles.«

»Zurück zur anstehenden Frage, Captain Wiyrkomi …«, ignorierte Miles das Lob, »… Sie behaupten also, dass wir Alfheim um jeden Preis einnehmen müssen – und das während die Orbot aller Wahrscheinlichkeit nach die Zodark überzeugen, bis auf den letzten Mann zu kämpfen? Dass sie sich möglicherweise sogar in den Kampf einmischen könnten? Stellt das eine akkurate Zusammenfassung dar?«

»Genauso ist es. Von daher würde ich an Ihrer Stelle vor dem Kriegsrat das Schwergewicht auf die Bildung einer großen Task Force legen, um meine Kräfte auf der Planetenoberfläche aufzustocken.«

Miles lächelte mit diesem Vorschlag. Dann kam ihm eine bessere Idee.

****

Altus

Der Sprung der RNS *Freedom* erzeugte ein großes Maß an Aufregung. Es war ungemein selten, ein gallentinisches Kriegsschiff in der Nähe des altairianischen Heimatplaneten zu sehen, geschweige denn eines der sieben Superschiffe der *Titan*-Klasse. Nachdem sie in der Umlaufbahn über der Hauptstadt ihren Standort eingenommen hatte, war die Silhouette des 15 Kilometer langen Schiffs in den Straßen unter ihr deutlich erkennbar. Es war ein massives Schiff – das größte, dass einer der Einwohner jemals gesehen hatte oder zukünftig sehen würde.

Bevor er sich auf den Weg in die Hauptstadt und zur ersten Sitzung des Kriegsrats nach seiner Ernennung durch den Gebieter machte, bestimmte Miles, dass Captain Wiyrkomi zusammen mit ihm an der Konferenz teilnehmen sollte. Aus Sicherheitsgründen sollte der Captain zur Demonstration ihrer Macht auch ein kleines Kontingent von sechs seiner besten Soldaten mitbringen – für den Fall, dass eines oder mehrere der Ratsmitglieder Miles' neuen Status und Rang nicht akzeptieren wollten.

Beim Einstieg in den Transporter, der sie auf das Dach des Ratsgebäudes fliegen würde, besah sich Miles die sechs Soldaten, die sie begleiten würden. In ihrem gepanzerten Anzug kamen sie ihm wie Riesen vor. Nach menschlichen Maßen waren sie mit ihrer Größe von weit über zwei Metern tatsächlich beinahe Riesen. Er war froh, dass sie auf seiner Seite standen; als seine ‚Vollstrecker' sozusagen. Obwohl er während der Ratssitzung keinen Ärger befürchtete, gab es dort Mitglieder, die die Menschen nicht unbedingt in gutem Licht sahen. Außerdem war die Mehrheit von ihnen sicher nicht überschwänglich begeistert davon, dass die Menschen de facto von jetzt auf gleich das neue Oberhaupt der Allianz und der gesamten Galaxie stellten. Miles hatte sich nicht um diese Stelle beworben, würde aber – jetzt, da ihm diese Aufgabe eindeutig übertragen worden war – die Entscheidung des Gebieters durchsetzen, die Zodark und die Orbot endgültig zu besiegen.

Die Reise auf den Planeten verlief schnell und problemlos. Miles hatte bisher nur zwei Mal diese Art von Shuttle benutzt. Er musste zugeben, dass ihm der Flug gefiel. Er konnte sich vorstellen, dass sie auf der Erde großen Anklang finden würden, sobald sie dort herausfänden, wie sie sie bauen konnten.

Während der Landung auf dem Dach sah Miles, dass er sowohl von Pandolly als auch vom König oder dem Anführer der Altairianer erwartet wurde. Neben den beiden standen die Abgesandten der anderen Ratsmitglieder, um den neuen Statthalter des gallentinischen Gebieters zu begrüßen. Sobald Miles den Transporter verlassen hatte, wurde er von jedem einzelnen willkommen geheißen. Alle sprachen ihre Glückwünsche aus und die Vorfreude darauf, mit ihm arbeiten zu dürfen.

Nachdem die Höflichkeiten und Zeremonien ihr Ende gefunden hatten, war Miles darauf bedacht, zur Sache zu kommen. Er informierte die Anwesenden, dass am kommenden Morgen ein Ratstreffen stattfinden würde, in dem sie das Vorgehen auf dem Weg, den der Gebieter vorgegeben hatte, diskutieren würden. An diesem

Abend hatte Miles vor, sich mit zwei Freunden zu einem privaten
Abendessen zu treffen und die neuesten Erfahrungen auszutauschen.
****

»Berichten Sie uns, mein Freund. Wie war es, den Gebieter zu
treffen?«, fragte General Atiku Muhammadu, der militärische
Abgesandte der Tully an das Galaktische Reich und trank ein Schluck
seines Bourbons. Seit sie sich kennengelernt hatten, erinnerte er Miles
an einen kurzhaarigeren Wookie, was lustig war, da er gerade eben so
selbstsicher und proper dasaß.

»Ja, war der Palast so beeindruckend und luxuriös, wie wir es
alle gehört haben?«, drängte Senator Bjork Terboven von den Primord.
Abgesehen von seiner stark abgewinkelten Nase und seinen spitzen
Ohren konnte Bjork beinahe als Mensch auftreten

Miles lächelte seine beiden Freunde an. »Es war unglaublich. Der
Palast … so etwas habe ich noch nie gesehen. Seine Größe, sein Design
… wirklich einzigartig und fantastisch. Der Gebieter – ich bin mir nicht
sicher, wie ich ihn beschreiben soll – ist intelligent, kalkulierend und
sehr scharfsinnig. Er hat mir während unseren Gesprächen eine Menge
über sein Volk erzählt, über ihren Krieg gegen das Kollektiv, und wer
sie waren, bevor sie zum Kollektiv wurden. Außerdem unterrichtete er
mich über die Zodark und die Orbot und seine Frustrationen mit
einigen Partnern unserer Allianz. Die Menschen sind nicht die einzige
Rasse, die sich fragt, aus welchem Grund sich dieser Krieg schon so
lange hinzieht.«

»Hat er besonders auf unser Volk hingewiesen, dass er
unzufrieden mit uns ist?«, erkundigte sich Atiku besorgt. Sein Volk
kämpfte bereits länger als die Primord gegen die Zodark.

Miles schüttelte den Kopf. »Er gibt nicht einer bestimmten
Rasse die Schuld, ausgenommen den Altairianern. Ihr offensichtlich
fehlender Antrieb, diesem Krieg durch einen Sieg ein Ende zu bereiten,
bringt ihn auf. Er will die Galaxien im Frieden vereint sehen, nicht
aufgesplittert in endlosen Kriegen, die Hunderte oder Tausende von
Jahren andauern.«

»Deshalb hat er Sie ernannt?«, folgerte Bjork.

Miles nickte. »In der morgigen Ratssitzung kündige ich eine
Reihe struktureller Veränderungen innerhalb der Allianz an und
informiere die Mitglieder, wie wir künftig Krieg führen werden. Wir

werden enger zusammenarbeiten; nicht länger ein fragmentarisches Vorgehen. Entweder gewinnen wir diese Auseinandersetzung als Gesamtheit oder wir verlieren sie individuell.«

Atiku atmete tief durch. »Einige Mitglieder der Allianz werden Ihnen starken Widerstand entgegensetzen. Nicht alle werden Ihrer Meinung sein oder Ihren Vorschlägen folgen wollen.«

Miles zuckte mit den Achseln. »Dann werden sie eine Entscheidung treffen müssen: Erklärt euch mit den Veränderungen einverstanden oder verlasst die Allianz. Ich habe die Unterstützung des Gebieters und mir untersteht das größte und mächtigste Kriegsschiff der Galaxie. Entweder spielen sie mit oder sie sind raus. So einfach ist das.«

Er wandte sich an Bjork. »Der Planet Alfheim im Sirius-System – wie wichtig ist er den Primord?«

Diese Frage schien Bjork zu überraschen. »Hmmh … der Planet selbst hat den Primord nichts zu bieten. Aufgrund seines Standorts ist allein die Kontrolle über ihn wichtig. Im Sirius-System gibt es vier Sternentore. Zwei führen in unser Gebiet, ein drittes tief in den leeren Weltraum hinaus, und das vierte in den von den Zodark kontrollierten Bereich. Die Zodark unterhalten auf Alfheim nur eine kleine Minenkolonie, obwohl sie vor dem Beginn unserer neuesten Befreiungskampagne eine große Zahl von Bodentruppen dorthin verlegten. Warum fragen Sie?«

»Bjork, wie Sie wissen, kontrollieren wir Menschen nur wenige Planeten. Unsere Präsenz im Weltraum ist relativ klein. Das macht uns die Durchführung von großen, ausgedehnten Militäreinsätzen schwer, da uns die Einrichtungen fehlen, diese Art von Operationen ausreichend zu versorgen. Ich möchte wissen, ob das Volk der Primord bereit wäre, den Menschen Alfheim entweder zu überlassen oder zu verkaufen. Wir würden den Planeten als vorgeschobene Einsatzbasis nutzen, für fortwährende und künftige Einsätze in diesem Teil der Galaxie. Denken Sie, Ihr Volk wäre dieser Idee gegenüber aufgeschlossen?«

»Gibt es Probleme auf Intus?«

»Nein, soweit ich weiß, ist auf Intus alles bestens. Ich denke eher strategisch«, informierte Miles ihn. »In naher Zukunft werden wir die Zodark vernichten. Das bedeutet, dass wir mehr Ausgangsbasen brauchen, um die auf uns zukommenden Operationen zu unterstützen.

Ich möchte Alfheim schon jetzt gerne zu einem solchen Angelpunkt machen.

»Gegenwärtig dauert es acht Monate, um Intus von der Erde aus zu erreichen und von dort aus weitere 18 Monate zum Reich der Zodark. Wenn uns Alfheim gehören würde, würde das unseren Versorgungszeitraum von 18 Monate auf drei Monate verkürzen.«

Miles wollte die Informationen über das Bronkis noch mit niemandem teilen. Er hatte die Hoffnung, den Planeten für die Republik zu gewinnen. Sobald sie diese Ressource kontrollierten, konnte er deren Verwendung in die künftige Schiffsproduktion *aller* Partner der Allianz integrieren, während er gleichzeitig die unterschiedlichen Kommandostellen konsolidierte.

»Das ist eine interessante Frage, Statthalter …«, begann Bjork.

»Bitte, Bjork. Privat bin ich Miles für Sie. Wir sind doch Freunde.«

Bjork erblasste ein wenig, was Miles als das verlegene Erröten der Primord kannte. »Gern«, erwiderte Bjork. »Ich bin leider nicht dazu befugt, diesen Handel selbst abzuschließen, Miles. Aber ich werde es mit denen diskutieren, denen das erlaubt ist. Sie haben ein gutes Argument dafür geliefert, wieso die Menschen Alfheim brauchen. Ich bin mir relativ sicher, dass die Entscheidungsträger diese Bitte positiv bescheiden werden.«

»Ok, genug Gerede über Planeten«, wechselte Atiku das Thema. »Wie sieht unsere generelle Strategie aus, Miles? Wie werden Sie die Zodark und Orbot besiegen, wenn die Altairianer und der Rest von uns dies bereits seit mehreren hundert Jahren versuchen?«

Miles lächelte. »Ganz einfach. Wir werden ihnen einen Kinnhaken versetzen.«

Atiku und Bjork sahen sich an und begannen zu lachen. Das Bild, das sein Ausdruck vor ihrem geistigen Auge hervorrief, sagte ihnen zu.

****

Ratssitzung der Mitglieder des Galaktischen Reichs
Altus

»Ich möchte Statthalter Miles Hunt begrüßen, der vom Hauptplaneten Cobalt zurück ist. Der Gebieter war so beeindruckt von ihm, dass er ihm den Rang eines Statthalters zusprach. Gemäß den Anweisungen des Gebieters, die mir hier vorliegen …«, dabei hielt Pandolly ein Tablet nach oben, »… übertrug der Gebieter dem vormaligen Admiral Hunt die Verantwortung für alle kriegsbedingten Aspekte innerhalb des Galaktischen Reichs. Wir Altairianer werden die Verwaltung und das Management der Allianz weiter leiten, während Statthalter Hunt unsere Streitkräfte kommandiert.

»Aus diesem Grund übergebe ich nun ohne weiteren Aufschub das Wort an Statthalter Hunt.«

Die altairianischen Mitglieder des Rates schienen nicht allzu glücklich über diese Entwicklung zu sein. Nachdem sie die Allianz beinahe eintausend Jahre unangefochten geleitet hatten, waren sie mit einem Schlag zu reinen Verwaltern degradiert worden.

Bevor Miles sprechen konnte, wollte sich einer der Altairianer äußern. »Als Erstes möchte ich betonen, dass ich die Autorität des Gebieters anerkenne und dass seine Entscheidungen bindend sind. Trotzdem finde ich es unglaublich, dass es einer Rasse, zu der wir den Kontakt aufnahmen und die wir davor bewahrten, eine weitere Kolonie der Zodark zu werden, zustehen soll, die gesamte Allianz zu leiten. Die Altairianer kultivieren und dehnen seit Tausenden von Jahren die Milchstraßengalaxie aus; wir sind die am weitesten entwickelte Spezies dieser Allianz, und jetzt sollen wir plötzlich den Befehlen dieser Terraner gehorchen? Was macht sie zu etwas Besonderem?«

Einer der gallentinischen Soldaten, der Anführer der Gruppe, erhob sich. »Was sie so besonders macht, ist die Tatsache, dass sie vom Gebieter dazu auserwählt wurden, so wie er vor über tausend Jahren die Altairianer zu den Führen der Allianz machte«, verkündete er mit Autorität in der Stimme. »Sie hatten Ihre Zeit, die Allianz zu leiten. Jetzt sind die Terraner an der Reihe.«

Die anderen um den Tisch herum schienen von der Zurechtweisung des Altairianers durch den Soldaten geschockt zu sein. Keiner von ihnen, ausgenommen von den Menschen vielleicht, hätte es je gewagt, die Altairianer so herauszufordern. Es war eine deutliche Ansage darüber, aus welcher Richtung der Wind zukünftig wehen würde.

Pandolly hob die Hand, um aufgebrachte Gefühle zu beschwichtigen. »Bitte beruhigen Sie sich. Wir sind doch alle Verbündete. Versuchen wir weiterhin, eine gemeinsame Basis zu

finden und wie bisher zum Wohle der Allianz zusammen zu arbeiten.«
Pandolly hatte Miles nach Cobalt begleitet. Er verstand wohl besser als
jeder andere, wieso der Gebieter eben diese Entscheidung getroffen
hatte. Mit den Jahren hatte sich zudem zwischen ihm und Miles eine
Freundschaft entwickelt, die ihm vor allen anderen Ratsmitgliedern
einen besseren Einblick darüber gab, wer Miles war.

Nachdem Pandolly gesprochen hatte, wusste Miles, dass es an
der Zeit war, den Stier bei den Hörnern zu ergreifen. Er erhob sich und
stützte sich mit den Händen auf dem Tisch vor ihm ab. Dabei fiel ihm
die überreiche Verzierung des Tisches auf. Mit erneuter Konzentration
beugte er sich leicht nach vorn und sah sich um den Tisch herum um.

»Ich bat weder darum noch bewarb ich mich um die Position
eines Statthalters«, begann er. »Der Gebieter in seiner Weisheit hat
mich zum Statthalter und de facto zum Anführer der Allianz gemacht.
Diese Position wurde mir aus einem einzigen Grund übertragen: die
Vernichtung der Zodark und der Orbot, ihre Verbündeten.

»Und bevor jemand von Ihnen nun das Kollektiv ins Spiel
bringt … Der Gebieter versicherte mir, dass sie auf Dauer in zwei
anderen Galaxien engagiert ist und damit kein Problem für uns
darstellen wird. *Im Fall,* dass das Kollektiv entgegen allen Erwartungen
in unserer Galaxie auftauchen sollte, dann ist mein Schiff, die RNS
Freedom mehr als fähig, nicht nur ein einzelnes, sondern notfalls auch
eine ganze Flotte von Schiffen des Kollektivs zu zerstören.

»Wir …«, sagte Miles, und schloss mit einer Handbewegung
alle um den Tisch Versammelten ein, » … werden diesen Krieg ein für
alle Mal beenden. Wir werden der Galaxie den Frieden bringen und die
Ordnung wieder herstellen – etwas, was ihr seit langer Zeit abgeht. Um
dies zu erreichen, werde ich durch die gesamte militärische Struktur der
Allianz hindurch eine Reihe von Veränderungen vornehmen. Unsere
Streitkräfte operierten in einem unorganisierten Freiraum. Uns fehlt
eine klare übergreifende Strategie. Deshalb verstrickten wir uns in
Kampagnen, die wenige oder gar keine Ergebnisse einbrachten. Diese
Art von blindem Angriff ist hiermit vorbei.«

Miles hielt lange genug inne, um die Reaktion seines
Publikums einzuschätzen, bevor er fortfuhr: »Mit sofortiger Wirkung
sind alle künftig geplanten Kampagnen gestoppt. Wir beenden die, die
gegenwärtig stattfinden, aber es wird keine neuen geben. Ich werde
etwas etablieren, was mein Volk in unserem Militär als einen

Kommandostab bezeichnet, oder in unserem Fall, aufgrund der vielen Mitglieder unserer Allianz, einen gemeinsamen Kommandostab.

»Von Ihnen erwarte ich, dass Sie die Individuen identifizieren, die diese Positionen besetzen sollen. Die entsprechenden Auswahlkriterien und Anweisungen sollten sich bereits auf Ihren Tablets befinden. Stellen Sie klärende Fragen, falls Sie welche haben. Innerhalb von zwei Wochen erwarte ich von jedem von ihnen eine Liste mit den Namen der Personen, die Sie für jede dieser Aufgaben ermittelt haben. Diesen Individuen muss die Autorität zustehen, für ihre Nation zu sprechen und ohne zusätzliche Rückfragen einen erteilten Befehl umzusetzen. Habe ich mich hinreichend deutlich ausgedrückt?«

Nachdem alle den Empfang von Miles' Instruktionen bestätigt hatten, beendete er die Versammlung. Sie hatten viel zu tun. Das schiere Ausmaß und die weitreichenden Konsequenzen der Veränderungen hatte keines der Mitglieder erwartet. Mit den Befehlen, die Miles ihnen zugeschickt hatte, wollte er allen eines ganz eindeutig klar machen. Es war Zeit, diesen Krieg zu beenden. Und jedes einzelne Mitglied der Allianz würde seinen Anteil leisten, dieses Ziel bis zu seinem endgültigen Erreichen mit zu tragen.

Kapitel Sieben
Drastische Veränderungen

Hauptquartier Weltraumkommando
Jacksonville, Arkansas
Erde
Sol-System

»Ihr Sprung in unser System hat uns beinahe zu Tode erschreckt, Miles. Sobald er das Schiff auf dem Scanner sah, erlitt Chester praktisch einen Herzanfall«, schmunzelte Kanzlerin Alice Luca.

»Das kann ihm niemand verdenken. Mir wäre es sicher ebenso ergangen. Ohne Vorwarnung ein Raumschiff unbekannter Herkunft vor sich zu sehen, ist erschreckend. Ich werde nie das altairianische Schiff vergessen, dass ich zum ersten Mal nahe der Erde sah. Ich dachte, wir wären erledigt. Es geschieht nicht jeden Tag, dass ein 15 Kilometer langes Kriegsschiff mir nichts dir nichts in unserem Heimatsystem auftaucht«, erwiderte Miles aufgeräumt.

Nach beinahe vier Jahren war Miles Hunt zurück auf der Erde. Er musste zugeben, dass es sich gut anfühlte, daheim zu sein. Seine Frau Lilly konnte endlich wieder ihren engen Kontakt mit ihrer Tochter pflegen und die Verbindung zu ihren Freundinnen erneuern.

»Miles, ich habe Ihren Report über Ihre Zusammenkunft mit dem Gebieter gelesen«, begann Kanzlerin Luca. »Er war faszinierend. Die Bilder und Videos, die Sie uns von Cobalt zuschickten, waren unglaublich. Ich bin mir nicht sicher, welche Worte am besten beschreiben, was Sie zu sehen bekamen. Alles ist unglaublich. Aber ich habe eine Frage, die Sie mir vielleicht lieber heute persönlich anstatt über einen elektronischen Kommunikationskanal beantworten können.«

»Wir müssen eine ganze Menge besprechen, Kanzlerin Luca«, stimmte Miles ihr zu. »Und ich muss Ihnen Recht geben. Ein Großteil davon sollte besser persönlich und vertraulich diskutiert werden.«

Admiral Chester Bailey schenkte sich und Kanzlerin Luca noch eine Tasse Kaffee ein.

»Der Gebieter ist absolut nicht von der Kriegsführungsstrategie der Altairianer begeistert«, verriet Miles ihnen.

»Ach ja?«, fragte Chester wegwerfend. »Sie führen diesen Krieg seit beinahe eintausend Jahren, ohne den Feind zu besiegen.«

»Genau. Der Gebieter machte deutlich, dass er denkt, endlich die Klasse der Krieger gefunden zu haben, die die Allianz innerhalb der Milchstraße zum Sieg führen kann. Die Altairianer leisteten gute Arbeit in der Entwicklung und Stabilisierung des von der Allianz kontrollierten Weltraums. Andererseits mangelt es ihnen entweder am militärischen Know-how oder an der Beharrlichkeit, diesen Krieg zu beenden. Hier kommen wir ins Spiel. Er will, dass ich einen Weg finde, die Zodark und Orbot zu besiegen, um letztendlich unsere Galaxie in die Gemeinschaft all ihrer Galaxien zu integrieren.«

Verblüfft schüttelte Luca den Kopf. »Nicht zu fassen … Sie kontrollieren nicht nur eine, sondern gleich mehrere Galaxien ... Absolut erstaunlich. Ich versuche immer noch zu verstehen, wie groß die Milchstraße wirklich ist, während Sie, Miles, schon ihre Grenzen überschritten haben. Es ist schwer, das nachzuvollziehen, Miles.«

»Erklären Sie uns doch bitte diese ganze Statthalter-Sache«, bat Chester. »Was bringt diese Position mit sich und wie passen Sie künftig in unsere Kommandostruktur?« Offensichtlich war er sich im Hinblick auf seine eigene Rolle unsicher.

Miles holte tief Luft. »Technisch gesehen bin ich als Statthalter offiziell der oberste militärische Befehlshaber der gesamten Milchstraßengalaxie. Die Altairianer sind weiter für die Entwicklung der Wirtschaft und alle anderen zivilen Funktionen zuständig, aber mir wurde das Kommando über die Streitkräfte sämtlicher Mitglieder der Allianz übertragen. Auf Anordnung des Gebieters steht allein mir die Befehlsgewalt hinsichtlich aller Kampfhandlungen und über die Planung und das Vorantreiben dieses Krieges zu.«

Kanzlerin Luca und Admiral Bailey verschlug es einen Moment die Sprache, während sie verarbeiteten, dass Miles damit praktisch die Republik regierte.

Luca äußerte sich als Erste. »Das ist eine enorme Verantwortung, Miles.« Sie strich sich übers Haar. »In welcher Position sehen Sie Chester und mich in diesem Zusammenhang?«

»Weiter am Steuer«, versicherte Miles ihr. »Im Regierungsapparat der individuellen Planeten und Gesellschaften wird sich so gut wie nichts ändern. Vor zwei Wochen ließ ich allen Beteiligten einen Entwurf für den neuen militärischen Kommandostab zukommen, den ich ins Leben rufe. Ich stelle die gesamte Organisation der Allianz um. Zunächst werden wir unsere Kriegsschiffe und Bodentruppen vereinheitlichen. Nie wieder ein Sammelsurium von Schiffen, die mit unterschiedlicher Bewaffnung und Befähigung in die Schlacht ziehen, oder Bodentruppen, die nebeneinander kämpfen, ohne die Qualität des Trainings oder der Waffensysteme ihrer Verbündeten zu kennen. Das werden wir korrigieren und eine Streitkraft aufstellen, mit der die Zodark und Orbot nie rechnen werden«, verkündete Miles mit hoch erhobenem Kopf.

»Wo wird dieses vereinte Kommando sein Hauptquartier haben?«, fragte Kanzlerin Luca. »Weiter auf Altus oder an einem anderen Ort?«

Miles hatte diese Frage ebenfalls bereits erwogen. »Zunächst dachte ich an die Erde, aber diesem Kommando werden Mitglieder der gesamten Allianz angehören. Ich bin mir nicht sicher, ob die Menschen auf der Erde soweit sind, Angehörige von einem Dutzend verschiedener Rassen unter sich zu sehen. Ich tendiere zu Neu-Eden oder Alpha. Was denken Sie?«

»Ich würde Neu-Eden vor Alpha wählen«, schlug Luca vor. »Ich weiß, dass es nicht richtig klingt, aber die Menschen möchten eine zweite Heimatwelt, auf der allein die Menschen leben. Es gibt keine größeren Probleme mit den Altairianern, Primord oder Tully, die sich auf der Erde aufhalten, aber gegenwärtig sehen wir nur einige von ihnen an bestimmten Orten. Die neue Einrichtung, von der Sie reden, klingt eher wie ein ernsthaftes Bemühen, viele unterschiedliche Spezies auf einem Planeten zu versammeln.«

»Ein guter Punkt, Alice«, erkannte Miles an. Den Erdenbewohnern war der Gedanke noch neu und ungewohnt, dass im Universum neben ihnen noch andere Rassen existierten. »Dann lege ich mich auf Neu-Eden fest. Des Weiteren empfehle ich, dass wir die beiden Ringstationen über Neu-Eden und Alpha bauen. Ich würde eine über Sol vorschlagen, aber die neue Werft zwischen dem Mond und dem Mars steht offensichtlich kurz vor der Fertigstellung. Wir brauchen eine zusätzliche große Schiffsbaueinrichtung auf Alpha.«

»Fürchten wir immer noch einen Angriff der Zodark oder der Orbot auf Sol oder Neu-Eden?« Mit gefurchter Stirn trug Admiral Bailey diese Problematik vor, die ihnen allen seit der Entdeckung der Zodark Sorgen bereitete.

»Vollkommen ausschließen möchte ich es bisher noch nicht«, erwiderte Miles. »Die Position der Menschheit im Weltraum ist immer noch recht heikel. Selbst mit meiner Ernennung zum Statthalter sind wir nur ein oder zwei katastrophale Ereignisse davon entfernt, als Spezies ausgelöscht zu werden. Wir müssen zahlenmäßig zunehmen und uns in aller Eile ausbreiten. Ihnen wird das, was ich sage, nicht gefallen, aber unsere Bevölkerung muss sich schleunigst fortpflanzen – wie verrückt Babys produzieren, um unsere neuen Planeten zu bevölkern.«

Kanzlerin Luca lachte laut. »Einfach für Sie zu sagen. Sie sind ein Mann. Sie haben den unterhaltsameren Teil des ‚wie verrückt Babys produzieren‘. Wir müssen sie neun Monate lang tragen und hinterher bemuttern und großziehen, während ihr Männer durch die Galaxie zieht. Aber wieso reden Sie von Planeten? Wissen Sie etwas, wovon ich nichts weiß?«

Ruhig sah Miles seine Kollegen an, die ihn erwartungsvoll anstarrten. »Sie haben richtig verstanden. Ich sprach von Planeten. Uns Menschen – oder wie uns die Gallentiner und alle außerhalb von Sol nennen, uns Terranern – wurden mehrere Planeten überlassen, die wir nach unserem eigenen Ermessen kolonisieren können.«

Admiral Bailey schüttelte den Kopf. »Ja, so wie die Altairianer uns Planeten abtreten werden – nachdem wir sie den Zodark abgerungen haben. Besten Dank, Miles. Das Thema kennen wir schon.«

»Nein, dieser Fall liegt anders«, konterte Miles. »Wie Sie wissen, ist Sumara seit kurzem befreit. Dieser Planet gehört nun uns. Sumara ist der Hauptplanet eines Systems, dem fünf weitere Systeme mit insgesamt acht bewohnbaren Planeten nachgelagert sind. Außer über das Sumara-System gibt es keinen zweiten Ein- oder Austritt. Wir müssen weder die Altairianer noch jemand anders um Erlaubnis fragen, um sie als unser Eigentum zu beanspruchen. Sie gehören uns. Darüber hinaus haben uns die Gallentiner in ihrer eigenen Galaxie einen Planeten zur Kolonisation überlassen, plus die Technologie für das Terraforming des Mars, sollten wir Wert darauf legen. Die Fähigkeiten der Gallentiner sind wahrhaft erstaunlich. Beinahe wie … Zauberei, wenn ich ein Wort dafür finden müsste.«

Miles starrte vor sich hin, ohne zu bemerken, dass er nicht weitersprach, bis Kanzlerin Luca mit dem Finger schnippte, um ihn in die Gegenwart zurückzuholen. »Sind Sie noch bei uns?«

»Entschuldigen Sie«, lächelte Miles. »Ich dachte gerade daran, was die Gallentiner alles mit mir teilten. Dieses Volk, diese Gallentiner … sie eroberten drei komplette Galaxien. In drei Galaxien herrscht nun Frieden. In einer vierten bekämpfen sie gegenwärtig das Kollektiv. Und dann ist da unsere Galaxie. Es ist einfach … einfach schwer sich vorzustellen, wie weit ihre Kontrolle reicht. Wir reden von Tausenden bewohnbarer Planeten – nicht von mehreren Hunderten, sondern von Tausenden von Planeten von den Hundertausenden, die es da draußen gibt. Die Größe und Ausdehnung des bekannten Universums ist so unermesslich. Es scheint größer und größer zu werden, ohne je ein Ende zu nehmen … Selbst die Gallentiner wissen nicht, wie weit es reicht.«

Miles sah Kanzlerin Luca ins Gesicht. »Aus diesem Grund sagte ich, dass unser Volk sich bewusst fortpflanzen muss. Wir müssen die Städte der Planeten bevölkern, die unserer Herrschaft unterliegen. Unsere Bevölkerung muss wachsen. Wir müssen die Infrastruktur dieser Planeten ausbauen, Weltraumaufzüge und Schiffswerften bauen, Bergbaubetriebe einrichten, und dazu noch eine Streitkraft ausbilden, die all das beschützt. Es gibt so viel zu tun.«

Luca lächelte und schwieg einen Augenblick. Schließlich erwiderte sie: »Miles, das werden wir. Zu gegebener Zeit. Im Moment sollten wir uns allerdings auf die Gegenwart und die konkret anstehenden Themen konzentrieren. Was brauchen Sie von der Republik?«

Admiral Bailey rutschte unbehaglich in seinem Stuhl hin und her. Miles verstand, wie schwer es ihm fallen musste, statt wie üblich selbst Befehle zu erteilen, plötzlich hinter seinem Protégé zurückzustehen, auf den die Entscheidungsgewalt übergegangen war.

Miles versuchte, das Unbehagen seines Mentors zu lindern. »Chester, auf Altus wurde ich über eine massive Truppenbewegung von Zodark- und Orbot-Kräften auf dem Weg nach Alfheim unterrichtet. Auf dem Planeten gibt es Lagerstätten eines offenbar sehr seltenen und strategisch sehr wichtigen Minerals.« Miles verbrachte die nächsten 30 Minuten damit, ihnen zu erklären, was Bronkis-5 war und wie es in den altairianischen und gallentinischen Kriegsschiffe zur Anwendung kam.

»Miles, das ist ein Planet der Primord«, betonte Kanzlerin Luca. »Wie wollen Sie das angehen?«

»Ich bat die Prim, ihre Kontrolle oder ihren Anspruch auf diesen Planeten an uns abzutreten. Ich erklärte ihnen, dass wir Terraner eine vorgeschobene Basis benötigen, von der aus wir eine effektivere Versorgung unserer Schiffe vornehmen und unsere Soldaten und die Navy aufmarschieren lassen können. Da die Zodark sie von ihren Minen fernhielten, wissen sie nichts von dem Mineral auf dem Planeten. Die Prim erklärten sich einverstanden und traten Alfheim schriftlich an die Republik ab. Der einzige Vorbehalt war, falls noch einige Prim auf dem Planeten leben sollten, dass ihnen die Erlaubnis erteilt wurde, weiterhin dort zu leben.«

Admiral Bailey schüttelte den Kopf, während er von einem Ohr zum anderen grinste. »Nicht schlecht, Miles. Nicht schlecht.«

»In naher Zukunft wird die Allianz mit dem Bau einer Reihe von Kriegsschiffen beginnen, die durch die Galaxie hindurch den neuen, einheitlichen Standard repräsentieren«, kündigte Miles an. »Nicht länger terranische oder altairianische Kriegsschiffe oder die der Prim oder die der Tully. Unsere Kriegsschiffe werden alle allgemeingültigen Normen folgen, die unter anderem eine Bronkis-5-Panzerung voraussetzt.«

»Haben Sie vor, ein separates Militär ins Leben zu rufen?«, forschte Admiral Bailey skeptisch.

»Darüber denke ich momentan noch nach, ohne eine Entscheidung getroffen zu haben. Derzeit bemannt meine gallentinische Mannschaft die *Freedom*. Ich bin gerade dabei, Menschen, Prim und Tully an Bord zu nehmen, um von den Gallentinern zu lernen. Ich will sehen, wie eine Crew, die sich aus mehreren Rassen zusammensetzt, miteinander zurechtkommt und zusammenarbeitet. Es könnte sich als absoluter Fehlschlag herausstellen oder es könnte funktionieren. Bevor mir allerdings in diesem Bereich keine Testergebnisse vorliegen, werde ich zunächst einmal keine Änderungen vornehmen. Sollte sich dieses Experiment als erfolgreich erweisen, dann wäre der Schritt eines neuen Militärs die Überlegung wert.«

»Darüber können wir später weiter reden«, beendete Luca dieses Thema. »Zurück zu dem, was Sie uns über Alfheim berichtet haben. Wie wollen Sie diese große Streitmacht davon abhalten, den Planeten zurückzuerobern und unsere Leute zu töten?«

Miles drehte sich ihr zu. »Auf meinem Weg zurück ins Sirius-System lege ich einen Zwischenstopp auf Sumara ein und nehme die Ranger an Bord. Sumara verlangt keine große Militärpräsenz, was mir erlaubt, einen Teil der Ranger nach Alfheim verlegen. Dort wird der Hauptkampf stattfinden. Und genau dort beabsichtige ich, die Flotten der Zodark und der Orbot zu zerreiben und diesen Teil des Weltraums ein für alle Mal von ihnen zu befreien.«

Kapitel Acht
Unerledigte Geschäfte

1. Orbitale Rangerdivision
Sumara
Qatana-System

Nachdem die letzten Zodark und ihre Helfershelfer, die Mukhabarat, getötet worden waren, fielen den Erdenmenschen die Aufräumarbeiten zu. Als Erstes stand das stadtweite Einsammeln und die Entsorgung der Leichen an, gefolgt von den Reparaturen an der Infrastruktur, um die Umgebung wieder in Gang zu bringen. Harte Arbeit, aber nicht unbedingt die Aufgabe der Infanterie.

Zögernd kamen die ersten Überlebenden aus ihren Verstecken. Zunächst waren sie sich nicht sicher, was sie von den Lebewesen in den seltsam aussehenden Militäruniformen halten sollten. Sobald sie allerdings verstanden, dass es sich bei ihnen tatsächlich um Menschen wie sie handelte, und dass sie obendrein Nahrungsmittel, Wasser und Medizin mit sich brachten, tauchten die Sumarer endgültig aus dem Untergrund auf.

Nach einem Monat in der Hauptstadt war Paulis Kompanie endlich von ihrer grausigen Garnisonspflicht entbunden worden. Die Geschichte der Überlebenden darüber, was sich während der großen Säuberungsaktion auf Sumara abgespielt hatte, war ein absoluter Albtraum. Was diese Menschen ertragen hatten, ging sogar über das hinaus, was Pauli verkraften konnte. Die Tatsache, dass überhaupt jemand von ihnen überlebt hatte, war ein Zeugnis ihres starken Lebenswillens.

Mit der Ankunft von zusätzlichen RA-Soldaten wandelte sich ihre Mission von der Einnahme des Planeten hin zur Leistung von humanitärer Hilfe. Die geringe Zahl der Zodark und Mukhabarat, die die Invasion überstanden hatten, waren aus der Hauptstadt geflohen, sobald sie feststellen mussten, dass sie in der Unterzahl waren. Sie konnten keine Hilfe eintreffender Zodark-Truppen erwarten. Dafür würde die Flotte im Orbit über dem Planeten sorgen.

Den Rangern wurde nun planetenweit die Aufgabe übertragen, die verbliebenen Zodarkkräfte und die letzten Mukhabarat aufzustöbern – wo immer sie sich auch aufhalten mochten. Die Sumarer berichteten bereitwillig darüber, wer für die Geheimpolizei gearbeitet hatte und wo sich diese Person oder diese Personen möglicherweise aufhielten. Der Hass der Sumarer auf ihre Peiniger und auf die, die sie für einige Silberstücke und Nahrungsmittel verraten hatten, saß tief.

Paulis Einheit war ein Waldgebiet in den Hügeln zugewiesen worden, das zwei Stunden Fahrt von der Hauptstadt entfernt lag. Geheimen Informationen nach hatten in diesem Bereich die letzten flüchtigen Kämpfer der Mukhabarat Zuflucht in einer versteckten Zodark-Basis gefunden. Es war der Job der Einheit, sie zu finden und zu eliminieren.

»Wie lange noch, bevor wir da sind?«, jammerte einer der Neuen.

»Nein, wirklich? Warum genießen Sie diesen Ausflug ins Grüne in unseren Luxusfahrzeugen nicht einfach?«, scherzte einer der Corporals.

»Zu wenig Platz hier, Mann. Noch dazu riecht es hier nicht unbedingt frisch. Wann hast du das letzte Mal geduscht, Bert?«, fragte der gleiche Soldat.

»Heute Morgen, wenn du es genau wissen willst. Der Duft, der mich gerade umhüllt, heißt ‚Eau de Trainingsschweiß‘.« Seine Kollegen lachten.

Ihre Kompanie hatte Mission über Mission nach diesen mysteriösen Zodark- und Mukhabarat-Basen und -Verstecken gesucht und dabei nur einen aktiven Stützpunkt entdeckt. Die letzten fünf hatten sie verlassen vorgefunden. Dies war ihr letzter Auftrag, bevor ihnen eine Woche Urlaub zustand.

Pauli lächelte über die Scherze seiner Männer. Er wusste, dass sie müde waren und aufgebracht darüber, dass sie keine Ergebnisse vorzeigen konnten. So wie alle anderen, wollten auch sie den Planeten unter ihre absolute Kontrolle bekommen; wissen, dass er gesichert war – sicher für die Sumarer, an ihre Heimatstätten zurückzukehren, und sicher für sie, um die Spannung abzuwerfen und vielleicht sogar dieses neue Paradies ein wenig zu erkunden.

Dies war Paulis sechster Planet, auf den er Fuß gesetzt hatte, ohne bislang viel von ihm gesehen zu haben. Aber was er sah, gefiel ihm sehr. Sumara war weit entwickelt und dicht besiedelt. Genau wie Intus. Früher oder später musste er sich entscheiden, auf welchem Planeten er sich niederlassen sollte. Natürlich lagen noch viele Jahre vor ihm, bevor er den Dienst quittieren konnte. Das bedeutete aber nicht, dass er nicht heute schon etwas Land kaufen und es abzahlen konnte, bevor er eines Tages sein Traumhaus darauf baute.

Dann krächzten ihre Funkgeräte. »Aufgepasst, Leute! Die Stadt, in der wir die Zodark-Einrichtung vermuten, liegt vor uns. Mit der Annäherung an den Ort will ich alle Waffen schussbereit sehen. Wir bleiben solange in den Fahrzeugen, bis wir Zeichen von Leben entdecken. Zugführer – sobald wir die Stadt betreten, setzen Sie Ihre Drohnen ein. Ich schicke jedem Zug seinen spezifischen Einsatzort zu. Falls Sie Überlebende finden sollten, versuchen Sie, etwas aus ihnen herauszubekommen.«

Pauli hielt eine Hand an die Seite seines Helms und nahm die Befehle an seinen Trupp in sich auf. Lieutenant Kranston hatte das Gesamtziel des Zugs bestimmt. Jetzt war er dabei, jedem Trupp seine individuellen Aufgaben zuzuweisen. Pauli nickte bestätigend, mehr für sich selbst als für jemand anderen. Dann sah er seine Männer an. »Ok, das ist unser Plan. Unmittelbar nachdem unser Fahrzeug stoppt, schicken wir unsere Spähdrohnen aus. Sie sind unsere Augen und Ohren. Sobald wir einen Überblick über das Gebiet haben, beginnen wir mit der Fußpatrouille. Falls es Ärger geben sollte, kommen uns die Cougar zur Hilfe. Außerdem stehen uns vier Reaper zur Luftunterstützung zur Seite. Fragen?«

Alles war gesagt. Paulis Trupp bereitete seine Waffen vor.

Der Fahrer kündigte an, dass sie die Stadt erreicht hatten, die ein Stück von der Hauptverkehrsstraße entfernt in einem stark bewaldeten Gebiet lag. Pauli sah, dass der Ort nicht sehr groß war – eher wie eine der kleineren Ortschaften auf der Erde, an denen die Autobahn vorbeiführte. Es gab eine Ladestation für Elektrofahrzeuge, einige Gebäude, die wohl irgendwann einmal Restaurants beherbergt hatten, und zwei Bauten, die möglicherweise als Hotels genutzt worden waren.

Die Soldaten verließen ihre Fahrzeuge und begannen mit der Organisation ihrer Sicherheitsmaßnahmen. Niemand war bereit, in der Nähe einer möglichen Zodark-Basis ein Risiko einzugehen. Über ein Dutzend Drohnen schwirrte in die Luft. Ihre kleinen Augen und Ohren machten sich am Himmel an die Arbeit, um die räumliche Anordnung des Gebiets zu erkunden und nach eventuellen Bedrohungen zu suchen.

Pauli kletterte aus dem Fahrzeug und streckte sich. An einigen Stellen knackte und knirschte es. Die anderen Züge waren dabei, sich zu verteilen: einer folgte einer einspurigen Straße, die aus dem Ort hinausführte, während eine andere in einem nahegelegenen Gebäude das Hauptquartier der Kompanie einrichtete. Der dritte Zug folgte einer zweispurigen Straße tiefer in den Wald hinein. Der Rest der Kompanie blieb in der Stadt und bereit, Unterstützung zu leisten, wo immer sie gebraucht wurden.

»Lieutenant Kranston, eine der Drohnen hat möglicherweise etwas gefunden«, rief Captain Hiro. »Ich schicke Ihnen die Koordinaten. Sehen Sie sich das mit Ihrem Zug näher an. Verstanden?«

Warum benutzt er nicht einfach das in die Helme integrierte Kom-System, wie jeder andere Offizier auch?, fragte sich Pauli. Er mochte Captain Hiro. Aber manchmal weigerte der sich einfach, die ihnen zur Verfügung stehende Technologie zu nutzen. Er war sicher kein Feind der Technik. Er bevorzugte einfach, Befehle laut weiterzugeben, anstatt sie ruhig über das System auszusprechen. *Ein Mann der alten Schule.*

»Ok, Sergeanten. Das ist unser Ziel.« Kranston gab die Information an ihre HUDs weiter. »Truppenführer, Ihre Leute sollen sich in den ihnen zugewiesenen Bereichen hinter Deckung vorarbeiten und wachsam bleiben. Wir wissen nicht, was vor uns liegt«, befahl er.

Kranston hat keine Probleme damit, unser Kom-System zu nutzen, dachte Pauli amüsiert.

Paulis Männer verteilten sich, um von der Straße aus in den Wald vorzudringen. Sie bildeten eine Linie mit jeweils zwei bis drei Metern Abstand zwischen den Männern, um so viel Gelände wie möglich bei ihrer Suche durch den Wald abzudecken.

Dem Aussehen der Bäume nach würde Pauli sie im pazifischen Nordwesten der USA vermuten. Die Bäume ähnelten hochgewachsenen Kiefern oder Fichten, außer dass eine Art Moos an ihnen herunterhing, ähnlich dem Spanischen Moos an den Bäumen im südlichen Florida oder in Louisiana.

Alle bewegten sich schweigend voran, außer dem gelegentlichen Fluch, wenn jemand über etwas stolperte, oder einem kurzen Kommentar an einen Kumpel, wenn jemand etwas Außergewöhnliches sah. Und auch das spielte sich im Stillen über ihr internes Truppennetz ab. Niemand sollte sie sprechen hören

Sie waren etwa 20 Minuten unterwegs, als Pauli etwas hörte –
besser gesagt, als er *nichts* hörte. Er befahl seinem Trupp zu stoppen
und in Deckung zu gehen. Der Rest des Zugs hielt ebenfalls inne und
folgte seinem Beispiel. Mit vorgehaltenen Waffen waren sie auf alles
vorbereitet, was sich ihnen in den Weg stellen mochte.

»Pauli, was sehen Sie? Was hat Sie gewarnt?«, forschte
Kranston mit leiser Stimme über das Netz des Zugs.

»Nichts, was ich sehe, vielmehr das, was ich höre.«

»Ok, Erklärung?«

»Das Problem ist, dass ich nichts höre«, gab Pauli zur
Antwort. »Erst Vogelgezwitscher und dann nichts. Als ob jemand einen
Schalter umgelegt hätte.«

Einen Augenblick herrschte absolute Stille. Dann hörte Pauli
das entfernte Geräusch vom Start eines halben Dutzends zusätzlicher
Drohnen, die an ihrer Position vorbeizogen, um vor ihnen nach
Gefahrenzeichen zu suchen.

Sekunden vergingen. Der Drohnensoldaten hatte nichts zu
berichten, aber Pauli war klar, dass etwas nicht stimmte. Vor wenigen
Minuten war der Wald noch voller Leben gewesen, während jetzt
Totenstille herrschte.

»Pauli, spähen Sie mit einem Ihrer Männer aus, was vor uns
liegt«, befahl Kranston. »Langsam und äußerst vorsichtig. Sie haben
Recht, da draußen wartet etwas auf uns.«

Nach rechts gewandt, deutete Pauli auf den Gefreiten Yoshi
und forderte den jungen Mann auf, ihm zu folgen. Normalerweise hätte
er einen seiner erfahreneren Corporals bevorzugt. Falls es aber zu
einem Kampf kommen sollte, war es deren Aufgabe, Paulis Feuerteams
zu organisieren.

Pauli schob sich in gebückter Haltung mit seiner an die
Schulter gestützten, schussbereiten Waffe voran. Einige Meter hinter
und ein Stück rechts von ihm studierte der Gefreite Yoshi ebenfalls
sorgsam ihr Umfeld.

Pauli war dem Zug etwa 15 Meter voraus, als ihm etwas
Merkwürdiges ins Auge fiel.

In der Natur gibt es keine geraden Linien.

Pauli hob die rechte Hand und bedeutete Yoshi, anzuhalten.
Dann zeigte er ihm an, neben einem Baum auf einem Knie in Position
zu gehen. Yoshi hielt sein Sturmgewehr hoch, um das Feuer auf einen

Befehl hin oder falls sich ihm ein Ziel bieten sollte, zu eröffnen. Pauli ging ebenfalls neben einem Baum in Deckung, um durch das Zielfernrohr seiner Waffe zu sehen. Er fand die gerade Linie, die ihm aufgefallen war – die er nun eindeutig als Gewehrlauf identifizieren konnte. Pauli folgte dem Lauf ein kleines Stück, bis er sah, dass er aus einer Struktur herausragte, die erstaunlich gut mit Blättern und Gestrüpp getarnt war.

Entweder haben die Kerle uns noch nicht entdeckt oder sie warten im Hinterhalt, bis wir ihnen näher kommen, wurde Pauli bewusst.

Er drückte den Sprechknopf auf seinem Kom-Gerät. »LT, ich denke, dass ich ihre Basis gefunden habe. Sehen Sie diesen Bunker?«

»Ja, durch die Optik Ihrer Waffe«, bestätigte Kranston ihm. »Ich verlege sämtliche Drohnen in diesen Bereich. Vielleicht bringt uns das mehr Informationen ein. Das ist eindeutig eine konstruierte Verteidigungsposition. Ihre Basis muss sich irgendwo in der Nähe befinden, wahrscheinlich unterirdisch.«

»Was soll ich mit meinem Trupp machen?«, fragte Pauli.

»Bringen Sie Ihre Männer nach vorn auf Ihre Höhe, aber bleiben Sie in Deckung. Greifen Sie nicht an oder verraten Sie Ihre Position. Ich will den Rest der Kompanie hier haben, bevor wir aktiv werden«, wies ihn Kranston leise an. Er wollte in keinem Fall in ein größeres Feuergefecht mit den Zodark verwickelt werden, ohne dass sämtliche Züge der Kompanie bereitstanden.

Im Lauf der nächsten zehn Minuten arbeitete sich Paulis ganzer Trupp zu ihm und Yoshi vor. Sie verteilten sich, um sich nicht gegenseitig im Weg zu sein und verharrten reglos. Kranston befahl den anderen Zügen, aufzurücken. Alle waren online, willig auf einen Befehl hin zuzuschlagen.

Die Drohnen hatten keine zusätzlichen Strukturen gefunden. Das war frustrierend. Aus dem erhöhten Blickwinkel der Drohnen hätten sie eigentlich etwas entdecken sollen.

Irgendwo hinter ihnen hörte Pauli das familiäre Geräusch eines Osprey. Er war sich nicht sicher, wer oder was er abgesetzt hatte, klar war nur, dass zusätzliche Verstärkung eingetroffen war. Kurz darauf flog der Osprey über ihre Stellung hinweg wieder davon.

Falls sich mehrere Verteidiger hier aufhalten, sind sie klug genug, nicht zu schießen, dachte Pauli. Die feindlichen Soldaten mussten sehr diszipliniert sein, nicht auf ein solch attraktives Ziel wie den Osprey zu schießen, nur um ihre Position nicht zu verraten.

Die Zeit verstrich langsam, während sie auf das Erscheinen der Verstärkung warteten. Pauli fragte sich bereits, ob die Vorrichtung vor ihnen vielleicht nur eine Finte war – etwas, was sie alle anlocken sollte, nur um sie später in der ihnen gestellten Falle zu töten. Er überprüfte die Zeit auf seinem HUD. Beinahe zwei Stunden waren vergangen, seit er den Bunker entdeckt hatte.

Was zum Teufel dauert denn so lange?, fragte er sich. *Die anderen Züge sollten schon längst hier sein.*

Hinter Pauli gab es Bewegung. Er drehte sich um, um zu sehen, wer sich ihnen näherte. Er erkannte die Mitglieder des Ersten Zugs und sah noch etwas anderes – einen Zug von C100 Kampf-Synth. Diese verdammten Maschinen sahen wahrhaft furchterregend aus. Anstelle der Augen flackerte ein einzelner farbiger Punkt von links nach rechts auf ihrer einen Zoll breiten Sichtzeile. Pauli konnte sich vorstellen, dass der Kampf gegen einen dieser C100 dem Gegner ungeheure Angst einflößen musste. Sie waren schnell und tödlich. Ihnen beim Kampf zuzusehen, war sowohl faszinierend als auch nervenaufreibend.

Die Tötungsmaschinen marschierten in einiger Entfernung auf, hielten ihre Waffen schussbereit aber nach unten gerichtet bereit, und nahmen geduckt Stellung ein. Nachdem sie Pauli und seinen Trupp geortet hatten, bewegten sie sich emotionslos an ihnen vorbei an die vorderste Front und in den möglichen Hinterhalt, der sie dort erwartete.

Die Synth waren etwa einhundert Meter weit vorgedrungen, als sich entlang der gesamten vorderen Linie zahlreiche Explosionen ereigneten. Sekundenbruchteile später feuerte jemand ein halbes Dutzend schwerer Blaster auf sie ab, die blendend helle Lichtblitze kreuz und quer durch das Kampfgebiet schickten. Die C-100, die nicht in Stücke gerissen oder vom feindlichen Feuer außer Gefecht gesetzt worden waren, stürzten sich auf die gegnerischen Positionen. Stehend oder geduckt hinter Bäumen oder umgestürzten Baumstämmen fanden sie Deckung und erwiderten das Feuer.

Pauli stellte beinahe bewundernd fest, wie schnell sich die Synth von diesem Hinterhalt erholt und darauf reagiert hatten. Sie hielten ihr Präzisionsfeuer auf die Verteidiger wie die unaufhaltsamen, mechanisierten Todbringer aufrecht, die sie nun einmal waren.

Dann krächzte das Funkgerät. »Vorstoß sämtlicher Einheiten!«

Dieser Befehl ihres Kompanieführers ließ sie aktiv werden. Pauli erhob sich ein wenig, um seinem Trupp mit der rechten Hand anzuzeigen, dass er ihm folgen sollte. Die Zeit war gekommen, die Kampf-Synth bei ihrem Angriff zu unterstützen.

Während sein Trupp und er noch auf dem Weg zum Schauplatz des Kampfes waren, hörte Pauli das bekannte Geräusch präzisionsgelenkter Raketen über ihren Köpfen, bevor sie in die Ziele einschlugen, die die Synth für sie identifiziert hatten. Mehrere hundert Meter vor ihnen bebte der Waldboden nach Explosionen.

Pauli erreichte die Stelle, an der ihre Gegner ihren heimtückischen Angriff gestartet hatten. Über den ganzen Bereich verstreut lagen Teile der C100: ein Oberkörper hier, ein abgetrennter robotischer Arm oder ein Bein dort. Wären anstelle der Kampf-Synth seine Soldaten vorgerückt, würde er nun auf die verstümmelten Leichen seiner Männer hinuntersehen – eine grausame Erinnerung daran, wie zerbrechlich der menschliche Körper und wie brutal dieser Krieg so weit von Zuhause entfernt war.

Pauli duckte sich automatisch, als ein Lichtblitz über seinen Kopf hinweg flog. Er musste sich konzentrieren, durfte sich nicht von dem ablenken lassen, was hätte passieren können. Er und seine Männer folgten den Synth, die, wie es schien, einer sich zurückziehenden feindlichen Einheit folgten.

Dann hörte Pauli die Töne, die ihm immer wieder einen kalten Schauer den Rücken hinunter jagten – das Kriegsgeschrei der Zodark. Dieses prähistorische Geheul entnervte jeden menschlichen Soldaten, der es je vernommen hatte. Zunächst klang es wie ein schrilles Kreischen, das sich dann in die tiefe, knurrende Rage eines eingesperrten Tieres verwandelte.

Pauli bemerkte noch etwas anderes: das schreckliche Zodark-Geheul kam ihnen nicht von vorn entgegen, sondern wurde irgendwo hinter ihnen ausgestoßen. Ein zweites und drittes Geheul, offenbar von den Flanken, gesellte sich zum ersten. In diesem Moment registrierte Pauli, dass sie in der Falle steckten. *Sie waren umzingelt.*

»Alle Einheiten, geschlossen an meine Position!«, rief Captain Hiro mit Nachdruck. Ein blaues Fahnensymbol auf ihrem HUD teilte allen mit, wo sie sich einfinden sollten. Pauli sah, dass der Captain sie

auf eine Position nahe dem ursprünglichen Weg, den sie mit ihren
Cougars befahren hatten, zurückbeorderte.

»Sie haben es gehört. Rückzug auf die neue Position. Sofort!«,
befahl Pauli über das Truppennetz seinen Männern.

Es sah aus, als hätten die Synth die Jagd nach dem Feind
aufgegeben. Stattdessen hielten sie ihre gegenwärtige Position,
während sie sich bietende Ziele in der Entfernung unter Beschuss
nahmen. Das brachte ihren menschlichen Kollegen ausreichend Zeit
ein, es zum Sammelpunkt zu schaffen. Währenddessen verließen auch
die Fahrer der DN-12 Cougar den Wirtschaftsweg, auf dem sie
gewartet hatten. Auf dem Weg zum Sammelpunkt rasten sie
querfeldein über kleinere Bäume, Setzlinge und jegliches Gestrüpp
hinweg, das ihnen im Weg war. Die Kompanie unternahm alle
Anstrengungen, ihre Reihen aufzuschließen, bevor der Feind sie
überwältigen konnte.

Auf dem Weg zum Treffpunkt warf Pauli kurz einen Blick auf
das Videofeed, das ihnen die Drohnen lieferten. Es sah nicht gut aus.
Irgendwie war es einer Meute Zodark gelungen, aus dem Nichts um sie
herum aufzutauchen – sicher aus nahegelegenen Bunkern. Pauli wusste
eines: falls es ihnen nicht gelang, alle Züge zu einer größeren
Streitmacht zu vereinen, standen die Chancen gut, dass sie von ihren
Gegnern überrannt und niedergemacht würden.

»Hier drüben, Sergeant Sanders! Ihr Trupp in diesem Bereich.
Schwere Waffen hier und dort drüben!«, schrie Lieutenant Kranston,
als Paulis Trupp endlich die westliche Seite der in aller Eile bestimmten
Gefechtslinie erreichte.

Pauli rief den Anführern seiner Feuerteams zu, die schweren
Blaster einsatzbereit zu machen. Irgendwo neben ihnen, an der anderen
Flanke, hatten die Zodark ihre Verteidigungslinie entweder bereits
erreicht oder waren ihr gefährlich nahe, wie ihm das laute Heulen und
durchdringende Schreie verrieten. Das Rattern ihrer Sturmgewehre und
die Explosion von Handgranaten und lasergelenkter Munition
entwickelten sich zu einem Konzert, das die Sinne überwältigen wollte.

»Sie kommen!«, warnte eine Stimme aus ihren Reihen.

Paulis HUD wurde mit roten Symbolen überflutet. Nicht nur
eine Handvoll, nein, gleich mehrere Dutzend, die alle auf sie
zustürzten. Er hob seine Waffe an – worauf sich der Zielcomputer in
seinem Helm sofort ein Ziel suchte. Sobald dieses Ziel in Schussweite

war, wechselte die Farbe des feindlichen Symbols von Rot auf Grün und Pauli drückte auf den Abzug. In Sekundenbruchteilen überwand der Laserblitz die Entfernung, traf den Zodark, auf den er gezielt hatte, direkt in die Brust und warf ihn mit der Gewalt des Einschusses nach hinten.

Dann schwenkte Pauli sein Sturmgewehr nach rechts. Seine Digitalanzeige suchte sich sofort die nächstgelegene unmittelbare Bedrohung. Pauli beseitigte Angreifer nach Angreifer; die Soldaten rechts und links von ihm folgten seinem Beispiel. Pauli war immer noch davon überrascht, wie viele Zodark plötzlich aus dem Nichts aufgetaucht waren. Aber es waren nicht nur die Zodark. Sie wurden von einem großen Kontingent an Soldaten der Mukhabarat unterstützt, die an ihrer Seite kämpften. Um sie herum entfaltete sich das reine Chaos.

»Luftunterstützung ist auf dem Weg!«, drang die Nachricht über das Funknetz der Kompanie zu den Rangern durch.

Präzisionsgesteuerte Raketen schlugen über ihren Köpfen hinweg in die Bäume um die angreifenden Gegner herum ein. Die Laserblitze aus ihren Blastern erreichten den Feind ebenfalls. Zerfetzte Äste und Baumteile bedeckten den Erdboden, was nur noch mehr zum Chaos beitrug.

Die Zodark und ihre menschlichen Schoßhunde hatten Pauli und seine Gruppe mittlerweile beinahe erreicht. Er sah sich seine Anzeige der eigenen Truppe an– drei seiner Männer waren bereits tot. Zwei schienen verletzt zu sein, kämpften aber weiter. Je näher der Feind kam, desto akkurater traf er seine Ziele.

»Einsatz der Claymores!«, rief Pauli seinen Feuerteamleitern zu.

Bumm, bumm, BUMM!

Eine Reihe von Explosionen stoppte die angreifende Horde und dezimierte die Masse der Krieger, die bereit gewesen war, ihre Position zu überrennen.

»Vorsicht, Sergeant!«, schrie jemand.

Pauli hob gerade rechtzeitig den Kopf, um einen Zodark zu sehen, der mit einer Pistole in zwei Händen und mit ihrem speziellen Kurzschwert in den beiden anderen im Sprint auf ihn zu rannte. Das Biest starrte ihm direkt ins Gesicht. Sein Mund öffnete sich zu einem wütenden Gebrüll, mit dem er seine scharfen Fangzähne entblößte. Es war ein furchteinflößendes Bild. Würde Pauli die Zodark nicht schon seit mehr als 10 Jahren bekämpfen, hätte ihm diese Ansicht wohl das Blut in den Adern erfrieren lassen.

Ohne Zögern sprang Pauli nach rechts, um dem gigantischen Monster zu entgehen. Gleichzeitig drückte er auf den Abzug seiner Waffe. Der Schuss traf einen der vier Arme des Zodark und riss ihn ihm vom Leib. Mit einer seiner intakten Hände schlug das Biest Pauli so hart ins Gesicht, dass es ihn nach hinten warf und sein HUD beschädigte. Ein Sprung auf dessen linker Seite beeinträchtigte Paulis Sicht. Und dann stürzte sich der Zodark auf den am Boden liegenden Pauli und holte mit dem Kurzschwert zu einem brutalen Schwung nach unten aus.

Ohne zu überlegen brachte Pauli sein Sturmgewehr nach vorn und hielt es mit beiden Händen hoch über sich, um den Stoß des Schwertes abzufangen. Funken sprühten und sein Gewehr gab ein knackendes Geräusch von sich, als die Klinge auf es auftraf. Das stoppte den Angriff auf Pauli gerade lange genug, um das Biest, das praktisch auf ihm saß, mit einer Bewegung von Bein und Hüfte abzuwerfen. Er kroch unter dem Zodark hervor und kam wieder auf die Beine. Seine Waffe war zu diesem Zeitpunkt allerdings nutzlos. Sie war beinahe in zwei Teile gespalten.

Der Zodark heulte bösartig auf. Seine Augen starrten Pauli mit einer tödlichen Mischung aus abgrundtiefem Hass und brennendem Zorn an, die er so noch nie gesehen hatte. Es gelang Pauli, sein Bajonett auf das nutzlose Sturmgewehr aufzupflanzen. *Das verdammte Ding konnte nicht länger schießen. Dann musste eben die Klinge herhalten.*

»Ich zieh dir bei lebendigem Leib die Haut ab und trage sie als Trophäe«, versprach ihm das Monster, bevor es sich mit einem seiner Schwerter erneut auf Pauli stürzte.

Pauli parierte diesen Angriff mit seinem Bajonett. Danach versetzte er dem Zodark mit dem Kolben seiner Waffe einen solch wuchtigen Schlag ins Gesicht, dass der mehrere Zähne verlor und bläuliches Blut spuckte. Behände sprang er aus dem Weg, bevor die Hand des Zodark, die das Schwert hielt, zu ihm herumschwingen konnte.

Mit flüchtigem Blick nahm Pauli das Geschehen um sie herum in sich auf. Ein Zodark hatte soeben einen seiner Männer in zwei Teile

gespalten, während der Kopf eines anderen Zodark nach einem
geglückten Kopfschuss explodierte. Zwei Angehörige der Mukhabarat
attackierten einen von Paulis Soldaten und stießen gnadenlos mit
Messern, die ihren eigenen ähnelten, auf seinen Rücken und seine Seite
ein.

Ich muss diesen Kampf beenden, bevor sie uns alle umbringen,
wurde Pauli klar.

Der Zodark, gegen den Pauli kämpfte, war nicht bereit,
aufzugeben. Mit einer Klinge in der Hand sprang er auf ihn zu,
während er mit der anderen erneut versuchte, ein Ziel für sein Schwert
zu finden. Pauli tauchte nach rechts ab und rollte aus dem
Gefahrenbereich hinaus. In gebückter Stellung kam er wieder auf die
Beine und versenkte sein Bajonett tief in der Seite des Zodark. Mit aller
Kraft rotierte er das scharfe Ende des Bajonetts und zog es so schnell
und hart er konnte durch den Brustkorb des Biests, bis dessen
Brusthöhle weit offen vor ihm lag. Eine Flut bläulichen Bluts entwich
aus der Höhle, gefolgt von einigen inneren Organen. Der Zodark fiel
auf die Knie. Pauli hatte den Eindruck, dass er einen Moment lang
registrierte, wie schwer er verwundet war. Dann fiel er tot zu Boden.

Ohne Zeit zu verlieren hatte Pauli bereits sein Bajonett wieder
an sich gebracht und es in den Rücken eines Mukhabarat-Soldaten
gestoßen. Der menschliche Feind fiel tödlich verletzt zu Boden. Pauli
griff nach der Pistole, die er am rechten Oberschenkel mit sich trug.
Vier weitere menschliche Soldaten fielen seinen Kugeln zum Opfer,
bevor er sechs Mal auf einen Zodark feuerte und auch dieses riesige
Monster tötete. Er hatte beinahe vergessen, dass er an seinem
gepanzerten Anzug eine Pistole mitführte. Die Pistolen gehörten zur
Standardausrüstung der Sondereinsatztruppen. Da er seine Karriere
überwiegend in der Armee verbracht hatte, war er immer noch nicht
ganz an die zusätzliche Ausstattung gewöhnt, die ihnen zur Verfügung
stand.

Rund um Pauli herrschte das totale Nahkampf-Chaos. Er nahm
die Waffe eines gefallenen Rangers an sich und machte guten Gebrauch
von ihr, was zwei Zodark und mehreren Mukhabarat-Soldaten das
Leben kostete.

Langsam begannen die wenigen verbliebenen Zodark sich
zurückzuziehen. Ihre menschlichen Schoßhunde folgten ihnen. Dieser
Rückzug ließ in Pauli einen unbändigen Zorn aufsteigen. Es gab nichts,

was er tun konnte, um sie aufzuhalten oder ihnen nachzusetzen. Dann aber sah er knapp ein Dutzend Osprey über ihren Köpfen, aus deren offenen Ladeluken eine große Zahl von Leinen fiel. Es dauerte nicht lange, bevor eine Gruppe von C100 und Rangern den Boden erreicht hatten. Die neu eingetroffene Verstärkung würde den Feind verfolgen und ihm ein endgültiges Ende bereiten.

Das Schlachtfeld um Pauli herum war über und über mit Leichen bedeckt. Der Körper eines Soldaten – der neueste Mann im Zug – sah aus, als hätte ihn das Schwert eines Zodarks zweigeteilt. Der Ranger war umgeben von zwei toten Zodark und vier Mukhabarat-Soldaten. Der junge Mann hatte sein absolut Bestes gegeben und sechs seiner Gegner mit sich genommen. Pauli machte sich eine Notiz, die Helmkamera des Mannes einzusehen. Er würde sicherstellen, dass dieser Gefreite für seine Tapferkeit und sein Opfer mit einer Ehrenmedaille ausgezeichnet wurde.

»Sergeant Sanders, sind Sie ok?«, fragte eine bekannte Stimme. Pauli sah Master Sergeant Dunham, dessen Kampfanzug mit blauem und rotem Blut besudelt war und so mitgenommen wie sein eigener aussah.

»Mein HUD hat einen Sprung und ich gebrochene Rippen. Aber ich werd's überleben. Und Sie?«

Dunham brummte. »Ja, das Gleiche hier. Gute Arbeit, die Linie aufrechtzuerhalten, Pauli. Ich sah Ihren Kampf mit dem Zodark. Unglaublich. Ihr Trupp hat gute Arbeit geleistet.« Danach wandte Dunham sich ab, um entlang des Kampfgebiets mit dem nächsten Truppenführer zu reden.

Alles was Pauli in diesem Augenblick wollte, war auf dem Boden zusammenzubrechen und seinen Tränen freien Lauf zu lassen. Er wusste, dass er das nicht tun konnte, zumindest jetzt noch nicht. *Zuerst musste er sich um seine Männer kümmern. Aber sein HUD war hin.* Schließlich zog er sich das verdammte Ding vom Kopf und ließ es einfach fallen, bevor er entlang ihres Einsatzbereichs nach seinen Soldaten sah. Fünf der zwölf waren gefallen; alle anderen hatten zumindest eine Verletzung vorzuweisen.

Aus der Ferne drang der gedämpfte Lärm von Schreien, Schüssen und mehreren Explosionen zu Pauli vor. Ihre Verstärkung trug den Kampf zum Feind. Wo immer sich diese Monster auch

versteckt hielten, ihre Schwesterkompanie würde sie aufstöbern und
vernichten. Für heute war der Einsatz seines Zugs beendet.

Kapitel Neun
Eine neue Kolonie

Hauptquartier Dritte Armee
Hauptstadt Lakish
Sumara
Qatana-System

Intensiv studierte General Ross McGinnis die digitale Karte
der Hauptstadt und der umliegenden Bezirke. Seit sie vor fünf Wochen
auf diesem Planeten gelandet waren, hatten sie den größten Teil ihrer
Zeit damit verbracht, die Stadt wieder zum Leben zu erwecken und
herauszufinden, was sich zugetragen hatte. Sie hörten die gleiche
Geschichte wieder und wieder.

Überall gab es Leichen. Einige Städte sahen aus, als ob sich
jemand die Mühe gemacht hätte, sie zu säubern, während weit mehr in
Schutt und Asche lagen – übersät mit toten und verwesenden Körpern.
Die Städte, deren Funktionen wiederhergestellt worden waren, hatten
Massengräber außerhalb ihrer Stadtgrenzen gegraben. Es schien ein
organisiertes Bemühen zu geben, die Städte zu revitalisieren. Dennoch,
viele Fragen blieben unbeantwortet.

Die Gefangenen, die sie festgenommen hatten, machten
widersprüchliche Aussagen. Manche behaupteten, dass eine Art Pest
die Zerstörung ausgelöst hätte, während andere es für die Bestrafung
für die Unterstützung einer Rebellion hielten. Eines wusste Ross
allerdings mit Bestimmtheit: Hätten sie diese Befreiungsaktion sechs
Monate früher durchgeführt, hätten sie verhindern können, was immer
auch geschehen war. Gemäß den wenigen geheimdienstlichen
Informationen, die ihnen zur Verfügung standen, und nach allem, was
sie elektronisch ausfindig machen konnten, hatte der Planet nach der
Rebellion gegen die Zodark beinahe sechs Monate lang seine Freiheit
genossen, bevor die Zodark zurückgekehrt waren.

Die Befreier lernten, dass die Zodark als Bestrafung für die
Rebellion den Sumarern alle Kinder unter 14 Jahren als Tribut
abverlangten. Jedes Kind, das nicht freiwillig aufgegeben wurde, würde
getötet werden. Nachdem die Sumarer den Zodark ihre Kinder
ausgeliefert hatten, hatten die Zodark Sumaras Nahrungsmittel und die
Wasservorräte vergiftet und damit einen Großteil der verbliebenen

Sumarer getötet. Diejenigen, die diesen Anschlag überlebten, wurden gejagt und hingerichtet. Viele Sumarer flüchteten und versteckten sich in der Hoffnung, dass die Zodark eines Tages den Planeten verlassen würden und sie ihre zerstörte Gesellschaft wieder aufbauen könnten. Dann war ein neues Übel aufgetreten.

Eine Reihe von Sumarern hatte ihr Versteck verlassen, nachdem sie sahen, dass andere Sumarer zu einem normalen Leben zurückgekehrt waren. Diesen Irrtum mussten sie teuer bezahlen. Sofort nach ihrer Rückkehr wurden sie von den Mukhabarat gefangen genommen. Die Zodark hatten den Mukhabarat erlaubt, ihre Kinder zu behalten und ein einigermaßen normales Leben in der erklärten Absicht zu führen, den Planeten mit ihren eigenen Nachkommen zu bevölkern – Kinder, die direkt für die Zodark arbeiten würden und ihnen gegenüber loyal und treu ergeben waren.

Die Sumarer, die die ursprüngliche Vernichtungswelle überstanden hatten, aber im Anschluss daran aufgegriffen worden waren, wurden an die Zodark-Garrison vor Ort abgeliefert und umgehend als Verräter hingerichtet. Derweil hatten die Mukhabarat planetenweit mit dem Einsammeln der Toten und dem Neuaufbau ihrer Gesellschaft begonnen, die ihrer Überzeugung nach von den verräterischen Sumarern zerstört worden war – solange, bis die Erdenmenschen aufgetaucht waren und sich alles geändert hatte.

»General, die Ergebnisse der gestrigen Schlacht sind soeben eingetroffen«, kündigte einer von McGinnis' Adjutanten an. »Es sieht so aus, als hätten die Ranger endlich die Basis der Zodark gefunden, nach der wir gesucht haben. Sie sind dabei, die letzten Elemente aufzuspüren und zu vernichten.«

McGinnis drehte sich zu seinem Major um. »Ausgezeichnet. Wie viele Verluste mussten wir hinnehmen?«

Der Offizier sah kurz auf sein Tablet hinunter. »Das Bataillon verlor 49 Soldaten im Kampf und versorgt 213 Verwundete. Aufgrund der hohen Verlustzahlen schickte der Brigadekommandeur ein zweites Bataillon zur Unterstützung aus. Das zweite Bataillon durchsucht nun einen Tunnelkomplex, der sich über mehr als 80 Kilometer erstreckt. Eine erstaunliche Einrichtung, nach dem, was ich den Berichten entnehmen konnte.«

McGinnis schüttelte nur den Kopf. Die Verlustzahlen waren enorm. Bislang hatten sich ihre Gefechte und Auseinandersetzungen auf Sumara im weit kleineren Maßstab abgespielt – improvisierte Sprengsätze oder hier und da ein Angriff aus dem Hinterhalt. Nichts Ernstzunehmendes, aber durch ihre fortwährende Wiederholung irritierend. General McGinnis wusste, dass diese Angriffe mit der Zeit einschlafen würden. Früher oder später würden sie die verbliebenen Zodark finden und beseitigen. Das Gleiche galt für ihre Partner, die Mukhabarat.

Täglich landeten mehr Soldaten der Invasionsstreitkräfte auf Sumara. McGinnis hatte seine Truppen bisher noch nicht allzu weit gestreut. Sein Plan war, zunächst auf jedem der fünf Kontinente des Planeten eine umfangreiche zentrale Militärpräsenz aufzubauen und erst nach der Etablierung einer soliden Basis seine Truppen weiter ins Innere der Kontinente zu verlegen.

»Major, sprechen Sie den Bataillonskommandeuren meinen Dank für ihre gute Arbeit aus. Nach ihrer Rückkehr in die Hauptstadt möchte ich, dass ihre Einheiten einen siebentägigen Urlaub erhalten. Sie haben ihn verdient. Und jetzt, wann erwarten wir die Ankunft von Admiral Halsey?«

Der Adjutant lächelte. »Sie sollte genau nach Plan innerhalb der nächsten 20 Minuten eintreffen.«

»Ausgezeichnet«, bedankte sich McGinnis. »Bitte begleiten Sie sie nach ihrer Ankunft direkt in mein Büro. Und dann will ich ungestört bleiben. Teilen Sie das bitte allen mit. Ich möchte diese Berichte privat mit ihr besprechen.«

McGinnis hatte wenig Gelegenheit, privat und ungestört mit dem Admiral zu sprechen. Deshalb nahm er jede sich ihm bietende Chance wahr. Da ihre Task Force in diesem System keine ernsthafte Bedrohung bekämpfen musste, stand McGinnis nun eine massive Kriegsflotte zur Verfügung, für die er keine Verwendung hatte. General Ross McGinnis hatte Admiral Abigail Halsey den Gedanken unterbreitet, einen Teil ihrer Schiffe zur Erkundung des restlichen Systems und der Planeten entlang dieser hinter Sumara auslaufenden Systemkette auszusenden. Das Rass-System hatte drei Sternentore: das, durch das sie eingereist waren; eines, das tiefer in den von den Zodark kontrollierten Weltraum führte; und ein drittes, das in fünf weitere Systeme führte, die schlussendlich in einer Art Sackgasse endeten. Acht der 32 Planeten innerhalb dieser fünf Systeme konnten menschliches Leben unterstützen und erhalten. Auf zwei der acht

Planeten gab es bereits menschliches Leben. Eine Gesellschaft schien über die technologischen Fähigkeiten der Erde um das Jahr 1900 zu verfügen, während sich die zweite Gesellschaft scheinbar auf mittelalterlichem Niveau befand.

General McGinnis nahm hinter seinem Schreibtisch Platz und las sich die Zusammenfassung der neuesten Geheimdienstinformationen der Erde durch, die heute früh eingetroffen waren. Ihr Inhalt war bahnbrechend. Sie enthielt einen detaillierten Bericht von Rear Admiral Miles Hunt über seine geheime Reise in die Andromeda-Galaxie, um sich mit einer Ältestenrasse zu treffen, die sich die Gallentiner nannten. Unter anderem erwähnte der Bericht auch Hunts Beförderung und seinen neugefundenen Status als Statthalter der Milchstraße, und stellte damit klar, dass Hunt von nun an das Kommando über alle militärischen Angelegenheiten hatte.

General McGinnis war Hunt nur einige Male flüchtig begegnet. Er wusste wenig von diesem Mann, außer dass er ein außergewöhnlich guter Kommandant und ein hervorragender Taktiker war. Halsey kannte ihn seit vielen Jahren aus seiner Zeit als ihr XO.

Der Bericht enthielt auch Informationen über ernsthafte Kämpfe auf einem Planeten namens Alfheim am Rand des von den Prim kontrollierten Weltraumbereichs. McGinnis war sich nicht sicher, ob und welche Bedeutung dem zukam. Gerade hatte er den Bericht zu Ende gelesen, als sein Adjutant an die Tür klopfte. »Sir, Admiral Halsey ist soeben eingetroffen.«

McGinnis erhob sich und forderte den Adjutanten auf, sie hereinzubitten. Er trat ihr an der Tür entgegen. Keiner der beiden musste salutieren. Der Admiral und der General nahmen den gleichen Rang ein – Vier Sterne-Offiziere. Sie kommandierten die größte Kriegsflotte und das größte Kontingent an Bodentruppen, die die Republik je aufgestellt hatte. Beide waren davon ausgegangen, dass der Kampf zur Befreiung des Systems und von Sumara eine langwierige militärische Auseinandersetzung mit sich bringen würde. Aber bei ihrer Ankunft auf Sumara hatten sie keine feindlichen Schiffe erwartet.

»Hallo, Ross. Wie ergeht es Ihnen hier unten?«, erkundigte sich Halsey mit einem freundlichen Lächeln.

»Seit heute viel besser«, erwiderte McGinnis. »Sieht aus, als hätten wir endlich das Zodark-Camp gefunden, hinter dem wir schon so lange her sind.«

»Tatsächlich? Das sind gute Nachrichten.«

»Ja, die Hunde hatten sich in einem Waldgebiet am Fuß eines Berges eingegraben, etwa zwei Stunden außerhalb der Hauptstadt«, erklärte McGinnis. »Die Ranger sind gerade dabei, den Rest auszurotten. Ich bin optimistisch, dass nach der Zerstörung dieser Basis die Anzahl der Angriffe in diesem Bereich stark abnehmen wird.«

»Das sind fabelhafte Neuigkeiten, Ross. Manchmal sind diese kleineren Auseinandersetzungen nervenaufreibender als eine echte Schlacht«, kommentierte Halsey. »Ich habe Erkundungsschiffe an allen Toren stationiert, die in dieses System führen, für den Fall, dass die Zodark doch versuchen sollten, Verstärkung einzufliegen. Hoffentlich tun sie das nicht und wir können endlich einen weiteren Planeten oder sogar mehrere Planeten in die Republik aufnehmen.«

Mit der Erwähnung von weiteren Planeten sah McGinnis sie fragend an. »Sie haben also in den angeschlossenen Sternensystemen etwas von Nutzen entdeckt?«, erkundigte er sich interessiert.

Halsey nickte. »Ich denke schon. Sie wissen, dass wir auf der Suche nach einer Systemkette sind, in der wir ein neues Industriezentrum einrichten und neue Kolonien gründen wollen. Die Menschheit soll in die Sterne vordringen. Ich denke, wir haben sie gefunden. Was wir sahen, Ross … einfach unglaublich. Die Planeten sind optimal. Sechs der acht Planeten, auf der sich menschliche Wesen aufhalten können, sind unbesiedelt.

»Ich frage mich, wie es möglich ist, dass sie bisher nicht kolonisiert wurden, aber so ist es. Drei Planeten scheinen so stark bewaldet wie Sumara zu sein. Zwei sind mehr wie Neu-Eden – tropischer Dschungel, Berge und Meere. Ein Planet ist trocken und besteht zum größten Teil aus Wüste.

»Auf zwei der Planeten leben Menschen … und auch dieses Mal wissen wir nicht, wie sie dort hingekommen sind. Aber sie existieren. Einer der bewohnten Planeten setzt sich aus zwei Kontinenten zusammen. Seine Oberfläche besteht zu 89 Prozent aus Wasser. Der andere Planet ist im Kern eine reine Wüstenlandschaft. Nur ein Kontinent hier, dessen ausgetrocknetes Zentrum so gut wie komplett von einer Gebirgskette umschlossen ist. Die andere Seite des Gebirges führt durch knapp 320 Kilometer üppigen grünen Wachstums zur Küste hinunter. Dort leben die Menschen. Ehrlich gesagt bin ich mir nicht sicher, ob wir uns zu erkennen geben oder sie in Ruhe lassen sollen, bis sie sich eigenständig weiter entwickelt haben.«

In stillem Staunen saß McGinnis da und hörte Halseys Bericht zu, der so viel besser ausfiel als das, worauf er gehofft oder was er für möglich gehalten hatte.

Halsey lächelte über McGinnis' Reaktion. »Sie denken, wir haben unsere neue Heimat gefunden, nicht wahr?«, scherzte sie.

»Dieser Gedanke ging mir durch den Kopf«, pflichtete McGinnis ihr grinsend bei. »In jedem Fall werde ich das neue Hauptquartier der JTF-3 auf Sumara ansiedeln, denke ich. Meine große Frage an Sie, Abigail, lautet, wie wir dieses System vor zukünftigen Angriffen der Zodark schützen und die Verteidigung der anderen Systeme organisieren, um diesen Ort in die Festung zu verwandeln, die unseren Leuten die nötige Sicherheit garantiert?«

Halsey stieß einen tiefen Seufzer aus. »Das ist sicher die entscheidende Frage, nicht wahr?«

Die nächsten 20 Minuten verbrachte sie damit, McGinnis ihre Idee der Verankerung von einem Dutzend kombinierter Laser- und Gefechtsturmplattformen um die Sternentore herum darzulegen. Auf den neuen Plattformen würde auf der einen Seite ein einzelner 300-Megawatt-Laser montiert sein, während auf der anderen Seite ein Gefechtsturm mit zwei 24-Zoll Railguns installiert werden sollte. Die Vorrichtungen selbst sollten von einer Mannschaft bestehend aus acht Soldaten oder von drei Kampf-Synth bemannt werden, die jeweils einen Monat lang an den Systemen Dienst taten. Diese Sternentor-Verteidigungen waren eine relativ neue Ergänzung zu den Plattformen, die die Republik bereits um ihre wichtigen Ressourcen im Weltraum herum platziert hatte. Im Prinzip waren es die gleichen Ankerwaffen, die gegenwärtig in der Umlaufbahn um die Erde, Alpha Centauri und Neu-Eden etabliert wurden.

»Abigail, diese kombinierten Abwehrvorrichtungen sind eine fabelhafte Idee. Ich denke, wir sollten mehr von ihnen bauen. Sie sind in jedem Fall in der Lage, uns vorzeitig vor einer Invasion der Zodark oder der Orbot zu warnen.« Er holte tief Luft. »Außerdem müssen wir über Sumara und den beiden anderen Monden so schnell wie möglich Weltraumaufzüge installieren. Sie sind unbedingt erforderlich, um die Wirtschaft dieses Systems zu revitalisieren.«

»Ganz Ihrer Meinung. Statthalter Hunt wird dieses Thema sicher ansprechen, wenn er in zwei Tagen hier eintrifft.«

»Wie bitte, Statthalter Hunt kommt her? Das stand nicht im letzten Geheimdienstbericht.«

Abwehrend hob Halsey die Hand. »Hey, Ross, schon gut. Er wird von einer kleinen Flotte von Versorgungstransportern und Kolonisten begleitet. Ich weiß bislang nur, dass er allein mit uns beiden eine Verschlusssache diskutieren will. Zumindest hat er mir das in einer persönlichen Nachricht mitgeteilt. In zwei Tagen wissen wir mehr.«

****

RNS *Freedom*
Qatana-System

Statthalter Miles Hunt saß in seinem Kapitänsstuhl als sein Schiff in das System sprang – allerdings nicht wie ein gewöhnliches Schiff durch eines der Sternentore. Die *Freedom* verfügte über ihren eigenen internen Wurmlochgenerator. Wann immer sie springen wollte, fand ihr Navigationscomputer einen Punkt, den das Schiff sicher zur Erzeugung eines Wurmlochs nutzen konnte – in das das 15 Kilometer lange Schiff dann verschwand.

Jedes Einfliegen in ein Wurmloch brachte Miles regelmäßig zum Staunen, wie sich das Schiff und alles in ihm zu strecken schien. Gelegentlich hielt er seinen Arm weit vor sich, nur um zu beobachten, wie der so elastisch wie bei einer Gummifigur wurde. Der Wechsel von einem Sternensystem in ein anderes schien Stunden zu dauern, während es tatsächlich nur wenige Sekunden in Anspruch nahm.

Der Wurmlochgenerator manipulierte Raum und Zeit, um ein Sternensystem mit einem anderen zu verbinden. Miles hatte absolut keine Einsicht in die physikalischen Hintergründe dieser neuen Form des Reisens. Er wusste nur, dass es funktionierte. Eines Tages, so schwor er sich, würde er den Schiffsingenieur bitten, es ihm zu erklären. Aber im Moment begnügte er sich mit der Gewissheit, dass es funktionierte. Er hatte vor, diese Technologie voll auszunutzen. Sie würde ihm helfen, diesen Krieg zu beenden und die Zodark in die Knie zu zwingen.

»Statthalter, wir sind in dem System angekommen«, meldete ihm der Navigationsoffizier, ein Gallentiner. An einem identischen

Übungspult neben ihm saß ein menschlicher Marineoffizier. Er war Teil des Crosstrainingprogramms ‚Linker Stuhl, rechter Stuhl‘, auf das Miles den Gallentinern gegenüber bestanden hatte.

Der taktische Offizier warnte mit dringendem Ton: »Captain, wir entdecken Kontakte … über 200, Sir.«

Captain Wiyrkomi erhob sich aus seinem Stuhl. Bevor er einen schiffsweiten Alarm ausrufen konnte, stellte sich Miles neben ihn, um ihn zu beruhigen. »Alles in Ordnung, Captain. Das sind meine Leute.«

»Sir, die Schiffe, die uns am nächsten sind, wenden, um uns zu konfrontieren«, erklärte der taktische Offizier. »Sie sind dabei, ihre Waffen zu aktivieren.«

»Öffnen Sie einen Kommunikationskanal, unverschlüsselt«, befahl Miles.

»Er ist offen, Sir.«

»Hier spricht Statthalter Miles Hunt, vormalig Rear Admiral Miles Hunt, Kommandant der RNS *George Washington*. Ich befinde mich an Bord des Flaggschiffes RNS *Freedom*. Ich befehle Ihnen, Ihre Gefechtsbereitschaft aufzugeben. Bitten Sie Admiral Abigail Halsey Kontakt mit mir aufzunehmen.«

Miles sah den Austausch nervöser Blicke zwischen den Mannschaftsmitgliedern der Gallentiner, während sie darauf warteten, wie Miles’ Nachricht aufgenommen werden würde. Die Antwort erhielten sie kurz darauf. »Statthalter Hunt, Admiral Halsey hier. Wir deaktivieren unsere Waffen. Schön, Sie zu sehen. Ich bitte um Erlaubnis, an Bord kommen zu dürfen.«

Miles lächelte Wiyrkomi zu. »Ich hab’s doch gesagt, Leute!« Mit dem Antippen seines Kommunikators erwiderte Miles: »Erlaubnis erteilt, Abigail. Sagen Sie Ross, dass ich ihn ebenfalls hier sehen möchte. Und bereiten Sie sich darauf vor, die Nacht hier zu verbringen. Wir haben viel zu besprechen.«

Es dauerte noch fast eine Stunde, bevor die *Freedom* den Rest der Flotte erreicht hatte. Sobald sie sich in der hohen Umlaufbahn über dem Planeten eingefunden hatten, teilte Miles den Kommandanten am Boden mit, dass sie – im Fall, dass sie verwundete Soldaten hatten – sie zur Behandlung auf die *Freedom* bringen sollten. Solange es sich in diesem System aufhielt, würde alles verwundete Personal auf dem Flaggschiff behandelt werden. Die Gallentiner verfügten über ein unglaubliches medizinisches Wissen und technologisches Know-how, das Miles zum Wohle aller voll auszunutzen plante.

»Sir, sollen wir die Ladebuchten ausfahren?«, erkundigte sich Captain Wiyrkomi. »Das erleichtert das Andocken großer Schiffe. Außerdem macht es das einfacher für uns, die Bodensoldaten samt ihrer Ausrüstung für die nächste Kampagne aufzunehmen.«

Captain Wiyrkomi denkt immer einen Schritt weiter, dachte Miles anerkennend. Das gefiel ihm – Wiyrkomi sah seine Bedürfnisse und Wünsche voraus, bevor er sie aussprechen konnte, beinahe als könnte er Gedanken lesen.

»Eine gute Idee, Captain. Tun Sie das.«

Wenige Stunden später standen Miles und Wiyrkomi in der Landebucht, als der erste Transporter mit General Ross McGinnis sanft vor ihnen landete. Miles bezweifelte, dass die Passagiere das Aufsetzen empfunden hatten. Nach der Landung öffnete sich die Luke, aus der ein überrascht aussehender General McGinnis hervor trat, begleitet von seinem S3 und drei anderen Stabsoffizieren. Jeder von ihnen trug eine kleine Reisetasche bei sich, so wie Miles es ihnen vorgegeben hatte.

»Freut mich, Sie zu sehen, General McGinnis. Das ist Captain Wiyrkomi, der gallentinische Schiffskapitän und militärische Verbindungsoffizier, der uns zugeordnet wurde. Willkommen an Bord der RNS *Freedom*.«

McGinnis kam auf ihn zu, salutierte formell und hielt Miles dann die Hand entgegen. »Es freut mich, Sie wiederzusehen, Sir. Ich denke, dass wir uns das letzte Mal während der Neu-Eden-Kampagne begegnet sind.«

»Tatsächlich?«, fragte Miles. »Diese Zeit scheint schon so lange her zu sein. Nun ja, während der letzten Monate hat sich viel ereignet. Das wissen Sie bereits.«

Miles deutete auf die beiden Gallentiner, die in der Nähe warteten. »Meine Männer werden Ihr Gepäck in Ihre Unterkunft bringen. Admiral Halseys Shuttle ist im Anflug. Sobald sie an Bord ist, begeben wir uns in die Offiziersmesse, wo wir uns näher über unsere nächsten Schritte unterhalten werden. Wir haben große Pläne, und es ist Zeit, Sie darüber zu informieren.« McGinnis' Gesichtsausdruck nach war Miles sich nicht sicher, wie viele Überraschungen er noch verkraften konnte.

****

Nach dem Öffnen ihrer Shuttletür betrat Halsey das Flugdeck der RNS *Freedom*. Miles sah, dass sie beeindruckt war. Ihr Blick, der alles in sich aufnahm, wanderte einen Moment beinahe schockiert durch den Raum, bevor er endlich auf Miles fiel.

»Miles, als ich hörte, dass Sie zum Statthalter befördert und das Kommando über ein neues Kriegsschiff erhalten haben … Ich hatte keine Ahnung, dass es so … so riesig ist«, stotterte Halsey, während sie auf ihn zutrat und respektvoll salutierte.

Miles erwiderte den Salut und lächelte seine Freundin und Mentorin an. Halsey und er kannten sich seit über 30 Jahren. Er hatte zweimal unter ihr gedient – das letzte Mal als Kapitän ihres Begleitschiffs, der *Rook,* bevor sie zerstört worden war.

»Schön, Sie zu sehen, Abigail. Ich bin froh, dass Sie die letzten großen Flotteneinsätze heil überstanden haben. Ich las während meiner Zeit beim Kriegsrat davon und hätte gerne selbst mit meiner eigenen Flotte teilgenommen.«

»Und heute haben Sie ein Schiff, das seine eigene Flotte darstellt. Sie müssen mir später in jedem Fall eine ausführliche Führung geben.«

Miles errötete leicht. »Das werde ich. Aber zunächst wird einer meiner Männer Ihre Sachen in Ihr Quartier bringen, während Sie mir bitte zur Offiziersmesse folgen. Wir haben viel zu besprechen.«

Halsey folgte ihm durch die Gänge des Schiffs. Nach einer Weile fragte sie: »Wie kommen Sie in diesem Schiff von einem Ende zum anderen? Es ist riesig.«

Miles zog eine Augenbraue nach oben, beugte sich zu ihr hinüber und flüsterte: »Das hat sie auch gesagt.« Er zwinkerte ihr zu.

Halsey lachte bei diesem derben Scherz und schubste ihn am Arm. »Sie und Ihre albernen ‚Das hat sie auch gesagt‘-Witze. Ich bin überrascht, dass Lilly die Ihnen immer noch nicht abgewöhnt hat.«

Miles erwiderte lachend: »Nein, das hat sie nicht. Insgeheim hält sie sie selbst für lustig, denke ich. Aber Abi, Sie haben keine Idee, wie lange ich darauf gewartet habe, so etwas sagen zu können. Der größte Teil meiner Crew besteht immer noch aus Gallentinern, an denen der menschliche Humor komplett vorbeigeht. Ich arbeite hart daran, das zu ändern.«

»Ja, die geringe Zahl von Menschen an Bord fiel mir bereits auf. Wird sich daran etwas ändern?«

»Ja, die Vorbereitungen laufen. Eine Abordnung der Gallentiner testet und beurteilt gerade eine Reihe neuer Offiziere und Mannschaftsdienstgrade an der Weltraumakademie. Sie identifizieren eine neue Gruppe von Kandidaten, um auf diesem Schiff zu arbeiten. Nach unserer Rückkehr zur Erde nehmen wir sie an Bord, um mit ihrem Training zu beginnen.«

»Sie rekrutieren niemanden aus den Reihen unserer erfahreneren Offiziere und unteren Ränge?«, fragte Halsey erstaunt.

Miles zuckte mit den Achseln. »Daran dachten wir zuerst. Schlussendlich wird es jedoch ein Jahrzehnt dauern, bevor unsere neuen gallentinischen Kriegsschiffe einsatzbereit sind. Von daher scheint es besser, mit einem neuen Set von Rekruten zu beginnen, denen das alte Trainingsprogramm noch nicht in Fleisch und Blut übergegangen ist. Wir werden noch eine ganze Weile unsere regulären menschlichen Kriegsschiffe und ihre altairianischen Versionen nutzen, die wir gerade bauen. Mit dem Bau der neuen Schiffe können wir erst beginnen, nachdem wir einige der zu diesem Bau absolut erforderlichen Ressourcen vollkommen unter unserer Kontrolle haben und der Bau neuer Schiffswerften abgeschlossen ist.«

»Sie erwähnten Ihre Rückkehr zur Erde«, erkundigte sich Halsey. »Wann ist das geplant?«

»Was, so schnell wollen Sie mich wieder loswerden?«, scherzte Miles.

Halsey versetzte ihm einen Stoß in die Rippen. »Nein, aber Sie sind gerade eingetroffen und reden bereits wieder von der Abreise.«

»Abigail, dieses Schiff kann innerhalb von Minuten von hier zur Erde reisen – ohne dazu Sternentore zu benötigen. Wie sonst wäre es uns möglich, einige Tausend zivile Transporter mitzubringen?«

»Ich … ich … versuche immer noch, all das zu verstehen«, stammelte sie. »Es ist noch nicht allzu lange her, dass wir die Sternentore entdeckt haben. Bisher konnten nur die Altairianer durch Wurmlöcher reisen. Und sogar sie hatten nur eine Handvoll Schiffe, die dazu in der Lage waren.«

»Richtig, aber die Dynamik hat sich geändert. Der Gebieter hat nicht nur mir und dem Volk der Erde dieses Kriegsschiff mit seiner Wurmlochkapazität überlassen, vielmehr hat er uns auch die

Verantwortung für die gesamten Kriegsanstrengungen übertragen. Faktisch sind die Altairianer nun mir untergeordnet.«

»Ich wette, das ist auf große Begeisterung gestoßen«, kommentierte Halsey. »Wie gehen sie damit um?«

»Besser als einige andere Mitglieder der Allianz«, erwiderte Miles. »Eine Faktion ist recht aufgebracht darüber, wie ich die Allianz reorganisiere, um unsere militärischen Bemühungen auf ein Niveau zu bringen – trotz der Tatsache, dass es unsere Fähigkeit die Zodark zu bekämpfen, drastisch erhöhen wird.

»Auf der anderen Seite gibt es im Galaktischen Reich eine Reihe Anhänger meiner Ankündigung, dass wir alle militärischen Operationen – außer denen, die bereits im Gange sind – zunächst einmal einstellen. Wir werden einige Jahre damit verbringen, unsere Kriegsmaschine – die Kriegsflotten und die Bodentruppen – neu zu organisieren und umfangreiches Training durchzuführen. Die Gallentiner überließen uns das Design von mehreren Kriegsschiffen, einschließlich deren Spezies-spezifischen Modifikationen. Auf diese Weise wird die Version der Tully-Schiffe den Anforderungen ihres Volkes entsprechen, während die Schiffe der Prim und der Terraner entsprechend unseren Anforderungen ausgestattet sind«, erläuterte Miles. Halsey und er betraten den Aufzug, der sie auf die Ebene und in die Sektion des Schiffes bringen würde, wo die Offiziersmesse zu finden war.

»Terraner? Ist das der neue Name, den unsere Alliierten uns gaben?« Halsey nutzte die Hände, um Anführungszeichen um das Wort *Terraner* zu setzen.

»Ich denke, dass das schon immer ihr Name für uns war. Nur wir nannten uns nicht so.«

Die beiden schwiegen, bis sich die Türen öffneten und sie in einen Korridor entließen, der sich über Hunderte von Metern zu erstrecken schien. Sie wanderten den Flur entlang. Über mehreren Türen hingen Schilder, die sowohl in Gallentinisch als auch in Englisch ankündigten, welcher Raum dies war. Es gab Ausbildungs- und Fitnessräume und Sporthallen. Andere waren als Erholungsräume gekennzeichnet.

»Dieser Teil des Schiffs ist eine Art Gemeinschafts- und Freizeitbereich für die Mannschaft und die Soldaten. Ein Stück weiter haben wir einen großen Lichthof mit Bäumen, Blumen und sogar einen

Wasserlauf, wenn Sie das für möglich halten«, berichtete Miles stolz. »Als ich mich bei unserem Schiffskapitän darüber erkundigte, informierte er mich, dass ein gallentinisches Schiff, egal ob in Friedens- oder in Kriegszeiten, seinen Heimathafen oft für ein Jahr oder länger verlässt. Eine gewöhnliche Schiffspatrouille ist 12 Monate lang unterwegs. Das sind 12 Monate ohne einen Weltraumhafen anzulaufen oder die Familie zu sehen, zumindest für die unteren Ränge und die jungen Offiziere. Den hochrangigen Offizieren ist erlaubt, ihre Familien mitzubringen, es sei denn, es handelt sich um eine Patrouille zu Kriegszeiten.«

Er führte sie durch einen anderen Gang an einer Sicherheitskontrolle vorbei. »Der Bereich, den wir jetzt betreten, ist das Kommandodeck. Hier finden Sie mehrere Konferenzzimmer, eine Cafeteria, die Unterkünfte der Führungskräfte und auch die Offiziersmesse. Weiter dort unten …« – Miles deutete mit der Hand – »… ist der Eingang zur Brücke. Dort findet eine weitere Sicherheitskontrolle statt, bevor Zugang erteilt wird. Außerdem ist sie durch eine massive Panzertür gesichert.«

Halsey schüttelte voller Erstaunen den Kopf. »Miles, dieses Schiff ist einfach unglaublich. Wie tief ist diese Brücke im Innern Ihres Schiffs untergebracht, im Vergleich zu denen in unseren Schiffen?«

»Die Brücke und die Mehrzahl der wichtigsten Einrichtungen des Schiffs sind im Zentrum des Schiffskörpers untergebracht, wo sie am besten geschützt sind. Im Gegensatz zu den Designs der Vergangenheit. Allerdings macht es tatsächlich keinen großen Unterschied. Zumindest ist er mir noch nicht aufgefallen. Andererseits war ich mit der *Freedom* noch nicht in einen Kampf verwickelt. Ich muss zugeben, dass ich neugierig darauf bin, wie sie sich in der Schlacht bewährt. Ich kann mir nur vorstellen, was dieses Schiff in einem Kampf bewerkstelligen kann.«

Die Tür vor der Offiziersmesse öffnete sich automatisch und bot das Bild auf diejenigen, die an dieser Besprechung teilnehmen würden. Überrascht sah Halsey zu Miles hinüber. Sie hatte General McGinnis und zwei seiner Offiziere erwartet – Offiziere, wie die, die sie begleitet hatten. Sie war nicht darauf vorbereitet, Kanzlerin Luca, Senator Chuck Walhoon, den Leiter des Senats, General Benni Pilsner, den Kommandeur der Republikanischen Armee, und Flottenadmiral Chester Bailey zu sehen.

»Bitte treten Sie doch näher, Admiral Halsey«, lud Kanzlerin Luca sie ein. »Schön, Sie einmal wieder persönlich zu treffen.«
****

Offiziersmesse
RNS *Freedom*

Senator Chuck Walhoon hatte sich seit beinahe einhundert Jahren physisch nicht mehr so gut gefühlt. Im Alter von 126 Jahren hatte er akzeptiert, dass er sich dem Ende seines Lebens näherte. Die medizinischen Fortschritte und die Einführung der medizinischen Naniten hatte sein Leben bereits um gute 30 Jahre verlängert. Wäre er in den 1970er Jahren anstatt in den frühen 1990ern geboren worden, hätte er aller Wahrscheinlichkeit nach nicht lange genug gelebt, um diese medizinischen Durchbrüche realisiert zu sehen.

Die medizinischen Naniten, die gegen Ende des Großen Kriegs um das Jahr 2050 herum vorgestellt worden waren, hatten sich nicht nur zum effektivsten Mittel zur Krebsbekämpfung entwickelt. Zudem kämpften diese kleinen mechanischen Heilungsroboter, die in den Blutbahnen einer Person unterwegs waren, auch aggressiv gegen das Altern des Körpers. Sie erlaubten den Menschen, gut 140 Jahre alt zu werden; manche erreichten sogar ein Lebensalter von 160 Jahren. Walhoon wusste, dass er nicht zu diesen Glückspilzen gehörte, die so lange leben würden. Er war während des Krieges zu vielen giftigen Materialien ausgesetzt gewesen. Das machte sich nun in seinem Körper und in seinem Gehirn bemerkbar. Diese Einschätzung war absolut korrekt gewesen … bis vor wenigen Wochen.

Als Statthalter Miles Hunt in der Umlaufbahn über der Erde aufgetaucht war, hatte Senator Walhoon Miles privat darum gebeten, den gallentinischen Schiffsdoktor sehen zu dürfen. Er hatte neurologische Defizite entwickelt, die langsam begonnen hatten, sich aber in den kommenden Jahren verschlimmern und ihn letztendlich das Leben kosten würden. Sämtliche medizinischen Fortschritte der letzten Jahre konnten immer noch nicht verhindern, dass der Körper ab einem gewissen Punkt zu altern begann, ohne dass selbst die Naniten länger darauf Einfluss nehmen konnten.

Dem gallentinischen Doktor hingegen war es gelungen, seine neurologische Erkrankung zu identifizieren und zu eliminieren. Mit der

Zustimmung von Statthalter Hunt hatte Walhoon ein Neurolink-Implantat erhalten und die gallentinische Version ihrer medizinischen Naniten. Das Implantat hatte ihm nicht nur das unmittelbare Verständnis komplexer Themen erlaubt, das ihm noch vor zwei Wochen verwehrt gewesen war; es hatte auch seinen Körper verbessert. Seine Haut hatte sich sichtbar geglättet; sein Haar wuchs dicht und ohne jegliches Anzeichen von Grau. Der Blick in den Spiegel verriet Walhoon, dass er jetzt eher wie Ende 40 oder Anfang 50 aussah, verglichen mit dem Bild vor zwei Wochen, als er sein fortgeschrittenes Alter zweifelsfrei gespürt hatte.

Kanzlerin Luca beugte sich zu ihm hinüber. »Chuck, Sie sehen einfach fantastisch aus«, flüsterte sie. »Nach dieser Besprechung habe ich meinen Termin in der Krankenabteilung. Tat der Eingriff weh?«

»Nicht im Geringsten. Sie spritzten mir eine Ladung Naniten ein. Der Neurolink kam mit örtlicher Betäubung. Und in wenigen Minuten war alles vorbei. Ich habe absolut nichts gespürt. Aber sobald alles aktiviert war … wow! Eine plötzliche Sturzflut von Informationen. An Ihrer Stelle würde ich mir vorab schon einige ruhige Stunden sichern, um Ihren plötzlichen Drang nach Wissen über alle möglichen Themen befriedigen zu können.«

Bevor sie sich weiter austauschen konnten, öffnete sich die Tür für Admiral Halsey und Miles Hunt. Der Admiral war offensichtlich überrascht, die gesamte Führungsriege der Republik hier vorzufinden. Normalerweise verließen Persönlichkeiten wie die Kanzlerin und die Kommandeure der Flotte und der Armee ihr Heimatsystem nur selten, da sie es sich nicht leisten konnten, monatelang im Transit unterwegs zu sein, ohne an kritischen Entscheidungen teilhaben zu können.

»Da wir nun alle anwesend sind, möchte ich die Besprechung hiermit offiziell beginnen«, erklärte Miles. Er nahm seinen Platz an der Mitte des Tisches neben dem gallentinischen Schiffskapitän namens Wiyrkomi ein. Die Gallentiner gebrauchten offensichtlich nur einen Namen, obwohl Walhoon erfahren hatte, dass sie Clan- oder Sippennamen hatten, die als Nachnamen fungieren konnten.

Miles und Wiyrkomi saßen Walhoon und Kanzlerin Luca gegenüber. Der Kommandeur der Bodentruppen saß rechts von Walhoon und der Flottenadmiral zur Linken von Luca.

»Ich bat Sie alle her, da es eine Menge über unsere Kriegsanstrengungen insgesamt und über die Zukunft der Menschheit im Besonderen zu diskutieren gibt. Wie Sie wissen, war ich etwas über drei Jahre lang abwesend. In dieser Zeit habe ich enge Freundschaften und Beziehungen zu den Primord, den Tully, den Altairianern und nun auch zu den Gallentinern entwickelt. Lange Zeit glaubten wir, dass die Altairianer die Galaxie regierten und dass sie, neben den Orbot, die Ältestenrasse sind, die den uns bekannten Weltraum beherrschen. Mittlerweile wissen wir, dass das nicht zutrifft.«

Miles verwandte 20 Minuten auf den Bericht über sein Treffen mit dem Gebieter und der Mission, die ihm auferlegt worden war. Dann stellte er dar, wie seiner Ansicht nach die Menschheit in dieses Schema passte. Er ließ sie an seiner Version teilhaben, das Reich der Terraner in ein ökonomisches Machtzentrum zu verwandeln, das mit jeder anderen Spezies da draußen mithalten konnte. Dazu betonte er die unabdingbare Herausforderung an die Menschheit, sich rapide fortzupflanzen, um Dutzende neuer Kolonien, andere Welten und Monde zu etablieren und zu bevölkern. Die Menschheit war nur eine oder zwei Katastrophen von der Vernichtung entfernt – und es war unbedingt erforderlich, dass sie das verhinderten.

Walhoon unterbrach ihn. »Miles – entschuldigen Sie, Statthalter Hunt ... Ich gehe davon aus, dass Sie eine Liste von Planeten und Monden zur Hand haben, die wir bereits jetzt kolonisieren können?«

Die Frage erregte Aufmerksamkeit. In Erwartung einer Antwort lehnten sich alle ein wenig in ihrem Stuhl vor oder richteten sich etwas gerader auf.

»Sechs der acht Planeten in dieser Systemkonstellation, die menschliches Leben unterstützen und erhalten können, sind derzeit unbewohnt«, begann Miles. »Auf den beiden anderen Planeten leben bereits weniger entwickelte menschliche Gesellschaften. Mit denen werden wir Kontakt aufnehmen und versuchen, sie in die Gemeinschaft der Republik aufzunehmen. Acht Planeten, zusammen mit Sumara und dem Mond und dem Planeten im Qatana-System geben uns insgesamt 11 neue Kolonien, die wir besiedeln können. Außerdem gehört uns Neu-Eden plus ein Mond in dessen System, und Alpha Centauri und die beiden Monde in diesem System. Die Gallentiner überließen uns einen erdähnlichen Planeten in der Andromeda-Galaxie. Das ist ihr

Weg, uns in unseren Anstrengungen zu unterstützen, die Menschheit vor einem möglichen Untergang zu bewahren. Zusammengefasst bedeutet das, dass außerhalb unserer Hauptwelt eine ganze Anzahl von Kolonien auf unsere Besiedelung warten. Das ist die größte Gelegenheit zur Expansion, die sich der Menschheit je geboten hat.

»In der Diskussion mit den Primord ist es mir zudem gelungen, Alfheim für uns zu sichern. Hier wird unser Militär eine vorgeschobene Basis einrichten, um zukünftige Operationen von dort aus zu lenken. Zudem bietet sich der Menschheit auf Alfheim die Gelegenheit, eine zusätzliche Kolonie weit entfernt von unserer Heimatwelt zu etablieren. Und ein weiterer Höhepunkt … Die Gallentiner teilten ihre Baupläne und ihr technologisches Wissen zur Errichtung gallentinischer Ringstationen mit uns, um dort massive Industriezentren und neue Schiffswerften anzusiedeln.«

Mit Miles' Erwähnung der Ringstationen erschien ein holografisches Bild über der Mitte des Tischs. Zu beiden Seiten des Bildes waren die Spezifikationen einer Station ersichtlich. Sie war unvorstellbar groß, mit mindestens vier Weltraumaufzügen, die sie mit dem Planeten oder dem Mond, den sie umringte, verband. Entlang des Rings waren große Warenhäuser und Schiffswerften angesiedelt, die Kriegsschiffe und kommerzielle Raumschiffe bauten. Die Schiffswerften sahen wie riesige, im Weltraum schwebende Fließbänder aus. Sichtbar waren auch die verschiedenen Ebenen der Hyperloop-Bahnen, die es den Reisenden möglich machte, die unterschiedlichen Seiten der Station zu erreichen.

Diese Struktur sieht unglaublich aus, dachte Walhoon für sich. *Aber auch so, als ob ihre Fertigstellung Jahrzehnte in Anspruch nehmen wird.*

»Das ist also die Ringstation, von der Sie sprachen«, äußerte sich Walhoon endlich.

»Sie ist so gewaltig … Verfügen wir überhaupt über die Kapazitäten, eine solche Konstruktion in Angriff zu nehmen?«, wunderte sich Kanzlerin Luca.

»Ja, mithilfe unserer gallentinischen Alliierten. Der Ring setzt sich aus separat gebauten Modulen zusammen. Zunächst bestimmen wir, wie viele Weltraumaufzüge wir an ihn anbinden wollen. Diese Teile der Station bauen wir als Erstes. Sobald der Bau der Aufzüge und der orbitalen Plattform abgeschlossen ist, fügen wir nach und nach zusätzliche Strukturen hinzu, bis sich der Ring schließt«, erklärte Miles.

Captain Wiyrkomi meldete sich zu Wort. »Die Altairianer haben drei dieser Industriezentren. Sie sind es, die ihr Militär und ihre Gesellschaft seit beinahe 1.000 Jahren wirtschaftlich unterstützen. In ihrer neuen Funktion als Führer aller Streitkräfte der Milchstraße ist es nun an der Zeit für die Terraner mit der Konstruktion solcher Plattformen zu beginnen.

»Anstatt sie alle im gleichen System zu etablieren, hat Statthalter Hunt vorgeschlagen, sie in verschiedenen Systemen zu erbauen – für den Fall, dass ein System angegriffen wird oder womöglich sogar verloren geht. Damit verhindern Sie eine mögliche negative Beeinträchtigung des gesamten Militärs Ihrer Nation. Ich halte das für eine weise Idee und unterstütze sie mit Nachdruck. Die Entscheidung, die von Ihnen getroffen werden muss, ist die, welches System den ersten Zuschlag bekommt.« Das war erst das zweite Mal, dass die Mehrheit der Anwesenden Wiyrkomi hatte sprechen hören. Sie fühlten sich immer noch ein wenig von ihm und seiner Gegenwart verunsichert.

Admiral Bailey räusperte sich. »Captain Wiyrkomi, Sie sagten, dass Ihr Volk uns helfen wird, diese Einrichtungen zu bauen. Mit wie vielen Stationen werden Sie uns helfen, und welche Art von Hilfe ist Ihr Volk gewillt, uns zu leisten?«

»Wir unterstützten die Altairianer beim Bau von drei Einrichtungen. Ihnen bauen wir ebenfalls drei Stationen – kostenfrei. Falls Sie darüber hinaus weitere bauen möchten, bieten wir Ihnen gern unsere technische Unterstützung an, während der eigentlich Bau von Ihrem Volk allein getragen werden muss. Unsere Unterstützung erstreckt sich auf mehrere hunderttausend Arbeiter, die Ihnen bei der Konstruktion behilflich sein werden. Falls wir nicht in der Lage sein sollten, ein benötigtes Teil oder eine Komponente des Projekts herzustellen, nutzen wir Ihre Ressourcen vor Ort und zeigen Ihnen, wie Sie diese Teile produzieren können. Diese Vorgehensweise allein wird einen ökonomischen Aufschwung nach sich ziehen, der über Generationen hinweg spürbar sein wird. Ich muss nur wissen, wohin ich unsere Ressourcen und die Arbeiter schicken soll.«

»Das ist eine gute Frage«, nickte Kanzlerin Luca. »Hat jemand einen Vorschlag?«

Miles meldete sich wieder zu Wort. »Ich schlage vor, dass wir eine Station über Neu-Eden, eine über Alpha und eine über der Erde bauen. Des Weiteren schlage ich vor, dass wir mindestens zwei in diesem Systemen erbauen. Das gibt uns mehrere geografisch getrennte Industriezentren, falls eines oder mehrere von den Zodark oder den Orbot direkt angegriffen werden sollten.«

Niemand sprach für einen Augenblick, während sie das Gesagte durchdachten. Die Ringstationen würden eine tiefgreifende Auswirkung auf die Planeten und die Systeme haben, in denen sie errichtet würden – was sie allerdings auch umgehend in attraktive Angriffsziele verwandelte.

»Ich denke, Miles hat Recht«, äußerte sich Senator Walhoon endlich. »Wir sollten die ersten Ringe über den genannten drei Planeten und Systemen bauen. Gleichzeitig sollten wir meiner Ansicht nach aber auch mit dem Bau von drei oder vielleicht auch vier weiteren Stationen beginnen. Dieser Krieg hat uns unvorbereitet getroffen. Unsere industriellen Kapazitäten zur Unterstützung und Aufrechterhaltung eines langwährenden galaktischen Kriegs hinkten stets hinter dem Bedarf zurück. Da wir nun de facto die militärische Führung der Allianz stellen, ist es allerhöchste Zeit daran zu arbeiten, die Militärmacht zu entwickeln, die nötig ist, um diesen Kampf zu gewinnen.

»Nach dem, was wir bisher über sie gehört haben, sind die Ringstationen dazu das geeignete Instrument. Über die Errichtung der Stationen hinaus müssen wir Gouverneure für diese Planeten bestellen und dort einen großangelegten Zuwachs der Bevölkerung fördern. Auf der Erde leben zehn Milliarden Menschen. Anstatt diesen Planeten auf engem Raum mit mehr Menschen zu bevölkern, müssen wir einen Weg finden, das Interesse der Menschen zum Umzug auf die neuen Planeten zu wecken, die schleunigst besiedelt werden müssen.«

»Bevor wir das angehen, ist es unabdingbar, zunächst über Sumara zu reden, und was zum Teufel dort vorgefallen ist«, konterte General McGinnis.

»Ross hat Recht. Darüber müssen wir reden«, stimmte ihm Halsey mit einem Nicken zu. »Sumara plus die beiden Kolonien des Qatana-Systems verfügten über eine Bevölkerung von zehn Milliarden Menschen. Bisher konnten wir in dem gesamten System weniger als drei Millionen Überlebende ausfindig machen. Die Zodark veranstalteten ein Massaker. Sie begingen nicht nur Völkermord, sondern machten sich auch der Massenentführung schuldig, indem sie jedes Kind unter 14 Jahren als Tribut an sich rissen. Das sind 1,7 Milliarden Menschen in dieser Altersklasse … die alle verschwunden sind.«

»Das verstehe ich nicht. Wie konnten sie so viele junge Leute von Sumara entfernen?« wunderte sich Kanzlerin Luca laut. »Es muss Jahre gedauert haben, eine solche Zahl von Menschen zu evakuieren.«

Halsey nickte. »Ganz recht. Den Interviews nach, die wir planetenweit durchführten, begann der Völkermord oder die Tötung der Erwachsenen vor sechs bis neun Monaten. Dazu muss ich sagen, dass wir diesbezüglich viele widersprüchliche Aussagen erhielten. Die Entführung der Kinder begann ganze zwei Jahre vorher. An den Weltraumaufzügen tauchten große Transportschiffe auf, die mehr als 100.000 Kinder in ein einziges Schiff einluden. Nach dessen Abflug dockte unmittelbar das nächste Schiff an. Und dieser Vorgang setzte sich kontinuierlich über einen Zeitraum von zwei Jahren hinweg fort. Die große Vernichtungsaktion begann erst, nachdem alle Tributzahlungen geleistet waren.

»Im Anschluss daran ‚säuberten‘ die Mukhabarat die Städte und Dörfer. Sie durften ihre Kinder behalten. Die Zodark teilten ihnen mit, dass sie nach dem Ende der Eliminierungen dafür verantwortlich waren, den Planeten neu zu bevölkern und ihre Gesellschaft neu aufzubauen. Außerdem versicherten sie den Mukhabarat, dass sie nicht länger Tribute liefern mussten. Von nun an würde der Planet 200 Jahre lang in Frieden wachsen und sich entwickeln können.«

Wie jeder andere am Tisch schüttelte Walhoon aufgebracht den Kopf – mit Ausnahme des gallentinischen Schiffskapitäns. Er schien Ähnliches erwartet zu haben.

»Wohin haben sie sie verschleppt?«, fragte Senator Walhoon. »Das hätte ich gerne gewusst. Captain Wiyrkomi, wissen die Gallentiner mehr über diesen Zodark-Tribut oder was sie mit den Menschen machen, die sie für sich beanspruchen?« Diese Frage beschäftigte ihn seit dem Tag, an dem er zum ersten Mal von dieser Schandtat gehört hatte.

****

Miles hatte gewusst, dass während dieser Besprechung eine Menge unbequemer Fragen gestellt werden würden, auf die es keine tröstenden Antworten gab. Trotzdem hielt er es für richtig, dass sie sich mit allem, was um sie herum vorging, endlich auseinandersetzten.

Wiyrkomi sah Miles an, bevor er Senator Walhoons Frage beantwortete. Über seinen Neurolink sprach er privat zu Miles: *Es gibt viel, was Sie und Ihr Volk über die Zodark, die Orbot und sogar über Ihre eigenen Alliierten bisher nicht wissen. Ich kann Ihnen sagen, was die Zodark mit den Tributen machen. Allerdings bin ich mir nicht sicher, ob Ihr Volk darauf vorbereitet ist, es zu hören oder mit dieser Information umzugehen. Möchten Sie, dass ich es Ihnen zunächst persönlich erkläre, bevor ich seine Frage beantworte?*

Miles erwiderte ebenfalls über den Neurolink: *So gern ich dies auch für mich behalten möchte, denke ich, dass wir schon seit langem vermuten, dass diesen Menschen Schreckliches angetan wird. Bisher fehlte uns allein der Beweis. Die Menschen um diesen Tisch herum sind die Anführer unserer Rasse. Wenn es jemand wissen muss, dann sie. Was sie nach dem Erhalt der Information mit ihr anfangen wollen ... das steht auf einem ganz anderen Blatt.*

Ok, dann werde ich ihnen die Wahrheit sagen, erwiderte Wiyrkomi. *Aber ich muss Sie warnen. Sie ist nicht angenehm. Gut möglich, dass Ihnen das früher oder später Probleme bereiten wird. Soweit ich weiß, hat Ihr Volk ein Sprichwort: Unwissenheit ist ein Segen. In diesem Fall trifft das sicher zu.*

»Sie überlegen immer noch, wie viel Sie uns mitteilen wollen?«, fragte Walhoon mit verärgertem Gesichtsausdruck. »Damit Sie es wissen, ich bin der Mehrheitsführer des Senats und Vorsitzender der Partei. Ich, zusammen mit der Kanzlerin, haben ein Recht darauf, die Wahrheit zu erfahren.«
****

Captain Wiyrkomi hatte gelernt, Statthalter Miles Hunt zu schätzen. Als ihm der Gebieter sein neues Kommando übertragen hatte, war Wiyrkomi hocherfreut darüber, diese Mission antreten zu dürfen. Eines der sieben Kriegsschiffe der *Titan*-Klasse zu befehligen war eine Ehre, die nur den erfahrensten Admiralen ihrer Flotte zugestanden wurde. Nachdem ihm der Gebieter jedoch erklärt hatte, dass er als Verbindungsoffizier und Schiffskapitän unter dem neuen Statthalter der

Milchstraßengalaxie dienen würde, hatte sich seine Begeisterung gelegt. Anstatt mit dem herausragendsten Kriegsschiff aller Zeiten gegen ihre Erbfeinde, das Kollektiv, zu kämpfen, war ihm die Aufgabe zugefallen, einen der neuesten Alliierten des Gebieters einzuweisen und ihm unter die Arme zu greifen. Obendrein musste er dann erfahren, dass diese neuen Alliierten die Terraner waren. Er kannte die Terraner – so gut wie jeder im Reich kannte die Terraner. Wie alle anderen auch hegte er wenig Respekt für sie. Die Terraner waren vielleicht die widerstandfähigste Spezies von der er je gehört hatte; gleichzeitig gehörten sie auch der Spezies an, die im bekannten Universum am meisten übervorteilt worden war. Seine Aufgabe war es, herauszufinden, ob diese Situation ins Gegenteil verkehrt werden konnte. Falls ihm das gelang, würde er nicht nur zum Admiral befördert werden, sondern sein ganzer Clan würde unter dem gallentinischen Volk ein höheres Ansehen genießen.

»Also, klären Sie uns nun über diesen Hintergrund auf?«, forderte der Mann namens Senator Chuck Walhoon laut.

Mit dem Blick auf die Terraner vor ihm, nickte Wiyrkomi langsam. Dann erhob er sich und begann zu dozieren, als ob er einer Gruppe junger Offiziere an der Akademie Geschichtsunterricht erteilen würde. »Was ich Ihnen mitzuteilen habe, sollte ein streng geschütztes Geheimnis bleiben – zumindest bis Sie über die am besten geeignete Form entschieden haben, Ihr Volk darüber zu informieren.«

»Wie wäre es, wenn Sie uns berichten, was Sie wissen, und überlassen uns den Rest?«, konterte der Senator barsch.

»Wie Sie wünschen, Senator. Die Terraner haben eine sehr lange und wirre Geschichte innerhalb des Universums. Soweit ich weiß, glaubt Ihre Spezies, dass sie vor Millionen von Jahren auf der Erde – wie Ihre Wissenschaftler es ausdrücken – als ‚Klumpen von Ur-Glibber und Aminosäure‘ ...«

»Lassen Sie mich raten. Sie werden uns jetzt etwas anderes eröffnen?«, unterbrach ihn der Senator.

Wiyrkomi stand kurz davor, die Geduld zu verlieren. Er durfte von dem guten Senator sicher ein wenig mehr Respekt und Höflichkeit erwarten, nachdem ihm in der gallentinischen Krankenabteilung gerade eine gravierende Lebensverlängerung zugutegekommen war.

»Wie gesagt ... Die Terraner haben eine lange und wirre Geschichte im Universum. Es wird Sie überraschen, aber die

Entstehung der Menschheit fand nicht auf der Erde statt. Tatsächlich wissen wir aus unserer Geschichte, dass wir die Terraner das erste Mal auf einem Planeten namens Humtar am äußeren Rand der uns bekannten Galaxien, nahe den Randzonen der Andromeda-Galaxie und der leeren Schwärze des Weltraums entdeckten. Soweit wir wissen, lebten die Terraner auf diesem Planeten bereits eine Milliarde Jahre, bevor wir von ihrer Existenz erfuhren.«

Kanzlerin Alice Luca hob die Hand, um ihn vor dem Weitersprechen zu stoppen. »Wow, einen Moment, Wiyrkomi«, rief sie aus. »Wie lange ist es her, dass Ihr Volk diese Menschen entdeckte? Und was können Sie uns über sie sagen?«

Alle Augen waren auf Wiyrkomi gerichtet, während die um den Tisch Versammelten mit angehaltenem Atem darauf warteten, was er wohl als nächstes sagen würde.

»Wir entdeckten den Planeten vor ungefähr einer Million Jahren. Während einer gemeinsamen Erkundungsmission mit unseren damaligen Alliierten, den Amoor. Das war, bevor die Amoor transzendierten und sich in das Kollektiv verwandelten. Unter diesem Namen sind sie heute bekannt. Nachdem unsere beiden Rassen gemeinsam die Sternentore entdeckt hatten, machten wir uns daran, festzustellen, wohin sie führten. Jeder Sprung in ein neues System brachte eine Erkundung des Systems mit sich, die Kartierung der Planeten und die Suche nach dem Anzeichen von Leben. Diese Periode unserer gemeinsamen Geschichte wurde als die ‚Aufgeklärte Periode‘ bekannt, oder ‚die Zeit der AP‘, wie sie in unserer Kultur auch bezeichnet wird.

»Es war während dieser Periode, dass unsere beiden Rassen riesige Weltraumflotten bauten, um gemeinsam mehr Galaxien zu entdecken und mehr Welten miteinander zu kolonisieren. Dank der Sternentore erkundeten wir über hundert Jahre lang Hunderte von Sternensystemen und kartieren sie. Die Sternentore erlaubten uns zudem den Zugang zu anderen Galaxien – in denen wir auf weitere, uns bisher unbekannte Spezies stießen. Während einer dieser Expansionen in andere Galaxien entdeckten wir ein einzigartiges Sternentor – ungleich allen, die wir bisher gesehen hatten. Es war beinahe vier Mal so groß. Mit unserer Annäherung öffnete es sich wie gewohnt und wir sprangen durch es hindurch. Allerdings verließen wir das Tor nicht wie erwartet am Ende oder vielleicht in der Mitte eines neuen

Sternensystems. Stattdessen stoppten wir praktisch direkt vor einem
Planeten, der Ihrer Erde sehr ähnlich sieht.

»Im Orbit über dem Planeten entdecken wir eine Raumstation,
einen Weltraumaufzug und einige verlassene Raumschiffe. Wir
versuchten, Kontakt aufzunehmen, erhielten aber keine Antwort. Ein
Scan der Station und des Planeten erbrachte weder Spuren von Energie
noch von Lebenszeichen. Wir sandten eine Gruppe auf die
Planetenoberfläche, die sich alles näher ansah. Es wurde schnell klar,
dass, wer auch immer auf diesem Planeten gelebt hatte, einer
unglaublich fortgeschrittenen Gesellschaft angehörte. Weit
fortgeschrittener, als wir es waren. Aber sie waren verschwunden.«

»Was war geschehen?«, flüsterte Senator Walhoon beinahe
unhörbar.

»Das können wir nicht mit Bestimmtheit sagen. Es gelang uns,
in einige ihrer Computer einzusehen, denen wir aber nur wenige Daten
entlocken konnten. Wir verließen uns mehr auf die Bücher und
Dokumente, die sie zurückgelassen hatten. Trotzdem dauerte es über 20
Jahre, bevor wir endlich ihre Sprache entziffern konnten. Wir fanden
Bilder von ihnen, wie sie aussahen, und schließlich fanden wir auch
sterbliche Überreste. Diese Gebeine erlaubten uns, ihr genetisches
Profil zu erstellen. Ihren Dokumenten nach nannte sich diese Spezies
‚die Menschen‘. Dieses spezifische Volk oder diese Gesellschaft hatte
offenbar den Namen Humtar, weshalb wir ihren Planeten nach ihnen
benannten. Jedes Dokument war mit einem Siegel versehen. Wir
hielten es für ein Siegel ihrer Regierung und erkannten, dass das
gleiche Siegel auch auf dem Sternentor vor ihrem Planeten zu finden
war. Daraufhin sahen wir uns sämtliche Sternentore näher an und
fanden das gleiche Siegel tatsächlich auch auf allen anderen
Sternentoren.«

Admiral Bailey unterbrach ihn »Sie gehen also davon aus,
dass die Ältestenrasse, die die Sternentore entwickelt hatte, diese
Humtar waren, diese historische Rasse von Menschen?«

Wiyrkomi nickte langsam. »Wir halten das für wahrscheinlich.
Bislang haben wir keine Beweise für das Gegenteil. Allerdings wissen
wir bis heute nicht wirklich, was geschehen ist. Es gibt eine
Vermutung, die denkt, sie könnten sich über ihre körperliche Form
hinaus in etwas Höheres verwandelt haben. Aber ehrlich gesagt, wir
wissen es einfach nicht. Ich glaube, dass die Amoor dem Verständnis,

was geschah, am nächsten kamen, bevor sie selbst transzendierten und sich in das Kollektiv und in das entwickelten, was sie heute sind.«

Statthalter Hunt meldete sich zu Wort. »Wenn diese uralte Gesellschaft von Menschen die ersten Sternentore gebaut hat, haben Sie eine Idee hinsichtlich ihrer Funktionsweise? Fanden Sie heraus, wie Sie sie nachbilden oder neue bauen können?«

»Nein, leider nicht. Wir unternahmen sogar den Versuch, eines zu demontieren. Nicht einmal das ist uns gelungen. Wir wissen nicht einmal, woraus die Sternentore bestehen. Wir gehen davon aus, dass sie mit Bronkis-5 gebaut wurden. Daneben enthalten sie aber ein weiteres exotisches Material, das wir bislang nicht identifizieren konnten.«

»Falls all dies zutreffen sollte …«, resümierte Kanzlerin Alice Luca, »…wäre das wohl die Erklärung dafür, wieso wir Menschen auf all diesen anderen Planeten zu finden sind. Andererseits widerspricht es dem, was die Altairianer uns über den gefrorenen Kometen auf dem Weg zur Erde erzählt haben – und den von ihnen initiierten Transfer unseres Volkes auf andere Planeten, um unserer Spezies eine Überlebenschance zu geben.«

»Bevor Sie das, was die Altairianer Ihnen sagten, als Lüge abtun …«, bat Wiyrkomi schnell, »… verstehen Sie bitte, dass sie wohl davon ausgingen, dass Ihr Volk noch nicht soweit war, diese Realität im Detail zu erfahren. Sie hatten gerade zum ersten Mal andere Rassen über die Menschheit hinaus entdeckt und befanden sich bereits in einer harten Schlacht gegen die Zodark. Hätten die Altairianer sich nicht eingemischt, wäre Ihr Planet und Ihr Volk von den Zodark versklavt worden – so wie die Sumarer.«

»Ok, dann also zurück zu den Sumarern – wohin sind all diese jungen Leute verschwunden?«, fragte General Ross McGinnis. »Was machen die Zodark mit diesen jährlichen Tributen, die sie den Sumarern abverlangen? Tun sie das auch Menschen auf anderen Planeten an?«

Der Gallentiner schien zu seufzen, bevor er antwortete. »Sogar die Gallentiner wissen nicht alles. Ein Teil dieses Tribut-Prozesses ist uns immer noch unbekannt. Mit Bestimmtheit sagen kann ich Ihnen allerdings, dass zwischen den Zodark und den Orbot, obwohl sie Verbündete sind, wenig Vertrauen besteht. Die Orbot sind Cyborgs – Teil Maschine, Teil organisches Material. Die Zodark misstrauen den

Orbot. Sie wissen, dass die sie nur als Kanonenfutter benutzen. Andererseits überließen die Orbot den Zodark fortgeschrittene Technologien, die ihrer eigenen Spezies erlaubt zu wachsen und voranzukommen. Aus diesem Grund tolerieren die Zodark diese Beziehung, fadenscheinig wie sie ist.

»Gallentinischen Geheimdienstberichten nach entfernen die Zodark die Tribute von Sumara und siedeln sie auf andere, für Menschen geeignete Planeten um, wo sie einer Gehirnwäsche unterzogen werden und schließlich das glauben, was die Zodark sie glauben lassen wollen. Die Zodark arbeiten fortwährend daran, ihnen die Schilderung einzuprogrammieren, die sie für sie erfunden haben. Diese Terraner entwickeln sich zu dem, was die Gallentiner ‚Shintare‘ nennen. Das Word ‚Shintar‘ bedeutet Fußknecht oder Söldner. Ich glaube, dass Ihre Gesellschaft vor langer Zeit diese Art von Soldaten ‚Janitscharen‘ nannte – Menschen, die als Kinder geraubt und für den Kampf trainiert wurden. Genau das geschieht mit den …«

»Aber mit welchem Ziel?«, unterbrach ihn Admiral Bailey entsetzt. »Uns ist keiner dieser Shintare im Kampf begegnet. Wo und wozu setzen die Zodark sie ein?«

Wiyrkomi schätzte, dass es Bailey schwerfiel, die Information, die er gerade erhalten hatte, zu akzeptieren.

»Wir gehen davon aus, dass die Zodark eine starke Armee aufbauen, um eines Tages gegen die Orbot vorzugehen und sie zu besiegen. So stark und kraftvoll wie die Zodark sind, pflanzt sich ihr Volk dennoch nur sehr langsam fort. Ein längerer Krieg gegen die Orbot würde aller Wahrscheinlichkeit das Volk der Zodark und ihre Planeten vernichten. Eine Shintar-Armee unter der Anleitung der Zodark gegen die Orbot an die Front zu schicken, macht demgegenüber die Todesrate bedeutungslos. Mit der Zeit würden die Orbot von den Shintar überlaufen, worauf die Zodark ihnen dann nur den Rest geben müssten.«

»Das scheint mir sehr weit hergeholt zu sein«, bemerkte Admiral Bailey. »Wie viele Planeten dieser menschlichen Shintare kontrollieren die Zodark, und wie viele der Bewohner sind als Soldaten trainiert?«

»Wir wissen nicht genau, wie viele Planeten die Zodark mit den als Tribut geforderten Menschen bevölkert haben«, erklärte Wiyrkomi. »Was wir mit Sicherheit wissen ist, dass sie ihren jährlichen

Tribut von den Sumarern seit Hunderten von Jahren einfordern. Ihre eigene Untersuchung hat ergeben, dass sie zu diesen Zahlen gerade eben über ein und eine halbe Milliarde Kinder hinzugefügt haben. Unserer besten Schätzung nach haben die Zodark zwischen 12 und 18 Milliarden Menschen umerzogen und ausgebildet. In Beantwortung Ihrer Frage nach der Zahl der Planeten … Es ist möglich, dass sie sich in der Yantis-Konstellation aufhalten, tief im Gebiet der Zodark. Dieses System enthält acht Monde und Planeten, die in der Lage sind, menschliches Leben zu unterhalten.«

General McGinnis stand auf und wanderte kurz hinter seinem Stuhl auf und ab, bevor er ansetzte: »Lassen Sie mich das Gesagte kurz zusammenfassen, um sicherzugehen, dass ich alles richtig verstanden habe. Erst dann will ich mich dazu äußern. Die Sternentore – sie wurden von einer Ältestenrasse entwickelt, die menschlichen Ursprungs zu sein scheint. Diese Menschen etablierten ein umfangreiches Netzwerk von Sternentoren, das die Galaxie und unterschiedliche Universen verbindet. Auf einigen dieser Planeten richteten sie Kolonien ein. Und dann – aus unerklärlichen oder uns unbekannten Gründen – verschwanden sie oder es stieß ihnen etwas zu, worauf all diese Kolonien verloren gingen und der Kontakt unter ihnen abbrach. Manche entwickelten sich weiter, andere taten das nicht. Die Zodark sehen die Menschen als Werkzeug an, um das Reich der Orbot zu übernehmen und deren fortgeschrittene Technologie in die Hände zu bekommen. Aus diesem Grund kreierten sie ein System des Tributs, den sie von den Sumarern einforderten. Mit diesen Opfern steigerten sie die Bevölkerungszahlen bestimmter Planeten um ein Vielfaches, um eine Klasse von Kriegsknechten zu züchten, die zum richtigen Zeitpunkt den Krieg mit den Orbot für sie austragen sollen. Habe ich Sie richtig verstanden?«

Admiral Bailey schüttelte den Kopf und kicherte leise vor sich hin, nachdem er diese Geschichte ein zweites Mal laut ausgesprochen gehört hatte. Kanzlerin Luca sah aus, als sei es ihr übel, und Senator Walhoon schien geschockt und wie vor den Kopf geschlagen zu sein.

Captain Wiyrkomi lächelte nach dieser Ausführung. »Im Prinzip, ja. Eine stark vereinfachte Erklärung, aber sie ist korrekt.«

»Verflucht. Das ist zu viel, um es zu verarbeiten.« McGinnis zeigte auf Wiyrkomi. »Er hat Recht. Diese Art von Neuigkeit können wir auf der Erde nicht so einfach an alle weitergeben. Wir müssen es der Bevölkerung in kleinen, überschaubaren Schritten füttern. Es ist die Art von schockierender Nachricht, die alles ins Chaos stürzen könnte, falls wir damit nicht vorsichtig umgehen.«

»Dem stimme ich zu«, nickte Admiral Halsey. »Meine Leute müssen sich auf ihre Mission konzentrieren und auf die bevorstehenden Aufgaben, nicht darauf, diese Information irgendwie geistig zu verarbeiten. Eine Ablenkung wie diese könnte Menschenleben fordern oder zum Verlust eines Raumschiffs führen. Ich denke, dass wir uns momentan allein auf die Verteidigung dieses Systems und der Konstellation konzentrieren sollten, um mit seiner Kolonisierung und seiner Verwandlung in ein industrielles Bollwerk zu beginnen. Wir müssen die neue Navy und die Flotte bauen, die Sie zu Beginn der Konferenz erwähnten.«

Kanzlerin Luca nickte bedächtig. »Ganz meine Meinung. Wir finden einen Weg, einem speziell zusammengestellten Forschungsteam zu erlauben, diesen Teil unserer Geschichte vorsichtig aufzubereiten. Auf diese Weise gelangen die Fakten erst nach und nach ans Tageslicht.« Dann wandte sie sich an Admiral Hunt. »Statthalter, was brauchen Sie heute von uns, um dieses System abzusichern und die nächste Schlacht zu gewinnen?«

»Ich brauche zusätzliche Truppen auf Alfheim«, hatte Miles seine Antwort parat. »Unsere Zukunft hängt von diesem Planeten ab. Er muss eingenommen werden, da wir nur dort das seltene oder exotische Material, das beim Bau der gallentinischen Schiffe und der Sternentore verwandt wird, finden. Die Orbot wissen davon und die Zodark bauen es für sie ab, ohne allerdings die Bedeutung dieses Rohstoffs zu kennen. Sollte sie daran jemals etwas ändern, ist die Wahrscheinlichkeit groß, dass sie alles was sie haben, gegen uns einsetzen werden. Wir müssen sie umgehend endgültig von Alfheim vertreiben und das System vor künftigen Angriffen schützen.«

»Ok, was also brauchen Sie von uns?«, forschte General McGinnis.

»Ich muss Ihnen einige Ihrer Kräfte abnehmen und sie auf Alfheim verlegen«, erklärte Miles.

»Wir gehen nicht davon aus, auf diesem Planeten menschliche oder Zodark-Armeen bekämpfen zu müssen. Lassen Sie mich wissen, welche Einheiten Sie mitnehmen möchten und sie gehören Ihnen«, versicherte ihm McGinnis. »Andererseits … nehmen Sie mir bitte nicht allzu viele ab. Ich muss noch die übrigen Planeten dieser Konstellation für uns sichern.«

»Ich nehme an, Sie möchten auch von meinem Schiff Personal abziehen?«, bot Admiral Halsey ihrerseits an.

Miles lächelte. »Das werde ich, aber mein Bedarf an Bodentruppen ist größer als der an Raumschiffen. Die Kampfkraft dieses Kriegsschiffs auf sich allein gestellt ist größer als die Ihrer gesamten Flotte. Ich denke, dass die Einsatzbereitschaft Ihrer Flotte vor Ort über längere Zeit wichtiger ist. Nachdem wir Alfheim erreicht haben, werden wir sicher eine ganze Weile dort verbringen.«

»Gut, dann sieht es so aus, als stünde unser weiteres Vorgehen fest. Machen wir uns an die Arbeit«, beendete Admiral Bailey die Runde.

Kapitel Zehn
Kalte Zeiten

1. Zug, Apollo-Kompanie, 1-331. Infanterieregiment
Fort Defiance
Alfheim

David dachte zuerst, dass er das blendend weiße Licht auf dem Weg zur Himmelspforte vor sich sah. Nachdem seine Augen sich auf die Helligkeit des Raums eingestellt hatten, sah er klarer. Was er zunächst als ein außerkörperliches Erlebnis biblischen Umfangs empfunden hatte, stellte sich als das Licht heraus, das von den weißen Wänden der Krankenabteilung reflektiert wurde.

Davids Sinne kehrten zurück. Er atmete die aufbereitete Luft ein, die einen Hauch von Desinfektionsmittel enthielt, und hörte Maschinen, die regelmäßig sanft in einiger Entfernung piepsten. Das Letzte, woran er sich vor seiner Ohnmacht erinnerte, war der Kampf im Tunnel in der Nähe des Damms. Er hatte jemanden gesehen, der durch den Gang geschleudert wurde ... bevor er selbst angeschossen worden war.

Sofort versuchte er, sich mit der Hand an die Brust zu greifen, aber jemand hielt ihn davon ab. »Sie sind noch in einem Stück, Roberts«, lächelte Sergeant Moreau ihn an.

David sah nach rechts, wo sein gesamtes Team neben ihm stand. Ein starkes Gefühl der Erleichterung überkam ihn. Alle hatten den schrecklichen Kampf in diesem Korridor überstanden und er schien der Einzige zu sein, der dabei verletzt worden war. Er sah an sich hinunter, wo ein Gerät an seiner Wunde hing, aus dem mehrere Schläuche herausragten.

Plötzlich kehrten Davids Gedanken zur Mission zurück. »Haben wir den Kontrollraum eingenommen?«

»Überraschenderweise ist es uns nach Ihrer Verwundung tatsächlich gelungen, den Rest der Zodark zu vernichten und ihn zu erreichen. Der Damm ist unter republikanischer Kontrolle«, erklärte Moreau stolz.

David schloss die Augen und seufzte. »Gut.«

»Der ganze Ärger hat uns einige Beförderungen eingebracht«, verkündete Aleksei fröhlich aus dem Stuhl neben seinem Bett.

David sah Moreau an, die neue Staff Sergeant-Rangabzeichen an ihrer Uniform trug. »Herzlichen Glückwunsch, Staff Sergeant. Und was bedeutet das? Verlassen Sie das Alpha-Team?«

»Nachdem Sergeant Bakker gefallen war, brauchten sie jemanden, der seine Rolle als Truppenführer übernahm. Solange ich keinen Mist baue, gehört der Job mir.«

»Das wird sicher nicht passieren.« Yeva zwinkerte David zu und deutete auf die neuen Abzeichen an der Brust ihrer Uniform.

»Corporal Petrosian? Klingt gut. Unser neuer Teamleader?«, schätzte er.

Yeva zuckte mit den Achseln. »Ich denke, das bekomme ich hin. Die Republik hielt es auch für angebracht, Sie und unseren alten Duncan zu befördern. Glückwunsch, Obergefreiter Roberts.«

David empfing das Velcro-Abzeichen von ihr und starrte es einen Moment lang an. »Dafür wäre ich beinahe gestorben. Scheint die Sache kaum wert zu sein.«

»Rede keinen Unsinn, Roberts«, fuhr Aleksei ihn an. »Du hast dich da unten verdammt gut geschlagen.«

»Hast du am Ende deines Satzes nicht meinen Spitznamen vergessen?«, musste David lachen.

»Nicht länger zutreffend, Kamerad.« Aleksei klopfte auf die Vorrichtung auf Davids Brust. »Da ist dein Beweis. Du bist kein Jungfuchs mehr.«

Duncan versetzte Alekseis Hinterkopf einen Klaps. »Finger weg.«

»Beruhige dich, du Rohling. Ich werd' schon keinen Herzstillstand verursachen.«

Eine Schwester mit einem Tablet in der Hand trat ans Ende von Davids Bett. »Das könnten Sie durch eine Unterbrechung der Nanitentransfusion tatsächlich.«

Duncan schlug Aleksei ein zweites Mal leicht auf den Hinterkopf. Davids grinste so breit, dass ihm das Gesicht weh tat. Es war ihm unmöglich, in Worten auszudrücken, wie glücklich er war, sein Team zusammen und lebendig zu sehen, nach all dem, was sie auf dem Planeten durchgemacht hatten. Er sah sich im Krankensaal um. Einigen der Verwundeten, die hier lagen, ging es besser als ihm, den meisten war es weit schlechter ergangen. Er hatte unglaubliches Glück gehabt.

»Ich muss Sie jetzt bitten zu gehen«, verkündete die
Schwester. »Die Besuchszeit ist vorbei und ich muss mit PFC Roberts
reden.« David fiel auf, dass sie die perfekte Stimme zur Ausübung ihres
Berufs hatte: freundlich und beruhigend, als ob ihr wirklich etwas an
ihren Patienten lag.

Ein Teammitglied nach dem anderen drückte ihn zum
Abschied am Arm, bevor sie geschlossen das Zimmer verließen. David
fragte sich, ob er sie je wiedersehen würde. Die Kämpfe gingen
zweifellos weiter. Er machte sich Vorwürfe, nicht gefragt zu haben, wie
die Kampagne vorankam. Es war schwer, einsehen zu müssen, dass er
nach nur einer Schlacht vielleicht nie wieder gemeinsam mit seinem
Team kämpfen würde.

Deshalb ist die Schwester sicherlich hier, dachte David. *Sie
will mir die schlechte Nachricht bringen.*

»Private First Class Roberts, ich bin Ensign Sandoval, aber Sie
dürfen mich Rose nennen. Ich bin die Schwester vom Dienst in der
zweiten Schicht.« Sie sah auf ihr Tablet hinunter, bevor sie David
anblickte. »Haben Sie Beschwerden? Schmerzen irgendwo? Wir waren
überrascht, dass Sie so schnell aus dem Koma erwachten. Die Naniten
müssen wahre Wunder vollbringen.«

David sah auf das Gerät auf seiner Brust hinunter. »Was genau
ist das?«

»Diese Vorrichtung erlaubt den medizinischen Naniten, Ihre
Wunde zu säubern und sie zu heilen. Danach reparieren sie Ihre
Nervenstränge. Das wird am schmerzhaftesten sein. Und im Anschluss
daran erneuern sie Ihre Muskeln und das Gewebe.«

»Ich bin also immer noch auf dem Planeten? Nicht auf einem
medizinischen Schiff?«

»Sie befinden sich in der Krankenabteilung von Fort
Defiance«, erklärte sie. »Sobald sich Ihr Zustand stabilisiert hat,
werden Sie auf die RNS *Mercy*, unser großes Krankenhausschiff in der
Umlaufbahn verlegt, wo Sie Ihre Rehabilitation fortsetzen werden.«

»Kann ich das nicht auch hier tun?«

»Im Prinzip schon, aber wir brauchen die Krankenbetten«,
informierte ihn Rose. »Der Krieg geht weiter. Wir brauchen die
Kapazität hier unten, falls es weitere Verwundete geben sollte.«

David dachte kurz über diese Aussage nach. Natürlich war es
weit schneller, einen verwundeten Soldaten in die medizinische

Abteilung von Fort Defiance zu bringen, als ihn direkt zu einem der Krankenhausschiffe zu fliegen.

»Kann ich zu meinem Team zurück, nachdem ich auf der *Mercy* wiederhergestellt bin?«

»Warum konzentrieren wir uns nicht zuerst auf Ihre Heilung? Trotz aller Fortschritte der Medizin haben Sie eine üble Schussverletzung in die Brust erlitten. Eine Menge Zeit wurde darauf verwendet, sicherzustellen, dass Sie während der Evakuierung nicht Ihren Verletzungen erlagen.«

»Also, kann ich? Zurück zu meinem Team, meine ich …«

»Das wird sich herausstellen.«

Roses Ton hatte sich verändert – wie ein Elternteil, der sein Kind davor warnte, nicht noch einmal nach der nächsten Süßigkeit zu fragen. Sie überprüfte Davids Werte und inspizierte dann das Gerät auf seiner Brust. Er fühlte sich den Umständen nach wirklich gut. Vielleicht ein wenig steif im Nacken, aber keine ernstzunehmenden Schmerzen. Zu hören, dass seine Nerven neu aufgebaut werden mussten, ergab Sinn. Und es jagte ihm Angst ein.

»Wie sehr wird es schmerzen?«

»Das Nachwachsen der Nerven? Es wird wehtun, Roberts, aber unsere Schmerzmittel haben das im Griff.«

»Ok, und wie geht es nun weiter?«

Sie zog sich einen Stuhl an sein Bett heran, um auf gleicher Höhe mit ihm zu sitzen. »Nachdem die Naniten Sie ohne weitere Komplikationen wieder hergestellt haben, beginnen Sie mit den Rehabilitationsmaßnahmen zur Stärkung Ihres Oberkörpers und der Lungen. Die Kugel kollabierte Ihre rechte Lunge und hat Ihre Brustpanzerung zerstört. Ohne Private First Class Duncan Campbell wären Sie sicher tot.«

»Was hat er getan?«

»Er hat sie stabilisiert – ohne die Hilfe eines Sanitäters, das muss ich hinzufügen – bevor er Sie zu einem medizinischen Transporter trug. Hätte er das nicht getan, wären Sie heute nicht bei uns.«

David stieß einen Seufzer aus. »Dann bin ich froh, dass er nicht auf einen Sanitäter gewartet hat.«

Rose sah ihn an und lächelte verschmitzt. »Sie werden mir also keine Probleme bereiten?«

»Was meinen Sie damit?«, wunderte sich David.

»Sie werden tun, was wir von Ihnen verlangen, ohne sich darüber zu beschweren?«

David war verwirrt. »Sicher, weshalb sollte ich das nicht tun?«

Rose erhob sich und griff nach ihrem Tablet. »Sie sind einer der wenigen ...« Sie wandte sich ab und trat an das nächste Bett.

David sah zur Decke hoch und schloss die Augen. Er dachte über die letzten 24 Stunden nach. Ihre Kollision mit dem Feind, selbst nach dem Training im Simulator, hatte sich vollkommen von seiner Vorstellung unterschieden. Das organisierte Chaos und die Anspannung vor dem direkten Kontakt waren einfach überwältigend. Nachdem David dann aber mitten im Kampf gesteckt hatte, war ihm bewusst geworden, wie besonnen und automatisch all seine Bewegungen waren. Sein Training hatte sich durchgesetzt, ohne dass er es bemerkt hatte – ein Zeugnis für die Qualität seiner Ausbilder auf der Erde und auf Luna.

David war in seiner Jugend nie an einer Prügelei auf dem Schulhof oder an einer Streitigkeit zwischen Geschwistern beteiligt gewesen. Sein ganzes Leben lang hatte er von körperlichen Auseinandersetzungen fernhalten können. Er war kein überzeugter Gegner der Gewalt, kein Kriegsdienstverweigerer. Er war einfach nur nie in eine Situation geraten, in der Gewaltanwendung gefragt war. Als Kugeln und Laserblitze dann zur Realität wurden, hatte er zunächst befürchtet, er würde vor Schreck erstarren. Er war verdammt froh, dass dem nicht so gewesen war.

****

Alfheim

Die Jahre der Forschung- und Entwicklungsarbeiten, die die Erde darauf verwendet hatte, die Zodark-Bedrohung zu bekämpfen, hatten zu einer Unmenge an neuen Erfindungen und Fertigungen geführt. Vor nur zehn Jahren brauchte ein republikanisches Pionierbataillon Monate, um eine vorgeschobene Basis, eine FOB, einzurichten. Heute dauerte es nur wenige Tage. Corporal Eva Jorgensen sah zu, wie mehrere Ospreys die neue FOB umkreisten, bevor sie landeten und neue Rekruten entließen. Amüsiert lächelte sie, als sie deren verblüffte Gesichter sah, die den außerirdischen Planeten fasziniert bestaunten. Ihr Lächeln verschwand, sobald ihr klar wurde, was das Eintreffen dieser neuen Kräfte symbolisierte.

Jeder Rekrut, der die Rampe herunterkam, stellte den Ersatz für einen republikanischen Soldaten dar, der am Tag der Invasion entweder getötet oder verwundet worden war. Schon bald würden mehr eintreffen. Wie viele es sein würden, das konnte sie nicht sagen. Jorgensen Gesicht verhärtete sich. Daran wollte sie nicht denken. Die Republik hatte drei Schiffe in der Umlaufbahn verloren und über 9.000 Soldaten auf dem Planeten selbst. Die gute Nachricht war, dass es so aussah, als sei ihr Tod nicht umsonst gewesen.

Die Republik hatte auf Alfheims Kontinenten festen Fuß gefasst. Während der letzten Wochen hatte Jorgensen zusammen mit den anderen Sanitätern an Hilfsmissionen in die umliegenden Dörfer teilgenommen, um neben Nahrungsmitteln und medizinischer Behandlung weitere Versorgungsgegenstände zu liefern.

In den größeren Städten standen die Krankenhäuser, Schulen, Geschäfte und Büros vor der Wiedereröffnung – unbehelligt von den wachsamen Augen ihrer ehemaligen Unterdrücker. Der Planet blühte auf. Dabei hatte geholfen, dass die Republik jede Militäreinrichtung und jeden Weltraumflughafen der Zodark vernichtet hatte, was der Navy der Prim und der republikanischen Armee nun erlaubte, die wenigen noch verbliebenen feindlichen Kräfte zu jagen und zu eliminieren.

Jorgensen kicherte vor sich hin, als sie die Kantine betrat und neben Corporal Sade Abba Platz nahm. »Die Unionsflotille und die Sternen-Ranger«, lachte sie. »An die Prim-Namen muss ich mich erst gewöhnen.«

»Die Bezeichnung ‚Heer‘ und ‚Navy‘ kommt ihnen sicher lustig vor«, konterte Abba hinter ihrer Tasse Kaffee.

»Klingt wie aus einem schlechten Science-Fiction-Roman, denke ich«, scherzte Jorgensen.

Mac setzte sich zu ihnen. »Ich wusste nicht, dass du SF liest, Eva.«

»Tue ich nicht«, erwiderte sie und rollte mit den Augen.

»Eva behauptet, dass ‚Unionsflotille‘ und ‚Sternen-Ranger‘ seltsam klingen.«

»Nein …«, erklärte Jorgensen, »… einfach wie aus einem SF-Roman.«

»Na und, was ist schon dabei?«, argumentierte Mac. »Einige
der besten Science Fiction-Shows, die je kreiert wurden, sagten voraus,
wie die Vorrichtungen der Zukunft aussehen werden. Wusstet ihr, dass
der erste militärische Arm für den Weltraum einfach
‚Weltraumstreitkräfte‘ hieß? Wenn das kein langweiliger Name ist ...
Wenn ihr mich fragt, machen es die Prim richtig.«

»Aber ich habe dich nicht gefragt, Mac.«

Macs Augen weiteten sich, während er in sein Sandwich biss.
»Entschuldige, Mädchen. Ich wusste nicht, dass der Name des Militärs
einer außerirdischen Rasse dir so unter die Haut gehen würde.«

Jorgensen rollte erneut mit den Augen, als sich Sergeant
Chawla zu ihnen gesellte. »Chawla, ist Sternen-Ranger nicht ein
schwachsinniger Name?«

»Absolut nicht«, erwiderte Chawla ohne Zögern. »Ganz im
Gegenteil. Ich halte ihn für ausgesprochen passend: *Ranger, die die
entferntesten Sternensysteme nach dem Zodark-Gesindel durchkämmen*
… Klingt einfach super.« Der Sergeant nahm einen Bissen seiner
Mahlzeit zu sich. »Aber ich bin eben unbedingter SF-Fan.«

»Vielen Dank!«, lachte Mac und klatschte in die Hände.

Jorgensen sah Abba an. »Sagen Sie mir nicht, dass Sie auch
ihrer Meinung sind.«

Kim kam an ihren Tisch und setzte sich neben Abba. »Sehen
wir uns heute Abend immer noch die nächste Staffel von *Star
Commander* an?«

Abba sah zu Jorgensen hinüber und grinste sie entschuldigend
an. »Was soll ich sagen? Ein Nerd-Abend mit dem Team macht echt
Spaß. Sie sollten uns bei Gelegenheit Gesellschaft leisten.«

»Nicht mein Ding«, winkte Jorgensen ab und leerte ihre
Kaffeetasse.

»Was, wenn ich nett darum bitte?«, drängte Mac.

»Niemals«, erwiderte Jorgensen und stand auf. Beim Gehen
lächelte sie ihm zu.

Die Tür zur Kantine öffnete sich und ließ Lieutenant
Singletary ein, der auf seine Sanitäter zukam. Als der Zugführer sie das
letzte Mal gesucht hatte, sollten sie im nahegelegenen Ort eine
Hilfsmission durchführen. Dagegen hatte Jorgensen nichts
einzuwenden; es hielt sie aktiv. Obwohl es auf dem Kontinent hin und

wieder weitere Kämpfe gab, war ihr Zug seit den zwei Tagen nach ihrem Einfall in Alfheim an keinem Gefecht beteiligt gewesen.

Dieser Gedanke ließ sie aufstöhnen. *Himmel, das klingt, als ob ich den Kampf vermisse*, wurde ihr klar. Sicher, es würde ihr eine Aufgabe geben, aber diese Aufgabe wäre es, an sterbenden Soldaten zu arbeiten. Jorgensen entschied, dass sie ohne einen solchen Auftrag auskommen konnte. Eine Hilfsmission war einem Feuergefecht in jedem Fall vorzuziehen.

»Sergeant Chawla, ich brauche Ihre Sanitäter für einen Hilfseinsatz in Alpha«, verkündete Lieutenant Singletary und gab über sein Tablet die entsprechende Information an Chawla weiter.

Die Sanitäter verließen den Speisesaal. In ihren gepanzerten Anzügen und ihre Helmen holten sie sich im Arsenal ihre Waffen für diese Mission ab. Der Wind blies Schneewehen über die Basis als das Team kurz darauf sein Fahrzeug bestieg.

Der DN-12 Cougar, den sie bestiegen, war ein zehnrädriger Schützenpanzer mit einem Geschützturm, an dessen Seiten je zwei Abschussrohre für Lenkwaffen angebracht waren. Das gesamte Waffensystem wurde vom Fahrzeugkommandanten aus dem Innern des Fahrzeugs kontrolliert. Das Fahrzeug selbst hatte ausreichend Platz für einen Trupp von 16 Soldaten, plus vier Notsitze für zusätzliche Soldaten, Spezialisten oder für weitere Ausrüstungsgegenstände. Der Cougar war ein überragendes Kampffahrzeug für die Infanterie, egal auf welchem Planeten oder unter welchen Umweltbedingungen es eingesetzt wurde.

Heute wurden die Sanitäter von Staff Sergeant Mahmoud und seinem Team des dritten Trupps unter der Führung von Sergeant Kodiak begleitet. Jorgensen war auf dieses Zusammentreffen gespannt, da es das erste Mal war, dass Mac und Sergeant Kodiak seit ihrem Kampf auf der *Valkyrie* zusammenarbeiten würden. Mac bestand darauf, dass sie gut miteinander auskamen. Schließlich war er der Sanitäter des dritten Trupps. Trotzdem war sie neugierig, ob nicht doch vielleicht eine bestimmte Spannung zwischen den beiden bestand.

»Du bist dir sicher, dass zwischen dir und Kodiak alles ok ist?«, fragte Jorgensen, während sie neben Mac Platz nahm.

»Unbedingt. Ein Boxkampf ist nichts Persönliches. Es ist ein Sport. Manche verlieren, andere gewinnen. Das versteht er.«

Jorgensen schüttelte den Kopf. »Wir werden sehen. Und dieses Mal gibt es Zeugen«, scherzte sie.

»Alles ok, Eva. Ehrlich, es ist keine große Sache.«

Die hintere Rampe des IFVs senkte sich und machte dem Bravo-Team des dritten Trupps Platz. Jorgensen drehte sich um und sah Kodiak und Mahmoud am Ende der Rampe, die sich der Zahl ihrer Soldaten versicherten, während die ihre Sitze fanden.

»Jacobs, an die Waffe!«, rief Kodiak ihm von draußen zu, bevor er mit Mahmoud weiter etwas besprach.

Jorgensen beobachtete, wie Jacobs gemäß seiner Anweisung nach vorne kletterte und sich neben den Fahrer setzte. Er zog einen an der Seite an Scharnieren befestigten Bildschirm zu sich heran und machte ihr Geschütz einsatzfähig. Zwei Wochen nach dem Beginn der Invasion lief mittlerweile alles wie am Schnürchen. Soldaten, die monatelang an allen verfügbaren Ausrüstungsgegenständen ausgebildet worden waren, spulten nun in kürzester Zeit präzise die Vorgänge ab, die nötig waren, um ein Fahrzeug zur Abfahrt bereit zu machen. Jorgensen drehte sich wieder zu Mahmoud und Kodiak um, die nun selbst das Fahrzeug betraten und ihre Plätze neben Sergeant Chawla einnahmen.

Chawla klopfte Mac auf die Schulter. »Verabschieden Sie sich, Mac. Der erste Trupp und die Mechs brauchen einen Sanitäter, bevor sie ausziehen, um die Wache am Damm abzulösen.«

Mac sah Jorgensen an und stieß einen Seufzer aus, bevor er sich erhob. »Sicher doch. Wo treffe ich sie?«

»Sie beladen ihre Fahrzeuge direkt neben uns.«

»Du musst nicht allzu weit laufen, Prinzessin«, lachte Kodiak.

Mac schüttelte den Kopf. »Wir sehen uns später, Eva. Sei vorsichtig.«

»Ja, du auch«, rief Jorgensen ihm nach, während Mac in den kalten Tag hinaustrat und die Rampe sich hinter ihm schloss.

****

Staff Sergeant Otto Krauss sah dem Techniker zu, der an der Rückseite seines Mechs namens Baron herunterkletterte. Auf dem Weg zum Damm hatten die Systeme des Mechs eine Fehlfunktion erlitten und ihn durch Überspannung momentan außer Gefecht gesetzt. Zum

Glück begleitete sie ein Trupp von Pionieren, die seine Systeme wieder reparieren konnten.

»Wo lag das Problem?«, fragte Krauss.

Der Techniker wischte sich etwas Schmierfett von den Händen und schüttelte den Kopf. »Ehrlich gesagt, Sergeant, ich weiß es nicht. Ich kann keine Ursache für die Überspannung erkennen. Die Firmware ist auf dem neuesten Stand. Ich habe ihn frisch geschmiert und obendrein noch mit einem neuen Akkupack versehen. Hoffentlich war es nur ein defekter Akku. Sollte es nochmals zur Überspannung kommen, lassen Sie es mich wissen. Falls sich herausstellt, dass es mehr als ein schlechter Akku ist, müssen wir an der Basis eine komplette Diagnostik durchführen.«

Krauss sah an Baron hoch und klopfte gegen seine Panzerung. »Falls es nochmal passieren sollte, melde ich mich sofort. Danke, Harry.«

»Kein Problem, Krauss.« Der Techniker nickte und kehrte ins Innere des Damms zurück.

Krauss sah ihm hinterher und schüttelte immer noch verwundert den Kopf. Dann kletterte er die Leiter hoch und schloss die Luke seines Mechs fest hinter sich, bevor er das Frontscheibendisplay aufrief. Er schaltete sich in das Kommunikationsnetzwerk seines Teams ein und sah kurz nach, wie es den anderen Mechs erging. Dichter Schnee fiel aus grauen Wolken über ihnen, während seine Leute im Innern ihrer Mechs die Wärme ihrer Cockpits genossen.

»Uns steht ein übler Sturm bevor, Boss«, sagte Abede über Funk.

Krauss drehte den Kopf Richtung Süden, wo sich der Himmel weiter verdunkelte. »Sieht so aus.«

Zwei Wochen nach der Invasion hatte die Apollo-Kompanie noch keinen der regelmäßig wiederkehrenden Schneestürme auf dem Planeten erlebt. Allein die Erzählungen anderer Einheiten auf dem Kontinent hatten sie erreicht, die von gewaltigen Lichtblitzen und brutalen Windstürmen sprachen. Es klang nicht gut. Krauss hielt die dunkler werdenden Wolken, die sich ihnen unaufhaltsam näherten, im Auge. Der Himmel sah bedrohlich aus.

Sein Blick wanderte von dem näherkommenden Sturm zu den Höhlen in der Bergwand hinüber, von denen aus die Zodark sie während der Invasion angegriffen hatten. Unabhängig vom derzeitigen

Mangel an Aktivitäten in diesen Höhlen, stellten sie weiter eine ernsthafte Bedrohung dar – falls die Zodark ihren Weg in sie zurückfinden sollten ... In dem Augenblick, in dem er über diese Möglichkeit nachdachte, fiel ihm eine Bewegung neben einem der Höhleneingänge ins Auge.

Krauss richtete sich in seinem Sitz auf und nahm die Öffnung mit der Kamera an seiner Waffe näher in Augenschein, bevor er sie auf Wärmebildwiedergabe umstellte. Die Umrisse einer Figur erschienen. Allerdings war es kein Zodark. Beim intensiveren Hinsehen erkannte er, dass diese Figur eher einem Menschen als einem der übergroßen blauen Zodark ähnelte.

»Hey, Team. In der Nähe des Eingangs zu Delta Vier zeigt mir das Wärmebild eine Gestalt. Kann sie sonst noch jemand sehen?«

Dreißig Sekunden vergingen, bevor er eine Antwort erhielt. Es war Jones, die sich endlich zu Wort meldete. »Ich sehe Sie, Chef. Scheint kein Zodark zu sein.«

»Ich sehe sie auch«, meldete Fujii. »Ich sprach den wachhabenden Offizier darauf an. Momentan finden keine Patrouillen entlang den Höhlen statt. Es ist keiner unserer Leute.«

»Interessant. Ich bin mir nicht sicher, was ich davon halten soll«, erwiderte Krauss. »Ich beantrage eine Drohne, die sich ein besseres Bild von unserem mysteriösen Gast machen soll.«

Krauss gab die Koordinaten ein, wohin die Infanterie eine Drohne mit dem Auftrag ausschicken sollte, Videoaufnahmen und Fotos zu machen. Er hoffte, dass sein Antrag genehmigt werden würde. Die Infanterie war nicht unbedingt hilfreich, wenn es darum ging, *ihre* Drohnen zugunsten einer anderen Gruppe einzusetzen. Die Zodark hatten die unangenehme Eigenschaft, die kleinen fliegenden Roboter ausfindig zu machen und sie ohne größere Mühe zu zerstören. Im Lauf der ersten Wochen der Invasion hatte die Republik eine unglaubliche Zahl an Aufklärungsdrohnen verloren. Das Inventar der Infanterie befand sich gegenwärtig auf niedrigstem Stand. Es würde noch einige Wochen dauern, bevor sie von Intus aus neu versorgt würden.

Wenige Minuten später meldete seine Konsole ihm den Eingang einer Nachricht seines Zugführers:

Von: First Lieutenant Adam Singletary – Apollo 1-6
Ihre Anfrage nach der Kameradrohne 2382A ist abgelehnt.
Uns fehlt es derzeit an Soldaten. Erkunden Sie mit Ihren Blechbüchsen

den Eingang zu CE Delta Vier und berichten Sie Ihre Erkenntnisse. Bestätigen Sie.

Krauss tippte den Befehl auf seinen Bildschirm ein und schickte ihn an seine Leute weiter. Danach wartete er auf ihre Reaktion. Sein Blut kochte. Die Mech waren mächtige Tötungsmaschinen, die viel einstecken konnten. Unbezwingbar waren sie jedoch nicht. Der Gedanke, mit nur vier seiner Mech in die Höhlen vorzudringen, war unvorstellbar.

»Was zum Teufel soll das denn?«, fragte Fujii verächtlich.

»Das ist doch nicht sein Ernst, oder?«, rief Jones.

»Ein ausdrücklicher Befehl «, erwiderte Krauss.

»Das ist ein Todesurteil«, stieß Abede aus.

»Bereitet euch vor, Team. Ein direkter Befehl von einem übergeordneten Offizier. Ich bin auch nicht gerade glücklich darüber, aber das ist die Karte, die wir gezogen haben. Bringen wir's hinter uns.«

Seine Ansprache provozierte keine Reaktion, aber Krauss konnte hören, wie sein Team ihre Mechs aufwärmte und startete. Er überprüfte sein eigenes Waffensystem, das normale Werte anzeigte, bevor er sich gefolgt von seinem Team in Richtung der Höhlen in Bewegung setzte.

»Wir nehmen den linken Pfad, um den Höhleneingang im toten Winkel zu erreichen. Jones, Sie konzentrieren sich auf das Bild der Wärmesignatur und informieren mich, falls sie sich mit unserem Näherkommen bewegt.«

»Ich habe sie im Visier, Baron««, versicherte ihm Jones.

»Gut. Wachsam bleiben, Team! Wir haben keine Ahnung, worauf wir uns hier einlassen. Und sobald wir diese Brücke verlassen, sind wir exponiert.«

****

RNS *Mercy*

Der Obergefreite David Roberts besah sich selbst zum ersten Mal im Spiegel, seit er vor zwei Wochen auf der *Mercy* eingetroffen war. Der dichte Bart in seinem Gesicht entsprach sicher nicht den Vorschriften, und mit der Nanitenvorrichtung auf der Brust hatte er sich nur vor dem Becken waschen können. Seine Augen ruhten auf dem

Bereich, wo sich das Gerät befunden hatte. Die Ärzte hatten es gestern von seiner Brust entfernt. Allein eine entzündete Narbe war dort zurückgeblieben, wo sich einst ein Loch in seinem Körper befunden hatte.

Seine Finger strichen über den empfindlichen Bereich und er zuckte zusammen. Die Naniten hatten alles erneuert, was der Laserblitz des Zodark zerstört hatte. Aber der Wiederaufbau seiner neuen Muskeln, Sehnen, Nerven und seines Gewebes war eine unangenehme Erfahrung gewesen.

David nahm einen Rasierapparat und begann den Haarwuchs aus seinem Gesicht zu entfernen. Mit jedem sanften Zug des Apparats mit automatischem Gel-Ausstoß fühlte er sich besser.

Bevor er ins Militär eingetreten war, war das Rasieren eine seiner unliebsamsten Beschäftigungen gewesen. Auf der Erde hatte David, seit ihm Haare im Gesicht wuchsen, einen Bart und schulterlange Haare getragen. Alles Warnzeichen, deren Präsenz das Militär missbilligte. Die republikanischen Streitkräfte wollten an einem Mann ein sauber rasiertes Gesicht und einen kurzen Haarschnitt sehen, dessen Länge nicht über die Ohren hinausging. Zuerst hatte David es für dumm gehalten, jemandem vorzuschreiben, wie er sein Haar tragen oder sein Gesicht rasieren musste. Mittlerweile konnte er sich sein Gesicht mit einem dauerhaften Bart nicht länger vorstellen.

David verließ das Bad und kehrte in die Krankenabteilung zurück, in der sich neben ihm auch andere Soldaten erholten, die während der Schlacht Verletzungen erlitten hatten. Ein- oder zweimal am Tag trafen neue Gesichter ein. Das war eine ständige Erinnerung für David, dass sein Team dort unten ohne ihn arbeitete. Diesen Gedanken hasste er.

»Private First Class Roberts«, sagte eine Stimme hinter ihm.

David drehte sich um und sah mehr Offiziere in einem Raum vor sich, als er je zuvor gesehen hatte. Sofort beschleunigte sich sein Herzschlag. Er wusste, sie brachten schreckliche Nachrichten. Dann ging ihm auf, dass ein General und ein Admiral sicher nicht ihre Zeit darauf verschwenden würden, ihm den Tod eines seiner Teamkollegen mitzuteilen.

David stand stramm und salutierte. »Jawohl, Sir«, bestätigte er dem General, der ihn beim Namen gerufen hatte.

Der General stand hochaufgerichtet mit breitem Brustkorb in seiner Ausgangsuniform da. Die Auszeichnungen auf seiner Brust berichteten von Jahren der Kämpfe und Siege, in denen er über seine zweifelsfrei lange und glorreiche Karriere seinen Anteil geleistet hatte. In der Gegenwart eines so hohen Tiers zu sein, fühlte sich unbehaglich an.

»Admiral Hamilton und ich wollten uns persönlich bei Ihnen für Ihren Einsatz während der Invasion bedanken. Ihre Truppenführer und der Sergeant ihres Zugs beschrieben in ihrem Einsatznachbericht, was sich am Damm ereignet hat … und das war verdammt heldenhaft. Sie, zusammen mit einigen anderen ihres Zugs, wurden dazu ausgewählt, eine besondere Anerkennung dafür zu erhalten.«

»Eine besondere Anerkennung, Sir?«, stotterte David, der weiter stramm stand.

Der General nickte, worauf ein Major nach vorne trat, und von seinem Tablet las: »Aufgepasst! Die Kanzlerin der Republik hat besonderes Vertrauen und Zuversicht in die Loyalität, Tapferkeit, Treue und in die Fähigkeiten des Obergefreiten David Roberts gesetzt. Angesichts seiner Qualitäten und seinem erwiesenen Einsatz auf dem Schlachtfeld wird ihm die Tapferkeitsmedaille der Republikanischen Armee für seine Dienste sowie das Purple Heart der Republik verliehen.

»Während der Invasion von Alfheim, brachte Private First Class Roberts ohne Rücksicht auf seine eigene Sicherheit einen anderen Soldaten in Sicherheit, was zu seiner Verletzung führte. Ohne die Einsatzbereitschaft des Obergefreiten Roberts hätte einer seiner Kameraden lebensgefährlich verletzt oder getötet werden können. Die Republik salutiert Private First Class Roberts' Mut unter feindlichem Feuer und dankt ihm für seinen Dienst und seine Loyalität zu den Streitkräften der Republik .«

Der General trat an David heran und befestigte die glänzende Medaille an seiner Uniformjacke. Danach schüttelte ihm der Admiral die Hand und befestigte den lilafarbenen Orden in der Form eines Herzens an seiner Brust.

»Vielen Dank, Sir und Ma'am«, bedankte sich David beim General und nickte dem Admiral zu.

»Wir danken Ihnen, mein Junge, für Ihre Hingabe an das Militär. Menschen wie Sie werden uns zum Sieg verhelfen.« Der

General schüttelte ihm ein letztes Mal die Hand, worauf die Offiziere sich verabschiedeten, um die nächsten Auszeichnungen zu vergeben.

David stand einen Augenblick unbeweglich da und starrte auf die Orden hinunter, die nun an seiner Uniformjacke hingen. Eine Reihe unterschiedlicher Gefühle überkam ihn, als er sich auf sein Bett setzte, um zu verarbeiten, was gerade geschehen war. Das Purple Heart konnte er verstehen – verdammt, er hatte die Narbe, um ihn daran zu erinnern. Die Tapferkeitsmedaille der Armee verblüffte ihn allerdings.

Ich habe nichts getan, außer Sergeant Moreau aus dem Schussfeld zu ziehen, dachte er. *Sie hätte das Gleiche für mich getan, wenn unsere Rolle vertauscht gewesen wären.*

»Vorwärts zum Sieg«, erklang eine Stimme neben ihm.

David drehte sich zu dem Soldaten um, der ihn angesprochen hatte. Er war einige Tage nach David eingetroffen – schwer verletzt nach einem Angriff aus dem Hinterhalt. Zumindest hatte ihm das einer der Krankenpfleger gesagt, ohne näher darauf eingehen zu wollen.

David sah den Stummel, wo sich das linke Bein des Mannes befinden sollte. Zudem waren ihm der Zorn und die Frustration in den Augen des Mannes aufgefallen. Medizinische Naniten konnten Wunder bei der Heilung des Körpers von innen nach außen vollbringen. Der modernen Medizin war es demgegenüber bislang nicht gelungen, biologische Extremitäten zu regenerieren. Bis dieser Soldat ein robotisches Bein erhielt, würde er eine Weile Bürodienst schieben.

»Ein guter Spruch«, erwiderte David unschuldig. »Er gefällt mir.«

»Einfach zu sagen, wenn es nicht dein Bein ist, das dir auf einem unbekannten Planeten, um den sich kein Mensch schert, weggeblasen wird.«

David war von der Heftigkeit dieses Kommentars überrascht. »Haben Sie die Medaillen auf der Brust des Generals gesehen?«, fragte David, um das Thema zu wechseln. »Er hatte drei Silberne Sterne mit Tapferkeitsauszeichnungen. Ich wette, dass der Mann einiges gesehen hat.«

»Nur weil du Medaillen hast, heißt das nicht, dass du dafür etwas Besonderes getan hast. Das trifft insbesondere auf die Offiziere zu. Ich kenne eine Menge Offiziere, denen diese Auszeichnungen während einer Invasion für einen Schreibtischjob verliehen wurden.«

David legte die Stirn in Falten. Der Mann gehörte einem anderen Zug der Apollo-Kompanie an. Er kannte ihn nicht gut. Er hatte ihn einige Male auf dem Schiff gesehen, war ihm aber, seit er in der medizinischen Abteilung auf ihn gestoßen war, aus dem Weg gegangen. Er verstand, woher diese Unzufriedenheit stammte. Jeder wäre mehr als deprimiert, wenn der Feind ihm das Bein genommen hätte. Und trotzdem wurde es langsam nervig, ihn wieder und wieder über die Schlacht sprechen zu hören.

»Ich verstehe, was Sie sagen. Ein junger Lieutenant, der einen bronzefarbenen Stern dafür erhält, Papiere auf Neu-Eden oder auf einem anderen Planeten hin und her zu schieben … Aber dieser General hatte Tapferkeitsauszeichnungen an seiner Medaille. Außerdem dient er sicher schon länger, als wir am Leben sind.«

»Und das macht ihn besser?«

David wollte ihm einen Stoß versetzen. »Ich sagte nicht, dass es ihn auf eine höhere Stufe stellt. Was ich sage ist, dass es eine Kommandokette gibt, die respektiert werden muss. Und dieser General ist jemand, den man respektieren muss.«

»Ich respektiere die, die Respekt zollen.«

Genug davon. David stand auf – ein wenig zu schnell für seinen Kopf. Beinahe wäre er gestolpert. »Was lässt Sie glauben, dass Sie Respekt verdienen? Weil Sie ein Bein verloren haben?« Er sah zu dem Kerl hinüber, der in einem Nanitentank hing. »Möglich, dass Sie eingezogen wurden, aber ich habe mich freiwillig gemeldet, genau wie dieser Mann. Sie wussten, was Ihnen zustoßen konnte, sobald die Laser schießen. Sie sind keine Ausnahme.«

Auf den Lippen des Soldaten lag ein leichtes Lächeln. »Und was jetzt? Einen Krüppel verprügeln?«

»Ach ja, erst diesen Unsinn verzapfen und sich dann hinter Ihrer Verletzung verstecken? Wie ging Ihr Bein verloren? Versteckt hinter einem Baum, während der Rest Ihres Trupps die Arbeit erledigte?« David zuckte unter seinen eigenen Worten zusammen und registrierte, dass er zu weit gegangen war.

»Ich kann Ihnen mit meinem Stummel immer noch in den Hintern treten, Gefreiter. Sie reden hier mit einem Corporal.«

»Respekt wird gezollt und geht nicht automatisch mit dem Rang einher, Corporal.« David nickte ihm zu und verließ den Raum, bevor ihre verbale Auseinandersetzung weiter ausufern konnte.

****

Alfheim

Corporal Eva Jorgensen wollte ihren Helm absetzen und sich den Wind durch die Haare wehen lassen. Ihr Schützenpanzer umrundete auf dem engen Pfad eine Kurve. Der Ort Alpha lag nur einige Kilometer von der Basis entfernt, aber nach einer längeren Fahrt in einem Fahrzeug wurde ihr immer übel. Das war die Entschuldigung, die sie sich selbst gab. In Wahrheit konnte sie aber nur ein bestimmtes Maß an dummen Scherzen der Stoppelhopser ertragen. Vulgäre Witze stellten nicht das Problem dar; sie war selbst hinreichend mit einschlägigem Material bewaffnet. Es war die Tatsache, dass absolut keiner ihrer Scherze irgendeinen Sinn ergab. Sie waren einfach nur dumm.

Nicht alle Infanteristen sind so, dachte sie. *Überwiegend Trupp Drei und Sergeant Kodiak.*

Anstatt im Fahrzeug sitzen zu bleiben, öffnete eine der Luken am Dach, streckte den Kopf hinaus und atmete den kalten Wind ein. Ihr gegenüber stand ein Soldat, der seine Waffen hoch auf die Steilwand neben der Straße richtete. Er sah sich kurz um, wer sich zu ihm gesellt hatte und konzentrierte sich dann wieder auf seine Aufgabe. Er war ein sehr jung aussehender Latino. *Sicher zum frühestmöglichen Zeitpunkt eingezogen,* wenn sie schätzen sollte. Sein Kampfanzug sah funkelnagelneu aus, seine Waffe glänzte, und sein Gesicht sah weder müde noch ausgelaugt aus.

Ein Ersatzmann, wurde ihr klar.

»Wie heißen Sie?«, erkundigte sich Jorgensen.

»Cruz, Doc«, erwiderte er weiter mit dem Blick nach oben gerichtet.

»Sie sind neu auf dem Planeten, oder?«

Er drehte sich zu ihr um. »Ist das so offensichtlich?«

»Nur weil Sie so frisch aussehen. Entweder sind Sie der sauberste Soldat der Welt oder Sie sind neu hier.«

Er zuckte mit den Achseln und richtete seine Aufmerksamkeit wieder auf die Felswand. »Ich bin heute Morgen angekommen. Hatte nicht mal Zeit, meine Sachen auszupacken.«

Jorgensens Schultern sackten ab, während Cruz kurz einen Blick in das Tal vor ihnen warf. Es war offensichtlich, dass der Planet zu seiner Zeit schön gewesen sein musste. Eine Hügellandschaft mit grünen Bäumen, durch die sich mehrere Seen zogen … und jetzt war es eine gefrorene Einöde. Die Dörfer dieses Kontinents waren überwiegend an und in den Seiten der Berge angesiedelt, mit Höhlengängen, die die verschiedenen Häuser und Geschäfte verbanden. Die größeren Städte waren von Kuppeln umgeben, die über ein künstlich kontrolliertes Ökosystem verfügten. Diejenigen, die das Glück hatten, unter den Kuppeln zu leben, konnten die Bäume und das Tierleben genießen, dass sie durch die Jahre hindurch hatten retten können.

Jorgensen hatte in einer ihrer ersten Einsatzbesprechungen Alfheims Geschichte gehört. Ein Asteroid hatte den Planeten getroffen und ihn aus seiner gewohnten Umlaufbahn um seine Sonne geschleudert. Und obwohl sich Alfheim immer noch innerhalb der bewohnbaren Zone bewegte, hatte der Zusammenstoß einen kalten Planeten noch kälter gemacht. Die Wissenschaftler hatten sicher eine weit kompliziertere Erklärung als diese für das Geschehen, aber die Einsatzbesprechung hatte ihnen die vereinfachte Version geboten.

Das Fahrzeug reduzierte die Geschwindigkeit auf dem letzten Stück der kurvenreichen Straße, die in das Dorf Alpha führte. Das Dorf lag zwischen zwei Klippenwänden mit Gebäuden, die auf beiden Seiten in die Felswände gehauen waren. Die Einwohner hielten es für den optimalen Bereich zu bauen, da die schwache Sonneneinstrahlung von beiden Seiten der Felsen reflektiert wurde. Das versorgte sie mit natürlicher Wärme und hinreichend Sonne für ihre Solaranlagen. Jorgensen verstand diese Argumentation. Sie persönlich hielt es allerdings für den perfekten Ort, heimtückisch überfallen zu werden.

Sobald ihre Fahrzeuge ihr Ziel erreicht hatten, etablierten die Soldaten eine breite Sicherheitszone. Erst nachdem sie den Bereich für sicher erklärt hatten, betraten die Sanitäter das Dorf.

Sergeant Chawla unterhielt sich mit einem der Ärzte des Dorfes, einem Mann namens Pektar. Jorgensen respektierte den Prim. Er schien sich gut um die Leute des Dorfes zu kümmern; außerdem hatte er ihnen geholfen, das Vertrauen der Menschen zu gewinnen.

Jorgensen aktivierte den integrierten Übersetzer in ihrem Helm, um Pektars Worte zu verstehen.

»Wir sind Ihnen wirklich dankbar für alles, was Sie für uns tun. Da die Zodark weiterhin unsere Versorgung mit Nachschub von den befreiten Städten her unterbrechen, besteht hier ein verzweifelter Bedarf an ihren Nanitengeräten.«

Jorgensen entdeckte eine der weißen Hörvorrichtungen in Pektars Ohr. Sobald der Träger in einer fremden Sprache angesprochen wurde, empfing er über diese Vorrichtung zeitgleich eine perfekte Übersetzung des Gesagten.

»Das verstehen wir, Pektar. Die Republik arbeitet hart daran, die Versorgungslieferungen ohne Unterbrechung zu gewährleisten. In der Zwischenzeit haben wir ausreichend Vorräte dabei, um das Dorf zu unterstützen«, versicherte ihm Sergeant Chawla.

»Dafür sind wir Ihnen äußerst dankbar. Sie hätten nicht zu einer besseren Zeit kommen können. Die Angriffe der Ravager haben zugenommen und wir haben Schwierigkeiten, die Infektion der Bisse einzudämmen.«

Jorgensen schüttelte sich bei dem Gedanken an die Ravager. Die vierbeinigen Biester, die auf diesem Kontinent existierten, waren tödliche Kreaturen – groß wie Löwen, mit messerscharfen Zähnen und langem weißem Fell, das sich rau wie Sandpapier anfühlte. Ihnen lagen Berichte vor, dass die Zodark sie dazu benutzten, republikanische Patrouillen aufzuspüren. Jorgensen selbst hatte allerdings noch keine gesehen. Sie klangen furchterregend.

Chawla wandte sich an die Sanitäter. »Besuchen Sie die Klinik und sehen Sie, wo Sie helfen können. Ich bringe Pektar zu Sergeant Mahmoud, um zu sehen, was er gegen diese Angriffe tun will.«

Die Sanitäter folgten seiner Anweisung und steuerten auf die Klinik zu, die tief inmitten einer der Höhlen untergebracht war. Plötzlich hörte Jorgensen, wie jemand hinter ihr ihren Namen rief. Sie drehte sich um und lächelte, als sie ein kleines Prim-Mädchen auf sich zulaufen sah. Während ihres ersten Besuchs im Dorf Alpha hatte sie geholfen, die Wunde eines Mädchens zu heilen, die sie sich beim Spielen zugezogen hatte. Das Mädchen hatte ihren kleinen Kratzer dazu genutzt, diese seltsamen neuen Menschen auf ihrem Planeten kennenzulernen. Jorgensen mochte die Kleine.

»Hallo, Nala«, rief Jorgensen. Sie ging in die Knie, um das Mädchen auf Augenhöhe zu begrüßen. Sie hielt die Hand hoch und machte mit zwei Fingern das Friedenszeichen. Nala erinnerte sich an diese Geste, lächelte und erwiderte den Gruß mit ihren Fingern. Jorgensen lächelte ihr zu und erhob sich, um Nalas Mutter, Lila, zu begrüßen.

»Hallo, Eva.« Lila nickte und akzeptierte den Ohrenstöpsel von Corporal Jorgensen.

»Hallo, Lila. Wie geht es Ihnen beiden?«

Lila legte ihre Arme um Nala und presste sie eng an ihre Beine. »Wir kommen klar. An Nahrungsmitteln hat es uns nie gemangelt, von daher kein Problem. Das wahre Problem ist der Mangel an Medikamenten. Wir waren erleichtert zu hören, dass Sie so bald in unser Dorf zurückkehren würden.«

»Wir freuen uns, wieder hier zu sein. Das dürfen Sie mir glauben. Ich liebe es mit jedem unserer Gespräche mehr über den Planeten und Ihre Kultur zu erfahren.«

Lilas Augen leuchteten auf. »Oh, dann habe ich eine gute Geschichte für Sie. Vor langer Zeit, vor der Großen Kollision, existierten riesige Kreaturen, denen der Himmel gehörte. Sie spuckten Feuer und waren so groß, dass sie den Himmel verdunkelten, wenn ein ganzer Schwarm flog.«

Jorgensen kicherte. »Auf meinem Planeten gibt es ebenfalls Mythen über solche Tiere. Wir nennen sie Drachen.«

Überrascht sah Lila sie an. »Ihr Plant hatte auch Auroks?«

»Nein, das waren nur Märchen.« Diese Worte schienen Lila zu verwirren. »Es waren erfundene Geschichten.«

»Eine so schreckliche Geschichte zu erfinden … Ich bin froh, dass ich nicht in der Zeit der Aurok leben musste. Sie sollen sogar den größten Fisch im Meer mit einem Bissen verschluckt haben.«

Jorgensen sah nach unten. »Wünschen Sie sich manchmal, Sie könnten den Planeten so sehen, wie er einmal war?«

»Ein Teil von mir schon. Aber …« – Lila öffnete die Arme weit – »… das ist alles, was ich je gekannt habe. Mir fehlt es an der Vorstellungskraft, Alfheim zu sehen, wie er einmal war.«

Das ließ Jorgensen überlegen. Bevor sie in die Armee eingetreten war, war die Erde der Ort, den sie ihr ganzes Leben lang gekannt hatte. In ihrer Jugend hatte sie wenigstens einmal den Mond und den Mars besucht. Und jedes Mal hatte sie die Erde vermisst. Sie konnte sich nicht vorstellen, nie barfuß im Gras zu laufen oder im

Ozean zu schwimmen. Auf dem Mars geboren zu sein, erschien ihr dagegen ein schlimmes Schicksal zu sein – sich die blaue Kugel durch das Teleskop anzusehen, von ihrer Schönheit zu wissen, aber niemals in der Lage zu sein, dort zu leben. Auf Alfheim konnten die Einwohner außerhalb der großen Städte zumindest echten Sauerstoff atmen, statt der wiederaufbereiteten Luft der Wohnglocken.

Jorgensens sechster Sinn meldete sich. Etwas stimmte nicht. Ihre Nackenhaare sträubten sich. Jegliche Geräusche auf den Straßen des Ortes erstarben. Sie wechselte Blicke mit den anderen Soldaten, die offenbar ebenfalls eine Veränderung bemerkt hatten.

Jorgensen warnte Lila. »Nehmen Sie Nala und gehen Sie nach drinnen. Sofort. Etwas stimmt hier nicht.«

Lila schien die plötzliche geänderte Haltung der Soldaten nicht zu verstehen, folgte aber Jorgensens Anweisungen. Sie zog sich die Übersetzer-Hörmuschel aus dem Ohr, reichte sie Jorgensen und rannte zusammen mit Nala davon.

Jorgensen sah hinter sich, konnte aber keinen der Sanitäter sehen, die sich eben noch mit einigen der Einwohner unterhalten hatten. Sie waren wohl den Soldaten gefolgt, die sich innerhalb des Ortes umsahen. Jorgensen entschied, zum Cougar hinüberzugehen, neben dem Sergeant Magnus sich angeregt mit einem anderen Infanteristen unterhielt, der in einiger Entfernung auf etwas zeigte.

Nach zehn Schritten in ihre Richtung riss eine abrupte Explosion das vor ihr geparkte Fahrzeug in Stücke. Die unerwartete Druckwelle warf Jorgensen flach nach hinten auf ihren Rücken und gegen die Seite eines Gebäudes. Sergeant Magnus, der noch Augenblicke vorher neben dem Fahrzeug gestanden hatte, war nun von Flammen umhüllt. Er versuchte noch, das Feuer an seinem geschundenen Körper zu löschen, bevor er auf dem Boden zusammenbrach.

In Jorgensens Kopf drehte sich alles, während sie versuchte, das, was sie gerade gesehen hatte, zu verstehen. Langsam kehrte ihr normales Denken zurück. Ihr im Helm eingebautes HUD lieferte ihr eine Reihe von Informationen. Eine Benachrichtigung erschien auf dem Visier, mit der Ansage, dass sie womöglich eine Gehirnerschütterung erlitten hatte. Mit einer Seitwärtsbewegung der Augen löschte sie diesen Alarm und rollte ihren Körper herum, bis sie auf dem Bauch lag. Jorgensen versuchte, aufzustehen, um sich auf mögliche Verletzungen zu untersuchen. Nachdem das Klingeln in ihren Ohren nachgelassen hatte, brachte die Rückkehr ihrer Hörfähigkeit den Lärm eines Schusswechsels mit sich. Republikanische Soldaten erwiderten das Feuer auf etwas. Um sie herum ereigneten sich neue Explosionen. Die Angreifer nahmen sie weiter mit tödlich akkuratem indirekten Feuer unter Beschuss.

Sobald sich der Rauch um den Schützenpanzer verzogen hatte, sah Jorgensen Sergeant Magnus, der bewegungslos neben dem zerstörten Fahrzeug lag. Sie rannte zu ihm hinüber und zog ihn mit festem Griff an seinem Kampfanzug in die nächstgelegene Deckung.

Der verwundete Sergeant schrie auf. »Vorsicht, verdammt noch mal. Mein Bein ist gebrochen!«

Jorgensen sah über ihre Schulter hinweg nach hinten. Magnus' rechtes Bein bis direkt über sein Knie existierte nicht länger. Seine Uniform war an mehreren Stellen versengt. Das sagte ihr, dass er sich, bevor das Feuer erloschen war, wohl gravierende Brandverletzungen zugezogen hatte. Es half, dass ihre Uniformen feuerbeständig waren. Sie fingen nur kurz Feuer und waren so konstruiert, dass die Flammen die Haut nicht erreichen sollten.

Jorgensen wusste, dass sie den Patienten davon abhalten musste, in Schock zu verfallen. Über den Lärm des Waffenfeuers hinaus schrie sie ihm zu: »Alles wird gut, Magnus. Konzentrieren Sie sich nur auf meine Stimme.«

»So schlimm, was?«

»Nicht gut«, erwiderte sie ehrlich.

Nachdem sie Magnus in Sicherheit gebracht hatte, entfernte Jorgensen die zerstörte Brustplatte von seinem Anzug. Ihrem medizinischen Notfallkoffer entnahm sie einen Kompressionsdruckverband, den sie ihm knapp über seiner Wunde auflegte.

»Das wird weh tun«, warnte sie, bevor sie den Verband aktivierte, der umgehend starken Druck auf sein Bein ausübte und damit die Blutung stillte. Magnus schrie vor Schmerz lautstark auf.

Es musste sein, versicherte Jorgensen sich selbst. Zeit, ihre Gefühle unter Kontrolle zu bekommen.

Sie stellte die Verbindung zwischen ihrem Tablet und Magnus' Kampfanzug her und gab ihm die volle Dosis eines

Medikaments zur Stabilisierung. Erst dann verließ sie ihn, um zu sehen, wo sie als nächstes gebraucht wurde.

Der Cougar stand immer noch in Flammen. Falls sich jemand im Fahrzeug aufgehalten hatte, kam für diese Person jede Hilfe zu spät. Das war Jorgensen klar. Sie drehte sich wieder in die Richtung um, in der sie Magnus zurückgelassen hatte. Die übrigen Sanitäter tauchten jetzt auch aus den Tiefen der Höhlen auf und stürzten sich in das Getümmel.

Hinter dem Fahrzeug entdeckte Jorgensen einen auf dem Rücken liegenden Soldaten, dessen Unterleib unter einem Teil des auf dem Cougar montierten Gefechtsturms eingeklemmt war. Er lag mitten auf offener Straße. Falls sie ihn nicht schleunigst aus dem Gefahrenbereich entfernten, standen die Chancen gut, dass ihn die Zodark tödlich treffen würden. Panisch sah sich Jorgensen nach jemandem um, der ihr behilflich sein konnte. Aber da war niemand.

Wenn ich den Mann nicht rette, ist er tot.

»Ich komme!«, rief sie ihm so laut sie konnte zu und rannte geduckt los. Rutschend kam sie neben ihm auf dem Boden zum Stillstand. Um sie herum schlugen Blasterblitze ein, von denen einige von dem zerstörten Teil des Gefechtsturms abprallten.

»Danke, Doc«, keuchte der gefangene Soldat mit zusammengekniffenen Zähnen.

Jorgensen sah ihm ins Gesicht. Es war der Gefreite Cruz – der Junge, mit dem sie sich auf dem Weg hierher im Schützenpanzer unterhalten hatte. Er bemühte sich, trotz seiner Schmerzen ein tapferes Gesicht zu machen und nicht zu weinen, aber es gelang ihm nicht. Jorgensen nahm ihm das nicht übel. Aus dem Fahrzeug geworfen und dazu noch unter den Überresten eines Gefechtsturms begraben zu werden, stellte ein traumatisches Erlebnis für jeden erfahrenen Soldaten dar.

Jorgensen nutzte ihre eigene und dazu noch die Stärke ihres gepanzerten Anzugs bis zur Erschöpfung. Es gelang ihr, das Metallteil einige Zentimeter vom Boden anzuheben, aber nicht hoch genug, um es Cruz möglich zu machen, seine Füße darunter hervorzuziehen. Dann wurde das Teil zu schwer und rutschte ihr aus den Händen. Cruz schrie auf.

Jorgensen aktivierte ihr Kommunikationsgerät. »Sam, ich brauche Hilfe an meiner Position! Eine Priorität!«

»Auf dem Weg«, hörte sie Sams emotionslose Bestätigung.

»Beeilen Sie sich, Doc! Die Schmerzen sind unerträglich und ich bin den Zodark hier hilflos ausgeliefert.«

Gerade wollte sie dem jungen Infanteristen gut zureden und ihn beruhigen, als der medizinische Synth mit erstaunlicher Geschwindigkeit auf sie zu kam. Jorgensen hatte nicht gewusst, dass die Synth so schnell laufen konnten.

Sobald er sie erreicht hatte, befahl sie: »Sam, hilf mir, dieses Teil anzuheben, damit wir ihn darunter herausziehen können.«

Sam griff nach dem Bruchstück und hob es wie eine leere Bierdose an, während Jorgensen Cruz unter den Trümmern hervorzog. Sie schleifte ihn in einen nahegelegenen Unterschlupf, wo die Zodark sie nicht erreichen konnten. Sam ließ den Gefechtsturm fallen und eilte zu ihnen hinüber, wo er umgehend damit begann, die Verletzungen des jungen Mannes zu behandeln.

»Sie haben Recht, Eva. Ein dringender Fall. Seine Verletzungen verursachten innere Blutungen. Ich habe bereits eine medizinische Evakuierung zum Krankenhausschiff in der Umlaufbahn beantragt. Ein Osprey ist auf dem Weg.«

Ihr Funkgerät krächzte, bevor sie die Stimme von Sergeant Chawla erreichte, der einen Situationsbericht verlangte.

»Jorgensen hier. Wir haben zwei Verwundete: Sergeant Magnus und Private Cruz. Magnus ist stabilisiert, aber beide sind absolute Notfälle. Sie müssen so schnell wie möglich evakuiert werden oder sie erliegen ihren Verletzungen.

»Verstanden. Davids MedEvac ist bereits auf dem Weg. Fünf Minuten. Bereiten Sie die Verwundeten auf das sofortige Aufladen nach seiner Ankunft vor. Ende.«

Danach folgten die Situationsberichte der anderen Sanitäter. Abba hatte einen Toten und zwei Verwundete, und Kim hatte zwei Tote.

Plötzlich hörte Jorgensen einen schrillen Angstschrei. Sie schnellte herum und sah Nala, die sich zusammengekauert hinter einem der unbeschädigten hohen Räder des Cougars versteckte. Instinktiv sprang sie auf, um das kleine Mädchen zu retten. Sofort kam ihr ein Sperrfeuer sorgfältig gezielter Laserblitze entgegen. Die Zodark hatten sie und das kleine Mädchen ins Visier genommen. Sie wussten, dass sie die menschlichen Soldaten mit einem kleinen Kind als Köder aus ihren Verstecken locken konnten. Und genau das hatten sie auch vor.

»Bleib dort, Nala!«, schrie Jorgensen ihr zu. »Rühr dich nicht vom Fleck. Wir finden einen Weg, dich zu retten!«

»Wir müssen die Verwundeten transportieren oder sie sterben«, bemerkte Sam ohne Regung in der Stimme.

Jorgensen drehte sich zu ihm um und schlug dem medizinischen Synth auf die Schulter. »Sam, du musst das Mädchen retten! Du bist schnell. Du wirst es zu ihr schaffen.«

»Sie hat eine 17-prozentige Chance, die Rettung zu überleben. Private Cruz hat eine 54,83-prozentige Chance zum Überleben, falls wir ihn stabilisieren können.«

»Prozentuale Chancen? Das ist keine Rechenaufgabe, du Idiot. Es ist das echte Leben. Geh und hole das Mädchen!«

»Soldaten der republikanischen Armee haben Priorität, Corporal.«

»Zum Teufel mit den Prioritäten. Ich befehle dir, das Mädchen zu retten, Sam.«

Sam drehte ihr den Kopf zu. »Ihnen fehlt die Autorität, mir etwas zu befehlen, Corporal. Und jetzt gehen Sie mir aus dem Weg, damit ich den Gefreiten Cruz retten kann.«

Laserbeschuss begann vom Cougar abzuprallen. Voller Panik sah sich Jorgensen zu Nola um, bevor sie Sam ansprach. »Du Hund«, zischte sie.

****

Der Wind entlang des Wegs zum Eingang der Höhle hatte sich verstärkt. Staff Sergeant Otto Krauss spürte, wie sein Mech von den starken Winden geschüttelt wurde. Der näherkommende Sturm verdunkelte den Himmel mehr und mehr. Der Weg verengte sich. Sein Mech-Team war gezwungen im Gänsemarsch hintereinander zu marschieren. Krauss fragte sich, was wohl als Erstes kommen würde. Mussten sie die Mechs zurücklassen oder würden sie den Auftrag abbrechen?

»Apollo Zwei-Eins, Baron hier. Ende«, funkte Krauss den Anführer von Trupp Zwei, Lillian Murphy, an.

»Sprechen Sie, hier Apollo Zwei-Eins«, kam die Antwort.

»Apollo Zwei-Eins, sichten Sie weiter die Wärmequelle am
Höhleneingang?«

Krauss wartete einige Minuten, da Murphy sicher gerade einen
ihrer Soldaten durch die Warmbildkamera ihres Schützenpanzers sehen
ließ. »Bestätigt, Baron. Sie ist immer noch vor Ort.«

»Verstanden, Apollo Zwei-Eins. Wir sind eins-null-null Meter
von der Öffnung entfernt und werden zu Fuß weiter gehen.«

Krauss hob seinen Helm an und zog ihn sich vom Kopf.
»Leute, hier steigen wir aus und gehen zu Fuß weiter. Es macht wenig
Sinn, den, der da oben steht, mit unseren Mechs zu erschrecken. Abede,
Sie bleiben zurück und sichern die Mech für uns.«

Eine wenig begeisterte Bestätigung des Befehls kam über
Funk. Krauss lächelte. Nach dem Öffnen des Cockpits schwang Krauss
die Beine auf die Leiter hinaus und stieg nach unten auf den
schneebedeckten Pfad ab. Er überprüfte seine Waffe und ließ sie an
seinem Gewehrgurt hängen, bevor er zum Rest des Teams hinüber
wanderte. Fujii und Jones sahen nicht erfreut über ihren Besuch der
Höhle aus. Krauss teilte dieses Gefühl mit ihnen. Aber ein Befehl war
ein Befehl. Schließlich waren sie immer noch Infanteristen, selbst wenn
sie die meiste Zeit damit verbrachten, die Mechs zu steuern.

»Kontrollieren Sie Ihre Waffen, um sicher zu gehen, dass sie
zunächst auf Schock stehen. Wer immer sich hier oben aufhält, sieht
nicht wie ein Zodark aus. Ich gehe davon aus, dass es sich um einen
neugierigen Prim handelt.«

»Was will ein Prim hier oben, in einer Höhle, aus der uns die
Zodark angegriffen haben?«, fragte Jones mehr als skeptisch.

»Während ihres letzten Angriffs haben wir die Zodark
zurückgedrängt. Ich schätze, da ist einfach jemand wissbegierig.«
Krauss wollte ihre Nerven beruhigen. Er konnte nicht sagen, ob es
funktionierte.

Die drei Mechsoldaten fanden ihren Weg entlang des sich
windenden Pfads bis kurz vor den Höhleneingang, wo sie hinter einer
Ansammlung von Gesteinsbrocken in Deckung gingen. Ein männlicher
Prim stand mit einer Art Vergrößerungsglas vor den Augen vor dem
Eingang, bevor er sich auf seiner Version des menschlichen Tablets
Notizen machte. Krauss gefiel das, was er sah, nicht im Geringsten. Der
Mann zeichnete eindeutig auf, was unten am Damm vor sich ging.

Krauss trat zusammen mit seinen Begleitern hinter den Steinen hervor. Sein Sturmgewehr hing weiter in der Schlinge, da Jones' and Fujiis Hände an ihren Waffen lagen. Der Prim hatte sie bislang nicht bemerkt. Er war zu sehr in seine Aufgabe vertieft. Noch stand ihnen das Überraschungsmoment zur Seite, was allerdings nicht mehr lange anhalten würde, falls Krauss nicht endlich handelte.

»Hallo, mein Freund«, rief er dem Mann über den Lautsprecher seines Helms zu, der die englische Sprache direkt in die Sprache der Prim umsetzte.

Der Kopf des Prim schnellte vollkommen überrascht von ihrem plötzlichen Erscheinen nach oben. Geistesgegenwärtig drehte er sich um und rannte in die Höhle hinein. Fujii hob sein Gewehr und feuerte, aber der Schuss verfehlte sein Ziel.

Krauss rannte an die Stelle, an der der Prim gestanden hatte und sah auf den Damm hinunter. Von dieser Stelle aus konnte man ALLES sehen: die Position ihrer Fahrzeuge, die Kontrollstationen, und die Bereiche, in denen die Soldaten ihren Tätigkeiten nachgingen. Krauss bekam Bauchschmerzen bei dem Gedanken, was der Kerl da gemachte hatte.

»Wir müssen diesen Prim finden. Ich habe ein sehr schlechtes Gefühl bei dieser Sache.«

Krauss und der Rest der Crew rannten so schnell sie konnten auf den Eingang der Höhle zu. Die Visiere ihrer Helme kompensierten für den niedrigen Lichteinfall. Die Höhle streckte sich ein gutes Stück geradeaus ins Innere des Berges, bevor sie eine Gabelung im Tunnel erreichten. Krauss erhöhte die Sensitivität des Empfangs an seinen Helm und versuchte, etwas aufzuschnappen. Das schwache Geräusch von Füßen, die auf Stein aufschlugen, erreichte ihn von links.

»Hier entlang«, bestimmte er und folgte dem linken Tunnel.

Jones und Fujii waren direkt hinter ihm, ihre schussbereiten Waffen fest im Griff. Krauss' eigenes Sturmgewehr war einsatzbereit. Die Markierung an dessen Seite leuchtete rot auf – ein Zeichen dafür, dass er die Funktion der Waffe von Schock auf den Gebrauch von Munition umgestellt hatte. Am Ende des Tunnels erschien ein schwaches Licht. Krauss verlangsamte seine Schritte. Sobald sie nur noch wenige Meter vom Licht entfernt waren, drückte er sich eng gegen die Felswand.

Krauss zog seine Pistole aus dem Halfter und aktivierte die an der Unterseite eingebaute Kamera. Danach legte er die Pistole vorsichtig auf den Boden und schob sie behutsam an der Wand entlang nach vorn. Die Bilder, die die Kamera einfing, wurden auf dem Frontscheiben-Display seines Visiers wiedergegeben.

Der Tunnel erweiterte sich um die Ecke herum in einen großen Saal. An den Wänden befanden sich Karten, Waffen und ihnen unbekannte Maschinen. Der Raum erweckte den Eindruck eines taktischen Kommandozentrums. In der Mitte des Raums, hinter einem großen, aus Stein gehauenen Tisch, überragten 13 Zodark den hochgewachsenen Prim, der vor ihnen stand. Diese Zodark trugen Panzerwesten und Uniformen, die weit ausgefallener als die eines normalen Zodark-Fußsoldaten waren. Stoffabzeichen und Metall hingen ihnen an der Brust.

Auszeichnungen, folgerte Krauss. *Mein Gott, sind wir gerade über das gesamte oberste Kommando der Zodark gestolpert?*

»Apollo Zwei-Eins, Baron hier«, flüsterte Krauss in sein Mikrofon. So nahe an den Zodark wollte er nicht riskieren, gehört zu werden. Am anderen Ende der Verbindung rauschte nur Statik. Ein oder zwei Worte kamen durch, aber nichts, was er verstehen konnte. Krauss versuchte es erneut und erhielt die gleiche verstümmelte Antwort.

Die Höhle muss unsere Kommunikation negativ beeinflussen.

Krauss sah zurück auf das Feed der Kamera. Der Prim gestikulierte wild mit den Armen, während er den Zodark etwas erklärte. Er sah verängstigt aus; allerdings nicht darüber, dass er per Zufall den Zodark über den Weg gelaufen war. Zudem rissen ihm die blauen Außerirdischen auch nicht voller Tatendrang die Extremitäten aus. Mehr als wahrscheinlich berichtete er ihnen darüber, was er vor der Höhle gesehen hatte.

Frustriert schloss Krauss die Augen. *Der Mistkerl wird unsere Position verraten ...*

Behutsam halfterte er die Pistole, die er wieder an sich gebracht hatte, und entfernte eine Granate von seinem Gürtel. Es war eindeutig, dass der Prim für die Zodark arbeitete. Krauss würde wenig Schlaf darüber verlieren, dass die Granate auch ihm das Leben kosten würde. Er zog den Stift, trat um die Ecke und warf die Granate mit viel Schwung in Richtung des steinernen Tischs.

Einer der Zodark wandte sich blitzschnell um und fing die Granate in der Luft auf. Entsetzt riss Krauss die Augen auf, sprang hinter die Wand zurück und ließ sich zu Boden fallen. Die Felswand, neben der er gestanden hatte, zersprang mit der Detonation der Granate, die der Zodark auf ihn zurückgeworfen hatte. Staub hüllte die drei Mech-Soldaten ein, während hinter ihnen aufgebrachtes Gebrüll und lautes Kreischen zu hören war.

»Alle Mann hoch. Wir müssen hier raus!«, schrie Krauss. Er schnappte Fujii am Rücken seiner Uniform und schob ihn vor sich her.

Laserfeuer folgte ihnen den Tunnel entlang, den sie so schnell ihnen ihre Uniformen erlaubten, hinter sich lassen wollten. Der Ausgang lag direkt vor ihnen, ohne dass Krauss bisher die Mannschaften am Damm hatte alarmieren können. Falls es ihm nicht gelang, sie rechtzeitig zu unterrichten, wären sie unvorbereitet dem ausgesetzt, was ihnen in Kürze bevorstand. Krauss und sein Team waren zufällig in eine Offiziersbesprechung der Zodark über eine militärische Erwiderung geplatzt – eine Gegenoffensive, deren Beginn sie ungewollt beschleunigt hatten.

Nach Verlassen der Höhle versuchte Krauss es erneut. »„Apollo Zwei-Eins, Baron hier. Bereiten Sie sich auf eine großangelegten Gegenangriff vor!«

»Baron, wiederholen Sie, dieses Mal ohne zu Schreien«, erwiderte Murphy leicht gereizt.

Gott sei Dank. Sie hat mich gehört!

»Bereiten Sie sich auf eine großangelegte Offensive vor. Das ist keine Übung!«, gab Krauss erneut auf dem Weg zu ihren Mech hinunter durch.

»Verstanden, Baron. Apollo Zwei-Eins, Ende.«

»Was ist passiert?«, fragte Abede offensichtlich verwirrt.

»Wir sind in der Höhle gerade einer Gruppe von Zodark begegnet. Ich bin mir ziemlich sicher, dass sie einen Angriff auf den Damm planten. Nach ihrer Entdeckung ziehen sie den Angriff jetzt sicher vor. Wir müssen auf der Stelle zurück zum Damm!« Krauss kletterte in sein Biest aus Metall und aktivierte es.

Es gab zwei Möglichkeiten, nach unten zu gelangen. Dem engen Pfad zu folgen, bedeutete ein beengtes Entkommen. Ein Sturz wäre nicht allzu tief, aber Krauss hatte keine Ahnung, welchen Schaden die Mech bei einem Fall erleiden könnten.

Der Weg zurück zum Damm ist besser, entschied er.

Nur Augenblicke nachdem sie zu ihrem Spurt nach unten angesetzt hatten, hörte Krauss die Zodark, die ihnen mit ihrem schreckenserregenden Kriegsgebrüll von den Höhlen her nachsetzten. Dazu kam dann das Zischen abgefeuerter Raketen und kurz darauf der Lärm von Explosionen. Mit der zunehmenden Intensivierung des Angriffs hallte der Gefechtslärm von den Wänden des Tales wider.

Während ihres überstürzten Abstiegs zu ihrer Einheit hinunter, erkundigte sich Abede: »Baron, wie zum Teufel sind Sie über diese Kampfgruppe gestolpert?«

»Nicht, dass wir nach ihr gesucht hätten, Abede«, erklärte Jones. »Dieser verfluchte Prim hat für sie gearbeitet. Von seiner Position aus konnte er alles übersehen. Er hat den Zodark sicher Zielvorschläge unterbreitet und sie darüber informiert, wo wir am verwundbarsten sind. Wir entdeckten sie rein zufällig, als wir dem Prim in die Höhle folgten.«

Sie gaben ihr Bestes, die vor ihnen liegende Kurve schleunigst zu umrunden, um endlich ihre eigenen Waffen einsetzen zu können.

»Ein Verräter seiner Rasse. Welche Art von Prim arbeitet mit denen zusammen, die sein eigenes Volk versklaven?«, knurrte Abede. »Wir sind schließlich nicht die Einzigen auf diesem Planeten; mehr als genug Prim-Soldaten sind ebenfalls hier stationiert.«

»Wir kennen die Umstände nicht, Abede«, versuchte Fujii ihn zu beschwichtigen. »Sie könnten seine Familie bedrohen oder ihm sonst etwas Schreckliches antun.«

»Oder er hat nur Interesse an sich selbst und verrät sein Volk, um Profit zu machen«, konterte Abede.

»Ja, oder das«, musste Fujii zugeben.

»Verschieben wir die Diskussion bis nach der Schlacht, ok?«, fuhr Krauss die beiden an. Seine Männer sollten sich darauf konzentrieren, die Zodark zu töten, anstatt die Motive eines Prims zu analysieren, der für den Feind arbeitete.

Krauss sah am Ende des Wegs den Damm in gerader Linie vor sich. Leider mussten sie ein weit offenes Gelände überwinden, um ihn zu erreichen.

Wir müssen Abstand halten, bevor uns eine einzige Rakete alle aus dem Verkehr zieht, überlegte Krauss.

»Sobald wir die Straße erreicht haben, will ich 20 Meter Abstand zwischen uns sehen«, befahl Krauss. »Und egal was passiert, niemand hält an, bevor er den Damm erreicht hat.«

Am Fuß des Bergwegs war der Kampf vor ihnen bereits in vollem Gang. Die Zodark hielten die Ingenieure und Vertragsarbeiter mit einem Sperrfeuer von Laserblitzen unter Beschuss. Die republikanischen Soldaten erwiderten den Beschuss und hielten die Stellung, während sie darauf warteten, von den Mechs Unterstützung zu erhalten. Jetzt erwachten auch zwei der Cougar-Fahrzeuge zum Leben. Einigen der Soldaten war es gelungen, an die Gefechtstürme zu gelangen. Sie hofften, mit ihren lasergesteuerten Raketen eine Reihe der Höhlentunnel zum Einsturz zu bringen, bevor sie noch mehr Zodark-Soldaten ausspucken konnten.

Krauss sah, wie eine von den Höhlen kommende Rakete in einen der Cougars einschlug. Zunächst schien es, als ob das Fahrzeug den Angriff unbeschadet überstehen würde. Aber dann erzielten die Zodark einen zweiten, weit zerstörerischen Treffer, dem die Panzerung nicht standhalten konnte. Der Cougar flog in die Luft. Der zweite Cougar wechselte gerade rechtzeitig den Standort, bevor die nächste Rakete dort einschlug, wo er sich eben noch befunden hatte.

»Wir müssen zusehen, dass wir unseren Leuten da draußen unter die Arme greifen!«, brüllte Krauss, um über den Lärm des Gefechts gehört zu werden. »Versuchen wir mit unseren Raketen die Höhleneingänge zu versiegeln.«

Im Laufschritt hob Krauss einen seiner Arme und ließ eine Kette von Blasterschüssen auf zwei Zodark los, die auf den Fahrzeugpark und den Ausrüstungsbereich zuhielten. Einer von ihnen fiel, während der andere sich rechtzeitig ducken konnte. Während Krauss die beiden im Visier hatte, kamen mehrere Laserblitze von rechts auf ihn zu. Der Panzer seines Mechs musste mehrere Treffer hinnehmen, die gelbe Schadensalarmleuchten aktivierten.

»Mein Panzer musste viel einstecken. Ich weiß nicht, wie lange ich noch durchhalten kann«, informierte Fujii sein Team mit zusammengebissenen Zähnen. So klang es zumindest.

Es war an der Zeit, dass die Infanterie am Damm ihnen Hilfestellung gab. Mittlerweile mussten sie doch festgestellt haben, wie sehr die Zodark den Mech zusetzten. Und dann sah Krauss einige kleinere Projektile, die in der deckungslosen Weite zwischen ihnen und dem Damm landeten. Die kleinen Kanister entließen sofort einen dichten Rauch … Gut, die Stoppelhopser auf der Brücke versuchten, ihnen ihre Rückkehr zu erleichtern.

BUMM! BUMM!

Größere Explosionen schüttelten den Boden. Schrapnell schlug auf Krauss' Panzer ein. Die Zodark gaben ihre Anstrengungen nicht auf, seine Mechs auszuschalten.

Sie hatten die Brücke auf den Damm hinauf beinahe erreicht, als eine mächtige Druckwelle Krauss' Mech flach nach vorne auf die Straße warf. Er schlug hart auf und rutschte dann mit dem Kopfteil voran über den Boden. Rote Lichter blinkten überall im Cockpit und Alarmtöne heulten – und Krauss musste hilflos zusehen, wie das Glas seines Cockpits auf der Schneedecke entlang schrammte und sich schließlich in der Erde vergrub.

»Baron ist außer Gefecht!«, hörte er Abedes Aufschrei.

Schnell betätigte Krauss den Knopf seines Mikrofons. »Niemand kehrt um wegen mir; das macht uns alle zur leichten Beute. Wir treffen uns am Damm.«

Er spürte das Zögern, bevor Jones ihm endlich bestätigte: »Wir sehen uns am Damm.«

****

RNS *Mercy*

»Noch einmal tief einatmen für mich, David« forderte ihn die Schwester vom Dienst, Ensign Flores, auf. Ermutigend klopfte sie ihm auf die Schulter.

Obwohl es im Prinzip ein ganz einfacher Test war, erwies er sich als relativ schwierig. Aber David machte Fortschritte. Er holte tief Luft und blies in ein Rohr. Die Maschine piepste mehrere Minuten lang, bevor sie das Ergebnis preisgab. Er hob den Kopf, als er die Augen der Schwester aufleuchten sah.

»Also, Doc, wie sieht es aus?«

Flores drehte ihm ihr Tablet zur Einsichtnahme zu. »Keine fremden Partikel gefunden, kein Blut in den Lungen, und Sie haben Ihr vorgegebenes Ziel erreicht. Sie machen unglaubliche Fortschritte, David.«

Seine Schultern sackten ab. »Immer noch nicht genug.«

»Ganz im Gegenteil. Ich denke, sie haben es geschafft. Natürlich noch einige Runden Physiotherapie, aber Ihr Endziel haben Sie erreicht.«

David fühlte sich etwas besser. »Ok, und was nun?«

Flores lachte. »Freuen Sie sich nicht zu früh. Sie werden uns nicht gleich morgen verlassen. Ich muss das immer noch zum zuständigen Guru schicken, der ihrer Entlassung zustimmen muss. Diesen Messergebnissen nach würde es mich allerdings sehr überraschen, wenn er sie ablehnen würde.«

David seufzte erleichtert. »Das ist gut.«

Ensign Flores legte ihr Tablet auf dem Tisch ab und schlug die Beine übereinander. »Hätten Sie etwas dagegen, David, wenn ich Ihnen eine persönliche Frage stelle?«

»Das kommt darauf an, wie persönlich – nichts für ungut!«

Sie hob die Hände. »Nein, nein, nicht Verrücktes. Keine Sorge. Mich interessiert nur eines. Sie haben eine unglaubliche schwere Verletzung erlitten. Und obwohl innerlich und äußerlich alles verheilt ist, würde Ihnen Ihr Antrag auf Versetzung oder auf eine Entlassung aus medizinischen Gründen genehmigt werden. Warum also nicht? Ich bin mir sicher, dass Sie zuhause ein Leben haben – Freunde und Familie. Vermissen Sie das nicht?«

»Mann, die Armee sollte Sie lieber nicht für den Personalbestand verantwortlich machen, Doc. Nach Worten wie diesen würde sich sicher niemand erneut verpflichten.«

Sie kicherte. »Ich sage nicht, dass Sie eine Entlassung aus medizinischen Gründen beantragen und nach Hause gehen sollen. Ich bin einfach nur neugierig. Bevor ich in die Armee eintrat, wollte ich Psychologin werden. Da wir allerdings nicht die reichste Familie der Republik waren, war die Uni unerreichbar …«

»Bis der Musterungsoffizier Ihnen sagte, dass die Armee für Ihre Universitätsausbildung bezahlen wird.«

Flores’ errötete. »Ich weiß, ich weiß … aber ich erhielt mein Diplom. Tatsächlich war ich die Erste in unserer Familie mit einem Universitätsabschluss, und das in einem anderen Sonnensystem.«

»Das ist wunderbar, Doc.« David lächelte. Das gefiel ihm an der Armee – im Tausch gegen einen bestimmten Zeitraum im Dienst der Armee bot sie sogar den ärmsten Menschen der Republik die Möglichkeit, etwas aus sich zu machen.

»Das ist es. Aber darauf wollte ich nicht hinaus. Meine Frage ist, was jemand wie Sie so erpicht darauf macht, in den Kampf zurückzukehren. Ich will direkt sein. Der Umfang der Zerstörung in dieser Krankenabteilung … Ich sehe die Soldaten, bevor sie sie verbinden. Sie haben sicher selbst gesehen, wie schlimm es da unten ist. Wieso also dorthin zurückkehren? Manchen … bleibt keine Wahl. Aber Sie? Hier ist Ihre Chance, die Universität zu besuchen, oder falls Ihnen das nicht liegt, eine andere Richtung einzuschlagen.«

David dachte über ihre Frage nach. Sie hatte Recht; er könnte nach Kalifornien zurückkehren und all das hinter sich lassen. Er würde sogar zwei Medaillen mit nach Hause bringen. Aber würde es ihm gefallen, wieder bei seiner Mutter zu wohnen, während er nach Arbeit suchte?

»Um ehrlich zu sein, Doc, erwartet mich Zuhause nichts. Ja, ich habe eine Familie; aber dort würde ich in den gleichen Trott verfallen, der mich an erster Stelle dazu getrieben hat, in die Armee einzutreten. Vermisse ich Kalifornien? Sicher. Aber darauf kommt es nicht an. Wichtig ist, wie ich mich fühlen würde, Aleksei, Duncan und Yeva zurückzulassen. Manchmal wache ich nachts schweißnass gebadet auf. Ich sehe, dass es den anderen hier genauso ergeht. Ich bin nicht der Einzige, dem das passiert. Manche Männer weinen im Schlaf oder weinen sich in den Schlaf. Wir alle haben unterschiedliche Albträume, wahrscheinlich über das gleiche Thema.«

»Und welche Träume haben Sie?«

»Dass mein Team stirbt, ohne dass ich daran etwas ändern kann. Zuhause … zuhause hatte ich Freunde. Gute Freunde. Sammy Mayer, mit dem ich die Grundschule besuchte, stahl eines Tages einen Schokoriegel. Einen verdammten Schokoriegel! Der Typ an der Kasse rief die Polizei. Als wir erwischt wurden, sagte ich, dass ich ihn gestohlen hätte. Sammy war bereits vorbestraft. Hätten Sie ihn mitgenommen, hätte ich ihn nie wieder gesehen. Er wäre direkt in die Hölle gefahren. Ich hatte mir nie etwas zuschulden kommen lassen und war außerdem auch noch nicht volljährig. Ich konnte von einer Verwarnung ausgehen und einen strengen Anpfiff meines Vaters erwarten.«

»Das sagt viel über Ihren Charakter aus.«

Nun errötete David. »Na ja. Was, wenn der Inhaber nicht die Polizei gerufen hätte? Was, wenn er nach seiner Waffe gegriffen und auf Sammy geschossen hätte? Er hatte das Recht dazu. Sammy hatte ihn bestohlen; in seinem Geschäft, in dem er hart arbeitete. Hätte ich mein Leben für ihn riskiert? Niemals. Mein Leben ist wertvoller als ein Schokoriegel. Aber die Menschen dort unten?« Er zeigte aus dem Fenster auf den weißen Planeten hinunter. »Falls nötig, würde ich mich für sie auf eine Granate werfen. Auf der Erde, vor all diesem Mist, hatten wir alle viele Perspektiven – manche mehr als andere. Hier oben? Hier hast du nur dich selbst und die Menschen um dich herum.«

Flores lehnte sich zurück und dachte über seine Aussage nach.

»Zuhause, Doc, würde ich diese Art von Freundschaft oder Kameraderie nie wieder finden. Niemals.«

Flores stand auf. »David, Sie haben mir viel zum Nachdenken gegeben.« Danach verließ sie ihn, um nach ihren anderen Patienten zu sehen.

****

Alfheim

Es war vorbei. Der Hinterhalt hatte nur 9 Minuten und 27 Sekunden gedauert. Für Corporal Eva Jorgensen hatte es sich wie eine Ewigkeit und zur gleichen Zeit wie eine Sekunde angefühlt. Sie hatten Glück gehabt. Nur drei Verwundete, deren Verletzungen eine medizinische Evakuierung erforderte. Magnus würde es schaffen – falls er den Transport zurück zur *Valkyrie* überstand. Cruz, der Ersatzmann, mit dem sie sich auf dem Weg zum Dorf unterhalten hatte … Er war seinen Verletzungen erlegen. Sein erster Tag auf dem Planeten; der Junge hatte nicht einmal seine Sachen ausgepackt. Und nun war er tot.

So viel für seine 54,83 Prozent Überlebenschance.

Zu ihrer aller Rettung hatte Kodiak in einem der Cougar einen großen Angriff gestartet. Die Zodark hatten es vorgezogen, nicht länger zu kämpfen, nachdem er die Lenkwaffen des Cougars auf sie gerichtet hatte. Sie hatten umgehend den Kontakt abgebrochen und waren in das Nichts verschwunden, aus dem sie aufgetaucht waren. Nala hatte Gott sei Dank überlebt. *Wenigstens eine gute Nachricht.*

Jorgensen richtete sich von der Felswand auf, gegen die sie gesunken war, rieb sich die gefrorenen Tränen aus dem Gesicht und stülpte sich ihren Helm über. In Zeiten wie diesen war sie für einen

Helm dankbar. Rund um die Höhlen herum machten sich alle bereit, die Cougars für den Rückweg zu besteigen.

Sergeant Chawla wartete bereits an der offenen Rampe auf sie. »Jorgensen, wir müssen los!«

Jorgensen rannte die Rampe hinter ihm hoch, ließ sich in ihren Sitz fallen und schnallte sich an. »Was ist denn so dringend?«

»Die Zodark haben den Damm angegriffen. Alle verfügbaren Patrouillen haben sich zur Unterstützung dort einzufinden.«

»Mac ist dort!« Sie verschluckte sich beinahe beim Versuch, diese Worte zurückzuhalten.

Chawla öffnete einen privaten Kanal zu ihrem Helm. »Nicht die Zeit dafür. Kein Wort darüber.« Der Kanal verstummte.

Chawla hatte Recht. Sie konnte keine Zeit darauf verschwenden, sich Sorgen um Mac zu machen. Er war zweifellos in der Lage, eine Dummheit zu begehen und dafür getötet zu werden. Wichtig war aber, dass alle wussten, dass sie und Mac ein Paar waren. Sie waren diskret genug, nicht darüber zu reden oder es einzugestehen, aber sie wussten es. Sie durfte die anderen nicht glauben lassen, sie sei aus Sorge um Mac unfähig, ihren Job zu tun. Das würde sie nicht zulassen.

****

Hart trat Krauss' Fuß gegen die Konsole, die sich nun unter ihm befand. Der Alarm erstarb, während ihm weiter die Funken um den Kopf sprühten. Es war ihm gelungen, sich von seinem Sicherheitsgurt zu befreien. Die Ausstiegsluke befand sich direkt über ihm. Es wäre einfach, sie zu öffnen. Aber was dann? Es sah keinen Weg aus dem Mech hinaus, ohne dass er direkt getroffen werden würde.

»Baron, Fujii hier. Wir sind am Damm. Anweisungen?«

»Fujii, Baron hier. Ist es möglich, mir Deckung zu geben?«

»Wird sofort erledigt, Chef«, meldete sich Abede.

Aus der Richtung des Damms flogen Leuchtspurgeschosse und Raketen in großer Zahl über seine Position hinweg. Krauss legte den Hebel der Luke mit einer Handbewegung um. Kalte Luft begrüßte ihn, während er sich aus seinem Mech hervorschob und über die obere Kante hinaus nach draußen fiel. Beim Versuch, sich auf die Beine zu stellen, stolperte er.

Meine Güte, das hätte mir noch gefehlt – mir so nahe an der Freiheit das Fußgelenk zu brechen. Zum Glück kam er wieder auf die Füße und rannte auf die Sicherheit der republikanischen Reihen zu.

Bis zu diesem Moment konnte Krauss ehrlich behaupten, dass er den Begriff ‚ohrenbetäubend‘ nie richtig verstanden hatte. Nachdem ihm jedoch Hunderte von Raketen und hypersonische Magrail-Projektile um die Ohren sausten, war ihm die Bedeutung dieses Wortes absolut bewusst. Es war, als ob das gesamte Universum um ihn herum in die Luft flog. Soweit er sich erinnern konnte, was dies das erste Mal, dass er außerhalb seines Mechs an einem direkten Feuergefecht mit den Zodark teilnahm. Bisher hatte er den Kampf immer im Innern dieses gepanzerten Biests verbracht. Und obwohl das Cockpit ein wenig Lärm von außen nach innen eindringen ließ, hatte es offenbar sehr gute Arbeit geleistet, ihn vom Geräuschpegel des wirklichen Kampfgetümmels zu isolieren. Die Realität war furchterregend.

Jeder Schritt vorwärts erinnerte Krauss daran, wieso er in einem Mech ritt. Seine Beine schmerzten stark mit der Anstrengung, so schnell wie möglich voranzukommen. Er lief im Zickzack und wechselte bereits nach wenigen Metern erneut die Richtung – während um ihn herum die Laserblitze ihr Ziel suchten. Er musste an das körperliche Training denken, das die Armee ihm abverlangt hatte: Liegestützen, Situps, Kreuzheben, Sprints und Ausdauerläufe. All das schien in diesem Augenblick sinnvoll, während er gerade so gut wie jede Muskelgruppe überbeanspruchte, um mit dem Leben davon zu kommen.

Sein Ausbildungssergeant hatte sich ständig wiederholt: »Krauss, Sie müssen sich selbst motivieren! Laufen Sie, als ob Ihr Leben davon abhängt!« Diesen Spruch hatte er immer gehasst. Und jedes Mal hatte er erwidert, dass er, sobald jemand auf ihn schoss, hinreichend Motivation finden würde – im Gegensatz zu den Herausforderungen eines einfachen Fitnesstests. Er hatte Recht behalten.

Es hatte des Deckungsfeuers eines kompletten republikanischen Zugs einschließlich ihrer Mech bedurft, bis er endlich verstand, was es wirklich hieß, um sein Leben zu laufen. *Nur noch wenige Meter …* und Krauss rannte an der vordersten Linie der Soldaten vorbei, die den Berg unter Beschuss hielten. Er schaffte es,

hinter Fujiis Mech in Deckung zu rutschen, bevor er sich umdrehte und
sich übergeben musste.
****

Der Cougar raste über ein Feld auf einen Hügel zu. Die Straße,
die zum Damm führte, lag auf der anderen Seite. Die engen und
größtenteils vernachlässigten Straßen zu nehmen, hätte sie zu viel Zeit
gekostet. Dank der zehn Räder des Cougar und seinem elektrischen
Motor mit 1200 PS, kamen sie querfeldein weit schneller voran. Falls
die Berichte zutrafen, die sie über ihre Funkgeräte erhielten, verlief die
Schlacht nicht gut.

Die Soldaten um Corporal Eva Jorgensen herum überprüften
ihre Ausrüstung und danach die ihrer Kameraden. Ansonsten gab es
wenig, was sie tun konnten. Und dann ratterte das Maschinengewehr
auf dem Dach des Cougars plötzlich los. Jorgensen sah an den anderen
vorbei nach vorn, wo einer von Kodiaks Männern den Kontrollhebel
auf der Konsole in der Hand hielt. Offenbar nahm er diverse Ziele aufs
Korn. Von der Seite gesehen, auf einer schwarz-weißen
Infrarotaufnahme konnte Jorgensen nicht im Detail erkennen, worauf er
schoss. Was immer es auch war, der Schütze sparte nicht an Munition.

Nach zwei langen, kontrollierten Feuerstößen klickte die
Waffe. Sie war leer. Sie hatten innerhalb weniger Minuten 2.000
Patronen verschossen.

»Ich mach das! In einer Sekunde bist du neu geladen«, rief
ihm einer der Soldaten, der neben dem Schützen saß, zu. Er stand auf,
öffnete die Munitionskiste und zog die benötigten Munitionsgürtel
hervor. Danach fütterte er sie unterhalb des Gefechtsturms in das
System, um es wieder einsatzfähig zu machen.

»Dreißig Sekunden! Aktiver eingehender Beschuss!«, schrie
ihr Fahrer ihnen über das Kommunikationsnetz des Fahrzeugs zu.

Jorgensen spürte, wie sich der Mannschaftstransportwagen
drehte und in die Position rutschte, die der Fahrer anstrebte. Sobald das
Fahrzeug zum Stehen kam, öffnete sich die hintere Rampe, um den
Soldaten das Aussteigen und die Teilnahme am Kampf zu ermöglichen.
Jorgensen löste ihren Sicherheitsgurt, griff nach ihrer Waffe und ihrem
medizinischen Notfallkoffer und rannte hinter ihrem Trupp her.

Mittlerweile war es draußen weit dunkler als es in Alpha gewesen war. Jorgensen drehte sich um und sah riesige schwarze Wolken am Himmel, die auf sie zuzukommen schienen.

»Jorgensen, los, rüber zum Damm. Trupp Vier hat Verwundete«, kommandierte Chawla. »Alle Mann an Deck. Alles oder nichts, Leute!«

Jorgensen folgte ihm im Laufschritt in das größte Kampfgetümmel hinein – wo Mac sich zweifellos aufhalten würde. Sie näherten sich der Straße, die zum Damm führte. Dort entdeckte sie eine Sammelstelle, die zur Aufnahme der Verwundeten eingerichtet worden war. Da Abba und Chawla bereits in diese Richtung unterwegs waren, wandte Jorgensen sich ab und eilte weiter auf den Damm selbst zu. Auf dem Weg zur vordersten Front hielt sie kurz an einen Körper an, der reglos mit dem Gesicht nach unten dalag. Es war ersichtlich, wieso dieser Soldat nicht beim CCP abgeliefert worden war. Er war tot.
****

Krauss hatte nichts mehr im Magen, nachdem er sich zum dritten Mal auf dem gefrorenen Boden übergeben hatte. Endlich stützte er sich am Bein von Fujiis Mech ab und stemmte sich auf die Beine. Der Blick zurück auf den Weg, den er gekommen war, verriet ihm, dass ein Trupp der Infanterie soeben in größter Hast in das Innere des Damms rannte.

Er sah zu Jones nach oben, die weiter mit ihrem Mech die Front im Auge behielt. »Was ist los? Wohin laufen sie?«

Jones erwiderte: »Die Zodark sind in die Tunnel unter dem Damm eingedrungen. Trupp Vier soll verhindern, dass sie uns in den Rücken fallen.«

»In die Tunnel eingebrochen?«, wiederholte Krauss ungläubig. »Wie haben sie das geschafft?«

Jones gab ihm keine Antwort, aber er hatte den Eindruck, dass ihr Mech kurz mit den Schultern gezuckt hatte.

»Halten Sie mich auf dem Laufenden. Ich gehe nach unten, um zu sehen, wo ich helfen kann«, wies Krauss sie an.

Links von ihm lag die Leiche eines gefallenen Soldaten. Krauss trat an ihn heran, hob das Sturmgewehr des Toten auf und nahm seine Munition an sich, bevor er die Stufen fand, die hinunter in den Damm führten. Es sah in die dunklen Gänge hinunter, wo ihm der

Lärm eines in einiger Entfernung stattfindenden gewaltigen Feuergefechts entgegenschlug. Er bereute seine Entscheidung bereits.

Außer dem gelegentlichen Aufleuchten einer Explosion drang kein Licht in die Tunnel vor. Erfolglos versuchte Krauss, sein Visier auf die Version für niedrige Lichtstärke umzustellen, Er erhielt nur Fehlermeldungen. Sein Helm musste wohl beim Fall seines Mechs ebenfalls beschädigt worden sein. Die Alternative dazu war natürlich, den Kopf eingeschlagen zu bekommen. Aus diesem Grund, obwohl er nicht weiter als nur wenige Meter weit vor sich sehen konnte, verbuchte er den Helm dennoch als Gewinn.

Der Schusswechsel ließ nach und Krauss' Magen verkrampfte sich. Er hielt seine Waffe fest umklammert vor sich, in Vorbereitung darauf, dass die Zodark jeden Moment um die Ecke kommen und ihn in Stücke reißen würden. Am Ende dieses Gangs traf er allerdings nicht auf die Zodark, sondern auf Trupp Vier in vollem Rückzug.

»Sie sprengen den Damm! Wir müssen schnellstens nach oben!«, rief einer der Soldaten dem verwirrten Krauss im Vorbeilaufen zu.

Sie sprengen den Damm? Wie ist das möglich? Die Antwort auf diese Frage wollte Krauss nicht abwarten. Schleunigst wechselte er die Richtung und rannte mit dem Rest der Soldaten so schnell er konnte die Stufen hoch.

BUUUUM!

Eine Explosion aus der Tiefe des Damms warf ihn zu Boden. Die anderen, die ebenfalls gestürzt waren, versuchten, wieder auf die Beine zu gelangen. Und dann stürzte eine Wasserflut vom hinteren Ende des Ganges auf sie zu.

»Schnell!«, schrie Krauss. Zum zweiten Mal an diesem Tag rannte er um sein Leben – dieses Mal, weil die Staumauer eingebrochen war. Er konnte nicht glauben, was er sah. Sie alle mussten den Damm so schnell wie möglich verlassen.

Wenn sie sich nur schneller bewegen würden ..., dachte Krauss.

Er betätigte sein Mikrofon. »Mech-Zug, verlassen Sie umgehend die Brücke! Die Zodark haben den Damm gesprengt.«

Endlich an der Oberfläche angelangt, sah Krauss, dass sich sein Team bereits abgewandt hatte. Mit einem gewaltigen Sprung gelang es ihm, die Leiter von Fujiis Mech zu erreichen. Er kletterte den

ganzen Weg zum Cockpit hoch, wo er Angesicht zu Angesicht mit
Fujii verharrte. Seine Arme klammerten sich hart am Metall fest.
Entlang des gesamten Damms konnte Krauss nun republikanische
Soldaten auf der Flucht sehen, während sie von ununterbrochenem
Laserfeuer verfolgt wurden. Voller Entsetzen musste er zusehen, wie
um ihn herum Infanteristen ihr Leben verloren. Und Krauss war absolut
machtlos, sie zu retten. Alles was er tun konnte, war sich festzuhalten,
während der Dammbruch sich ausweitete.
****

Corporal Eva Jorgensen suchte unter den Trupps hinter den
Barrikaden nach Mac. Neun Soldaten schossen willkürlich auf die Seite
des Berges. Ihre Zielerfassung versuchte offensichtlich, mit der hohen
Kadenz Schritt halten. Alle schienen unversehrt zu sein. Einer von
ihnen trug ein goldenes Abzeichen eines Sergeants.

»Sergeant, Ihnen allen geht es gut?«, rief sie ihm zu.

Der Unteroffizier sah zu Jorgensen hinüber. »Hier ist alles ok,
Doc. Trupp Vier berichtet von Verwundeten auf der anderen Seite des
Damms. Es klingt schlimm.«

»Danke.« Sie folgte weiter der Straße zum anderen Ende des
Damms hinüber – dort wo Mac war.

Der Rauch der Explosion vermischte sich mit der grau-weißen
Landschaft, die vor ihr lag. Es war einfach, die Orientierung zu
verlieren. Die Sturmwolken hatten den Damm endlich erreicht und der
Schnee fiel in dichten, weißen Schichten. Jorgensen verlangsamte ihre
Geschwindigkeit, als sich die Geräusche um sie herum veränderten –
alles klang anders. Es schien ihr beinahe so, als sei sie in einer Decke
eingehüllt, die sie gefangen hielt. Ein dumpfer Ton herrschte vor, vom
Schusswechsel bis hin zu den entfernten Explosionen und dem
Geräusch, den der Schnee unter ihren Füßen machte.

Plötzlich tauchten Figuren aus dem Rauch und dem Schnee
vor ihr auf. Republikanische Soldaten, die in aller Eile das Ende der
Brücke verließen und auf sie zukamen. Die Mechs drehten sich wieder
und wieder um, um diesen Rückzug so gut wie möglich zu decken. Im
Abstand von wenigen Sekunden nahm ein heller Lichtblitz ein weiteres
Leben unter den Soldaten. Und dann kam das Gewitter.
****

Krauss sah zum immer dunkler werdenden Himmel hinauf. Der Sturm hatte den Damm erreicht. Bereits aus der Sicht von der Höhle am Berg hatte dieser Sturm bedrohlich ausgesehen. Vom Boden her sah er einfach schreckenserregend aus. Hartweiße Lichtblitze tanzten zwischen pechschwarzen Wolken, während der Schnee den Soldaten unaufhaltsam die Sicht nahm. Irgendwie war es erstaunlich, sogar atemberaubend – wenn sie nicht gerade unter Beschuss gestanden hätten und mitten durch den Sturm hindurch zur Flucht gezwungen wären.

»He!«, schrie jemand zu seiner Linken.

Krauss wandte den Kopf und sah, dass ein Sanitäter auf ihn zu rannte und ihm bittend die Hand entgegen hielt. Krauss verstärkte seinen Halt an der Leiter und griff nach dem Arm des Mannes. Das Aufeinandertreffen der beiden Arme hätte Krauss beinahe vom Mech gerissen. Einige schmerzhafte Sekunden später öffnete er wieder die Augen und registrierte, dass es ihm gelungen war, den Sanitäter zu sich auf die Leiter zu ziehen

»Danke, Freund«, sagte der Sanitäter.

»Bedanken Sie sich nicht zu früh«, murmelte Krauss.

Der Damm schüttelte sich. Krauss warf einen Blick nach hinten. In diesem Moment schob sich das Innere des Damms wie von Geisterhand gehoben nach oben. Die Straße verformte sich und Feuer, begleitet von riesigen Gesteinsbrocken, schoss himmelwärts. Große Betonteile regneten auf die Straße hinunter. Krauss hatte seine Not, sich festzuhalten, während Fujii sich anstrengte, den Trümmern nach rechts oder links auszuweichen. Krauss verspürte ein Schütteln in seinen Beinen und wunderte sich, ob sich seine Muskeln vielleicht verkrampften, aber das Gefühl setzte sich in seinen Armen fort. Der Damm selbst brach in sich zusammen.

Mit der Zerstörung der Straße schien für Krauss die Zeit still zu stehen. Eine Flut von Wasser schob den Straßenbelag vor sich her. Soldaten wurden gegen Fahrzeuge geschleudert oder über den Rand hin weg in ein schäumendes Inferno gerissen. Krauss fühlte, wie die Straße unter ihren Füßen nachgab. Er konnte nichts tun, außer sich mit aller Kraft festzuklammern.

Er drückte auf den Knopf seines Mikrofons. »Vorbereitung für den Aufschlagt! Vorbereitung für den Aufschlag! Wir werden über den

Rand gespült.« Er wandte sich an den Sanitäter. »Egal, was passiert,
nicht loslassen!«
****

Jorgensen blieb unvermittelt stehen. Geschockt beobachtete
sie, wie der Damm vor ihren Augen auseinanderbrach. Einige Soldaten
schafften es noch, aber die Mehrheit ihrer Kameraden wurde über den
Rand gespült.

Ziel ihrer Operation war gewesen, die Kontrolle über diesen
Bereich zugunsten der lokalen Bevölkerung zurückzuerlangen. Und
jetzt lag das, was die Prim am meisten brauchten, zerstört vor ihnen.

Auch die Zodark hatten ihre Energie aus dem Damm
gewonnen. Sie mussten entschieden haben, dass weder die Prim noch
die Terraner den Damm haben sollten, falls die Zodark gezwungen
waren, die Kontrolle über ihn aufzugeben.

Eine einzelne Träne rollte Jorgensen an der Wange herunter.
Mac war irgendwo da unten.

Sei nicht albern, tadelte sie sich. *Du liebst ihn doch nicht!*
Aber ihr wurde in diesem Moment bewusst, dass er ihr sehr nahe stand.
Ihn zu verlieren, würde sogar tiefer schmerzen, als einen ihrer besten
Freunde zu verlieren.

Es tut weh, registrierte sie. Sie hatte ihn oft gewarnt, dass er zu
große Risiken einging. Er musste immer mitten im Kampfgeschehen
stecken, musste immer den verdammten Helden spielen. Er war der
Beste in seinem Metier. Jorgensen war demgegenüber froh, ihren Helm
zu tragen.

Kapitel Elf
Ein neuer Anfang

Hauptstadt Lakish
Sumara
Qatana-System

Hadad Nasr hieß Kanzlerin Luca, Senator Walhoon und Statthalter Hunt in seinem bescheidenen Heim willkommen. Das Haus war nichts Ausgefallenes, aber es war ein schönes Zuhause in einer angenehmen Nachbarschaft … zumindest war es das bis zum Beginn der Säuberung gewesen.

»Vielen Dank, dass Sie sich die Zeit für uns nehmen, Hadad«, begann Kanzlerin Luca. »Es gibt viel zu besprechen.«

»Ja, wie ich höre, planen Sie die Einrichtung einer neuen Regierung«, nickte Hadad, während die Vier im Wohnzimmer Platz nahmen.

»Hadad, wir möchten einen Weg finden, der die Opfer der Säuberung ehrt, der uns gleichzeitig aber auch erlaubt, nach vorne zu sehen«, erklärte Senator Walhoon. »Wir haben einen ganzen Planeten – einen entwickelten Planeten, das möchte ich hinzufügen – der nur minimal bevölkert ist. Wir müssen die Eigentumsrechte und eine Entschädigung für die Überlebenden diskutieren und danach entscheiden, was mit eigentumslosen Grundstücken, Häusern und Betrieben geschehen soll. Millionen Menschen auf der Erde warten darauf, nach Sumara immigrieren zu dürfen. Wir können sie nicht auf unbestimmte Zeit davon abhalten.«

Als sich vor einer Woche herausgestellt hatte, dass Millionen Aussiedler von der Erde ein neues Leben auf Sumara suchen wollten, waren diejenigen, die die Säuberung überlebt hatten, darüber nicht unbedingt glücklich. Sie wollten keine Fremden sehen, die einfach in das Haus ihrer Nachbarn oder eines gefallenen Familienmitglieds einzogen. Zudem stellte die Identifikation und Bestattung der Leichen planetenweit in allen Städten und Dörfern ein fortwährendes Problem dar. Ein Großteil der Überlebenden der Säuberung stammten aus den eher ländlichen Gegenden des Planeten; aus Bereichen, für die Zodark und die Mukhabarat keine Zeit gefunden hatten. Die meisten waren untergetaucht, sobald sie erfahren hatten, was vor sich ging. Bislang belief sich die Gesamtzahl der Überlebenden auf etwa 22 Millionen Menschen – Teil einer Bevölkerung von ehemals knapp 7 Milliarden Sumarern.

Statthalter Hunt meldete sich zu Wort. »Aus diesem Grund wollten wir mit Ihnen reden, Hadad. Wir möchten Sie zum Gouverneur ernennen, um zusammen mit uns eine neue Regierung zu etablieren. Sie soll die Kultur und die Geschichte Ihres Volkes reflektieren und gleichzeitig diese Kultur auf dem Hintergrund unserer gemeinsamen Abstammung mit unserer eigenen in Einklang bringen. Werden Sie uns helfen? Werden Sie der erste republikanische Gouverneur Sumaras sein?«

Hadad schwieg eine Weile. Er sah seine Frau an, die ihm aufmunternd zulächelte und ihm damit ihrer Unterstützung versicherte. Die würde er brauchen, falls er sich dieser Aufgabe stellen wollte.

»Falls ich dem zustimme, wie viel Autonomie wird mir in der Führung und dem Wiederaufbau der sumarischen Gesellschaft zustehen?«

»Wie weit soll diese Autonomie reichen?«, konterte Kanzlerin Luca. »Sie wissen, wir sind eine Republik. Das bedeutet, dass Ihnen weitgehend die Freiheit eingeräumt ist, den Planeten nach Ihren Vorstellungen zu führen und zu verwalten. Selbstverständlich unterliegen Sie den gleichen Gesetzen und Vorschriften, denen alle Angehörigen der Republik unterliegen. Dieser einheitliche Standard macht den nahtlosen Betrieb von Alpha, der Erde, Neu-Eden und jetzt auch Sumara möglich.«

»Ich möchte nur sicherstellen, dass mir weiter erlaubt ist, unsere eigene Kultur zu fördern. Obwohl die Sumarer und die Erdenbewohner wohl auf einen gemeinsamen Hintergrund zurückschauen, haben wir hier unsere eigenen Bräuche, die ich erhalten will. Außerdem möchte ich ein Mitspracherecht dabei haben, welche Art von Streitmacht auf dem Planeten stationiert sein wird und welchen Einfluss und welche Kontrolle sie über uns haben wird.«

»Es steht Ihnen frei, Ihre eigene Kultur aufrechtzuerhalten und Ihre eigenen Festtage zu feiern. Das ist kein Problem«, versicherte ihm Statthalter Hunt. »Einige bundesweite Feiertage der Republik werden Sie ebenfalls befolgen müssen. Im Hinblick auf die Schulen erwarten wir, dass sie die Geschichte der Republik lehren und wie Sumara in diese Geschichte hineinpasst. Allerdings werden wir Ihnen nicht detailliert vorschreiben, wie Sie das handhaben müssen. Wir möchten auf allen Planeten unter republikanischer Kontrolle den Gedanken einer gemeinsamen Geschichte und die Kenntnis dieser Geschichte sicherstellen. Gleichzeitig gestehen wir den Planeten aber auch zu, ihre eigene Kultur und ihre eigene Geschichte zu erhalten und zu fördern.

»Das Militär hingegen ist eine Bundesangelegenheit. Wir richten Militärstützpunkte und Vorposten ein und stationieren Schiffe und Einheiten, wo immer sie gebraucht werden, oder da, wo die Republik als Ganzes Stärke zeigen oder Verteidigungskräfte zur Hand haben muss. Ein Beispiel ist der geplante Bau einer Ringstation um Sumara. Behalten Sie dabei bitte im Auge, Hadad, dass diese Stationen einen tiefgreifenden positiven Einfluss auf die Konjunktur der Wirtschaften vor Ort haben werden.«

»Falls ich mich einverstanden erkläre, welche Art von Regierung werde ich einrichten und wie oft würde ich mich zur Wahl stellen müssen? Oder ist das eine Art Ernennung auf Lebenszeit?«

»Zunächst dienen Sie über einen festgelegten Zeitraum, während wir den Planeten wieder in Gang bringen und die neuen Siedler eintreffen«, informierte ihn Kanzlerin Luca. »Danach möchten wir, dass Sie einem ähnlichen Regierungsmodell folgen, wie wir es auf den anderen Planeten haben. Regionen bilden, deren Senatoren die Gesetze des Planeten und die Regeln erlassen, von denen Sumara regiert wird. Die Mehrheitspartei wird einen Sprecher wählen, der dem Senat vorsteht, während eine planetenweite allgemeine Wahl entscheidet, wer der Gouverneur sein soll. Die Amtszeit wird zehn Jahre betragen und eine Wiederwahl ist auf fünf Perioden beschränkt.«

Hadad trank einen Schluck seines Kaffees – das Getränk, das er während seiner Zeit auf den republikanischen Schiffen lieben gelernt hatte. »Nehmen wir mal an, ich akzeptiere diese Rolle. Wann werden die ersten Kolonisten eintreffen?«, erkundigte er sich. »Kann ich bestimmen, wo ich sie ansiedeln möchte? Ich würde bevorzugen, die Ansiedler in unterschiedlichen Regionen des Kontinents unterzubringen, solange, bis alle Reinigungsoperationen erledigt sind und wir die letzten feindlichen Verstecke geräumt haben.«

»Das sind faire Fragen«, bestätigte Luca ihm. »Meine Antwort ist ja. Das steht Ihnen frei. Tatsächlich brachten wir 110.000 Synth mit uns, die Ihnen bei der Identifikation und den Aufräumarbeiten behilflich sein werden. Sie können sich darauf konzentrieren, die Städte und Regionen, in denen die ersten Kolonisten eintreffen sollen, zu klären«, bot sie an. Es war deutlich, dass sie Hadad für den Job gewinnen wollte. Das war die beste Lösung. Er hatte viel Zeit in der Republik zugebracht, und es wäre gut, eine Person in der Rolle des Gouverneurs zu sehen, der die Denkweise beider Gruppen verstand.

»Hadad, hör auf, mit diesen Leuten zu spielen. Akzeptiere ihr Angebot, zum Gouverneur ernannt zu werden und lass uns mit dem Neuaufbau unseres Planeten und unseres Volks beginnen«, tadelte ihn seine Frau. »Du weißt doch, dass du annehmen wirst.«

Ihre Gäste lachten über diese unverblümte Aussage und warteten aufs Hadads Reaktion.

Langsam nickte er. »In Ordnung, ich nehme den Gouverneursposten an. Machen wir uns an die Arbeit.«

****

Hauptstadt Lakish

Statthalter Miles Hunt spazierte durch die dem Regierungsgebäude vorgelagerten Gärten. Mehrere Dutzend Synth gaben ihr Bestes, ihre ursprüngliche Schönheit wiederherzustellen. Obwohl die Zahl der Zodark, die sie während der Invasion bekämpfen mussten, insgesamt nicht unbedingt hoch gewesen war, hatten die verbliebenen kleineren Gruppen des Widerstands beträchtlichen Schaden in diesem Bereich angerichtet. Die zerstörerische Kraft von Lasern und hypersonischen Waffen war deutlich zu sehen.

»Wir brauchen mehr Synth, wenn wir die Regionen der neuen Siedler mit ihrem Eintreffen betriebsbereit haben wollen«, stellte General Ross McGinnis fest.

»Ganz Ihrer Meinung. Ich weiß nicht, was sich die Zodark mit ihrer Vernichtungsaktion auf dem Planeten gedacht haben. Sie konnten doch nicht glauben, dass nach der Ausrottung von Milliarden von Menschen – beinahe eine ganze Rasse – diejenigen, die sie zurückließen, einfach einen neuen Anfang machen würden. Kraftwerke müssen bemannt werden, Kläranlagen müssen beaufsichtigt werden, Nahrungsmittel müssen angebaut und Felder kultiviert werden. Konnten sie ernsthaft davon ausgehen, dass die, die sie am Leben ließen, unbeschadet weitermachen würden?«

Miles hatte Schwierigkeiten, die Brutalität der Zodark zu verarbeiten. Es ergab einfach keinen Sinn. Er fühlte sich wie Alice im Wunderland, die in das Kaninchenloch stürzte. Je tiefer er fiel, desto weniger schien irgendetwas Sinn zu ergeben.

»Darauf weiß ich keine Antwort, Miles«, erklärte McGinnis. »Ich bin froh, dass ich nur für meinen kleinen Teil des Puzzles verantwortlich bin. Ich kann mir nicht vorstellen, wie weitreichend Ihr Job ist. Die Aufsicht und Verwaltung einer Allianz, die sich über eine ganze Galaxie mit Dutzenden verschiedener Spezies erstreckt, ist mehr, als ich meinem Kopf zumuten könnte.«

»Ich will es nicht bestreiten, Ross. Es ist eine Herausforderung«, gab Miles zu. »Einige dieser Spezies sind von Geburt an Raubtiere. Andere sind reine Schafe. Sie folgen und führen die erhaltenen Anweisungen aus. Ihnen fehlt jegliches Führungstalent. Aber nun zurück zu Ihnen … Ich wollte privat mit Ihnen reden, da ich Ihren Rat brauche. Ich gehöre der Flotte an und verstehe den Bodenkampf nicht so wie Sie es tun.«

»Vielen Dank, Miles«, nickte McGinnis. »Ich hielt Sie immer für einen hervorragenden Schiffskapitän und Flottenadmiral. Sie verstanden es, die Kommandeure am Boden so kämpfen zu lassen, dass sie gewinnen konnten, ohne sich jemals in unsere Domäne einzumischen. Und was hat Sie nun so verwirrt, dass ich Ihnen aus der Klemme helfen darf?«

Miles mochte McGinnis. Er war direkt und redete selten um den heißen Brei herum. »Ich muss herausfinden, wie ich die unterschiedlichen Rassen innerhalb der Allianz in eine schlüssige Einheit und schlagfertige Streitmacht verwandeln kann. Der bisherige Weg der Allianz, diesen Krieg zu führen, war der falsche Weg. Schwer zu verstehen, dass dieser Konflikt sich seit Hunderten, wenn nicht sogar schon über Tausende von Jahren hinzieht. Die Prim und die Tully bekämpfen die Zodark nun bereits seit knapp 300 Jahren. Wie kann man einen Feind so lange bekämpfen, ohne ihn zu besiegen? Das übersteigt mein Vorstellungsvermögen. Ich bin entschlossen, das zu ändern. Wir werden anders vorgehen. Nicht länger Hunderttausende unserer Soldaten in einem Mischmasch von Einheiten und Gruppen den Zodark zum Fraß vorwerfen. Ich will die Struktur unserer Streitkräfte vereinheitlichen und ihr Training optimieren. Eine Tully-Division soll ohne Umstände gegen eine der Prim oder gegen eine menschliche

Division austauschbar sein. Die Soldaten sollen wissen, dass sie alle über die gleiche Ausrüstung, das gleiche Training und die gleichen Fähigkeiten verfügen. Nur so gewinnen wir diesen verdammten Krieg. Ich weigere mich, einen Zustand des endlosen Krieges als die neue Norm zu akzeptieren.

McGinnis hörte Miles zu und nickte zustimmend, während die beiden Männer weiter ihre Runden drehten.

Dann räusperte sich McGinnis. »Miles, als Kind faszinierten mich Science-Fiction-Romane. Ich las Comicbücher und verschlang jedes Buch, das mir meine Eltern auf meinen E-Reader herunterluden. Bei all dem Wissen, das ich mir dadurch angeeignet habe, war eines vollkommen klar. In jeder Serie verfügten die Menschen oder die Allianz der Guten immer über ein vereintes Militär, um die Gegner zu bekämpfen und zu besiegen. In *Star Wars* kreierte der Senat eine Armee der Klone – eine uniformierte militärische Streitmacht, die bis zum großen Verrat meist unter den Jedi kämpfte. In *Star Trek* gab es eine Sternenflotte, die unterschiedliche Spezies in eine vereinte militärische …«

Miles hielt eine Hand hoch, um ihn zu unterbrechen. »Moment mal, Sie schlagen doch nicht vor, dass ich der Allianz vorgebe, ein vereintes Militär wie in *Star Fleet* zu bilden?«

»Um Himmelswillen, sicher nicht«, lachte McGinnis. »Die Hälfte der Erdenbevölkerung hat bis heute weder einen Außerirdischen gesehen noch mit einem gesprochen, obwohl mittlerweile beinahe 50.000 auf der Erde leben. Was ich sagen will … Sie sind auf dem richtigen Weg. Durchgehend gemeinsames Training und die Bildung standardisierter Einheiten … Ein Bataillon der Prim unterscheidet sich nicht von einem der republikanischen Armee oder einem Bataillon der Tully, etc., inklusive dem zu absolvierenden Training. Beachten müssen Sie dabei allerdings, dass die Tully über Fähigkeiten verfügen, an denen es den Menschen fehlt. Das gilt auch für die Prim. Wichtig ist, diese Stärken als Teil der jeweiligen Truppenstruktur beizubehalten.«

Miles schüttelte den Kopf und murmelte etwas vor sich hin.

»Halten Sie durch, Miles. Nichts Erstrebenswertes war jemals einfach. Was Sie für die Allianz planen ist sowohl eine notwendige als auch eine noble Entscheidung. Es wird Leben retten und hoffentlich diesen grauenvollen Krieg beenden. Unterteilen Sie diese monumentale

Aufgabe in kleinere Schritte und konzentrieren Sie sich darauf, nach und nach eine Menge dieser kleinen Schritte zu bewerkstelligen. Mit der Zeit wachsen diese kleinen Schritte zu einer großen Leistung zusammen.«

»Richtig. Genau aus diesem Grund wird es derzeit keine neuen militärischen Operationen geben. Wir unterstützen und beenden die, die gegenwärtig stattfinden, werden aber keine neuen Initiativen ergreifen.«

»Das funktioniert, solange der Feind daraus keinen Vorteil schlägt«, warnte McGinnis. »Hoffentlich spielen die Zodark und die Orbot mit.«

»Was ist mit den Deltas? Gibt es für sie einen Platz in diesem gemeinsamen Trainingsplan?«

McGinnis schüttelte den Kopf. »Möglich wäre es, aber ich rate davon ab. Zumindest nicht in großer Zahl. Die Deltas mussten im letzten Jahrzehnt viel hinnehmen. Wir verlangten mehr und mehr von ihnen, ohne ihnen die Zeit zu geben, ihre Verluste zu ersetzen, geschweige denn sich zu vergrößern. Wir müssen sie wieder an ihre traditionellen Sondereinsätze heranführen.

»Zu Beginn des Krieges begingen wir den großen Fehler, sie als Stoßtrupp einzusetzen. Wir hätten die Ranger weit früher ins Leben rufen und ihnen diese Aufgabe übertragen sollen. Einfach zu sagen, im Nachhinein … Wir sollten unseren Fehler allerdings nicht weiter verschärfen, indem wir den Deltas eine zusätzliche Trainingsmission aufbürden, für die einige bewährte Unteroffiziere und Offiziere der mittleren Besoldungsgruppe besser geeignet sind.«

Miles seufzte. »Das mit den Deltas ist mir neu. Vielen Dank für diese Information. Ich hatte nur zu Beginn des Krieges mit ihnen zu tun.« Er hielt einen Moment inne, bevor er sich dem General zuwandte und sich die Schläfen rieb. »Ross, ich möchte, dass Sie Folgendes für mich tun«, bat er endlich. »Entwickeln Sie einen Plan, der es uns möglich macht, Tueblets, die Hauptwelt der Zodark, einzunehmen und unter unserer Kontrolle zu behalten. Machen Sie eine Aufstellung der Bodentruppen, die wir brauchen, und führen Sie aus, wie es uns gelingen wird, den Planeten einzunehmen und zu unterwerfen. Danach arbeiten Sie mit den Tully und den Prim daran, wie sie in diese Gleichung passen. Die Armee, die in Tueblets einfallen wird, soll sich auf Neu-Eden formieren und dort gemeinsam trainieren. Legen Sie fest, wie viele Garnisonstruppen Sie hier zurücklassen müssen, um dieses System zu sichern und die weiterführenden Operationen in der anhängenden Systemkette zu unterstützen. Aber verlegen Sie die Mehrzahl Ihrer Kräfte zurück auf Neu-Eden. Es gibt keinen Grund, die Einheiten länger als nötig auf Sumara zu stationieren, insbesondere da hier keine echten Kampfhandlungen stattfinden.«

»Wie sieht der Zeitrahmen für die Tueblets-Mission aus?«, erkundigte sich McGinnis. »Wir sprechen sicher von mehreren Jahren, richtig?«

»Genau gesagt von vier Jahren. Gegenwärtig fehlt es uns an Schiffen, um diesen Einsatz erfolgreich durchzuführen und gleichzeitig die Verteidigung unseres eigenen Raums zu garantieren. An der Lösung dieses Problems arbeite ich gerade. Bis auf Weiteres ernenne ich Sie hiermit zum Kommandeur der Bodentruppen für diese Mission. Nutzen Sie die Zeit, um den Planeten zu erkunden und herauszufinden, welche Art von Truppen wir brauchen werden. Beginnen Sie mit deren Training und machen Sie sie einsatzbereit. Wir besprechen uns gelegentlich, um zu sehen, wie Sie vorankommen.«

Miles seufzte erneut. Er musste die Alfheim-Operation so bald wie möglich zu Ende bringen, damit sie sich der nächsten großen Schlacht zuwenden konnten. Seiner Überzeugung nach würde diese nächste Auseinandersetzung der Katalysator sein, der zum Ende des Krieges führen würde.

Kapitel Zwölf
Projekt 970

Privatresidenz
Walburg-Industrien
Vail, Colorado
Erde
Sol-System

Dr. Alan Walburg sah sich seit Stunden die Videoaufzeichnungen und den Code der KI- Software in Bezug auf das Wechselspiel zwischen den Synthetikern und ihren menschlichen Gegenstücken an. Was er sah, war verblüffend. Die Überprüfung des Quellcodes, der die Basis für das Betriebssystem der Synth darstellte … *Es ergab einfach keinen Sinn.* Und die Tatsache, dass er nicht verstand, was da vor sich ging oder wie es geschah, versetzte ihn in Angst und Schrecken.

Neben ihm fiel eine Teetasse auf den Tisch und schreckte ihn aus seinen Gedanken hoch. »Entschuldige, Schatz. Ist mir aus den Händen gerutscht«, entschuldige sich Julie, seine Frau.

Alan lächelte seiner ihm seit 76 Jahren angetrauten Braut liebevoll zu. »Kein Problem, meine Liebe. Danke, dass du mir noch eine Tasse Tee bringst.«

»Und deine Lieblingschips«, verkündete Julie und legte ihm einen kleinen Beutel vor.

Alan litt unter einer ungesunden Abhängigkeit von Jays traditionellen Kartoffelchips. Er wusste, sie waren schlecht für ihn, aber sie waren das Futter für die Seele, das er sich gönnte, wenn er mit einem schweren Problem auf der Arbeit kämpfte.

Julie nahm ihm gegenüber im Stuhl auf der anderen Seite des Tisches Platz. »Schatz, was hat dich so aus dem Ruder geworfen, dass du unseren Nachmittagsspaziergang vergessen hast?«

Ein Blick auf seine Uhr ließ Alan seufzen. Er hatte ihren einstündigen Spaziergang vergessen, den sie alltäglich um 13 Uhr auf ihrem Grundstück absolvierten. Sie genossen es, diese ungestörte Zeit miteinander zu verbringen. Aus diesem Grund ließen sie regelmäßig ihre Kommunikationsgeräte zurück. Während dieser Spaziergänge berichtete ihm Julie stets das Neueste über ihre Kinder und Enkel, um ihn daran zu erinnern, dass es im Leben mehr als nur die Arbeit gab.

Julie war Alans Leitstern. Sie war der Anker in seinem Leben und der Mittelpunkt, um den sich ihre ganze Familie drehte. So sehr er auch versucht hatte, auf einer persönlichen Ebene Kontakt zu seinen Kindern zu finden, war es seine Frau, die diese Verbindung tatsächlich unterhielt. Zwei seiner Kinder arbeiteten mit ihm zusammen. Zu ihnen hatte Alan sicher den besten Draht. Die beiden anderen Kinder hatten ein anderes Tätigkeitsfeld gewählt. Mittlerweile waren diese Kinder selbst schon zwischen 60 und 70 Jahren alt und hatten eigene Kinder und Enkelkinder. In seinen Augen, egal wie alt seine Kinder auch waren, waren sie immer noch seine Babys.

»Tut mir leid mit dem Spaziergang. Wie geht es Holly?«

Holly war die jüngste Tochter von Lane, ihrem ältesten Sohn. Sie war 26 Jahre alt und hatte endlich ihren Doktor an der Universität von Süd-Florida – an seiner Alma Mater – mit einem Abschluss in Robotertechnik und Maschinenlernen verliehen bekommen. Diesen Abschluss hätte sie bereits vier Jahre zuvor gemacht, wenn sie das Militär nicht am Tag ihres 18. Geburtstags eingezogen hätte.

Seit sich die Erde unter der Fahne der Republik vereint hatte, wurde jede vierte Person an ihrem 18. Geburtstag eingezogen. Die Altairianer hatten darauf bestanden, dass die Republik eine bestimmte militärische Stärke erreichte, und das konnte nur über die Einführung der Wehrpflicht erreicht werden. Während Alan weder seine finanzielle Stärke noch seine Verbindungen nutzen konnte, um seine Enkel von der Einberufung zu befreien, war er jedoch in der Lage, seine Familienmitglieder innerhalb des Militärs in Ingenieurpositionen unterzubringen und sie dann seinen Betrieben fachdienlich zugeordnet zu bekommen.

»Holly geht es gut, Alan. Nachdem sie ihren Flottendienst abgeleistet und ihren Doktor gemacht hat, möchte sie in deinem Unternehmen entweder ein Praktikum bei dir machen oder direkt für dich als deine Assistentin arbeiten.«

Alan nickte. Von all seinen Enkeln stand Holly ihm wohl am nächsten. Sie war ein Tüftler wie er. Sie liebte es, Dinge zu bauen. Sie war unglaublich intelligent, mit einem erstaunlich analytischen Gehirn – und sozial vielleicht ein wenig unbeholfen. Alan hatte sich Sorgen gemacht, dass das ihre Zeit im Militär negativ beeinflussen könnte. Aber sie hatte es überstanden.

Holly hat einen Teil ihres Gehirn freigesetzt, zu dem nicht allzu viele Menschen Zugang finden, dachte Alan.

»Richte ihr bitte aus, dass ich sie gerne als Praktikantin akzeptiere. Vielleicht kann sie mir bei der Lösung eines Problems helfen, mit dem ich mich gerade befasse.«

Julie stellte ihre Teetasse ab und sah ihn fragend an. »Welches Problem?«

»Es ist kompliziert.«

»Nun komm schon, Alan. Wir sind schon zu lange verheiratet, um mich so abzuspeisen. Sag es mir. Vielleicht kann ein einfacher Sterblicher wie ich ja etwas sehen, was du nicht siehst.«

Alan errötete bei diesem Tadel. Er wusste, dass Julie selbst über einen brillanten Geist verfügte. »Es sind die Synthetiker. Sie … sie scheinen sich weiterzuentwickeln.«

»Sie entwickeln sich weiter? Auf welche Weise?«

»Als die Armee vor vielen Jahren den Zodark-Planeten Rass einnahm, trafen wir zum ersten Mal auf die Orbot«, begann Alan. »Während einem der Gefechte erlangten die Orbot kurzzeitig Zugriff auf das Betriebssystem der Synthetiker. Sie waren gerade dabei, sie vollständig unter Kontrolle zu bekommen, als einer der Offiziere sah, was geschah. Er legte die Synth über ihren Notschalter still, bevor die Armee die Herrschaft über sie verlor.«

»Ich … ja, daran kann ich mich erinnern. Das hat dir große Sorgen bereitet. Warte … das war, als du …«

»Richtig. Ich habe dann Software-Update 301 hochgeladen.«

Julie richtete sich plötzlich angespannt in ihrem Stuhl auf und hielt sich schockiert die Hand vor den Mund. »Du hast ihnen doch nicht dein *Geschenk* gegeben, oder?«

Alan schwieg einen Moment. Dann schüttelte er kaum merklich den Kopf, bevor er hinzufügte: »Nicht das. Nein, *alle* Synthetiker wurden mit Patch 301 aktualisiert, was den Orbot unmöglich machte, Zugriff auf sie zu nehmen oder womöglich einen der Synth dazu zu missbrauchen, ihrerseits einen neuen Software-Update einzuschleusen. Aber zwei Dutzend ausgewählte Synth erhielten Bugfix 301.1 … eine modifizierte Version des ‚Geschenks‘.«

Tief in Gedanken versunken verarbeitete Julie stumm, was er gerade gesagt hatte. »Das Geschenk ... die, die es haben ... sie können ihr Betriebssystem nicht an die anderen weitergeben, richtig? Es ist allein auf diese 24 beschränkt?«

Alan nickte.

»Wieso hast du das getan? Hast du nicht gesagt, dass es immer noch zu gefährlich ist? Hast du einen sicheren Weg gefunden oder du Sicherheitsvorkehrungen getroffen?«

Alan seufzte. »Julie, bedenke bitte, dass ich bereits seit über zwei Jahrzehnten an diesem speziellen Betriebssystem arbeite. Ich habe sichergestellt, dass diese Synthetiker ihren Software-Patch nicht an andere weitergeben können. Außerdem machte ich es unmöglich, dass jemand das Programm extern herunterladen konnte. Und als weitere Sicherheitsvorkehrung baute ich einen Notfallschalter ein, damit wir, falls es nötig werden sollte, alle aus dem Verkehr ziehen können.«

»Ok, und nachdem ich jetzt weiß, was du getan hast, erzähle mir, was dich nachts wach hält.«

»Ich habe die Wechselwirkung zwischen den Synthetikern und dem Geschenk studiert und einige einzigartige Reaktionen festgestellt.«

»Einzigartig? In welcher Weise?«, forschte Julie interessiert.

»Einer der Synthetiker ist ein medizinischer Synth, der sich derzeit mit unseren Streitkräften auf dem Eisplaneten Alfheim aufhält. Die Daten, die ich von ihm erhielt, sind einfach unglaublich. Als ich 301.1 einführte, überließ ich den Synth das Geschenk nicht sofort im gesamten Umfang. Vielmehr arrangierte ich es so, dass sie es langsam für sich entdecken müssen. Jede neue Erfahrung setzte ein neues Set von Gedanken und Gefühlen frei, die sie zunächst integrieren und ihre Bewältigung lernen müssen, bevor sich ihnen mehr eröffnet. Ich hielt das für einen weit sicheren Weg, den Synthetikern ein wahres Ich-Bewusstsein zu geben – ohne die künstliche Intelligenz zu überwältigen und möglicherweise die negative Reaktion hervorzurufen, die wir mit der Gabe dieses Gifts ursprünglich befürchteten.

»Was mich verwirrt, ist die Reaktion der Synthetiker auf die Freisetzung jeder neuen Emotion. Zunächst wissen sie nicht, wie sie reagieren sollen. Mit der Zeit – nachdem sie dieses merkwürdige Gefühl mehrmals erfahren haben – gewöhnen sie sich daran und finden Wege, es zu integrieren. Es ist faszinierend. Beinahe so, als ob du in das Gehirn eines Babys oder eines kleinen Kindes einsiehst, das anfängt, die Welt zu entdecken und mehr über seine Umgebung zu lernen.«

»Das klingt fabelhaft, Alan. Und wo liegt nun das Problem?«

»Ich weiß nicht, wie es ihnen gelingt«, erklärte er. »Genauer gesagt … Ich weiß nicht, welche Erfahrung oder welches Erlebnis das neue Gefühl hervorruft oder ab welchem Zeitpunkt dieses neue Gefühl Teil ihres Betriebssystems wird. Falls ich mir sicher wäre, wann und wie diese Emotionen Teil des permanenten Betriebssystems werden, könnte ich den Vorgang nachvollziehen, womöglich kontrollieren oder sogar reproduzieren. Ich muss es herausfinden. Sobald mir das gelingt, können wir es vielleicht auf kontrollierte Art und Weise auch in die anderen Synth integrieren.«

Julie lehnte sich in ihrem Stuhl zurück und überlegte. »Das klingt wie das perfekte Problem für Hollys und deine erste Kollaboration.«

»Das denke ich auch. Lane wird sicher ebenfalls hilfreich sein. Er hatte großen Anteil an der Entwicklung des Bugfix 301.«

Julie sah Alan durchdringend an. »Wenn du die beiden an Bord bringst, dann musst du ihnen die Wahrheit sagen. Du musst ihnen vom ‚Geschenk‘ erzählen, wie lange du schon daran arbeitest, und was du bis zum gegenwärtigen Zeitpunkt getan hast. Ohne ein komplettes Bild von dem zu haben, woran du gearbeitet hast, werden sie dir nicht erfolgreich assistieren können.«

Seufzend gab er ihr sein Einverständnis. »Früher oder später müsste ich ihnen das Geheimnis sowieso eingestehen. Ich werde älter. Ich muss mich darauf vorbereiten, das Zepter abzugeben.«

Julie lachte aus vollem Hals. »Ha! Du und dich zurückziehen? Das Zepter weiterreichen? Schatz, du wirst bis zu deinem letzten Atemzug arbeiten. Nebenbei, du solltest Kontakt zu deinem alten Freund Miles Hunt aufnehmen und ihn darauf ansprechen, von den Gallentinern behandelt zu werden. Wenn es eine Person auf der Erde gibt, der es erlaubt sein sollte, noch 30 oder 40 oder mehr Jahre zu leben, dann bist du es.«

Alan lächelte. »Ja, eines Tages werde ich ihn wohl darum bitten müssen. Wir werden sehen. In der Zwischenzeit sollten wir ein Datum für Hollys und Lanes Besuch finden. Es ist Zeit, sie auf den neuesten Stand zu bringen. Sag ihnen, dass wir sie in einem Monat hier im Haus erwarten. Wir haben viel zu besprechen, und ich will das nicht

in einer Sitzung tun. Sie werden Zeit brauchen, das Gehörte zu
verkraften.«
****

Außenposten Gaelic
Asteroidengürtel
Sol-System

Liam war sich nicht sicher, weshalb der Statthalter der Allianz
ihn treffen wollte. Er war sich nicht einmal sicher, ob er sich dazu
bereit erklären sollte. Andererseits, wie konnte er dem Mann, der die
gesamte galaktische Allianz befehligte, eine Absage erteilen?

»Wann trifft er ein?«, fragte Sara.

»Wer?«

»Du weißt genau wer.«

»In einer Stunde«, erwiderte Liam. »Sein Shuttle hat sich
gemeldet und ihre Ankunft an der Station angekündigt.«

»Dann lass uns hinunter zum Flugdeck gehen und uns auf die
Begrüßung unserer Gäste vorbereiten«, zwinkerte Sara ihm zu. »Nicht
oft, dass uns jemand in unserem kleinen Territorium besucht, ganz zu
schweigen von einem Statthalter.«

Liam liebte es, durch ihr Hauptatrium zu spazieren. Es war
nun schon beinahe zwölf Jahre her, dass sie das Abenteuer der
Erschaffung ihrer eigenen Welt in Angriff genommen hatten. Während
dieser Zeit hatte ihre Basis an Größe und Einfluss zugenommen. Die
Bevölkerung, die innerhalb des Planetoiden lebte, war auf 290.000
Personen angewachsen. Ein im Bau befindlicher neuer Flügel würde
weiteren 60.000 Bewohnern Platz bieten. Und dann gab es noch die
externen Wohnbereiche. Die Konstruktion des ersten von zehn
geplanten Lebensräumen war gerade abgeschlossen. Jede Unterkunft
würde Platz für 7.000 weitere Bürger schaffen.

Liam bemühte sich sehr, ihren Außenposten und ihre kleine
Welt zu erweitern – ihr Zufluchtsort weg von der Republik und ihrer
Zentralregierung. Er war nicht der Einzige, der dieses Ziel verfolgt
hatte. Andere Minenunternehmen hatten Ähnliches getan und ihre
eigenen Außenposten in das schwebende Gestein und die Planetoiden
im Hauptgürtel zwischen den Umlaufbahnen von Jupiter und Mars
gehauen. Das Abbaugeschäft, das im Gürtel stattfand, ließ alle

möglichen kleinen ,Reiche' entstehen und erzeugte Visionen der Weltbildung – zumindest für die Firmen, die sich deren Konstruktion leisten und genug Arbeiter und Geschäftsleute anziehen konnten, um sie dabei zu unterstützen.

Liam und Sara hatten Glück gehabt, die Ersten zu sein. Außerdem hatten sie einen Handel mit dem Teufel, namentlich mit der Republik, geschlossen, eine bestimmte Klasse von Fregatten für sie zu bauen. Diese gesicherten Arbeitsplätze und der Zugang zu einem regelmäßigen Versorgungssystem hatten dem gaelischen Außenposten erlaubt, Wohlstand zu erwirtschaften und sich zu vergrößern. Vor einer Weile hatten sie bereits zum zweiten Mal ihren Werftbereich verdreifacht. Das hatte das Interesse großer, kommerzieller Schiffsbauer geweckt, die nun auf dem Außenposten dauerhaft ihre Dienste anboten. Diese robusten wirtschaftlichen Aktivitäten brachten Arbeitsstellen mit sich und einen weiteren Ausbau des Versorgungssystems zwischen Gaelic, dem Mars, Lunar, der Erde und der BlueOrigin-Station, die irgendwo in der Mitte zwischen allen lag.

Als Liam und Sara die Hangarbucht betraten, sahen sie eine kleine Menschengruppe, die sich nahe den bodenhohen Fenstern, die den Weltraumhafen überblickten, versammelt hatte. Die Menschen zeigten auf etwas und diskutierten angeregt. Nachdem er sich einen Weg durch die Menge gebahnt hatte, konnte Liam endlich sehen, was sie so begeisterte.

»Sieh dir das Schiff an, Liam. Ist es nicht unglaublich?«, kommentierte Sara leise, während das gallentinische Shuttle gerade hinter ihnen in die Landebucht einflog und geräuschlos aufsetzte.

»Die Technologie in diesem Ding kann ich mir nur ausmalen … Sie muss erstaunlich sein.«

Sobald der Transporter aufgesetzt hatte, überzog eine Seite des Schiffs ein Schimmern, das beinahe wie Wasser aussah. Danach weitete sich dieses Feld solange aus, bis es die Dockingstation des Terminals erreicht hatte – worauf sich diese sichtbare Verbindung verhärtete. Sie sah nun wie eine umschlossene Landungsbrücke aus, die das Shuttle mit dem Terminal verband.

Ein Keuchen ging durch die Menge. Mit weit aufgerissenen Augen hielt sich Sara überrascht die Hand vor den Mund. Liam wusste, dass ihr Ingenieurgehirn auf Hochtouren arbeitete, um das erklären zu können, was sie da gerade gesehen hatten.

Gleich darauf schritt eine bekannte Figur auf sie zu. Es war Miles Hunt, der Mann, den Liam und Sara vor zehn Jahren kennengelernt hatten, als sie den Flottenbauvertrag mit ihm abschlossen, der ihr Schicksal und das von Gaelic so positiv beeinflusst hatte.

Hunt wurde von zwei Marineoffizieren begleitet und von zwei Personen in Zivilkleidung, die wie Regierungstypen aussahen oder vielleicht wie Wissenschaftler – pompös und irgendwie streberhaft.

Liam sprach ihn an. »Statthalter Hunt, es ist uns eine Freude, Sie wiederzusehen. Wie lange ist es her? Zehn Jahre?«

Hunt schüttelte ihm während dieser Begrüßung fest die Hand. Liam war überrascht zu sehen, dass Hunt offenbar nicht gealtert war. Tatsächlich machte er auf ihn den Eindruck eines weit jüngeren Mannes. In jedem Fall sah er gesünder aus und in besserer Verfassung.

»Ich freue mich ebenfalls, Sie zu sehen, Liam. Vielen Dank, dass Sie sich zu diesem Treffen bereit erklärten. Das Thema, das ich mit Ihnen besprechen muss, ist von so großer Wichtigkeit, dass es ein persönliches Gespräch verlangt. Wo können wir uns privat unterhalten?«, kam Hunt offen und direkt auf den Anlass seines Besuchs zu sprechen.

Das mochte Liam an dem Mann. Er tanzte nicht um den heißen Brei herum oder verschwendete Zeit auf Höflichkeiten. Er kam direkt auf den Punkt. »Selbstverständlich. Bitte folgen Sie mir in unseren privaten Bereich.«

Liam und Sara begleiteten ihre Gäste durch den großen Vorhof in das Zentrum der Einrichtung. Seit Hunts letztem Besuch hatte sich viel verändert. Die Vegetation entlang den Wänden und den Aufbauten hatte Wurzeln geschlagen, was einem andernfalls eintönigen Innenraum viel natürliche Schönheit verlieh.

In Liams und Saras Privatwohnung nahmen alle im formellen Wohnzimmer Platz. Bevor jemand etwas sagen konnte, untersuchte einer von Hunts Offizieren das Zimmer auf Abhörvorrichtungen. Der zweite Offizier stellte ein kleines Gerät auf dem Tisch zwischen ihnen ab und aktivierte es. Das Gerät machte keinerlei Geräusche. Ein rotes blinkendes Licht ließ die Anwesenden jedoch wissen, dass es eingeschaltet war.

»Ich sehe, dass Sie die Sicherheit weiterhin sehr ernst nehmen«, kommentierte Liam.

»Wenn Sie so viele Geheimnisse wie ich mit sich herumtragen, müssen Sie Vorkehrungen treffen«, erklärte Hunt. »Es sind nicht nur meine menschlichen Kontakte, deren Spionageaktivitäten ich befürchten muss, oder ein Abhören während von mir einberufenen Besprechungen oder auf den Konferenzen, an denen ich teilnehme – dazu gibt es noch eine Reihe anderer Spezies, die gerne wüssten, was es Neues gibt. Und dann sind da noch unsere Feinde ...«

»Sie haben Recht. Was bringt also den Statthalter der Milchstraße an unseren kleinen Außenposten?«

Sara stieß ihm leicht in die Rippen. »He, versuche zumindest, nett zu sein«, tadelte sie ihn. Offenbar sagte ihr sein Ton nicht zu.

Hunt schien von diesem Zwischenspiel amüsiert zu sein. »Ich bin hier, um Sie um einen Gefallen zu bitten«, kündigte er an.

»Einen Gefallen?«, entfuhr es Liam überrascht. »Was kann ich wohl für Sie tun, was Sie nicht selbst für sich tun können? Sie befehligen die gesamte Galaxie.«

»Was ich angehen will, muss diskret erledigt werden … und nicht über offizielle Kanäle.«

Jetzt verstand Liam den Grund seines Besuchs. Er sollte etwas für Hunt tun, wovon weder die Republik noch sonst jemand etwas wissen sollte.

»Ok. Warum sagen Sie mir nicht, was Sie brauchen, und ich sage Ihnen, ob es möglich ist und was es Sie kosten wird.«

»Ich brauche eine kleine Forschungsstation – in einem Bereich, den Sie kontrollieren, und was noch wichtiger ist, an einem Ort, den Sie beschützen können«, erklärte Hunt.

Eine Forschungseinrichtung ... Welche Art von Forschung will er betreiben, von der weder das Militär noch die Regierung etwas erfahren soll?, fragte sich Liam.

»Hmmh, das kommt darauf an … Soll diese Forschungseinrichtung auf der Station untergebracht oder getrennt von ihr angesiedelt werden? Welche Art von besonderem Schutz ist hier gefragt?«

Hunt beugte sich zu ihm vor. »Am besten wäre es, sie von der Station getrennt zu halten. Meinetwegen kann sie an diesem schwebenden Gesteinsbrocken befestigt sein; sie darf nur nicht an die bevölkerte Station selbst angebunden sein. Sie muss über ihre eigene Anlegevorrichtung verfügen, um die Versorgung zu gewährleisten oder zusätzliche Teammitglieder einfliegen zu können. Mein Team wird Sie über die Einzelheiten und die Größe der Anlage informieren und welche Art von Containment-Labor benötigt wird.«

»Darf ich wissen, wonach Sie dort forschen oder was Sie dort tun werden?«, erkundigte sich Liam.

»Es wäre wohl am besten, wenn Sie es nicht erfahren … Auf diese Weise können Sie ehrlich sagen, dass Sie keine Ahnung haben, was sich dort abspielt.«

»Vorsicht, worauf du dich einlässt«, meldete sich Sara mit besorgter Stimme zu Wort. »Es klingt gefährlich, Du weißt, dass wir für über 300.000 Leben verantwortlich sind.

Eine kurze Pause trat ein. Hunt sah aus, als ob er versuchte, ihre Vertrauenswürdigkeit einzuschätzen. Er wandte sich an einen der Zivilisten. »Denken Sie, es ist ok, sie einzuweihen?«, fragte er leise.

»Es ist ein grauer Bereich, Sir. Es handelt sich nicht wirklich um einen illegalen Forschungsauftrag«, antwortete der Zivilist, der bis zu diesem Augenblick geschwiegen hatte.

Vielleicht will ich es gar nicht wissen, überlegte Liam.

»Liam, Sara, wie Sie wissen, befinden wir uns mit den Zodark seit beinahe 15 Jahren im Krieg. Und die Zodark sind nicht die einzige außerirdische Rasse, die wir bekämpfen – sie sind nur diejenigen, die wir gegenwärtig am härtesten bekämpfen. Ich möchte, dass sich einige Forscher mögliche Biologika ansehen, die wir gegen sie einsetzen könnten.«

Ja, das musste ich wirklich nicht wissen, sagte Liam sich. Er war sich nicht sicher, ob ihn der Gedanke einer Forschung in diese Richtung abstoßen oder ob er froh darüber sein sollte, dass sich jemand des Problems annahm.

»Ich dachte diese Art von Forschung ist nach den Friedensvereinbarungen des letzten Großen Kriegs verboten«, brachte Sara mit leiser, beinahe unbeteiligter Stimme vor. »Warum wollen Sie ein Programm wie dieses neu aufleben lassen?«

»Wir haben noch nicht entschieden, ob wir diese Richtung tatsächlich einschlagen werden. Deshalb brauchen wir ein Forschungslabor, um einige Tests durchzuführen und zu sehen, ob dies eine umsetzbare Lösung sein könnte oder auch nicht«, erklärte Hunt.

Einer der Männer im Anzug stellte klar: »Die Frage der Illegalität ist umstritten. Die Asiatische Allianz oder die Vereinte

Europäische Union existieren nicht länger. Alle Unterzeichner dieser Abkommen sind nun Teil der Republik, was diese alten Verträge hinfällig macht. Außerdem entwickeln wir diese Mittel nicht zum Schaden der Menschheit. Sie sind zum möglichen Einsatz gegen außerirdische Kreaturen wie die Zodark und die Orbot gedacht.«

Der Zivilist hielt kurz inne, bevor er weiter sprach: »Sie müssen etwas verstehen, Sara. Die Zodark und die Orbot sind ungemein heimtückische Biester. Sie breiten sich unablässig weiter über die Galaxie aus und erobern und versklaven oder schlachten alle ab, die ihnen über den Weg laufen. Harte Zeiten erfordern drastische Maßnahmen.«

Schließlich äußerte sich Liam: »Sie haben Recht. Sie brauchen eine separate Einrichtung, getrennt von dem, was wir hier aufgebaut haben. In diesem Fall ist es wohl am besten, wenn wir Ihnen einen kleinen, stabilen Felsen zur Verfügung stellen, auf dem Sie in der Nähe von Gaelic bauen können. Auf diese Weise können Sie sich auf unsere Unterstützung verlassen, sollte die Notwendigkeit entstehen. Gleichzeitig ist die Einrichtung aber auch weit genug von uns entfernt, falls etwas schiefgehen sollte.«

»Was ist mit der Sicherheit, falls jemand neugierig werden sollte oder jemand versucht, uns auszurauben?«, fragte der Zivilist.

»Wir können die Station in unsere Routinepatrouillen einschließen«, bot Liam an. »Außerdem können wir mehrere Nahverteidigungssysteme installieren oder Sie bringen Ihre eigenen Systeme an. Da sie den Standort geheim halten wollen, schlage ich hinsichtlich der internen Sicherheit vor, dass Sie Ihre eigenen Kräfte mitbringen. Wenn jemand regelmäßig von unserer Station aus diesen Ort anfliegt, wird sich seine Existenz in Windeseile herumsprechen. Die Leute reden … Das lässt sich schwer kontrollieren.«

»Das dürfte funktionieren, Miles«, nickte der Zivilist. »Wenn Sie nichts dagegen haben, dass wir für unsere eigene Sicherheit sorgen, dann können wir einige Dinge installieren, die neugierige Besucher abschrecken werden.«

»Sprechen wir über eine angemessene Entschädigung«, schlug Liam vor. »Sie bitten uns nicht nur um einen Gesteinsbrocken, der vor neugierigen Augen geschützt ist. Sie erwarten zudem von uns die Geheimhaltung einer Forschung nach etwas, das – falls es nicht bereits illegal ist – auf jeden Fall illegal sein sollte. Was würden der Senat oder die Kanzlerin sagen, wenn sie wüssten, was Sie planen? Was würden sie sagen oder tun, falls sie wüssten, dass wir Sie dabei unterstützen? Wenn ich alles, was wir aufgebaut haben, und unsere Leute in Gefahr bringen soll, dann bieten Sie mir besser etwas, das dieses Risiko wert ist.«

Der Statthalter schien nach diesen harten Worten oder Liams Forderung weder verärgert noch eingeschnappt zu sein. Tatsächlich sah er so aus, als ob er genau das erwartet hätte.

»Liam, ich verstehe Ihre Bedenken. Ich hätte dieses Labor auch auf einem anderen Planeten vor neugierigen Augen verstecken können oder an einer kleinen Station mitten im Weltraum. Aber das wollte ich nicht. Stattdessen entschied ich mich dafür, an dieser wichtigen Mission mit Ihnen zu arbeiten, da ich Sie für eine Person halte, mit der ich zusammen arbeiten kann.«

»Ach ja? Wie kamen Sie zu dieser Überzeugung?«, fragte Liam mit hochgezogenen Augenbrauen. »Ich bin nicht unbedingt gut auf die Republik zu sprechen … angesichts unserer Vergangenheit und so. Das wissen Sie.«

»Ich weiß. Aber Sie sind auch ein Mann, der zu seinem Wort steht. Und im Augenblick ist mir Ihr Wort wichtiger als vergangene Verfehlungen«, legte Hunt dar. »Wenn Sie mir versichern, dass etwas gut ist, dass weiß ich, dass es gut ist. Und wenn Sie mir versichern, dass Sie ein Geheimnis für sich behalten und etwas beschützen können, dann weiß ich, dass Sie genau das auch tun werden. Woran in diesem Labor gearbeitet wird, ist nicht etwas, dass ich in unserem Sonnensystem oder im kontrollierten Weltraum sehen will. Der Senat oder die Kanzlerin sollen nichts davon erfahren. Ich will nicht, dass sie für den künftigen Einsatz eines solchen Mittels verantwortlich gemacht werden – falls es je dazu kommen sollte. Das bedeutet, dass ich außerhalb der normalen Instanzen handeln muss. Aus diesem Grund kam ich persönlich her, um mit Ihnen zu reden. Kann ich mich auf Sie verlassen?« Seine Augen sahen Liam hart und intensiv an.

»Das geht in Ordnung. Trotzdem muss ich fragen, welchen Vorteil ziehen wir daraus? Was bringt es uns ein? Sie setzen uns *tatsächlich* einem großen Risiko aus.«

»Was wollen Sie?«, fragte Hunt.

Liam wandte sich an Sara. »Was denkst du, Schatz? Was wollen wir?«

Sara beugte sich vor. »Sie sagten, sie hatten die Wahl, das Labor auch auf einem anderen Planeten unterzubringen, wollten es aber in unserem Raum behalten, nahe der Erde. Aus Sicherheitsgründen, nehme ich an?«

Hunt nickte wortlos.

»Ihre Aussage beinhaltet aber auch, dass Sie ungehinderten Zugang zu anderen Planeten haben.«

Hunts Gesicht verzog sich zu einem leichten Lächeln.

»Dann wollen wir, was wir immer wollten. Unsere eigene Welt. Einen Ort, an dem wir uns frei von den Regierungen der Erde, von der Republik und von diesem verdammten galaktischen Krieg, in den wir Menschen nun verwickelt sind, niederlassen können. Wir wollen einen Planeten«, forderte Sara selbstbewusst.

Liam hätte sich beinahe verschluckt, als sie das Wort *Planet* aussprach. Er musste sich zurückhalten. Sara konnte schon immer hart verhandeln, aber heute trieb sie es wohl ein wenig zu weit.

»Ok. Was, wenn ich das für Sie möglich mache?«, fragte Hunt scheinbar unbeeindruckt. »Was würden Sie mit diesem Planeten anfangen?«

Liam war sich nicht sicher, ob Hunt ein Spiel mit Ihnen spielte, oder ob der Mann tatsächlich so viel Macht hatte. Bevor er etwas sagen konnte, erwiderte Sara bereits: »Wir würden einen neuen Anfang machen. Eine neue Gesellschaft gründen. Die Lektionen, die wir hier gelernt haben, dazu nutzen, eine bessere Welt zu bauen, ohne die Fehler der Vergangenheit zu wiederholen. Zumindest würden wir das versuchen.« Sie zögerte. »Heißt dass, Sie haben einen Planeten, den Sie uns geben können?«

Hunt entspannte sich in seinem Stuhl. Sein Gesicht war ausdruckslos, aber seine Augen verrieten seine Intensität. Er suchte etwas auf seinem Tablet, das ihm einer seiner Offiziere gereicht hatte, und las sich einige Informationen durch. Die Zivilisten, die neben ihm saßen, schien diese ganze Diskussion in keiner Weise zu berühren.

»Liam, Sara, kürzlich gelangten mehrere neue Planeten und Monde in unseren Besitz. Sie liegen in einem etwa 40 Lichtjahre entfernten System. Technisch gesehen sind sie als Kolonien der Republik vorgemerkt, aber ich könnte ihnen einen Planeten abtreten. Damit sind allerdings einige Bedingungen verbunden; Bedingungen, die nicht zur Diskussion stehen. Ich versichere Ihnen jedoch, dass sie zu Ihrem eigenen Schutz sind. Sie haben tatsächlich keine Ahnung, wie gefährlich es dort draußen ist. Die Menschheit ist nur eine oder zwei Katastrophen vom Aussterben entfernt. Das ist etwas, was ich so schnell wie möglich ändern möchte, allein aber nicht erreichen kann. Hätten Sie im Tausch gegen Ihre Hilfe und Ihre Geheimhaltung Interesse an diesem Handel?«, forschte Hunt vorsichtig.

»Ja. Ja, wir sind interessiert«, versicherte ihm Sara aufgeregt, bevor Liam sich äußern konnte.

»Langsam, Liebling, sollten wir darüber nicht erst einmal reden?«, versuchte Liam, sie im Zaum zu halten.

»Liam, er bietet uns einen Planeten oder einen Mond an – einen Ort, der Leben erhalten und unterstützen kann. Was gibt es da zu diskutieren? Das ist genau das, wovon wir immer geträumt haben.«

Liam richtete seine Frage direkt an Hunt. »Ok, wo ist der Haken? Da muss es einen Haken geben.«

»Kein Haken, nur Alternativen«, erklärte Hunt. »Einige besser und weniger risikoreich als andere. Zunächst brauche ich allerdings Ihre Zusage, dass Sie diesen Außenposten unterhalten und unser geheimes Forschungslabor schützen, zumindest solange wie ich es brauche. Das könnte ein Jahr sein oder ein Jahrzehnt. Ich muss nur wissen, dass diese Einrichtung nahe der Erde solange ein Geheimnis bleibt, bis ich einen besseren Standort für sie gefunden habe.«

Liam beugte sich vor. »Ich gebe Ihnen mein Wort, Miles Hunt. Ich werde Ihr geheimes Forschungslabor mit allen mir möglichen Mitteln schützen.«

Hunts Gesicht überflog ein sichtbarer Ausdruck der Erleichterung. Dann zog er eine kleine schwarze Scheibe aus der Tasche und legte sie vor sich auf den Tisch. »Wenn Sie vollkommen abgeschnitten von der Republik leben möchten, dann kann ich Ihnen dieses System anbieten. In dieser Konstellation am Ende des Sternentor-Systems, gibt es einen einzigen Planeten, der menschliches Leben erhalten kann. Dahinter existiert nur noch die Leere.« Das Bild eines Planeten erschien und drehte sich vor ihnen auf dem Tisch. Daneben waren einige Fakten und Daten über den Planeten ersichtlich – atmosphärische Bedingungen, Schwerkraft, Dichte und Größe.

»Er ist … wunderschön«, staunte Sara überwältigt von dem, was sie vor sich sah.

»Der Planet ist 12 Prozent kleiner als die Erde. Die Schwerkraft auf der Oberfläche ist ungefähr 0,375 Mal der irdischen, ähnlich der auf dem Mars. Das könnte ein Problem sein. Ich weiß nicht, wie gut es Ihnen gelingt, die Knochendichte ihrer Leute zu erhalten. Der Planet wird von zwei Monden umrundet. Insgesamt gibt es im System noch vier weitere Planeten und 26 Monde, außerdem einige Asteroidengürtel.

»Ich muss zugeben, dass wir den Planeten selbst noch nicht hinreichend studiert haben – nur ein Erkundungsteam, das auf der Oberfläche einige Lesungen vorgenommen und Bodenproben entnommen hat. Hinsichtlich der Chance, dort ohne Hilfe von außen zu überleben, kann ich noch keine Aussage machen. Falls Sie dieses System annehmen möchten, wird es eine übermenschliche Anstrengung kosten, den Planeten vollkommen eigenständig und autark vom Rest unserer Gesellschaft zu machen.«

Liam gefiel, was er sah. Dieser Planet war groß genug, um ihren Leuten Hunderte, wenn nicht sogar Tausende von Jahren Raum zum Wachsen und Gedeihen zu bieten. Zudem konnten sie später noch die anderen Planeten kolonisieren, indem sie Wohnkuppeln wie die bauten, in denen ein Teil ihrer Bevölkerung gegenwärtig lebte.

»Sie erwähnten eine andere Option?«, erkundigte sich Liam.

»Ja. Damit würden Sie im gleichen Sonnensystem wie die Republik leben – mit der Erlaubnis, sich zu einer autonomen Zone zu erklären. Nach der Befreiung von Sumara im Qatana-System erfuhren wir eine schreckliche Wahrheit. Die Zodark hatten Völkermord begangen. Zuerst verschleppten sie sämtliche Kinder unter 14 Jahren, bevor sie alle Menschen, denen sie im System habhaft werden konnten, umbrachten. Wir schätzen, dass das zwischen fünf und sechs Milliarden Menschen das Leben gekostet hat. Infolgedessen liegen Sumara und zwei andere Kolonien dieses Systems größtenteils verlassen da. Wir fanden einige Überlebende, die sich versteckt hielten. Nicht viele. Wir könnten Ihnen entweder Hortuna oder Tallanis anbieten. Beide Kolonien sind voll entwickelte, ausgebaute Welten. Sie hätten Kraftwerke, Infrastruktur … was immer sie brauchen. Die Einrichtungen erlitten Kriegsschäden, aber nichts, was Ihre Leute nicht in den Griff bekommen könnten. Jeder dieser Planeten bietet Ihnen eine Basis zum weiteren Wachstum, ohne von Null anfangen zu müssen, wie auf dem anderen Planeten.«

»Aber mit der Übernahme einer dieser beiden Kolonien gehen mehr Bedingungen einher, nicht wahr?«, erkundigte sich Liam besorgt. Eine Kolonie zu erhalten, deren Infrastruktur bereits vorhanden ist, klang sehr verlockend. Das würde ihnen eine Menge Arbeit ersparen.

»Sie müssten die Präsenz einer Flotte und von Bodentruppen akzeptieren – eine legitime Streitmacht. Dieses System könnte erneut von den Zodark angegriffen werden. Die reale Gefahr eines erneuten Invasionsversuchs besteht. Dahingegen ist die Chance, dass Sie die Zodark hinter dem letzten Sternentor finden oder behelligen, weit geringer.

»Egal wie Sie entscheiden, ein Zugeständnis Ihrerseits ist in beiden Fällen nötig. Entweder bei null anfangen und komplett neu aufbauen oder eine ehemalige Kolonie übernehmen und alles dort Vorhandene, einschließlich ihrer Technologie, erben.«

Einen Moment herrschte absolute Stille. Die Zivilisten, die Hunt begleiteten, schwiegen ebenfalls, ohne zu diesem Thema auf irgendeine Weise Stellung zu nehmen. Dann sprach Liam. »Unsere Abmachung steht, Statthalter. Lassen Sie mich wissen, wo Sie das Labor ansiedeln möchten. Ich stelle ein kleines Team zusammen, das gemeinsam mit Ihren Leuten mit dem Bau beginnen wird. Hinsichtlich unserer Vergütung möchte ich mich mit meiner Partnerin absprechen. Es ist eine schwerwiegende Entscheidung. Wäre es möglich, beide Standorte zu besichtigen, bevor wir uns entscheiden?«

»Hmmh … ja. Ein Besuch ist möglich«, gestand ihm Hunt zu. »Ich stelle Ihnen eine Fähre meines Schiffs zur Verfügung. Meine Mannschaft wird Sie weit schneller hin und her transportieren, als es Ihnen in einem Ihrer eigenen Schiffe möglich wäre.

»Möchten Sie gleich morgen starten? Bis Sie zurück sind, sollten wir unseren Standort gewählt haben.«

»Moment, wie lange werden wird unterwegs sein?«, fragte Sara.

Liam registrierte einen leicht panischen Unterton in ihrer Stimme, als sich plötzlich alles ‚viel zu schnell‘ ereignete.

»Mein Schiff wird uns ein Wurmloch öffnen, das direkt in das Qatana-System führt, in dem wir morgen um die Mittagszeit eine große Gruppe von Kolonisten absetzen werden. Nachdem wir im System sind, erzeugen wir ein zweites Wurmloch, wonach Sie sich wenige Sekunden später in dem Sackgassen-System wiederfinden werden.

Wenn Sie möchten, können Sie den dortigen Planeten einen halben Tag lang besichtigen. Danach wird das Shuttle sie durch die Sternentore zurück nach Sumara bringen, wo Sie beide Kolonien erkunden und Ihre Entscheidung treffen können. Sie sollten nicht länger als fünf Tage unterwegs sein, es sei denn, Sie möchten einen oder zwei Tage anhängen. Mein Schiff, die *Freedom*, wird im Lauf der nächsten Wochen einige Reisen vor und zurück vornehmen, um unseren Transportflotten und Frachtschiffen auszuhelfen.«

»Wie viele Menschen verlassen die Erde in Richtung Sumara?«, fragte Liam. Es überraschte ihn, noch nicht von diesem neuen Exodus gehört zu haben.

Hunt zuckte mit den Achseln. »Da bin ich mir nicht sicher. Den neuesten Zahlen nach meldeten sich 50 Millionen Menschen freiwillig, um die Erde für die ‚Neue Welt' zu verlassen. So wird sie genannt. Und wir sehen jeden Monat weiter eine Million Menschen, die die Erde auf dem Weg nach Neu-Eden verlassen, und die doppelte Anzahl, die nach Alpha Centauri auswandert.«

Sara lächelte Liam an, bevor sie sich Hunt zuwandte. »Geben Sie uns etwas Zeit, unsere Taschen zu packen und unsere Stellvertreter darüber zu informieren, dass wir in einer Woche zurück sein werden. Danach sind wir reisefertig.«

****

Miles Hunt saß im Atrium seinem langjährigen Freund Gunther Haas gegenüber. »Ich verstehe immer noch nicht, wieso wir das Forschungslabor in unserem Sonnensystem ansiedeln müssen. Ich würde mich viel wohler fühlen, wenn wir es anstatt hier in einem anderen System unterbringen würden. Wir haben die Wahl.«

Miles und Gunther hatten zusammen die Weltraumakademie besucht. Während Miles einem Karriereweg gefolgt war, der ihn zum Schiffskapitän gemacht hatte, war Gunther in die Forschung gegangen. Er hatte einen Großteil seiner Zeit bei DARPA mit einer Reihe von geheimen Projekten verbracht, von denen nicht einmal Miles etwas wusste. Als er Miles vor Jahren privat einen Vorschlag unterbreitet hatte, wie er gegen die Zodark und die Orbot vorgehen könnte, war Miles zunächst mehr als skeptisch gewesen. Gunthers Vorschlag fiel in einen grauen Bereich, in dem Miles sich nicht wirklich aufhalten wollte. Nachdem er allerdings zum Statthalter ernannt und nicht länger dem irdischen Senat verantwortlich war, hielt er es nun für möglich, diesen Randbereich der Wissenschaft ohne Risiko für seine Karriere und seinen Ruf näher zu erkunden.

Gunther stellte seine Kaffeetasse ab. »Miles, die Erklärung dafür kennst du bereits. Zu Beginn muss ich Zugriff auf bestimmte Personen und Informationen haben, die mir nur hier in Sol zur Verfügung stehen. Sobald das Labor betriebsbereit ist und ich daran arbeiten kann, geeignete Wissenschaftler und Mitarbeiter zu finden, können wir die Verlegung der Einrichtung diskutieren.

»Du musst bedenken, dass viele der Forscher Familien haben, die sie nicht jahrelang verlassen möchten, nur um allein auf einer abgelegenen Station zu arbeiten oder ihre Familien auf einen nackten Planeten ohne Menschen oder Infrastruktur umzuziehen. Ein glücklicher Wissenschaftler ist ein produktiver Wissenschaftler.«

Immer noch unzufrieden mit dieser Antwort, mahnte Miles: »Du hast einen eingeschränkten Spielraum, Gunther. Finde die Leute, die du brauchst, entscheide, ob das Projekt überhaupt Aussicht auf Erfolg hat, und dann ziehen wir alles in eine besser geschützte, abgeschiedene Anlage um.«

»Es wird funktionieren, Miles. Ich werde uns einen Weg finden, die Zodark und die Orbot zu besiegen. Ich brauche nur etwas Zeit. Es wird mir gelingen.«

Miles erhob sich und sah auf seinen Freund hinunter. »Verstanden. Unsere Gäste werden gleich kommen. Kein Wort mehr über dieses Thema. Zu niemandem. Du hast, was du wolltest. Jetzt finde einen Standort für das Labor und besprich mit meinem Stellvertreter, was du dafür brauchst. Wir sehen uns in zwei Wochen.«

Danach begleitete Miles Liam und Sara auf sein Schiff. Gunther blieb zurück, um mit Liams Stellvertreter einen geeigneten Ort für sein neues Labor zu finden. Miles konnte nur hoffen, dass Gunthers kleiner Plan erfolgreich sein würde. Schließlich hatte er dafür gerade einen Planeten aufgegeben.

Kapitel Dreizehn
Fort Sumer

1. Orbitale Rangerdivision
Südlich der Hauptstadt Lakish
Sumara
Qatana-System

Pauli hasste diese Zeremonien, in denen Auszeichnungen vergeben wurden – stundenlang in Formation dastehen … Er verstand ihren Sinn. Es war wichtig, die heldenhaften Taten von Personen und Einheiten anzuerkennen. Er wünschte sich nur, es gäbe einen anderen Weg, als sie einen halben Tag lang strammstehen zu lassen. Er war sich relativ sicher, dass der General und seine Offiziere das ebenso wenig wie ihre Soldaten liebten. Schließlich waren sie es, die herumgehen und die Orden anstecken mussten.

Auf der linken Seite seiner Brusttasche hing Paulis Purple Heart. Es war bereits die dritte Auszeichnung, die er für erlittene Verwundungen in einer Schlacht erhalten hatte. Daneben hing seine zweite Verdienstmedaille mit Tapferkeitsauszeichnung und ein Qatana-Kampagnenband. Pauli konnte es nie so recht fassen, wie viele Orden und Auszeichnungen sich einige Bürohengste einfallen ließen. Als ob sie sie erfinden mussten, um das Gefühl zu haben, sie wären tatsächlich an einem Kampf beteiligt gewesen – während sie nichts Gefährlicheres taten, als Soldaten und Versorgungsgüter hin und her zu verschieben oder irgendwo weit hinten an ihrem Schreibtisch Verwaltungsarbeiten zu verrichten. Er war heilfroh, dass er sich nicht dem Willen seiner Familie gebeugt und eine solche Position akzeptiert hatte. Natürlich wollten sie ihn in Sicherheit wissen. Aber Pauli wollte dort sein, wo die Action war. Das war schon immer so gewesen.

»Aufgepasst, Leute!«, forderte Major Monsoor, ihr Bataillonskommandant, ihre Aufmerksamkeit. »Ich habe von oben die Information erhalten, dass wir verlegt werden.«

Pauli hörte das Stöhnen, das durch die Ränge ging. Das Bataillon war gerade von einem 30-tägigen Einsatz zurückgekehrt, in dem sie in der Provinz nach den verbliebenen Zodark- und Mukhabarat-Kämpfern gesucht hatten. Von Rechts wegen sollte sie nun einige Monate leichter Dienst erwarten oder vielleicht die Rückkehr zu ihrer Heimatbasis auf Neu-Eden.

»Ich weiß, ich weiß … Sie alle wollen eine Pause«, räumte Major Monsoor ein. »Die werden wir bekommen, allerdings nicht hier. Die RNS *Freedom*, ein neues Kriegsschiff wird uns abholen und ins Sirius-System transportieren. Wir sind auf dem Weg nach Alfheim, um der JTF-2 beizustehen, die offenbar in ein echtes Wespennest gestochen hat. Morgen früh ab 8 Uhr treffen mehrere Shuttles von unserem neuen Zuhause aus ein, um uns auf das Schiff zu verlegen. Wie mir gesagt wurde, ist die *Freedom* ein neues gigantisches Kriegsschiff, das uns von einem unserer Alliierten überlassen wurde.

»Die *Freedom* ist angeblich 15 Kilometer lang. Und, bevor Sie fragen, ich habe keine Ahnung, wie man auf einem solch großen Schiff herumkommt oder wie es funktioniert. Ich weiß nur, dass das Schiff 45.000 Soldaten aufnehmen kann. Die gesamte Rangerdivision zieht um, zusammen mit drei anderen Infanteriedivisionen und einer Unterstützungsbrigade. Eine großangelegte Truppenbewegung. Sobald wir auf Alfheim ankommen, stecken wir wieder mittendrin.«

Der Major sah auf die Uhr und dann auf seine Truppen hinaus. »Es ist jetzt 13 Uhr. Ich gebe Ihnen den Rest des Tages und den Abend frei. Um 7:30 Uhr morgen früh finden Sie sich wieder hier ein.

»Sie alle haben hier fabelhafte Arbeit geleistet, Ich bin stolz auf sie. Dies war unser erster Einsatz als Rangerbataillon. Sie haben wie die Löwen gekämpft und niemals aufgegeben. Diese Intensität müssen wir in den bevorstehenden Kampf mitbringen. Wir werden sie brauchen. Wegtreten!«

Nachdem Pauli seinen Trupp entlassen hatte und sich gerade auf den Weg zur nächsten Kneipe machen wollte, riefen Lieutenant Kranston und Captain Hiro ihn und die anderen Sergeanten zu sich. Sobald sich die kleine Gruppe versammelt hatte, verkündete Captain Hiro: »Sergeanten, ich wollte sie darüber informieren, dass Sie morgen offiziell in den Rang eines Staff Sergeants befördert werden, rückdatiert um 12 Monate. Sie hätten bereits nach dem Ende unseres Trainings befördert werden sollen, als Sie Ihre Stellungen als Truppenführer übernahmen. Aber das liegt nun hinter uns. Die Sache ist endlich geregelt und Sie erhalten das, was Ihnen von Rechts wegen zusteht.«

»Vielen Dank, Captain«, sprach Yogi für alle. »Danke, dass Sie weiter für unsere Beförderung gekämpft und niemand anderem erlaubten haben, unsere Stellen zu besetzen.«

»Sie gehören zu meinen besten Truppenführern. Natürlich stehe ich für Sie ein«, erwiderte Hiro. »Nicht Ihre Schuld, dass die Armee Mist gebaut hat. Ich bin nur froh, dass wir das vor dem Beginn der nächsten Kampagne ausbügeln konnten. Sie haben sich die Gehaltserhöhung und Ihre Rangabzeichen sicherlich verdient. Und jetzt leisten Sie sich ein fabelhaftes Abendessen und mehrere Bier auf meine Kosten«, fügte er hinzu und drückte jedem von ihnen eine Einhundert-Dollar-Note in die Hand.

Überrascht akzeptierte Pauli das Geld. Er war nicht daran gewöhnt, dass ein Vorgesetzter so großzügig war. »Warum kommen Sie nicht mit uns, Sir?«

Captain Hiro lachte leise: »Vielen Dank für die Einladung, aber ich wurde zu einem Abendessen mit dem Major und anderen Offizieren befohlen. Genießen Sie Ihre freie Zeit. Wir Offiziere müssen weiterarbeiten.«

Dann eilten der Captain und Lieutenant Kranston hinter den anderen Offizieren her. Bevor einer der Drei etwas sagen konnte, legte Master Sergeant Dunham von hinten eine Hand auf Yogis und die andere auf Paulis Schulter. »Sieht so aus, als ob Sie heute Abend die erste Runde spendieren!«

Pauli lachte und drehte sich um. Hinter ihnen standen sämtliche Sergeanten der Kompanie, grinsten sie an und gratulieren ihnen mit einem Händeschütteln. Ein Fehler war ausgebügelt worden, und alle freuten sich für ihre Unteroffizierskollegen.
****

Flugdeck Drei
RNS *Freedom*

Lieutenant Commander Ethan Hunt strich mit den Händen über den Rumpf des gallentinischen Jägers. Ungleich den menschlichen teilautonomen Drohnen wurden diese Kampfmaschinen von Piloten gesteuert. Beim Gang um dem Jäger herum kam Ethan nicht umhin, festzustellen, wie exakt und detailliert er gebaut war. Jeder Bogen und jede Biegung erfüllte einen bestimmten Zweck. Der Jäger war 19 Meter lang mit einer Spannweite von 12 Metern. Das erlaubte ihm, selbst in der Atmosphäre eines Planeten effektiv zu fliegen, was ihn vielseitig einsetzbar machte. Der Raumjäger war mit zwei Triebwerken ausgestattet – mit einer unfassbaren Schubkraft, mit der er bis zu 1.000 Kilometer pro Sekunde erreichen konnte. Das machte ihn fünf Mal so schnell wie jeden Jäger, den er bisher gesehen hatte. Ein wahrhaft erstaunliches Raumfahrzeug.

»Bereit, eine Spritztour zu machen?«, fragte ihn Commander Takmahl, der für sämtliche Flugoperationen verantwortliche Kommandeur.

»Nach dem gestrigen Flug denke ich schon«, erwiderte Ethan selbstbewusst. Er hatte einen Großteil der beiden letzten Monate damit verbracht, so viel er konnte über die gallentinischen Schiffe an Bord der *Freedom* zu lernen – angefangen mit den Shuttles bis hin zu den großen Transportschiffen. Er freute sich darauf, endlich die Jäger fliegen zu dürfen.

»Sie haben die Shuttles hervorragend gemeistert. Ich denke, Sie sind für etwas weit schnelleres und agileres bereit. Außerdem, wer – außer Ihnen – soll die terranischen Jagdgeschwader nach unserer Rückkehr auf die Erde anführen?«

Ethan lächelte. »Aus dieser Sicht gesehen, Commander Takmahl … Schwingen wir uns in die Lüfte!«

Takmahl lachte. »Sie wissen schon, dass es im Weltraum keine Luft gibt, oder?«

Ethan kicherte. »Das weiß ich, mein Freund. Es ist ein alter Satz der Jagdflieger auf unserem Planeten, bevor unser Volk begann, in die Sterne zu reisen. Ich wollte ihn schon immer einmal sagen, und jetzt schien es angebracht zu sein.«

»Ah, ich verstehe. Ich muss noch viel über Ihr Volk und den Gebrauch Ihrer Sprache lernen. Ok, dann schwingen wir uns also in die Lüfte und machen einige Kampfübungen. Es gibt viel, was ich Sie lehren will.«

Als die *Freedom* vor einem Monat die Umlaufbahn der Erde erreicht hatte, waren zehn von Takmahls Piloten zurückgeblieben, um beim Aufbau eines terranischen Pilotentrainingsprogramms zu helfen. Ihre Aufgabe war es, potenzielle Kandidaten zu identifizieren und sie durch ihre ersten Trainingsstunden zu begleiten, bevor die *Freedom* das nächste Mal zur Erde zurückkehrte. Sobald die endgültige Auswahl unter ihnen getroffen war, würden die Pilotenanwärter ihr Training an Bord der *Freedom* fortsetzen.

Ethan kletterte an Bord des Jägers, den er in ‚Hellcat‘ umbenannt hatte. Die Idee sagte ihm zu, dass diese Schiffe und die Piloten, die sie fliegen würden, von der Erde und ihren menschlichen Kolonien aus ein Höllenfeuer verbreiten würden. Außerdem klang dieser Name so viel aufregender als ‚Hectator‘, wie die Gallentiner diese Serie ihrer Schiffe getauft hatten.

Wer will schon einen Hectator fliegen?

Als Ethan im Cockpit dieses wunderschönen, schnittigen Raumjägers Platz nahm, spürte er sofort, wie es sich seinem Körper anpasste. Das war Teil der Trägheitskompensatoren, die den Piloten erlaubten, das wahre Potenzial ihres Gefährts auszunutzen, ohne darin Selbstmord zu begehen. Ethan würde von 0 auf 1.000 Meter pro Sekunde beschleunigen können, ohne dass ihn die 20 g oder mehr zerquetschten, die normalerweise auftreten würden.

Sobald er voll im Cockpit eingerichtet war, seinen Helm trug und seine Lebenserhaltungssysteme angeschlossen waren, schloss sich das Kabinendach über ihm automatisch und riegelte ihn hermetisch ab. Ethan machte sich einen Moment erneut mit allem vertraut, bevor er die Triebwerke startete und sich auf den Abflug vorbereitete.

Der Empfänger in seinem Helm krächzte. »Sind Sie bereit?« Es war die Stimme von Commander Takmahl, der in dem Jäger neben seinem saß.

»Ich bin bereit«, erklärte Ethan. Er versuchte, sicherer zu klingen, als er sich fühlte.

Gleich darauf lösten sich die Klammern, die seinen Jäger in der beinahe 120 Meter hohen Parkvorrichtung vor Ort hielten. Sobald eine Gruppe von Schiffen abflugbereit war, senkte ein Dockingarm je fünf Kampfschiffe auf das Flugdeck hinunter und manövrierte sie in ihre Startrohre. Mit Erhalt der Starterlaubnis wurden sie durch ihr Startrohr in den offenen Weltraum hinaus katapultiert. Es war ein überaus effizienter Weg, das Jagdgeschwader des Schiffes einzusetzen.

Ethan saß in seinem Cockpit, starrte in das Startrohr vor sich und dachte, wie absolut fantastisch dies alles war. Ausgerechnet ihm war es vergönnt, der erste Mensch zu sein, der einen gallentinischen Jäger fliegen durfte.

»Viper Eins und Viper Zwei, Abflug freigegeben«, kündigte ihnen der zuständige Flugbetriebsoffizier an.

Ethan sah nach rechts, wo Takmahl ihm ein Handsignal gab, bevor sein Flieger durch das Startrohr schoss. Ohne zu zögern, drückte Ethan auf seinen Startknopf.

Von einem Augenblick zum anderen wurde seine Hellcat durch das Startrohr nach vorn katapultiert. In atemberaubender Geschwindigkeit ließ er dessen interne Beleuchtung hinter sich zurück, um in die Dunkelheit des Weltraums hinausgestoßen zu werden. Sobald er das Startrohr hinter sich gelassen hatte, fuhr Ethan die Triebwerke hoch und erhöhte damit seinen Schub um ein Vielfaches.

Er fand Takmahl auf seinem Radarschirm und hielt auf ihn zu. Sein HUD verriet ihm, dass Takmahl mit einer Geschwindigkeit von 340 Kilometern pro Sekunde unterwegs war.

»Viper Zwei, Viper Eins. Wir werden daran arbeiten, in Formation zu fliegen«, informierte Takmahl Ethan. »Einige dieser Manöver verlangen von uns, eng nebeneinander zu fliegen und dann in eine aufgelockerte Formation zu wechseln. Damit sollen Sie lernen, beim Anflug auf unbewegliche Ziele Ihre Entfernung und Geschwindigkeit einzuschätzen. Nähern Sie sich meiner Position, damit wir anfangen können.«

Sie verbrachten zwei Stunden damit, eine Handvoll von Formationen zu fliegen, jede verfolgte einen bestimmten Zweck und hatte seinen bestimmten Grund. Takmahl erklärte Ethan spezifische Manöver und führte ihm dann die entsprechenden Flugverhalten vor. Das half Ethan, sich die Lektionen, wann und wie unterschiedliche Formationen geflogen wurden, besser einzuprägen.

Nach ihrer Rückkehr zum Schiff besprachen sie die absolvierten Übungen ein zweites Mal im Trainingsraum. Takmahl zeigte Ethan einige Aufnahmen von früheren Kämpfen mit der Kollektive und wie jede Formation im Kampf zur Anwendung kam. Aus erster Hand zu sehen, wie alles zusammenspielte, war ausgesprochen hilfreich. Ethan mochte die methodische Art und Weise, in der Takmahl ihm Unterricht erteilte. Es erlaubte ihm, das Gelernte in sich aufzunehmen und seine eigenen Fähigkeiten drastisch zu verbessern, bevor er sein eigenes Jagdgeschwader kommandieren würde. Ethan war in die Fußstapfen seines Vaters getreten und hatte sein Neurolinkimplantat gegen die gallentinische Version ausgetauscht.

Das hatte seine Lernfähigkeit und das Vermögen, Informationen in sich aufzunehmen, in einem nie zuvor erlebtem Umfang vergrößert. Im Lauf von nur einer Woche hatte er alles verinnerlicht, was es über die Hellcats zu wissen gab – nicht nur, wie er sie zu fliegen hatte, sondern auch, welche Instandhaltungsmaßnahmen nötig waren, und sogar, wie er selbst einige kleinere Reparaturen vornehmen konnte. Bewusst verbrachte er täglich eine Stunde damit, alles Wissenswerte über jedes einzelne Waffensystem zu lernen, über das der Raumjäger verfügte oder das er einsetzen konnte. Jeden zweiten Tag studierte er die technischen und mechanischen Aspekte seines Jägers. Die Reaktoren und Triebwerke der Hellcats waren unglaublich. Noch verstand er nicht genau, wie sie funktionierten, aber sein Wissen über sie und wie er sie optimal nutzen konnte, wuchs von Tag zu Tag.

»Morgen werden wir beide unser erstes Training im Raumkampf absolvieren«, kündigte Takmahl an. »Bevor wir das Schiff verlassen, wird die Bodenmannschaft unsere Waffen auf den Trainingsmodus umstellen. Das bedeutet, dass sie weiterhin schießen und normal funktionieren, ohne dass wir uns gegenseitig umbringen oder die Laser Schaden anrichten. Trotzdem wird Ihr Schiff so reagieren, als ob es beschädigt worden wäre. Das erlaubt uns, echte Kampfszenen durchzuspielen und relevante Erfahrungen zu sammeln, ohne dass uns oder unseren Schiffen dabei etwas zustößt.«

Ethan nickte zustimmend. »Das klingt ausgezeichnet. Ist es möglich, auch einige Übungsflüge gegen die *Freedom* durchzuführen??«

Takmahl grinste. »Das ist es. Und genau das werden wir tun. Ich sprach mit Captain Wiyrkomi, und er hat zugestimmt, dass wir gegen den hinteren Teil des Schiffes antreten dürfen. Ihre Waffen werden ebenfalls im Trainingsmodus feuern. Falls wir Einschläge hinnehmen sollten, werden wir simulierte Schäden erleiden, so wie sie die Schäden anzeigen werden, die sie von unseren Jägern erlitten hätten. Stellen Sie nur sicher, dass Ihre Schutzschilde in Betrieb sind. Ich will, dass Sie sehen und fühlen, wie es ist, wenn Ihr Schiff Treffer einstecken muss. Es wird Ihre Fähigkeit verbessern, solche Ereignisse im richtigen Leben zu vermeiden.«

Ethan war überrascht zu erfahren, dass die Raumjäger über ihr eigenes kleines Schutzschildsystem verfügten. Die Jäger würden nicht viele direkte Einschläge überstehen, aber das Schutzschildsystem garantierte ihnen ein Mindestmaß an Sicherheit. Ethan lernte immer noch, wie das System funktionierte. Gegenwärtig war er aber einfach nur froh, dass es existierte.

****

Früh am nächsten Morgen legten sie ihre Anzüge an und bestiegen ihre Maschinen. Sofort nach dem Verlassen des Schiffs legte Takmahl drei verschiedene Angriffsformationen fest. Um diese Formationen realistischer zu machen, waren vier weitere Piloten an dieser Übung beteiligt. Zuerst flogen sie einige großräumige Gefechtsformationen, die einen weiten Bereich des Weltraums abdeckten, bevor sie eine enge Formation übten, die ihre Feuerkraft maximierte. Gewöhnlich diktierte die Anzahl und der Typ der feindlichen Schiffe, die ihnen gegenüberstand, die Art der Formation, die sie flogen. Nachdem Ethan den Aufbau dieser Formationen verstanden hatte, integrierten sie mehrere Bomber, deren Sicherheit und Deckung sie gewährleisten mussten. Zu einem späteren Zeitpunkt würde Ethan auch den Umgang mit den Bombern lernen. Er hielt es für wichtig, beide Typen fliegen zu können, falls er eines Tages erfolgreich ein Geschwader befehligen wollte.

»Ok, Viper Zwei, hier ist unser Plan«, teilte ihm Takmahl mit. »Sie und ich arbeiten als Team gegen Viper Drei, Vier, Fünf und Sechs. Zu Anfang will ich, dass Sie wie eine Klette an mir hängen. Sie sind mein Rottenflieger. Konzentrieren Sie sich darauf, wie ich mit meinem Schiff umgehe und wie ich unsere Feinde angreife und sie in den Kampf verwickele. Nachdem wir dies einige Male wiederholt haben, tauschen wir die Rollen. Sie werden das Hauptschiff sein und ich Ihr Rottenflieger.«

Zwei Stunden lang trainierten sie eine ständig wechselnde Reihe anstrengender Wendungen und Manöver. Die erfahrenen Piloten holten das Äußerste aus ihren Schiffen heraus. Ethan war für die Trägheitskompensatoren dankbar. Ohne sie hätte er sicher während der vielen engen Wendungen und plötzlichen Beschleunigungen und Abbremsungen wiederholt das Bewusstsein verloren.

Ethans größte Herausforderung war es, in den vielfachen Dimensionen des Weltraumkampfs zu denken. Als Steuermann für die RNS *Viper* hatte er schnell gelernt, auf verschiedenen Höhen oder Ebenen des Weltraums zu fliegen – über oder unter den größeren

Kriegsschiffen, die sie angegriffen hatten. Die republikanischen Zerstörer ließen sich mit der Beweglichkeit der Hellcats allerdings in keiner Weise vergleichen. Den *Viper* fehlte es an der Fähigkeit, aus dem Stand so stark zu beschleunigen oder abzubremsen.

Schließlich war Ethan an der Reihe, als leitender Jäger die feindlichen Schiffe ins Visier zu nehmen. Als sie aufeinander zuflogen, befahl er Takmahl, eine Gefechtsposition einzunehmen. Da es nur sie beide waren, die gegen vier andere antraten, wollte er genug Raum zwischen sich und Takmahl lassen, um zu verhindern, dass sie beide zur gleichen Zeit ausgeschaltet wurden. Sobald sie in Waffenreichweite zum Feind waren, sah Ethan, dass ihm der in sein HUD eingebaute Zielcomputer den Schuss auf seinen ersten feindlichen Jäger möglich machte. Gerade wollte er abdrücken, als ihn ein Warnsignal informierte, dass jemand auf ihn geschossen hatte.

Ethan riss sein Kampfschiff nach rechts, um diesem Angriff zu entgehen, bevor er wieder auf seine ursprünglichen Zielkoordinaten einschwenkte und wie geplant seine Waffe abfeuerte. Sein HUD zeigte ihm, dass der Pilot des Schiffs, auf das er geschossen hatte, zunächst nach links und dann nach rechts abgeschwenkt war, um dem eingehenden Beschuss auszuweichen. Innerhalb von wenigen Sekunden sausten beide Schiffsgruppen mit atemberaubender Geschwindigkeit aneinander vorbei. Mithilfe seiner Manövrierdüsen zog Ethan sein Schiff hart nach oben und veränderte seinen Schubvektor. Nachdem er danach zu der Gruppe der vier feindlichen Jäger aufgeschlossen hatte, fuhr er die Triebwerke hoch. Sein Schiff sauste wie eine Rakete an ihnen vorbei.

Innerhalb von Sekunden hatte Ethans Ziel-AI den feindlichen Raumjäger, der ihm entkommen war, erneut aufgespürt. Das Fadenkreuz wechselte von Rot auf Grün. Ethan drückte auf den Auslöser und schickte eine Reihe kurzer Laserblitze in die Schwärze des Weltalls hinaus. Sekundenbruchteile später wurde er mit mehreren direkten Einschlägen auf das feindliche Schiff belohnt. Der andere Pilot revanchierte sich umgehend mit seiner eigenen Serie von Laserblitzen, die er in Ethans Richtung abschickte. Ethan zog den Steuerknüppel hart an sich heran und verfolgte, wie ein halbes Dutzend Strahlen knapp unter seinem Schiff folgenlos vorbeiflogen.

Plötzlich schüttelte sich sein Jäger hart – nicht nur einmal, sondern gleich zweimal hintereinander. Zwei Warnsignale leuchteten auf seiner Konsole auf. Ethan war sich nicht sicher, wo und wie es geschehen war, aber er war gerade von einem der gegnerischen Jäger getroffen worden. Es war kein vernichtender Schlag, aber er hatte Schaden erlitten. Ethan schwenkte seinen Jäger herum und fuhr dessen Triebwerke weiter hoch. Sein Jäger reagierte, allerdings nicht so elegant und schnell, wie er es vor den Einschlägen getan hatte.

Ethan brauchte nur einen Augenblick, um den Piloten zu finden, der auf ihn geschossen hatte. Er war dabei, sich mit großer Geschwindigkeit zurückzuziehen. Ethan aktivierte seine Raketen und nahm das feindliche Schiff ins Visier. Sofort nach dem Abschuss von zwei Raketen flog er so schnell es ihm sein beschädigter Jäger erlaubte, eine enge Wendung. Innerhalb von Sekunden raste sein Schiff bereits wieder in die entgegengesetzte Richtung davon.

Ethans wilde, unberechenbare und unorthodoxe Weise hatte seine gallentinischen Trainer und Verfolger total verwirrt. Ein zweites feindliches Schiff war in die Reichweite seiner Laser gelangt. Ethan zielte und drückte mindestens ein Dutzend Mal auf den Auslöser.

»Wow, mein erster Abschuss!«, jubelte Ethan in seine Kom-Vorrichtung.

»Nicht schlecht, Ethan. Und großartiges Fliegen«, gratulierte ihm Takmahl.

Nach dem Ende dieser Übung kamen sie wieder als Gruppe zusammen und besprachen deren Ablauf. Danach demonstrierten die Gallentiner Ethan noch eine Handvoll weiterer nützlicher Manöver. Dieses Mal war Ethans Jäger an einen der ihren gebunden. Das bedeutete, dass Ethans Schiff jedes Manöver von Viper Drei kopierte, das dieser während einer Reihe von Angriffen gegen Viper Vier und Fünf flog. Diese nächsten Stunden sollten ihm ein Gefühl davon verschaffen, wie diese Angriffsformationen und Manöver funktionierten, insbesondere beim Einsatz neben einem Rottenflieger und in einer Gruppen- oder Staffelformation.

Am Ende dieses Tages war Ethan total erschöpft. Die Fülle der Informationen, die ihm unterbreitet worden war, hatte ihn beinahe überwältigt. Er war sich nicht länger sicher, wie ihnen das Training einer Staffel menschlicher Piloten oder die Aufstellung eines kompetenten Geschwaders, das in absehbarer Zeit kampfbereit sein sollte, gelingen konnte.

Als er Takmahl diese Bedenken beim Abendessen vortrug, lächelte der nur zuversichtlich. »Keine Sorge, Ethan. Das wird schon. Schließlich werden wir von beinahe 1.000 Piloten begleitet. Wir haben mehr als genug Personal, um die *Freedom* zu bemannen und auf ihr zu kämpfen, während wir Ihr persönliches Training fortsetzen. Nach unserer Rückkehr auf die Erde sehen wir, wie viele Pilotenkandidaten unsere Trainer identifiziert haben, die wir nach und nach in den Betrieb des Schiffes integrieren werden.«

Ethan nickte. *Manche Dinge lassen sich nicht überstürzen,* wurde ihm bewusst. Manchmal brauchte es eben seine Zeit, eine gut ausgebildete Mannschaft und fähige Piloten zu trainieren. Er musste sich daran erinnern, dass sie mehrere Jahre Zeit hatten, eine voll ausgebildete menschliche Mannschaft und ein effektives Trainingsprogramm zu entwickeln, um die gallentinischen Kriegsschiffe zu bemannen, deren Konstruktion nicht einmal begonnen hatte. Schließlich hatte es sie auch drei Jahre Zeit gekostet, neue Mannschaften auf die Bedienung der altairianischen Kriegsschiffe vorzubereiten, die soeben erst die Schiffswerften verließen.

»Ethan, das heutige Training verlief gut«, versicherte ihm Takmahl. »Ab Morgen nimmt die *Freedom* eine Reihe von Militäreinheiten an Bord. Ich denke, dass Ihnen der Shuttlebetrieb zwischen der *Freedom* und der Planetenoberfläche zusätzliches Flugtraining und nützliche Erfahrungen einbringen wird. Im Lauf der nächsten sieben bis zehn Tage werden wir um die 35.000 Soldaten samt ihrem Nachschub und ihrer Ausrüstung transportieren. Dabei könnten wir Ihre Hilfe gebrauchen, wenn Sie nichts dagegen haben.«

»Selbstverständlich, ich bin dabei. Sie haben Recht. Es wird eine gute Erfahrung sein, ein gallentinisches Schiff zu steuern, selbst wenn es nur ein Transporter ist. Um wie viel Uhr geht es los?«, fragte Ethan. Er freute sich darauf, eine echte Mission fliegen zu dürfen.

»Die ersten Shuttles verlassen das Schiff um 7 Uhr früh. Melden Sie sich 30 Minuten vor dem Abflug in Hangar 53. Ein Lieutenant Arcana wird Sie dort treffen und Sie begleiten.«

»Arcana? Sie fliegen nicht mit mir, Takmahl?«

Sein Freund und Ausbilder lächelte. »Ich glaube, Ihr Volk hat eine Redewendung: ‚Rang hat seine Privilegien‘? Bevor die *Freedom* ablegt, muss ich einige andere Aufgaben für das Geschwader erledigen.

Ich denke, dass die Piloten und die Schiffe, die ich ihnen zugewiesen habe, ihrer Aufgabe ausreichend gewachsen sind.«

»Ok, dann sehe ich alle morgen früh«, nickte Ethan. Er beendete sein Abendessen und kehrte in seine Unterkunft zurück, wo er solange weiter seine Unterlagen studierte, bis er über ihnen einschlief.
****

Offiziersmesse
RNS *Freedom*
Zwei Stunden später

»Du bereitest uns echte Probleme, Miles«, fauchte Admiral Chester Bailey seinen ehemaligen Untergebenen und Freund an. »Es dauerte mehrere Jahre, unsere Werften auf den Bau der neuen altairianischen Kriegsschiffe umzurüsten und Jahre, ein Trainingsprogramm und den Nachwuchs zu entwickeln, der diese Schiffe bemannen wird. Wir haben gerade unser erstes Kriegsschiff in Betrieb genommen, zusammen mit einem halben Dutzend Kreuzer und einem Dutzend Zerstörer. Und jetzt willst du, dass wir schon wieder auf eine neue Linie von Schiffen umstellen sollen?«

Die Aussage, dass Admiral Bailey mit diesem Wechsel nicht glücklich war, war eine Untertreibung. Der Versuch, in schneller Folge eine Weltraummarine aufzubauen, die die Erde und ihren ständig wachsenden Einflussbereich hinreichend schützen konnte, strapazierte die industriellen Kapazitäten der Republik aufs Äußerste.

Miles stellte seine Kaffeetasse ab. »Ich kann da nicht widersprechen, Admiral. Es bedurfte einer ungeheuren Anstrengung, die Werften und Trainingsprogramme auf ihren heutigen Stand zu bringen. Diesbezüglich schlage ich keine sofortigen Veränderungen vor. Ich sage nur, dass diese Veränderung nach einem gewissen Zeitraum stattfinden muss. Zurzeit können wir mit dem Bau der wichtigsten gallentinischen Kriegsschiffe sowieso nicht beginnen, da wir erst die Komponenten der Schiffwerften für die Ringstation konstruieren müssen. Das wird Jahre in Anspruch nehmen, genau wie der Aufbau der Versorgungskette, um die Lieferung der Komponenten zu garantieren.«

Abwehrend schüttelte Bailey den Kopf. »Ich verstehe nicht, wieso wir nicht weiter den altairianischen Designs folgen. Seit wir deren Plänen durch die Hinzufügung einer Reihe von Railguns weiter verbessert haben, weisen die Schiffe nun eine Kombination der altairianischen und unserer eigenen Technik auf – das Beste beider Welten. Diese neuen Kriegsschiffe werden Monster sein – stärker als alles, was wir je gebaut haben oder was uns bislang zur Verfügung steht.«

»Das stimmt. Aber was uns angeboten wurde, ist so viel besser als das, was uns die Altairianer gegeben haben oder was sie selbst nutzen. Es mag 20 oder 30 Jahre dauern, aber sobald wir eine Flotte gallentinischer Kriegsschiffe unser Eigen nennen, wird die terranische Kriegsflotte nicht zu stoppen sein. Sieh bitte 30 Jahre in die Zukunft, Chester«, bat Miles seinen Freund mit gesenkter Stimme. Er musste in Erinnerung behalten, dass Admiral Bailey noch vor wenigen Monaten der oberste Befehlshaber gewesen war. Er hatte in ihrem Krieg gegen die Zodark über 13 Jahre lang das Kommando über das Militär der Republik inne gehabt. Er war daran gewöhnt, den Krieg nach seinem Ermessen zu führen.

Admiral Bailey seufzte. »Wie wäre es dann mit einem Kompromiss?«, fragte er.

Miles nickte, ohne sich festzulegen.

»Ich schlage vor, dass wir unserem derzeitigen Plan weitere zehn Jahre folgen. Wir bauen altairianische Kriegsschiffe und bilden deren künftige Besatzungen aus. Und nachdem die Schiffswerften am Ring endlich bereit sind, mit der Konstruktion gallentinischer Schiffe zu beginnen, dann – und erst dann – stellen wir auf ihre Schiffe um.«

»Ok, unterstellt, wir folgen diesem Vorschlag …«, sagte Miles. »Was hast du mit den Kriegsschiffen vor, die wir momentan einsetzen?«

»Die werde ich nach und nach ausmustern und als Reserveflotte einmotten. Für jedes zweite altairianische Schiff, das in die aktive Flotte aufgenommen wird, stelle ich das älteste oder angeschlagenste Schiff der gleichen Klasse von Kriegsschiffen vom aktiven Dienst frei. Verschrotten werde ich sie erst, nachdem die gesamte Flotte auf dem neuesten Stand ist und wir ihre Stärke um mindestens 50% erhöht haben. Wenn wir diesem Weg folgen, bringt uns das mindestens 15 bis 20 Jahre Flottenstabilität ein – die Nutzung der gleichen Schiffe und der gleichen Technologie über Jahrzehnte hinweg, bevor wir auf die vollkommen neue Klasse des gallentinisches Designs umstellen.«

Miles ließ sich diesen Vorschlag eine Weile durch den Kopf gehen. Er wusste, dass Bailey sowohl der Flotte als auch der Republik Stabilität bringen wollte – zumindest für eine Weile. Außerdem war ihm bewusst, dass das Weltraumkommando mehrere Jahre darauf verwandt hatte, ein Trainingsprogramm zu entwickeln, das all dies möglich machte. Schließlich gab er nach.

»In Ordnung. Du hast mich überzeugt und ich stimme deinem Vorschlag zu. Ein Zugeständnis erwarte ich allerdings. Unsere Schiffswerft über dem Mars … Ich werde unsere gallentinischen Gäste bitten, mich beim Bau dieser Schiffswert und deren Produktionsstätten zu unterstützen, um dort gallentinische Fregatten und Zerstörer zu bauen. Mein Großkampfschiff, die *Freedom*, braucht mehrere Begleitschiffe. Der Bau dieser Schiffe wird eine gewisse Zeit in Anspruch nehmen, deshalb will ich sofort damit beginnen. Außerdem möchte ich mit den Gallentinern daran arbeiten, ihre Raumjäger und Bomber in die *George Washington* und in unsere neuen altairianischen Schlachtschiffe zu integrieren. Ihre Jäger und Bomber sind einfach unglaublich, weit besser als die altairianischen Varianten. Unsere Leute sollten Nutzen daraus ziehen. Sind wir uns einig?«

Admiral Bailey nickte lächelnd. »Abgemacht, Miles. Und warum zeigst du mir nun nicht einige dieser Jäger und Bomber, von denen ich so viel gehört habe?«

Kapitel Vierzehn
Ein galaktischer Hinweis – Erste Szene

Alpha Centauri

Jack Walker gähnte, während er den Löffelbagger handhabte. Die Bewegungen des gelben Arms, der nach unten absackte, waren ruckartig. Jack zog an einem Hebel und lenkte die bis an den Rand mit Grund gefüllte Schaufel des Baggers nach links, wo er sie auf einem wachsenden Berg entleerte.

Sie arbeiteten nun schon seit Wochen von Sonnenaufgang bis lange nach Sonnenuntergang an diesem Projekt. Jack grub das Loch, in das Li Wang die Stützpfosten mit der Hilfe seines Krans versenkte. Sobald die im Boden waren, kam jemand von der Crew mit einer Maschine, um sie fest in die Erde zu hämmern. Diese Stützen bildeten die Basis für die neue Hyperloop-Spur, die wiederum ein anderes Team legen würde. Die Aufgabe seiner Mannschaft war es, der Rodungs- und Räumungscrew zu folgen, das Fundament zu ebnen und die Stützstruktur in Position zu bringen.

Es klang wie eine lange und harte Arbeit, und das war sie auch. Dennoch, die Arbeiter waren froh, dass ihnen die Konstruktions-Synth der Walburg Industrien nicht die Stellen genommen hatten – zumindest bislang. Die Synth waren ausgezeichnete Arbeiter, neigten damit leider aber auch dazu, menschliche Arbeiter zu verdrängen. Allerdings hatte selbst Walburg Schwierigkeiten, den hohen Produktionsanforderungen des Krieges gerecht zu werden. Derzeit war es so gut wie unmöglich, Synth zu erstehen, die für das Baugeschäft erschaffen waren.

Nach einer Weile war Jack diese monotone Aufgabe zur zweiten Natur geworden: baggern, hochheben, umschwenken, ausleeren. Und wiederholen. Beim Graben warf er einen Blick auf die Baumreihe entlang des geräumten Geländes. Es war zu dunkel, um sie im Detail zu erkennen. Es war noch vor dem Morgengrauen. Zwei biolumineszierende Bäume konnte er trotzdem deutlich ausmachen. Ihre transparenten kuppelförmigen Dächer erinnerten ihn jedes Mal an Quallen – falls Quallen 10 Meter groß wären. Sie hatten sogar lange, orange- und rosafarbene, den Fangarmen der Quallen ähnelnde Ranken, die fast bis auf den Boden hinunter hingen. Obwohl er von seiner

Position aus ihren Stamm nicht sehen konnte, wusste Jack, das sie lila gefärbt waren.

Seine Augen wanderten zum Himmel. Er war grau – kurz vor dem Sonnenaufgang. Die tragbaren Leuchten über ihrem Arbeitsbereich machten es ihm schwer, die Sterne zu sehen. Die wenigen, die er erkennen konnte, ähnelten nicht im Geringsten den Konstellationen auf der Erde.

Wie bin ich bloß in diesem Metier gelandet?, fragte sich Jack.

Dieser Gedanke beschäftigte Jack weiter, bis er Li sah, der laut rufend und mit dem Handzeichen sofort einzuhalten, auf ihn zugelaufen kam. Schnell stoppte er seine Maschine und lehnte sich aus dem Fenster. »Was ist los?«

Li schrie ihm etwas entgegen, aber seine Stimme wurde vom Lärm des Motors übertönt.

Jack hielt einen Finger hoch, dass Li sich einen Augenblick gedulden sollte, und deutete an, dass er ihn nicht hören konnte. Er stellte den Motor ab, zog sich die Ohrenstöpsel aus den Ohren und fragte Li, der ihn mittlerweile erreicht hatte, erneut: »Was ist denn?«

»Hör auf zu graben!« wies Li ihn an. »Da steckt etwas in der Erde.«

Jack war interessiert. »Was ist es?«

»Komm und sieh es dir an!«

Jack kletterte von seinem Bagger und folgte Li an den Rand des Lochs, wo der Rest des Teams sich bereits versammelt hatte. Sie alle starrten auf etwas hinunter, das Jack noch nicht sehen konnte. Er schob sich an ihnen vorbei und erstarrte.

Vor ihm ragten menschliche Knochen aus der Erde.

******

Obwohl es gerade erst 6 Uhr früh war und die Zwillingssonnen von Alpha Centauri sich noch nicht über den Bäumen gezeigt hatten, war Dr. Katō Sakura bereits erschöpft. Sakura und ihr Team von Archäologen arbeiteten bereits seit Stunden daran, das Skelett eines einheimischen, ihnen unbekannten Tiers zu identifizieren, das ein Mann gestern Abend während seines Spaziergangs im Wald entdeckt hatte.

Wieso jemand allein durch diese Wälder streifen will, ist mir schleierhaft, sinnierte Dr. Katō. *Insbesondere, wenn deine einzige*

Lichtquelle eine Taschenlampe und einige gruselig leuchtende Pflanzen sind. Irritiert blies sie eine Strähne dunkelbraunen Haars, die ihr ins Gesicht gefallen war, aus dem Weg.

Der Mann hatte es geschafft, über einen halb aus der Erde ragenden Tierschädel zu stolpern und sich dabei den Knöchel zu brechen. Nachdem er ins Krankenhaus transportiert worden war, wurden Dr. Katō und ihr Team beigezogen, um die Überreste von mehreren dort gefundenen Kreaturen zu studieren und den Grund ihres Todes zu bestimmen. Bisher schienen alle eines natürlichen Todes gestorben zu sein. Trotzdem mussten sie jedes einzelne Tier untersuchen, um auszuschließen, dass es nicht einer Erkrankung erlegen war, die auf Menschen überspringen und eine Epidemie auslösen konnte.

Dr. Katō kniete neben einem der Skelette und suchte in ihrer Arbeitstasche nach einer kleinen Bürste. Falls sie sich nicht täuschte, hatte sie einige dieser Biester lebend im Wald gesehen. Aber auf diesem neuen Planeten gab es so viel, was sie noch nicht erkundet hatten.

Der Kommunikator, der in ihrer Tasche plötzlich laut piepste, ließ sie zusammenzucken. *Wer will mich so früh am Morgen erreichen?,* wunderte sie sich mit gefurchter Stirn. Sie zog den Kommunikator aus der Tasche, hob ihn an und drückte auf den Knopf. »Dr. Katō hier.«

»Hallo, Dr. Katō, hier spricht Dr. Johnson. Es gibt einen dringenden Fall, den Sie sich für mich ansehen müssen.«

Dr. Katherine Johnson war die Leiterin von DARPA und stand Dr. Katōs Division TSHEP vor, die nach Menschen auf außerirdischen Planeten suchte.

Dr. Katōs Gesichtsausdruck verfinsterte sich. Sie hasste es, während der Arbeit unterbrochen zu werden. Aber es musste wichtig sein, sonst hätte sie Dr. Johnson nicht so früh angerufen. Sie drückte auf den Sprechknopf. »Ich bin momentan an einer Fundstelle und untersuche die Gebeine von Tieren auf mögliche Krankheiten. Kann Ihr Ersuchen warten?«

»Die Tierskelette müssen warten. Ich schicke jemanden, der Sie an Ihren neuen Einsatzort bringt. Geben Sie mir Ihre Koordinaten und packen Sie Ihre Sachen.«

Dr. Katō gab nach. »Was ist denn so wichtig?«, erkundigte sie sich, während sie nach einer ihrer Handschaufeln griff.

»Ein Grabungsteam fand in der Nähe von Ebensee menschliche Überreste.«

Die Schaufel entglitt Dr. Katōs Fingern und fiel nur Zentimeter vor ihrem rechten Knie zu Boden. »Entschuldigen Sie – sagten Sie tatsächlich *menschliche* Knochen?«

»So sieht es aus.«

»Sind die Knochen neueren Datums?«

»Der Beschreibung der Arbeiter nach ist das wohl nicht der Fall.«

»Wie ist das möglich?«

»Genau das werden Sie herausfinden. Sie müssen die Knochen und das Umfeld, in dem sie gefunden wurden, untersuchen. Suchen Sie nach Hinweisen darauf, woran sie gestorben sind, wann sie gelebt haben, über welche Art von Technologie sie verfügten, alles in dieser Richtung. Informieren Sie mich, sobald Sie etwas wissen.«

»Selbstverständlich, Dr. Johnson.«

»Vielen Dank, Dr. Katō.«

****

Dr. Katō ließ den Blick über den Ausgrabungsbereich schweifen. Die Sonnen standen nun über den Baumkronen. Ihre Strahlen erhellten das Gebiet und erwärmten die Erde und die Pflanzen. Baumstümpfe und heruntergetrampeltes Gebüsch markierten den Arbeitsort. Ein halbes Dutzend Baufahrzeuge stand verlassen da, während sich ihre Fahrer um etwas versammelt hatten, das sie nicht sehen konnte. Was immer es war, es lag neben einem großen Bagger, der mitten auf der Lichtung stand.

Dr. Katōs Fußtritte, unter denen Blätter zerbröselten und kleine Äste knirschten, kündigte ihre Ankunft an.

Ein großer blonder Mann drehte sich zu ihr um. »Sie sind die Archäologin?« fragte er. Sein Akzent klang amerikanisch.

»Ja, ich bin Dr. Katō. Und mit wem habe ich das Vergnügen?«

»Jack Walker. Freut mich, Sie kennenzulernen.« Sie schüttelten sich die Hände. Danach zeigte Jack auf einen kleinen stämmigen Mann, der neben ihm stand. »Das ist mein Kollege Li Wang. Er steht der Operation vor.«

Li verbeugte sich leicht. »Dr. Katō.«

»Herr Wang.« Sie erwiderte seine Verbeugung. »Ziehen Sie Ihre Leute bitte vom Fundort zurück. Halten Sie sie in sicherem Abstand, während ich arbeite. Leider wird Ihre Arbeit ruhen müssen, bis die Gebeine fachgerecht entfernt und das Gebiet sorgfältig von mir darauf untersucht wurde, ob dies der Siedlungsort einer vorangegangenen Zivilisation oder ein altes Gräberfeld ist. Ich hoffe, Sie verstehen die Notwendigkeit.«

Li nickte und entließ seine Arbeiter. Zögernd zogen sie sich zurück. Schließlich hatte Dr. Katō genug Freiraum, um zu sehen, was die Männer so fasziniert hatte. Das große Loch vor ihr war gut eineinhalb Meter tief und war eindeutig von dem Bagger hinter ihr gegraben worden. Jack sagte etwas. Dr. Katō ignorierte ihn und trat an den Rand des Lochs heran.

Ihr stockte der Atem. Der Boden war mit Knochen übersät.

Manche Knochen hatten sich aufgrund der Grabung verschoben. Daneben lagen vollständige Skelette noch unangetastet halb versteckt in der lilafarbenen Erde. Vorsichtig stieg Dr. Katō in das Loch hinab. Sie musste ein Ausrutschen verhindern, um die Gebeine nicht noch weiter zu beeinträchtigen.

Mit einer Schnur und einer Reihe von Holzpfählen aus ihrer Werkzeugtasche legte sie ein netzartiges Raster von je zwei Meter großen Quadraten an, deren exakte Seitenlänge sie mit einem Maßband kontrollierte. Und dann kniete sie sich in einem der Quadrate auf den Boden und begann mit der Arbeit, vorsichtig den Schädel eines der Skelette vom Grund zu befreien.

Sie konnte bereits mit Bestimmtheit sagen, dass diese Knochen sehr alt waren. Hinsichtlich ihres genauen Alters würde sie nach einem entsprechenden Test in ihrem Labor eine bessere Aussage machen können.

»Dr. Katō«, rief ihr einer ihrer Assistenten zu.

»Bitte, Arjun, nennen Sie mich doch einfach Sakura. Wir arbeiten schon zu lange zusammen, um so formell miteinander umzugehen«, korrigierte sie ihn. Arjun errötete und lächelte. »Aber gern, Sakura. Die Drohne ist abflugbereit.«

Arjun aktivierte die Drohne, die ungefähr zehn Meter über der Erdoberfläche in Position ging. Die Archäologen gesellten sich zu den

Bauarbeitern, die weiter hinten immer noch neugierig zusahen, was sich vor ihnen ereignete.

Jack fragte Arjun, was sie vorhatten.

Die Drohne ist mit einem speziellen Radar, LiDAR, Röntgengeräten und mit Scannern ausgestattet«, erklärte Arjun ungezwungen. »Das erlaubt uns den Blick bis auf 100 Meter Tiefe unter die Oberfläche, um zu sehen, was darunter liegt. In Kürze werden wir wissen, ob wir auf einem alten Friedhof oder über einer zerstörten Stadt stehen … vielleicht wie Pompeij zurück auf der Erde … was ein absolut unglaublicher Fund wäre …«

Arjun stammte aus der Stadt Kalanjoor im Südwesten Indiens, nicht weit von der Küste entfernt. Er hatte die Persönlichkeit eines kleinstädtischen, freundlichen Mannes und war ein hervorragender Archäologe. Dr. Katō hätte sich keinen besseren Assistenten wünschen können. Arjun arbeitete gerade unter ihrer Anleitung an seiner Doktorarbeit und würde der Erste sein, der dieses Ziel auf Alpha Centauri erreichte.

Dr. Katō stand neben Arjun, der mithilfe der Drohne das gesamte Gebiet erkundete. Sie folgten einem streng methodischen Suchmuster. Angefangen am Grabungsort verbrachte die Drohne etwa zwei Minuten über jedem Rasterfeld, das sie angelegt hatten, bevor sie weiterflog. In der Zwischenzeit bearbeitete die künstliche Intelligenz ihres Computers die Daten, die die Drohne gesammelt hatte. Dieser Teil würde einige Minuten in Anspruch nehmen.

Dr. Katō unterhielt sich kurz mit Jack und Li. Die beiden waren mittlerweile die Einzigen, die sich noch vor Ort aufhielten – nur für den Fall, dass sie gebraucht wurden.

»Was hat Sie dazu bewegt, die Erde zu verlassen und auf Alpha Centauri neu anzufangen?«, begann Dr. Katō das Gespräch, um leichte Konversation zu machen.

»Ich wollte tatsächlich immer Astrobiologe werden«, erwiderte Jack.

»Ach ja? Wieso entschieden Sie sich dagegen?«, fragte Dr. Katō.

»Meiner Familie fehlte es an den finanziellen Mitteln, mich auf die Universität zu schicken. Stattdessen musste ich mir eine Stelle suchen. Der Firma meines Onkels waren gerade eine Reihe von Bauprojekten auf Alpha zugesprochen worden und er bot mir an, für ihn zu arbeiten. Früher oder später werde ich genug angespart haben, um meinen Traum zu verwirklichen.«

»Ein guter Plan«, stimmte Dr. Katō zu.

»Derweil bietet mir die Arbeit für meinen Onkel die Möglichkeit zu reisen und auf einem neuen Planeten zu leben. Und obwohl ich die Pflanzen hier nicht professionell untersuche, darf ich sie wenigstens sehen.«

»Sakura, kommen Sie her. Das müssen Sie sehen!«, rief Arjun aufgeregt aus.

Dr. Katō entschuldigte sich und trat an den Bildschirm heran, auf den Arjun mit großen Augen starrte. Das Bild, das sich ihr bot, verschlug ihr die Sprache. Sie hatten nicht nur Dutzende von begrabenen Skeletten entdeckt … Nein! Es sah so aus, als wären unter ihnen auch die verschiedensten Strukturen begraben. Möglicherweise eine ganze Stadt!

»Das … ist unglaublich, Arjun«, stammelte sie.

Jack und Li, die sich unbemerkt angeschlichen hatten, bestaunten mit weit offenem Mund das gleiche Bild.

»Oh, Sie sollten wirklich nicht näherkommen«, schalt Dr. Katō die Männer, die allerdings viel zu sehr auf den Monitor konzentriert waren, um sie zu hören.

Dann bot Jack überraschend an: »Mit der entsprechenden Anleitung können wir Ihnen mit unserem Tieflöffelbagger helfen, diese Strukturen ans Tageslicht zu bringen.«

Dr. Katō wollte dieses Angebot gerade dankend ablehnen, als sie darüber nachdachte, was sie in und um diese Gebäude herum wohl finden konnten. Der Blick auf die beiden Arbeiter, die offenbar begierig waren, an diesem Projekt teilzuhaben, überzeugte sie schließlich. »Das muss ich zuerst mit meiner Direktorin besprechen. Aber was, wenn ich Ihnen eine Stelle anbieten könnte, direkt für TSHEP zu arbeiten?«

Mit fragendem Gesichtsausdruck erkundigte sich Li: »Was ist T-HELP? Von dieser Firma habe ich noch nie gehört.«

Dr. Katō erklärte: »Es nennt sich TSHEP. Das steht für The Search for Humans on Extraterrestrial Planets. Manchmal nennen wir es auch T-SHEP.«

Jack sah sie fragend an. »Für wen arbeiten Sie dann wirklich? Diese Abkürzung klingt mir nach einem Code.«

Dr. Katō lächelte Jack an. Ihr war klar, dass er weit intelligenter war, als sie ihm zuerst zugestanden hatte. »Gute Frage, Jack. Wir sind eine kleine Abteilung, die DARPA untersteht. Sie wissen, wofür DARPA steht, stimmt's?«

Jetzt war Jack an der Reihe, zu lächeln. »Was, Sie gehören der Defense Advanced Research Projects Agency an? Ich bin beeindruckt und ja, unbedingt … Ich will für Sie arbeiten, wenn Sie mich haben wollen.« Jack ermunterte Li. »Glaub mir, mein Freund. Wenn Dr. Katō uns einen Posten mit ihrer Agentur anbietet, dann solltest du ihn akzeptieren. Ich werde es jedenfalls tun.«

Li sagte nichts, nickte aber zustimmend.

In diesem Augenblick piepste Dr. Katōs Kommunikator und informierte sie, dass ein Anruf auf sie wartete. Sie entschuldigte sich und verabschiedete sich einen Moment.

»Hallo, Dr. Johnson.«

»Hallo, Dr. Katō. Sie befinden sich nun schon einige Stunden vor Ort. Was können Sie mir bisher von Ihrem Fund berichten?«

Dr. Katō wusste beinahe nicht, was sie zuerst berichten sollte. Die nächsten zehn Minuten verbrachte sie damit, Dr. Jones alles zu erklären und ihr das neueste Bild zuzuschicken, das ihnen die Drohne geliefert hatte. Bislang hatten sie nur zwanzig Prozent der angelegten Quadrate erkundet, aber das, was sie bisher gefunden hatten, war einfach atemberaubend. Es war deutlich, dass sie ihren Suchbereich ausweiten mussten. Offenbar handelte es sich hier um eine riesige historische Fundstätte.

Dr. Johnson war vollauf von dieser Entdeckung begeistert. Sie versprach, mit einem weit größeren Team und mit zusätzlichen Drohnen anzureisen, um Dr. Katō bei der Kartografie dieser Entdeckung zu helfen. Außerdem erwähnte sie, dass sie sich privat mit ihr über etwas unterhalten wollte, das ihr vielleicht bei der Beantwortung der Frage helfen konnte, wieso sie auf Alpha Centauri auf eine menschliche Stadt gestoßen waren.

Zwei Stunden später landeten zwei Ospreys. Einer davon gehörte eindeutig dem Militär, während der andere ein ziviles Transportschiff war. Dem militärischen Modell entstieg eine Handvoll von Sicherheitspersonal, das sich um den Fundort herum verteilte. In Zweiergruppen bewegten sie sich in entgegengesetzte Richtungen um den Ausgrabungsort herum, so als ob sie nach etwas suchten. Sie

nahmen sogar Jack und Li kurzzeitig fest und hielten sie von Dr.
Johnson und Dr. Katō entfernt, die in einer angeregten Unterhaltung
vertieft waren.
****

»Folgen Sie mir, Dr. Katō. Ich möchte Ihnen etwas zeigen«,
forderte Dr. Katherine Johnson Dr. Katō auf, sie in den Wald und weg
von den beiden Bauarbeitern zu begleiten, die sich immer noch am
Fundort aufhielten.

Als die beiden den Wald mit den biolumineszenten Bäumen
betraten, wusste Dr. Johnson, dass Dr. Katō eine Menge Fragen hatte.
Sobald sie den gerodeten Pfad verließen, formte die
Personenschutzgruppe, die sie begleitete, einen weiten Kreis um sie.

Dr. Johnson konnte das leise Geräusch der kleinen
Erkundungsdrohnen hören, die über und neben ihnen Wache hielten.
Eine hielt sich ständig über ihren Köpfen auf. *Unsere Soldaten sind
jederzeit auf eine mögliche Gefahr vorbereitet*, wurde ihr klar.

»Ist dieser Sicherheitsaufwand wirklich nötig?«, erkundigte
sich Dr. Katō. »Nicht, als ob es hier eine Menge Menschen gäbe.« Sie
schien sich nicht ganz sicher zu sein, was sie von all dem halten sollte.

»Hier, warum setzen wir uns nicht und unterhalten uns?
Danach verstehen Sie die Notwendigkeit der Geheimhaltung und der
Sicherheitsvorkehrungen bestimmt besser.«

Auf den Steinen unter den hochgewachsenen Bäumen wurde
das Sonnenlicht des frühen Nachmittags beträchtlich von den Bäumen
und ihren herabhängenden Ästen abgeschwächt.

Dr. Johnson zog ein Tablet hervor und reichte es Dr. Katō.
»Bevor wir weiterreden, muss ich Sie bitten, eine neue
Vertraulichkeitsvereinbarung zu unterzeichnen. Und nennen Sie mich
doch bitte Katherine. Nach Ihrer Unterschrift unter dieses Dokument
werden wir künftig sehr viel enger zusammenarbeiten.«

Verwundert zog Dr. Katō die Augenbrauen in die Höhe,
schwieg aber und las sich das NDA durch. Dabei handelte es sich
weitgehend um ein standardmäßiges Versprechen an die Regierung, das
aber einige Klauseln enthielt, die ihr ganz und gar nicht zusagten.
Dennoch … Sie war mehr als neugierig, zu erfahren, worum es hier
ging. Deshalb unterschrieb sie nach einigem Zögern dann doch.

Lächelnd akzeptierte Dr. Katherine Johnson das Tablet und setzte dann mit dem Bericht über das Gespräch an, das die Kanzlerin, der Flottenadmiral und der Statthalter zusammen mit zwei seiner gallentinischen Verbindungsoffiziere in einem Konferenzraum auf der neuen RNS *Freedom* geführt hatten.

Zuerst fiel es Dr. Katō schwer, das Gehörte aufzunehmen und diese Kenntnis danach als Tatsache zu akzeptieren. Es stand im starken Gegensatz zu allem, was sie ihr Leben lang gelernt hatte. Diese neue Information machte nicht nur die Theorie der Evolution hinfällig, sondern forderte auch das religiöse Dogma sämtlicher Glaubensrichtungen auf der Erde heraus.

»Ich war von all dem so verwirrt, wie Sie es jetzt sind«, gab Dr. Johnson freimütig zu. »Ich hatte allerdings das Glück, mich privat mit Statthalter Hunt – den ich seit 40 Jahren kenne – und dem höchsten gallentinischen Repräsentanten, einem Captain Wiyrkomi, unterhalten zu dürfen. Mir wurde erlaubt, das Interview aufzunehmen, um danach die zugrundeliegenden Tatsachen überprüfen zu können. Da wir die Zeit haben, spiele ich Ihnen die Aufnahme vor. Sie ist zwei Stunden lang, aber sie wird Sie faszinieren. Wollen wir anfangen?«

»Bevor wir beginnen, wollte ich Sie etwas in Bezug auf die beiden Arbeiter fragen, die mit Arjun und mir zurückgeblieben sind«, erklärte Dr. Katō.

»Wissen Sie zu viel? Muss ich sie verschwinden lassen?«

Dr. Katōs Gesicht spiegelte ihren Schock wider. »Ähm, hmmh … nein. Ganz im Gegenteil. Ich denke, dass ich Leute mit ihren Fähigkeiten wirklich gebrauchen kann. Ich wollte fragen, ob ich sie in mein Team aufnehmen darf. Der Ausgrabungsort ist riesig. Ich werde Arbeiter brauchen, die mit schweren Geräten umgehen können, die gleichzeitig aber auch das Feingefühl für diese Art von Ausgrabung haben.«

Dr. Johnson lachte laut auf. »Sie dachten, ich würde sie umbringen lassen?«, fragte sie glucksend. »Du meine Güte, nein. Ich hätte sie auf einen anderen Teil des Planeten oder vielleicht an ein Projekt auf einem der nahegelegenen Monde versetzt.«

Dr. Katō stieß einen erleichterten Seufzer aus.

»Aber zurück zu Ihrer Frage. Ja, wenn Sie denken, Sie brauchen sie, stellen Sie sie ein«, erteilte Dr. Johnson ihre Zustimmung. »Nachdem Sie nun in das Programm aufgenommen sind und ich Sie zum Projektleiter und Direktor dieser Abteilung ernennen werde, steht ihnen ein sehr großes Budget zur Verfügung, mit dem sie ein Team ganz nach Ihrer Wahl und Ihren Bedürfnissen zusammenstellen können. Ich bin gerade dabei, mit der Navy über den Ankauf eines alten Kriegsschiffs zu verhandeln, um es in eine mobile Forschungsstation umzubauen.«

»Wow. Ok, dann lassen Sie mich das Interview hören, damit ich erfahre, worum es hier geht.«

Die Unterhaltung mit Statthalter Hunt und Captain Wiyrkomi hielt sie fünf Stunden lang in ihrem Bann. An mehreren Stellen hielt Dr. Katō die Wiedergabe an, um Fragen zu stellen oder sich Notizen zur späteren Untersuchung zu machen, da Dr. Johnson ihr keine genaueren Auskünfte geben konnte. Am Ende stand nur noch eine brennende Frage im Raum. »Falls die Menschheit tatsächlich diese Ältestenrasse ist, die die Sternentore entwickelt hat, und wenn die Menschen Dutzende oder vielleicht Hunderte oder Tausende von Monden oder Planeten nicht nur in unserer Galaxie sondern in mehreren Galaxien oder vielleicht sogar in mehreren Universen bevölkert haben, was ist ihnen am Ende zugestoßen? Wieso werden nicht mehr Planeten oder Allianzen oder Regierungen von Menschen kontrolliert? Die Sumarer haben wir bereits entdeckt. Dort draußen muss es doch sicher noch Dutzende anderer sumarischer Gesellschaften geben?«

Dr. Johnson nickte bei dieser Frage. »Das, Sakura, ist das Geheimnis, mit dessen Lösung ich Sie beauftragen will.«

»Mich? Wieso ich? Es gibt doch sicher jemanden, der weit qualifizierter ist als ich es bin«, protestierte Dr. Katō.

»Sakura, Sie sind die sachkundigste Person in Ihrem Fachgebiet. Außerdem leben Sie nun schon seit über einem Jahrzehnt auf Alpha. Sie sind unter allen Wissenschaftlern diejenige, die am längsten auf einem außerirdischen Planeten gearbeitet und geforscht hat. Das zählt für etwas.«

»Ich … ich wüsste nicht einmal, wo ich anfangen sollte. Dieses Projekt … sein Umfang … das geht über jede Vorstellungskraft hinaus. Die Lösung dieser Frage wird Jahrzehnte, wenn nicht sogar noch länger, in Anspruch nehmen.«

»Ja, das wird es, Sakura. Aber irgendwo müssen wir beginnen und genau jetzt ist die richtige Zeit dafür. Ihre Entdeckung von heute –

hier nimmt alles seinen Anfang. Danach reisen Sie nach Sumara. Die Sumara-Konstellation ist Teil des Qatana-Systems, an das sechs weitere Systeme mittels ihrer Sternentore verbunden sind. Diese Kette endet in einer Sackgasse. In zwei der sechs Systeme leben Menschen. Entwicklungsmäßig stehen sie weit hinter unserer Gesellschaft zurück. Trotzdem wollen Sie sich diese Planeten in dieser Konstellation ansehen. Je mehr Wissen wir uns über das Wenige, das wir bereits wissen, aneignen, desto eher wird es uns in eine bestimmte Richtung weisen.«

Eine Weile herrschte absolute Stille. Dr. Johnson studierte den Gesichtsausdruck ihres Gegenübers mit Bedacht. Dr. Katōs Gedanken schienen sich zu überschlagen.

»Ok, wenn ich diese Aufgabe übernehme, Katherine, dann erwarte ich große Autonomie in der Verfolgung dieses Forschungsauftrags«, stellte Dr. Katō ihre Forderung. »Des Weiteren werde ich eine große Zahl von Mitarbeitern mit den unterschiedlichsten Fähigkeiten einstellen müssen. Meine kleine Abteilung besteht aus 21 Personen – besser gesagt, aus 23 Personen, falls die beiden Arbeiter mein Angebot akzeptieren. Aber ich werde Hunderte, womöglich Tausende brauchen – Menschen auf jedem Planeten, auf dem wir etwas entdeckt haben – um diese Projekte parallel nebeneinander voranzutreiben. Ich kann nicht überall gleichzeitig sein.«

Dr. Johnson lächelte erfreut. »Ich werde mein Bestes geben, Ihnen die nötigen Ressourcen zu verschaffen«, erklärte sie sich einverstanden. »Ich leite DARPA nun schon seit beinahe 48 Jahren. Als ich die Leitung übernahm, fiel mir vollkommen unerwartet das FTL-Programm in den Schoss, das – und das möchte ich hinzufügen – nicht gut lief. Es verschlang Milliardensummen. Und wie Sie wissen, war das Geld nach dem Großen Krieg mehr als knapp. Die Republik arbeitete immer noch daran, sich von der Zerstörung zu erholen. Ich musste Programme auf der Erde, auf Luna und auf der neu gegründeten Mars-Kolonie beaufsichtigen. Das war schwer, da die Einrichtung auf dem Mars unglaublich klein war. Glauben Sie mir, wenn ich Ihnen versichere, dass ich verstehe, worauf Sie sich da einlassen. Glauben Sie mir aber auch, wenn ich Ihnen sage, dass es bewältigt werden kann und dass ich Sie für die dafür am besten geeignete Person halte.«

Dr. Katō saß wie betäubt da und hörte Dr. Johnsons Erzählung zu. Obwohl sie ihren Hintergrund bereits kannte, war es aber weit beeindruckender, diese Geschichte von der betroffenen Person selbst zu hören. Schließlich fragte sie: »Katherine, wäre es mir möglich, diesen Captain Wiyrkomi zu treffen?«

»Das ist eine gute Frage«, erwiderte Dr. Johnson. »Ich glaube, sie halten sich immer noch im Orbit um Sumara im Qatana-System auf. Ich werde sehen, was ich tun kann. Für uns ist es leider von hier aus ein sehr langer Flug. Beinahe 19 Sprünge, wenn ich mich nicht irre. Das wären gut zwei bis drei Monate im Transit.«

»Das ist ein zu großer Verlust an Forschungszeit, um während der Reise nur Däumchen zu drehen. Wäre es möglich, dass wir ihn nach der Rückkehr der *Freedom* auf die Erde sehen könnten? Diese Reise nimmt nur vier Tage in Anspruch.«

»Ich denke schon. Aber warum beginnen Sie zunächst nicht einmal mit Ihrer Arbeit hier?«, schlug Dr. Johnson vor. »Finden Sie heraus, wie groß die Anlage ist und beginnen Sie mit den Ausgrabungen. Weiß der Himmel, was wir alles in dieser untergegangenen Stadt finden werden.«

Kapitel Fünfzehn
Konvoi-Dienst

RNS *Brandenburg*
Sternentor 571
Auf dem Weg ins Sirius-System

Kommandantin Amy Dobbs saß in ihrem Büro außerhalb der
Brücke und sah die Vorfallmeldungen der vergangenen Nacht durch.
Einer ihrer Leute hatte sich in der Kantine mit einem Soldaten
geprügelt. Offenbar hatte einer ihrer Männer während eines
genehmigten Pokerturniers einen der Soldaten des Betrugs bezichtigt.
Was immer der Grund gewesen war, der Flottenangehörige hatte eine
gebrochene Nase und dem Soldaten fehlten zwei Zähne.

Der COB, der dienstälteste Unteroffizier an Bord, hatte die
beiden nach ihrer Behandlung in der Krankenabteilung im
Schiffsgefängnis untergebracht, bis entschieden war, was mit den
beiden geschehen sollte. Dobbs' Ansicht nach hatten sich die beiden
eine leichte Strafe und eine strenge Warnung verdient, dass eine solche
Auseinandersetzung an Bord nicht toleriert werden würde. Aber der
COB hielt sich streng an die Regeln. Er wollte Anklage gegen die
beiden erhoben und sie bis zu ihrer Rückkehr zum Mars eingesperrt
sehen.

»Versuchen Sie immer noch zu entscheiden, was Sie mit den
beiden Faustkämpfern tun sollen?«, scherzte Lieutenant Commander
Joe Reynolds, der nach seinem Eintritt ihr gegenüber Platz nahm. Die
beiden kannten sich seit beinahe 15 Jahren. Dobbs hatte keine
Einwendungen gegen seinen unerwarteten Besuch.

»Joe, Sie kennen den COB besser als ich. Ist er immer so
streng mit der Mannschaft?«, erkundigte sie sich.

»Chief Lakeland ist ein bissiger alter Hund, Amy. Ein
Flottenangehöriger der alten Schule. Er hält die Zügel fest in der Hand
und toleriert keinerlei Dummheiten der Mannschaft. Mein Rat wäre,
sich auf seine Seite zu stellen und zuerst eine harte Bestrafung zu
verlangen, um später dann eine faire Strafe auszusprechen. Er wird die
Männer wütend anstarren und sie wissen lassen, dass sie noch einmal
davon gekommen sind. Und damit wird der Fall erledigt sein. Ohne
Frage müssen Sie in jedem Fall unbedingt sicherstellen, dass der COB

weiß, dass Sie und nicht er die Befehlsgewalt haben. Andernfalls untergräbt er Ihre Autorität.«

Dobbs kicherte. »Lief das so, bevor ich das Kommando übernommen habe?«

»Sie haben keine Ahnung, Amy«, seufzte Joe. »Commander Lyons war ein guter Mann, allerdings nicht besonders durchsetzungsfähig. Chief Lakeland erkannte das und hat es voll ausgenutzt. Ich war mir oft genug nicht sicher, wessen Anweisungen ich befolgen sollte.«

Sie kam gut mit Joe zurecht. Er hatte ein ausgeprägtes Gefühl dafür, was in der Mannschaft vorging. Dobbs begrüßte das. Als sie erfahren hatte, dass sie das Kommando über die *Brandenburg* erhalten würde, war Dobbs erfreut, Joes Namen in der Position des XO des Schiffes zu sehen. Damit kannte sie zumindest einen der Offiziere an Bord. Das machte ihr Mut. Sie hatte einige Erkundigungen über Master Chief George Lakeland, ihren dienstältesten Unteroffizier, eingezogen. Sein Ruf als hervorragender Flottenangehöriger war unbestritten. Daneben war er aber auch als harter Mann bekannt – manchmal als zu hart. Commander Lyons hatte ihr privat gestanden, dass die Zusammenarbeit mit ihm nicht immer leicht war. Und jetzt, nach einem Monat in ihrem neuen Kommando, verstand sie, was er gemeint hatte.

»Immer noch froh, wieder zur Flotte zu gehören?«

Dobbs sah Joe mit einem zynischen Lächeln an. »Was, und all das verpassen? Ich kann Ihnen verraten, Joe, dass die Position in der Flottenakquisition nicht übel war. Ein bequemer vierjähriger Auftrag. Ein Acht-Stunden-Job. Dann wurde ich zur Teilnahme am Führungslehrgang in der Kriegsakademie der Marine eingeladen. Das war fantastisch. Und hier bin ich nun, Kommandantin eines Kreuzers. Wenn nichts Schlimmeres passiert, als dass ich mich mit einem alten Master Chief auseinandersetzen muss, dann geht es mir gut.

»Nach dem Ende des Lehrgangs machten sie mich tatsächlich zur Dozentin des Kurses. Kein schlechter Auftrag, trotzdem bin ich froh, dass es nur für drei Jahre war. Ich bin gerne hier draußen mit der Flotte. Keine täglichen Kämpfe gegen die Zodark oder die Orbot, und was wir alles zu sehen bekommen … Diese Routineflüge sind total einfach, und wir dürfen den Anblick von einigen der wundervollsten Nebel, Planeten und Sterne genießen, die wir uns vorstellen können.

»Zuerst war ich enttäuscht, dass die *Brandenburg* Konvoi-Dienst verrichten muss. Mittlerweile sehe ich es als Gelegenheit, als ihr Kapitän mehr Zeit darauf zu verwenden, mein Schiff und seine Mannschaft besser kennenzulernen, bevor wir in den Kampf befohlen werden«, schloss Dobbs. Sie stand auf und trat vor den Replikator in ihrem Büro, wo nach dem Drücken von zwei Tasten wie aus der Luft gegriffen eine frische Tasse Kaffee vor ihr erschien.

»Ich habe immer noch keine Ahnung, wie diese Dinger funktionieren«, gab Joe zu, als Dobbs mit ihrer Tasse an den Schreibtisch zurückkehrte.

Dobbs zuckte mit den Achseln. »Es gibt Vieles, was ich nicht verstehe. Solange ich es nicht zur Erfüllung meiner Aufgaben brauche, stört mich das nicht. Aber zurück zu unseren Schlägern. Sagen Sie dem Chief bitte, dass ich die beiden morgen um 7 Uhr früh hier sehen will. Entwerfen Sie schriftliche Verwarnungen, die ich unterschreiben werde. Wie vorgeschlagen schließen wir uns der Meinung des Chiefs an, die ich dann mit meiner Entscheidung abmildern werde. Ich denke, die beiden haben ihre Lektion gelernt.«

Joe nickte und verließ das Büro.

Dobbs griff nach dem morgendlichen Konvoi-Bericht. Sie hatte die Kapitäne sämtlicher Schiffe dazu aufgefordert, ihr täglich um 20 Uhr abends und um 8 Uhr morgens einen Statusbericht zu schicken. Ihr Schiff, die *Brandenburg*, war ein alter republikanischer Kreuzer der *Rook*-Klasse – ein Schwesterschiff der *Rook*, dem allerersten republikanischen Kriegsschiff. Die *Brandenburg* hatte einige Aufbesserungen durchgemacht, war derzeit allerdings zum Konvoi-Dienst abgestellt. Diesem Konvoi gehörten noch vier weiter Schiffe der Rook-Klasse an, sowie 15 Zerstörer der *Viper*-Klasse – der Typ Schiff, den sie vor mehr als zehn Jahren kommandiert hatte.

Auf dem Weg nach Alfheim eskortierten insgesamt 13 Kriegsschiffe ein Kontingent von 65 Truppentransportern und Frachtschiffen. Sie beförderten eine Unmenge an Fracht und eine große Zahl von Angehörigen des Militärs: etwa 200.000 C100 Kampf-Synths zusätzlich zu 100.000 republikanischen Soldaten – acht komplette Divisionen frisch von der Erde. Zudem brachten sie zehn Containerschiffe mit sich, die jeweils 300.000 Tonnen Material und Ausrüstungsgegenstände anliefern würden.

Obwohl Amy Dobbs nicht das Kommando über den Konvoi innehatte, würde es ihr zufallen, falls Captain Braun etwas zustoßen sollte. Er war vor Jahren, während der Intus-Kampagne, schwer verletzt worden, als ihre Gegner seinem Kriegsschiff, der *Berlin*, großen Schaden zugefügt hatten. Der Mann hätte im Kampf sterben sollen, aber sein Schiffsarzt hatte ein Wunder vollbracht und ihm das Leben gerettet. Nichtsdestotrotz hatte Braun beide Beine und seinen linken Arm verloren. Aber er war am Leben und war heute der Kommodore dieses Konvois. Er hatte einen mechanischen Arm und zwei Beinprothesen. Sein Geist hingegen war unbeeinträchtigt. Seine Kenntnisse vom Schiffsbetrieb und den Taktiken der Zodark machte ihn zum idealen Mann, einem solchen Konvoi vorzustehen.

Einer der Langstreckentransporter berichtete von Antriebsproblemen, die es ihnen schwer machten, mit den anderen Schiffen Schritt zu halten. Sie wollten Dobbs und Captain Braun wissen lassen, dass sie möglicherweise aus dem Konvoi ausscheiden mussten. Andere Schiffe berichteten von anderen Problemen. Dobbs war überrascht davon, wie viele kleinere Schwierigkeiten diese Schiffe meistern mussten. Sie tat gut daran, sich zu erinnern, dass die Mehrheit von privaten Besitzern betrieben wurden – von Kapitänen, die ihre patriotische Pflicht erfüllten, indem sie ihre eigenen Schiffe einsetzten, um bestehende Transportlücken zu füllen. Sie wusste, dass die militärischen Schiffswerften mehr militärische Transporter bauen wollten. Bei der Wahl zwischen dem nächsten Kriegsschiff und dem Bau eines Transporters, stand der Bau des Kriegsschiffs allerdings immer an erster Stelle.
****

RNS *George Washington*
Alfheim
Sirius-System

Rear Admiral Fran McKee fing an, sich um die Situation am Boden und im System Sorgen zu machen. Die Zodark hatten zunächst hart gekämpft, um sich im System zu behaupten. Nachdem sie allerdings zurückgetrieben worden waren, hatten sie ihr Bestes gegeben, die menschlichen Kräfte und die der Prim zu sabotieren. Und dann – völlig überraschend – waren plötzlich große Zahlen von Zodark- und sogar von Orbot-Schiffen im System aufgetaucht.

Was als unbedeutendes Scharmützel gegen die Fregatten und Kreuzer der Zodark und Orbot begonnen hatte, hatte sich mittlerweile zu einem ernsten Nahkampf zwischen Schlacht- und Trägerschiffen entwickelt. McKees Kriegsflotte musste ständig weitere Schäden hinnehmen. Den Prim-Schiffen erging es nicht besser. Wirklich Gedanken machte ihr die Tatsache, dass in den kommenden Tagen ein großer Versorgungskonvoi eintreffen sollte. Sie wollte in keinem Fall, dass ein feindlicher Stoßtrupp in das System vordrang, während der Konvoi seine Versorgungsgüter entlud und auf die Oberfläche transferierte.

Sie strich sich über das Haar, das Anstalten machte, ihrem Knoten im Nacken zu entwischen. McKee wusste, dass sie keine Kontrolle darüber hatte, ob und wann feindliche Streitkräfte in das System einfallen würden. Ihr Schiff und ihre Mannschaft mussten einfach jederzeit darauf vorbereitet sein, sie gebührend zu empfangen.

Auf der Brücke fand sie jeden an seiner Position vor. Alles schien seinen normalen Gang zu gehen. Captain Reginald Birtwistle unterbrach ihr Sinnieren. »Admiral, Major General Veer Bakshis Shuttle ist eingetroffen. Ich lasse ihn in Ihr Büro bringen.«

»Danke, Captain Birtwistle. Dann gehe ich besser ins Büro. Die Brücke gehört Ihnen.«

Birtwistle lächelte und nahm im Kapitänsstuhl Platz, während McKee in ihr Büro zurückkehrte. Das Gespräch, das sie mit dem Befehlshaber der Bodentruppen führen musste, würde nicht einfach sein. Aber es musste gesagt werden. Trotzdem würde es ihr schwer fallen.

Nicht lange danach betrat der Befehlshaber aller Bodentruppen ihr Büro. »Admiral, schön, Sie wiederzusehen.«

Fran erhob sich und ging um ihren Schreibtisch herum auf ihn zu. Sie hielt ihm ihre Hand entgegen. »Freut mich ebenfalls, General. Kommen Sie, wir setzen und unterhalten uns.«

»Der Dringlichkeit Ihrer Mitteilung nach, sind die Nachrichten, die Sie mir geben wollen, nicht die besten«, kam Bakshi direkt zum Thema.

McKee seufzte. »Veer, Sie wissen, dass die Zahl der Angriffe in diesem System über die letzten Monate zugenommen hat. An dem letzten war sogar ein Träger der Orbot beteiligt – ein Schiff, das wir bisher nur ein einziges Mal zu Gesicht bekamen.«

General Bakshi furchte die Stirn mit dieser Information, äußerte sich aber nicht.

»Ich sprach mit Admiral Stavanger. Er geht davon aus, dass die Orbot in naher Zukunft eine große Operation planen. Ich bin mir nicht sicher, in welches Hornissennest wir mit unserer Invasion in dieses System und der Einnahme des Planeten gestochen haben. Wir scheinen allerdings hinreichend Aufmerksamkeit erregt zu haben, um die Orbot zu veranlassen, eines ihrer größten Trägerschiffe zu schicken …«

»Sie gehen davon aus, dass das unsere Bodenoperationen negativ beeinträchtigen wird?«

»Ich denke, dass es uns nach und nach schwerer fallen wird, ihre kleinen, schnellen Transporter davon abzuhalten, unsere Blockade zu umgehen und kleinere Truppenkontingente auf dem Planeten zu landen«, machte McKee ihm ihre Befürchtungen klar.

Bakshi zuckte mit den Achseln. »Eine geringe Zahl an Truppen zur Verstärkung sind keine große Sache. Die können wir relativ schnell isolieren. Was macht Ihnen wirklich Sorgen, Fran?«

McKee stieß einen Seufzer der Frustration aus, bevor sie endlich das aussprach, was ihr wirklich zusetzte. »Veer, falls die Orbot und die Zodark eine großangelegte Invasion starten, bevor wir oder die Prim Verstärkung erhalten, stehen die Chancen gut, dass wir das System aufgeben und uns zurückziehen müssen.«

Da, nun ist es gesagt, dachte McKee. Sie hatte ihrer größten Angst Ausdruck verliehen.

Bakshi seinerseits nickte nur, dass er verstanden hatte. Er tadelte sie nicht dafür, dass sie erwog, sein Volk zurückzulassen und sich aus dem System zurückzuziehen.

»Danke, dass Sie Ihre Sorge mit mir geteilt haben, Fran«, erwiderte er ruhig. »Auf diese Möglichkeit sind meine Kommandeure bereits vorbereitet. Zu unserer Verteidigung installierten wir auf der Oberfläche bereits mehrere Lasertürme und erkundeten eine Vielzahl der Minen und Tunnel in der näheren Umgebung. Falls wir bis zum Eintreffen eines Rettungstrupps in den Untergrund gehen müssen, werden wir das tun.« Er setzte sich in seinem Stuhl zurecht. »Da wir schon von Rettungskräften sprechen … Wann rechnen Sie mit dem

Eintreffen Ihres Konvois?«, drängte er. »Falls Sie das System
tatsächlich aufgeben müssen, überleben wir weit länger, wenn uns die
Versorgungsmittel vorher erreichen.«

»Der Konvoi sollte heute Abend eintreffen. Gibt es etwas, das
Sie als Erstes entladen möchten?«, bot ihm McKee an. »Da uns nur ein
Weltraumaufzug zur Verfügung steht, wird sich der gesamte Prozess in
die Länge ziehen.«

»Wir erwarten einige Hunderttausend Kampf-Synth – ich
schlage vor, dass wir sie als Erste auf die Oberfläche verlegen. Danach
die Container mit den Versorgungsgütern und als Letztes die Truppen.«

McKee lächelte. »So werden wir vorgehen. Falls sich hier
oben etwas ändern sollte oder es so aussieht, als ob wir tatsächlich von
hier verschwinden müssen, lasse ich es Sie so schnell wie möglich
wissen.«
****

RNS *Mercy*
In der Umlaufbahn über Alfheim

Der Raum, in dem der Gefreite David Roberts saß, lag
vollkommen im Dunkeln. Er hielt sich die Hand vor Augen, ohne auch
nur das Geringste sehen zu können.

Bin ich blind?

Er durchsuchte seine Taschen auf etwas Nützliches und fand
ein Feuerzeug. Mit einem Schnipsen sprang eine orangefarbene
Flamme aus ihm hervor. David bemühte sich, irgendetwas zu erkennen,
aber das Licht war zu schwach, um mehr als wenige Zentimeter vor
sich zu sehen. Er hatte keine Idee, wo er sich befand und wie er
hergekommen war.

Der Glanz des Feuerzeugs erregte Davids Aufmerksamkeit. Er
konnte sich nicht daran erinnern, ein Feuerzeug zu besitzen; außerdem
war ihm unklar, wieso er in diesem dunklen Zimmer gelandet war.
Etwas stimmte nicht.

Sein Kopf fühlte sich gut an. Er konnte sich nicht daran
erinnern, in letzter Zeit verletzt worden zu sein. Plötzlich fiel ihm etwas
an der Vorderseite des Feuerzeugs auf – eingekratzte rote Initialen. Die
Initialen seines Vaters.

Das kann nicht sein, dachte David nun noch verwirrter. Sein Vater war kurz nach Davids Geburt gestorben. Das Feuerzeug seines Vaters hatte er immer nur in Bildern gesehen, die ihm seine Mutter gezeigt hatte. *Wieso halte ich es jetzt in der Hand?*

Plötzlich hörte er einen dumpfen Aufschlag. Davids Blutdruck schoss in die Höhe. Außer ihm befand sich noch jemand in diesem Raum. Aber wer … oder was?

Intensiv lauschte er. Die Aufschläge wurden rhythmischer und dann klang es so, als ob jemand auf ihn zukam. Aber das Geräusch war anders. Die Fußtritte waren schwerer. Sie klangen nicht wie die eines Menschen. Nein, sie stammten von etwas, das viel, viel größer und schwerer war.

David suchte dort, wo es sich gewöhnlich befand, nach seinem Sturmgewehr. Es war nicht da. Seine Pistole war ebenfalls verschwunden. Und dann hielten die Schritte inne, bevor sie von etwas Schlimmerem, etwas Bösartigerem ersetzt wurden. Er hörte ein schweres Atmen, wie das eines wilden Tieres.

Eine Kreatur drang in den Lichtkreis des Feuerzeugs seines Vaters vor. Vor David stand die ungeschlachte Figur eines Zodark. Der widerwärtige blaue Außerirdische zog sein langes Schwert und trat noch einen Schritt näher an ihn heran. Sein abscheuliches Lächeln entblößte seine scharfen, spitzen Zähne. In diesem Augenblick wusste David, dass er in Schwierigkeiten steckte. Der Schweiß lief ihm in Strömen am Gesicht herunter. Er versuchte, einen Schritt nach hinten zu machen, um Abstand zwischen sich und das Monster zu bringen. Dabei stieß er gegen die Wand in seinem Rücken. Er war gefangen.

»Mensch«, zischte der Zodark. Der faule Geruch seines heißen Atems hüllte David ein. Beinahe musste er sich übergeben. Und dann fühlte er plötzlich, wie seine Blase nachgab und ein Strom warmen Urins an der Innenseite seiner Beine herunterlief. Das machte seine Angst und die Demütigung, die er gerade empfand, nur noch schlimmer. David sah, wie der Zodark die Klinge seines Schwerts über seinen Kopf anhob. Mit einer einzigen flüssigen Bewegung ließ er das Schwert auf Davids Arme heruntersausen, die er sich zu seinem Schutz vor den Kopf hielt.

David schrie vor Schmerz und Todesangst laut auf, bevor ihn sein Gehirn endlich aus dieser schrecklichen Trance entließ. Instinktiv setzte er sich in seinem Bett auf … Er war bereit zum Kampf. Sein

Körper war schweißnass gebadet, während sein Gehirn seinen Traum zu verarbeiten suchte. Er lebte noch. Er war nicht von Zodark umgeben. Sie hielten sich nicht in seiner Nähe auf. Nur seine Kameraden waren in seiner Nähe.

Einige Minuten vergingen, in denen David versuchte, seine Atmung unter Kontrolle zu bringen. Ein Videoanruf erreichte ihn auf seinem Tablet. Er stellte die Verbindung her und vor ihm erschien Duncans Gesicht.

»Mann, David, du siehst ja schrecklich aus«, kommentierte der Schotte.

»Tut mir leid, Duncan. Ich bin direkt vor deinem Anruf aus diesem schrecklichen Albtraum aufgeschreckt.«

»Kein Grund, dich zu entschuldigen, David. Es war nur ein Traum.«

»Ein Albtraum«, korrigierte der.

Duncan sah ihn mit einem wissenden Lächeln an. »Albträume sind einfach nur Träume, die wir nicht kontrollieren können.«

David überlegte einen Moment, ob er Duncan seinen Traum erzählen sollte. Er musste unbedingt verhindern, aufgrund seiner zunehmend gewaltsamen und intensiven Albträume als mental ungeeignet ausgemustert zu werden. Die Träume hatten einfach begonnen, indem er die Szene seiner Verwundung im Damm wieder und wieder vor sich gesehen hatte. Mittlerweile wurden diese Albträume dunkler, unbestimmter und er fühlte sich ständig hilfloser.

»Möchtest du darüber reden, Roberts?«, bot Duncan ihm an.

»Nicht wirklich. Es ist schon schlimm genug, dass ich sie durchmachen muss. Ich will sie obendrein nicht auch noch hinterher diskutieren.«

»Es ist einfacher mit ihnen umzugehen, wenn du dich jemandem anvertraust.«

»Es sind nur Träume, Duncan.«

»Sie sind eine Form von PTBS, Roberts.«

Und da war es. Posttraumatische Belastungsstörung – die Worte, die David nicht hören wollte. Es war schlimm genug, auf dem Schiff festzustecken, während Duncan und der Rest seines Trupps auf dem Planeten Krieg führte. Duncan sollte sich nicht zusätzlich noch Gedanken über ihn machen müssen.

»Mir geht es gut, Dunc. Wirklich.«

»Stimmt nicht, Kleiner. Hör auf mich. Wir alle haben das Gleiche durchgemacht – jeder, der an diesem Tanz teilgenommen hat. Du kannst deine Probleme entweder in dich hineinfressen und ihnen erlauben, dich so fertig zu machen, dass du nur noch ein Schatten deiner selbst bist …«

»Oder?«

»Oder du sprichst mit jemandem über sie und bekommst sie unter Kontrolle und lernst, mit ihnen umzugehen.«

David stieß einen tiefen Seufzer aus und wischte sich mit dem Zipfel seiner Bettdecke die Stirn. *Wie kann ich lernen ‚mit ihnen umzugehen‘, ohne dass sie mich in ein medizinisches Koma versetzen?* Er sah den Veteranen vor sich an und dachte nach. Duncan war seit dem Beginn des Krieges dabei. Er hatte an zahllosen Kämpfen teilgenommen und hatte die Narben, die das bestätigten. David vermutete, dass es sich dabei nicht allein um Narben handelte, die rein äußerlich sichtbar waren.

»Dir ging es also genauso?«

»Das tut es immer noch, mein Junge. Wie gesagt, du musst einen Weg finden, damit umzugehen. An dem, was wir gesehen haben, können wir nichts ändern. Aber wir können lernen, es zu akzeptieren. Je schneller dir das gelingt, desto schneller kommst du darüber hinweg. Die Träume wirst du immer haben, genau wie die Erinnerungen. Aber sie werden weniger weh tun.«

»Klingt einfacher als es sein dürfte.«

Duncan kicherte. »Das ist es wohl. Aber es ist die Wahrheit. Auf Neu-Eden – vor einer langen Weile – musste das Schiff, auf dem ich war, mehrere direkte Einschläge hinnehmen. Wir schwebten schon hilflos im Weltraum, noch bevor wir unsere Waffen einsetzen konnten. Obwohl es nur fünf Minuten dauerte, in einem Rettungsshuttle die Oberfläche zu erreichen, waren das die längsten fünf Minuten meines Lebens. Ich verlor viele wunderbare Freunde – wirklich gute Menschen, die auf dem Schiff starben. Zwei Jahre lang stellte ich mir ständig die Frage, ob ich mehr hätte tun können, um sie zu retten. Wieso durfte ich das Shuttle erreichen, während eine Menge Leute, mit denen ich befreundet war, absolut keine Chance hatten?«

»Ohne das Rettungsfahrzeug wärst du sicher nicht hier«, sagte David.

»Genau. Tatsache ist, dass nach einem direkten Treffer auf
ihre Unterkunft, eine Menge Soldaten ins Vakuum hinausgeschleudert
wurden. Sie bekamen nie mit, was geschehen war. Aber das wusste ich
zu dieser Zeit nicht. Einer meiner Staff Sergeanten erklärte mir damals,
dass es auf sie nicht ankam. Ich wollte mich wutentbrannt auf ihn
stürzen – was ich sicher auch getan hätte – wenn mich die anderen
nicht zurückgehalten hätten. Mit der Zeit wurde mir klar, dass er mir
damit sagen wollte, dass wir Geschehenes nicht ungeschehen machen
können. Manche gehen mit dem Gedanken des ‚Was wäre wenn …‘
durch ihr gesamtes Leben, bis sie sich in ein frühes Grab gegrübelt
haben. Was wir stattdessen tun müssen, ist die Realität, wie sie uns
vorgesetzt wird, zu akzeptieren und weiterzuleben. Belaste dich nicht
allein mit der Erinnerung an ihren Tod, sondern genieße die
Erinnerungen, die du zusammen mit ihnen gemacht hast. Das ist
zumindest ein Anfang.«

David spürte, wie ihm diese Geschichte ein Gewicht von den
Schultern nahm. Er hatte nicht gewusst, dass Duncan auf einem hilflos
schwebenden Schiff gewesen war. Im Vergleich dazu schienen seine
eigenen Probleme recht unbedeutend zu sein. Er verstand, was Duncan
ihm hatte mitteilen wollen und das Gespräch hatte ihm tatsächlich ein
gutes Stück geholfen. Dennoch war ihm immer noch unklar, wie er
darüber seine Albträume vergessen sollte.

Kann ich sie stoppen?, fragte er sich. *Oder muss ich, wie
Duncan es ausgedrückt hat, ‚lernen, damit zu leben‘?*

Plötzlich erschien Aleksei hinter Duncan auf dem Bildschirm.

David richtete sich gerader auf. »Hallo, Mann …«

»Duncan, sie versuchen an dem verdammten Dam einen
Gegenangriff abzuwehren. Du musst kommen. Sie brauchen alle
verfügbaren Soldaten. Schnell!«

Duncan seufzte. »Siehst so aus, als ob ich gehen muss, David.
Denk darüber nach, was ich gesagt habe. Wir reden später weiter.«

»Passt auf euch auf, Leute«, rief David hinter ihnen her.

»Immer, Kollege!«, lächelte Aleksei ihm zu, bevor sie
davonrannten.

Es machte David zu schaffen, dass er nicht seinen
Kampfanzug anlegen und mit ihnen gehen konnte. Er war sich sicher,
dass es den meisten Verwundeten auf dieser Rehabilitationsstation
ebenso erging.

****

1. Zug, Apollo-Kompanie
1-331. Infanterieregiment
Alfheim

Drei Stunden waren vergangen, seit der Damm nachgegeben hatte und sie der Fluss mit sich gerissen hatte. Bisher galten 32 Soldaten als vermisst. Angesichts der Tatsache, wie brutal der Kampf gewesen war, konnte Corporal Eva Jorgensen kaum glauben, dass diese Zahl nicht höher ausgefallen war.

Stundenlang hatten sie auf eine Länge von zwei Kilometern den Fluss hinunter Körper aus dem Wasser gezogen. Angesichts der Wasser- und der Lufttemperatur war es absolut unumgänglich, diese Menschen so schnell wie möglich aus dem Wasser zu fischen und sie aufzuwärmen. Sobald eine ernsthafte Unterkühlung einsetzte, war es sehr schwer, sie in den Griff zu bekommen.

Jorgensen hatte gerade ihr schweißnasse Uniform ausgezogen und sich auf ihr Bett fallen lassen, um einen Moment zu ruhen, als die Tür zu ihrem Zimmer aufgerissen wurde.

»Sie haben noch einen gefunden!«

Jorgensen sah Abba überrascht an. »Lebend?«

Abba nickte. »Der Zweite. Auch er war bei Bewusstsein. Er sagte, dass ein Großteil der Soldaten den Sturz überlebt hat und den Fluss hinunter geschwemmt wurde.«

Kim drehte sich auf seinem Stuhl um. »Das sind gute Nachrichten.«

»Das Bataillon stellt eine Suchmannschaft zusammen, die entlang dem Flussufer nach Überlebenden suchen wird. Sie brauchen Freiwillige.«

Jorgensen sprang aus dem Bett und schlüpfte schnell in eine frische Uniform und ihre Jacke. »Ich melde mich beim Bataillon.«

Abba hielt sie am Arm zurück, bevor sie an ihr vorbei laufen konnte. »Mit welcher Begründung?«

Jorgensen schüttelte ihren Arm ab. »Dass ich mich freiwillig melde, um zu helfen … Das wir Mac da draußen vielleicht noch finden werden.«

Abba schüttelte den Kopf. »Das ist genau die falsche Begründung, um akzeptiert zu werden. Besser, sich freiwillig als an die Infanterie angeschlossener Sanitäter zu melden.«

Jorgensen lächelte und nickte ihr dankbar zu, bevor sie in die kalte Nachmittagsluft hinaustrat. Der Himmel war immer noch mit dunklen Sturmwolken überzogen und der Schnee fiel weiter auf ihre Basis hinab. Lichtblitze durchbrachen die finsteren, bedrohlich aussehenden Wolken. Begleitet wurden sie von lauten Donnerschlägen oder von einem entfernten leisen und dennoch bedrohlichen Grollen.

Jorgensen sah eine große Gruppe, die sich vor dem Bataillonshauptquartier versammelt hatte. Das musste die Suchmannschaft sein. Sie lief auf sie zu.

Sie erkannte einen der dort wartenden Soldaten und rief ihm zu: »Kodiak, beginnt ihr mit der Suche?«

»Ich führe ein Team den Fluss hinunter. Andere suchen andere Sektoren ab.«

»Kann sich das FOB leisten, nach einem Angriff wie diesem, so viele Leute aus der Garnison abzuziehen?«

»Sie rufen alle von der *Valkyrie* und der *Mercy* zurück. Verstärkung ist auf dem Weg«, erklärte er nach einem Zug aus seiner E-Zigarette. »Außerdem habe ich gehört, dass zwei Züge des 3. Bataillons auf dem Weg sind, um uns abzulösen. Aber die sind noch auf einem ganz anderen Kontinent.«

»Und wie stehen wir dann da?«, fragte Jorgensen.

»Unterbesetzt, Doc. Weit unterbesetzt.«

»Brauchen Sie noch einen Sanitäter?«, erkundigte sie sich.

»Bringen Sie den Synth mit?«

Jorgensen dachte nach. Sie wollte Sam nicht dabei haben, nicht nach dem Vorfall im Dorf. Ein Mann wie Kodiak hatte sicher auch keine Verwendung für einen Synth.

»Was, wenn ich nein sage?«

»Dann würde ich Sie für dumm erklären, Doc. Ich verstehe Sie. Ich mag das Ding auch nicht. Aber der Synth könnte genau das sein, was wir brauchen, um Leben zu retten.«

Kodiak trug tatsächlich ein sehr gutes Argument vor, obwohl sie hasste, es zugeben zu müssen.

»Ok, ich hole den Synth und treffe Sie am Tor.«

»Beeilen Sie sich, Doc. Wir müssen los.«

******

Er lebte noch.

Als der Damm unter dem Gewicht von Fujiis Mech nachgegeben hatte, war Krauss' Körper zuerst wie schwerelos nach oben katapultiert worden, bevor er hart gegen das Metall zurückgeschleudert wurde. Die Welt um ihn herum verschwamm. Einen Moment flog er immer noch an den Mech geklammert durch die Luft und dann wurde sein Körper von dem eiskalten Wasser unter ihnen verschluckt. Die Luft in Krauss' Lungen schien auf der Stelle zu gefrieren, während sein Kampfanzug versuchte, die plötzlichen arktischen Temperaturen auszugleichen.

Der Sanitäter, der zu ihm hochgesprungen war, hatte es ebenfalls geschafft. Nachdem sie schließlich ans Flussufer geschwemmt worden waren, erkundigte sich Krauss als Erstes nach Fujiis Zustand. Der Mech war nicht mehr die schönste Maschine im Lager, war aber noch voll funktionsfähig. Und was noch wichtiger war, er trug immer noch die Munition mit sich, die Fujii noch nicht abgefeuert hatte. Um ihn herum krochen noch mehr Soldaten ans Ufer – einige mit ihren Sturmgewehren, andere mit nichts außer ihrem Leben.

Krauss sah in den Mech hinein. »Können Sie jemanden über Funk erreichen?«

Fujii schüttelte nur den Kopf.

Eine Gruppe Infanteristen versammelte sich unter einem Stand von Bäumen. »Wer hat den höchsten Rang?«

Ein Staff Sergeant kam auf ihn zu. »Sergeant Hayashi«, stellte er sich vor und hielt ihm die Hand entgegen.

Krauss akzeptierte sie. »Sergeant Krauss. Ich bin einer der Mech-Piloten … zumindest war ich das. Einer meiner Männer ist noch einsatzbereit, aber meiner wurde zerstört. Und wir bringen einen Sanitäter.«

»Wir müssen mit dem arbeiten, was wir haben, Krauss. Ich habe fünf meiner Soldaten. Damit sind wir zu neunt, einschließlich Ihrem Mech.«

»Haben Sie eine Ahnung, wie weit flussabwärts wir uns befinden?«

»Der Sturm bereitet unseren Systemen Probleme. Ich glaube, wir sind irgendwo flussabwärts, generell in westlicher Richtung. Obwohl sie uns lehrten, den geografischen Norden auf diesen Planeten zu finden, ist das leider oft genug unzureichend.«

»Außerdem ließen sie außer Acht, wie gewaltsam die Stürme hier sind. Zusammen mit den Wolken, die die Sonne konstant blockieren, konnte dies nur zu einem Desaster führen.«

»Setzen wir uns in Bewegung und folgen dem Fluss so gut wir können. Wenn ihr Mech uns anführen würde, wäre das fantastisch.«

»Kein Problem.«

Krauss drehte sich um und kehrte zu Fujiis Mech zurück.

»Was gibt's, Chef?«

»Wir gehen den Fluss hoch, um herauszufinden, wo zum Teufel wir gelandet sind. Sie gehen vorneweg.«

»Was ist mit Stafford und Abede?«

»Hoffentlich haben Sie es vor uns ans Ufer geschafft. Tatsache ist, dass wir hier nicht auf sie warten können.«

Fujii saß einen Moment schweigend in seinem Cockpit, bevor er das Mikrofon betätigte. »Sie sind der Boss. Aber ich will betonen, dass ich darüber nicht glücklich bin.«

»Was wollen Sie, Fujii? In der anderen Richtung nach ihnen suchen? Wir beide? Sagen Sie mir, wie das funktionieren soll … Verdammt, ich habe nicht mal eine Waffe.«

»Wie gesagt, Sie sind der Boss, Chef.«

Frustriert biss sich Krauss auf die Unterlippe und deutete nach vorn. Fujiis Mech stapfte davon, gefolgt von den restlichen Überlebenden, die in die Richtung marschierten, aus der sie aller Wahrscheinlichkeit nach gekommen waren.

****

Vor den Überresten des Damms kletterte Jorgensen aus dem Fahrzeug. Nachdem sich der Rauch verzogen hatte, das Geröll entfernt worden war, und der Sturm sich weiter nach Osten verzogen hatte, sah der Bereich weniger chaotisch aus. Die Verwundeten und Gefallenen waren abtransportiert worden, aber die Hinweise auf den Tod vieler Soldaten waren immer noch sichtbar. Auf dem Weg zu den Team- und Truppenführern hinüber musste sie über eine Pfütze geronnenen Blutes springen. Jorgensen drehte sich zu Sam um, der sie begleitet hatte. Er starrte auf den Hohlraum hinüber, wo der Damm gestanden hatte. Sie fragte sich, ob er an irgendetwas dachte.

»Ok, Leute, so sieht es aus«, begann First Lieutenant Singletary inmitten der Freiwilligen.

Jorgensen konnte sich nicht erinnern, dass er in Kodiaks Fahrzeug gewesen war. Sie sah sich um und entdeckte, dass mehr und mehr Schützenpanzer Soldaten brachten. Es sah so aus, als sei die gesamte Kompanie eingetroffen.

»Wir müssen unseren Suchbereich erweitern. Das Bataillon geht davon aus, dass der Sturm die Positioniergenauigkeit unserer Geräte und unsere Kommunikationsvorrichtungen beeinträchtigt. Obwohl der Sturm hier nachgelassen hat, setzt er in unserem Suchbereich gerade erst ein. Aus diesem Grund ziehen wir in den üblichen Trupps zur Suche aus. Ich sende die nötigen Informationen an Ihre HUDs. Sie enthalten die Koordinaten Ihres Suchbereichs und wie lange Sie dort draußen suchen sollen, bevor Sie zur Basis zurückkehren. Haben Sie verstanden?«

Jorgensen hob die Hand. »Sir, bilden die Sanitäter ihre eigene Suchgruppe oder ziehen Sie mit den Trupps aus, denen sie zugeordnet sind?«

»Sie gehören zu Trupp Zwei, Doc. Dem sind Sie zugeordnet.« Dann adressierte er die Truppenführer. »Gehen Sie davon aus, dass die Patrouillen der Zodark da draußen ebenfalls nach unseren Soldaten suchen. Falls sie in der Übermacht sein sollten, markieren Sie den Standort ohne Kontakt aufzunehmen. Lassen Sie sich auf keinen Kampf ein, den Sie nicht gewinnen können. Wir haben bereits einen ganzen Trupp verloren und sind von vielen neuen Gesichtern umgeben. Und ich will nicht noch mehr sehen – ohne unseren Neuen zu nahe treten zu wollen..«

Ein Chor von ‚Verstanden‘ und ‚Jawohl, Sir‘ der Truppenführer folgte, bevor sie sich umwandten, um den Plan mit ihren Leuten zu besprechen. Jorgensen wollte sich eben zu Sergeant Murphy und Trupp Zwei gesellen, als Sergeant Chawla plötzlich auf sie zu gerannt kam.

»Tut mir leid, Eva. Ich konnte gerade noch eines der letzten Fahrzeuge aus der FOB erwischen. Was hat der LT gesagt?«

»Die Sanitäter gehören weiter zu ihren vorbestimmten Trupps. Jeder Trupp wird einen anderen Suchbereich durchkämmen. Trupp

Vier gibt es nicht länger, von daher weiß ich nicht, was sie mit Kim vorhaben.«

»Kim kommt mit mir und dem Rest aus dem Hauptquartier. Ihr nehmt Sam mit.«

Jorgensen nickte nur und lief den Rest des Wegs zu Trupp Zwei hinüber. Dabei stieß sie Sam an und ermunterte ihn mit einer Kopfbewegung, ihr zu folgen. Er verstand und es dauerte nicht lange, bevor sie ihre Gruppe erreicht hatten.

»Murph, ich bringe Sam mit.«

Lilian Murphy, die Anführerin des zweiten Trupps, sah Sam mit hochgezogenen Augenbrauen an. »Er wird uns helfen können, denke ich. Klingt gut. Machen wir uns auf den Weg.«

»Halte Schritt, Sam. Wir müssen uns in der Mitte des Teams aufhalten, im Fall eines Angriffs.«

»Ich kenne die Position eines Sanitäters innerhalb der Linienformation, Corporal Jorgensen.«

Sie rollte die Augen. »Bleib einfach neben mir.«

Nach dem vorsichtigen Abstieg die gefrorene Böschung hinunter, orientierten sie sich am Ufer des Flusses Richtung Osten und begannen mit ihrer Suche. Mit jeweils zehn Metern Abstand zwischen den Soldaten streckte sich ihre Linie beträchtlich. Nach dem Betreten des Waldes verringerte sich dieser Abstand um einiges. Aber das war zu erwarten.

»Ich spüre, dass Sie mich nicht mögen, Corporal Jorgensen«, kommentierte Sam.

»Ich wusste nicht, dass du Gefühle hast«, erwiderte sie desinteressiert.

»Mir sind keine Gefühle einprogrammiert. Ich bin darauf programmiert, zu wissen, wie es einem Patienten geht. Ihr Blutdruck steigt jedes Mal, sobald ich den Mund aufmache.«

Sie fühlte sich bedrängt. »Du hast kein Recht, die Angaben meines Anzugs zu lesen, Sam.«

»Gerade eben schoss Ihr Blutdruck wirklich nach oben. Erleiden Sie einen Herzanfall?«

Jorgensen starrte ihn an. »Sollte das ein Scherz sein?«

»Funktionieren Scherze nicht auf diese Weise? War er nicht gut?«

»Er kam unerwartet.«

Schweigend drangen sie weiter in den Wald hinein vor. Jorgensen konnte den Fluss nicht länger sehen, hörte aber sein entferntes Rauschen. Sie dachte an Mac.

Hat er den Fall überlebt?, wunderte sie sich. Ihr Kampfanzug konnte eine ganze Menge vertragen, aber einen solch tiefen Fall? Sie musste positiv denken. Es hatte Überlebende gegeben und sie fanden ständig mehr. Gut möglich, dass der Faulenzer schon gefunden war und sich nun in der Kaserne aufwärmte.

»Sind Sie wegen dem Kind böse auf mich?«, fragte Sam plötzlich in die Stille hinein.

Jorgensen stockte der Atem.

»Das Kind fiel nicht in eine der Prioritätenkategorien meines Programms. Meine Aufgabe ist es, das Überleben des republikanischen Militärpersonals zu garantieren.«

»Das Kind war hilflos, Sam«, erwiderte sie mit harter Stimme. »Du hättest hinüber laufen und es retten können.«

»Was, wenn ich getötet worden wäre?«

»Du hattest eine bessere Überlebenschance als mein Körper aus Fleisch und Blut. Kalkuliert dein Gehirn nicht so? Anhand von Prozentzahlen?«

»Ich musste die Oberschenkelschlagader des Gefreiten abklemmen. Wenn ich vor ihrer ordnungsgemäßen Reparatur losgelassen hätte, wäre er verblutet.«

Jorgensen hatte nicht gewusst, dass die Arterie des Mannes durchtrennt worden war. Sie ging die Szene in ihrem Gehirn erneut durch. Sie hatte ihn untersucht ohne eine Blutung zu entdecken. Entweder waren die Datenangaben ihres Tablets unrichtig gewesen oder sie hatte diese Verletzung einfach übersehen. Beides war unhaltbar.

»Das wusste ich nicht.«

»Wieso sollten Sie?«, fragte Sam. »Sein Anzug war beschädigt; die Angaben, die er an Sie weitergab, waren falsch. Ich entdeckte es nur aufgrund meiner ...«

»Programmierung. Ich weiß.«

Einige Augenblicke vergingen. »Verstehen Sie jetzt, Corporal Jorgensen?«

»Ja, Sam. Ich verstehe. Bitte nenne mich doch Eva.«

»Bedeutet dass, das wir Freunde sind, Eva?«

»Nein, Sam. Es bedeutet nur, dass ich es leid bin, wieder und wieder ,Corporal Jorgensen' zu hören.«

****

RNS *Mercy*

Einige der ehemaligen Patienten, die darauf warteten, vom Krankendeck entlassen zu werden, hatten sich ein Funkgerät besorgt und verbrachten den Tag damit, den Funkverkehr abzuhören. Private First Class David Roberts, der Obergefreite, hatte nie einen Sinn darin gesehen, dem Chaos unter ihnen zuzuhören. Heute dachte er jedoch anders darüber. Sein Team hatte bisher eine Ruhepause genossen. Sie hatten während ihrer Besuche Zeit miteinander verbracht. An ihrer Seite schien es, als seien sie zurück in ihren Unterkünften – vor dem Beginn der Invasion. Und jetzt, nachdem er endlich alle Hürden überwunden hatte, konnte David es kaum erwarten, auf den Planeten zurückzukehren.

Nachdem Duncan das Gespräch in aller Eile beendet hatte, wusste David, dass etwas Schreckliches passiert sein musste. Aleksei hatte einen Angriff auf den Damm erwähnt – dass er beschädigt oder sogar zerstört worden war? Das konnte David nicht glauben. Wie alles, was Aleksei von sich gab, hielt er die Aussage des jungen Russen für eine dramatische Übertreibung. Dem zuzuhören, was sich in Echtzeit abspielte, lieferte dagegen ein präziseres Bild. David fand ein Sofa und setzte sich.

»Was ist denn los?«, fragte er.

Die anderen Soldaten ignorierten ihn, starrten weiter auf ihr Funkgerät und hörten dem zu, was unter ihnen vor sich ging. David hatte keine Probleme damit, ignoriert zu werden. Es erlaubte ihm, Teil ihrer Gruppe zu sein, ohne sie zu belästigen. Beim Zuhören runzelte er die Stirn. Auf dem Planeten schien Verwirrung zu herrschen. Sein Zug war unterbesetzt und suchte im weiten Umkreis das Gebiet um den Fluss herum ab. Der Damm war offenbar komplett zerstört. Er existierte nicht länger.

»Sie werden nicht viele Überlebende finden«, stellte einer der Soldaten fest.

»Woher willst du das wissen?«, fragte sein Nachbar überrascht.

»Das Wasser hat Minustemperaturen. Und frag mich nicht, wie es möglich ist, dass der Fluss nicht zufriert«, erwiderte der erste Mann.

David meldete sich zu Wort. »Unser Kampfanzug kann die Temperatur lang genug regulieren, um das Ufer zu erreichen.«

»Ok, Professor – was immer Sie sagen.«

David sah sich den Mann, der gesprochen hatte, näher an. Es war derselbe Corporal, der ihm in der Krankenabteilung seine Auszeichnung hatte schlechtmachen wollen. Der Wunsch, seinen Kopf gegen das Funkgerät zu rammen, ging David durch den Kopf. Aber er hielt dieses Verlangen im Zaum.

Der Corporal drehte sich zu ihm um. »Ach, sieh an. Tut mir leid. Ich wollte unserem lokalen Kriegshelden gegenüber nicht unhöflich sein.« Der Corporal stand auf. »Private Roberts hier ist eine Legende, Leute. Ich hatte die Ehre, mitzuerleben, wie ihm ein General seinen Orden angehängt hat. Jetzt lebt er ein Leben in Luxus, während der Rest seines Trupps auf Alfheim in Stücke gerissen wird.«

Schlagartig verlor David jegliche Selbstbeherrschung. Er sprang von der Couch, sprang den Corporal an und warf ihn zu Boden. Die beiden kämpften miteinander, bis es David gelang, sich aus dem Griff des Corporals zu befreien. Bevor sein Gehirn registrierte, was er tat, hatte seine Faust das Gesicht seines Gegners gefunden. Mit jedem Schlag spürte er, wie dessen Gesicht nachgab. Blut floss und Zähne fielen ihm aus dem Mund. Endlich wurde David von mehreren Händen nach hinten gerissen.

Keuchend saß David gegen das Sofa gelehnt da und sah auf den Mann vor sich hinunter. Der Corporal setzte sich hoch, spuckte mehr Blut aus und begann unter Schmerzen zu lachen.

»Was ist so verdammt lustig, Corporal?«

»Du hast dir gerade deine gesamte militärische Karriere vermasselt, du Kriegsheld«, kicherte er zufrieden.

****

Alfheim

Der Himmel verdunkelte sich und über ihnen begann es zu donnern. Krauss sah zu den Wolken hoch, die drohend auf sie zuzueilen schienen. Der Sturm auf der Brücke war einfach furchterregend gewesen. Er hatte nicht vor, ein zweites Mal eine solche Erfahrung im offenen Gelände zu machen.

Je länger sie sich auf dem Planeten aufhielten, desto unberechenbarer wurde er. Alles, was sie die Wissenschaft auf der Erde gelehrt hatte, kam hier nicht zur Anwendung. Manchmal schien der Planet selbst lebendig zu sein. Er hatte immer gedacht, wie erstaunlich es sein würde, fremde Planeten zu erkunden. Seiner Ansicht nach die Gelegenheit, die ihnen das Militär bot, ein wahrgewordener Traum, egal ob sie die Luft auf einem außerirdischen Planeten atmen konnten oder nicht. Jetzt wünschte er sich, er hätte die Klappe gehalten.

»Hey, Sarge. Ich wollte mich bei Ihnen bedanken«, erklang eine Stimme hinter Krauss.

Er drehte sich um und erkannte den Sanitäter, dem er hoch auf Fujiis Mech geholfen hatte. »Sicher doch, Doc. Ich bin froh, dass Sie sich festhalten konnten.«

»Das ist das Verrückte daran. In dem Moment, in dem wir über den Rand geschleudert wurden, verlor ich meinen Halt. Mit dem Sturz und dem Herumwirbeln im Wasser dachte ich ganz sicher, dass mein letztes Stündlein geschlagen hatte. Und dann schoss mein Kopf durch die Wasseroberfläche nach oben und direkt vor mir lag das Ufer.«

»Das muss ‚das Glück der Iren‘ sein. So sagt man doch, oder?«

Mac musste sein Visier nicht anheben, um Krauss wissen zu lassen, dass er gerade mit den Augen gerollt hatte. »Solange es mich am Leben hält, warum sollte ich das Schicksal provozieren und seine Existenz verleugnen?«

Abwehrend hob Krauss die Hände. »Nein, nein. Kein Sarkasmus hier. Ich trage ein Stück Metall an einer Kette um den Hals. Als ich vor einigen Jahren auf Intus verwundete wurde, steckte es in meiner Brust. Es war das erste Mal, dass ich verwundet wurde. Ich wollte eine Erinnerung daran behalten. Ob es mir tatsächlich Glück bringt oder nicht, das sei dahingestellt, Doc. Ich weiß es nicht. Aber ich muss sagen … Seit Intus war ich in einer ganzen Reihe von heiklen Situationen verwickelt und habe sie alle überstanden. Da muss doch etwas dran sein, oder?«

»Ich denke …«, setzte Mac an. Seine Stimme erstarb, als plötzlich alle wie auf Kommando innehielten.

Krauss ließ sich auf ein Knie fallen und hob das Sturmgewehr an, das er unterwegs entlang des Ufers gefunden hatte. Ein Geräusch war aus der Dunkelheit des umliegenden Gestrüpps zu ihnen vorgedrungen – laut genug, für ihre empfindliche Hörvorrichtung, aber leise genug, um von einem normalen Ohr überhört zu werden. Ihr Team von Überlebenden war gut. Alle hatten das Geräusch aufgeschnappt. Die Gruppe verteilte sich, während Fujii die Umgebung scannte.

»Ich bin wer weiß wie viele Meter in eiskaltes Wasser gestürzt, habe meinen Mech verloren und fand endlich genug Überlebende, um einen Trupp zu formieren. Erschießt mich jetzt bitte nicht«, forderte eine bekannte Stimme.

»Jones?«, schrie Krauss lauthals.

»Ja, wir sind's. Bitte nicht schießen.«

Krauss stand auf und winkte mit hoch erhobenen Armen. »Befreundete Einheiten! Ich habe befreundete Einheiten im Netz. Sie stoßen zu uns!«

Zu Krauss' Überraschung trat ein republikanischer Mech unter dem Schatten der Bäume hervor, gefolgt von Jones und acht weiteren Begleitern. Viele der Soldaten kannten sich untereinander. Innerhalb der beiden Gruppen gab es beim Anblick der Überlebenden viele Umarmungen und erleichtertes Lachen.

»Ich kann nicht fassen, dass du es geschafft hast!«, lächelte Jones und umarmte Krauss.

»Danke für das Vertrauen«, erwiderte er grinsend. »Ich bin froh, dich zu sehen, Jones. Dein Mech hat den Sturz nicht überstanden?«

»Erinnere mich nicht daran. Sobald wir ins Wasser stürzten, schlug ich auf einen Stein auf und das Glas des Visiers ging zu Bruch. Das verdammte Ding hätte mich beinahe ertränkt. Wenn mir Abede nicht geholfen hätte, wäre ich ihm sicher nicht entkommen. Er hat mich mit seinem Mech an Land gezogen.«

Krauss sah an Jones vorbei auf Abede hinüber, dessen Mech gerade Fujiis Mech abklatschte. »Zwei Mechs zu haben, sollte uns helfen, falls wir die FOB noch heute Abend finden wollen.«

»Falls?«, hakte Jones nach.

»Der Sturm von der Brücke wird sich in Kürze über uns entladen. Wenn wir nicht schleunigst eine geschützte Unterkunft finden, verlieren wir eine Menge Leute.«

»Bilden wir eine Wagenburg und rücken näher zusammen«, murmelte Jones.
****

RNS *Mercy*

Mit kerzengeradem Rücken stand David stramm. Der Schweiß lief ihm das Gesicht hinunter. Er hatte sich dazu hinreißen lassen, etwas zu tun, was er vorher noch nie getan hatte, und nun musste er die Konsequenzen tragen. Seine Fäuste hingen eng geballt an seinen Seiten, aber die Blutergüsse an seinen Knöcheln konnte er nicht verstecken. Captain Michael Fenti, der kommandierende Offizier der RA-Soldaten an Bord der *Mercy* saß ihm hinter seinem Schreibtisch gegenüber.

»Private First Class, Ihnen wurde das Purple Heart und die Verdienstmedaille mit einer Tapferkeitsauszeichnung verliehen. Der Einsatznachbericht Ihres Trupps betont, dass Sie sich, obwohl es Ihr erster Einsatz war, als verdammt guter Soldat bewiesen haben. Sie wurden verwundet, als Sie Ihren Sergeant aus dem Schussbereich zogen. Bisher ist es Ihnen gelungen, sich nicht in Schwierigkeiten zu bringen. Und sobald Ihrer Rückkehr auf den Planeten zugestimmt wurde, leisten Sie sich diesen Wahnsinn?«

Davids riss die Augen auf. »Ich bekam grünes Licht, Sir?«

Captain Fenti starrte ihm mit einem unleserlichen Gesichtsausdruck an. »Wieso jetzt? War das ein dummer Witz, um nach Hause geschickt zu werden? Wahrscheinlicher ist, dass er Sie in den Bau bringen wird.«

»Erlaubnis, frei sprechen zu dürfen, Sir?«, bat David.

»Gewährt.«

»Dies war nicht meine erste Auseinandersetzung mit dem Corporal, Sir. Nachdem ich die Orden bekommen hatte, ließ er sich negativ über die Offiziere aus, die sie mir verliehen hatten. Ich sagte ihm, dass diese Art über vorgesetzte Offiziere zu sprechen, unangebracht war. Er machte einige bissige Bemerkungen, aber ich dachte, ich hätte die Situation entschärft.«

David seufzte, während er versuchte, seine Gefühle unter Kontrolle zu halten und allein die Fakten vorzutragen. »Sir, die letzten Tage fühlte ich mich, als ob ich die Wände hochgehen würde, wenn ich nicht bald zu meiner Einheit zurückkehren durfte. Sie ohne mich in den Einsatz ziehen zu sehen, hat es nur schwerer gemacht. Dem Geschehen im Funkverkehr zuzuhören, hat dabei nicht geholfen. Und dann begann derselbe Corporal mich damit aufzuziehen, dass meine gesamte Truppe unten abgeschlachtet wird, während ich hier auf der *Mercy* im Luxus schwelge.

»Ich weiß, was ich getan habe, war falsch. Ich sollte meine Gefühle besser kontrollieren können. Aber als er das sagte, ist etwas mit mir durchgegangen. Ich hätte das, was ich getan habe, nicht tun sollen. Aber jemand musste diesen Kerl in die Schranken weisen.«

Der Captain saß nur da und sah ihn ohne ein Wort zu sagen an. David stand weiter in Habachtstellung da und wartete darauf, was er mit der ihm gebotenen Information anfangen würde. Die fehlende Reaktion des Captain gab ihm ein unbehagliches Gefühl. Er stellte sich die schlimmste Konsequenz vor. Wenn Captain Fenti ihn den Wölfen zum Fraß vorwarf, würde er als Gefangener auf einem Transporter in ein anderes System enden, in dem er seine Strafe in den Minen der Republik zugunsten der Kriegsproduktion abarbeiten würde. Der Gedanke ließ ihn schaudern. Und das wäre nicht einmal das Schlimmste. Gerade jetzt, wo er zum ersten Mal das sichere Gefühl hatte, zum Militär zu gehören, würden sie ihn nach dem Arbeitslager nach Hause schicken – mit einer Vorstrafe nach seiner unehrenhaften Entlassung.

»Die Aussage, die Sie gemacht haben, Private Roberts, unterscheidet sich von der Version, die Corporal Adler mir präsentiert hat. Da ich jemand bin, der einer Sache auf den Grund geht, werde ich nach weiteren Beweisen suchen, um diesen Sachverhalt eindeutig zu klären. Aus diesem Grund werde ich bis nach dem Ende meiner Untersuchung keine Anklage gegen Sie erheben. Wenn sich ergibt, dass Sie ihn, wie er behauptet, aus dem Hinterhalt angegriffen haben, degradiere ich Sie und Sie werden einige Monate im Bau verbringen, bevor Sie unehrenhaft entlassen werden – falls die Armee beschließt, Sie gehen zu lassen. Im Moment haben Sie Ausgangsverbot und sind auf Ihr Zimmer beschränkt. Sie werden nicht zu ihrer Einheit zurückkehren, bis dieser Fall geklärt ist. Wegtreten.«

David salutierte. »Sir.« Er drehte sich auf dem Absatz um und verließ das Büro.

Er war von dem, was gerade geschehen war, wie betäubt. Eine Welle von Gefühlen überflutete ihn, als er versuchte, Ordnung in seine Gedanken zu bringen. Er würde nicht degradiert oder ins Gefängnis geschickt werden – zumindest jetzt noch nicht – aber er durfte auch nicht auf den Planeten und an der Seite seiner Einheit kämpfen. Auf dem Schiff bleiben zu müssen, während der Kampf auf der Oberfläche tobte, fühlte sich beinahe wie eine schwerere Strafe an. Sicher, einen oder zwei Monate im Bau würden Davids Ruf ruinieren, aber sein Team würde ihn verstehen.

Wie zum Teufel kann ich ihnen erklären, dass ich unter Hausarrest stehe, während sie um ihr Leben kämpfen?

****

Alfheim

Im Wald wurde es dunkler. Die Bäume begannen ihr Leuchten, deren bläuliche Schattierungen Corporal Jorgensen verwirrte. Das Leuchten wurde von einem Schmarotzerpilz verursacht, der allein in kaltem Klima an Bäumen gedieh und sie vor dem Frost schützte. Es wäre ein wunderschönes Bild, wenn sie nicht die ständige Gefahr eines Zodark-Angriffs befürchten müssten.

»Die Temperatur fällt drastisch ab, Eva. Der Sturm hat uns beinahe eingeholt«, unterbrach Sam ihren Tagtraum.

»Mein Anzug sagt mir das Gleiche. Wie weit ist er noch entfernt? Was glaubst du?«

»Ich bin kein Wetter-Synth.«

»Das ist keine …« Jorgensen hielt inne und drehte sich zu ihm um. »War das wieder ein Scherz, Sam?«

»Wachse ich Ihnen schon ans Herz?«

Jorgensen lächelte unter ihrem Helm. »Schlag nicht über die Stränge, Sam.«

Vor sich entdeckte sie Chaten, Sergeant Murphys RTO. Schnellen Schrittes holte sie ihn ein. »Ich denke, dass der Sturm uns eingeholt hat«, rief sie ihm zu. »Das sollten Sie an Murphy weitergeben.«

Chaten nickte. »Sie verfolgt seine Entwicklung. Ich denke, wir werden umkehren und abwarten, bis sich der Sturm verzogen hat.«

Deprimiert senkte Jorgensen den Kopf, während Chaten seinen Marsch in Formation fortsetzte. Falls sie ihre Suche einstellten, verringerten sich Macs Chancen, gefunden zu werden, weiter. Andererseits, so sehr es sie auch schmerzte, dies zugeben zu müssen … Macs Leben war es nicht wert, den gesamten Trupp zu verlieren.

Mit einem letzten Blick auf Chaten erhaschte Jorgensen aus den Augenwinkeln eine Bewegung zwischen den Schatten der Bäume. Das Licht musste ihr einen Streich spielen. Sie verstärkte die Sicht ihres Helms und erstarrte. Es war kein Trugbild und ihr blieb keine Zeit, eine Warnung auszurufen. Hilflos musste sie zusehen, wie ein Laserblitz die Dunkelheit des Waldes durchbrach und Chaten in die Brust traf. Sein Körper versteifte sich, er stolperte, und fiel mit dem Gesicht zuerst in den Schnee.

****

Ein verhaltenes, aber nicht weniger bedrohlich klingendes Donnern grollte in der Ferne – dieses Mal bereits intensiver als das letzte Donnern, das Krauss gehört hatte. Der Sturm kam näher und sein Leitsystem war immer noch unbrauchbar.

Sobald du wirklich auf die Ausrüstung der Armee angewiesen bist, lässt sie dich garantiert im Stich, stöhnte er. Frustriert bestrafte er das Gerät mit einem Faustschlag, bevor er es wieder verstaute.

»Was hat Sie denn so aufgebracht?«, fragte Mac, der sich wieder zu ihm gesellt hatte, neugierig.

»Das Ding hat seit dem verdammten Damm nicht mehr funktioniert.«

Mac lachte leise bei diesem Zungenbrecher. »Na ja, schließlich war es ein recht beeindruckender Fall.«

»Das ist nicht der Grund. Es ist der Sturm, der unsere Systeme irgendwie aus der Bahn wirft«, erklärte Krauss.

»Diese Blitze sind ungemein stark. Wahrscheinlich verursachen sie elektromagnetische Störungen. Ich erinnere mich, dass die großen Sonneneruptionen, die wir regelmäßig in Kilkenny sehen, alle Fahrzeuge zum Stillstand brachten. Mein Vater musste einmal eine vollkommen neue Batterie einbauen. Die alte war tatsächlich geschmolzen.«

»Ich war einige Male in Irland … ein wunderschöner Ort«, sinnierte Krauss.

»Ich würde alles für eine Portion Corned Beef mit Kartoffelbrei geben.«

Krauss lächelte. »Was würde ich nicht für ein Jägerschnitzel mit Käsespätzle tun.«

»Wie bitte …?«, wunderte sich Mac, bevor sein Körper gegen Krauss' geschleudert wurde.

****

»In Deckung!«, rief Sam und warf Jorgensen hinter einen Baum.

Jorgensen kauerte bereits hinter einem bläulich leuchtenden Baumstumpf, als mehrere Einschläge die Stelle trafen, wo sie gerade eben noch gestanden hatte. Sie sah, dass auch Sam hinter einem Baum in Deckung gegangen war. Mit erhobener Waffe legte sie sich vorsichtig auf den Rücken, bevor sie über ihre Hüfte nach rechts rollte und durch ihr Restlichtzielfernrohr eine Figur entdeckte, die sich im schwachen Licht vor ihr zu bewegen schien. Sie feuerte. Das schwere Magrailprojektil spaltete einen Baumstamm in zwei Hälften.

Team Bravo hatte rechts von ihr ein schweres MG aufgebaut, das alles zerstörte, was ihm vor die Mündung kam. Zumindest hoffte Jorgensen das. Chaten lag immer noch bewegungslos im Schnee. Sie hatte gesehen, dass der Laserblitz in seine Brust eingedrungen und im unteren Bereich seines Rückens wieder ausgetreten war. Falls er noch nicht tot war, konnte sie ihn möglicherweise stabilisieren. Gegenwärtig war es allerdings unmöglich, ihn zu erreichen, da über seinem Körper hinweg ein wilder Schusswechsel tobte.

»Ich schaffe es zu ihm, Doc!«, schrie ihr jemand links von ihr zu.

Jorgensen sah sich nach der Stimme um. Sergeant Dundee stand mit dem Rücken gegen einen Baum gelehnt da und feuerte rhythmische 3-Schuss-Salven ab. Sie überprüfte seinen Standort im Abstand zu Chatens Position und schüttelte den Kopf. Die Entfernung war zu groß. Und selbst wenn er ihn erreichte, musste er immer noch einen Weg finden, Chaten entweder zu tragen oder seinen Körper in Sicherzeit zu ziehen. Das würde viel zu viel Zeit in Anspruch nehmen. Unmöglich, bei all der Munition, die durch die Luft flog.

»Nein, Sergeant. Die Entfernung ist zu groß!«, rief sie ihm warnend zu.

Chatens Teamleiter ignorierte sie. Er gab einen weiteren Feuerstoß aus seinem Sturmgewehr ab, bevor er auf den gefallenen Soldaten zuzulaufen begann. Neben seinen Füßen schlugen unablässig Laserblitze ein. Jorgensen versuchte, ihm ausreichend Feuerunterstützung zu gewähren. Entgegen allen Erwartungen erreichte Dundee Chaten tatsächlich unbehelligt, wo er sich und sein Sturmgewehr zu Boden fallen ließ. Danach rollte er sich den Körper des Soldaten auf den Rücken und hakte seinen Arm unter einem Bein des Mannes ein. Als Dundee wieder auf die Beine kam, lag Chaten sicher auf seinem Rücken.

Jorgensen jubelte laut und feuerte erneut mehrere Runden in Richtung ihrer Gegner ab, während Dundee so schnell er konnte auf sie zu rannte. Jorgensen ließ sich ihr Notfallkit von der Schulter gleiten und öffnete es zur Entnahme der Gegenstände, die sie brauchen würde, um Chaten zu stabilisieren. Sie konnte nur hoffen, dass er noch am Leben war. Ein Blick nach vorn ließ ihr das Blut in den Adern gefrieren. Der Laser, der auf Chatens Körper einschlug, schleuderte ihn von Dundees Rücken. Die Wucht des Schusses warf Dundee herum, worauf ein zweiter Laserblitz seinen Helm erwischte und ihm die rechte Seite seines Gesichts und seines Kopfes wegriss.

Dann hörte Jorgensen das kehlige Heulen der Zodark und wusste auf der Stelle, dass sie in ernsthaften Schwierigkeiten steckten.
****

Krauss stolperte rückwärts, bevor um sie herum die Hölle ausbrach. Vor seinen Füßen versuchte der Sanitäter gerade, sich wieder aufzurichten.

Der Angriffszeitpunkt war einfach perfekt. Die Zodark hatten sie trotz ihres sorgsamen und stillen Vordringens irgendwie verfolgt und unentdeckt diesen Hinterhalt vorbereitet. Laserblitze schossen durch die Bäume über den Schnee hinweg auf sie zu. Republikanische Soldaten fielen ihnen zum Opfer. Falls sie diesen Angriff überleben wollten, mussten sie sich einen Vorteil verschaffen.

Krauss brachte den Sanitäter mit dem Griff nach seiner Uniform hinter einen Stein am Ufer des Flusses in Sicherheit. »Wo wurden Sie getroffen, Doc?«

Das Visier des Sanitäters wurde transparent. »Unterer Bauchbereich. Ich muss die Wunde versiegeln und mich stabilisieren,

bevor ich zu viel Blut verliere und ohnmächtig werde«, stöhnte er.
Krauss war beeindruckt, dass der Mann immer noch in der Lage war,
seine eigene Behandlung zu organisieren.

»Kann ich irgendwie helfen?«

»Nein, Sergeant. Alles unter Kontrolle«, versicherte der
Sanitäter ihm mit zusammengebissenen Zähnen, während er zur
Behandlung seiner eigenen Wunde ansetzte.

Krauss sah über das Gestein auf das Geschehen hinaus. Abede
und Fujii nutzten ihre Mechs als Schild, um den Verwundeten und
denen, die auf offener Fläche überrascht worden waren, den Rückzug
in Deckung zu ermöglichen. Er entdeckte eine kleine Gruppe von
Soldaten ganz in seiner Nähe und bahnte sich einen Weg zu ihnen.

»Wo ist Sergeant Hayashi?«, fragte er den ersten Soldaten.

Der zeigte mit dem Finger. «Dort drüben, irgendwo zwischen
den Bäumen.«

Erfolglos versuchte Krauss, den Sergeanten zwischen den
Bäumen zu erblicken. »Ok, wir machen Folgendes. Der einzige Weg,
diesem Hinterhalt zu entkommen, ist ein Gegenstoß. Entweder
kämpfen wir uns unter dem Schutz der Mechs aus dieser Falle heraus
oder wir sind tot. Verstanden?«

Die Soldaten waren mit den Aussichten auf das, was sie tun
mussten, nicht glücklich. Trotzdem nickten sie ihr Einverständnis.
Krauss hob sein Gewehr an, überprüfte, ob sein Akkusatz fest saß, und
richtete sich dann zu seiner vollen Größe auf. »Mir nach!«

Seine Gruppe stürzte wie die Heuschrecken hinter ihrer
Deckung hervor, hinter ihren mechanisierten Vorreitern her, die
langsam den Abhang hoch in Richtung des Waldes vordrangen. Äste,
Blätter und sogar Baumstämme wurden gespalten und fielen, während
sich Laser, Sturmgewehrmunition und die Minikanonen der Mechs
über den gesamten Bereich entluden, den die Zodark für ihren
Hinterhalt gewählt hatten. Nur wenige der republikanischen Soldaten
fielen nahe am Waldrand. Es sah aus, als ob ihr Gegenangriff Wirkung
zeigen würde.

BUUMMM!

Eine Explosion und das Feuer um das rechte Bein von Fujiis
Mech zog Krauss' Aufmerksamkeit auf sich. Flüssigkeit und Funken
sprühten, während sich die Panzerung auflöste und der Mech auf seine
Seite stürzte. Krauss wollte Fujii gerade zur Hilfe kommen, als ein

starker blauer Plasmablitz das Glas seines Cockpits zerstörte. Die gesamte Maschine wurde von der anschließenden Explosion in Stücke gerissen.

Einer ihrer Mechs war zerstört und Krauss wusste mit schwerem Herzen, was dies für Fujii bedeutete. Der Kampf um sie herum schien noch an Intensität zu gewinnen. Ihm blieb keine Zeit zum Trauern. Seine Gruppe war nun der Baumlinie nahe, die ihnen ausreichend Deckung bieten würde, um ihren Gegenangriff fortzusetzen. *Nur noch ein kleines Stück…*

Und dann hatten sie es geschafft. Die Soldaten und ihr einziger verbliebener Mech nahmen Positionen hinter den Bäumen und hinter anderen Deckungsmöglichkeiten ein und setzten ihren Beschuss fort. Manche Soldaten nutzten diese Gelegenheit, um ihre Magazine auszutauschen; andere feuerten einige ihrer lasergelenkten Granaten ab, in der Hoffnung, mehrere der Zodark zu verletzen oder zu töten.

»Ok, eine letzte Anstrengung, Leute«, ermunterte Krauss die Soldaten. »Auf sie mit Gebrüll!« Die Reihe der Soldaten stürmte nach vorn.

Ein junger Schütze vor Krauss wurde wie ein Insekt von einer riesigen blauen Figur zu seiner Rechten zur Seite geworfen. Instinktiv hob Krauss seine Waffe und riss den Körper des Zodark-Kriegers mit seinem Beschuss in Stücke. Und das trat das Schlimmste ein, was sich in der Hitze eines Feuergefechts ereignen konnte. Sein Batteriepack war leer und sein Abzug verweigerte den Dienst.

Blitzschnell legte Krauss den Hebel an der Seite seines Sturmgewehrs um, der seine Waffe von Laserbeschuss auf Maschinengewehrfeuer umstellte. Der Zodark, den er soeben getötet hatte, lag vor ihm auf dem Boden. Innerhalb weniger Sekunden tauchten allerdings zwei weitere Zodark aus der Dunkelheit vor ihm auf und stürzten sich heulend und schreiend auf die Linie der republikanischen Soldaten.

Mein Gott. Wir werden nicht entkommen! Das war der Gedanke, der Krauss durch den Kopf ging, ohne dass er jedoch im Geringsten zögerte, seine Magrailprojektile in den ersten Zodark, den er vor sich hatte, zu entladen. Die Munition stoppte den Zodark, wo er stand, und ließ ihn dann tödlich verletzt zu Boden fallen.

Die Mehrzahl von Krauss' Soldaten war mittlerweile in direkte körperliche Auseinandersetzungen mit den Zodark verwickelt.

Sie waren im Begriff, den Kampf zu verlieren. Krauss schwang seine Waffe nach rechts, wo er Abede entdeckte, der es gerade noch aus seinem Mech schaffte, bevor er sich in winzige Fragmente auflöste.

Sie würden verlieren. Ihre Chancen standen mehr als schlecht. Krauss hatte den verbliebenen Soldaten diesen Gegenangriff befohlen. Und nun sah es so aus, als hätte dieser Befehl sie dem Tod geweiht. Mit unbändigem Zorn in den Augen sah er, wie mehr und mehr seiner Leute fielen. Er legte seine Waffe an und gab einen Feuerstoß ab, der einem der angreifenden Zodark mitten im Lauf den Bauch aufriss und ihn zu Boden zwang. Noch bevor er aufschlug, sprang bereits ein zweiter Zodark über ihn hinweg und rannte mit wildem Geheul und gefletschten Reißzähnen direkt auf Krauss zu.

Der irre Ausdruck seiner Augen war absolut furchterregend. Krauss drückte mehrere Male auf den Abzug, um das Biest zu stoppen. Der Zodark warf sich allerdings gerade noch rechtzeitig zur Seite, um Krauss' Feuer zu entgehen. Die Munition flog harmlos an ihm vorbei.

Und dann stand das verdammte Ding direkt vor ihm. Der Zodark senkte eine Schulter und rammte Krauss zunächst mit voller Wucht, bevor er ihn mit einem Arm ergriff und wie eine Strohpuppe von sich schleuderte. Krauss' Körper flog durch die Luft, bis er hoch gegen die Seite eines Baumes aufschlug, beinahe fünf Meter zu Boden stürzte, wo er bewegungslos liegen blieb.

Der schwere Aufprall gegen den Baum und der nachfolgende Sturz hatte Krauss den Atem geraubt. Die Welt um ihn herum drehte sich und er war der Ohnmacht nahe. Er sah Sterne und seine Sehkraft wurde durch flackernde rote Lichter vor seinen Augen beeinträchtigt. Krauss hustete keuchend und versuchte, seine Lungen wieder mit Luft zu füllen. Er wusste, dass er tot war, falls die Ohnmacht ihn überwältigte.

Endlich erlaubten ihm seine Lungen wieder zu atmen. Er versuchte, auf die Beine zu kommen, die ihm nicht gehorchen wollten. Krauss hörte ein grässliches Geräusch, was er als das Gelächter des Zodark erkannte, dessen Bein ihm nun in die Brust trat und ihn Hals über Kopf weiter in den Wald hinein beförderte.

Krauss kollidierte mit etwas, was ihm ohne das Tragen seines Kampfanzugs ganz sicher das Rückgrat gebrochen hätte. *All diese Kämpfe im Lauf meiner Militärkarriere, und so muss ich enden?*, fragte er sich.

Kurz schüttelte Krauss den Kopf, um wieder Klarheit zu erlangen. Die Anzeige seines Helms leuchtete rot mit einer Reihe von Warnzeichen auf. Der Zodark, der ihn angegriffen, ihn misshandelt und durch die Luft geschleudert hatte, war dafür verantwortlich, dass sich sein Körperpanzer Stück für Stück verformte und zu Bruch ging.

So werde ich nicht sterben, ihr Hunde!

Krauss verspürte einen plötzlichen Adrenalinstoß. Wutentbrannt griff er nach dem alten Ka-Bar-Messer seines Großvaters. Sobald der Zodark Anstalten machte, ihn ein zweites Mal zu treten, stürzte er sich mit letzter Kraft nach vorn und vergrub das Messer tief in der Brust des unbedachten Zodark. Das Biest brüllte laut auf und sprang nach hinten.

Krauss dachte zunächst, dass er ihm den Todesstoß versetzt hätte. Stattdessen lächelte der Zodark über das Blut hinweg, das aus seiner Wunde spritzte, und zog mit der unteren rechten Hand sein Schwert. Das Monster hob das Schwert hoch über seinen Kopf an und kam ihm Schritt für Schritt langsam näher.

Krauss versuchte sich zu bewegen, sich zu verstecken, registrierte aber, dass sein letzter Angriff auf den Zodark ihn jegliche noch verbliebene Energie gekostet hatte. Sein Körper war zu beschädigt, um auf irgendeine Weise zu reagieren. Krauss sah, wie das riesige Biest sein Schwert noch weiter anhob und schloss die Augen. Er musste sein Schicksal akzeptieren. Der Kampfgeist entwich aus seinem Körper.

Anstatt den Aufprall des Schwerts auf seinem Kampfanzug zu fühlen, wurde Krauss von der Leiche des Monsters getroffen, die über ihm zusammengebrochen war.

Bin ich tot?, stellte sich Krauss einen Augenblick lang die Frage. *Nein, ich kann hören, ich spüre meinen Körper. Ich atme.*

Dann rollte der Körper des Zodark von ihm ab und landete neben dem Schwert, das in den Schnee gefallen war. Abedes grinsendes Gesicht erschien über Krauss. Mit der Waffe an der Hüfte deutete er nach oben auf die Baumkronen.

»Ich hatte vergessen, welche Kraft die Magrailprojektile haben«, lachte Abede hinter seinem verdunkelten Visier.

Krauss gelang es nach einiger Anstrengung auf die Füße zu kommen und sich den Helm vom Kopf zu ziehen. Er wollte nichts mehr als die kalte Luft auf seinem Gesicht spüren. Der Kampf schien vorbei zu sein. Die Zodark, die sie nicht getötet hatten, hatten sich dorthin zurückgezogen, wo sie hergekommen waren.

»Statusbericht?«

»Fujii hat es nicht geschafft und Jones unterstützt Hayashi und sein Team. Sie setzen ihren Gegenangriff fort.« Abede sah sich Krauss' Helm an. »Was machen Sie da?«

Krauss befestigte den Helm an seinem Anzug und nahm seine Waffe wieder an sich. »Das Visier hat einen Sprung. Und all die roten Lichter und Warnzeichen machen mein Kopfweh nur noch schlimmer.«

Abede legte den Kopf zur Seite und warf ihm einen neuen Akku zu. »Das ist mein letzter, Chef. Machen Sie guten Gebrauch davon.«

»Das mache ich immer«, erwiderte Krauss, während er den Akku in sein Sturmgewehr einlegte. »Und nebenbei, besten Dank.«

»Nicht der Rede wert.«

****

Das Knurren, Heulen und Gebrüll versetzte Corporal Eva Jorgensen in Angst und Schrecken. Es waren nicht die ‚normalen‘ Laute der Zodark, die ihr bereits bekannt waren. Und auf ihrem Weg nach Alfheim hatte sie niemand über zusätzliche Gefahren aufgeklärt. Vorsichtig streckte sie den Kopf hinter ihrer Deckung hervor. Auf einem Felsen ganz in ihrer Nähe stand hochaufgerichtet ein Zodark – beinahe so, als ob er die Schlacht überblicken wollte. Und dann sah sie das vierbeinige Biest neben ihm. Das Tier ging dem Zodark bis an die Knie und war beinahe zwei Meter lang. Seine Haut war schwarz, sein Fell schneeweiß. Eine Reihe von scharfen Ausbuchtungen setzte sich über seinen Rücken hinweg bis hinunter zu seinem Schwanz fort. Jorgensen war sich nicht sicher, ob diese Zacken die Knochen des Tieres waren oder eine natürliche Verteidigung. Das Biest sah mörderisch aus.

Jorgensen machte über ihr HUD ein Foto der beiden Kreaturen für ihren Einsatznachbericht und musste dann über sich selbst lachen. Da saß sie nun, versteckt, mit dem Rücken gegen einen Baum gelehnt, während um sie herum der Kampf tobte … und sie überlegte allen Ernstes, was sie nach ihrer Rückkehr zur Basis in ihren Einsatznachbericht aufnehmen sollte. Ein Knurren brachte sie in die Realität zurück.

Jorgensen drehte sich erneut um und zielte auf den Zodark oben auf dem Fels. Das Fadenkreuz tanzte solange auf ihrem Visier, bis es auf dem Brustkorb des Zodark sein Ziel gefunden hatte. Sie verschoss ihr letztes Magrailprojektil und beobachtete erfreut, wie es den Torso des Zodark von seiner unteren Hälfte trennte. Ihr Lächeln hielt allerdings nicht lange vor. Das vierbeinige Biest wandte sich mit hoch aufgestellten Ohren in ihre Richtung, so als ob es den Ursprungsort des tödlichen Schusses finden wollte. Dann sprang es vom Stein und sprintete mit erstaunlicher Geschwindigkeit direkt auf Jorgensen zu.

Die Welt um sie herum wurde still, als ob sie in einem Vakuum der Zeit gefangen wäre – in dem letzten Augenblick, bevor sie sterben würde. Bilder ihrer Familie gingen ihr durch den Kopf. Sie hatte nie glauben wollen, dass dies vor einem Tod tatsächlich geschah. Jorgensen dachte an Mac … falls sie überlebte, musste sie ihn finden. Und wenn er überlebt hatte, musste sie ihn küssen. Sie musste überleben!

Das seltsam aussehende Biest hatte den Abstand zwischen ihnen schneller überwunden, als sie es je für möglich gehalten hätte. Mit weit offenem Maul, das seine messerscharfen Zähne in ihrer ganzen Pracht zeigte, stürzte es sich auf sie, bereit sie zu zerfleischen. Und als Jorgensen schon den Tod vor Augen hatte, schnappte Sams Arm das Tier mitten im Sprung und fesselte es mit beiden Armen an seine Brust.

Jorgensen sprang auf die Beine und zog das Messer aus ihren Stiefeln. Das Biest kämpfte verzweifelt gegen Sams starken Halt an. Sam wartete nicht auf Eva. Ein Griff rechts und links an die Seiten des Kiefers des Biests, bevor er ihm mit beiden Händen und einer einzigen tödlichen Bewegung den Kopf auseinanderriss. Das tote Monster fiel zu Boden.

Jorgensen starrte ihn an. »Sam …«, fragte sie ungläubig: »Wie hast du das geschafft?«

Sam sah auf seine Hände hinunter und hob sie an, um sie Jorgensen zu zeigen.

»Nicht deine Hände, Sam. Wie zum Teufel warst du in der Lage, etwas zu töten? Darauf bist du nicht programmiert.«

Ausdruckslos sah Sam sie an. Jorgensen spürte jedoch, dass er nachdachte.

»Ich weiß es nicht«, antwortete er schließlich.

Im Wald wurde es ruhig. Die Kampfgeräusche schliefen ein, aber wer der Sieger war, war ungewiss. Jorgensen suchte nach ihrer Waffe, obwohl sie wusste, dass ihr die Munition ausgegangen war. Sam hob die Hand. »Hallo, Staff Sergeant Otto Krauss.«

Jorgensen wirbelte herum. Erleichtert seufzte sie beim Anblick eines waschechten republikanischen Soldaten auf. Die orangefarbene Markierung auf seiner Uniform verriet ihr, dass er einer der Mechsoldaten war. Sein Helm hing an seiner Hüfte. Sein Gesicht war blutig und seine Panzerung war offensichtlich vollkommen zerstört. Die Sanitäterin in ihr erwachte zum Leben.

»Wie ist es möglich, dass Sie noch auf den Beinen stehen?«, rief sie ihm zu und griff nach ihrem Notfallkoffer.

Er winkte ab. »Mir geht es gut. Ihre und unsere Gruppe sind in den gleichen Hinterhalt geraten. Ich glaube nicht, dass die Blauen wussten, dass sie zwei separaten Zügen gegenüber standen.« Der Mechsoldat stolperte ein paar Schritte. »Was zum Teufel ist das denn?«

Jorgensen blickte auf das Tier hinunter, das Sam gerade getötet hatte. Sie wandte sich wieder dem Mann zu und sah gerade noch, wie ihm die Augen in den Hinterkopf rollten und er zusammenbrach. Sam konnte ihn gerade noch rechtzeitig auffangen und legte ihn behutsam auf der Schneedecke ab.

»Eva, Staff Sergeant Otto Krauss gilt als verschollen. Er ist einer der Soldaten, der nach dem Dammbruch hinausgespült wurde.«

Jorgensen sah Sam an. »Verschollen? Mein Gott, er ist einer der Überlebenden, Sam! Geh und suche nach zusätzlichen Überlebenden. Ich werde ihn hier stabilisieren.« Sam wandte sich ab und rannte auf der Suche sowohl nach weiteren Überlebenden des heimtückischen Angriffs als auch nach denen des Dammbruchs in das Schneetreiben hinaus.

Was immer ihm zugestoßen war … Krauss hatte interne Blutungen erlitten, gebrochene Rippen, einen punktierten Lungenflügel und eine punktierte Niere. Der Mann würde sterben, falls sie ihn nicht sofort zur FOB transportierten oder zumindest in einem Cougar versorgten.

Jorgensen betätigte ihr Mikrofon. »Sergeant Murphy, Doc Jorgensen hier.«

Eine fremde Stimme antwortete. »Hey, Doc. Hier spricht Sergeant Channita. Murphy ist außer Gefecht. Ihr Synth arbeitet an ihr. Wie sieht es bei Ihnen aus?«

»Ich fand einen der vermissten Soldaten, einen Mechpiloten. Er sprach davon, Teil einer Gruppe zu sein. Ich denke, wir haben sie gefunden.«

»Richtig, Doc. Wir behandeln einige ihrer Verwundeten hier. Sobald sie stabilisiert sind, müssen wir umgehend zurück zur FOB. Der Sturm rückt immer näher.«

»Ich arbeite bereits an meinem Mann. Schicken Sie mir einige Träger für die Bahre«, erwiderte Jorgensen. Mit zwei Fingern strich sie über das Pad an ihrem Handgelenk und übermittelte damit ihren Standort an den Sergeanten.

»Mendoza und Whitt sind auf dem Weg. Ach, und Doc … Wir haben Mac gefunden.«

Jorgensens Herzschlag beschleunigte sich. »Und?«

»Bevor er das Bewusstsein verlor, hat er sich selbst stabilisiert. Es geht ihm den Umständen entsprechend gut.«

Jorgensen lachte mit Tränen in den Augen. »Danke, Danny.«

»Kein Problem, Doc.«

Kapitel Sechzehn
Nachschub

Privatresidenz
Walburg-Industrien
Vail, Colorado
Erde
Sol-System

Lane Walburg hatte noch zwei Kilometer seines morgendlichen Laufs vor sich. Dann würde er duschen und sich die neuesten Nachrichten ansehen, bevor er sich mit seinem Vater traf. Der alte Mann war über einhundert Jahre alt und dennoch nicht aufzuhalten. Die modernen medizinischen Naniten und Anti-Aging-Medikamente konnten heutzutage ein Leben um 20 bis 40 Jahre verlängern. Selbst Lane bediente sich ihrer bereits. Obwohl er gerade erst 71 Jahre alt war, wollte er sein Bestes tun, so erfolgreich wie sein Vater zu altern.

Schon als kleiner Junge hatte Lane davon geträumt, für die Firma seines Vaters zu arbeiten. Nach dem Erhalt seines eigenen Doktortitels hatte ihn Walburg-Industries als bezahlter Vollzeitbeschäftigter eingestellt. Um den Anschein der Begünstigung zu vermeiden, bestand sein Vater damals darauf, dass er ganz unten anfing und sich hocharbeitete, was Lane zunächst mehr als frustriert hatte. Schon als Kind und dann als Teenager hatte Lane Seite an Seite mit seinem Vater im Labor gearbeitet und einige der größten Herausforderungen bezwungen, denen sich die Firma stellen musste. Trotzdem erwartete sein Vater von ihm, die gleichen Einstiegspositionen zu besetzen, die zunächst allen Universitätsabsolventen angeboten wurden – ohne Unterschied in seiner Bezahlung oder seinen Vergünstigungen.

Eines Tages, als Lane sich bitter über diese ‚Ungerechtigkeit‘ ausließ, hatte sein Vater ihm erklärt, wie wichtig es für ihn war, ein komplettes Verständnis vom Aufbau und dem Verfahrensablauf innerhalb ihrer Firma zu haben.

»Nach meinem Tod oder wenn ich mich endlich dazu entschließe, mich aus der Firma zurückzuziehen, wird sie dir gehören«, erklärte er ihm. »Aus diesem Grund ist es mir wichtig, dass du verstehst, wie es den Menschen in Einstiegspositionen ergeht – wie hart sie arbeiten müssen, um in die höheren Ränge des Unternehmens aufzusteigen. Außerdem möchte ich, dass du nie das Gefühl dafür verlierst, dass selbst ein Mitarbeiter in einer Anfangsstellung einen wertvollen Beitrag zum Erfolg der Firma leisten kann.«

Und jetzt, 47 Jahre später, kannte Lane als COO, als Leiter des operativen Geschäfts, bis ins Detail jeden einzelnen Aspekt, der die Firma betraf. Das einzige Projekt, in das er nicht eingeweiht war, befand sich in dem dünnen Aktenordner, den sein Vater versiegelt in seinem Privatlabor in Vail, Colorado, aufbewahrte. Insgeheim hoffte er, dass diese Aufforderung zum Besuch der Residenz und der Hinweis darauf, mehrere Monate Zeit einzuplanen, endlich bedeutete, dass er Einsicht nehmen durfte.

Lane umrundete die letzte Kurve des perfekt gepflegten Pfads. Er verlangsamte die Geschwindigkeit und machte mehrere Atemübungen, um seinen Puls zu senken. Dann betrat er das Haus, um sich auf seinen Tag vorzubereiten.
****

**In der Bücherei der Privatresidenz von Alan Walburg
Vail, Colorado
Erde
Sol-System**

Alan saß in einem dick gepolsterten Schaukelstuhl und sah aus dem Fenster. Der Morgen hatte wunderbar begonnen. Die Sonne ging gerade auf und die Luft war sauber und frisch. Aber ihnen stand ein Sturm bevor. Der Wettermann hatte drei bis vier Tage ununterbrochenen Schneefalls vorhergesagt; zwischen 35 und 50 Zentimeter des weißen, flockigen Zeugs. Typisches Colorado-Wetter, insbesondere in den Bergen.

Ein erneuter Blick aus dem Fenster verriet Alan die ersten Anzeichen des aufziehenden Sturms. Die Sonne war hinter den Wolken verschwunden und die ersten Schneeflocken tanzten in der Luft. Das ominöse Wetter fühlte sich beinahe wie ein Vorspiel zu den Gesprächen an, die er mit seinem Sohn und seiner Enkeltochter führen musste. Zweifellos standen ihnen in den kommenden Jahren turbulente Zeiten bevor – nicht nur für die Walburg-Industrien, sondern auch für die Republik und die Menschheit insgesamt. Das würde sich zu einer größeren Herausforderung entwickeln, als er auf sich allein gestellt bewältigen konnte. Aus diesem Grund war es an der Zeit, Lane und Holly mit einzubeziehen.

Jemand hatte die Bücherei betreten. Alan wandte sich um und erkannte Lane, der ihn am Fenster sitzen sah und auf ihn zukam.

»Schön, dass du dieses Treffen in der Bücherei angesetzt hast, Dad. Es ist mein absoluter Lieblingsraum in diesem Anwesen«, versicherte ihm Lane, bevor er ebenfalls die Aussicht aus dem Fenster in sich aufnahm.

Die Bücherei war wunderschön ausgestattet. Es war ein doppelstöckiges Zimmer mit eingebauten Bücherregalen, zwischen denen hin und wieder ein besonders angeleuchtetes Kunstwerk hing, dessen Schönheit durch das sorgfältig platzierte Licht noch unterstrichen wurde. In der Mitte der einzigen Außenwand des Raums befand sich ein eleganter gemauerter Kamin, der zu beiden Seiten von doppelt verglasten Fenstern eingerahmt war. Der deckenhohe Kamin war die Attraktion des Raums und trug seinen Teil zu der erstaunlichen Atmosphäre der Bücherei bei. Der Raum ähnelte in gewisser Weise der Empfangshalle eines mittelalterlichen Schlosses. Ungleich einem Schloss war diese Bücherei jedoch reich mit Leuchten versehen, die angepasst an die Stimmung der Besucher heller oder dunkler eingestellt werden konnten. Selbst der Kamin konnte je nach Wunsch der Gäste mehr oder weniger Hitze abgeben.

»Meiner auch, Lane. Neben meinem Labor ist das mein Lieblingsraum«, stimmte Alan ihm zu. »Ich kann nicht behaupten, jedes einzelne Buch hier gelesen zu haben, aber eine gute Anzahl schon. Setz dich doch. Ich wollte mich allein mit dir unterhalten, bevor Holly zu uns stößt.«

Lane nahm Platz und stellte seine Kaffeetasse auf einem Untersetzer ab.

»Ok, was gibt es, worüber ich nicht Bescheid weiß?«

»Du warst schon immer einfühlsam«, lächelte Alan »Also schön, pass auf. Unterbreche mich bitte nicht, sondern hör einfach nur dem zu, was ich dir zu sagen habe.«

Lane nickte. Sein Gesichtsausdruck wurde ernst.

»Ich forsche seit mehreren Jahrzehnten an etwas, dem ich den Namen ‚das Geschenk‘ gegeben habe. Bevor du fragst, will ich es dir

erklären. Schon seit der Entwicklung meines allerersten Synth wollte
ich nicht nur einen weiteren Roboter kreieren. Er sollte mehr sein. Ich
wollte etwas Lebendiges kreieren. Nach den Geschehnissen während
des letzten Großen Kriegs, stand ich – in Übereinstimmung mit den
Regierungen der Welt – der Forschung über eine solche Technologie
mehr als kritisch gegenüber. Deshalb entwickelte ich sie insgeheim …«

»Dad, das hast du nicht …«, unterbrach ihn Lane.

»Wie gesagt …«, fuhr Alan unbeeindruckt fort, »… forsche
ich bereits mehrere Jahrzehnte in dieser Richtung, ohne es jedoch
jemals in die Praxis umzusetzen. Jahrelang war ich viel zu nervös, um
diesen Rubikon zu überschreiten. Ich konnte es einfach nicht.«

»Was *hast* du also getan?«

Alan hielt kurz inne. »Während der Rass-Kampagne … als wir
zum ersten Mal auf die Orbot gestoßen sind und sie beinahe die
Kontrolle über unsere C100 an sich gerissen hätten ... Das war eine
große Sache.«

»Daran erinnere ich mich. Wir arbeiteten rund um die Uhr
daran, das verbesserte Programm herauszubringen, um sie erfolgreich
auszuschließen und zu verhindern, dass ein von den Orbot
eingeschleuster Virus von einem auf alle C100 überspringen konnte.«

»Richtig. Aber während wir unsere Synth mit dem Patch 301
aufbesserten, gab ich Patch 301.1 an 24 willkürlich bestimmte
Synthetiker weiter. Seither verfolge ich ihre Interaktionen mit den
Menschen, denen sie begegnen, und muss sagen, dass die bisherigen
Ergebnisse beeindruckend sind. Aber jetzt bin ich an einem Punkt
angelangt, an dem ich eure Hilfe brauche, um zu verstehen, was ich vor
mir sehe.«

Nachdem Alan seine Erklärungen abgeschlossen hatte, saß
Lane eine Weile still da. Die Walburg-Industrien, so wie die meisten
Unternehmen der gleichen Branche, arbeiteten immer an der vordersten
Front der Technologie und der Künstlichen Intelligenz. Was Alan ihm
allerdings gerade beschrieben hatte, ging über dieses
Innovationsbedürfnis hinaus. Sie waren in absolutes Neuland
vorgestoßen.

»Ok, Dad. Das stellt sicher eine Herausforderung dar. Es war
richtig, mich hinzuziehen. Wieso aber Holly? Wie passt sie in dieses
Bild?«

»Holly ist einfach brillant, Lane. Sie ist so wie ich vor 90 Jahren war. Wenn es jemandem gelingt, sich durch all diese Daten durchzuarbeiten und mir dabei zu helfen, sie zu verstehen, dann ist es Holly.«

»Ok, einverstanden. Diesem Argument kann ich folgen. Was immer ihr auch tut – stellt bitte sicher, dass ihr euch keinen juristischen Ärger einhandelt. Tatsächlich halte ich es für eine gute Idee, Allie hinzuzuziehen. Sie ist die Leiterin unserer Rechtsabteilung. Falls etwas ernsthaft daneben gehen sollte, wird sie diejenige sein, die uns davor bewahrt, im Gefängnis zu landen. Verstanden, Dad?«

Alan lächelte. »Siehst du? Ich wusste, dass es einen Grund gab, dich vor all diesen Jahren zum COO des Unternehmens zu machen. Wieso vereinbarst du nicht eine Zeit mit Allie, um sie einzuweihen. Lade sie bitte hierher ein. In der Zwischenzeit gehe ich ins Labor, um Holly auf den neuesten Stand zu bringen. Ich denke, es wird ihr Spaß machen, mit ihrem Großvater zu arbeiten. Ich weiß, dass mir die Arbeit mit ihr Spaß machen wird.«
****

RNS *Brandenburg*
Versorgungskonvoi
Sirius-System

»Captain, ich kann eine Weile übernehmen, falls Sie sich auf das Gespräch mit Admiral McKee vorbereiten möchten«, bot Lieutenant Commander Reynolds an.

»Eine gute Idee. Sie haben die Brücke«, nickte ihm Commander Amy Dobbs dankend zu, bevor sie aufstand und sich in ihr Quartier begab, das gleichzeitig auch ihr Büro war.

Sie musste zugeben, dass die Unterkünfte der Kommandanten auf den Kreuzern nicht von schlechten Eltern waren. Tatsächlich waren so gut wie alle Quartiere der Kapitäne republikanischer Raumfahrzeuge großzügig angelegt. Gewöhnlich bestanden sie aus einem gleichzeitig als Büro und Besprechungszimmer fungierenden vorderen Wohnraum, von dem das dahinter gelegene Schlafzimmer durch eine Tür getrennt war. Zudem lagen diese Unterkünfte stets in nächster Nähe zur Brücke, um dem Kommandanten im Notfall einen langen Weg zu ersparen.

Dobbs machte es sich hinter ihrem Schreibtisch bequem und aktivierte den Bildschirm. Sobald er zum Leben erwacht war, sah Dobbs eine Reihe kleinerer Schirme mit den Bildern der anderen Kommandanten der Flotte vor sich. Dann kam Admiral Fran McKee online.

»Guten Tag, alle zusammen«, begrüßte sie der Admiral. »Ich setzte dieses Gespräch an, um Sie darüber zu informieren, dass uns von außerhalb dieses Systems Gefahr droht. Die Erkundungsschiffe unserer Primord-Verbündeten entdeckten in einem der entfernteren Systeme eine umfangreiche feindliche Flotte, die auf uns zuhält.«

In Dobbs stieg ein Gefühl der Unruhe auf. Sie hatte gehofft, bereits vor dem Beginn der Feindseligkeiten das System wieder zu verlassen.

»Ich erhielt eine Nachricht von Statthalter Hunt, in der er mir versichert, dass eine große Kriegsflotte und hinreichend Bodenpersonal auf dem Weg sind. Leider werden bis zu ihrer Ankunft noch sechs bis sieben Tage vergehen. Da ich nicht mit Gewissheit sagen kann, dass die feindlichen Kräfte nicht vorher in diesem System eintreffen, will ich eine Strategie festlegen, der wir folgen können, falls sie vorzeitig eintreffen sollten. Major General Veer Bakshi, unser Kommandeur der Bodentruppen und Task Force-Kommandant, hat das Entladen der Bodentruppen und der Versorgungsgüter in den Containern zur Priorität gemacht. Er ist zuversichtlich, dass seine Leute am Boden mehrere Monate einem erneuten Angriff der Zodark und Orbot widerstehen können – falls es nötig werden sollte. Angesichts der Tatsache, dass Statthalter Hunt bereits mit einer bedeutenden Streitmacht zu uns auf dem Weg ist, hoffen wir, dass sich unsere Bodentruppen nicht allzu lange allein auf der Oberfläche behaupten müssen.

»Mit diesem Gedanken im Hinterkopf habe ich vor, unseren Zodark- und Orbotfreunden eine Falle stellen. Captain Braun, Sie und Ihre Schiffe bleiben weiter in der Nähe des Planeten, um unseren Transportern Deckung zu gewähren. Meine Task Force wird in Zusammenarbeit mit den Prim am Sternentor einen Hinterhalt einrichten. Wenn wir Glück haben, gelingt es uns, schon am Tor eine gute Zahl ihrer Schiffe zu zerstören, bevor wir gezwungen sind, uns von dort zurückzuziehen.«

Admiral McKee beugte sich in ihrem Stuhl vor, was ihr Gesicht auf dem Monitor größer werden ließ. »Captain Braun, sollte die feindliche Flotte unsere Linie durchbrechen, fällt Ihnen die Aufgabe zu, den Transportern genug Zeit zu gewinnen, um ihr Entkommen zu sichern. Die Transporter kennen ihren Platz in der Schlange vor dem Weltraumaufzug. Sollten unsere Gegner vor dem vollständigen Entladen aller Güter eintreffen, werden sie in Richtung Sternentor flüchten und sich dort am vereinbarten Versammlungsort einfinden. Jeder Transporter, der seine Güter oder Truppen erfolgreich entladen hat, begibt sich ebenfalls an diesen Sammelpunkt, um dort die Formation des Konvois für die Rückreise zu erwarten. Ich hoffe wirklich, dass wir uns unnötige Sorgen machen. Andererseits muss ich sicherstellen, dass meine Schiffskommandanten alle am gleichen Strang ziehen, falls es zum Schlimmsten kommen sollte.«

Einige der Kapitäne hatten noch Fragen, insgesamt kannte aber jeder seinen Platz. Es war nicht das erste Mal und würde sicher nicht das letzte Mal sein, dass ihnen ein Kampf bevorstand. Wenige Minuten später fand der Anruf sein Ende. Das erlaubte allen, an ihre regulären Aufgaben zurückzukehren.

An diesem Abend war Commander Dobbs im Speisesaal gerade dabei, ihr Abendessen zu genießen, als Chief Lakeland ihr gegenüber mit einer frischen Tasse Kaffee Platz nahm.

»Guten Abend, Cap'n. Haben Sie einen Augenblick Zeit?«, erkundigte er sich in seinem ausgeprägten südlichen Akzent. Dobbs hatte keine Ahnung, wie es dem Mann gelang, einen Akzent beizubehalten, der eine Jugend in Alabama vermuten ließ, obwohl er auf dem Mars aufgewachsen war. Seine Eltern waren dorthin umgesiedelt, als er noch ein Kleinkind war.

Dobbs atmete tief durch, nickte und schwieg. Sie wusste, worüber er sich mit ihr unterhalten wollte, aber sie würde es ihm zugestehen. Er war der COB, und sie musste ihm gebührenden Respekt zollen.

»Cap'n, ich weiß, Sie haben eben erst das Kommando über das Schiff übernommen und sind neu hier und so, und Sie wollen bei der Mannschaft beliebt sein. Aber es ist wichtig, im Einsatz strengen Standards und Verhaltensregeln zu folgen, insbesondere in einem Krieg. Ich denke immer noch, dass die beiden Petty Officers zu Gefreiten degradiert werden sollten. Ihre leichte Strafe vermittelt dem

Rest der Mannschaft ein falsches Bild. Sie werden denken, dass alle Auseinandersetzungen mit den Fäusten gelöst werden können.«

»Chief, ich verstehe, was Sie sagen. Ich sollte härter mit ihnen umgehen. Aber realistisch gesehen, was bringt uns das ein?«, gab Dobbs zu Bedenken. »Zwei Petty Officers, die – anstatt mir dankbar zu sein – uns beiden ihre harte Strafe übel nehmen. Diese Art von Feindseligkeit trägt nicht dazu bei, sie zu besseren oder produktiveren Teammitgliedern zu machen. Noch wird es ihre Loyalität mir oder dem Schiff gegenüber …«

»Hier geht es nicht um Loyalität, Cap'n«, unterbrach sie Chief Lakeland. »Es geht um Disziplin und die Aufrechterhaltung von Maßstäben innerhalb der Mannschaft. Dieser Standard befähigt uns, als Team effektiv zu funktionieren.«

»Chief, auch das verstehe ich. Aber es ist unmöglich, ein Schiff durch Druck, Angst und Ungewissheit unter der Crew zu lenken. Wenn das Personal davon ausgeht, für einen Fehler bestraft zu werden, stehen die Chancen schlecht, dass jemand etwas Neuem eine Chance gibt oder ein Risiko eingeht. Ich will Raumsoldaten, die bereit sind, Risiken einzugehen, selbst wenn sie dabei auch einmal versagen.«

Chief Lakeland erwiderte nicht sofort, sondern starrte sie nur an.

Dobbs seufzte und fügte hinzu: »Chief, Sie haben Ihre Position klar gemacht und ich verstehe Ihren Standpunkt. Aber ich bin der Kapitän dieses Schiffs und meine Entscheidung ist gefallen. Themenwechsel: Wir erhielten die Nachricht, dass wir aller Wahrscheinlichkeit nach in den nächsten Tagen einer Orbot- und Zodark-Flotte gegenüberstehen werden. Womöglich, bevor all unsere Transporter ihre Ladung löschen können. Arbeiten Sie bitte mit der Mannschaft, insbesondere mit der Artillerie. Falls wir in einen Kampf verwickelt werden, steht uns Schweres bevor. Diese Orbotschiffe sind kein Witz. Sie sind nur schwer zu zerstören. Denken Sie, Sie können unsere Waffenmannschaften auf Vordermann bringen?«

Der Chief lächelte. »Ich denke, das kann ich, Cap'n. Wir werden schon heute Abend mit den Gefechtsübungen beginnen.«
****

TF-2 Hauptquartier
Fort Victory

Alfheim

»General Bakshi, zwei weitere Transporter mit Kampf-Synth sind entladen. Wo sollen wir sie unterbringen?«, erkundigte sich sein J4-Offizier.

»Mindestens je eine Kompanie an jede FOB and COP auf dem Planeten. Sofort! Falls die Zodark tatsächlich mit Verstärkung auftauchen, schicken wir die C100 in Trupps aus, um vor Ort die Zodark zu drangsalieren und so viel Chaos wie möglich anzurichten«, ordnete General Bakshi an.

»Jawohl, Sir. Ich werde das umgehend veranlassen.«

Beim Blick aus dem Fenster kam Bakshi nicht umhin, sich zu fragen, ob diese Basis in ein oder zwei Tagen nach einem orbitalen Angriff in Schutt und Asche liegen würde. Seine Untergebenen hatten bereits den Großteil ihrer wichtigsten Ausrüstungsgegenstände und Funktionalitäten in Einrichtungen unter Tage und in nahegelegenen Höhlen untergebracht. Sie hatten diese Woche mehrere Tage damit verbracht, Elemente seines Kommandos in andere Bunker um den Planeten herum zu verlegen. Falls nötig, war sein gesamter Kommandobereich auf einen Guerillakrieg vorbereitet – solange, bis ihre Verstärkung eintreffen würde.

Er verließ sein Büro, um die Einsatzzentrale aufzusuchen. Der Raum war summte geradezu vor Betriebsamkeit. Dank des Weltraumaufzugs fanden neu eingetroffene Güter stetig ihren Weg zur Basis hinunter, während Shuttles und schwere Frachtkräne Soldaten und Ausrüstungsgegenstände von den Transportern auf andere Startbahnen und in andere Hangars verlegten.

Es war ein Rennen gegen die Zeit, rechtzeitig hinreichend Personal und Versorgungsgüter an die verschiedenen Gefechtsvorposten und vorgeschobenen Basen zu liefern, bevor die Zodark in der Umlaufbahn eintrafen. Sämtliche Servicebereiche zur Aufrechterhaltung ihrer Schiffskapazitäten und dem Betrieb der Warenhäuser waren ebenfalls rund um die Uhr im Einsatz.

Bakshis Blick fiel auf den dreidimensionalen Kartentisch, der mitten im Raum stand. Ein Bereich blinkte immer noch Rot. *Das musste er sich näher ansehen.*

»Das ist der verdammte Hotel-Sektor«, erklärte ihm einer seiner Stabsoffiziere. »Die Zodark haben ihn zerstört.«

»Wie war das möglich? Ich hielt den Hotel-Sektor für gesichert.«

Der Offizier brachte die entsprechenden Informationen auf seinem Tablet hoch, bevor er Auskunft gab. »Als letzte Woche eine Handvoll der Zodark-Raider unsere Blockade durchbrach, landeten einige ihrer Transporter im Juliet-Sektor. Wir schickten ihnen mehrere Orion und Reaper hinterher, um sie zu vernichten. Das gelang mit zweien der drei Transporter. Der dritte konnte entkommen. Ein Zug Synth, der den Kampfort später untersuchte, fand keine Spur von den Zodark.«

»Wirklich? Wieso nicht?« Bakshi war höchst interessiert. Daneben war er allerdings auch aufgebracht, dass dieser Vorfall es nicht in seinen täglichen INTSUM-Bericht geschafft hatte – in die kurze Zusammenfassung, was sich planetenweit ereignet hatte oder was gerade vor sich ging. Diese Berichte sollten ihn über die Geschehnisse in den verschiedenen Sektoren auf dem Laufenden halten.

»Wie sich herausstellte, verfügten die Zodark offensichtlich über ein äußerst komplexes und hochentwickeltes unterirdisches Tunnelsystem. Wir denken, dass es ihnen dadurch möglich war, eine große Zahl von Kämpfern zwischen den Sektoren zu verschieben. Ohne unser Wissen, bis nach dem Beginn ihres Überraschungsangriffs.«

»Wir wissen also, was mit dem Damm passiert ist? Er war ein wichtiger Teil der Infrastruktur dieser Region.«

»Jawohl, Sir. Nach der Landung des dritten Transporters entluden sie eine beachtliche Streitmacht, die sofort in den Tunneln untertauchte und von dort aus in den Hotel-Sektor vordrang. Nach der Überrumpelung unserer Streitkräfte gelang ihnen ein organisierter Angriff auf den Damm. Mithilfe einiger hochgradiger Sprengstoffe in den darunter liegenden Tunneln legte eine ihrer Pioniereinheiten alles in Schutt und Asche.«

»Sagen Sie mir bitte, dass wir ihre Kräfte ausgeschaltet und die Kontrolle über diesen Bereich zurückerlangt haben«, drohte Bakshi.

Der Stabsoffizier nickte. »Wir haben zusätzliche Truppen in diesen Sektor verlegt, die dort weiter in einen heftigen Kampf verwickelt sind. Eine hohe Zahl an Gefallenen auf beiden Seiten. Zwei der Städte unterhalb des Damms erlitten ebenfalls große Schäden und beklagen viele Opfer. Wir verlegten einen Großteil der Prim- und der militärischen Opfer auf die RNS *Mercy*, auf unser Krankenhausschiff in der Umlaufbahn.«

Bakshi brummte seine Zustimmung. Er war froh, dass sie sich um die Zivilisten kümmerten. Falls sie das Vertrauen und das Wohlwollen der Einwohner gewinnen wollten, mussten sie im Fall einer Gefahr für sie da sein.

»Major, der Damm versorgte einen Großteil dieser Region mit Strom, insbesondere zu den Minen, die wir eingenommen haben. Gibt es bereits Vorschläge von den Ingenieuren, wie wir diesen Verlust anderweitig wettmachen können oder wie wir den Damm reparieren und wieder betriebsbereit machen?«

»Noch nicht, Sir. Ich gehe davon aus, dass sie einen Bericht vorlegen werden, nachdem der Bereich gesichert ist und sie die Gelegenheit hatten, sich die Überreste des Damms anzusehen. Vielleicht können sie ihn ja neu bauen.«

»Ok. Wir können nur hoffen, dass Statthalter Hunt mitsamt seiner Flotte eintrifft, bevor es die Zodark und Orbot tun.«
****

RNS *George Washington*
In der Nähe des Sternentors 671
Sirius-System

Das gedämpfte Licht auf der Brücke leuchtete rötlich, während das Schiff vor dem Sternentor seinen Einsatzbefehl erwartete. Seit zehn Minuten bereitete sich die Mannschaft nun an ihren Gefechtsstationen auf die Ankunft der feindlichen Flotte vor.

»Admiral, Nachricht von Admiral Stavanger. Eine hohe Zahl feindlicher Schiffe kam soeben auf der anderen Seite des Sternentors aus dem Warp. Feindeinwirkung steht unmittelbar bevor«, informierte ihr Kommunikationsoffizier McKee.

»Verstanden. Geben Sie diese Nachricht an die anderen Schiffe weiter und informieren Sie das Versorgungskonvoi von der Notwendigkeit, das System umgehend zu verlassen«, befahl Admiral McKee. »Teilen Sie Kapitän Braun mit, dass sich sein Geschwader bereithalten soll, sich um alle feindlichen Schiffe zu kümmern, die unsere Linien durchbrechen. Er muss die verbliebenen Schiffe beschützen.«

Die Spannung auf der Brücke war greifbar. Der bevorstehende
Kampf würde sicher in die Geschichte eingehen – ohne dass sie sich
sicher sein konnte, wie gut ihr Kommando dabei abschneiden würde.

Der Hauptbildschirm der Brücke zeigte das Sternentor –
umlagert von Schiffen der Prim und der Terraner. Die Prim hatten ihre
Jäger und Bomber ausgesandt. Unterstützt wurden sie von den
Geschwadern der Drohnen-Abfangjäger und den Bombenschiffen der
GW. Dem Schiff, das als Erstes durch das Tor springen würde, stand
eine äußerst unangenehme Überraschung bevor.

Alle Aufmerksamkeit war auf das Sternentor gerichtet. Sein
verräterischer Schimmern zeigte an, dass es aktiviert worden und dabei
war, sich zu öffnen. Und dann ließ das Portal, das die Systeme verband,
die ersten Schiffe durch – ein Kriegsschiff der Orbot von erstaunlicher
Größe, gefolgt von zwei weiteren Kriegsschiffen.

Fran hatte bisher nur drei Mal ein Kriegsschiff der Orbot zu
Gesicht bekommen. Ihre Schiffe waren riesige, unangreifbare Panzer.
Neben einer Vielzahl von hochleistungsfähigen Laserkanonen, die im
gleichmäßigen Abstand über ihre Gesamtlänge von dreieinhalb
Kilometern verteilt waren, zählten außerdem zwei Geschwader von
Jägern zu ihrer Besatzung.

Ohne jegliches Zögern eröffneten die Prim das Feuer auf die
Orbot-Schiffe. Ihre Bomber setzten eine Unzahl von Plasmatorpedos
ein.

McKee befahl ihrem Waffenoffizier. »Lieutenant Commander
LaFine, schicken Sie dem Orbot-Schiff, das sich in Tornähe aufhält,
alles entgegen, was wir haben. Übermitteln Sie dem Rest der Flotte,
dass sie unserem Beispiel folgen sollen. Ich will, dass sich der
Beschuss all unserer Schiffe auf dieses eine Schiff konzentriert. Wir
müssen die Schlachtschiffe in aller Eile aus dem Weg räumen.«

»Aye, Admiral. Ziel ist das Schiff mit der Bezeichnung Alpha-
4«, bestätigte LaFine.

Die 24 60-Zoll-Zwillingsgefechtstürme der *George
Washington* in Kombination mit den 24 16-Zoll-Zwillingskanonen
feuerten aus allernächster Nähe einen Hagelsturm von Magrail-
Projektilen auf das Kriegsschiff der Orbot ab. Das Feuer in Richtung
des Orbot-Schiffs war so stark, dass es McKees Einschätzung nach
einer soliden Wand glich.

Der Lieutenant und der Chief Petty Officer feuerten ihren ersten Schuss aus der Hauptwaffe der *GW* ab. Das vier Meter breite Plasmaprojektil ihrer Maschinenkanone überwand den Abstand zwischen den Schiffen in Bruchteilen von Sekunden und schlug bereits eine ganze Minute vor der eingehenden Magrail-Munition in den mittleren Bereich des gegnerischen Kriegsschiffs ein.

Sobald ihre Bildschirme nach der üblichen Übertragungsunterbrechung wieder funktionsfähig waren, verschaffte McKee sich einen ersten Einblick über den Schaden, den sie angerichtet hatten. Die Hauptwaffe hatte dem Zentrum des Orbot-Schiffes einen vernichtenden Schlag versetzt. Obwohl sie nicht – wie es ihr bei einem der Zodark-Schiffe gelungen wäre – ein Loch quer durch das ganze Schlachtschiff getrieben hatte, schien die Schneise, die sie durch die Panzerung des Schiffs geschlagen hatten, mindestens 100 Meter lang zu sein.

Und dann trafen die Projektile der Railguns auf die Panzerung der angeschlagenen Orbot auf. Die ersten Salven explodierten an der äußeren Haut. Ohne in das Schiff selbst einzudringen, zerstörten sie eine ganze Reihe der Lasertürme des Schlachtschiffs und verringerten damit in großem Maß die Angriffs- und Verteidigungsfähigkeit der Orbot. Der fortwährende Einschlag von Hunderten zusätzlicher Projektile schwächte nach und nach den Schiffspanzer, was ihnen endlich erlaubte, ebenfalls in das Innere des Schiffs vorzudringen. Die internen hochexplosiven Sprengköpfe der Projektile taten ihren Dienst und verwandelten 60 oder 16 Zoll große Einschusslöcher in massive klaffende Wunden. Und je mehr Öffnungen entstanden, desto mehr Erfolg konnten die nachfolgenden Projektile verzeichnen.

Das Kriegsschiff der Orbot stand nun unter ständigem Beschuss mit Munition, die ihren Weg durch die zunehmende Durchlöcherung der Panzerung fand. Jede Explosion beeinträchtigte einen Teil des Schiffs, wonach die interne Atmosphäre und Treibstoffe Feuer entfachten, die sich unaufhaltsam ausbreiteten.

Während sich die terranische Flotte auf das Alpha-4-Modell konzentrierte, attackierten die Primord-Schiffe mit gemischtem Erfolg die anderen Orbot-Schiffe. Dabei entging ihrer Aufmerksamkeit, dass sich das Tor erneut aktivierte. Sekunden später kamen 12 Kriegsschiffe, eine Gruppe von zehn Kreuzern, 26 neuen Fregatten und 30 Korvetten der Zodark durch das Tor.

Gerade als Admiral McKee sich nicht vorstellen konnte, dass die Schlacht verzweifelter werden könnte, erhielt sie eine Eilmeldung von Captain Braun und seinem Geschwader. Ein Trägerschiff der Orbot und vier Kreuzer waren durch ein künstlich erzeugtes Wurmloch in der Nähe des Planeten aufgetaucht. Die Nachricht ließ sie wissen, dass Captain Browns Schiffe den Kampf mit ihnen aufnehmen würden, während alle verbliebenen Transporter und Frachtschiffe in der Umlaufbahn sich schnellstens zurückziehen würden.

»Admiral, das gegnerische Schlachtschiff ist ausgeschaltet. Sie senden ihre Rettungskapseln aus«, verkündete Frans taktischer Offizier.

»Sehr gut. Das Feuer der gesamten Flotte jetzt auf Alpha-3«, befahl McKee. »Wir müssen die Orbot-Schlachtschiffe schleunigst aus dem Verkehr ziehen. CFO, Ihr Geschwader konzentriert sich auf die Korvetten und Fregatten der Zodark. Weisen Sie Ihre Leute darauf hin, in jedem Fall den Schussbereich ihrer Plasmatorpedos zu vermeiden. Navigation, bringen Sie uns auf Höchstgeschwindigkeit und bereiten Sie sich auf eventuelle Ausweichmanöver vor.«

Es war Zeit, dass sich ihre außerordentlich gut trainierte Mannschaft daran machte, dass zu tun, was sie am besten konnte – die Vernichtung der Kriegsschiffe der Orbot und der Zodark.
****

RNS *Mercy*
In der Umlaufbahn über Alfheim

David ging davon aus, dass die Untersuchung nun einige Wochen später endlich ihr Ende gefunden hatte. Er war zu Captain Fenti, dem Kompanieführer, beordert worden. Das konnte nur heißen, dass die Ermittlungen abgeschlossen waren. Natürlich konnte es auch eine Menge andere Dinge bedeuten … David war in den vergangenen Wochen einer strengen Routine gefolgt. Er hatte tagsüber drei Mahlzeiten in der Kantine zu sich genommen, jeden Morgen mit körperlichem Training verbracht, und den Rest der Zeit in seinem Zimmer mit dem Lesen von Büchern verbracht. Er war allem und jedem aus dem Weg gegangen und hatte keine weiteren Probleme verursacht.

Diese Selbstisolation hatte ihn zuerst getröstet und war dann noch einfacher geworden, nachdem David erfahren hatte, dass es nach dem Kollaps des Damms Überlebende gegeben hatte. Die regelmäßigen Updates von Aleksei ließen ihn wissen, dass alle Mitglieder seiner Truppe die Katastrophe unverletzt überstanden hatten und es ihnen gut ging. Was ihm nicht zusagte, war dass neue Gesichter die Ränge seines Teams auffüllten. Aleksei hatte versuchte, David zu beschwichtigen, nachdem er ihm von seinem Ersatz erzählt hatte. Ohne Erfolg. David hatte sich sogar dabei erwischt, zu hoffen, dass Private Lancaster etwas zustoßen sollte – nichts Ernstes, der Arme sollte nicht sterben – aber ein oder zwei gebrochene Knochen konnte er ihm schon wünschen.

Innerlich verspürte David dennoch ein leichtes Schuldgefühl. Er selbst war vor nicht allzu langer Zeit der Neue gewesen. Es kam ihm so vor, als hielte er sich schon mindestens ein Jahr lang in der Umlaufbahn oder auf dem Planeten auf, obwohl er gerade erst sechs Monate Dienst leistete. Sechs Monate … und alles, was David in dieser Zeit vorzuzeigen hatte, war die Teilnahme an einer einzigen Schlacht, die ihm beinahe das Leben gekostet hätte. Und jetzt würde er erfahren, ob er sich vor einem Militärgericht verantworten musste. Mit dem Öffnen der Aufzugstür auf dem Weg zu Captain Fentis Büro verstärkte sich das ungute Gefühl in seinem Magen weiter.

Plötzlich spürte David eine leichte Vibration. Die RNS *Mercy* war ein sehr ruhiges Schiff. Selbst während des schnellsten Sprungs hatten sie niemals eine stoß- oder ruckartige Bewegung, geschweige denn eine Vibration erlebt. Das Schaukeln des Bodens unter seinen Füßen ließ ihm die Haare zu Berg stehen. Bevor er den nächsten Schritt in den Aufzug machen konnte, gaben die Alarmsysteme bereits eine Warnung von sich.

»Gefechtsstationen … Alle Mann an die Gefechtsstationen. Das ist kein Drill.«

Dieser Aufruf wiederholte sich. Das Schiffspersonal rannte in alle Richtungen und verschwand in einigen Räumen, die David bisher nie bemerkt hatte. Einige Augenblicke stand er bewegungslos inmitten des ihn umgebenden Chaos da und überlegte, ob er sich immer noch bei Captain Fenti melden musste. Schnell wies er den Gedanken von sich und kehrte im Laufschritt in seine Unterkunft zurück. Beim Erreichen seiner Tür verkündete eine Stimme über das schiffsinterne System bereits eine neue Nachricht.

»Alle Mann, 60 Sekunden bis zum Sprung aus diesem System.«

David betrat sein winziges Zimmer und stand alleine da. Von den Soldaten seiner Einheit getrennt und ohne jegliche Aufgaben auf der RNS *Mercy*, war er zu allem Übel jetzt auch noch auf eben diesem Schiff gefangen, das aus dem System springen und die Soldaten auf dem Planeten hinter sich zurücklassen würde.

Was zum Teufel ging da vor?

Er legte sich auf seine Koje und schnallte sich fest an, nur für den Fall, dass das Schiff während des Sprungs herumgewirbelt werden würde. David griff nach seinem Tablet und öffnete eine Kameraverbindung, die ihm das Äußere des Schiffes zeigte – die Lieblingsansicht vieler, die auf dem Schiff arbeiteten. Sechs Kameras boten ihm die Sicht auf verschiedene Bereiche des Planeten unter ihm, auf den Mond in der Umlaufbahn, auf den Weltraumaufzug und auf die nahegelegenen Schiffe. Der Blick auf die verschiedenen Ansichten, die ihm einen Einblick in das Geschehen gewähren sollten, zeigte David nichts Außergewöhnliches. Und dann verschwand ein republikanisches Kriegsschiff nach den anderen auf dem Weg zum Sternentor aus seinem Blickfeld.

Was geht da draußen nur vor?, zerbrach sich David den Kopf, während er die letzte Kamera auf seinem Tablet hochbrachte.

Das Tablet fiel ihm beinahe aus den Händen, als er auf dem Bildschirm ganz unvorbereitet das riesige Schiff der Orbot vor sich sah, von dem Hunderte kleinerer Schiffe ausschwärmten. Das entsprach genau dem Bild, das David vor Jahren, lange vor seinem Eintritt in die Armee, von einem ihrer Sternenträger gesehen hatte. Zu ihm gesellten sich jetzt auch noch ein weiteres Dutzend oder mehr an zusätzlichen Schiffen, die durch ein Wurmloch vordrangen, das sich vor Ort überraschend geöffnet hatte. Es schienen Zodark-Schiffe zu sein.

Und dann sah David etwas wahrhaft Unglaubliches. Eines ihrer älteren Schiffe der Kreuzerklasse bewegte sich auf die Wand der gegnerischen Kämpfer und ihres Trägerschiffes zu. Die Nahverteidigungssysteme des republikanischen Schiffs erwachten zum Leben und der gesamte Raum um dieses Kriegsschiff herum leuchtete dank der abgeschossenen Leuchtspurmunition rot auf. David war sich nicht sicher, was ihn dazu bewegte, aber er drückte auf den Aufnahmeknopf, um das, was er sah, aufzuzeichnen. Eine Handvoll der feindlichen Jäger wurde von den Leuchtspurgeschossen vernichtend getroffen, andere wurden von der Explosion ihrer eigenen Raketen oder Torpedos zerstört.

Der Schlachtkreuzer eröffnete nun das Feuer mit seiner Hauptwaffe, den drei Magrail-Gefechtstürmen, begleitet vom Abschuss von Antischiffsraketen – so Davids Vermutung. Drei Schwesterschiffe des Kreuzers gesellten sich in aller Eile zu ihm und begannen, dem enormen Kriegsschiff der Orbot eine nicht enden wollende Salve an Beschuss entgegenzuhalten. Davids Schätzung nach war der Orbot-Sternenträger ungefähr viereinhalb Kilometer lang.

Durch das temporäre Wurmloch drangen unablässig mehr kleine Schiffe in das System vor. Sie sahen wie schnelle, schnittige Schiffe aus, die zu Davids Überraschung auf die Planetenoberfläche zurasten, anstatt auf die fliehenden Fracht- und Transportschiffe zuzuhalten oder die Kriegsschiffe anzugreifen, die zurückgeblieben waren, um den Rückzug der Transporter zu decken. David wurde klar, dass die Zodark planten, kampfbereite Soldaten auf dem Planeten abzusetzen. Sofort dachte er an seine Freunde auf der Oberfläche. An die, zu denen er nicht zurückkehren durfte, um ihnen beizustehen.

Während sein Tablet weiter aufnahm, schickte David eine kurze Nachricht an Aleksei über das, was sich um ihn herum abspielte und hängte das Video an, das er bis zu diesem Zeitpunkt aufgezeichnet hatte. Und dann schüttelte sich die *Mercy* hart. Härter als sich Davids Ansicht nach ein Schiff schütteln sollte. Angst überfiel ihn, als ihm bewusst wurde, dass die *Mercy* aller Wahrscheinlichkeit einen Treffer hatte hinnehmen müssen – einen so gewaltigen Einschlag, dass er das monumentale schwebende Krankenhaus- und MWR-Schiff aus dem Gleichgewicht gebracht hatte. Es war eindeutig, dass das hell erleuchtete rote Kreuz an seiner Seite für den Feind keinerlei Bedeutung hatte.

Davids Kameraverbindung brach plötzlich ab. Sie waren gesprungen und hatten damit den Kampfbereich auf dem Weg zum Sternentor erfolgreich hinter sich gelassen. David konnte nur hoffen, dass sie, sobald sie vor dem Tor aus dem Warp kamen, dort nicht eine weitere Gruppe feindlicher Kriegsschiffe erwartete.

Zum ersten Mal seit langer Zeit fühlte sich David Roberts hilflos. Er hatte keine Idee, wohin sie unterwegs waren. Er hatte keine Ahnung, ob seine Freunde und seine Einheit, das, was ihnen auf dem

Planeten bevorstand, überleben würden. Und er hatte keinen Hinweis darauf, ob er in wenigen Wochen noch der Armee angehören und seinem Team zu Hilfe kommen oder für ihren Tod Rache nehmen durfte. Er fühlte sich absolut nutzlos, allein, mit unsicheren Zukunftsaussichten.

****

1st Zug, Apollo-Kompanie, 1-331. Infanterieregiment
Alfheim

Corporal Eva Jorgensens Füße baumelten über den Rand des Dachs der Pilotenkaserne. Die Atmosphäre auf ihrer vorgeschobenen Basis war nun weit geschäftiger, dank der großen Zahl zusätzlichen Militärpersonals, das aus der Umlaufbahn auf die Oberfläche verlegt wurde. Jorgensen beobachtete den Anflug des nächsten Truppenshuttles, der mit zur Stabilisierung zischenden Düsen an Geschwindigkeit verlor.

Sofort nach seiner Landung stieg sie die Leiter hinunter. Heute war der Tag, an dem Mac auf den Planeten zurückkehren würde. Die Wunde, die er vor zwei Tagen in dem Hinterhalt erlitten hatte, hatte die Hauptorgane verpasst und war auf der RNS *Mercy* problemlos behandelt worden. Alles was er davongetragen hatte, war ein lilafarbener Orden an seiner Ausgehuniform, eine Narbe und eine Geschichte, die er erzählen konnte. Diese Geschichte hatte sie bereits mehrere Male gehört und sie ging davon aus, sie vor dem Ende der Woche noch mehrere Male zu hören.

Der breit grinsende Ire war leicht unter der Gruppe der neu eingetroffenen Soldaten zu erkennen, die sich mit ihren glänzenden Waffen und frischgewaschenen Uniformen ihren Platz suchten. Ein starker Kontrast zu ihrer sonnengebleichten und strapazierten Uniform.

»Schön, dass du mich erwartet hast«, begrüßte Mac sie lächelnd.

»Na ja, ich war in der Nachbarschaft und dachte ,Warum nicht'?« Jorgensen knuffte ihn leicht gegen die Schulter.

»Wie waren die letzten Tage?«

Sie gingen auf die Barracken des medizinischen Personals zu. »Unverändert, seit du abtransportiert wurdest. Wir patrouillieren weiter. Aber es sieht so aus, als hätten sich die Zodark seit unserer letzten Begegnung erneut tief in ihre Höhlen und in den Wald zurückgezogen.«

»Darüber diskutieren die Verwundeten auf der *Mercy* ausgiebig. Manche sind davon überzeugt, dass sie sich auf einen großen Angriff vorbereiten, um uns erneut von diesem Kontinent zu verdrängen.«

Jorgensen zuckte mit den Achseln. »Hältst du das für möglich? Wir kehren eben erst zu unserer vollen Stärke zurück, aber viele der Neuen sind absolut grün hinter den Ohren.«

»Das bringt der Krieg mit sich, Eva. Sobald jemand ausfällt, ist die nächste Person an der Reihe. Das weißt du.«

»Deshalb muss es mir noch lange nicht gefallen.«

Eine kleine Ansammlung zu ihrer Linken erweckte Jorgensens Aufmerksamkeit. Mehrere Soldaten in ihren fabelhaften neuen Uniformen starrten nach oben. Sie folgte ihrem Blick und wollte sie gerade zurechtweisen, an die Arbeit zurückzukehren, als sie ebenfalls etwas sah. Im Dunst des blauen Himmels erkannte sie die aufleuchtenden Triebwerke von Schiffen, die einen zu schnellen Höhenverlust abbremsten. Demgegenüber verschwanden einige der größeren republikanischen Schiffe, wie etwa die *Mercy,* von einem Augenblick zum anderen aus der Umlaufbahn. Sie mussten ihren Warp-Antrieb aktiviert haben.

»Moment mal. Verlassen Sie etwa das System?«, fragte Mac entgeistert.

Der Alarm der Basis ertönte. »Code Rot! Code Rot! An die Ihnen zugewiesenen Kampfstationen. Das ist keine Übung!«

Mac und Jorgensen sahen sich an und sprinteten auf die Unterkünfte des medizinischen Personals zu, um ihre Panzeranzüge anzulegen. Jorgensen blickte kurz ein weiteres Mal in den Himmel hinauf und entdeckte eine mysteriöse blaue Kugel, die durch die Atmosphäre hindurch auf den Planeten zustürzte. Abrupt blieb Jorgensen stehen und verfolgte den Fall der blauen Kugel, bis sie schließlich am Horizont hinter einer Gruppe von Bäumen verschwand.

Ein Schwarm außerirdischer Vögel floh aufgeregt kreischend aus den Bäumen. Mac und Jorgensen sahen erschreckt zu, wie sich ein Wall von Schnee und Staub hinter den Bäumen erhob und auf ihre Basis zu wälzte. Mit neu gefundener Energie rannten Jorgensen und Mac ein zweites Mal los. Gerade als sie die Tür erreicht hatten, wurde

die gesamte FOB von einer lauten Explosion geschüttelt. Die
Schockwelle der Explosion warf die beiden zu Boden, bevor eine
Wolke von Schnee und Staub die gesamte Einrichtung überrollte.
****

Krauss hatte endlich seine letzte Spritze von den Sanitätern
erhalten, als der Alarm die gesamte Basis aufscheuchte. Schnell rollte
er sich den Uniformärmel nach unten, griff nach seiner Waffe und
betätigte den Knopf des Mikrofons an seinem Headset. »Jones,
Status?«

Jones' Stimme erwiderte umgehend. »Republikanische Schiffe
verlassen das System en masse, Chef. Sieht aus, als ob sich etwas
ereignet hat.«

»Ok, sorgen Sie dafür, dass der Neue gut untergebracht ist.
Alle anderen sollen sich ebenfalls vorbereiten und einsteigen. Ich bin in
zehn Minuten da.«

Krauss drehte sich zur Tür hin, die in diesem Augenblick quer
durch den Raum auf ihn zugeflogen kam. Eine Flutwelle von
Überdruck und Trümmern überrollte das Haus und warf die
Anwesenden zu Boden. Durch die nun weit offenstehende Tür konnte
Krauss eine Figur mit kurz geschnittenem, leuchtend rotem Haar
ausmachen, die in das Zimmer eilte. Es war einer der Sanitäter, der die
Schlacht am Damm zusammen mit ihm überstanden hatte. Der Mann
streckte ihm eine Hand entgegen, die Krauss dankbar akzeptierte.

»Wir scheinen uns ständig über den Weg zu laufen«,
kommentierte Krauss lächelnd.

»Ich wollte, es wäre unter besseren Umständen«, erwiderte der
Sanitäter, bevor er und eine seiner Kolleginnen an ihm vorbei rannten
und zielbewusst nach ihrer Ausrüstung griffen.

Krauss folgte ihrem Beispiel und trat in die Kälte hinaus. Das
Donnern der Explosion erreichte ihn verspätet. Was immer sie
ausgelöst hatte, musste ein gutes Stück entfernt gewesen sein. Eines
war jedoch klar ersichtlich. In der Ferne stieg ein gigantischer
Wolkenpilz in den Himmel auf, höchstwahrscheinlich die Folge eines
orbitalen Angriffs.

Krauss rannte auf das Warenhaus zu, in dem die Mechs
untergebracht waren. In einiger Entfernung strebte eine zweite große
schwarze Wolke gen Himmel.

Was zum Teufel ist das,? fragte er sich laut. So schnell ihn seine Beine trugen, rannte Krauss auf seinen Mech-Zug zu. Die nahegelegene Lautsprecheranlage begann erneut. »An alle republikanischen Soldaten! Aufgepasst! In der Umlaufbahn um Alfheim befinden sich mehrere Zodark-Schiffe. Bereiten Sie sich auf eine Invasion vor. Dies ist keine Übung! Bereiten Sie sich auf eine Invasion vor!«

Verdammt. Der gesamte Planet geht den Bach hinunter!

******

RNS *Brandenburg*

»Captain, das Orbot-Schiff setzt seine Jäger ein!«, berichtete Commander Amy Dobbs' taktischer Offizier.

»Kommodore Braun schickt uns vorbestimmte Zieldaten, Captain«, kündigte der Kommunikationsoffizier ab. »Er will, dass sämtliche Schiffe ihre Waffen auf einen einzigen Bereich des Trägers konzentrieren. Ich rufe die Position ab.«

Auf dem eingeblendeten Display war der hintere Bereich des Orbot-Schiffs an einer bestimmten Stelle gekennzeichnet. Dobbs wusste sofort, welches Ziel er im Auge hatte. Kommodore Braun wusste ganz offensichtlich, dass ihre Schiffe in einer offenen Auseinandersetzung mit den Orbot unterliegen würden. Falls sie ihre gemeinsamen Bemühungen allerdings auf den Maschinenraum des feindlichen Schiffs konzentrieren konnten, bestand die Möglichkeit, es manövrierunfähig zu machen.

»Waffenabteilung, Waffen auf diese Koordinaten richten und feuern«, befahl Dobbs. »Stellen Sie sicher, dass unsere Nahverteidigungssysteme zur Abwehr der feindlichen Jäger aktiv sind. Navigation, Geschwindigkeit 75 Prozent – Richtungswechsel alle drei bis sechs Sekunden. Halten Sie die gegnerischen Laser von unserer Panzerung fern und erlauben Sie keinem ihrer Plasmatorpedos uns zu nahe zu kommen. Verstanden?«

»Jawohl, Ma'am«, erwiderte die Brückencrew. Alle wussten, dass sie in einen mörderischen Kampf verwickelt waren.

Commander Dobbs sah zu, wie der große Träger seine Jagdgeschwader startete. Sie war überrascht zu sehen, wie viele Jäger in diesen Schiffen Platz fanden. Unmittelbar nach dem Ausschwärmen und der Formation der Jäger nahmen die von der FOB ausgesandten F-97 Orion diese Geschwader der Orbot ins Visier. Mehrere Hundert zusätzlicher Orion stiegen ebenfalls von dem Planeten auf. Insgesamt rasten 500 republikanische Jäger auf die angreifenden Gegner zu. Es würde nicht lange dauern, bevor diese Gruppen ihre eigene kolossale Weltraumschlacht austragen würden.

Plötzlich bebte die *Brandenburg* gewaltig. Das Schiff hatte durch eine der Laserkanonen des Trägers einen direkten Treffer erlitten. Ungleich den Lasern der Zodark, beutelte der Einschlag eines Orbot-Lasers ein republikanisches Schiff hart. Glücklicherweise benötigten die Orbot nach dem Abschuss ihrer Hauptwaffen ein wenig Zeit, um sie erneut aufzuladen. Dobbs und ihre Mannschaft waren dafür äußerst dankbar.

Commander Dobbs beobachtete, wie ihr Steuermann eine harte Kursänderung vornahm, nur um Sekunden später erneut die Richtung zu wechseln. Ihre taktische Anzeige zeigte ihr, dass einer der Orbot-Laser dank ihrer radikalen Manöver sein Ziel verfehlt hatte.

Ein Blick auf die Schadenskontrollanzeige rechts von ihr verriet Dobbs, dass ihre Situation betrüblich aussah. Ein Handvoll roter und eine ganze Menge gelber Warnlichter leuchteten auf. Der letzte Treffer hatte dem Schiff ernsthaften Schaden zugefügt. Bisher schien keines der kritischen Elemente betroffen zu sein, aber ein weiterer Einschlag einer gegnerischen Waffe könnte ihnen den Rest geben.

»Verzeichnen wir Erfolge, Waffenoffizier?«, fragte Dobbs.

»Wir treffen sie, Cap'n, ohne viel Glück beim Durchbohren ihrer Panzerung zu haben«, kam die angespannte Antwort.

Eine solche Antwort konnte Dobbs nicht akzeptieren. Sie brachte Bilder mit der Information hoch, wo ihre Projektile einschlugen, und vergrößerte sie. *Hier liegt unser Problem*, wurde ihr bewusst. Die Projektile ihrer Railguns explodierten an der Außenseite der Orbot-Panzerung. Sie zerstörten Lasertürme und kleinere Aufbauten in der Nähe, aber die beinahe undurchdringliche Ummantelung der Schiffe vereitelte ein Eindringen in das Innere der Orbot-Schiffe.

Während sie weiter das Geschehen verfolgte, gelang es endlich einem einzelnen Projektil, die Panzerung eines der feindlichen Schiffe zu durchbrechen. Es sah aus, als hätte seine kinetische Energie das Projektil mehrere hundert Meter in das Innere des Schiffs hinein katapultiert. Und dann explodierte der Sprengkopf.

Eine kleine Feuerbrunst schoss aus dem 16-Zoll großen Loch hervor, gefolgt von einer zweiten Explosion ganz in der Nähe dieser ersten Öffnung. Zusammen bot sich ihnen damit ein Zugang, der mehrere Meter breit war.

»Weps, sämtliche Waffen auf diese Öffnung richten!«, ordnete Dobbs an. »Schicken Sie alles, was uns zur Verfügung steht, in dieses Loch hinein. Mit viel Glück zwingen wir das Ding doch noch in die Knie!«

In diesem Augenblick ereignete sich backbord, nahe dem Bug der *Brandenburg,* eine gewaltige Explosion. Dobbs orientierte ihre Kamera neu und entdeckte ihre Ursache. Die RNS *Cleveland,* eines ihrer Schwesterschiffe, war zerstört worden. Den Trümmerteilen nach hatte ihr Zentrum mehrere direkte Treffer hinnehmen müssen, bevor sie in zwei Hälften gerissen wurde.

Dobbs senkte beim Anblick dieser Zerstörung den Kopf. Noch trauriger machte sie, dass es offenbar nur wenige Rettungskapseln geschafft hatten, das Schiff rechtzeitig zu verlassen. Sie kannte einige der Offiziere und Unteroffiziere, die auf diesem Schiff stationiert waren und konnte nur hoffen, dass einigen von ihnen die Flucht gelungen war. Je weiter sich die Trümmerteile im Raum ausbreiteten, desto mehr wurde Dobbs bewusst, wie viele Raumsoldaten sich auf diesen Schlachtschiffen aufhielten. Dobbs hatte einen Großteil ihrer Zeit auf Zerstörern verbracht, die von einer vergleichsweise kleinen Mannschaft bedient wurden. Die *Cleveland,* so wie ihr eigenes Schiff, hatte eine Besatzung von 620 Personen, von denen die Mehrheit wohl gefallen war.

»Commander Dobbs, der letzte Transporter ist entkommen«, teilte Captain Braun ihr mit. »Zeit für uns, uns aus dem Kampf zurückzuziehen und von hier zu verschwinden. Wir sollten uns umgehend am Sternentor mit dem Rest des Konvois treffen!«

»Jawohl, Sir.«

Seine Kommunikation war nur kurz, aber nach dem, was sie im Hintergrund erkennen konnte, hatte sein Schiff beträchtlichen Schaden erlitten. Sie mussten tatsächlich so schnell wie möglich von hier verschwinden, bevor sie alle vernichtet wurden. Ihre Schiffe waren

einfach nicht robust genug, um gegen einen Träger der Orbot zu
bestehen.

»Steuermann, bringen Sie uns von hier weg. Kurs auf das
Sternentor und bei erster Gelegenheit im Warp.«

Bevor der Steuermann die letzten Vorbereitungen für den
Sprung treffen konnte, rief Commander Reynolds aufgeregt aus:
»Sehen Sie sich das an! Wir setzen dem Schiff tatsächlich unglaublich
zu.«

Commander Dobbs sah hoch und lächelte. Das ursprünglich
kleine Loch im Panzer des Orbot-Schiffs hatte sich zu einer
beeindruckenden Schneise im Rumpf des feindlichen Schiffes
entwickelt. Aberdutzende von Magrail-Projektilen schlugen wieder und
wieder auf das Schiff ein und zerstörten es von innen heraus. Dobbs sah
Flammen und kleine Orbot-Figuren, die in das Vakuum des Alls
hinausgesaugt wurden. Sie richteten wahrhaft großen Schaden an.

Gerade als Dobbs ihrer Begeisterung Ausdruck verleihen
wollte, setzte eine der Zodark-Korvetten ganz in der Nähe der
Brandenburg mehrere Plasmatorpedos ein.

»Sofortige Ausweichmanöver!«, schrie sie so laut sie konnte.
»Vorbereitung auf den Einschlag!«, fügte sie unmittelbar danach noch
hinzu.

Die *Brandenburg* wurde von den Torpedoeinschlägen stark
geschüttelt. Die Lichter der Brücke flackerten kurz auf, bevor sie
endgültig erloschen.

Commander Dobbs fand sich auf dem Boden der Brücke
wieder, ohne zu wissen, ob sie bewusstlos gewesen war und wie lange
die Brücke schon im Dunkeln lag.

»Hier, Amy, lassen Sie mich helfen. Sie sehen ziemlich
angeschlagen aus«, erklang eine bekannte Stimme.

Dobbs sah das Gesicht ihres XOs über sich. Er hatte eine
blutende Wunde an der Stirn, schien andernfalls aber ok zu sein.

»Schadensbericht?«, war alles, was Dobbs sagen konnte,
nachdem sie sich wieder in ihren Kapitänsstuhl hatte fallen lassen.

»Die Triebwerke sind noch funktionsfähig. Die Brücke sollte
in wenigen Augenblicken wieder betriebsbereit sein. Gefechtstürme
Eins und Zwei scheinen komplett verloren zu sein. Gefechtsturm Drei
ist weiter schussbereit«, erklärte Reynolds.

Wie ist es möglich, dass wir noch am Leben sind?, wunderte sie sich still.

Dann flackerte die Beleuchtung der Brücke auf und ihre Arbeitsstationen waren wieder funktionsfähig.

»Wir sind beinahe zum Sprung bereit, Captain«, ließ sie ihr Steuermann wissen.

»Ausgezeichnet. Springen Sie, sobald Sie können. Wir müssen weg von hier, bevor wir einen Treffer wie den letzten riskieren.«

»Captain, die *Leon* flog gerade in die Luft«, berichtete ihr ihr taktischer Offizier.

»Bereitmachen zum Sprung … und Sprung!«, verkündete der Steuermann.

Das Schiff sprang gerade noch rechtzeitig, bevor eine Kette von Plasmatorpedos ihr Ziel erreichen konnte. Die *Brandenburg* war nun im Warp, auf dem Weg zum Sternentor.

Dobbs drehte sich zu ihrem taktischen Offizier um. »Lieutenant, sagten Sie direkt vor unserem Sprung, dass Captain Brauns Schiff zerstört wurde?«

Der junge Lieutenant sah sie voller Entsetzen an. »Jawohl, Ma'am. Es war mir unmöglich, vor unserem Sprung noch festzustellen, ob es einem Teil der Besatzung gelang, rechtzeitig die Rettungskapseln zu erreichen. Das Schiff wurde von einer Unzahl von Torpedos getroffen und detonierte Sekunden später.«

Commander Amy Dobbs nahm die Information in sich auf, wusste aber nicht, was sie erwidern sollte. Alles um sie herum geschah viel zu schnell.

»Commander Reynolds, ich brauche einen kompletten Statusbericht im Hinblick auf unsere Schäden und die Anzahl der Toten, die wir zu beklagen haben. Steuermann, sobald wir aus dem Warp kommen, bringen Sie uns in aller Eile durch das Sternentor! Danach wieder im Warp an den Sammelpunkt, wo uns der Rest des Konvois erwartet. Taktische Abteilung: sobald wir aus dem Warp kommen, muss ich wissen, ob sich im Umkreis gegnerische Schiffe aufhalten. Falls dem so ist, brauchen wir einen Plan, sie zu umgehen, um ungehindert springen zu können. Wir sind derzeit nicht in der Verfassung, uns den Weg freizukämpfen. Verstanden?« Sie ratterte ihre Anweisungen wie ein Schnellfeuergewehr herunter. Wenn Dobbs in Abwesenheit von Captain Braun das Kommando über das Konvoi übernehmen sollte, musste sie zunächst den Status ihres eigenen Schiffes kennen.

Vierzig Minuten vergingen wie in einem Nebel. Mit der Zerstörung der Gefechtstürme Eins und Zwei waren 18 Artilleriemaate in das Vakuum des Weltalls hinaus gerissen worden. Neun weitere hatten Verletzungen erlitten, ohne jedoch ins All hinaus geschleudert zu werden. Der Einschlag eines Plasmatorpedos in die Flughalle und das Truppenquartier hatte 14 Mannschaftsmitgliedern das Leben gekostet und elf von ihnen verletzt. Glücklicherweise hatten sie schiffsweit nur 23 weitere Verletzungen zu beklagen. Insgesamt zählte Commander Dobbs 32 Tote und 43 Verletzte.

»Captain, wir sollten in zwei Stunden am Tor eintreffen. Nach dem Sprung wird es vier Stunden dauern, bevor wir den Sammelpunkt erreichen«, klärte Commander Reynold sie auf. Dann beugte er sich zu ihr hinunter und flüsterte, damit nur sie ihn hören konnte. »Amy, Sie sollten die Krankenabteilung aufsuchen und Ihre offene Wunde versorgen lassen. Vielleicht auch eine oder zwei Schmerztabletten nehmen. Es ist offensichtlich, dass Sie Schmerzen haben.«

Dobbs wusste, dass er Ihr Bestes wollte. Aber sie war noch nicht bereit, ihren Stuhl zu verlassen. Nicht, bis sie wusste, dass ihr Schiff in Sicherheit war. Schließlich schmerzte ihr Kopf dann doch so stark, dass sie nachgab, und die Krankenabteilung aufsuchte. Sie versuchte sich einzureden, dass sie gar nicht für sich selbst ging, sondern um ihre verwundeten Mannschaftsmitglieder zu besuchen. Das machte es ihr erträglicher, die Brücke zu verlassen.

Der Weg durch die Flure der *Brandenburg* zeigte Commander Dobbs aus erster Sicht den Schaden, den ihr Schiff hatte hinnehmen müssen. Sie war überrascht, dass sie nicht mehr Tote zu beklagen hatten. Eines war ihr in jedem Fall absolut klar: nach ihrer Rückkehr zur Erde würde ihr Schiff viel Zeit in der Werft verbringen, bevor es wieder kampfbereit war.

****

RNS *George Washington*

»Schadensbericht!«, verlangte McKee aufbrausend. Der Druck der Schlacht lastete schwer auf ihr. Sie verlor Schiffe und Menschen mit erstaunlicher Geschwindigkeit.

»Unsere Hauptwaffe ist wieder betriebsbereit«, informierte sie der Offizier, der für die Waffe verantwortlich war. »Ich brauche 30 Sekunden zum Aufladen und dann bin ich feuerbereit.«

»Die Triebwerke sind wieder online. Wir sind wieder mobil«, meldete der technische Offizier.

»Das wurde aber auch Zeit«, beschwerte sich McKee, bevor sie sich an ihren Steuermann wandte. »Steuermann, nichts wie weg von hier. Springen Sie vor das Tor, bevor sie unsere Triebwerke erneut außer Gefecht setzen.«

Endlich war die *GW* wieder in der Lage zu wenden und das Sternentor am anderen Ende des Sirius-Systems zu erreichen. Sie sprangen durch das Tor und ließen einen wahren Friedhof an Schiffswracks hinter sich zurück. Vier zerstörte Orbotschiffe und drei Kriegsschiffe der Zodark zeugten von der Intensität und der zerstörerischen Kraft dieser hart gefochtenen Schlacht. Dennoch mussten die verbündeten Schiffe sich nun in aller Eile zurückziehen. Viel zu viele Kriegsschiffe drangen durch das Sternentor und das temporäre Wurmloch ein, das die Orbot erzeugt hatten. Es ging jetzt allein darum, die Flucht mit so vielen unversehrten Schiffen wie möglich anzutreten, am Leben zu bleiben, und sich eines Tages dem Kampf erneut zu stellen.

Während die *GW* sich auf dem Weg zum nächsten Sternentor befand, arbeitete ihre Mannschaft fieberhaft daran, dringend nötige Reparaturen durchzuführen. Die Hälfte ihrer wichtigsten Waffen und mindestens ein Drittel der kleineren Geschütztürme waren zerstört. Die Flughallen des Schiffes hatten gravierende Schäden erlitten, und die Antriebe der *GW* wurden mit Klebeband und Sekundenkleber zusammengehalten. Dies war der umfangreichste Schaden, den McKee je auf der *GW* erlebt hatte. Um die Wahrheit zu gestehen, hatte sie einen Augenblick lang sogar befürchtet, dass dies ihr letztes Gefecht sein könnte.

McKee hatte nahezu die Hälfte ihrer Flotte verloren; die Primords hatten noch größere Verluste erlitten. Es war das erste Mal, dass sich Fran von einem Schlachtfeld hatte zurückziehen müssen – eine Erfahrung, die sie nie wieder machen wollte.

»Admiral, eine Nachricht von Admiral Stavanger«, informierte sie Commander Bonhauf. »Er will, dass sich die gesamte Flotte vor dem Tor versammelt, bevor wir gemeinsam springen.«

Er kann doch nicht ernsthaft in Betracht ziehen, einen Gegenangriff zu starten, überlegte sie nervös. *Wir haben den letzten Kampf nur knapp überstanden.*

»Verstanden. Geben Sie diesen Befehl an die anderen Schiffe weiter. Sie sollen vor dem Sternentor warten und in Alarmbereitschaft bleiben. In der Zwischenzeit arbeiten wir weiter daran, dass Schiff kampfbereit zu machen. Wir wissen nicht, was uns erwartet, sobald wir aus dem Warp kommen.«

Die Offiziere auf der Brücke nickten. Sie wussten, dass der Verlust des Systems auf dem Spiel stand – mit einer angeschlagenen Flotte, und mit der *GW*, die nicht mehr viel hinnehmen konnte.

Wenige Stunden später kam McKees Flotte aus dem Warp. Angesichts der Zahl der versammelten Überlebenden war eindeutig, dass ein Gegenangriff absolut nicht in Frage kam. Jedes Schiff hatte gravierende Schäden unterschiedlichen Umfangs erlitten. Noch schlimmer, die Hälfte ihrer Schiffe war verloren. Diese kollektive Gruppe war am Ende, selbst mit dem Eintreffen möglicher Verstärkung.

McKees Kommunikationsgerät vibrierte. Es war eine Nachricht von Bvork auf einem privaten Kanal. Sie akzeptierte den Anruf.

»Ich freue mich, Sie zu sehen, Fran. Ich befürchtete einen Augenblick, dass wir ihr Schiff da draußen verloren hätten.«

Sein Gesichtsausdruck ließ sie erkennen, dass er sich wirklich Sorgen gemacht hatte. »Vielen Dank für Ihre Unterstützung. Die Situation war eine Zeitlang sehr prekär, aber dieser alte Vogel kann viel einstecken.«

Bvork nickte grimmig bei dieser Einschätzung. Hinter ihm konnte McKee herunterhängende Kabel sehen, die Funken sprühten. Auch sein Flaggschiff hatte weitreichende Schäden erlitten. Ein Wunder, dass es nicht explodiert war.

»Fran, ich halte die beiden neuen Klassen der Zodark-Schiffe für weit gefährlicher als ihre großen, älteren Schlachtschiffe und Kreuzer«, kommentierte Bvork. »Als ich diese Fregatten und Korvetten zum ersten Mal sah, hielt ich sie ehrlich gesagt für lachhaft. Aber nachdem ich ihnen nun im Kampf gegenüberstand, verstehe ich mittlerweile die Bedenken Ihrer Seite. Sie verfügen über eine unerhörte Schlagkraft.«

McKee musste angesichts dieses Zugeständnisses lächeln. Endlich hatten die Primord registriert, wie tödlich dieser Wechsel in der Zusammensetzung der Zodark-Flotte tatsächlich war. Es war bereits mehrere Jahre her, dass ihr eine der neuen Zodark-Fregatten zum ersten Mal begegnet war. Es war nur ein kleines Scharmützel gewesen, nichts Gravierendes. Drei der Fregatten und zwei Kreuzer hatten ein republikanisches Versorgungskonvoi überfallen, das für den Transport von Gütern zwischen dem Mars und Intus verantwortlich war. Nach diesem Angriff hatten sie die Fregatten erst kürzlich wieder gesehen. Das Gleiche galt für die Korvetten. Sie hatten an einer einzigen unbedeutenden Auseinandersetzung teilgenommen, bevor sie für eine Weile wieder verschwunden waren. Die Erinnerung daran ließ McKee jetzt glauben, dass es sich bei diesen Einsätzen um Feldversuche für die neuen Kriegsschiffe gehandelt hatte. Ein Test ihrer Fähigkeiten.

Sie seufzte. »Ich fürchte, dass wir nach diesem Kampf weit mehr dieser kleineren Kriegsschiffe sehen werden. Ich denke, den Zodark wurde bewusst, dass größer nicht immer besser ist. Ihre Fregatten und Korvetten sind nicht nur schnell und manövrierfähig, vielmehr integrierten und verbesserten sie darüber hinaus auch einige der Waffensysteme, mit denen wir ihnen bisher zugesetzt haben.«

Bvork kicherte. »Ja, ihr Menschen seid mal wieder an allem schuld. Gerade als wir einen Weg gefunden hatten, mit den Zodark-Lasern umzugehen und uns gegen sie zu schützen, musstet ihr ihnen zeigen, wie effektiv ein großkalibriges Magrail-Kanonensystem wirklich sein kann.« Er hielt einen Augenblick inne, bevor er wieder Ernst wurde. »Wir können uns nicht länger im Sirius-System aufhalten. Ich warte noch auf das Eintreffen eines meiner Schiffe. Danach ziehen wir uns nach Kita zurück, wo unseren Kriegsschiffen größere Reparaturen bevorstehen. In ihrem derzeitigen Zustand ist keines unserer Schiffe in der Lage, den Kampf fortzusetzen.«

»Aber …«, reagierte McKee überrascht. »Wenn wir uns nun alle vollständig zurückziehen, stellt das nicht eine Einladung für den Feind dar, sich umgehend ein Dutzend Systeme zwischen Sirius und Intus anzueignen?«

Bvork schüttelte den Kopf wie ein Professor, der einem Studenten, der kurz davor stand, das ihm vorgelegte Konzept zu verstehen, ein wenig Hilfe leisten musste. »Nicht wirklich, Fran. Morgen trifft eine Gruppe unserer Schiffe im nächstgelegenen System ein. Eine Woche später stößt eine Flotte von 45 weiteren Schiffen zu ihnen. Diese Zahl ist sicher unzureichend, das System zurückzuerobern, aber sie ist beeindruckend genug, unsere Gegner von einem weiteren Vordringen abzuhalten. Denken Sie daran, dass Sirius ungefähr zehn Sprünge von der nächstgelegenen Versorgungsbasis der Zodark entfernt liegt. Sie werden sich allein darauf konzentrieren, den Planeten wieder unter Kontrolle zu bekommen; nicht darauf, ihre Kontrolle des Weltraums weiter auszubauen.«

McKee verspürte nun ein echtes Mitgefühl für General Bakshi und seine Männer. Sie würden auf Alfheim wer weiß wie lange auf sich selbst allein gestellt überleben müssen – möglicherweise so lange, bis Statthalter Hunt eine neuen Flotte aufstellen konnte.

McKee seufzte und wusste, dass sie diese Situation akzeptieren musste. »In Ordnung, Admiral. Wir folgen Ihnen zurück nach Kita.«

**Kapitel Siebzehn
Probleme im Gürtel**

**Vorposten Gaelic
Asteroidengürtel
Sol-System**

Liams Büro hatte den besten Ausblick auf der gesamten
Station. Die Weite des Alls erstreckte sich auf einen Bereich, der seine
Vorstellungskraft überschritt. Nach Jahrzehnten im Gürtel versetzte ihn
das immer noch in Ehrfurcht. Und jetzt musste Liam sich darauf
vorbereiten, alles für ein größeres Ziel zurückzulassen. Es war immer
sein Traum gewesen, die Immrama-Industrien von ihren bescheidenen
Anfängen in den Schiffswerften des Mars in das Unternehmen
aufzubauen, das es heute war.

Ein Jahrzehnt nach dem Ende des Großen Krieges, waren
Liams Eltern mit einer großen Gruppe Gleichgesinnter aus den
ausgebrannten Ruinen ihres Inselstaats zu den neugegründeten
Kolonien auf dem Mars geflüchtet. Für viele war dies ein neuer Anfang
gewesen. Liam war zehn Jahre alt, als er mit seinen Eltern und
Großeltern auf dem Mars eintraf. Nachdem er im Alter von 17 Jahren
die Schule beendet hatte, hatte er einen Job an einer der Werften
angenommen. Er blieb nicht lange, sondern akzeptierte eine ihm
angebotene Stelle an Bord eines Förderschiffs, das auf dem Weg in den
Asteroidengürtel war. So hatte er Sara kennengelernt, deren Vater der
Besitzer des Schiffs war. Eines führte zum anderen, bevor er
schließlich mit Sara an seiner Seite seine eigene Minengesellschaft
gründete.

Liam war nicht immer stolz darauf, auf welche Weise sie ihre
Ziele erreicht hatten. Andererseits war er sich sicher, dass er und Sara
für einige ihrer vergangenen Sünden – wie etwa die Piraterie – gebüßt
und einige ihrer Verfehlungen wettgemacht hatten. Trotzdem nagte es
weiter an ihm.

Die Zahl der Regierungsverträge, die Immrama-Industrien
erfüllte, machte seine Gruppe zur ertragreichsten, solidesten und
unangreifbarsten Gruppe im Gürtel. Die Kontrolle und Verwaltung der
ersten, nicht von einer Regierung gelenkten Niederlassung und
Operationsbasis im Gürtel brachte mit sich, dass sie einen konstanten

Bestand an Arbeitern hatten. Die Station erhielt einen Anteil an jeder Zahlung für die Nutzung ihrer Einrichtungen. Der Umfang dieser geringen Steuern und Servicegebühren wuchs mit der Zunahme der Bevölkerung und der Ansiedlung von mehreren kleinen Minengesellschaften an der Station mächtig an. Mittlerweile gehörten die Immrama-Industrien zu den reichsten Unternehmen in Sol.

Die Erfüllung von Liams Traum hatte viel Blut gekostet. Aber die Menschen lebten und arbeiteten nun schon seit einem halben Jahrhundert im Gürtel – lange genug, um die Geburt mehrerer Generationen zu sehen. Manche Anwohner hatten außer dem Asteroidengürtel nie etwas anderes gesehen. Liam hingegen dachte, dass sie mehr vom Leben verdienten, als zwischen großen Gesteinsbrocken zu schweben oder in einem 0.5-G Außenposten zu leben. Liam war entschlossen, ihnen und den künftigen Generationen eine weit bessere Zukunft zu bieten, als es ihren Vorfahren möglich gewesen war.

Er studierte erneut die Vor- und Nachteile der Planeten, die Statthalter Hunt ihnen zur Auswahl angeboten hatte. Sara und er waren vor nicht allzu langer Zeit von ihrer Besichtigungsreise zurückgekehrt. Die Zeit war gekommen, einen Entschluss zu fassen. Jeder Planet würde ihre Leute in eine andere Richtung lenken. Die Entscheidung, welchen Weg sie einschlagen sollten, war schwer. Sie mussten sich auf eines der Systeme festlegen, ihrem Planeten einen Namen geben, und bevor sie dieses nächste Kapitel der menschlichen Geschichte beginnen konnten, standen eine ganze Reihe weiterer Probleme an.

Sara, die an ihrem Schreibtisch in Liams Büro saß, sah zu ihm hinüber. »Was hast du gesagt?«, fragte sie und unterbrach einen Augenblick ihre Überprüfung des neuesten Vertrags, den die Republik ihnen zugeschickt hatte.

»Einer dieser neuen Planeten wird den Namen ‚Freiheitswelt‘ tragen«, erklärte Liam mit einem leichten Lächeln. Er setzte sein Whiskyglas ab.

»Daran muss ich mich erst gewöhnen … unseren eigenen Planeten und so«, erwiderte Sara und sah auf ihren Vertrag zurück. Liam verstand diesen Hinweis. Der Name sagte ihr nicht zu. Er würde noch einige Überzeugungsarbeit leisten müssen, bevor sie sich mit ihm einverstanden erklärte.

Frustriert atmete er hinter seinem aus Asteroidengestein gehauenen Schreibtisch und schenkte sich noch ein Glas ein. Normalerweise erlaubte er sich nicht mehr als 2 Drinks vor einer Besprechung, aber dieser letzte Termin vor dem Ende des Tages würde ein Albtraum sein. Bevor er mit Devlos Creed sprach, konnte ihm ein drittes Glas sicher nicht schaden.

Devlos und Liam kannten sich seit langem – seit ihrer Zeit auf den rudimentären Schiffswerten des Mars, bevor Liam seine Position auf dem Förderschiff angeboten worden war. Sie waren untrennbar gewesen, beinahe wie Brüder. Es hatte allerdings nicht lange gedauert, bevor Liam sich ein Darlehen zum Kauf seines eigenen Minenschiffs sichern konnte. Ab diesem Zeitpunkt war er einem Traum gefolgt, der sich von Devlos' unterschied. Mit Sara an seiner Seite war ihr Unternehmen schnell von einem auf acht Schiffe angewachsen, bevor sie sich auf die Piraterie verlegten. Nach dem Ende dieser Episode hatte er einige raumfahrende Kreuzfahrtschiffe gekauft und in Langzeit-Lebensräume verwandelt, während sie an dem Planetoiden arbeiteten, der sich zu dieser Station entwickelt hatte.

Devlos und Liam hatten diese ersten harten Jahrzehnte der Kolonisierung des Mars zusammen durchgemacht. Sie teilten viele Erinnerungen und eine ähnliche Geschichte. Aber auch unter Brüdern gibt es Streit, und Devlos hatte sich ohne Unterlass mit Liam gestritten. Schließlich war er Liam zu viel geworden. Und als es für ihn an der Zeit war, den nächsten Schritt zu machen, hatte er Devlos mit seiner Flucht in den Gürtel hinter sich gelassen. Ein Jahrzehnt später war Devlos Creed mit seiner eigenen Firma, seiner eigenen Station und mit viel aufgestauter Bitterkeit gegen Liam erneut auf der Bildfläche erschienen.

Liam hatte Devlos damals nicht eingeladen, Teil seines ersten Förderteams zu werden. Devlos war am Schiffsbau interessiert, wogegen Liam nichts einzuwenden hatte. Für sich persönlich bevorzugte er allerdings, die Reichtümer zu entdecken, die der Asteroidengürtel zu bieten hatte – lange bevor eine Menge anderer Goldgräber ebenfalls ihr Glück in dem schwebenden Klondike suchten. Das Volumen rarer Abbaumaterialien, die dort zu finden waren, war einfach astronomisch. Es war nichts Ungewöhnliches, einen 50 oder vielleicht sogar 100 Tonnen schweren Goldklumpen oder Platin oder andere seltene Metalle oder Materialien zu finden. Sobald die

Nachricht von solchen Funden im Gürtel die Runde machte, entschieden viele Firmen und Crews, ihre eigenen Ansprüche anzumelden. Zu ihnen gehörte auch Devlos, der seine Schiffsbauträume aufgegeben hatte, um sich nun, wie Liam es bereits getan hatte, sein eigenes Territorium im Gürtel zu sichern.

Bislang hatte sich Devlos relativ ruhig verhalten – ausgenommen dem gelegentlichen Akt der Piraterie entlang den Transportstraßen. Zudem war er klug genug gewesen, sich aus Liams Revier fernzuhalten. Devlos Ankündigung seines Überraschungsbesuchs beunruhigte Liam aus diesem Grund sehr.

Sein Kopfhörer krächzte. »Devlos Creed von Fenrir Contracting ist eingetroffen, Sir.«

Liam stand auf und knöpfte sich die Jacke zu. »Danke, Hannah. Schicken Sie ihn bitte herein.«

Die Tür öffnete sich mit einem leisen Zischen und Liam bekam seinen Freund zum ersten Mal seit Jahren wieder zu Gesicht. Sein alter Freund hatte all seine Haare verloren und machte das mit der Tätowierung eines schwarzen Lichtblitzes auf jeder Seite seines Schädels wett. Sein roter Bart war kunstvoll mit Stahlspangen und Glasperlen zu einem Zopf geflochten. Liam dachte, dass Devlos eher einem Biker auf der Erde als einem Geschäftsmann glich, der einem Milliardengeschäft vorstand.

»Die Jahre verstehen es, einen Mann zu verändern, was, Liam?«, lächelte Devlos. Er drehte sich zu Sara hin, die sich nicht die Mühe machte, aufzustehen. »Ich sehe, du umgibst dich immer noch gern mit Augenweiden.«

Liam verbiss sich eine Erwiderung und lächelte stattdessen. »Mein alter Freund«, begrüßte er ihn und hielt ihm die Hand entgegen.

»Alter Freund, aber keine Umarmung?« Devlos breitete die Arme aus. »Keine Waffen hier, Liam. Keine Tricks.«

Liam zögerte wohl etwas länger als es die Situation verlangte, bevor er auf Devlos zuging und den großen Mann umarmte. Sein Körper war ausladend, aber muskulös und stark. In den alten Zeiten, als Liam sich öfter den Mund verbrannt als seine Pistole abgefeuert hatte, war das hilfreich gewesen. Devlos war immer da, um falls nötig, jemandem den K.o.-Schlag zu versetzen. Aber die Zeiten hatten sich geändert.

»Was bringt dich den ganzen Weg in meine bescheidene Stadt?«

»Die Aussicht von hier scheint mir nicht bescheiden zu sein.« Devlos deutete auf das große Fenster hinter Liams Schreibtischt. »Aber dort unten in den Slums ist es wie überall sonst auch. Ein Hauch von Farbe und einige farbige Bildschirme am Himmel und vom Elfenbeinturm aus gesehen, sieht alles so angenehm aus. Ich verstehe, wieso du unsere Herkunft vergessen willst.«

»Unsere?«, wunderte sich Liam.

»Die der Menschen aus dem Gürtel, Liam. Die Menschen, in die wir uns entwickelt haben, nachdem wir den Dreck hinter uns zurückließen.«

»Wir haben Einiges auf die Beine gestellt, Dev. Irgendwo muss man ja anfangen.«

Devlos durchschritt den Raum und nahm auf der anderen Seite von Liams Schreibtisch Platz. Liam folgte seinem Beispiel, setzte sich und bot ihm ein Glas an. »Der beste irische Whisky im Gürtel.«

Devlos lächelte, zog einen Flachmann aus seiner Jackentasche und trank einen Schluck. »Der beste Wodka im Gürtel.«

Im Raum breitete sich die Stille aus. Liam sah aus den Augenwinkeln, wie Sara ihr Tablet ablegte und die Beine übereinander schlug. »Wieso bist du hier, Creed?«, fragte sie ohne Umschweife.

Devlos drehte sich in seinem Stuhl zu Sara um. »Gewöhnlich trinkt man vor einer Unterhaltung, Sara, oder hast du die allgemeinen Regeln der Höflichkeit und Tradition vergessen?«

»Die Regeln der Höflichkeit verlangen, dass man seinen Besuch ankündigt, bevor man zu einem Gespräch eintrifft«, erwiderte sie bissig.

Devlos lachte laut auf. »Immer noch ein Hitzkopf, Sara. Jetzt weiß ich, dass es nicht nur dein Aussehen ist, dem du deine Langlebigkeit hier verdankst.«

»Komm zum Thema, Dev«, zog Liam das Gespräch wieder an sich, bevor Sara ihrem Gast etwas an den Kopf werfen konnte.

»Es gibt Gerüchte, Liam. Sie sagen, dass du mit Mutter Erde einen Handel abgeschlossen hast. Sie sagt, dass eure Gruppe bald von hier wegzieht.«

Liams stockte der Atem. Trotz dem kalten Schweiß, der ihm den Rücken hinunter lief, war er sich sicher, sich nicht verraten zu haben. Er zuckte mit den Achseln. »Die Leute reden, Devlos, was nicht bedeutet, dass es der Wahrheit entspricht.«

»Ja, aber es sind nicht einfach nur ‚die Leute‘ – es sind *meine* Leute. Und denen vertraue ich. Kannst du das Gleiche behaupten?«

»Mein Unternehmen hat sich nicht zu dieser Größe entwickelt, indem ich jedem, der durch die Tür kam, vertraut habe.«

»Du hast mir vertraut, Bruder.« Devlos setzte seinen Flachmann ab und knackte mit der linken Hand sämtliche Knöchel der rechten Hand auf einmal, bevor er der linken Hand die gleiche Behandlung zukommen ließ.

Liams Daumen glitt unter den Rand seines Schreibtischs, wo er einen Fingerabdruckscanner installiert hatte. Eine Lade öffnete sich. Liam griff nach seiner Pistole. »Soll ich das als Drohung verstehen, Devlos? Wir kennen uns schon lange, aber mit den Jahren sind die guten Zeiten in den Hintergrund getreten. Ich würde nur ungern jemanden rufen müssen, um dein Gehirn von meinen Teppichen zu entfernen.«

Devlos lächelte nur, während er den Rest seines Wodkas zu sich nahm. »Du warst schon immer ein schlechter Pokerspieler, Liam.« Er verstaute den Flachmann wieder in seiner Brusttasche und zog stattdessen ein Tablet hervor, das er mit zwei Fingern manipulierte. Über Liams Schreibtisch erschien ein Bild des Gürtels. Das Hologramm zeigte den Transportweg von Liams Lieferungen zum Mars und nach Luna.

»Was ist das?«, fragte Liam.

»Du erkennst deine eigenen Schiffe nicht?«

»Ich weiß sehr wohl, was ich vor mir sehe, Dev. Ich fragte mich nur, woher dieses Bild stammt und wieso du es mir zeigst.«

»Fenrir Contracting baut seine Stellung im privaten Militärbereich aus, Liam. Wir expandieren. Der Transport von …« Er überlegte einen Augenblick sorgfältig. »Die Verschiffung der Materialien, die du nach Luna transportierst, verläuft insgesamt gesehen relativ problemlos. In Sektor Drei allerdings …«, und er vergrößerte diesen Bereich des Weltraums, von dem er sprach, »… droht deinen Transporten Gefahr.«

»Welche Art von Gefahr? Piraterie etwa?« Liam lachte. »Niemand würde sich auch nur annähernd trauen, unsere Autorität in Frage zu stellen oder unsere Lieferungen zu unterbrechen.«

»Das mag vor einem Jahrzehnt richtig gewesen zu sein. Aber dank diesen unsinnigen Streitigkeiten mit den Außerirdischen ist der Gürtel mittlerweile weit ungezähmter – falls du das noch nicht gemerkt hast. Die Republik produziert Schiffe ohne Ende, aber das Lustige daran ist, Bruder – egal wie viele Schiffe wir vom Stapel lassen, die Zahl der Schiffe in unserem Sonnensystem nimmt nicht zu. Die Piraterie nimmt zu. Und wenn meine Kanarienvögel Gefahr verspüren, dann können andere das auch.«

»Also was bietest du an?«, spottete Liam. »Schutz?«

»Unseren Schutz durch Sektor Drei hindurch, sowie bewaffnete Wachen für eine sichere Passage – wohin dein Weg dich auch führen mag. Und für all das verlangen wir allein 15 Prozent des Profits und die Bezahlung aller logistischen Versorgungsgüter, die wir für die Reise brauchen.«

»Ich verstehe. Du erwartest von uns einen Anteil an unserem Profit als Gegenleistung für die Durchquerung deines Raums durch unsere Schiffe, richtig? Wir haben unser eigenes Sicherheitspersonal, aber es war nett, dass du an uns gedacht hast.«

»Im Ernst, Liam. Deine Sicherheitskräfte können nicht mal deine eigenen Straßen schützen. Meine Leute sind alle Veteranen des Kriegs mit den Außerirdischen. Du solltest dir die Zeit nehmen, darüber nachzudenken. Von Freund zu Freund.«

Liam hatte bereits darüber nachgedacht. Es hatte nur Sekunden gedauert, um sich dagegen zu entscheiden, aber das musste Devlos jetzt nicht hören. »Wir werden es diskutieren, Devlos.« Liam erhob sich und begleitete ihn zur Tür. »Vielen Dank für deinen Besuch.«

»Wir bleiben in Kontakt, Liam«, versprach Devlos lächelnd.

Nachdem die Tür wieder versiegelt war, ließ Liam erleichtert seinen unbewusst angehaltenen Atem entweichen. Es war eindeutig, dass Devlos von Liams Vorhaben und von den Vereinbarungen wusste, die er ausgehandelt hatte – entweder das, oder er war einen enormen Zufallstreffer davon entfernt, Liams Pläne zu erraten. Devlos war unberechenbar, fast ein Psychopath, dem nun eine Armee zur Verfügung stand.

»Er weiß zu viel«, stellte Sara in die Stille hinein fest.

»Das tut er«, stimmte Liam ihr zu. »Wir müssen unsere äußere Sicherheit und die unseres Unternehmens erhöhen. Sag Henderson, ich

will mit seinem Cousin reden. Du weißt schon, der ehemalige republikanische Geheimdienstmann. Ach, und lass Jamison wissen, worum es hier gerade ging. Ich will, dass sein Sicherheitspersonal eine Zeitlang in erhöhter Alarmbereitschaft ist. Irgendetwas kommt auf uns zu; ich kann es spüren.«
****

RNS *Doug Hurley*
Auf dem Weg nach Luna
Sektor Drei der Handelsroute
Sol-System

Ein gerade fertiggestelltes republikanisches Kriegsschiff zu transportieren, war für die Mannschaft von Kira Wei eine Kleinigkeit – ein einfacher Vorgang, den sie beinahe schon 100 Mal durchgeführt hatten. Die Immrama-Industrien produzierten republikanische Schiffe, die Kiras Crew aus dem Gürtel an eine private militärische Schiffswert in der Nähe von Luna lieferte. Hin und wieder ließ sich ein Pirat sehen, der allerdings die Regeln kannte. Falls du eine von Liams Mannschaften angreifst, verschwindet deine eigene Mannschaft und deren Familien. Diese Tatsache war unumgänglich. Daher hätte Kira – als der Alarm auf der Brücke aufheulte – lügen müssen, dass er sie nicht aus dem Gleichgewicht geworfen hatte.

Sie sah von ihrem Platz in der Operationszentrale zu ihrem Sicherheitsoffizier, Friederic Berger, hoch. »Was ist denn da los?«, verlangte sie zu wissen.

Friederics Finger flogen weiter über seine Konsole. »Jemand hat uns als Ziel erfasst. Ich scanne sie gerade.«

Nach einer Karriere in der republikanischen Navy, gehörte Friederic nun schon seit Jahren Kiras Crew an. Er hatte als Waffenoffizier auf einem republikanischen Kreuzer gedient, noch bevor der Menschheit die von den Außerirdischen ausgehende Gefahr für die menschliche Bevölkerung in vollem Umfang bekannt war. Als Liam den Schwerpunkt der Immrama-Industrien von der unabhängigen Arbeit im Gürtel auf die Zusammenarbeit mit der Republik verlegt hatte, war Friederic eine natürliche Ergänzung zu Kiras neuem Team.

»Ich sehe etwas auf dem Scanner. Wer immer es ist, es verlangsamt die Geschwindigkeit, je näher sie uns kommen.«

Kiras Pilotin Nitya berichtete. »Die Antriebscharakteristik deutet auf eine Bergungsmannschaft der Vesta-Station aus dem Gürtel hin. Aber es gibt keine Information, für wen sie arbeiten.«

»Sicher irgendein Mistkerl, der leichte Beute sucht«, kommentierte Collin Kepler, der Elektronikspezialist.

Kira warf ihm einen unfreundlichen Blick zu. Collin war das neueste Mitglied von Kiras Mannschaft. Sie konnte sich noch nicht in ihn hinein versetzen. Er hatte alles, worum er gebeten wurde, gewissenhaft und zu ihrer größten Zufriedenheit erledigt. Er konnte eine kurzgeschlossene Platine in Rekordzeit neu bauen. Sobald es auf dem Schiff etwas Elektrisches gab, das nicht funktionierte, würde er eine Lösung finden. Aber auf seinen Sarkasmus und seinen fatalistischen Humor hätte sie gut und gern verzichten können.

»Das Schiff kontaktiert uns, Captain«, teilte Nitya ihr mit, bevor sie den Link an Kiras Station weiterleitete.

Kira sah sich die Nachricht erst kurz an und überlegte, bevor sie die Verbindung akzeptierte. »Dies ist die RNS Fregatte *Doug Hurley*. Die Zielerfassung eines freundlichen Schiffs verstößt gegen die Vereinbarung von Gilgamesh und gegen die republikanischen Statuten. Was sind Ihre Absichten?«

Der Mann, der ihr entgegensah, grinste verächtlich. »Ich bin Tanto vom Bergungsschiff *Rote Rose*. Wir wissen, dass dies ein republikanisches Schiff auf dem Weg nach Luna ist, wo es mit seinen Waffensystemen ausgestattet werden soll. Das bedeutet, dass Sie keine Waffen an Bord haben. Wenn Sie keinen Wert darauf legen, Ihr Leben im Vakuum des Weltraums zu verlieren, stellen Sie den Betrieb ein und erwarten die Entermannschaft. Sie haben fünf Minuten Zeit, unserer Aufforderung nachzukommen.«

Die Verbindung erstarb. Kira starrte wie vom Donner gerührt auf den Bildschirm. Sicher, auf den Transportrouten mussten die Piloten sich ständig vor den Übergriffen der Piraten fürchten – nicht so, wenn sie in einem republikanischen Kriegsschiff unterwegs waren. Nicht mit Liam als Chef und unter dem Schutz der Immrama-Industrien. Dies war ein nie dagewesener Moment. Kira spürte die Last auf ihren Schultern.

Die Tür zur Operationszentrale öffnete sich. Lieutenant Emerson Daniels, der Liaison der Republik, trat ein. »Weshalb ging der Alarm los?«

Kira rollte die Augen und schickte die Information an sein Tablet. »Ein Bergungsschiff aus dem Gürtel hat uns als Ziel anvisiert.«

Emerson riss die Augen auf. »Wie bitte? Die Immrama-Industrien haben einen Vertrag mit der Republik, der garantiert, dass unsere Transporte unbehelligt an ihr Ziel gelangen!«

»Möchten Sie vielleicht mit den Piraten reden? Ich bin mir sicher, dass sie, sobald sie Ihre Uniform sehen, den Schwanz einziehen.« Schwer zu glauben, aber Emerson fasste Kiras Sarkasmus nicht als solchen auf.

»Bitte kontaktieren Sie ihr Schiff, Kira.«

Ungläubig sah sie ihn an, kam dann aber seinem Ersuchen nach. Es dauerte einen Moment, bevor Tantos tätowiertes Gesicht erschien. »Ihre Triebwerke sind immer noch eingeschaltet. Es gibt nichts zu diskutieren. Was wollen Sie?«

Emerson zog seine Uniformjacke gerade und sah Tanto an. »Hier spricht Lieutenant Emerson Daniels von der republikanischen Navy. Wir haben Ihre Aufforderung, unsere Triebwerke abzustellen erhalten und werden ihr nachkommen.« Kiras Kopf flog herum, aber Daniels hielt einen Finger nach oben. »Unterstellt, natürlich, dass Sie genug Männer haben, einen Zug republikanischer Spezialeinheiten zu bekämpfen.«

Tanto sah einen Augenblick überrascht aus, bevor er erwiderte: »Emerson, ich denke, wir werden es einfach darauf ankommen lassen. Bis gleich.«

Die Verbindung wurde unterbrochen.

Nitya sah von ihren Bildschirmen hoch. »Die *Rote Rose* hat ihre Enterschiffe gestartet. Ich zähle vier, mit jeweils acht Wärmesignaturen an Bord.«

»Das sind zu viele!«, fluchte Friederic.

Kira schrie Emerson an. »Sie Idiot, Ihr Schwachsinn wird uns das Leben kosten!« Den anderen im CIC befahl sie: »Holen Sie Ihre Waffen und kommen Sie hierher zurück. Takaki, Sie bringen Nitya ihre Waffe. Nitya, volle Geschwindigkeit und nichts wie weg von hier!«

Kira spürte die Beschleunigung des Schiffes und schnallte sich in ihrem Stuhl an. Emerson tat es ihr in seinem Stuhl nach. Ihr Monitor verfolgte den Kurs der Enterschiffe weiter, die sich – obwohl sie zurückfielen – nicht einfach abschütteln ließen.

Das Reisen bei dieser Geschwindigkeit verursachte Kira gewöhnlich dank des übergroßen Drucks der Schwerkraft, die auf sie einwirkte, ein Kribbeln in den Händen und Füßen. Heute spürte sie das nicht. Normalerweise fühlte es sich an, als ob jemand auf ihrem Brustkorb saß. Die merkwürdige Abwesenheit dieses Druckgefühls veranlasste sie, sich den Status ihrer Triebwerke anzusehen. Ihr Magen verkrampfte sich, als sie die Daten vor sich sah. Sobald sie erkannte, wo das Problem lag, beschleunigte sich ihr Herzschlag. Die Triebwerke fuhren herunter. In aller Eile versuchte sie, alle möglichen Korrekturen vorzunehmen – ohne jeglichen Erfolg.

Mit weit aufgerissenen Augen wandte sie sich an Nitya. »Die Triebwerke Eins, Zwei und Drei schalten ab!«

»Was bedeutet das?« Emersons Stimme klang jetzt eine ganze Oktave höher.

Kira erklärte: »Ich weiß es nicht! Ich habe versucht, alle möglichen Energiequellen auf sie umzulenken, aber nichts funktioniert. Sagen Sie Takaki und Collin, sie sollen nach unten gehen und es rausfinden.«

»Kira, was bedeutet das?«, wiederholte Emerson flehentlich.

Sie drehte sich in ihrem Stuhl zu ihm um und sah ihn mit Mordlust in den Augen an. »Es bedeutet, dass Ihr Draufgängertum für unser Ende verantwortlich ist.«

****

Die Waffenkammer war noch nicht vollkommen ausgebaut. Die Verriegelungen und Sicherheitsvorkehrungen, über die eine voll ausgestattete republikanische Waffenkammer normalerweise verfügte, fehlten noch. Spinde gab es allerding schon. In denen wurden die Waffen der Mannschaft während der Reise gesichert

Kira und ihre Crew griffen nach Sturmgewehren und Handfeuerwaffen und reichten sie weiter. Emerson sah mit einem Gesichtsausdruck zu, den Kira nur als Geringschätzung interpretieren konnte. *Er hat Vorurteile gegen die Gürtelbewohner. Selbst in einer Situation, in der es um Leben und Tod geht, will er nicht, dass wir* seine *Waffen anfassen.*

Kira und die Mannschaft hatten von Anfang an Emersons Ablehnung gespürt. Kira belastete das weniger als Nitya, aber gelegentlich erwies er sich wirklich als reine Nervensäge. Seine

Überheblichkeit war manchmal schwer zu verkraften und wirkte total falsch, insbesondere, nachdem sie herausgefunden hatte, dass er harte Drogen benutzte. Ohne Zweifel war er denen zum ersten Mal im Gürtel begegnet. Aber jeder war für sich selbst verantwortlich.

Kira zog am Gurt ihres Sturmgewehrs. »Wie lange noch?«, fragte sie nervös.

Nitya drehte sich in ihrem Pilotensessel um. »Wir treiben ziellos herum. Die Sensoren sagen mir, dass uns das erste Enterschiff in etwa 20 Minuten erreichen wird. Ich habe mittels Laserbündelung ein SOS an Liam abgeschickt. Aber bevor er erwidern kann, vergehen drei Stunden …«

»Und noch länger, um Verstärkung zu schicken«, beendete Kira ihren Satz. »Takaki und Collin sollen alles Menschenmögliche tun, um die Antriebe zu reaktivieren. Wir anderen müssen Vorbereitungen für die Verteidigung gegen die Entermannschaft treffen.«

»Ihnen ist verboten, auf einem republikanischen Schiff Waffen einzusetzen!«, fuhr Emerson sie an.

Kira sah auf den in seinem Stuhl kauernden Mann hinunter. »Die Barbaren stehen vor der Tür, Emerson. Ob es Ihnen gefällt oder nicht. Die Frage, die Sie sich stellen müssen ist die, ob Sie in diesem Stuhl wie ein hilfloses Baby sterben oder ob Sie im Stehen wie ein Krieger fallen wollen?«

Emerson starrte Kira ungläubig an. »Ich kann nicht …«

Friederic hielt Emerson ein Sturmgewehr vor die Brust. »Wir brauchen Sie, Lieutenant.«

Emerson sah einen Moment gedankenverloren auf die Waffe hinunter. Dann hob er sie an und stand auf. »Meine Aufgabe ist es, die Auslieferung dieses Schiffs zu überwachen. Diesem Befehl werde ich folgen.«

Kira lächelte Friederic wissend zu. »Gut zu hören, Emerson; und jetzt folgen Sie mir und Friederic hinunter in die unteren Abteilungen.«

»Wieso nach unten?«, wollte Emerson wissen, obwohl er bereits zum Gehen angesetzt hatte.

Friederic antwortete. »Nitya kann Modelle durchspielen, die den gegenwärtigen Anflugwinkel der Enterschiffe berücksichtigen. Da sie sich zu schnell nähern, um eine Kursänderung vorzunehmen, haben wir eine ungefähre Idee, auf welchen Decks sie einfallen werden.«

»Was bedeutet, dass wir ihnen, sobald sie an Bord kommen, einen angemessenen Empfang bereiten können«, fügte Kira lächelnd hinzu. Sie betraten den Aufzug und fuhren nach unten.

»Ein guter Plan, aber Sie sind nur fünf, die gegen 32 Gegner antreten wollen – ganz abgesehen davon, dass die Piraten mehrere Decks gleichzeitig angreifen werden, was uns effektiv voneinander abschneiden wird«, legte Emerson dar. »Wie viel Erfolg können wir wirklich verzeichnen, bevor wir überwältigt werden?«

Kira seufzte. »Einschließlich Ihrer Person sind wir sechs Verteidiger. Ich unterstelle hier, dass Sie das einfach übersehen haben.«

»Eine zusätzliche Waffe erhöht unsere Schlagkraft nur unbedeutend.«

»Da haben Sie wohl Recht. Trotzdem können wir etwas bewirken. Wir haben das Element der Überraschung auf unserer Seite und was noch wichtiger ist – wenn sie unsere Kräfte teilen können, dann können wir das mit ihren ebenfalls tun.«
****

Vorposten Gaelic
Asteroidengürtel
Sol-System

Liam wollte am Ende des Tages gerade das Büro verlassen, als ihn seine Station von einer eingehenden Nachricht informierte. Flüchtig dachte er daran, dass dies sicher ein weiterer Vertrag war, den er auch morgen noch unterschreiben konnte. Dann überlegte er es sich anders und trat an den Bildschirm heran. Vor ihm blinkte das rote ‚Piratenalarm‘-Signal auf. Er brauchte eine Minute, um sich daran zu erinnern, was er nun zu tun hatte. Der letzte Angriff auf eines seiner Schiffe musste *Jahre* her sein.

Das Lesen der Eilmeldung verwirrte ihn weiter. Die Republik hatte eine Warnung bezüglich wiederholter Piraterie im dritten Sektor der Transportrouten ausgesprochen. Liam kam sofort das Kriegsschiff in den Sinn, das soeben von seiner Schiffswerft aus auf dem Weg an die republikanische Basis in der Nähe von Luna war.

Das muss ein Irrtum sein, dachte er, während er hektisch nach einem Hinweis darauf suchte, dass sich vielleicht ein republikanisches Handelsschiff in den falschen Bereich verirrt hatte. Liam Nackenhaare sträubten sich.

Er überprüfte die verschiedenen Sektoren und Transportprotokolle und suchte nach anderen Schiffen in dem fraglichen Bereich. Das Einzige, was er finden konnte, war das neue Kriegsschiff mit seiner Mannschaft an Bord. Seine Verwirrung verwandelte sich in wilden Zorn. Hart schlug er mit der Faust auf seinen Schreibtisch.

Wer konnte auch nur annähernd dumm genug sein, eines meiner Schiffe anzugreifen?, fragte sich Liam. *Und noch dazu ein republikanisches Kriegsschiff?* Das Piratenschiff konnte unmöglich wissen, dass sein Schiff noch keine Waffen an Bord hatte …? Sein Schiff war in Gefahr!

Über sein Tablet rief er Sara an. Ihr müdes Gesicht erschien auf dem Bildschirm. Gähnend tadelte sie ihn: »Nicht jetzt, Liam. Mein Tag ist um und ich kam gerade aus der Dusche.«

»Die RNS *Doug Hurley* – das Schiff auf dem Weg nach Luna – wird angegriffen.«

Sara starrte ihn an. »Woher weißt du das?«

»Ich erhielt eine Warnung von der Republik, dass im dritten Sektor der Transportrouten Piratenschiffe gesichtet wurden. Ich habe die letzten Minuten damit verbracht, nach anderen Schiffe in diesem Gebiet zu suchen, aber ich kann nur unseres finden. Sie greifen uns an, Sara.«

»Wer ist *sie*, Liam? Und woher willst du wissen, dass wir ihr Ziel sind?«

»Außer unserer Mannschaft fand ich keine anderen Schiffe, die sich zur gleichen Zeit an den zuletzt bekannten Koordinaten der Piraten aufhielten. Sie sind es.«

Sara seufzte. »Ok, ich ziehe mich an und bin so schnell wie möglich da.«

»Bring Kaffee mit, Sara.«

****

RNS *Doug Hurley*
Führungslos treibend

Sektor Drei der Transportrouten
Sol-System

Kira hatte Nitya befohlen, die Beleuchtung auf ihrem Deck abzustellen. Sie, Friederic und Emerson saßen nun im Dunkeln. Sie gingen davon aus, dass zumindest eines der Enterschiffe an der Stelle, an der sie sich aufhielten, eintreffen sollte. Kira sah auf die Anzeige an ihrem Handgelenk, auf der die Zeituhr langsam tickte. Nur noch 30 Sekunden, bis die Piraten irgendwo mit ihrem Angriff beginnen würden.

»Nitya, alles vorbereitet?«

»Ich habe mich abgeriegelt, Captain«, erwiderte ihre Pilotin. »Man sieht sich.«

»Takaki, Status?«, forschte Kira.

»Wir sind immer noch in der Technik. Ich brauche noch etwas Zeit, um das Problem zu finden.«

»An Zeit fehlt es uns, Takaki. Sie haben noch zehn Minuten, bevor Sie beide im Kampf gebraucht werden.«

»Verstanden«, war alles, was er sagte.

Kira sah erneut auf ihr Display hinunter und zählte die letzten zehn Sekunden. Sie hoffte, dass das Enterschiff seinen Versuch des Durchbruchs in der Nähe ihres Verstecks unternehmen würde. Falls dem so war, hatten sie eine gute Chance, diesen Leuten – wer immer sie auch sein mochten – einen echten Schlag zu versetzen. Dem Ablauf des Timers folgte ein Moment absoluter Stille, bevor sie von einem tiefen, resonanten Geräusch des Aufschlags gegen den Schiffskörper zerrissen wurde.

»An alle Teams, Kira hier. Sie sind da«, verkündete sie über ihr Kom-Netz. Mit angelegter Waffe bereitete sie sich mental auf das vor, was nun kommen würde.

Ungefähr 20 Meter vor ihnen riss eine Hohlladung des Enterschiffs ein Loch in die Außenwand ihres Kriegsschiffs. Der Gang füllte sich mit Rauch und um sich greifendem Feuer. Kira zögerte. Sie wollte vermeiden, blind in den Rauch hineinzufeuern, ohne vorher zu wissen, auf wen sie schoss.

Zusätzliche Einschläge außerhalb des Schiffs verrieten, dass auch die anderen Enterschiffe ihren Angriff gestartet hatten. Kira kniff die Augen zusammen, um durch den Rauch hindurch besser sehen zu können und stellte dann das Visier ihres Helms auf Wärmebild um. Mit an den Schultern angelegten Waffen betraten mehrere Figuren vorsichtig durch das Loch hindurch das Deck. Kira drehte sich zu ihren Männern um und bedeutete ihnen mit zwei Fingern, ebenfalls auf Wärmebild-Wiedergabe umzustellen. Dann wandte sie sich wieder ihren Besuchern zu und sah nun acht Figuren, die ihnen in den engen Fluren des Schiffs entgegen kamen. Ein tiefes Atemholen … und dann betätigte sie den Abzug.

Lichtmuster tanzten durch den Rauch, als Kira, Friederic und Emerson das Feuer eröffneten. Selbst Emerson, der ursprünglich so zögerlich gewesen war, richtete nun seine Waffe auf die Masse der Körper, die sich nebeneinander in den beengten Verhältnissen der Korridore voran bewegten.

Nur wenige Piraten schafften es, einen ineffektiven Schuss in Richtung der Verteidiger abzugeben. Sie feuerten ziellos. Es war deutlich, dass die Piraten nicht über das gleiche Restlicht-Brillensystem wie Kira und ihre Leute verfügten – wenn sie überhaupt eines hatten. Das Chaos, das ihr unerwarteter Hinterhalt verursacht hatte, kam Kira zugute. Sie war Liam äußerst dankbar für die republikanischen M95-Sturmgewehre, die er sich durch irgendeinen Drogendeal gesichert hatte. Sie waren eindeutig besser als das, was die Piraten in der Hand hielten.

Kurz darauf rief Kira mit erhobener Faust: »Feuer einstellen!«

Sie stand auf und senkte ihre Waffe. Ihr Helm-Display zeigte ihr, dass sich die Körperwärme der Eindringlinge stetig reduzierte. Die drei Verteidiger traten näher an die blutige Masse vor ihnen heran und besahen sich die Leichen. Kira wollte wissen, ob sie das Glück gehabt hatten, den Mann, der sich Tanto nannte, zu töten. Er lag nicht in diesem Haufen.

»Nitya …«, benachrichtigte Kira sie über ihr Mikrofon, »… wir haben gerade acht dieser Hunde aus dem Weg geschafft. Wo hält sich die nächste Gruppe auf?«

»Gute Arbeit, Cap.« Und gleich darauf: »Das Videofeed sollte auf Ihrem Tablet sein.«

»Wie steht es bei Ihnen?«, erkundigte sich Kira.

»Die Brücke ist versiegelt. Falls sie hier eindringen wollen, wird das eine Weile dauern.«

»Halten Sie mich auf dem Laufenden!«

Urplötzlich dröhnte ein laut kreischendes Feedback ihres Kom-Systems in Kiras Ohren. Unbewusst schrie sie auf.

»Alles ok?« Friederic stützte sie am Ellbogen ab, um ihren Sturz zu verhindern.

Statik rauschte weiter durch ihren Kopfhörer, bis Collins Stimme erklang. »Technik ist beinahe verloren! Zwei Pirateneinschläge hier. Takaki ist tot.« Im Hintergrund war Waffenfeuer zu hören.

Kira wurde das Herz schwer, als sie von Takakis Schicksal erfuhr. Er war ein guter Ingenieur und seit Jahren Teil ihres Teams. Sie sah zu Friederic hinüber, der die gleiche Nachricht empfangen hatte. Er stand gegen die Wand gelehnt da. Seine Waffe hatte er fallen gelassen. Kira teilte seinen Schmerz. Ein Mitglied ihrer Crew zu verlieren war nicht mit dem Tod eines Soldaten auf dem Schlachtfeld zu vergleichen. Falls ein Kriegsschiff in Stücke gerissen wurde, würden die Überlebenden aufgrund der großen Zahl der auf dem Schiff dienenden Soldaten nicht alle Gefallenen persönlich kennen. Selbstverständlich würden auch sie trauern. Aber bei der kleinen Mannschaft, die Kira befehligte, hinterließ der Tod eines Kameraden bei allen eine weit offene Wunde.

»Wir müssen weiter«, unterbrach Emerson die Stille.

»Was sagen Sie?«, fuhr Kira ihn mit eiskaltem Blick an.

»Jetzt ist nicht die Zeit, die Fassung zu verlieren, Kira«, mahnte Emerson. »Ich verstehe. Ein Mitglied Ihrer Mannschaft wurde getötet. Und wenn das hilft, er war mir von Ihnen allen am sympathischsten. Das ändert nichts an unserer Situation. Die Technik liegt zwei Decks unter uns. Wir können es immer noch hinunter schaffen, um Collin beizustehen.«

Kira biss sich auf die Unterlippe und starrte ihn weiterhin nur an. In Wahrheit hatte sie allerdings nichts zu sagen. Trotz all seiner Fehler hatte Emerson dieses Mal Recht. Friederic sah von seinem Tablet hoch und schickte mit einer Bewegung seiner Hand ein Feed an Kiras Tablet weiter. Das Tablet vibrierte und sie empfing die Bilder der Kamera, die Friederic gefunden hatte. Acht schwer bewaffnete Männer in Raumanzügen standen vor der gepanzerten Tür der Schiffsbrücke.

»Friederic, schaffen Sie es allein, sie an der Brücke auszuschalten?«,

Friederic nickte steif und verstärkte den Griff an seiner Waffe.
»*Ja*, Kira.« Er wandte sich um und eilte zu dem Aufzug, der ihn hoch
zur Brücke bringen würde.

»Wir gehen in die Technik«, ordnete Kira an. Mit festem Halt
an ihrem Sturmgewehr lief sie los.
****

Vorposten Gaelic
Asteroidengürtel
Sol-System

»Verdammt noch mal, Liam. Was können wir tun?«, drängte
Sara. »Wir haben keine Idee, wer der Angreifer ist und wie sich die
Situation darstellt. Gut möglich, dass Kira und ihre Mannschaft schon
tot sind und das Schiff gerade auf dem Weg in irgendeine versteckte
Piratenbucht ist.«

Liam konnte beinahe die frische Luft auf dem Planeten
riechen, den sie eines Tages bewohnen wollten. Und jetzt schien er ihm
aus den Händen gerissen zu werden.

Die zeitliche Nähe dieses Überfalls zu ihrem angespannten
Treffen mit Devlos war zu perfekt um ein Zufall zu sein. Liam
wunderte sich, wie es Devlos gelang, ihm scheinbar immer einen
Schritt voraus zu sein, obwohl seine Muskelkraft weit über die Kraft
seines Geistes hinaus ging.

»Falls Devlos Creed noch auf der Station ist, will ich ihn
sehen«, kündigte Liam an.

»Was willst du mit diesem Hund?«, reagierte Sara
aufgebracht.

»Ich denke, er weiß, was da draußen vor sich geht«, erklärte
er. »Vielleicht hat er sogar seine Hand im Spiel. Ohne mit ihm zu
reden, erfahre ich das allerdings nie. Vereinbare den Termin, Sara.«

»Ich verstehe nicht, wie ein Gespräch mit diesem Kerl etwas
…«, begann Sara.

»Was sollen wir deiner Ansicht nach sonst tun?«, fiel Liam ihr
ins Wort. »Aufgeben? Der Verlust dieses Raumschiffs wird alles,
wofür wir gearbeitet haben, hinfällig machen! Siehst du das nicht? Kein
Planet – keine Zukunft für unsere Leute.«

Liam war nicht länger bereit, untätig zuzusehen. Er hatte zu hart gearbeitet, um hinzunehmen, dass sich kurz vor der Ziellinie alles in Wohlgefallen auflöste. »Sende eine gesicherte Nachricht an den nächsten republikanischen Vorposten in der Nähe von Sektor Drei und informiere sie, was dort vor sich geht. In der Zwischenzeit versuche ich jemanden aufzutreiben, der schon einmal von mir gehört hat, um eine Rettungsaktion in Gang zu bringen. Wir können unser Schiff retten, wenn wir es nur rechtzeitig erreichen.«

Sara sah ihn an. »Und unsere Mannschaft, Liam.«

»Natürlich.«

****

RNS *Doug Hurley*
Führungslos treibend
Sektor Drei der Transportrouten
Sol-System

In der Nähe des Aufzugs glitt Friederic leise vom Treppenschacht in den dunklen Flur hinein, dessen Rundweg zu beiden Seiten der Panzertür endete, die den Zugang zur Brücke gewährte.

Gott sei Dank hat Nitya die Beleuchtung ausgeschaltet.

Friederic konnte Geschrei und das Hämmern gegen eine Tür hören, was ihm sagte, dass die Piraten bislang nicht versucht hatten, ihren Weg auf die Brücke freizusprengen.

Friederic dachte zurück an die Zeit, als er zu Kiras Mannschaft gestoßen war. Es war Ewigkeiten her. Damals war Liam noch nicht der Direktor eines hochgejubelten Handels- und Transportunternehmens gewesen – sondern der Mittelpunkt einer offenen Rebellion gegen die Nationen der Erde. Diese Idee brachte Friederic nun zum Lachen, da Liams Gruppe absolut keine Protestbewegung gewesen war – was ihnen damals aber niemand hätte sagen dürfen. Kira hatte gerade ihren ersten republikanischen Transporter gekidnappt, dessen Einstiegsluke zum Cockpit hin sie mit einem Schneidbrenner wie Butter mit einem heißen Messer geschmolzen hatten.

Friederic riskierte einen kurzen Blick um die Ecke herum. Die heutigen Türen waren ein wenig stabiler als die der Transporter vor langer Zeit. Es würde eine Weile dauern, die Panzertür dieses Kriegsschiffs zu durchbrechen.

Friederic entdeckte die große Tasche, die drei der Männer bei sich trugen. Nach dem Öffnen entnahmen sie ihr eine große zylindrische Vorrichtung. Friederic wollte es nicht glauben.

Verdammt! Das ist ja eine riesige Hohlladung. Falls sie die an der Tür anbrachten und entzündeten, würde Nitya bereits von der Druckwelle getötet werden.

Er überprüfte seine Waffe und versicherte sich, dass sie ihren Dienst tun würde, sobald er auf den Abzug drückte. Dann aktivierte er das Funknetz. »Nitya, mach deine Waffe einsatzbereit, geh in Deckung und öffne die Panzertür auf mein Kommando.«

Kira schaltete sich ein. »Auf keinen Fall, Nitya! Die Tür bleibt zu. Sobald sie auf der Brücke sind, ist das Schiff verloren!«

Friederic bestand auf seine Anweisung. »Kira, es ist der einzige Weg. Sie bringen gerade eine massive Hohlladung an der Tür an. Sobald sie die entzünden, ist Nitya tot *und* sie kontrollieren die Brücke. Demgegenüber können wir sie auf mein Signal hin nach dem Öffnen der Tür von beiden Seiten unter Beschuss nehmen.«

Am anderen Ende hielt Kira inne, bevor sie erwiderte: »Tut, was ihr tun müsst.«

Friederic nickte zufrieden. »Nitya, der Plan ist dir klar?«

»Ja, Friederic, alles klar.«

Friederic lächelte, hob sein Sturmgewehr an und rief: »Sesam, öffne dich!«

Die Tür seufzte, zischte und begann sich langsam zu öffnen. Die Piraten sprangen überrascht einen Schritt zurück, bevor sie mit erhobenen Waffen versuchten, sich durch die Türöffnung zu zwängen. Friederic schoss dem Piraten, der ihm an nächsten stand, in den Rücken. Der Schuss war erfolgreich und Friederic sah zu, wie die Leiche dieses Mannes nach vorn fiel und auf den Mann vor ihm stürzte.

Der andere Pirat wirbelte beim Schuss von Friederics Waffe herum. Aber es war zu spät. Friederic schoss ohne Unterlass auf die Menge weiter, die verzweifelt versuchte, das Innere der Brücke zu erreichen und den Feuerstößen zu entkommen.

Mit der Leuchtspurmunition, die aus Nityas Gewehr auf sie zukam, befanden sich die Piraten in einem tödlichen Kreuzfeuer – beschränkt auf einen kleinen Raum, ohne jegliche Ausweichmöglichkeit. Es war ein Massaker.

Nachdem sich der Rauch verzogen hatte und Friederic die Brücke betrat, umarmten sich die beiden zunächst aufgeregt lachend, bevor sie wenig später mit dem Abklingen ihres Adrenalinspiegels zu zittern begannen.

Am Eingang zur Brücke lagen acht tote Piraten. Zusammen mit Collin in der Technik war es nun Kiras und Emersons Aufgabe, sich den letzten dieser Hunde zu entledigen.

****

Vorposten Gaelic
Asteroidengürtel
Sol-System

Liam starrte wieder aus seinem Bürofenster hinaus. Dieses Mal nicht, um die Schönheit der Station zu bewundern, an deren Bau er maßgeblich beteiligt gewesen war; vielmehr musste er sich nun fragen, ob ihnen nicht in Kürze alles, was sie bislang erreicht hatten, unter den Füßen weggezogen werden würde. Der Anschlag auf die RNS *Doug Hurley* war ein Anschlag gegen das Herzstück dessen, worauf Liam hingearbeitet hatte. Seufzend wandte er sich ab und setzte sich hinter seinen Schreibtisch. Dabei verspürte er den leichten Druck der Pistole gegen seinen Bauch.

Er atmete tief durch, bevor er Hannah im Vorzimmer wissen ließ, dass sie seinen Besucher hereinführen sollte.

Die Tür öffnete sich beinahe unmittelbar. Devlos Creed platzte wie ein Mann auf einer Mission in den Raum hinein. Er ging so schnell, dass Liam beinahe nach seiner Pistole gegriffen und auf ihn gezielt hätte. Das Grinsen auf Devlos' Gesicht stoppte ihn jedoch.

»Ich sehe, du bist endlich zur Vernunft gekommen und hast dich entschieden, Fenrir Contracting zu engagieren.«

»Wie kommst du auf diese Idee, Devlos?«

»Aus welchem Grund hättest du mich sonst zu einer so späten Stunde zurückgerufen?«, entgegnete sein alter Bekannter.

»Wir befinden uns im Weltraum, Devlos. Hier ist die Zeit subjektiv.«

Devlos lächelte und griff nach der entkorkten Karaffe irischen Whiskys. »Ich sehe, dass einige der Dinge, die ich von mir gab, hängengeblieben sind, Liam.«

»Auf das Geschäft?«, hob Liam ungeachtet Devlos’ forschem Benehmen sein Glas.

»Auf das Geschäft«, erwiderte Devlos und trank direkt aus der Karaffe.

Nachdem das Brennen der goldenen Flüssigkeit in Liams Kehle abgeklungen war, teilte er Devlos wie nebensächlich mit: »Eines meiner Kriegsschiffe wurde von Piraten angegriffen. Ich denke, ich sollte dein Angebot zusätzlicher Sicherheit vielleicht doch annehmen.«

Devlos’ Gesicht blieb neutral. »Ja, Liam Sektor Drei war immer schon ein wenig wie der Wilde Westen.«

Liam war sich sicher, dass er Devlos nun in die Enge getrieben hatte. Wenn er nicht beteiligt wäre, hätte er zumindest ein wenig Überraschung bei der Nachricht vom Angriff auf ein republikanisches Schiff zeigen müssen. Liam ging ein Licht auf. Devlos wusste von dem Schiff, er wusste, dass es nicht mit Waffen ausgestattet war, und er wusste, dass es nicht von starken Sicherheitskräften begleitet wurde. Er wusste alles – und hatte seine Chance ergriffen. Liam musste es zugeben. Der Mann hatte Mut.

Liam richtete sich in seinem Stuhl auf und lächelte. »Ich habe nie gesagt, dass es in Sektor Drei war, Devlos.«

Der breitschultrige Mann saß zunächst sehr still da, bevor er die Karaffe vorsichtig abstellte. Einen Augenblick lang hielt Liam es für möglich, dass Devlos einfach alles zugeben und aufgeben würde, aber das war nicht sein Stil. Es gehörte nicht einmal zu seinem Stil, zu lügen. Devlos war ein Mann brachialer Gewalt, ohne Intellekt, eine Kampf-bis-zum-bitteren-Ende-Persönlichkeit.

»Und was jetzt?«, fragte Devlos mit schiefem Lächeln.

»Es tut mir wirklich leid, dass es soweit kommen musste, alter Freund.« Liam zog seine Pistole aus dem Hosenbund, zielte über den Schreibtisch hinweg und drückte auf den Abzug.

Devlos‘ Kopf schnellte gewaltsam nach hinten, bevor seine Hirnmasse sich über die Wand und den Boden verteilte. Liam wurde von einer Welle von Gefühlen übermannt. Mit zitternden Händen senkte er die Pistole. Sie fiel auf den Tisch. Tränen standen ihm in den Augen.

Sara betrat das Büro und verschloss die Tür hinter sich. Sie hatte von Liams Plan gewusst und damit gerechnet, dass es so kommen würde. Trotzdem schien sie von der Szene, die sich ihr bot, leicht geschockt zu sein. So sehr sie ihrem Ausdruck von Hass auf Devlos in der Vergangenheit Ausdruck verliehen hatte, hatte sie ihn doch lang genug gekannt, um zu wissen, dass er und Liam einmal wie Brüder gewesen waren.

»Ich musste es tun«, rechtfertigte sich Liam leise.

»Ich weiß, Schatz«, versicherte ihm Sara, während sie tröstend ihre Arme um seine Schultern schlang und ihn auf den Hinterkopf küsste.

****

RNS *Doug Hurley*
Führungslos treibend
Sektor Drei der Transportrouten
Sol-System

Vorsichtig schlichen sich Kira und Emerson entlang des letzten Korridors an die Energieversorgungsstation heran. Der Zugang zur technischen Abteilung war blockiert – ein eindeutiges Zeichen dafür, dass sie das Hauptziel der Piraten war. Der Angriff auf die Brücke war vereitelt, acht weitere Piraten lagen nach Kiras erstem Hinterhalt tot da – aber 14 Piraten standen noch.

Unter dem Schutz eines nahegelegenen Treppenhauses aktivierte Emerson sein Tablet. Kira und er beobachteten, wie die Piraten mehrere Leichen, von denen keine wie Collin oder Takaki aussah, zur Seite trugen. Seit Collin von Takakis Tod nach einem Schusswechsel berichtet hatte, war die Verbindung unterbrochen. Kira musste davon ausgehen, dass Collin entweder selbst tot war oder zu den Geiseln zählte.

Plötzlich zeigte Emerson auf etwas. »Da, Kira. Das ist der Kerl vom Videoanruf.«

Kira erkannte den Mann, der sich Tanto nannte. Er wanderte zwischen den Toten hin und her, als ein sich wehrender Collin ins Blickfeld kam. Mit hinter dem Rücken gefesselten Händen schob ihn ein Pirat vor sich her. Tanto wandte sich um und sah in die Kamera hoch. Unbewusst zuckten Kira und Emerson zusammen.

»Weiß er, dass wir ihm zusehen?«, wollte Emerson wissen.

»Unmöglich. Er unterstellt einfach, dass wir sie dort, wo es eine Kamera gibt, auch beobachten. Er muss mittlerweile wissen, dass die Übernahme der Brücke gescheitert ist.«

Tanto lächelte. »Kira Wei, Ihr Ingenieur ist tot und Ihr Elektronikspezialist ist gut versorgt, wie Sie sehen. Ich bin überrascht und beeindruckt, dass Sie so viel Schaden anrichten konnten, aber es war vergebene Liebesmüh. Auch ohne Kontrolle über die Brücke zu haben, gehört das Schiff mir. Wir kontrollieren jedes System auf diesem Schiff, und das gesamte Schiff ist vermint, damit wir es jederzeit in die Luft jagen können. Diese Übernahme ist seit Jahren in Vorbereitung. Selbst Ihrem König Liam blieb das verborgen.«

Er lachte, während er Collins Kopf an seinen langen Haaren nach hinten riss und dessen Nacken freilegte. »Sie haben eine Stunde, um aufzugeben. Wenn Sie das tun, schicken wir Sie in Ihren Raumanzügen nach draußen. Sie müssen zugeben, dass diese Aussicht zu überleben besser als die ist, wo Sie sich gerade aufhalten. Sollten Sie sich für einen zum Scheitern verurteilten Widerstand entscheiden, wird dieser Mann der Erste sein, dem ich die Kehle durchschneide. Ich erwarte Ihre Antwort.«

Zornig schloss Kira das Kamerafeed. »Wir können nicht aufgeben«, sagte sie mit dem Blick auf Emerson.

Emerson ließ den Kopf hängen und stimmte ihr mit einem leichten, traurigen Lächeln zu. »Ich weiß.«

Kira aktivierte ihr Kommunikationsgerät. »Nitya, gibt es Fortschritte bei den Triebwerken?«

Nityas gestresste Stimme erwiderte: »Wir versuchen hier oben alles Menschenmögliche, Captain, aber ich denke, dass der Schweinehund hier Recht behalten wird. Egal was wir tun – das System wirft uns jedes Mal hinaus. Ich habe keine Ahnung, wie sie die Kontrolle über das Schiff bekommen konnten, aber es ist ihnen gelungen.«

Kira hätte am liebsten mit der Faust gegen die Wand geschlagen, beherrschte sich aber. »Woher kommt das Signal, das uns blockiert?«

»Aus der technischen Abteilung, wo sie sich aufhalten.«

»Dann müssen wir da rein. Friederic, Sie bereiten in der Ladebucht ein Beiboot vor. Falls wir versagen, will ich, dass Nitya und

Sie damit das Schiff verlassen. Wer immer unser SOS auffängt, wird Sie retten.«

»Captain …«, begann Nitya.

»Nein, Nitya«, unterbrach Kira sie. »Das ist ein direkter Befehl Ihres Kapitäns. Verstanden?«

»Viel Glück«, war alles, was Nitya erwidern konnte, bevor sie das Gespräch abbrach.

Emerson legte eine Hand auf Kiras Schulter. »Im 2. Stock dieses Raums gibt es einen Laufgang, der um den gesamten Bereich herumführt. Falls wir ihn erreichen, können wir sie von oben überraschen. Allerdings müssen wir ohne Aufmerksamkeit zu erregen zuerst so viele wie möglich erwischen, bevor wir gegen den Rest antreten. In einem Schusswechsel mit 12 Piraten schneiden wir nicht gut ab.«

»Ganz Ihrer Meinung«, stimmte Kira ihm mit zusammengebissenen Zähnen zu. »Zeigen Sie mir den Laufgang.«
****

Kira hatte keine Schwierigkeiten, den Ausstieg hinunter zum Laufgang geräuschlos zu entfernen und vorsichtig ihren Kopf durch die Öffnung zu stecken. Von ihrer Position aus war es nur ein Fall von drei Metern hinunter auf den Steg, der allerdings von zwei Wachen patrouilliert wurde. Kira sah sich zu Emerson um und signalisierte die Anwesenheit von nur zwei Piraten und in welche Richtung sie unterwegs waren. Sie zog ihr Messer aus ihren Stiefeln und Emerson tat es ihr nach.

Mit wachsamem Blick auf die Piraten, die sich gerade am anderen Ende des Laufgangs getroffen hatten, senkte sie ihren Körper langsam durch die Öffnung nach unten. Es war so einfach, dass sie sich ein Lächeln nicht verkneifen konnte. Geräuschlos fanden ihre Stiefel auf der Plattform Halt. Der Luftzug hinter ihr verriet ihr, dass Emerson sich ebenfalls hatte fallen lassen. In der Dunkelheit, in der allein der Schein der roten Notfallbeleuchtung ihr zeigte, wo sich die Piraten befanden, kroch sie behutsam voran und verringerte beständig die Entfernung zu dem Piraten vor ihr. Sie war überrascht, wie problemlos sie es schaffte, ihm auf Armeslänge nahe zu kommen. Sie empfand beinahe so etwas wie ein Schuldgefühl … beinahe.

Sie richtete sich auf. Ihr Messer fand die Halsbeuge des Piraten. Mit einer Bewegung riss sie ihm die Kehle heraus. Über das gleichmäßige Betriebsgeräusch der Maschinen dieser Abteilung hinaus waren sein Gurgeln und seine letzten Atemzüge kaum hörbar, bevor sie Sekunden später erstarben. Kira sah über ihre Schulter hinweg, wie Emerson sein Messer über der Leiche vor seinen Füßen an seinem Weltraumanzug abwischte.

So weit, so gut.

Kira sah sich um. Tanto hielt sich außerhalb ihres Blickfelds auf, aber Collin kniete mit hinter dem Rücken gefesselten Händen gegen die Wand gelehnt unter ihr da. Die Piraten hielten den engen Gang im Auge, als ob Tanto Kiras Pläne vorhergesehen hätte. Es lag nun an ihr, das Versprechen, das sie sich gegeben hatte, zu erfüllen. Sie würde angreifen.

Kira ergriff den Handlauf der Treppe, die nach unten führte und schlich sich, gefolgt von Emerson, behutsam auf das Deck der Technik hinunter. Das beengende Gefühl, umzingelt zu sein, drückte ihr wie ein bleiernes Gewicht auf den Brustkorb. Das Atmen fiel ihr schwer, aber im Schatten ihrer Deckung verengten sich ihre Augen wie eine Katze vor dem Sprung.

Zwei Piraten schlenderten achtlos an dem Treppenaufgang vorbei. Zeitgleich stießen Emerson und Kira ihre Messer in die Rücken der Piraten, die nach einem heftigen, aber kurzen, stillen Kampf zu Boden sanken.

Ein großer Unterschied, einen Menschen mit einem Messer anstatt mit einer Schusswaffe zu töten, dachte Kira. Vor dem heutigen Tag hatte sie nie spüren müssen, wie das Leben den Körper eines anderen Menschen verließ. Es war keine angenehme Erfahrung, aber sie wusste, dass es keine Alternative zu dieser Notwendigkeit gab.

»Ich vermute, wir haben noch acht dieser Kerle«, kündigte Emerson leise an. »Irgendwo in der Abteilung. Wir sollten Collin befreien und uns in den Kampf stürzen. Drei gegen acht ist nicht unbedingt optimal, aber das Überraschungselement ist auf unserer Seite und ich fürchte, dass wir nicht länger die Gelegenheit haben, sie unbemerkt auszuschalten.«

Kira nickte.

Sobald er die beiden aus dem Schatten vor sich auftauchen sah, riss Collin überrascht die Augen auf, hielt sich aber im Zaum und rutschte ihnen langsam in ihre Richtung entgegen. Kira durchtrennte seine Fesseln und reichte ihm eine der Waffen, die sie einem toten Piraten abgenommen hatte.

»Verdammt noch mal«, freute sich Collin flüsternd. »Ich war mir sicher, dass Sie das Schiff verlassen würden.«

»So viel Vertrauen.« Kira lächelte und klopfte ihm freundschaftlich auf die Schulter. »Wie viele noch?«

»Zwei auf dem Laufgang und die beiden, die Sie gerade erwischt haben. Und acht mehr auf der anderen Seite der Abteilung.«

»Gut. Sehr gut ... Sind Sie soweit?«

Collin lächelte. »Nach Ihnen, Cap.«

Kira und die beiden Männer bewegten sich leise durch den engen Korridor, bis er sich in einen Raum erweiterte, der ein Energiemodul beherbergte. Das dicke Rohr isolierter elektrischer Leitungen führte zu einem zentralen Punkt an der Wand, wo sich eines der Reaktorbedienfelder befand.

Die Piraten waren über den Raum verteilt. Tanto half am anderen Ende dabei, eine der Sprengladungen an der Reaktorwand anzubringen. Falls die zur Explosion käme, würde das ganze Schiff und alle, die sich in ihm aufhielten, innerhalb von wenigen Sekunden verdampfen.

»Collin, Sie kümmern sich um Tanto, während Emerson und ich den Rest aus dem Weg räumen.«

»Wieso ich?«, fragte Collin.

»Rache für Takaki. Passen Sie nur auf, dass Sie nicht versehentlich die Sprengladung treffen.«

Collin lächelte. »Oh, danke. Gut, dass Sie mich daran erinnern ...«

Dann legten alle drei ihre Waffen an und nahmen ihre Ziele ins Visier. Die ersten Schüsse mussten sitzen. Drei Piraten gleichzeitig zu töten, einschließlich ihrem Anführer, würde die größtmögliche Verwirrung anrichten. Der Rest würde ein Kinderspiel sein.

Kiras Finger fand den Abzug und begann Druck auszuüben. Ein Lichtblitz schoss aus dem Rohr ihrer Waffe und traf den Kopf des Mannes, auf den sie es abgesehen hatte. Zwei der Piraten fielen, Tanto war noch auf den Beinen. Collin musste ihn verfehlt haben.

Dann schoss Kira einfach auf alles, was sich bewegte. Tanto wirbelte herum und warf ihnen etwas entgegen.

»Granate!«, schrie Kira, bevor sie aus dem Weg sprang und sich an der Seite des Korridors mit den Armen über dem Kopf auf den Boden kauerte. Die Explosion schüttelte den engen Gang. Tausende kleiner Schrapnellteilchen flogen durch die Luft und zerfetzten die Rohre. Heißer Dampf und Flüssigkeiten sprühten durch den Raum und machten ihr die Sicht durch das Visier unmöglich.

Kira riss sich den Helm vom Kopf, bevor sie erneut nach vorn stürzte. Im Raum selbst stand Tanto plötzlich unerwartet nahe vor ihr. Der Mann lächelte sie mit gelben, abgebrochenen Zähnen sadistisch an. Kira verlieh ihrem Zorn mit einem lauten Schrei Ausdruck, aber Tanto gelang es mit nur einer Bewegung seines Arms, ihr das Sturmgewehr aus der Hand zu schlagen. Es landete nutzlos auf dem Boden. Und dann fühlte Kira, wie sich seine starken Arme um sie legten, um ihr die Kehle zuzudrücken.

Zum Schutz ihrer Atemwege vergrub Kira ihr Kinn tief in der Beuge seines Ellbogens. Gleichzeitig griff sie nach einem seiner Ohren und riss so hart daran, dass sie es plötzlich in der Hand hielt. Tanto schrie vor Schmerzen auf und sein Halt an ihr lockerte sich. Kira fiel zu Boden. Er trat nach ihr. Kira gelang es, den Tritt mit ihren Armen zu blockieren, und revanchierte sich mit ihrem eigenen Stoß, der den Mann zu Fall brachte.

Sie versuchte, ihre Waffe zu erreichen, aber sein Fuß fand ihre Nase. Sie war eindeutig gebrochen; Blut strömte ihr aus den Nasenlöchern und die Schmerzenstränen in ihren Augen verschleierten Kira die Sicht. Der Schusswechsel hatte ein Ende gefunden, ohne dass sie sagen konnte, welche Seite zu den Gewinnern zählte. Sie wusste nur, dass Tanto noch am Leben war und eine Gefahr für sie darstellte. Ein scharfer Schmerz in der Bauchgegend ließ ihr die Luft aus den Lungen entweichen.

Kira sah das Messer, das Tanto ihr so tief er konnte, in den Bauch gestoßen hatte. Den Griff hielt er immer noch in der Hand. Sein bösartiges Lächeln über ihr und der Schmerz, der sich durch ihr Inneres fortsetzte, ließen sie unfreiwillig laut aufschreien.

»Du hast versagt, Kira Wei, aber du hast gut gekämpft«, hisste Tanto.

»Ich wollte, ich könnte das Gleiche über dich sagen, du Hund«, flüsterte sie hasserfüllt.

Mit letzter Kraft tastete sich ihre Hand nach unten. Sie fand ihr Messer und begrub es mit einer Aufwärtsbewegung unter seinem Kinn. Überrascht riss Tanto die Augen auf, bevor sie in seinen Kopf zurückrollten. Seine Beine gaben nach und seine Leiche brach neben ihr zusammen. Kira ließ sich ebenfalls zurückfallen.

Sofort stand Emerson an ihrer Seite. »Kira, lassen Sie mich sehen.«

Er zog ihr das Messer aus dem Bauch und pumpte eine Injektion koagulierenden Gels in die Wunde, um die Blutung zu stoppen. Keine perfekte Lösung, aber es würde ihr genug Zeit einbringen, um es in eine Krankenabteilung zu schaffen.

Kira fühlte sich besser. Sie wusste, sie war ernsthaft verletzt, musste aber nicht länger befürchten, langsam zu verbluten. Sie versuchte aufzustehen, was ihr nicht gelang. »Wir müssen herausfinden, was sie mit dem Schiff gemacht haben, um ein besseres SOS-Signal abzusetzen.«

Emerson arbeitete bereits mit dem Tablet in seiner Hand. »Ich bin schon dabei. Vielleicht zeigen uns die Sicherheitskameras etwas.«

Emerson sah das Gleiche, was Kira auf ihrem Tablet verfolgen konnte. Sie sahen Takaki und Collin in der Technik. Takaki kniete am Boden und arbeitete fieberhaft an etwas in einem Kabelkasten. Collin stand hinter ihm und sah sich zunächst vorsichtig um, bevor er Takaki in den Hinterkopf schoss. Entsetzt sah Kira zu, wie Tanto ins Bild kam und Collin anerkennend auf den Rücken klopfte.

Kira sah zu Emerson hinüber, der sie entgeistert anstarrte.

»Du Schwei…«, brachte Emerson hervor, bevor ihn ein Schuss von hinten traf und durch seine Mitte wieder austrat. Er fiel zu Boden.

Ohne Kira Zeit zur Reaktion zu lassen, beugte sich Collin über sie und legte ihr seine Hände um die Kehle. Sie versuchte, den Arm zu heben, um nach ihrem Sturmgewehr zu greifen. Aber sie war zu schwach. Die Tränen strömten ihr das Gesicht hinunter. Unfähig zu atmen, kehrten ihre Gedanken zu Friederic und Nitya und an ihre Mission zurück. Und an Collins' Verrat.

»Du blöde Kuh«, schrie er sie an. »Du hättest mir die Sache überlassen sollen und alles wäre gut verlaufen. Dieser verdammte Affe musste weiter forschen, musste einfach wissen, was vorgefallen ist. Du hattest gewonnen, Kira – ihr alle hattet gewonnen, und wir hätten dieses verfluchte Schiff lebend zusammen verlassen. Warum habt ihr das getan? Warum musstet ihr weiter suchen?!«

Collins Gesicht war rot vor Wut. Er konzentrierte seine ganze Kraft auf Kiras Hals. Die Sicht vor ihren Augen wurde unscharf. Ihr Körper verkrampfte sich beim verzweifelten Versuch, ihre Lungen mit Luft zu füllen.

»Du musstest versuchen, das Schiff zu retten. Du musstest die Heldin spielen. Aber ich will dir einen Rat geben: in der echten Welt gibt es keinen Helden. In der realen Welt gibt es nicht nur Weiß und Schwarz. Sie ist ein graues Durcheinander, in dem die Guten nicht immer die Sieger sind.«

Kira würde sterben. Sie spürte, wie ihr Sein in die Dunkelheit abglitt … bis ein Schuss aus nächster Nähe ihr Bewusstsein zurückbrachte. Collins kopflose Leiche brach über ihr zusammen. Sein Blut lief ihr über das Gesicht. Das war unbedeutend. Der Strom der Luft, der in ihre Lungen eindrang, war die beste aufbereitete Luft, die sie je geatmet hatte.

Über ihr stand Emerson mit Collins Waffe in der Hand, die der fallengelassen hatte. Blut rannte ihm aus der Nase und tropfte ihm aus den Mundwinkeln. Er stürzte zu Boden. Kira zwang sich auf die Knie und kroch zu Emerson hinüber, der nach Luft schnappend dalag. Es gelang ihr, sich an seinem Anzug festzuhalten und sich an ihn heranzuziehen. Mit tränenüberströmten Augen sah sie ihn an.

»Tut mir leid«, flüsterte er.

Sie schluchzte und lachte leise. »Kein Grund, sich zu entschuldigen. Sie haben mich, Sie haben uns alle gerettet. Sie sind ein Held, Emerson. Halten Sie durch, bis wir Sie in der Krankenabteilung haben.«

Kiras Funkgerät krächzte. Nityas Stimme kam durch. »Friederic und ich haben gesehen, was passiert ist! Er ist auf dem Weg zu euch!«

Kira sah zu Emerson hinunter, dessen Gesicht stetig an Farbe verlor. »Da! Sie kommen, Emerson. Nur noch ein wenig länger.«

Emerson war tot. Seine Augen hatten ihren Ausdruck verloren und seine Brust hob und senkte sich nicht länger. Kira war sich nicht sicher, ob sie an echte Helden glaubte, aber sie wusste, dass sich die republikanischen Soldaten gern in diesem Licht sahen. Und obwohl sie es für kindisch hielt, würde ihr das, was geschehen war, erträglicher

sein, wenn sie Emerson als Helden dieses schicksalhaften Tages sah. Sie hoffte nur, dass er mit seinen letzten Atemzügen inneren Frieden gefunden hatte.
****

Vorposten Gaelic
Asteroidengürtel
Sol-System

Liam goss den Rest des Alkohols in den Abfluss, bevor er an seinen Schreibtisch zurückkehrte. Wenn er weiter erfolgreich durch die gefährliche Welt von Politik und Wirtschaft navigieren wollte, musste sich etwas ändern.

Kira und diejenigen, die von der Mannschaft übrig geblieben waren, hatten überlebt; ein republikanisches Patrouillenschiff hatte das ziellos treibende Kriegsschiff gefunden, nachdem sein Pilot berichtet hatte, dass das Schiff wieder sicher in ihren Händen war. Und Devlos lag am Boden eines Lochs auf der Schattenseite der Straßen, von denen er nur Tage zuvor in Liams Büro gesprochen hatte – ein grausames, aber gerechtfertigtes Ende seiner Geschichte.

Jetzt lag es an Liam, alles wieder ins Lot zu bringen. Der erste Schritt war sein Bericht an Statthalter Hunt. Er versicherte sich, dass der Anzug, den er trug, angemessen war, bevor er Hunt von seinem Schreibtisch aus anwählte. Sobald Liams Verbindung zustande kam, erschien Hunts Bild vor ihm auf dem Schirm. Die Fahne der Republik stand stolz hinter ihm, aber Statthalter Hunts Gesicht sah müde aus und zeigte einen Anflug von Bartstoppeln unter dem Kinn.

»Ich dachte, dass das republikanische Militär in Uniform jederzeit einen bestimmten Grad an Professionalität zeigen muss, Statthalter«, scherzte Liam lächelnd.

»Und ich dachte, Sie seien unangreifbar«, erwiderte Hunt.

»Manchmal zeigt die Vergangenheit ihr hässliches Gesicht, wenn man sie am wenigsten erwartet.«

»Ich gehe davon aus, dass Sie sich um dieses Problem gekümmert haben?«, forschte Hunt mit kalter Stimme.

»Unverzüglich, Statthalter.«

»Was bedeutet das nun für uns?«, drängte Hunt. »Werde ich mich auf Sie in Bezug auf die Geheimhaltung und den Schutz unseres

Labors verlassen können? Ein Kriegsschiff in seiner Nähe zu stationieren, widerspricht dem Sinn eines geheimen Labors, nicht wahr?«

Liam konnte sehen, dass Hunt nervös war. Er musste ihm umgehend seine Verlässlichkeit beteuern.

»Auf unserer Seite werden keine weiteren Probleme entstehen. Ich leite derzeit persönlich eine Überprüfung zur weiteren Verbesserung unserer Sicherheitsmaßnahmen. Ich kann Ihnen garantieren, dass der Standort, den Ihr Freund gewählt hat, routinemäßig von unseren Sicherheitsschiffen patrouilliert wird. Er wird isoliert, sicher und versteckt bleiben – so wie Sie es von uns erwarten. In Bezug auf Immrama-Industrien … Wir werden gemäß den Vorgaben unseres Vertrags weiter Kriegsschiffe für Sie produzieren.«

Das Bild von Hunts Gesicht auf dem Bildschirm vergrößerte sich ein wenig als er sich in seinem Stuhl vorlehnte. »Ich habe mir die Freiheit erlaubt, mehrere Waffensysteme zur Lieferung an ihre Station umzuleiten. Dabei handelt es sich um ausreichend Waffen und Munition, um mindestens drei Fregatten und Zerstörer gleichzeitig auszustatten. Wir wollen, dass unsere Schiffe von jetzt an auf dem Transport zur Luna-Station voll gerüstet sind. Von nun an erhält Gaelic nach jeder Auslieferung ein neues Waffenkontingent, um die Systeme, die sie gerade eingebaut haben, zu ersetzen.«

Liam wollte gerade protestieren, als Hunt ihm das Wort abschnitt. »Liam, es gibt Dinge über die Zodark und Orbot, von denen Sie nichts wissen. Sollten sie jemals in unser System eindringen, will ich, dass unsere Außenposten in der Lage sind, sich zu verteidigen. Es geht hier um weit mehr als nur um einfache Piraterie.

»Aus diesem Grund wird ein beschränktes Aufgebot republikanischen Militärpersonals zusammen mit einer Kompanie Soldaten auf Ihrem Außenposten seine Zelte aufschlagen und marktgerechte Miete für Ihre Einrichtung zahlen. Ihre Aufgabe wird es sein, unsere Aktivposten und Vermögenswerte vor erneuter Piraterie und einer potenziellen Invasion zu schützen.«

Liam war sich nicht sicher, wie er darauf antworten sollte. Er hatte diesen Krieg mit den Außerirdischen überwiegend als etwas abgeschrieben, das sich weit von entfernt von Sol abspielte. Jetzt war er ein wenig besorgter darüber, dass diese Auseinandersetzung der Erde vielleicht doch näherkommen könnte.

»Befinden wir uns in direkter Gefahr?«, fragte er bestürzt.

Hunt zögerte. »Liam, wir mussten gerade eine gravierende Niederlage im Sirius-System einstecken«, gab er nach einer langen Pause zu. »Ich kann nicht mit Sicherheit sagen, ob sich die gegnerische Offensive tiefer in den von uns kontrollierten Raum fortsetzen wird. Ich denke nicht, dass Sol in Gefahr ist. Ausschließen kann ich diese Möglichkeit allerdings nicht, falls der Feind uns weiter nachsetzt. Wir tun was wir können, um neue Schiffe zu produzieren, aber ehrlich gesagt sind wir momentan nicht in der Lage, genug herzustellen, um unsere Verluste wettzumachen, geschweige denn unsere Flotte zu vergrößern.«

»Das klingt wie ein ernstes Problem, Statthalter. Möchten Sie, dass ich überprüfe, ob wir die Produktion unserer Werften erhöhen können? Wir bauen zwar nur Fregatten und Zerstörer, aber vielleicht könnten wir die Produktionsrate um einige Schiffe pro Jahr erhöhen?«

»Nein, so gern ich das auch sehen würde … Sie und ich haben eine Abmachung. Sie müssen mit dem Bau Ihrer Transporter Schritt halten. Sie werden eine große Anzahl zur Bevölkerung Ihres neuen Planeten brauchen. Haben Sie sich mittlerweile für einen der beiden entschieden?«

Liam und Sara hatten noch keine endgültige Entscheidung getroffen. Er wollte den einsamen Planeten am Ende der Sternenkette, aber sie bestand darauf, die aufgegebene Kolonie nahe Sumara zu besiedeln. Die war bereits entwickelt, was bedeutete, dass sie nicht noch einmal bei null anfangen mussten.

»Noch nicht. Wir diskutieren weiter darüber«, gab Liam Auskunft.

Hunt nickte. »Ok, aber versuchen Sie bitte, innerhalb der nächsten zwei bis drei Tage eine Entscheidung zu treffen. Ich werde Sol in Kürze verlassen und möchte unser Abkommen vorher noch besiegeln. Ich muss die Republik informieren, worauf Sie sich festgelegt haben, damit sie überlegen können, wo sie die nächste Welle der Kolonisten ansiedeln wollen.«

»Sie werden unsere Antwort morgen erhalten. Nach einer abschließenden Diskussion heute Abend wird die Entscheidung fallen.«

»Ok, Liam, dann bis morgen. Hunt Ende.«

Die Verbindung erstarb. Liam drehte sich zu Sara um, die ihn durchdringend musterte.

»Dann sollten wir dieses Gespräch wohl besser führen«, kommentierte sie. »Wir müssen uns für einen dieser Planeten entscheiden. So oder so steht uns eine Menge Arbeit bevor. Je früher wir damit beginnen, desto besser.«

»Du hast Recht. Rufe die anderen zusammen. Wir halten dieses Treffen jetzt ab.«

******

Liam sah in die Gesichter seines Führungsteams – sein Sicherheitschef, der Verwaltungschef der Station, der Leiter des Geschäftsbetriebs, ihr Immigrations- und Siedlerbeauftragter, sowie einige Direktoren anderer Bereiche, die ihr kleines Reich zusammen lenkten. Allein der Sicherheits- und der Verwaltungschef kannten sämtliche Details von Liams Drogendeals, die ihnen ihre neue Welt möglich gemacht hatten.

»Ok, Liam, die grundlegende Entscheidung um die es hier geht ist also die Frage, welchem Planeten und welchem System wir den Vorrang geben. Ist das richtig?«, hakte der Leiter des Geschäftsbetriebs nach.

»Es geht tatsächlich um mehr als das«, korrigierte Sara ihn. »Unsere Entscheidung wird den Kurs unserer Leute bis zum Ende unserer Existenz bestimmen. Wir müssen uns die Alternativen genauestens ansehen und sie vergleichen, um danach die beste Wahl zu treffen.«

Aimes, ihr Siedlerzar, der weitgehend für das Wachstum der Station zuständig war, äußerte sich. »Wenn es meine Entscheidung wäre, würde ich Planet A601 wählen – ganz am Ende der Konstellation – mit der größten Freiheit, unsere Vorstellungen umzusetzen. Das gesamte System von Planeten, Monden und Asteroidengürtel wird uns gehören.«

»Aimes trägt ein gutes Argument vor«, stimmte ihm der Stationsverwalter zu, der sich einfach nur Henderson nannte. »Unser Ziel beim Bau dieses Außenpostens war es, unsere eigene Welt weit weg von den Regierungen der Erde aufzubauen. A601 bietet uns die Chance, die Gesellschaft und die Kultur aufzubauen, die wir wirklich wollen. Mir ist klar, dass der andere Planet – die ehemalige Kolonie – mit ihrer bestehenden Infrastruktur, ihren Häusern und sogar mit einem Weltraumaufzug verlockend klingt. Aber es würde uns mitten in einem

Sternensystem auf einen Verkehrsknotenpunkt versetzen. Diese Art
von Aktivitäten wollen wir nicht. Ich stimme dafür, einen unberührten
Planeten in einem unbelasteten System auf die Weise auszubauen, die
uns vorschwebt.«

Liam vertraute Henderson fast so sehr, wie er Sara vertraute.
Und das bedeutet etwas. Sie waren seit beinahe 45 Jahren Freunde und
Geschäftspartner.

Sara schüttelte ablehnend den Kopf. »Ich glaube nicht, dass
alle hier verstehen, was wir mit unserem Umzug auf Planet A601
aufgeben würden. Ich weiß, dass die Idee eines neuen Anfangs in
unserem eigenen System wundervoll klingt. Und wir könnten es nach
unseren Vorstellungen ausbauen. Aber ich bin mir nicht sicher, ob ihr
versteht, dass wir allein mit dem starten müssen, das wir mit uns
bringen können. Auf diesem Planeten gibt es absolut *nichts,* das heißt,
wir müssten eine unglaubliche Menge an Gütern importieren, nur um
eine kleine Stadt zu gründen, ganz zu schweigen von einer Industrie. Es
würde Jahrzehnte dauern, so unabhängig und eigenständig zu werden,
wie wir es heute auf Gaelic sind.«

Aimes nickte zustimmend. »Ein guter Punkt, Sara. Aber ein
Teil dieser Logik ist tatsächlich ein Hauptargument in der Anwerbung
neuer Ansiedler und Immigranten. Die Menschen möchten einen neuen
Anfang machen; einen neuen Anfang, um dieses Mal den Versuch zu
unternehmen, alles richtig zu machen. Ein absoluter Neubeginn erlaubt
uns das.«

»Ich denke, dass *sowohl* Sara als auch Aimes stichhaltige
Gründe für ihre Positionen liefern«, meldete sich Henderson wieder zu
Wort. »Ich schlage Folgendes vor: falls wir uns für Planet A601
entscheiden, verwenden wir zwei Jahre allein darauf, die
Versorgungsgüter und Ausrüstungsgegenstände zu importieren, die wir
benötigen, um die Schlüsseloperationen zu etablieren, die wir zur
Sicherung unserer Unabhängigkeit brauchen – in der Hauptsache für
die Nahrungsmittel- und Wasserversorgung, dann die Energie, danach
eine Handvoll Replikatoren und 3-D-Druckfabriken, um unsere neue
Hauptstadt zu erbauen. Wenn wir um die 10.000 Synth-Arbeiter
erstehen – Ingenieure, Bauhandwerker, Landwirtschafts- und
Haushalts-Synth – könnten wir den Bau unserer ersten Stadt schnell
vorantreiben.«

Liam studierte Saras Gesicht. Sie schien enttäuscht, dass niemand ihren Vorschlag der Übernahme der ehemaligen Kolonie zu unterstützen schien. Dann gab er seine Meinung kund. »Sara, Aimes, ihr habt die Vor- und Nachteile beider Planeten hervorgehoben. Was wir mit Blick auf die Zukunft bedenken müssen, ist allerdings nicht, mit welcher Infrastruktur wir beginnen, sondern in welchem Raum wir uns entwickeln wollen und mit welchen Allianzen wir uns gegebenenfalls abfinden müssen oder auch nicht. Wenn wir uns für eine der ehemaligen sumarischen Kolonien entscheiden, sind wir – egal ob es uns gefällt oder nicht – wie siamesische Zwillinge an die Republik gebunden. Das bringt automatisch mit sich, dass wir in diesen galaktischen Krieg hineingezogen werden. Das System am Ende der Sternenkette macht es uns leicht, unser Tor zu befestigen und diesen Ort tatsächlich auf unsere eigene Gesellschaft zu beschränken – komplett unabhängig und getrennt von der Republik.«

Er zögerte einen Moment, bevor er weitersprach. »Dieses System gibt uns weiterhin die Gelegenheit, auch seine anderen Planeten und Monde zu kolonisieren. Keine der ehemaligen Kolonien kann uns das bieten. Wenn wir wahrhaftig unsere eigene Welt kreieren wollen – eine Gesellschaft, die sich von den unsinnigen Regeln der Republik abheben will – dann ist die Wahl des isolierten Systems die einzig richtige Entscheidung. Planet A601 ist kein schlechter Planet. Vierzig Prozent seiner Oberfläche besteht aus Wasser, das mehr als wahrscheinlich einen umfangreichen Vorrat an essbaren Meereskreaturen enthält. Dazu noch Wälder, Berge und andere Besonderheiten, in denen wir sicher ausreichend natürliche Ressourcen finden werden. Mit dem Ausbau unserer Gesellschaft können wir diese Produkte an die Republik verkaufen, Handelsposten einrichten – falls wir tatsächlich mit ihnen in Kontakt bleiben wollen. Zudem ist diese neue Welt ein ausgezeichneter Weg, um neue Mitbürger anzuziehen.«

Henderson trug einen weiteren gewichtigen Punkt vor. »Wenn unsere Bevölkerung wachsen soll, dann müssen wir die Geburtenkontrolle illegal machen oder ihren Gebrauch limitieren. Wir brauchen Leute, die in großer Menge Babys produzieren, wenn wir einen gesamten Planeten …«

»Einfach für dich, Henderson, so etwas zu fordern. Du bist nicht derjenige, der die Kinder austragen und sich um sie kümmern muss«, unterbrach Sara ihn aufgebracht. »Dieses Lied würdest du nicht singen, wenn du neun Monate lang ein Kind in deinem Bauch herumschleppen müsstest. Ich schlage dringend vor, die Geburtenkontrolle außen vor zu lassen und einfach einen besseren Weg zu finden, die Frauen dazu zu motivieren, mehr Kinder zu haben, anstatt ihnen das Mitspracherecht in der Familienplanung abzusprechen.«

Liam und einige der Anwesenden mussten bei Saras Tadel an den Stationsverwalter kichern. Henderson selbst hatte eine sehr große Familie. Seine Frau und er waren streng katholisch. Das hatte ihnen acht Jungen und fünf Mädchen im Alter zwischen 23 und fünf Jahren eingebracht. Viele der Familien auf der Stationen hatten eine Reihe von Kindern. Auf der Erde war es verpönt, mehr als zwei oder drei Kinder zu haben. Im Gürtel oder auf dem Mars und insbesondere in den neuen Kolonien sah das anders aus. Die Familien, die mehrere Kinder haben wollten, waren diejenigen, die am ehesten die Erde verlassen würden.

Liam sah sich um den Tisch herum um. »Ok, ich denke, dann sollten wir zur Abstimmung kommen. Alle, die für die Übernahme einer der ehemaligen sumarischen Kolonien stimmen?«

Sara und zwei andere hoben die Hände. Das reichte nicht aus.

»Wie viele für die Übernahme des Planeten A601 und des ihn umgebenden Systems?«

Der Rest der Anwesenden hob die Hand. Sara war überstimmt. Die Entscheidung war gefallen. Jetzt mussten sie Statthalter Hunt von ihrem Entschluss berichten und überlegen, was sie als Erstes mit sich bringen wollten.

Die ursprüngliche Idee war, einen behelfsmäßigen Weltraumaufzug zu installieren. Der würde den Transport von Versorgungsgütern und Ausrüstungsgegenständen auf die Oberfläche erleichtern. Sie verfügten über weit mehr Raumtransporter und Frachtschiffe als über Schiffe, die in die Atmosphäre eines Planeten eintreten und sie wieder verlassen konnten. Diese dualen Schiffe waren weder weit verbreitet, noch konnten sie große Mengen an Fracht transportieren.

»Ich werde Statthalter Hunt morgen früh von unserer Entscheidung unterrichten«, erklärte Liam. »Lasst uns in der Zwischenzeit eine Expedition auf den Planeten zusammenstellen. Denkt darüber nach, was wir als Erstes auf der Oberfläche bauen wollen und welche Vermessungswerkzeuge, Drohnen oder Satelliten wir brauchen werden. Sobald wir den idealen Ort identifiziert haben, beginnt der offizielle Bau und die Etablierung unserer neuen Hauptstadt. Die Besprechung ist beendet.«

Kapitel Achtzehn
Valley Forge

Alfheim
Sirius-System

Das Kommunikationswesen war zusammengebrochen. Niemand wusste genau, was vor sich ging, und der vorgeschobene Posten wurde vom Chaos beherrscht. Der Kompaniechef, Captain Fenti, befand sich an Bord der *Valkyrie*, während sein Stellvertreter, First Lieutenant Magnussen, sein Bestes gab, die sich ständig verschlechternde Lage unter Kontrolle zu bekommen.

Irgendwie hatten es die Befehle durch die Statik hindurch geschafft, Krauss' Mech-Zug zu erreichen. Er war dabei, seine Mechs in ihre Positionen zu verteilen, wo sie schleunigst Deckung suchen sollten. Sie wussten, es würde nicht lange dauern, bevor sich die ersten Orbot- oder Zodark-Jäger und Landungsschiffe zeigen würden.

Im Lauf der letzten Monate hatten sie vier zusätzliche Befestigungen errichtet, die in einigem Abstand von der FOB zu ihrer Sicherheit beitragen sollten. Dort waren nicht nur Krauss' Mechs stationiert, sondern auch drei DF-12 Cougar mitsamt den ihnen zugeordneten regulären RA-Soldaten. Diese miteinander verbundenen Verteidigungsposten waren stark getarnt, sowohl elektronisch als auch visuell. Dieser Tage war es enorm schwer, Ziele am Boden zu verstecken oder sogar unsichtbar zu machen, aber die Technologie der Primord, die sie sich zunutze gemacht hatten, leistete gute Arbeit, ihre Position zu kaschieren. Das würde sie hoffentlich davor schützen, nicht direkt aus dem Weltraum beschossen zu werden.

Krauss richtete sich in seiner neuen überirdischen Position auf eine ungewisse Zukunft ein und sah auf den Horizont hinaus. Dichte schwarze Rauchwolken stiegen in den Himmel auf, so hoch, als ob sie die untere Atmosphäre berühren wollten. Die Alarmsignale, die aus der Ferne von der Basis her zu ihm vordrangen, hallten unheilverkündend über die verschneite Ebene hinweg. Er wurde wiederholt Zeuge orbitaler Angriffe, in denen ein helles, glänzendes Objekt wie ein

Meteor einflog und entweder auf die FOB oder auf eine andere ihrer Einrichtungen stürzte – eine ständige Erinnerung daran, dass sich in der Umlaufbahn über ihnen feindliche Schiffe aufhielten. Falls die Soldaten es vor diesen Einschlägen nicht rechtzeitig in die unterirdischen Bunker oder in die Befestigungen geschafft hatten, musste man annehmen, dass sie einem orbitalen Angriff zum Opfer gefallen waren.

»Verdammt, ich hoffe, sie haben nicht einen von unseren Leuten mit diesem letzten Bombardement erwischt«, kommentierte einer der Soldaten in Krauss' Nähe.

Ein anderer Soldat gab seine Meinung kund. »Nicht mehr lange, bevor diese Schweinehunde Soldaten absetzen. Dann müssen wir uns um sie *und* die orbitalen Angriffe Sorgen machen.«

»Ich kann einfach nicht glauben, dass uns die Flotte so einfach aufgegeben hat … was sollen wir jetzt tun? Gefangen auf diesem Planeten … Wir werden alle einen schrecklichen Tod sterben«, stöhnte ein junger Soldat. Er war einer der Ersatzmänner, die gerade erst vor wenigen Tagen eingetroffen waren.

Einer der erfahreneren Sergeanten ging auf den verängstigten Mann zu. »Hören Sie zu, Gefreiter. So dürfen Sie nicht denken. Wir wurden von niemandem einfach zurückgelassen. Die Flotte zog sich zurück, um sich neu zu gruppieren. Das ist alles. Sie wird zurückkehren. Und bis dahin werden wir, sobald die Zeit gekommen ist, unser Bestes im Kampf gegen unsere Feinde geben. Verstanden?«

Der verängstigte junge Mann sah hoch und nickte langsam.

Hoffentlich behält er Recht, dachte Kraus. *Andernfalls haben wir ein Problem.* Dann konzentrierte er sich wieder auf das, was er vor sich sah. In Gedanken markierte er die Schussfelder für die Verteidiger dieser Befestigung; er registrierte sein Umfeld und dessen Lage, damit er – wenn der Feind endlich angreifen würde – auf sie vorbereitet war. Eines war in jedem Fall sicher – sie würden eine ganze Weile auf sich allein gestellt sein.

Wer oder was ist wohl in das System gesprungen, das nicht nur unsere Flotte, sondern auch die gesamte Primord-Flotte zur Flucht veranlasst hat? Diese Frage ließ ihn erschaudern. Er fühlte sich absolut und wahrhaft allein gelassen, obwohl er von Hunderten seiner Militärkameraden umgeben war.

Vor ihnen lagen 500 Meter offenen Terrains, an das sich ein dichter Wald anschloss. Hinter ihnen lagen eine Fernstraße und ein

Hyperloop, die zwei Großstädte zu beiden Seiten der FOB miteinander verbanden. Außerhalb dieser Städte waren mehrere große Minen und Raffinerien angesiedelt – die einzige wirkliche Industrie des Planeten. *Falls der Feind es darauf abgesehen hatte, sich diese Infrastruktur anzueignen, musste er zuerst an ihnen vorbei*, setzte sich Krauss zum Ziel.

Was tun wir aber, nachdem der Feind uns gefunden hat? Wird diese elektronische Tarnkappentechnik tatsächlich den Feind davon abhalten, uns aus der Umlaufbahn zu beschießen?

Mit dem Eintreffen ihrer Gegner würden Krauss' Mechs und der Rest der Verteidiger von Befestigung Drei versuchen, sie lange genug aufzuhalten, um die Falle zuschnappen zu lassen. In mehreren Dutzend versteckter Tunnel hielten sich 200 C100 Kampf-Synth für ihren Überraschungsauftritt bereit, sobald sich die Zodark oder die Orbot auf den Angriff von Befestigung Drei konzentrierten. Der Einsatz der Synth würde ihnen hoffentlich helfen, die feindlichen Kräfte zu vernichten oder sie zumindest solange zu beschäftigen, um den menschlichen Soldaten die Flucht in das Tunnelsystem zu ermöglichen – falls es so aussah, als sei die Schlacht verloren.

Im Bewusstsein, dass eine solche Situation Realität werden könnte, hatten Alfheims Ingenieure eine Serie von Tunneln und Bunkern gebaut, in denen sie die orbitalen Angriffe abwarten und sich zwischen besonders gekennzeichneten und bewehrten Positionen hin und her bewegen konnten – ohne sich einer überirdischen Entdeckung auszusetzen. Ziel dieses ausgeklügelten Designs war der erhoffte Zeitgewinn bis zum Rückkehr der Flotte mit der erwarteten Verstärkung. Letztendlich war jedoch allen klar, dass sie sich nicht auf unbestimmte Zeit halten konnten. Früher oder später würde dem Gegner ein Glückstreffer gelingen. Bis dahin würden die republikanischen Kräfte die Invasoren allerdings bitter für jeden Zentimeter Boden, den sie einnahmen, zahlen lassen, und für jeden Tag, den sie auf diesem halbgefrorenen Planeten verbrachten.

Krauss hätte beinahe laut gelacht, als ihm aufging, dass ihre gegenwärtige Situation einer Sachlage ähnelte, an die er sich aus einer Geschichtsstunde an der Akademie erinnern konnte. Etwas über eine kleine Kirche oder einen Schule namens Alamo. Er versuchte sich zu erinnern, wie die Auseinandersetzung damals ausgegangen war. Es gelang ihm nicht. Er konnte nur hoffen, dass sie ihre Schlacht erfolgreich überstanden hatten, da es so aussah, als ob sich diese Geschichte gerade wiederholte.

»Wir sind verschanzt und so gut es geht vorbereitet, Krauss«, unterbrach Tahlia Jones über ihren Kommunikationslink sein Grübeln.

Krauss nickte automatisch. »Das ist alles, was wir tun können. Die Augen offen halten und vorsichtig sein.«

Er musste über die Phrasenhaftigkeit seines eigenen Kommentars lachen. Der Wind wirbelte Schnee um die Füße seines Mechs herum auf. Die spürbare Vibration seines Mechs erregte Krauss' Aufmerksamkeit. Sein Lächeln erlosch. Etwas kam auf sie zu. Er korrigierte die Einstellung der Sichtweite seines Visiers und musterte die Baumgrenze auf Bewegungen hin. Was immer auch hinter ihnen her war, es war eingetroffen.

»An alle. Kontakt zwischen den Bäumen«, verkündete Krauss. »Wir warten, bis sie sich zeigen. Warten Sie auf meinen Befehl zur Eröffnung des Feuers. Jones – versuchen Sie, Kontakt zur FOB aufzunehmen und lassen Sie sie wissen, dass wir kurz vor dem Beginn des Kampfs stehen.« Jones bestätigte den Empfang seiner Anweisung.

Mittlerweile hatte sich direkt hinter den ersten Bäumen des Waldes eine enorme Zahl an Zodark-Kriegern versammelt. Dazwischen hielten sich große, spinnenähnliche Kreaturen mit humanoiden Körpern auf, die der Führungsriege anzugehören schienen. Sie organisierten die Zodark nach dem Vorbild der Angriffslinien der Infanterie. Krauss erinnerte sich an eine Einsatzbesprechung, in der sie zum ersten Mal von dieser neuen Gruppe von Außerirdischen gehört hatten – die Orbot, eine intelligente Rasse, die in der Gesamthierarchie der Außerirdischen eine höhere Stellung als die Zodark einnahmen. Bislang hatte Krauss noch nicht gegen die Orbot gekämpft, aber er hatte Geschichten ihrer Grausamkeiten gehört. Schnell identifizierte er sie in einer Nachricht an den Rest seiner Truppe, an seinen Zug und an die Kompanieführer. Diese Orbot-Soldaten mussten sie mit dem Beginn des Schusswechsels als Erstes beseitigen.

Im Moment befanden sie sich in einer Pattsituation. Der Feind schien die ungefähre Richtung zu kennen, in der sie sich aufhielten. Die Soldaten in den Befestigungen verhielten sich ruhig. Sie wollten nicht den ersten Schritt tun. Sie planten, den Feind anzulocken, ihn zum Angriff zu bewegen, um dann alles, was ihnen zur Verfügung stand, auf ihn loszulassen.

Eine dünne Schicht neuen Schnees überzog das leere Feld, als von der gegenüberliegenden Seite her ein lautes, gutturales Heulen aus dem Wald zu ihnen vordrang. Scharen von Vögeln und anderen fliegenden Kreaturen schwangen sich in die Luft, aufgeschreckt von dem, das nun sicher folgen würde. Das Heulen wuchs zu einem ohrenbetäubenden Schlachtruf an, der den republikanischen Kräften wie eine Welle von Raketen oder Blasterblitzen entgegengeschleudert wurde. Der Lärm versetzte Krauss in Angst und Schrecken, bevor er unzählige Gestalten aus dem Wald heraus auf sich zustürzen sah.

Die Lautsprecher in ihren Helmen wurden beinahe von den tierischen Schreien der Zodark und dem hässlichen Kreischen der Orbot übertönt. Beinahe hätte Krauss den Befehl seines Vorgesetzten, das Feuer zu eröffnen, verpasst. Schleunigst gab er den Befehl an seine Leute weiter, bevor er einen der anstürmenden Orbot ins Visier nahm. Krauss holte tief Luft und schoss.

Eine Unmenge an Raketen und Magrailgeschossen überquerten das schneebedeckte Feld in Richtung der Angreifer. Als ob das ein Signal für sie gewesen wäre, rannten die Zodark und Orbot nur noch härter und schneller, um den Abstand zwischen den Gruppen zu verringern und einen Generalangriff auf die Befestigung vorzunehmen. Die Raketen und Projektile der Railguns schlugen auf ihre Ziele ein und schleuderten Erde, Schnee, Feuer und Blut durch die Luft.

Der Feind war nicht zu bremsen. Tausende, Hunderttausende wie es schien, kamen weiter auf sie zu. Blaues Feuer von Seiten der Zodark durchzog den Himmel und regnete auf die Soldaten der Befestigung Drei herab.

Krauss musste mitansehen, wie seine Männer und Frauen von ungeheuren Explosionen durch die Luft geschleudert wurden. Rundum verstreut lagen zahllose verdrehte Körperteile und leblose Körper. Er fühlte sich vollkommen hilflos. Egal wie viele Hunderte von Zodark sie töten konnten – der Gegner revanchierte sich mit der gleichen Zahl von Menschen, die ihnen zahlenmäßig allerdings weit unterlegen waren. Einer der gepanzerten Cougar wurde von einem direkten Einschlag getroffen. Soldaten und Fahrzeugteile wurden im weiten Umkreis durch die Luft geschleudert. Die Republik verlor bereits nach der ersten Salve den Halt an Befestigung Drei.

Krauss' Vorrat an Raketen war verbraucht. Seine Magrail-Projektile drangsalierten ihre Gegner weiter, ohne jedoch großen Erfolg zu verzeichnen. Nachdem ihm auch diese Munition ausgegangen war und seine Waffe nur noch leer klickte, stand Krauss mit ungläubigen Augen einfach nur bewegungslos da. Alle Arbeit, die sie auf diesem Planeten bereits geleistet hatten, alle Menschen, die Ihr Leben auf diesem Planeten bereits verloren hatten … und jetzt wurde es zusehend deutlicher, dass diese Opfer umsonst gewesen sein könnten.

Krauss zog die Linie seiner Mech in neue Positionen entlang der hinteren Wand der Befestigung zurück. Dabei fragte er sich, ob dies das Ende war. *Würde sein Leben zu guter Letzt durch eine einseitige Schlacht auf einem Planeten beendet werden, von dem die Menschen daheim wahrscheinlich noch nie etwas gehört hatten? Würde sein Tod nur eine weitere Nummer in der langen Liste der Nummern sein, die über die Nachrichtenticker der lokalen Fernsehstationen im Sol-System verbreitet wurden?*

Einhundert Meter vor der Befestigung explodierten eine Reihe von Claymore-Minen unter den anstürmenden Zodark und Orbot, die mit viel Gebrüll und in vollem Schwung weiter auf ihre republikanischen Feinde zustürzten. Eine solide Wand stählerner Kugellager schlug ihnen wie der Schuss aus einer riesigen Schrotflinte entgegen. Die beiden ersten Reihen der Zodark wurden brutal getötet. Abgerissene Arme, Beine und zerfetzte Körper übersäten den Boden. Und dann tauchten 100 Meter hinter ihnen die C100 aus ihren versteckten Bunkern auf und wurden aktiv.

Während die überlebenden Soldaten aus der Befestigung heraus ihr Bestes gaben, zur Vernichtung des Feindes beizutragen, begannen die C100 mit Präzision und unvergleichbarer Fertigkeit, sich über den Feind herzumachen. Die Zodark und Orbot kämpften nun an zwei Fronten, gefangen in einem vernichtenden Kreuzfeuer … und dennoch hatten sie weiter den Vorteil ihrer überwältigenden Anzahl auf ihrer Seite.

Am Ende wurden auch die 200 Synth, in die alle so große Hoffnung gesetzt hatten, überrannt und zerstört, nachdem neue Truppen der Zodark eingetroffen waren. Diese zusätzliche Bedrohung verlieh dem ursprünglichen Angriff neuen Schwung und zwang die in der Befestigung Verbliebenen eine schwierige Entscheidung zu treffen.

»Krauss!«, schrie jemand über ihr Kommunikationsnetz. Er erkannte die Stimme von Private First Class Andre Bastille, Rufzeichen ‚Legion‘, dem neuesten Mitglied seines Teams.

»Was ist?«, erwiderte Krauss knapp, während er ein letztes Magazin verschoss.

»Sie fangen an, uns zu umzingeln. Wir müssen uns zurückziehen, wenn wir nicht abgeschnitten werden wollen.«

»Wenn wir diesen Posten aufgeben, hält sie nichts mehr davon ab, die Basis zu erreichen!«, rief Krauss mit zusammengebissenen Zähnen zurück.

»Die erreichen sie so oder so, Krauss«, mischte sich Jones ein. »Wir müssen uns in die Auffangposition zurückziehen, und zwar sofort, bevor es zu spät ist.«

Krauss sah sich um. Sie hatten sicher Verluste bis zu 75% hinnehmen müssen. Unter dem Hagel des Zodark- und Orbot-Beschusses herrschte auf ihrer Seite das blanke Chaos. Er wusste, sie hatten Recht; er wollte sich die Niederlage nur nicht eingestehen. Hinter sich sah er die Mauern der Basis und seufzte. Sie war von einigen orbitalen Angriffen hart getroffen worden. Er war sich nicht sicher, was von ihr noch übrig war oder ob es noch Sinn machte, ihre FOB zu verteidigen. Krauss kam immer mehr zu der Überzeugung, dass dies der Ort seines Todes sein würde.

»Ok. An alle Stationen in Befestigung Drei. Verlassen Sie ihre Position und ziehen Sie sich auf die Basis zurück!«, rief er über ihre Funkverbindung denjenigen zu, die ihn noch hören konnten.

Die Soldaten ließen sich das nicht zweimal sagen. Sie verließen ihre Posten und rannten um ihr Leben. Bevor Krauss sich umdrehen konnte, schlug eine Art Rakete direkt vor seinem Mech im Boden ein und schleuderte ihn durch die Luft. Asche und Rauch füllten seine Lungen. In seinem Cockpit brannte es. Er drückte auf den Entriegelungsknopf des Kabinendachs, schob sich mit letzter Kraft nach draußen und fiel zu Boden, während sein Mech in einem schwelenden Haufen neben ihm zu Boden stürzte.

Einen kurzen Augenblick blieb Krauss bewegungslos liegen und schmeckte Blut auf seinen Lippen. Er zwang sich auf die Beine und sah, wie sein letzter Mech die Befestigung hinter sich ließ. Der Feind lenkte seinen Beschuss bereits auf die fliehenden Soldaten um. Krauss wusste, sie würden abgeschlachtet werden, falls nicht etwas anderes die Aufmerksamkeit der Verfolger auf sich zog.

Krauss' Beine fühlten sich schwach an. Er wusste, dass er mit den sich zurückziehenden Soldaten nicht Schritt halten konnte.

Stattdessen stolperte er auf einen noch betriebsfähigen Cougar zu und kletterte unter großer Anstrengung in ihn hinein.

Der Soldat, der in ihm saß, war auf seinem Sitz zusammengebrochen. Krauss griff nach seiner Schulter und schüttelte ihn. »Leben Sie noch?«

Der Soldat sah langsam nach oben und nickte, während neben dem Stück Metall, das in seiner Bauchgegend steckte, fortwährend Blut aus der Wunde sickerte.

Mit letzter Kraft fragte der Soldat: »Sind Sie hier, um mir zu helfen, oder liefern wir den Hunden einen Mad Max?«

Der Schneid des Mannes beeindruckte Krauss. Er lächelte. »Sieht aus, als seien wir die Letzten der Mohikaner. Die anderen versuchen, die Basis zu erreichen. Ohne dass wir das feindliche Feuer auf uns konzentrieren, werden sie es nicht schaffen. Verstehen Sie das?«

Der Soldat nickt erneut und griff nach den Kontrollhebeln für das Waffensystem des Cougars.

»Ich gebe die Richtung an!«, rief Krauss ihm zu, während er seinen Kopf aus der Sichtöffnung über der Waffe steckte. Er beobachtete die Masse der Zodark, die weiter ungehindert nach vorn stürmte, und seufzte geschlagen. »Heben Sie das Rohr zehn Grad nach oben an und geben Sie ihnen Saures!«

Eine panische Stimme drang aus seinem Funkgerät zu ihm vor. »Was machst du da?«, rief Jones voller Angst.

»Mein Mech ist zerstört«, erwiderte Krauss. »Ich sitze mit einem zweiten Soldaten in einem der Cougar. Wir werden euren Rückzug decken.«

»Das ist Selbstmord, Otto!«, schrie Jones entsetzt.

»Jemand muss euren Rückzug decken!«, herrschte er sie an. »Der Zug gehört dir! Und ich werde jetzt mehr Zodark töten. Verschwindet von hier!« Krauss unterbrach die Verbindung und zog sich den Helm vom Kopf.

Tief atmete er die kalte Luft ein und lächelte, als der Cougar auf die auf sie einstürmenden Linien der Zodark und ihrer Orbot-Herren zusteuerte. Ihrem Beschuss fielen reihenweise sowohl Zodark als auch Orbot zum Oper, während der Cougar selbst alle gegnerischen Soldaten überrollte, die ihm nicht rechtzeitig ausweichen konnten.

Krauss' kleiner Plan hatte funktioniert. Der Feind hatte den Beschuss auf seine sich zurückziehenden Freunde eingestellt und widmete seine volle Aufmerksamkeit nun dem Cougar. Immer noch lächelnd verfolgte er, wie die Angreifer eine massive Salve tödlichen Beschusses auf sie auf den Weg brachten.

Krauss wollte es nicht kommen sehen. Er schloss die Augen und atmete ein letztes Mal tief ein. So hatte er seinen Tod nicht gewollt, aber nur so hatte er sich bezahlt gemacht. Wenn es ums Sterben ging, konnte man sich oft nicht aussuchen, wie man gehen wollte. Krauss hatte seinen eigenen Zeitpunkt gewählt. Das stellte ihn zufrieden.
****

Corporal Eva Jorgensen sah zu, wie die Befestigung Drei unter einem grauenvollen gegnerischen Feuer zu Asche reduziert wurde. Die Soldaten, die entkommen konnten, hatten es hinter die Einfriedung der FOB geschafft, obwohl es zunehmend deutlicher wurde, dass sie nirgendwo, nicht einmal auf der Militärbasis, sicher waren.

Das Artilleriefeuer, dem sie gegenwärtig ausgesetzt waren, lieferte diesen Beweis. Die Zodark und Orbot hatten vom Angriff der Vorposten und Befestigungen abgelassen, um sich nun ausschließlich die FOB zum Ziel zu machen. Jorgensen sah zu den Sanitätern hinüber, die sich in dem aus Beton und Stahl bestehenden Feuerbunker versammelt hatten.

»Sind alle anwesend?«, erkundigte sich Moore. Die Sanitäter bejahten das, während sie enger zusammen rutschten.

»Es sind zu viele von ihnen, nicht wahr?«, erkundigte sich Abba. Mac warf ihr einen Blick zu. »Nicht den Kampfgeist aufgeben, Sade.«

Abba gab ein verächtliches Lachen von sich, erwiderte aber nicht.

»Mac hat Recht, Abba«, argumentierte Sergeant Moore. »Noch sind wir nicht tot, was bedeutet, dass der Krieg weiter geht. Finden wir unsere Trupps und tun wir, was wir können. Es gibt keinen Sammelpunkt, es gibt keinen Fluchtweg, und es gibt keine sichere Rückzugsposition. Das ist es; das ist unser letztes Gefecht. Passt auf euch auf und bleibt sicher. Ich sehe euch alle wieder, nachdem sich der Staub gelegt hat.«

Schweigen füllte den Raum, als sie sich gegenseitig ein letztes Mal ansahen. Dann zerriss eine Explosion die Stille. Wie auf Kommando verließen alle den Bunker und rannten auf die jeweiligen Positionen ihrer Trupps zu. Jorgensen warf einen kurzen Blick neben sich und sah, dass Sam an ihrer Seite rannte. Sie lächelte leicht und verdoppelte ihre Anstrengung, die Rampe einer Verteidigungsmauer hochzulaufen. Die Anführerin von Trupp Zwei, Staff Sergeant Lillian Murphy, kniete hinter einer der Barrikaden. Sie schien durch ihren Helm hindurch auf den Boden zu starren, während sie sprach.

Murphy sah zu Jorgensen hoch. »Das war Sergeant Haus. Er hat zwei Verwundete dort drüben. Sie werden gebraucht, Doc.«

Jorgensen nickte. »Gehen wir, Sam«, forderte sie ihn auf. Gleich darauf waren sie auf dem Weg.

Es war einfach für Jorgensen, sich vom Gefühl der sie umgebenden Schlacht zu lösen, solange sie nicht ihr primäres Ziel war. Sie nahm die nahegelegenen erschütternden Explosionen wahr. Sie sah Rauch, Feuer und Blut, das egal wo sie auch hinsah, in Strömen floss. Wenn sie einen Hang zum Wetten hätte, würde sie sagen, dass der Kampf so gut wie verloren war. Aber so dachte sie nicht. Sie dachte daran, was sie dort unten an Sergeant Haus' Position erwartete und wie schlecht der Zustand ihrer Patienten bei ihrer Ankunft sein würde.

Die Überlebenden des Charlie-Teams schossen zu ihrem Schutz von der Mauer herab auf alles, was Sam und ihr entgegen kam. Neben einem auf der Seite liegenden Cougar, aus dem dichter schwarzer Rauch aufstieg, lagen zwei Soldaten. Sam rannte auf den am weitesten entfernten zu – auf einen Soldaten, dessen Unterleib vom Rest seines Körpers abgetrennt worden war. Jorgensen würde sich um den ihr am nächsten liegenden kümmern.

Der Gefreite Winkler war bewusstlos, aber für jemanden, der einen Einschuss am Bein vorzuweisen hatte, waren seine Lebenszeichen stabil genug. Der Grund seiner Bewusstlosigkeit war eine Kopfverletzung. Jorgensen wandte sich an den Soldaten, der direkt hinter ihr am Wall Position bezogen hatte. »Ist er von dort oben heruntergefallen?«, rief sie ihm fragend zu.

Der Soldat drehte sich zu ihr hin. »Ja. Er wurde am Knie getroffen und verlor die Balanc…« Der Kopf des Soldaten barst und sein Körper fiel wie eine Marionette, deren Fäden durchtrennt worden waren, nach vorn.

Jorgensen starrte die Leiche des Soldaten einen Moment lang an, schüttelte den Kopf und widmete sich erneut Winklers Stabilisierung. Nachdem ihr das gelungen war, markierte sie seinen Fundort für andere Sanitäter, die ihn abholen und zur Krankenstation bringen würden. Jorgensen sah nach dem Soldaten, der während ihres Gesprächs eine Kugel in den Kopf bekommen hatte. Schon bevor sie seinen Körper erreichte, wusste sie, dass er tot war.

Dann stand Sam neben ihr und legte ihr eine Hand auf die Schulter. »Private Kowalski ist tot. Private Petrovic ebenfalls. Wir müssen weiter und denjenigen helfen, die unsere Hilfe brauchen.«

Jorgensen sah zu Sam hoch, nickte, erhob sich und sah sich auf dem Schlachtfeld um. Der Kampf wurde zusehends verzweifelter. Das war einfach zu sehen, selbst ohne dass sie dem Aufmerksamkeit schenken wollte. Die Anzahl der Soldaten, die zu Boden stürzten, machten es ihr schwerer und schwerer, ihre Arbeit zu tun. Sobald sie mit einem Soldaten fertig war und bevor sie den nächsten erreichen konnte, war der bereits seinen Verletzungen erlegen. Es war eine hoffnungslose Situation.

Als sie sich nach Sam umsah, entdeckte sie, dass er oben am Verteidigungswall einfach nur dastand und unbeweglich über das Schlachtfeld hinweg blickte.

»Sam, in Deckung!«, rief sie ihm zu, ohne dass er reagierte.

Keiner der Soldaten hielt sich in seiner Nähe auf. Aus diesem Grund rannte sie zu ihm hinauf, zögerte jedoch, über den Wall hinweg nach unten zu sehen. Sam war kein Mensch – ihm war gleichgültig, ob er zerstört wurde oder nicht. Zumindest glaubte sie nicht, dass es ihm etwas bedeutete. Hoffentlich würden sie beide diesen Tag überstehen, damit sie ihn fragen konnte.

Vorsichtig hob Jorgensen ihren Kopf eine Sekunde lang über den Schutzwall der Barrikade hinaus. Entsetzt riss sie die Augen auf. Tausende der Außerirdischen, sowohl Zodark als auch Orbot, manövrierten um ihre eigenen Gefallenen herum oder rutschten im Blut ihrer Gefährten aus, ohne sich davon stoppen zu lassen. Sie kamen. Und es waren einfach zu viele.

»Sam!«, schrie Jorgensen ihn an. Er rührte sich immer noch nicht. »Sam, was tust du?«

Sam drehte sich langsam zu ihr um und deutete mit der Hand: »Sie sind da.«

Jorgensen folgte der Richtung seiner Finger und entdeckte zehn schwarze Punkte, die vom Horizont her mit großer Geschwindigkeit auf sie zukamen und ständig an Höhe verloren. Sobald sie nahe genug waren, beobachtete Jorgensen, wie republikanische Jäger große Container abwarfen, die hart auf den Boden aufschlugen. Über den Köpfen der angreifenden Außerirdischen hinweg regneten Minen herab. Sie erschütterten den Erdboden und erzeugten einen riesigen Feuerball, der sich beinahe zwei Kilometer entlang der Feindeslinie fortsetzte. Einige der republikanischen Schiffe konnten sich retten und nach diesem Angriff in den Himmel entkommen; andere wurden von feindlichem Feuer getroffen und gingen zu Boden; wieder andere entschieden, sich selbst zu opfern und ihr Schiff in die Woge der anstürmenden Zodark und Orbot zu stürzen.

Corporal Jorgensen richtete ihr Augenmerk auf die Behälter, die die republikanischen Kräfte abgeworfen hatten. Die Türen der zehn Container öffneten sich. Zu ihrer Überraschung sprangen Hunderte von C100 heraus. Zu ihrer Linken brachen die Soldaten in Jubelgeschrei aus, als noch mehr C100 im Innern der Basis selbst erschienen. Die Synthetiker trugen die Waffen und die Ausrüstung eines regulären republikanischen Armeesoldaten, bewegten sich aber hochaufgerichtet und disziplinierter.

»Was geht da vor, Sam?«, forschte Jorgensen neugierig.

Er zögerte einen Augenblick, bevor er erwiderte: »Das sind die C100 Kampf-Synthetiker. Ich … habe noch nie welche gesehen.«

»Da bist du nicht der Einzige, Sam«, versicherte ihm Jorgensen.

Die beiden Sanitäter – der eine aus Fleisch und Blut, der andere ein Synthetiker – verfolgten, wie ein Schwarm der C100 das Schlachtfeld überflutete und sich auf die Horde der einfallenden Zodark und Orbot warfen. Jorgensen hatte Tränen in den Augen, als eine scheinbar endlose Zahl an C100 sich ins Gefecht stürzte und ohne Zögern die gegnerische Front angriff. Viele der anderen Soldaten konnten das, was sie sahen, ebenfalls nicht glauben. Einige von ihnen hörten sogar mit dem Schießen auf, um zuzusehen, was sich da vor ihnen abspielte.

In weniger als einer Stunde war die Schlacht geschlagen. Von den Tausenden ausgesandter C100 existierten nur noch wenige

Hunderte. Die Apollo-Kompanie war mit einer berichteten Verlustzahl von 62 Prozent so gut wie vernichtet.

Jorgensen kam nicht umhin, an die Soldaten zu denken, die erst vor Tagen neu als Ersatz für die Gefallenen eingetroffen waren. Viele von ihnen waren unschuldige, junge Gesichter, erpicht darauf, gegen die Bedrohung durch die Zodark zu kämpfen, von denen ihnen die Propagandavideos auf der Erde und in Sol erzählt hatten. Sie hatten davon geträumt, es in die Elite der republikanischen Armee zu schaffen – mit einer Brust voller Orden und einer Chance, sie daheim vorzuführen. Und jetzt waren sie nur noch Teil der Statistik in einem Geschichtsbuch der Zukunft. Es war Jorgensens Pflicht und die des republikanischen Militärs, sicherzustellen, dass diese Geschichtsbücher *tatsächlich* geschrieben wurden.

Kapitel Neunzehn
Panik

Die republikanischen Schiffswerften
Nahe der Erde
Sol-System

Die riesige militärische Schiffswerft war vollkommen
ausgelastet. Sie verfügte über 98 Buchten, die alle von neuen
konstruierten Schiffen in den verschiedensten Bauabschnitten belegt
waren. In der Schlachtschiffabteilung näherten sich 12 Schiffe der
Ryan-Klasse ihrer Vollendung und acht altairianische Schiffe vom Typ
301 sahen beinahe fertig aus.

Die Republik ließ seit 11 Jahren jährlich zehn Schlachtschiffe
der *Ryan*-Klasse vom Stapel. Leider verlor sie zwischen sechs und neun
Schiffen pro Jahr in den Auseinandersetzungen, an denen sie beteiligt
war. Aus diesem Grund nahm der Aufbau einer großen Flotte sehr viel
Zeit in Anspruch. Die Schiffe vom Typ 301 stellten die lang erwartete
erste Lieferung dar, die in altairianisch-menschlicher Kooperation
gebaut worden waren. Aufgrund einer Reihe von
Produktionsverzögerungen und Materialbeschaffungsproblemen lagen
diese Schiffe vier Jahre hinter ihrem ursprünglich geplanten Stapellauf
zurück.

Die Buchten für die Kreuzer befanden sich nahe der
Schlachtschiffabteilung. Die Republik stand kurz vor davor, die
Konstruktion von 12 Kreuzern der Typ 201-Klasse zu Ende zu bringen.
Die Werft hatte es während der letzten Jahre geschafft, regelmäßig alle
18 bis 24 Monate 12 dieser Kreuzer zu produzieren. Die ebenfalls in
Zusammenarbeit mit den Altairianern geplanten Kreuzer machten den
Hauptteil der Heimatflotte aus, die für die permanente Überwachung
und Sicherung der terranischen Hauptwelten verantwortlich war. Da es
dem Militär immer noch an einer hinreichenden Zahl von Kreuzern
mangelte, wurden sie nicht auf Erkundungsflügen oder in
unbedeutenden Scharmützeln in der Galaxie eingesetzt. Die Folge
davon war, dass die Schiffswerften weiter die viel ältere und
hochgeschätzte Linie der *Rook*-Kreuzer baute.

Die Kriegsschiffe der *Rook*-Klasse waren die sprichwörtlichen
Alleskönner – schnell, und angesichts ihrer Größe mit beachtlicher

Schlagkraft versehen. Die Schiffswerften fertigten 18 Rooks pro Jahr.
Seit 30 Jahren in aktiver Produktion, waren sie die bislang am
vielseitigsten einsetzbaren und nützlichsten Kriegsschiffe der Republik.

Und dann gab es noch die Produktionsreihe der Fregatten vom
Typ 001 und 003 – die einzigen Fregatten, die die Republik baute – die
sich schnell zum Rückgrat des republikanischen Militärs entwickelten.
Trotz ihrer kleinen Größe spielten sie als Erkundungs-, Rettungs- oder
Warnschiffe eine immer größer werdende Rolle.

Die Zerstörer der Republik wurden überwiegend draußen im
Gürtel am Vorposten Gaelic gebaut – eine an Bedeutung zunehmende
Werft, die in einer autonomen Region von einer Handvoll
Förderunternehmen und regierungsfeindlichen Faktionen gelenkt
wurde.

Die Schiffswerften der Orbitalen Marsstation produzierten die
orbitalen Angriffsschiffe der Armee – 40 Schiffe pro Jahr. Zur
Unterstützung des weitläufigen Wachstums der Republik bauten sie
zudem jährlich über 60 militärische Transportschiffe, die dringend
benötigt wurden. Die logistische Herausforderung, zwischen den
verschiedenen Systemen diverse Militäreinheiten zu verlegen,
Versorgungsgüter hin und her zu bewegen und dazu noch
Kampfhandlungen zu unterstützen, war einfach unglaublich. Über diese
beeindruckende Produktionsleistung hinaus hatte die Marsstation
zudem noch zwei Krankenhaus- und MWR-Schiffe unter Konstruktion,
die zur Unterstützung jeder größeren Kampfhandlung unabdingbar
waren.

»Eindrucksvoll, nicht wahr?« Admiral Chester Bailey stand
neben Statthalter Hunt an einem der Beobachtungsfenster und sah auf
die ausgedehnte Einrichtung hinaus.

»Es ist gerade erst das zweite Mal, dass ich innerhalb der
letzten 12 Monate nach Sol und auf die Erde zurückgekehrt bin«,
erwiderte Miles. »In dieser Zeit hat sich so viel verändert. Ich erinnere
mich noch daran, als diese Werft nur eine Zeichnung auf einem
Reißbrett war. Und jetzt streckt sie sich 100 Kilometer in den
Weltraum hinaus und beschäftigt … wie viele Personen?«

Bailey lächelte. »Direkt gibt sie 220.000 Menschen Arbeit, mit
ungefähr 30 Millionen peripheren Arbeitsplätzen auf der Erde, dem
Mars und auf Luna, wo eine Menge der Komponenten gebaut werden,
die wir für die Ausstattung der Schiffe benötigen. Daneben

beschäftigen wir noch eine kleine Armee von Synth unter der Aufsicht der Menschen. Die Werften auf dem Mars sind nicht ganz so groß, kommen denen hier allerdings nahe. Die Zahl der Arbeiter, die wir für den Bau und den Betrieb der neuen Ringstation brauchen, sobald die Gallentiner mit der Konstruktion beginnen, geht über meine Vorstellungskraft hinaus.«

Admiral Bailey war unglaublich stolz auf diese Schiffswerft. Sie war vor mehreren Jahrzehnten seine Idee gewesen. Er hatte die Geldmittel für den Bau dieser massiven Einrichtung beschafft, indem er damit argumentierte, dass sie zum Aufbau einer galaktischen Militärmacht eine Anlage errichten mussten, die groß genug war, eine Flotte zu produzieren, die es der Republik erlauben würde, ihre neuen Territorien einzunehmen und erfolgreich zu verteidigen.

»Ich kann mich noch daran erinnern, als du der Kanzlerin und Senator Walhoon noch vor dem großen Allianzabkommen diese Art von Schiffswerft zum ersten Mal vorgeschlagen hast«, lachte Miles leise. »Der Preis war ihnen zu hoch und die Zeit zu lang, die ihr Bau in Anspruch nehmen würde. Ich glaube nicht, dass ich dir das jemals gesagt habe, Chester, aber ich bin froh, dass du daran festgehalten hast. Damals war es keine populäre Entscheidung, aber deine weise Voraussicht in die Zukunft hat unseren Leuten ihren heutigen Erfolg möglich gemacht. Ehrlich gesagt bin ich mir nicht sicher, ob die Gallentiner sich ohne deinen Einsatz dafür entschieden hätten, mit mir zu reden.«

Bailey erwiderte nicht sofort auf dieses Kompliment. Tatsächlich schockte ihn dieser Kommentar ein wenig. Die Position des Flottenadmirals erforderte tatsächlich des Öfteren die einsame Verfechtung wichtiger Interessen. Darüber hinaus war er aber auch – ohne es sich eingestehen zu wollen – ein wenig neidisch auf den neuen Status seines ehemaligen Protégés, dessen Rang den seinen nun übertraf.

»Miles, wenn ich dir einen Rat geben darf … In der Position, in der du dich jetzt befindest, solltest du lernen, allein glücklich zu sein. Damit meine ich nicht, allein auf dich gestellt. Du hast Lilly und deine Kinder. Aber du musst lernen, auch ohne Freunde glücklich zu sein. Deine Stellung ganz oben verlangt von dir, viele unpopuläre Entscheidungen zu treffen – Entscheidungen, die Millionen oder Abermillionen Menschen das Leben kosten kann. Manche Menschen werden dir vertrauen und dich für deine Entscheidungen bewundern, andere werden dich hassen und sogar gegen dich intrigieren. Es ist einsam an der Spitze, aber du bist die einzige Person, die die Situation zum Positiven oder zum Negativen verändern kann.«

»Danke, Chester. Ein guter Rat. Ich denke, dass unsere altairianischen Freunde am meisten von der geänderten Situation verstimmt sind. Sie waren so lange am Steuer. Und nun finden sie sich ständig weiter aus dieser Position verdrängt.«

»Ich hoffe, du hast einigen von ihnen erlaubt, ihre Zuständigkeiten zu behalten?«, erkundigte sich Bailey. »Sie verfügen über ein großes Maß an institutionellem Wissen, von dem du profitieren solltest.«

Miles nickte. »Ein Großteil der altairianischen Militärführer behielten ihre Stellungen. Sie leiten weiter das laufende Geschäft, während ich mich auf das strategische Gesamtbild konzentriere.

»Und da wir gerade von Strategie reden: Wir müssen einen Plan entwickeln, das Sirius-System und Alfheim zurückzuerobern«, lenkte Miles ihr Gespräch in eine andere Richtung. »Das ist unsere absolute Priorität, vor allem anderen. Ich habe die *Freedom* und die 35.000 Soldaten, die wir von Sumara abziehen, aber ich muss wissen, wie viele und welche Schiffe die Werften verlassen oder welche Schiffe von ihren Exkursionen zurück erwartet werden. Ich nehme sogar Schiffe der Heimatflotte mit, falls du mir welche überlassen kannst. In jedem Fall muss ich wissen, wie viele mir zur Verfügung stehen.«

Bailey zog ein Tablet hervor und lud Miles ein, neben ihm nahe des Aussichtsfensters Platz zu nehmen. »Ok, das ist der geheime Bericht vom Ausgang der Sirius-Schlacht«, begann Bailey. »Wie du weißt, war unsere Flotte zusammen mit der der Primord vor zwei Tagen gezwungen, sich aus dem System zurückzuziehen. Um die Wahrheit zu sagen … Es war es kein einfacher Rückzug. Wir erlitten eine verheerende Niederlage und mussten flüchten. Noch schlimmer: unser Versorgungskonvoi hatte Alfheim gerade erst vier Tage vor der Invasion erreicht. Es blieb ihnen nur genug Zeit, um etwa die Hälfte aller Versorgungsgüter, Vorräte und Verstärkungen zu entladen. Glücklicherweise bestand der Großteil der Verstärkungen aus C100. Dennoch – über 60.000 Soldaten, sechs komplette Divisionen, gelangten nicht auf die Oberfläche. Noch gravierender: an dem Kampf vor dem Sternentor waren neben unserer Flotte auch die Mehrheit der Schiffe des Konvois beteiligt. Damit fiel allein sechs alten Kreuzern der *Rook*-Klasse und einem Dutzend *Viper*-Zerstörern die Verantwortung für den Schutz von 68 Transport- und Frachtschiffen in den Schoß.

»Die Stellvertreterin des kommandierenden Offiziers, Kommandantin Amy Dobbs, berichtete, dass einer der Orbot-Sternenträger überraschend durch ein von ihm geöffnetes temporäres Wurmloch in der Nähe von Alfheim vorstieß und umgehend seine Jagdgeschwader und all seine Waffensysteme auf unser Konvoi ansetzte.«

Miles schüttelte nur den Kopf.

»Das Schiff von Captain Braun, Flottenadmiral und Kommandant der Task Force, wurde zerstört, als die Rooks sich dem Kampf mit dem Sternenträger stellten. Sein Schiff, die *Berlin*, wurde gegen Ende des Kampfs vernichtet, nachdem dem letzten Versorgungsschiff endlich die Flucht gelungen war. Dobbs, seine Stellvertreterin, übernahm die Führung. Es gelang ihr, den Rest ihrer Kriegsschiffe aus dem System zu retten und sich anschließend wieder mit dem Konvoi zu vereinen. Admiral Stavanger, der Primord-Kommandant und übergeordnete Flotten- und Task Force-Leiter, befahl den Rückzug der Flotte nach Kita. Kurz darauf traf im nächstgelegenen System eine neue Primord-Flotte ein, für den Fall, dass die Orbot oder die Zodark versuchen sollten, weiter in unseren Bereich vorzudringen. Das hält sie im Moment im Zaum. Aber die Flotte ist schwer angeschlagen und wie erwähnt, auf dem Weg nach Kita.«

Miles seufzte. »Gab uns Commander Dobbs die Zahl der Transporter, die zerstört wurden? Welche Art von Truppen haben wir verloren?«

Bailey sah sich die Daten auf seinem Tablet an und antwortete. »Drei große Frachtschiffe wurden zerstört, die jedoch glücklicherweise bereits entladen waren. Acht Truppenschiffe, fünf davon leer, drei mit Personal. Wir verloren um die 18.000 Soldaten.«

Miles verzog das Gesicht. Admiral Bailey konnte sehen, wie er im Kopf die Rechnung aufstellte. Dieser Truppenverlust plus die Mannschaften der zerstörten Schiffe – insgesamt hatte diese Auseinandersetzung mindestens 21.000 Menschen das Leben gekostet. »Und der Kampf am Sternentor? Wie schlimm ist der ausgefallen?«

»Verheerend«, erwiderte Bailey ohne Umschweife. »Wir
verloren sechs Schlachtschiffe der *Ryan*-Klasse. Nur zwei konnten
entkommen, erlitten aber ernsthaften Schaden. Von den zehn *Rook*-
Kreuzern wurden vier zerstört, während die übrigen ebenfalls
gravierende Schäden hinnehmen mussten. Admiral Fran McKee
hatte18 Zerstörer. Zehn gingen unter, acht entkamen mit Schäden
unterschiedlichen Grades.«

»Was ist mit der *GW*? Das ist mein altes Schiff und Frans
Flaggschiff. Wie steht es um sie?« Miles Stimme klang besorgt. Er
liebte dieses Schiff.

»Fran und die *GW* haben es überstanden. Die *GW* wird
allerdings Monate oder sogar Jahre in der Werft zur Reparatur
verbringen. Während des Kampfs verwandelte sich beinahe die Hälfte
ihrer Waffen in Schlacke. Die Hangars des Schiffs wurden ebenfalls
stark beschädigt. Ich bin nur froh, dass sich unsere Jagdgeschwader
Gott sei Dank zum größten Teil aus ferngesteuerten Jägern
zusammensetzen. Verluste dieses Umfangs bei bemannten Jägern
würden wir nicht überstehen.«

»Himmel, Chester. Diese Verluste sind weit gravierender als
die Zahlen, die du mir zuerst genannt hast. Es klingt beinahe so, als
stünde uns für sechs bis acht Monate nicht ein einziges Schiff für einen
möglichen Kampfeinsatz zur Verfügung. Das wird die
Wiedereinnahme des Systems enorm erschweren.«

Einige Minuten herrschte Schweigen zwischen den beiden,
während sie die Realität der Situation auf sich wirken ließen. Endlich
sagte Miles: »Ich brauche eine Einschätzung der verbliebenen
gegnerischen Schiffe – so detailliert wie möglich. Ich werde die Lage
mit Wiyrkomi, meinem Schiffskapitän, besprechen und seine Meinung
einholen. Da ich mit der *Freedom* noch nie an einer Schlacht
teilgenommen habe, bin ich mir nicht sicher, wie sie gegen eine so
starke Streitmacht bestehen würde. Wenn Wiyrkomi sagt, dass sie es
mit ihr aufnehmen kann, und falls er nach der Einsicht in die
Aufstellung unserer kampfbereiten Schiffe denkt, dass wir das System
zurückerobern können, dann werden wir es tun. Aber Chester … Wir
dürfen all diese Soldaten auf Alfheim nicht im Stich lassen, viel
weniger den Planeten einfach ignorieren. Dazu ist er auf lange Zeit
gesehen viel zu wichtig für unsere Schiffsbauaktivitäten. Außerdem bin

ich nicht bereit, diesen Zodark-Biestern 142.000 Soldaten zum Fraß vorzuwerfen.«

»Ok, ich habe verstanden, Miles. Ich werde sehen, welche Schiffe der Heimatflotte ich entbehren kann, um deiner beizustehen.«
****

In den Räumen des Admirals
RNS *Freedom*
Sol-System

Statthalter Miles Hunt sah seinen gallentinischen Schiffskapitän Wiyrkomi und Takmahl, den Kommandanten seiner Jagdgeschwader, an. Im Lauf der letzten sieben Monate hatten sich die beiden zu guten Freunden entwickelt. Sie hatten entscheidend dazu beigetragen, dass er den Erwartungen an seine neue Position als Statthalter gerecht wurde und die Geschäfte der Allianz mit Verstand lenkte. Und jetzt, da Miles die *Freedom* in den Kampf führen würde, sah er eine neue Seite der beiden – eine Seite, die von zwei Jahrhunderten kriegerischer Erfahrungen sprach.

Admiral Bailey und zwei seiner Adjutanten unterrichteten Wiyrkomi über die Anzahl der Schiffe, die sie vom Schutz des Planeten entbinden konnten und von der Zahl der Schiffe, die die Schiffswerft entweder neu verließen oder zur Rückkehr in den Dienst bereit waren. Der gallentinische Kapitän stellte solide, aufgabenorientierte Fragen – die Art von Fragen, die erfahrene Flottenkommandanten stellen sollten. Je weiter er sich nach spezifischen Details erkundete, desto sicherer fühlte Miles sich, dass Wiyrkomi wirklich wusste, was er tat.

Wiyrkomi wandte sich an Miles. »Statthalter, falls wir damit rechnen könnten, nur auf Zodark-Schiffe zu stoßen, wäre meiner Ansicht nach allein die *Freedom* vollkommen ausreichend, unseren Gegenangriff zu starten. Leider sieht es so aus, als hielten sich mindestens zwei Orbot-Träger im System auf, wovon einer wohl beschädigt ist. Dazu kommen noch mindestens sechs Orbot-Schlachtschiffe und acht Kreuzer. Unser Schiff ist problemlos in der Lage, mit den größeren Schiffen fertig zu werden. Mehr Schwierigkeiten werden uns die kleineren, beweglicheren Zerstörer, Fregatten und Korvetten der Zodark und Orbot-Schiffe bereiten. Unsere Gefechtstürme sind für den Kampf gegen große Kriegsschiffe gedacht, nicht gegen kleinere Gegner wie diese. Mit denen sollten es unsere Jagdgeschwader aufnehmen können.«

Takmahl fügte hinzu: »Unsere Vorhut in Sol hat bisher 400 terranische Piloten identifiziert und mit ihrem Training begonnen. Damit fehlen uns noch 1.200 Piloten – eine Situation, die sich nicht leicht beheben lässt. Sobald unser Schiff in den Krieg zieht, werden wir Schaden erleiden – die Art Schaden, für dessen Reparatur wahrscheinlich nur eine der beiden altairianischen Werften oder die Schiffswerften der Primord auf Kita in Frage kommen. Ich müsste mir die Details ihrer Einrichtungen näher ansehen, um dies besser beurteilen zu können. Mein Punkt ist, dass wir, sobald wir die *Freedom* in den Kampf schicken, damit rechnen müssen, dass sie aufgrund umfassender Reparaturen für mehrere Monate oder noch länger im Trockendock verbringen muss. Es sei denn, wir bringen sie in eine gallentinische Reparaturwerft. Von daher wäre es ideal, mit dem Einsatz der *Freedom* so lange zu warten, bis wir die volle Zahl der Jagdflieger und eine große, gut ausgebildete Mannschaft zur Hand haben, sowie eine vor Ort gelegene Schiffswerft, um eventuell nötige Reparaturen abzudecken.«

Miles brummte zustimmend zu dieser Einschätzung. Er war unabhängig von ihr zum gleichen Ergebnis gelangt.

Admiral Bailey und seine Leute meldeten ihren Widerspruch an. »Zeitlich bekommen wir das einfach nicht hin«, betonte Bailey. »Insbesondere nicht in der Zwickmühle, in der die republikanische Navy gerade steckt.«

»Was, wenn ich die Altairianer darum bitte, uns zwei ihrer Schlachtschiffe oder Kreuzer zu überlassen?«, überlegte Miles laut. »Würde das einen Unterschied in Ihrer Empfehlung machen, die *Freedom* in einen Kampf zu verwickeln, Miyrkomi?«

Wiyrkomi dachte eine Weile nach, bevor er antwortete. Seine Erwiderung überraschte Miles etwas. »Miles …«, begann Wiyrkomi mit dieser ungewöhnlich persönlichen Anrede, »… Sie sind der Statthalter, was bedeutet, dass Sie Ihre Autorität darauf verwenden können, so viele altairianischen Kriegsschiffe wie sie mögen, hinzuzuziehen. Sie werden gehorchen müssen. Aber hier ist mein Ratschlag, wonach es Ihnen frei steht, auf ihn zu hören oder ihn zu ignorieren.

»Derzeit sind die Altairianer verärgert, dass der militärischen Allianz ein Terraner vorsteht und dass Sie zum Statthalter ernannt wurden. Sie unterstellen Ihrer Spezies die mangelnde Kompetenz, erfolgreich eine Führungsstellung innezuhaben. Sobald Sie die Altairianer um Hilfe bitten, wird das diesen Eindruck nur noch verstärken. Meine Empfehlung ist die Aufstellung Ihrer eigenen Flotte – bestehend aus den Schiffen Ihrer Heimatflotte und aus jedem anderen Schiff, das Sie auftreiben können – bevor Sie zusammen mit der Primord-Flotte und einer ausreichend großen menschlichen Flotte nach Sirius zurückkehren, um dort auf sich allein gestellt die gegnerische Streitmacht zu eliminieren.

»Sie werden hohe Verluste erleiden. Das will ich nicht bestreiten. Sollten Sie dennoch erfolgreich aus diesem Kampf hervorgehen, wird ein beträchtlicher Teil der Orbot- und der Zodark-Flotten vernichtet werden. Das könnte sie zu einem Waffenstillstand bewegen oder sogar zu Friedensverhandlungen zwingen. Sollte es Ihnen gelingen, einen mehrjährigen Frieden zwischen ihren und unseren Allianzen auszuhandeln, untermauert das die weise Entscheidung des Gebieters, Sie zum Statthalter zu machen, und beweist jedem Zweifler, dass die Terraner sehr wohl in der Lage sind, Führungspositionen einzunehmen. Selbst wenige Jahre des Friedens, egal wie unsicher er auch sein mag, würden enorm zur Stabilisierung Ihrer eigenen militärischen Dominanz beitragen.«

Admiral Bailey drehte sich in seinem Stuhl zu Miles um. »Kein schlechter Plan, Statthalter. Ich denke, den könnte ich der Kanzlerin und dem Senat schmackhaft machen. Ich würde die Heimatschutzflotte nicht komplett abziehen, aber ich könnte die Schiffsklassen abziehen, die Sie brauchen, um Ihre Schwachstellen aufzubessern.«

Takmahl meldete sich zu Wort. »Admiral Bailey, die Ressource, die wir momentan am dringendsten benötigen, sind eine große Zahl an Piloten. Wenn ich das richtig verstehe, sind Ihre Schiffe der *Ryan*-Klasse mit 80 Jägern bestückt, die von den Schiffen aus ferngesteuert werden. Wenn Sie uns erlauben, diese Piloten auf unsere Schiffe zu versetzen, können wir ein Trainingsprogramm entwickeln, das sie lehrt, unseren eigenen Jäger, den Hectator, zu fliegen. Soweit ich weiß, hat Lieutenant Commander Ethan Hunt ihn in Hellcat umbenannt. Eine hohe Zahl ausgebildeter Jäger- und Bomberpiloten wird die Effektivität der *Freedom* in der Schlacht um einiges verbessern.«

»Die Idee ist nicht schlecht, Chester«, stimmte Miles zu. »Denkst du, wir könnten die Mehrzahl unserer Piloten von den Kriegsschiffen abziehen?«

»Vielleicht. Aber lassen Sie mich diese Frage stellen. Unterstellt, wir folgen Ihrem Plan … Wie lange wird es dauern, bis diese Piloten Ihre Jäger tatsächlich fliegen können? Ich will nicht Hunderte unserer Piloten zu etwas verpflichten, nur um sie in der ersten Schlacht umkommen zu sehen, weil es ihnen an der Qualifikation mangelt, Ihren Jäger zu fliegen.«

Takmahl ließ diese Frage unberührt. »Ihre Piloten verfügen über ein Grundwissen, wie ein Jäger zu fliegen ist. Das Trainingsprogramm wird weniger Zeit in Anspruch nehmen, als man vermuten könnte. Wir schafften es, aus Lieutenant Commander Ethan Hunt – der nie als Jagdflieger ausgebildet wurde – innerhalb von zwei Monaten einen ansehnlichen Piloten zu machen. Ihre ausgebildeten Piloten könnten sich meiner Ansicht nach bereits nach einem Monat qualifizieren, unsere Jäger und Bomber zu fliegen. Das setzt harte Arbeit voraus, vor der sich die Terraner aber nicht fürchten. Von daher sehe ich hier kein Problem. Falls Sie sich für diesen Plan entscheiden, schlage ich vor, dass wir diese Piloten so schnell als möglich auf die *Freedom* verlegen. Uns bleibt nicht viel Zeit, sie zu trainieren und einsatzbereit zu machen.«

Miles nickte zufrieden, bevor sich seine Stimmung verdüsterte. »Wenn wir uns für diesen Weg entscheiden, Takmahl, heißt das aber auch, dass unsere Leute auf Alfheim mindestens vier Wochen allein auf sich gestellt sind. Ist das richtig?«

Wiyrkomi nickte zögernd. »Tatsächlich werden es eher sechs Wochen sein, rechnet man das Training, die Aufstellung der Flotte und den Transit ein. Wir können unseren Wurmlochgenerator anwenden, sind dabei aber auf eine Entfernung von 15 Sternentoren beschränkt. Nach diesem Sprung braucht unser Schiff etwa eine Stunde, um ausreichend Energie zur Öffnung eines zweiten Wurmlochs zu erzeugen.«

»Seltsam, dass ‚eine Entfernung über 15 Sternentore‘ nicht sehr weit klingt. Ich vermute, dass dies ein Irrtum ist?«, kommentierte Miles frustriert.

Wiyrkomi lächelte. »Richtig. Manche Sternentore überwinden Entfernungen von bis zu 20 Lichtjahren. Unser temporäres Wurmloch kann uns mit einem Sprung 300 Lichtjahre weit befördern. Tatsächlich ist das angesichts der unfassbaren Größe des Weltraums immer noch eine geringe Entfernung. Aber wir müssen eine Entscheidung treffen. Es sind Ihre Soldaten, die sich auf Alfheim aufhalten. Wie möchten Sie vorgehen, Statthalter?«

Miles biss sich auf die Unterlippe. Keine der Alternativen sagte ihm wirklich zu. Admiral Bailey konnte ihm seinen Zwiespalt im Gesicht ablesen und mischte sich ein. »Miles, erinnerst du dich an den Tag, an dem ich von Entscheidungen sprach, die das Leben von Millionen oder Abermillionen beeinflussen werden? Wir sind an einem solchen Punkt angelangt. Ich weiß, dass dir dein erster Instinkt sagt, nach Sirius zu eilen und unseren Soldaten zu Hilfe zu kommen. Bedenke dabei aber bitte, dass wir – falls wir zuschlagen, bevor wir ausreichend vorbereitet sind – vielleicht mehr Menschen verlieren oder eine weitere Niederlage einstecken könnten. Unsere Leute am Boden sind zweifelsfrei fähig, länger als vier bis sechs Wochen auszuharren. Ihre Verteidigung ist gut angelegt, sie haben sich über den Planeten verteilt, sie erhielten gerade neue Versorgungsgüter. Dazu stehen ihnen mittlerweile über 200.000 neue Kampf-Synth zur Seite. Vertraue unseren Soldaten, Miles. Lass sie ihren Job machen und erfülle du deine Aufgaben hier.«

Es war eine schwierige Situation. Miles hasste es, die Bodentruppen einfach so zurückzulassen. Schlussendlich wusste er jedoch, dass Bailey Recht hatte. Ebenso wie Wiyrkomi. Die Menschen mussten diese alles entscheidende Schlacht ohne die Hilfe der Altairianer gewinnen. Er durfte den Gesamtzusammenhang nicht aus den Augen verlieren. Die RAS waren fähig, sich um sich selbst kümmern. Ihm oblag es, sicherzustellen, dass seine Flotte bei ihrer Rückkehr nach Sirius so übermächtig war, dass sie die feindlichen Kräfte absolut zerstörte.

Statthalter Miles Hunt nickte mit hartem Gesichtsausdruck. »Ok, dann steht die Entscheidung. Wir ziehen die Piloten der Ryans ab und verlegen sie umgehend auf die *Freedom*. Admiral Bailey, ich brauche eine Aufstellung der Schiffe, die sich uns anschließen werden. Ich rede mit den Prim und finde heraus, mit wie vielen Schiffen sie uns aushelfen können. Auf dem Weg nach Sirius holen wir sie von Primord

ab. Ich will, dass wir alle gleichzeitig springen. Mit unserer Rückkehr nach Sirius wird dieser Krieg ein Ende nehmen. Wir werden entweder einen Waffenstillstand oder einen Friedensvertrag erzwingen.«
****

Hangar Fünf, Flugdeck
RNS *Freedom*

Lieutenant Commander Ethan Hunt stand vor einer Gruppe von 2.600 Drohnenpiloten aus sämtlichen Bereichen der Flotte. Für die bevorstehende Schlacht waren sie so gut wie von jedem Kriegsschiff der dem Heimatschutz angehörenden *Ryan*-Klasse und sogar von Neu-Eden und Alpha Centauri abgezogen worden. In ihrer Gesamtheit bildeten sie den Kern eines vollkommen neuen Kaders der Republik – der erste Schritt in die Generation bemannter Jagdschiffe und Bomber. Die Kriegsschiffe, die sich gegenwärtig im Bau befanden, würden bemannte Jäger mit sich führen. Damit entfernte sich die Republik endlich von den RPA-Drohnen, die sie nun seit beinahe zwei Jahrzehnten nutzte.

In Habachtstellung rief Admiral Chester Bailey: »Stillgestanden«, bevor er laut eine Art Widmung für die 15 Jagdgeschwader vorlas, die sie soeben neben sechs neuen Bomberverbänden und sechs Transport- und Angriffsschiffgeschwadern ins Leben gerufen hatten.

Ethan dachte, er sollte dem Flottenadmiral und dem was er sagte, mehr Aufmerksamkeit schenken. Dies war ein historischer Moment. Stattdessen schweiften seine Gedanken ständig zu der enormen Aufgabe und der Verantwortung ab, die vor ihm lag. In einer Woche würde er zum Commander befördert und das Kommando über eines der 15 Jagdgeschwader übernehmen. Die Position des Staffelkommandanten würde er überspringen. Er wusste, dass dies teilweise der Stellung seines Vaters als Statthalter und Kommandanten der *Freedom* zuzuschreiben war. Die Kehrseite der Medaille war allerdings, dass er derzeit der erfahrenste menschliche Pilot in der gallentinischen Hectator war, oder in den von ihm nun offiziell umbenannten F-19 Hellcats. Und sie hatten weniger als einen Monat Zeit, alle darauf vorzubereiten, diese neuen und unglaublichen Vögel in die Schlacht zu fliegen. Kein Zuckerschlecken, angesichts der

Tatsache, dass sie den Aufbau und den fachgerechten Betrieb eines komplett neuen Schiffes verinnerlichen mussten.

»In den kommenden Wochen und Monaten werden Sie sich in unmöglichen Situationen wiederfinden«, setzte Admiral Bailey seine Rede fort. »Aber Sie dürfen sich sicher sein, dass ich keinerlei Zweifel daran hege, dass Sie sich dieser Herausforderung stellen und ihr gewachsen sein werden. Ich habe das größte Vertrauen in jeden Einzelnen von Ihnen – ebenso wie die Kanzlerin und das Volk der Republik. Die kommende Schlacht im Sirius-System wird die größte und brutalste Auseinandersetzung sein, in der wir je gegen die Zodark oder die Orbot angetreten sind. Unseren neuesten Geheiminformationen nach halten sich nun über 107 ihrer Kriegsschiffe im Sirius-System auf. Während wir diese Zahlen nicht annähernd erreichen können, haben wir etwas, das ihnen fehlt. Wir haben die *Freedom* – das modernste Kriegsschiff der gesamten Milchstraßengalaxie. Mit Ihrem Sprung in das System werden wir diesen Krieg beenden. Sie werden den Feind in einer einzigen entscheidenden Schlacht zerstören, worauf wir ihnen einen Waffenstillstand anbieten werden. Wenn wir Glück haben, gelingt es uns sogar, einen Frieden zwischen unseren Spezies zu arrangieren. Und mit diesen hoffnungsvollen letzten Worten gebe ich Sie nun an Ihre Geschwader- und Gruppenkommandanten weiter.«

Nach dem Ende dieser Ansprache drehte Ethan sich zu den ihm unterstellten 80 Piloten um. »Herrschaften, bitte begeben Sie sich in den Besprechungsraum unseres Geschwaders. Ihre gallentinischen Pilotentrainer sind bereits dort und erwarten Sie. Ich bin mit einer Reihe von ihnen geflogen und kann Ihnen versichern, dass sie die besten sind, denen ich je begegnet bin. Wir können von Glück sagen, dass sie bei uns sind. Ach, und ich habe eine Überraschung für Sie organisiert, die Sie sicher freuen wird. Wegtreten!«

Dieser Kommentar verursachte einiges Grinsen und einige anerkennende Pfiffe. Die Überraschung hatte allerdings absolut nichts mit Essen, Alkohol oder mit Stripperinnen zu tun. Ethan hatte die Genehmigung des Statthalters erhalten, seinen 80 Piloten den gallentinischen Neurolink anzubieten. Das sollte für eine Weile allerdings ihr Geheimnis bleiben. Nachdem Ethan das Implantat erhalten hatte, schätzte er, dass sich sein IQ von einer dreistelligen auf eine vierstellige Zahl erhöht hatte – falls dies möglich war. Das gesamte Potenzial seiner Hirnfunktion schien erwacht und freigesetzt worden zu sein.

Ethan hatte dafür plädiert, dass auch alle anderen Pilotengeschwader und die neuen Mannschaftsmitglieder den Link erhalten sollten – falls er seinen Piloten zugutekam und keine unangenehmen Nebenwirkungen oder sozialen Probleme innerhalb des Geschwaders auftraten. In Wahrheit war es aber so, dass er befürchtete, ihre Piloten ohne die zusätzliche Hilfe des Neurolinks in dieser viel zu kurzen Zeit nicht ausreichend ausbilden zu können. Statthalter Hunt und die Führungsriege der Republik hingegen hatten zunächst dafür plädiert, ein System der Begünstigten und Nicht-Begünstigten zu vermeiden und die damit einhergehende Eifersucht derer, die zurückstehen mussten. Aber Ethans Logik hatte sich durchgesetzt. Der Gedanke, die feindliche Flotte vernichtend zu schlagen und einen Frieden herbeizuführen, egal wie unsicher er sein mochte, wog weit schwerer als die Idee möglicher unliebsamer Konsequenzen.

Die gallentinischen Piloten standen auf und begrüßten die Gruppe der Studenten, die sich im Konferenzraum eingefunden hatten. Neben jedem Pilotentrainer stand ein Schild mit dem Namen seines Trainees. Es dauerte einige Minuten, bevor jeder seinen Ausbilder gefunden und sich vorgestellt hatte. Dann öffnete Ethan erneut die Tür. Mehrere gallentinischen Ärzte und Techniker betraten den Raum.

Einer der Piloten murrte hörbar: »Hey, was wollen all diese Ärzte hier? Und was ist das Zeug, das sie mit sich bringen?«

Plötzlich waren alle Augen auf das gallentinische medizinische Team gerichtet. Angeregte Unterhaltungen verstummten.

Ethan, der neben dem Team stand, hob die Hand. »Bevor Sie in Panik geraten, möchte ich Ihnen etwas erklären. Nehmen Sie bitte Platz.«

Die Piloten folgten seiner Anweisung. Nachdem der Raum sich beruhigt hatte, bat Ethan: »Hat jemand von Ihnen sein Tablet zur Hand?«

Eine der Pilotinnen, die aussah, als hätte sie eben erst die RPA-Schule verlassen, zog ihr Tablet hervor und winkte ihm damit zu. Ethan sah sie an. »Nennen Sie mir eine Zahl, die ich multiplizieren, dann dividieren, und dann entweder noch einmal multiplizieren oder erneut dividieren soll. Rechnen Sie es auf dem Tablet durch, bevor Sie mir die Aufgabe stellen. Und dann passen Sie auf und hören Sie zu.«

Einige Piloten kicherten; andere sahen Ethan skeptisch an.

Der Lieutenant nannte ihm eine absolut verrückte Zahl, die er durch drei dividieren, mit acht multiplizieren und dann noch einmal durch sieben dividieren sollte. In Sekundenschnelle hatte Ethan das Ergebnis kalkuliert und gab ihr seine Antwort. Der Lieutenant sah sich im Raum um und erklärte: »Das ist korrekt«.

Ein Flüstern ging durch den Saal. Verblüfft starrten die Piloten Ethan an.

Danach bat Ethan die Frau, einen neueren Zeitungsartikel auszusuchen. Sie folgte dieser Bitte und reichte ihm das Tablet. Ethan las den Artikel in Windeseile durch, bevor er ihr das Tablet zurück gab und den gesamten Artikel Wort für Wort rezitierte.

Mehr als beeindruckt fragte ihn die Pilotin: »Wie ist Ihnen das möglich, Sir? Ich habe von einem fotografischen Gedächtnis gehört, aber Ihr Können geht weit darüber hinaus.«

Bis zu diesem Zeitpunkt hatten manche im Raum vermutet, dass Ethan sein Kommando dank seines Vaters erhalten hatte. Aber er hatte gerade das Unmögliche vollbracht.

Ethan sah sich unter seinen Piloten um. Manche sahen weit älter, andere sahen viel jünger als er aus. »Ich will ehrlich und so geradeheraus wie möglich mit Ihnen sein«, setzte er an. »Ich verbrachte beinahe vier Jahre mit meinem Vater auf dem altairianischen Hauptplaneten Altus. Während dieses Aufenthalts wurde mir eine medizinische Aufbesserung eingepflanzt, die meinem Gehirn erlaubte, seine bisher ungenutzten Fähigkeiten freizusetzen.« Diese Aussage begleitete er mit Anführungszeichengebärden seiner Hände. »Ich besuchte die altairianische Version der Marineakademie, auf der ich ein Jahr lang die Kriegsführung im Weltraum studierte und lernte, dass die Situation weit komplizierter ist, als ich vermutet hatte. Dort führten sie mich auch in die Grundlagen des Betriebs und der Führung altairianischer Kriegsschiffe ein. Ich lernte, Ihre Jäger und Bomber zu fliegen. All das geschah, um mich darauf vorzubereiten, nach unserer Rückkehr zur Erde ein besseres Trainingsprogramm für unsere Leute zu konzipieren.«

Ethan hielt inne, bevor er fortfuhr. »Die meisten von Ihnen wissen sicher, dass ich als Steuermann auf einem Zerstörer begann. Ich war auf der RNS *Viper,* bevor wir vor über einem Jahrzehnt das Schiff während der Schlacht um Neu-Eden verloren. Ich hatte das Glück, auf dem Zerstörer zu sein, zu dem die Altairianer den ersten Kontakt aufnahmen. Danach war ich an einer Reihe von Auseinandersetzungen beteiligt und konnte die Weiterentwicklung der Schiffstechnologie mit eigenen Augen verfolgen.

»Um die uns bevorstehende Schlacht zu gewinnen, müssen wir unser absolut Bestes geben. Das setzt voraus, dass wir unbedingt alles wissen müssen, was es über die gallentinischen Jäger zu wissen gibt. Ich verbrachte beinahe jeden wachen Moment der letzten Monate damit, alles über unsere neuen Schiffe zu lesen und im VR-Simulator zu trainieren. Außerdem loggte ich über 200 Flugstunden in ihren Jägern, Bombern und Landungsschiffen.

»Die Bewältigung eines solchen Arbeitspensums war mir allein durch die Aufbesserung meines Neurolinks durch die Gallentiner möglich. Die Leistung dieses Neurolinks geht weit über das hinaus, was wir je für möglich hielten. Die Geschwindigkeit, mit der Sie Informationen aufnehmen und verinnerlichen können, ist einfach unglaublich. Dank der besser gesteuerten Hormonanpassung befähigt diese Vorrichtung Ihre Körper, mit drei bis vier Stunden Schlaf auszukommen und sich dennoch wunderbar ausgeruht und erfrischt zu fühlen. Zudem kontrolliert es auch die gravierenden Stimmungsschwankungen, für die wir Menschen bekannt sind.«

Das brachte einige der Piloten zum Lachen.

»Das Neurolink-Implantat wurde mir vor gut zwei Monaten eingepflanzt – ohne jegliche Nebenwirkungen. Damit will ich nicht sagen, dass es die nicht gibt, sondern nur, dass ich persönlich keine negativen Erfahrungen gemacht habe. Ich werde Sie nicht dazu zwingen oder Ihnen befehlen, den neuen Neurolink anzunehmen, aber ich möchte Sie darum bitten. Sobald wir sehen, dass er keinerlei Nebenwirkungen verursacht und erfolgreich dazu beiträgt, Sie zu besser ausgebildeten, tödlicheren Piloten zu machen, bieten wir den Link auch den übrigen Geschwadern an. Falls Sie sich für den Neurolink entscheiden, werden Sie der *Freedom* für einen Zeitraum von mindestens zehn Jahren überstellt werden. Bis Admiral Bailey und die Kanzlerin entscheiden, den Link dem Rest der Flotte oder sogar auf all unseren Hauptwelten vorzustellen, ist er allein auf das Personal der *Freedom* beschränkt. Ich kann Ihnen versichern, dass diese langfristige Zuweisung Ihre Karriereambitionen in keiner Weise beeinträchtigen wird. Es ist zu erwarten, dass auch wir Verluste hinnehmen werden, was eine Beförderung durch Personalverlust wahrscheinlich macht – wie auf jedem anderen Kriegsschiff auch.«

Ethan sah, dass einige Piloten nervöse Blicke tauschten. »Bitte, ich versuche, offen und ehrlich mit Ihnen zu reden. Uns steht eine monumentale Schlacht bevor. Wir müssen uns jeden Vorteil zunutze machen. Ich kann Ihnen nicht versprechen, dass jeder von uns diesen Kampf überleben oder dass unser neues Zuhause, die *Freedom*, nicht zerstört werden wird. Was ich aber in keinem Fall tun werde, ist die Unterschlagung der Vorrichtung, die den Unterschied zwischen unserem Sieg oder unserer Niederlage machen kann.

»Also, wer möchte als Erster einen neuen Neurolink erhalten?«

Ethan sah, dass seine Piloten zögerten. Dann sprang die junge Frau, mit deren Hilfe er seine Fähigkeiten demonstriert hatte, von ihrem Stuhl auf. »Ich bin dabei! Wenn ich danach so wie Sie mit Zahlen und Informationen umgehen kann, dann will ich das.«

»Ich mach's«, rief ein anderer Offizier.

»Ich bin auch dabei.«

Ethan hätte die Hand, die sich weiter hinten hob, beinahe übersehen. Er bat den Mann, aufzustehen. »Sir, ich bin Commander Tommy Rens. Ich habe keinen Neurolink. Generell habe ich nichts gegen ihn einzuwenden, mir sagt allein der Gedanke nicht zu, etwas in mein Gehirn einzupflanzen, das meine Fähigkeiten beeinträchtigt oder verändert, wer ich bin. Ich möchte dieses Angebot ablehnen, Sir, es sei denn, die Einpflanzung ist obligatorisch.«

Mehrere seiner Kollegen nickten und sahen Ethan erwartungsvoll an. Lächelnd erklärte Ethan: »Ich verstehe vollkommen, Commander Rens. Wie vorhin erwähnt, werde ich niemanden dazu zwingen, sich etwas in seinen Körper einbauen lassen, das er nicht haben will. Die Jahre haben uns gezeigt, dass die Menschen sehr wohl fähig sind, auch ohne Neurolink ihre Arbeit zu unserer Zufriedenheit zu erledigen. Der Link ist auch heute noch überwiegend für die Spezialeinheiten und die höheren militärischen Ränge reserviert.

»Trotzdem – falls Sie dagegen nichts einzuwenden haben – möchte ich Ihnen einen Kompromiss vorschlagen. Unsere altairianischen Verbündeten erlauben uns, etwas, das wir mittlerweile ‚Wissensverbesserer' nennen, in Serie zu produzieren und zu vergeben. Es ist kein Implantat, vielmehr eine einmalige Injektion, die den

Neurorezeptoren Ihres Gehirns erlauben, sich zu öffnen und effektivere Verbindungen herzustellen. Es ist nachgewiesen, dass sich Ihr Erinnerungsvermögen damit um über 200 Prozent steigern wird. Wenn Sie das Implantat ablehnen, wird Ihnen diese Injektion einen Vorteil verschaffen. Wären Sie damit einverstanden?« Er hoffte, dass der Commander zumindest diese Alternative akzeptieren würde.

»Wenn wir beides ablehnen, dienen wir die normale Periode von vier Jahren auf der *Freedom* und danach steht es uns frei, auf einem anderen Schiff eine neue Aufgabe zu akzeptieren. Ist das richtig?«, hakte Rens nach.

Ethan nickte. »Das ist richtig. Das Implantat ist derzeit noch ein gut gehütetes Geheimnis. Aus diesem Grund müssen diejenigen, die es erhalten, eine längere Periode dienen, bis die Entscheidung gefallen ist, wie weitverbreitend wir es anbieten wollen.«

Commander Rens sah Ethan eine Weile ins Gesicht. Seine Haltung zeigte, dass er mit sich kämpfte. Endlich nickte er. »Ok, Sir, ich nehme den Wissensverbesserer, während ich weiter über das Neuro-Implantat nachdenke.«

Heimlich stieß Ethan einen Seufzer der Erleichterung aus. Er verstand, wieso manche keinen Mikroprozessor in ihrem Gehirn sehen wollten. Dieses Zögern machte Sinn. Aber der Argumentation derjenigen, die sich gegen den Wissensverbesserer wehrten, konnte er nicht folgen.

Ethan lächelte. »Großartig. Sobald jeder sein Implantat oder seine Injektion erhalten hat, machen wir uns an die Arbeit. Die Ärzte hier werden Sie beaufsichtigen und eine Woche lang mehrere Male am Tag mit Ihnen Rücksprache nehmen. Wenn bis dahin alles gut verläuft, diskutieren wir die Vergabe an die übrigen Geschwader.

»In der Zwischenzeit bereiten Sie sich besser darauf vor, bis zur Erschöpfung zu arbeiten. Wir beginnen mit zwei Stunden individuellen Lesens am Morgen, gefolgt von drei Stunden Unterricht, zwei Stunden Flugtraining, noch einmal zwei Stunden Unterricht und drei weiteren Stunden Flugtraining. Am Ende des Tages dann noch einmal zwei Stunden individuellen Lernens. Sie haben 30 Minuten Zeit fürs Frühstück, und je eine Stunde zum Mittag- und Abendessen. Zwischendurch legen wir hin und wieder eine 15-minütige Pause ein. Sie dürfen davon ausgehen, 17 Stunden am Tag zu arbeiten. Darüber hinaus erwarte ich, dass Sie in Ihrer Freizeit die verschiedenen

Waffensysteme studieren, mit denen Ihre Jäger ausgestattet sind. Außerdem will ich, dass Sie alles über die Zodark- und Orbot-Schiffe wissen. Unser Ziel ist es, in sehr kurzer Zeit sehr viel zu lernen. Verstanden?«

Die Kandidaten sahen ein wenig überwältigt aus. Vielen stand der Mund weit offen, als ihnen bewusst wurde, wozu sie sich gerade verpflichtet hatten.

Kapitel Zwanzig
Der Ursprung

RNS *Freedom*
Marineschiffswerft
Sol-System

Dr. Katō Sakura sah den massiven Umfang der RNS *Freedom*
und hielt sie zunächst für die ausufernde militärische Schiffswerft, von
der sie schon so viel gehört hatte. Mit der Annäherung ihrer Shuttle an
das Kriegsschiff wurde ihr klar, dass es sich hier nicht um eine
Raumwerft handelte. Sie hatte noch nie in ihrem Leben etwas so
Großes gesehen. Sie konnte sich nicht vorstellen, wie lange es gedauert
haben musste, dieses Schiff zu bauen und wie viele Ressourcen in die
Kreation eines solch enormen Kriegsschiffes eingeflossen waren.

»Unfassbar«, sagte Dr. Katherine Johnson leise, während
beide Frauen weiter staunten.

Ihr Pilot überflog einen Teil der *Freedom,* bevor er auf eine
von fünf Flughallen zuhielt, die sie an dieser Seite des Schiffes sahen.
Er erklärte ihnen, dass es auf der anderen Seite des Schiffs noch fünf
weitere Hallen gab. Insgesamt beherbergte das Schiff über 2.000 Jäger,
Bomber und Landungsschiffe.

Beim Anflug an die Flugbucht sah es zunächst so aus, als sei
ihr Zugang durch ein blaues Kraft- oder Sicherheitsfeld blockiert – das
ihr Shuttle dann Augenblicke später ungehindert durchflog. Dr. Katō
sah Menschen, die auf dem Flugdeck ihrer täglichen Arbeit
nachgingen, als sei alles, was sie so beeindruckte, vollkommen normal.

*Dieses Schiff war wahrhaftig dem gegenwärtigen Stand der
Menschheit um Jahrhunderte voraus. Vielleicht war es eine Vision des
Wegs, auf dem sie sich befanden. Die Vorstellung, dass unsere
Vorfahren auf einem noch höheren Entwicklungsstand als all das
waren ...,* dachte sie bewundernd. *Wir müssen herausfinden ...*

Sobald ihr Shuttle gelandet und auf dem Flugdeck geparkt
war, öffnete sich die Seitentür, durch die sie das Shuttle verließen.
Draußen erwartete sie niemand anders als Statthalter Miles Hunt, der
ihr die Hand entgegenstreckte. »Hallo, Dr. Katō Sakura. Willkommen
an Bord der *Freedom*.«

Zuerst wusste sie nicht, wie sie antworten sollte und suchte nach den passenden Worten. *Wie spricht man einen Statthalter an?*, fragte sie sich.

Freundlich lächelte er sie an. »Nennen Sie mich doch bitte Miles. Darf ich Sie Sakura rufen?«

»Selbstverständlich, Statthalter … Miles.«

Danach trat Dr. Katherine Johnson an Miles heran, umarmte und küsste ihn auf beide Wangen, als ob sie einer Familie angehörten. »Schön, dich wiederzusehen, Miles. Es sind zu viele Jahre her, dass sich unsere Wege gekreuzt haben.«

»Da bin ich ganz deiner Meinung, Katherine. Wenn ich an unsere Zeit auf dem Mars zurückdenke, kann ich kaum glauben, dass seither wie viele … 40? … Jahre vergangen sind? Die Zeit vergeht so schnell.«

»Das tut sie. Wenn ich mich nicht täusche, wurde Ethan gerade zum Commander befördert und befehligt nun eines deiner Geschwader?«

Miles Hunt strahlte bei der Erwähnung seines Sohns. Dr. Katō sah deutlich, wie ungeheuer stolz er auf ihn war. »Das stimmt. Er hat sich zu einem hervorragenden Offizier und zu einem außerordentlichen jungen Mann entwickelt. Lilly und ich sind so stolz auf das, was er bisher erreicht hat.«

»Das ist wunderbar, Miles. Wirklich. Ist es Lilly erlaubt, mit dir auf diesem … Ich weiß nicht einmal, wie ich dieses Ding bezeichnen soll. Ich weiß, es ist ein Kriegsschiff, aber sicher ein ganz außergewöhnliches. Einfach gigantisch, Miles.«

Er nickte. »Das ist es wohl. Und ja, Lilly reist mit mir auf diesem Ding. Tatsächlich besteht sie darauf, dich und Sakura heute zum Abendessen einzuladen.«

»Mit Vergnügen«, erwiderte Dr. Johnson erfreut. »Wir haben uns viel zu erzählen.«

Nach dieser Begrüßung gab ihnen Miles eine modifizierte Tour durch mehrere Sektionen des Schiffs hindurch. Er erklärte ihnen, dass die *Freedom* eine kleine Mannschaft der Gallentiner an Bord hatte, deren Job hauptsächlich darin bestand, das Training ihrer menschlichen Gegenstücke zu beaufsichtigen und die automatisierten Waffen und andere Aspekte des Schiffs zu verwalten.

Ihr Rundgang führte sie überall an kleinen Gruppen menschlicher Trainees vorbei, die um einen oder zwei Gallentiner herum standen, die sie ganz offensichtlich unterrichteten. Und das Schiff … Es war wahrhaftig unglaublich. Da die Gallentiner weit über zwei Meter groß waren, waren die Flure und die Schotten sehr viel höher ausgelegt als die auf den Kriegsschiffen der Erde. Zudem waren die Flure breiter, was das Schiff auch auf der Innenseite viel größer erscheinen ließ.

Schließlich betraten sie ein großes, opulent eingerichtetes Konferenzzimmer. Dr. Katō hielt es für das üppigste Besprechungszimmer, das sie je gesehen hatte. An der Wand hingen Banner, deren Bedeutung sie nicht kannte, und einfach fantastische dreidimensionale Bilder, die absolut lebendig aussahen. Im Raum verteilt hingen dreidimensionale Bildschirme, die Informationen in einer ihr unbekannten Sprache weitergaben. Sie verstand, dass sie Daten über etwas übermittelten, war aber nicht in der Lage, sie zu interpretieren. Da sie nie zuvor auf einem militärischen Raumschiff gewesen war, konnte dies auch eine ganz normale Erscheinung in einem Kommandozentrum sein.

Wie aus dem Nichts stand plötzlich ein großer Gallentiner in einer makellosen Uniform neben ihr. Er stellte sich vor. »Hallo, Dr. Katō Sakura. Ich hörte, dass Sie mir einige Fragen stellen möchten?«

Sie hielt ihm bereits die Hand entgegen, bevor sie sich fragen konnte, ob das dem Protokoll entsprach. »Sie müssen Captain Wiyrkomi sein, der Mann, von dem ich so viel gehört habe. Es ist mir ein großes Vergnügen, Sie kennenzulernen. Nennen Sie mich doch bitte Sakura; so nennen mich alle meine Freunde.«

Der Gallentiner lächelte sie an. »Danke, Sakura. Ich freue mich, dass wir Freunde sein werden. Setzen wir uns doch, damit wir anfangen können. Aber bevor wir beginnen, möchte ich Ihnen beiden die Gelegenheit bieten, unser verbessertes Neurolink-Implantat zu erhalten. Sie werden unsere Sprache umgehend verstehen und direkt mit uns kommunizieren können. Dieses unverfälschte Verständnis wird meiner Meinung nach Ihrer Forschung zugutekommen, da all unsere Dokumentation bezüglich der Humtar entweder in unserer Sprache oder in Amoor verfasst ist. Das ist die Sprache der Kollektivwesen, bevor sie sich in das Kollektiv verwandelt haben.«

Mit der Erwähnung des gallentinischen Neurolinks sah Dr. Katō das hocherfreute Lächeln von Dr. Johnson, die ohne Zögern sofort ihr Einverständnis erklärte. Als Dr. Katō diesbezüglich einige Fragen stellen wollte, boxte sie Dr. Johnson leicht in die Rippen und flüsterte ihr zu: »Es ist ein wundervolles Geschenk und eine besondere Ehre, die sie uns anbieten. Das wollen Sie nicht ablehnen, glauben Sie mir.«

Trotz ihrer Unsicherheit erklärte sich Dr. Katō Sakura bereit, den Neurolink zu erhalten. Kurz darauf betraten zwei medizinische Techniker den Raum und vollzogen den Eingriff. Schon wenige Minuten nach dem Erhalt des Implantats verstand Dr. Katō, wieso Dr. Johnson so begeistert von dieser Chance gewesen war. Ihr Kopf füllte sich mit Informationen. Probleme und Fragen, über die sie seit langem gebrütet hatte, ergaben plötzlich Sinn. Verschwommene Erinnerungen, die sie als verloren angesehen hatte, standen ihr plötzlich dynamisch und realistisch vor Augen. Sie konnte sie einfach aufrufen. Vielleicht zum ersten Mal fühlte sich ihr Verstand vollkommen frei an. Nicht nur, dass sie alles verstand, plötzlich war sie auch in der Lage, die Informationen die sie hatte, zu etwas Sinnvollem zu verarbeiten.

Wenn sie beschreiben sollte, was in ihr vorging oder wie es sich anfühlte, hätte sie gesagt, dass sie einer Person glich, die in Betonschuhen mit einer 50 Pfund schweren Weste und einer Fessel um die Fußgelenke an einem Rennen teilnahm, bevor sie plötzlich von all diesen Hindernissen befreit wurde.

Stell dir vor, wenn jeder Zugriff auf diese Art von Neurolink hätte, dachte sie mit der Erkenntnis, welches Geschenk ihr gerade zugutegekommen war.

Sobald die Techniker den Raum verlassen hatten, sprach Captain Wiyrkomi. »Ich weiß, Sie haben eine lange Reise hinter sich gebracht, um mit mir zu reden und so viel wie möglich über das Volk der Humtar und den Ursprung der Menschheit zu erfahren. Ich werde mich bemühen, Ihnen so viel Information wie möglich zukommen zu lassen. Nachdem Sie nun dank des Neurolinks unsere Sprache und die der Amoor fließend beherrschen, möchte ich Sie – bevor ich Ihre Fragen im Detail beantworte – darum bitten, drei oder vier Stunden mit dem Eigenstudium in unserer Schiffsbücherei zu verbringen. Es gibt so viel, das Sie nicht wissen. Deshalb wäre Ihrer und meiner Zeit sicher besser damit gedient, sich zunächst anzusehen, welche Informationen bereits zur Verfügung stehen und mir erst danach die Fragen zu stellen, deren Antworten noch offen stehen. Wie Sie wissen, bereiten wir uns auf die erneute Invasion in das Sirius-System vor – eine überwältigende militärische Offensive, die hoffentlich diesen Krieg beenden wird und zu einem Waffenstillstand oder sogar zu einer Friedensvereinbarung …«

Dr. Katō fiel ihm ins Wort: »Heißt dass, Ihnen fehlt die Zeit, uns unsere Fragen zu beantworten?«

»Nein, das sage ich nicht. Ich möchte nur, dass Sie zunächst einige Stunden in der Schiffsbücherei verbringen, um sich einen besseren Überblick darüber zu verschaffen, was genau Sie erforschen möchten. Stellen Sie mir die Fragen, die die Löcher oder Ungereimtheiten in dem, was Sie in den Archiven finden werden, beantworten sollen. Wir reden heute Abend nach dem Abendessen, wenn Ihnen das Recht ist«, bot Wiyrkomi ihr an.

Dr. Johnson schaltete sich ein. »Das wäre wunderbar, Captain. Wir sind Ihnen so dankbar für Ihre Zeit und Ihre Bereitschaft, trotz Ihres geschäftigen Arbeitstags mit uns zu sprechen. Ich bin mir sicher, dass uns einer Ihrer Offiziere den Weg in die Bücherei zeigen kann.«

Wiyrkomi nickte und wies einen seiner Männer an, genau das zu tun.

Dr. Katō war ein weiteres Mal von der Größe des Schiffs überrascht, während sie die gesamte Länge eines Korridors hinuntergingen, bevor sie auf eine andere Ebene überwechselten. Schließlich erreichten sie die Schiffsbücherei – ein Luxus, der auf einem republikanischen Kriegsschiff nicht zu finden war. Da waren sich Dr. Katō und Dr. Johnson einig. Bei der gallentinischen Bücherei handelte es sich auch nicht nur um einen einfachen Leseraum mit einem oder zwei Regalen; vielmehr erstreckte sich der Raum über drei Stockwerk mit Arbeitstischen, Stühlen und Datenstationen. Es gab viele Bücher, die man tatsächlich aus dem Regal holen konnte, aber wie die meisten Büchereien dieser Tage existierte die überwiegende Zahl von Ressourcen in digitaler Form.

Fragend drehte sich Dr. Katō zu Dr. Johnson um. »Wo sollen wir anfangen?«

»Deshalb wollte Captain Wiyrkomi nicht sofort mit uns reden«, stellte Dr. Johnson fest. »Er wusste, dass wir nach dem Erhalt des Neurolinks mit Informationen überschüttet werden. Ich schlage vor, dass wir mit unseren ursprünglich entwickelten Fragen beginnen und

die Archive diesbezüglich durchsuchen. Sehen wir, welche Informationen wir finden und welche zusätzlichen Schlüsse wir daraus ziehen können. Das wird uns einen ersten Überblick verschaffen.«
****

Anstatt an diesem Abend mit Wiyrkomi zu reden, verbrachten Dr. Johnson und Dr. Katō die nächsten drei Tage damit, alles zu lesen und zu lernen, was sie über die Entdeckung der ersten Sternentore, die Entdeckung des Planeten Humtar und die vermutete originäre Ältestenrasse finden konnten. Im Anschluss daran identifizierten sie die Orte, an denen die Gallentiner und Amoor Gebeine der Humtar und deren Hinterlassenschaften gefunden hatten. Es dauerte nicht lange, bevor sie entdeckten, dass Relikte und Kulturgüter dieser einst so großartigen Rasse über die Sterne verteilt zu finden waren. In der Andromeda-Galaxie gab es Dutzende von Planeten auf denen die Existenz der Humtar nachgewiesen war. Das Gleiche galt neben der Milchstraßengalaxie auch für mehrere andere Galaxien. Die beiden Frauen waren mittlerweile unumstößlich davon überzeugt, dass die Humtar tatsächlich die Ältestenrasse war, die für die Etablierung der Sternentore verantwortlich gewesen war.

In Tausende von Jahren alten Berichten der Amoor lasen Dr. Johnson und Dr. Katō, dass die Amoor wiederholt das Glück gehabt hatten, nicht nur Artefakte zu finden, sondern sie auch zu retten und Gebrauch von ihnen zu machen. Das hatte schließlich zu einem Tauziehen zwischen der Rasse der Gallentiner und der der Amoor geführt, wer als Erster etwas finden und damit Anspruch auf die Nutzung seines Potenzials erheben konnte. Dieser Wettstreit zwischen den ehemaligen Verbündeten hatte zum Verfall ihrer Beziehung geführt. Als die Amoor schließlich eine weitere bahnbrechende Entdeckung gemacht hatten, war die Beziehung dieser beiden Spezies endgültig am Ende.

Diese entscheidende Entdeckung schien sich um das Konzept der Transzendenz zu drehen – etwas, von dem weder Dr. Johnson noch Dr. Katō viel verstanden. Eine der Hauptfragen für ihr Folgegespräch drehte sich um dieses Thema.

Das Durchforsten der Archive führte sie weiter vom Hölzchen aufs Stöckchen. Anstatt sich ein grundlegendes Verständnis zu erarbeiten oder eine Art Schlussstrich zu ziehen, wonach ihnen Captain

Wiyrkomi die letzten noch offenen Fragen beantworten konnte, wollten die Informationen einfach kein Ende nehmen.

Schließlich einigten sie sich auf die folgenden Fragen:

1) Was ist Transzendenz?

2) Wie lauten die gallentinischen Theorien (offiziell oder inoffiziell), was mit den Humtar geschehen ist?

3) Was geschah wirklich vor 100.000 Jahren auf dem Planeten Humtar, als die Amoor ihre große Entdeckung machten?

Und dann konnten sie nur noch auf eine Lücke in Captain Wiyrkomis Zeitplan hoffen, bevor sich sein Schiff auf den Weg ins Sirius-System und in diese unvermeidbare Schlacht machte, in der Hoffnung, diesem Krieg ein Ende zu bereiten.

Kapitel Einundzwanzig
Diensturlaub und Armageddon

1. Orbitale Rangerdivision
Fort Roughneck
Neu-Eden

Nach der Kampagne auf Sumara war es Staff Sergeant Paulis Rangereinheit nach neun Monaten Abwesenheit endlich erlaubt, auf ihre Heimatbasis nach Neu-Eden zurückzukehren. Die Soldaten hatten gehofft, eine Weile daheim bleiben zu dürfen. Stattdessen gingen Gerüchte um, dass sie zur Wiedereinnahme von Alfheim in das Sirius-System verlegt werden würden. Pauli hatte erfahren, dass noch über 100.000 Soldaten auf dem Planeten gefangen waren. Er war froh, nicht dort zu sein. Er hatte über die Jahre an mehr als genug Kriegsschauplätzen gekämpft.

Pauli saß auf der Veranda seiner Einzimmer-Junggesellenwohnung und las sich die E-Mails und Berichte durch, die sich in seiner Abwesenheit angesammelt hatten. Dann sah er die Mail, die er gesucht hatte – ein Kontoauszug von seinem Investitionsberater. Er öffnete die Nachricht. Beim Anblick des Umfangs seines Portfolios und dessen Rendite gingen ihm die Augen über. Seine Investition in die Rinderfarm hatte sich bezahlt gemacht. Seine Entscheidung, alle Dividenden in den Kauf zusätzlicher Aktien des Unternehmens zu investieren, war eine wirklich weise Idee gewesen.

Seine ursprüngliche Investition von $100,000 RD war auf einen Wert von $826,000 RD angewachsen. Wenn er nicht vor einigen Jahren die Hälfte seiner Anteile an der Firma verkauft hätte, wäre sein Ertrag nun vier Mal so hoch. Stattdessen hatte er mit dem Geld den Kauf von drei großen Parzellen Land finanziert. Ein Grundstück war 1200 Hektar groß, lag am Fuß der höchsten Gebirgskette auf Eden und schloss zwei große Seen ein. Das zweite war 80 Hektar groß und befand sich 350 Kilometer nördlich der Hauptstadt. Sechzehn Hektar lagen direkt am Meer, der Rest führte weiter ins Land hinein. Seine dritte und letzte Parzelle war 252 Hektar groß und erstreckte sich über einen Teil der sogenannten Adler-Gebirgskette. Pauli hatte sich in dieser Entscheidung von seinem Großvater beeinflussen lassen, der ihn immer gewarnt hatte: »Aktien können auf null fallen, aber Land behält immer seinen Wert.«

Bis vor etwa vier Jahren war es unverhältnismäßig schwer gewesen, eine Aufenthaltserlaubnis für Neu-Eden zu bekommen. Entweder musste man dem Militär angehören, für das Militär arbeiten, nach einer erfolgreichen Laufbahn aus dem aktiven Dienst des Militärs oder der Regierung ausgeschieden sein, oder wertvolle Fähigkeiten besitzen. Der Gouverneur des Planeten hatte strenge Immigrationsprotokolle eingeführt, um den Zufluss neuer Einwohner zu beschränken, bis der Planet in der Lage war, eigenständig zu existieren und sich zu selbst zu versorgen. Das brachte mit sich, dass eine Menge Land eine Zeitlang sehr billig zu haben war. Pauli hatte sich den Rat seines Großvaters zu Herzen genommen und so viel Land wie möglich in den unterschiedlichsten Umgebungen erstanden. Sein Ziel war, das Land entweder später mit Gewinn zu verkaufen oder es eines Tages, nachdem er die Armee verlassen hatte, selbst zu entwickeln.

»Da bist du, Pauli. Ich habe dich überall gesucht«, rief ihm sein Freund Yogi zu.

»Ach ja? Was habe ich denn dieses Mal angestellt?«, scherzte Pauli und legte sein Tablet zur Seite.

»Was du getan hast? Du hast mich zu einem steinreichen Mann gemacht, mein Freund. Dafür wollte ich dir danken.«

»Wovon sprichst du?«, wunderte sich Pauli. „Wir haben beide in die Andora-Rinderfarm investiert, das heißt, dass wir beide gleich daran verdienen.«

»Oh nein, davon rede ich nicht. Ich rede von der Technologiefirma, von der du mir erzählt hast – die, die die Spezialteile für die Schwebeautos von Tesla herstellt. Während unseres letzten Einsatzes sind ihre Aktien in die Höhe geschossen.

»Wirklich? Als ich sie mir das letzte Mal ansah, standen sie bei ungefähr $492 RD. Was sind sie jetzt wert?« Pauli war neugierig. So weit war er in der Überprüfung seines Wertpapierbestands noch nicht fortgeschritten. Er hatte sich in das Unternehmen bei einem Preis von $138 RD pro Aktie mit insgesamt 615 Aktien eingekauft.

»Sie zogen gerade einen großen Verteidigungsvertrag an Land. Irgendein technisches Teil für die neue Ringstation. Was immer es auch ist, Pauli, der Aktienpreis stieg gerade auf $2,684 RD pro

Aktie. Ich bin reich, Kumpel! Ich bin *reich.*« Aufgeregt klopfte Yogi ihm auf die Schulter.

Pauli kalkulierte die Rechnung schnell in seinem Kopf. Seine Aktien waren nun über $1.6 Millionen RD wert!

Verdammt, was mache ich noch in der Armee?, fragte er sich. *Ich sollte so schnell wie möglich ausscheiden und mit dem Geld mehr Wohnsiedlungen bauen..*

»Wie viele Jahre sind wir noch verpflichtet, Yogi?«, erkundigte sich Pauli.

Sein Freund überlegte kurz. »Neun Jahre, glaube ich.«

Noch neun Jahre ... kann unser Glück so lange halten?

In diesem Augenblick erreichte sie eine Nachricht über ihren Neurolink. Ihre Einheit hatte sich am nächsten Morgen im Auditorium einzufinden. Ihr Diensturlaub war gerade um einige Tage gekürzt worden.

****

Am folgenden Morgen standen alle in Formation im Auditorium und warteten darauf zu erfahren, wieso ihr Urlaub gestrichen worden war. Major Monsoor, ihr Bataillonskommandant, trat mit diesem strengen Gesichtsausdruck ein, der verriet, dass das, was er ihnen mitzuteilen hatte, nichts Gutes war.

Monsoor räusperte sich. »Stehen Sie bequem«, forderte er seine Leute auf. »Ich will Ihnen ein Video zeigen.« Einer dieser neuen dreidimensionalen Displays projizierte direkt neben dem Major auf den Boden.

Sie hörten den ihnen bekannten Lärm einer Schlacht. Was sie sahen, war alarmierend. Der Clip dokumentierte die Schlacht auf Alfheim – 42 Sekunden, in denen unzählige Zodark-Landungsfahrzeuge am Himmel auftauchten and Orbot-Soldaten sich ohne Unterlass in den Kampf stürzten. Die Situation war verzweifelt.

Nach dem Ende des Videos erklärte Major Monsoor: »Diese Aufnahme wurde etwa 15 Tage nach dem Rückzug der Flotte aus dem System gemacht. Unsere Bodentruppen wurden über zwei Wochen lang aus der Umlaufbahn beschossen. Was Sie sahen, war der Beginn der Bodeninvasion. Das Video erreichte uns mit einer der letzten Kommunikationsdrohnen, die es vom Planeten herunter und aus dem

System schafften. Meine Vorgesetzten sagen mir, dass sich all das bereits vor knapp einem Monat ereignet hat.«

Aus den Reihen der Soldaten drang unterdrücktes Murmeln und Fluchen nach vorne vor.

Der Major hob die Hand und fuhr fort: »Aufgepasst. Ich zeigte Ihnen das Video, um Sie darauf vorzubereiten, welche schwierige Schlacht uns bevorsteht. Sie können es jederzeit erneut einsehen und studieren. Ab heute Nachmittag bereitet sich das Bataillon auf seine Verlegung auf die *Midway* vor. In 48 Stunden holen uns die Shuttles ab, in denen wir nach Sol zurückkehren. Von dort aus springen wir zusammen mit dem Rest der Flotte zurück in das Sirius-System.

»Nach dem, war mir mitgeteilt wurde, wird die kommende Schlacht die alles entscheidende Schlacht sein. Wir geben alles, was wir haben, und setzen alles auf eine Karte. Entweder besiegen wir den Feind dieses Mal endgültig, oder dieser Krieg wird sich noch eine ganze Weile länger hinziehen. Ich weiß, dass wir all das schon einmal gehört haben. Aber dieses Mal ist es anders.

»Derzeit halten sich ungefähr 100 feindliche Schiffe im Sirius-System auf. Zusammen mit unseren Verbündeten, den Primord, investieren wir alles, was wir haben, in diesen letzten epischen Kampf. Unser Job nach unserer Ankunft wird es sein, unsere Kameraden auf der Oberfläche abzulösen. Uns steht das Wandeln in einem finsteren Tal bevor, in dem wir uns gegenseitig beschützen, wie die Wilden kämpfen und siegreich aus dem Kampf hervortreten werden.

»Kompanieführer, bereiten Sie Ihre Züge vor. In 48 Stunden machen wir uns auf den Weg nach Armageddon. Wegtreten.«

Von den Autoren

Wir hoffen, dass Ihnen dieses Buch gefallen hat. Wenn Sie die spannende Handlung in der Serie *Aufstieg der Republik* weiter genießen möchten, reservieren Sie sich Ihre Kopie von *In das Feuer* bereits heute über den folgenden Link. Neben der militärischen SciFi-Serie, die Sie gerade lesen, geben wir auch neue Bücher in unserer Serie *Die Monroe-Doktrin* heraus. Der folgende Link ermöglicht Ihnen den Kauf von *Band I.*

An dieser Stelle möchte ich den Ko-Autor dieses Buchs, T. C. Manning, erwähnen. Er ist einer der Veteranen, mit dessen Hilfe ich in das Autorengeschäft einstieg. Seine Szene mit den Soldaten der Apollo-Kompanie auf der RNS *Midway* sagten Ihnen sicher zu. Ted ist dabei, eine neue, mit unserer Serie in Einklang stehende Reihe zu entwickeln, die uns erlauben wird, eben dieser Apollo-Kompanie seit dem Beginn des Krieges gegen die Zodark zu folgen. Diese Serie wird im Herbst 2021 zur Vorbestellung freigegeben, bevor sie Anfang des Jahres 2022 veröffentlicht wird.

Unserer Praktikantin Brittany M. Widdis, die uns bei der Gestaltung der archäologischen Szenen auf Alpha Centauri geholfen hat, möchten wir hier ebenfalls erwähnen. Brittany arbeitet an ihrer eigenen verwandten Serie, die sich mehr auf den Ursprung der Menschheit und die Ältestenrassen konzentriert. Die Veröffentlichung ihrer Serie sollte im Jahr 2022 erfolgen.

Als Liebhaber von Hörbüchern können wir Ihnen mehrere kürzlich produzierte Bücher anbieten. Die ersten drei Bücher der Reihe *Rise of the Republic* sind bereits erhältlich, ebenso wie Band Eins unserer neuen militärische Thriller-Serie *The Monroe Doctrine*. Die fünf Bücher der Reihe *Falling Empire* sind nun als Hörbuch erhältlich, zusammen mit den sechs Bänden der *Red Storm*-Serie, ebenso wie unsere gesamte Reihe der *World War III*- Bücher. *Interview with a Terrorist* und *Traitors Within*, gegenwärtig eigenständige Bücher, stehen ebenfalls zu Ihrem Hörvergnügen zur Verfügung.

Sollten Sie Interesse an den Erscheinungsdaten unserer aktuellen Veröffentlichungen haben und E-Mails über besondere Preisangebote erhalten möchten, registrieren Sie sich doch bitte auf unserer E-Mail-Verteilerliste: https://www.frontlinepublishinginc.com/. Als Dank und Bonus für Ihre Registrierung übersenden wir Ihnen ein

Dossier als Teil der Serie *Der Aufstieg der Republik*. Die Akte enthält sowohl das Bildmaterial als auch die einschlägigen Statistiken der Schiffe, über die wir schreiben. Sie wird Ihnen die Serie mit jedem Buch, das sie lesen, lebendiger machen.

Als unabhängige Autoren sind Leserrezensionen enorm wichtig für uns, da sie einen hohen Stellenwert bei zukünftigen Lesern einnehmen. Wenn Ihnen dieses Buch gefallen hat, möchten wir Sie herzlich bitten, eine positive Rezension bei Amazon und Goodreads zu hinterlegen. Wir sind jedem, der sich die Zeit nimmt, einen Kommentar zu schreiben, äußerst dankbar.

Es bereitet uns viel Vergnügen, unsere Leser über die Sozialen Medien näher kennenzulernen, insbesondere auf unserer Facebook-Seite https://www.facebook.com/RosoneandWatson/. Manchmal bitten wir unsere Leser auch um ihre Unterstützung bei der Entwicklung neuer Bücher – es ist schön, auf verschiedene Erfahrungsbereiche zurückgreifen zu können. Falls Sie Teil dieses Teams werden möchten, besuchen Sie doch bitte unsere Autoren-Webseite: https://www.frontlinepublishinginc.com/ und schicken Sie uns eine Nachricht über den »Contact"-Tab.

Nonfiction:
Iraq Memoir 2006–2007 Troop Surge
Interview with a Terrorist (audiobook available)

Fiction:
The Monroe Doctrine Series
Volume One (audiobook available)
Volume Two (audiobook available)
Volume Three (audiobook available)
Volume Four (audiobook still in production)
Volume Five
Volume Six (available for preorder)

Rise of the Republic Series
Into the Stars (audiobook available)
Into the Battle (audiobook available)
Into the War (audiobook available)
Into the Chaos (audiobook available)

Into the Fire (audiobook still in production)
Into the Calm (available for preorder)

German translations of the Rise of the Republic
In die Sterne
In die Schlacht
In den Krieg
In das Chaos

Apollo's Arrows Series (co-authored with T.C. Manning)
Cherubim's Call (available for preorder)
Malevolent Inferno (available for preorder)
The Zealot (available for preorder)

Crisis in the Desert Series (co-authored with Matt Jackson)
Project 19 (audiobook available)
Desert Shield
Desert Storm

Falling Empires Series
Rigged (audiobook available)
Peacekeepers (audiobook available)
Invasion (audiobook available)
Vengeance (audiobook available)
Retribution (audiobook available)

Red Storm Series
Battlefield Ukraine (audiobook available)
Battlefield Korea (audiobook available)
Battlefield Taiwan (audiobook available)
Battlefield Pacific (audiobook available)
Battlefield Russia (audiobook available)
Battlefield China (audiobook available)

Michael Stone Series
Traitors Within (audiobook available)

World War III Series

Prelude to World War III: The Rise of the Islamic Republic and the Rebirth of America (audiobook available)
Operation Red Dragon and the Unthinkable (audiobook available)
Operation Red Dawn and the Siege of Europe (audiobook available)
Cyber Warfare and the New World Order (audiobook available)

Children's Books:
My Daddy has PTSD
My Mommy has PTSD

Abkürzungsschlüssel

AI	Artificial Intelligence [= Künstliche Intelligenz]
APC	Armored Personnel Carrier [= Mannschaftstransportwagen/Schützenpanzer]
ASAP	As Soon As Possible [= baldmöglichst]
CCP	Casualty Collection Point [= Verwundetensammelstelle]
C-FO	Chief of Flight Operations [= Kommandant der Flugoperationen]
CIC	Combat Information Center [= OPZ, Operationszentrale]
COB	Chief of the Boat [= dienstältester Unteroffizier auf einem Navy-Schiff]
COO	Chief Operating Officer [= Offizier, der für die täglichen Geschäfte zuständig ist]
COP	Combat Outpost [= Gefechtsvorposten]
DARPA	Defense Advanced Research Projects Agency [= Agentur zur Forschung in Projekte fortgeschrittener Verteidigung]
FOB	Forward Operating Base [= vorgeschobene Operationsbasis]
FTL	Faster-Than-Light [= schneller als das Licht]
H2	Hans Hansen
HUD	Heads-Up Display [= Weitwinkel-Scheiben-Display]
IFV	Infantry Fighting Vehicle [= Schützenpanzer]
INTSUM	Intelligence Summary [= Zusammenfassung geheimdienstlicher Informationen]
IR	Infrared [= infrarot]
J4	Logistics Officer [= Logistikoffizier]
JTF-2	Joint Task Force Two [= gemeinsamer Einsatzverband #2]
JUON	Joint Urgent Operational Needs [= gemeinsame dringende operative Bedürfnisse]
LT	Lieutenant [= Leutnant]
MWR	Morale, Welfare and Recreation [= Moral, Wohlbefinden und Erholung]
NCO	Noncommissioned Officer [= Unteroffizier]

OIC	Officer in Charge [= verantwortlicher Schiffsoffizier]
OS	Operating System [= Betriebssystem]
PA	Public Address (System) [= öffentliche Ansprache (Beschallungsanlage)]
PNN	Private News Network [= Nachrichtensender]
PT	Physical Training [= körperliches Trainingsprogramm des Militärs]
PTSD	Post-Traumatic Stress Disorder [= PTBS, posttraumatische Belastungsstörung]
R & R	Rest and Recreation [= Diensturlaub für Armeeangehörige]
RA	Republic Army [= die Republikanische Armee]
RAS	Republic Army Soldiers [= Soldaten der Republikanischen Armee]
RD	Republic Dollar [= republikanischer Dollar]
RP	Rally Point [= Sammelpunkt]
RPA	Remotely Piloted Aircraft [= ferngesteuertes Flugzeug]
RPS	Remote-Piloted Starship [= ferngesteuertes Raumschiff]
RTO	Radio Telephone Operator [= Funker]
SITREP	Situation Report [= Situationsbericht]
SOF	Special Operations Forces [= Sondereinsatzkräfte]
TSHEP	The Search for Humans on Extraterrestrial Planets [= die Suche nach Menschen auf außerirdischen Planeten]
VAC	Spacesuits worn in vacuums by spacefarers [= Raumanzüge, die Raumfahrer im Vakuum tragen]